MANESSE BIBLIOTHEK DER WELTLITERATUR

Cable · Die Grandissimes

GEORGE W. CABLE

DIE GRANDISSIMES

Eine Geschichte aus dem tiefen Süden

Aus dem Amerikanischen
übersetzt von Elisabeth Schnack
Nachwort von Hans-Joachim Lang

MANESSE VERLAG

Titel der amerikanischen Originalausgabe:
«The Grandissimes. A Story of Creole Life»
New York, 1880

ISBN 3-7175-1518-7 (Leinen)
ISBN 3-7175-1519-5 (Leder)

Die Grandissimes

1

Unter der Maske

Es war im September des Jahres 1803 in der Stadt, die wir jetzt New Orleans nennen. Im Theater St. Philippe, dessen Parkett für diesen Abend in einen Ballsaal umgewandelt worden war, widmete die beste und stolzeste Gesellschaft der kleinen kreolischen Hauptstadt beim Schimmer unzähliger Kerzen und in einer mit Wohlgerüchen erfüllten, von schmachtenden Geigenklängen durchzitterten Luft der göttlichen Terpsichore den ersten kühlen Abend des widerwillig scheidenden Sommers. Der Sommer ist nämlich dort eine saumselige Schwatzbase, die erst von Abschied zu sprechen beginnt, wenn der September sich zum Gehen anschickt. Es schien tatsächlich, als wollte man ihn verscheuchen, da man zu einem so sehr frühen, so lächerlich frühen Datum einen Gala-Maskenball veranstaltete. Doch es geziemte sich, für die Kranken und Notleidenden etwas zu tun - warum also nicht auf diese Art? Jedermann weiss, dass ein fröhlicher Geber dem Herrn lieb ist.

Daher fand also, wie gesagt, im Theater St. Philippe, dem ältesten und ersten der Stadt, ein Maskenball statt - übrigens im gleichen Jahr, in dem Louisiana von Frankreichs Erstem Konsul verschenkt wurde - verkauft wurde, mochte manch einer sagen. Mit dem polternden Pomp seiner unverstellten Stimme (denn er hatte seit einer Stunde vergessen, dass er in

Maske und Domino war) nannte der alte Agricola Fusilier es jedenfalls «verschenkt». Nicht etwa, dass er glaubte, es sei bereits geschehen – denn wie wäre das möglich? Der angebliche Vertrag enthielt zum Beispiel keine Klausel, die auf die berühmte Familie der Brahmin Mandarin Fusilier de Grandissime Rücksicht nahm. Er war offensichtlich gefälscht.

Da er im Gedränge weggeschoben wurde, trat er ein paar Schritte beiseite und wollte gerade fortfahren, das abscheuliche Gerücht anzuprangern, als eine Maske – eine von vieren, die soeben eine Tour in der Contredanse beendet und sich der Reihe der Promenierenden angeschlossen hatten – ihn zur Besinnung brachte, indem sie ihm zurief: *«Comment to yé, Citoyen Agricola!»*

«Heh, junger Frechdachs!» antwortete der alte Herr mit grollender Stimme und dem verkniffenen Lachen gehänselten, eitlen Alters, während er sich vorbeugte und verblüfft in das abgewandte Gesicht einer maskierten Indianerkönigin blinzelte. Es war nicht nur das plump-vertrauliche *tutoiement,* das ihm unverschämt vorkam, sondern ausserdem die Benutzung des Sklavendialekts. Sein Französisch war nicht Provinz.

«Der kecke Schelm!» schloss er lachend und nur halb für sich. «Kleidet Euch in die Tracht, die Eurem Geschlecht zukommt, Sir, dann will ich raten, wer Ihr seid!»

Doch die Königin erwiderte mit der gleichen verstellten Stimme wie vorher: *«Ah! mo piti fils, to pas connais to zancestres?* Kennst du deine Ahnen nicht, mein Söhnchen?»

«Dass mich die Götter!» rief Agricola mit

anmassendem Lachen, das seine Maske etwas dämpfte. «Zur Königin der Tchoupitoulas und auch zu meinem Urgrossvater, Epaminondas Fusilier, Dragonerleutnant unter Bienville, bekenne ich mich voller Stolz, aber» - und damit legte er die Hand aufs Herz und verbeugte sich vor den zwei andern Masken, deren kleinere Gestalt das zartere Geschlecht verriet - «verzeihen Sie, meine Damen, weder Mönche noch *filles à la cassette* wachsen auf unserm Stammbaum.»

Sofort blickten die vier Maskierten den alten Herrn im Domino an, doch falls sie eine Erwiderung beabsichtigt hatten, wurde sie von einem wilden Aufjubeln der Geigen übertönt. Im Nu war der Saal mit Walzer tanzenden Paaren angefüllt, und die vier Masken verschwanden in der Menge.

«Ich möchte wohl wissen, ob der Dragoner vielleicht Honoré Grandissime ist», murmelte Agricola vor sich hin.

Wo sich die vier Masken zeigten, wurden sie mit Begeisterungsrufen begrüsst: «Hahaha, seht dorthin! Die Gruppe dort! Die ersten Kolonisten! Einer von Ibervilles Dragonern. Erinnert ihr euch nicht an das Bild von Ururgrossvater Fusilier? Mit dem vergoldeten Helm und den Reiherfedern? Und die dahinter mit den wildledernen Gamaschen und dem Gewand aus Vogelfedern ist eine Indianerkönigin. 's ist so sicher wie etwas, dass sie Epaminondas und seine Frau Lufki-Humma verkörpern wollen!»

«Aber warum geht er denn nicht neben ihr?»

«Weil es beides Männer sind, du Dummchen! Dagegen ist der Mönch an seinem Arm eine Dame, wie du sehen kannst, und ebenfalls die

Maske, die am Arm der Indianerkönigin geht: sieh dir doch deren kleine Hände an!»

In einer andern Ecke des Saales begrüsste man die beiden Paare mit: «Hahaha! Das ist glänzend! Sieh doch nur die Hugenottin am Arm der Indianerkönigin! Ist das nicht nett? Haha, sie trägt eine kleine Schatulle! Sie ist eine *fille à la cassette!*»

Zwei Cotillon-Tänzerinnen unterhielten sich leise hinter dem vorgehaltenen Fächer:

«Und du glaubst zu wissen, wer es ist?» fragte die eine.

«Ob ich es glaube?» erwiderte die andre. «Ich weiss es, so wahr ich den Kopf auf den Schultern habe. Wenn der Dragoner nicht unser Vetter Honoré Grandissime ist, dann will ich...»

«Honoré maskiert? Der ist viel zu ernst für solche Scherze.»

«Wenn ich dir doch sage, dass er's ist! Sieh mal, ich habe mit angehört, wie Doktor Charlie Keene ihn gebeten hat, mitzukommen, und wie er ihm erzählt hat, zwei Damen wären da, fremde Damen, die erst kürzlich hier eingetroffen sind, und mit denen wollte er ihn bekanntmachen. Verlass dich drauf, der Dragoner ist Honoré, Lufki-Humma ist Charlie Keene, und der Mönch und die Hugenottin sind die beiden fremden Damen.»

«Aber das sind Bemerkungen von Aussenstehenden. Sehen wir doch selber zu, ob wir Glück haben und entdecken können, wer hinter den vier Masken steckt!»

Eine Stunde ist verstrichen. Der Tanz nimmt seinen Fortgang – Herzen klopfen, geistsprühende Worte werden gewechselt, verstohlene

Blicke begegnen sich, Frohsinn und Freude und jähe, strahlende Überraschungen versetzen die Herzen in Erregung, Stimmen geben die Verstellung auf, und das Ohr manch einer spröden Schönen neigt sich wagemutig und fügsam. Hier wird Liebe enttäuscht, dort hintergangen, hier werden Gefangene gemacht, dort ergibt man sich. Sogar die Luft scheint zu atmen, zu seufzen und zu lachen, während die Musikanten mit zerzausten Locken, schweissnasser Stirn und feurigem Bogenstrich einen nicht endenden Tumult schriller Harmonien aus den gequälten Violinen hervorholen und emporjagen und verstreuen. Doch der Mönch und die Hugenottin drehen sich nicht auf dem Tanzboden. Sie sitzen, wo ihre Begleiter sich von ihnen verabschiedet haben, in einer der Theaterlogen und schauen auf den unermüdlichen Wirrwarr und Prunk von Schleierstoffen und Licht und Farbe.

«Oh, chérie, chérie!» murmelte die kleine Dame, die sich als Mönch verkleidet hatte, ihrer stilleren Begleiterin zu. Sie sprach den weichen Dialekt des alten Louisiana. «Jetzt bekommt man einen richtigen Begriff vom Paradies!»

Die *fille à la cassette* erwiderte mit einer jähen Wendung ihres maskierten Gesichts und einem überrascht hervorgestossenen Protest wegen der Blasphemie. Ein leises, fröhliches Lachen drang aus der Kapuze des Mönchs, und die Hugenottin liess sich mit einem sanften Seufzer ein wenig in ihren Sessel zurücksinken.

«O schäm dich, du bist müde!» lachte die andre leise. Dann heftete sie den Blick plötzlich auf einen festen Punkt im Saal, ergriff die Hand ihrer Gefährtin und drückte sie kräftig. «Siehst du's nicht?» flüsterte sie eifrig. «Gleich neben der Tür - den Helm mit den Reiherfedern! Ach, Clotilde, ich kann's einfach nicht glauben, dass er einer von den Grandissimes ist!»

«Doktor Keene hat jedenfalls gesagt, dass er's nicht ist», erwiderte die Hugenottin.

Doktor Charlie Keene, der sich unter der Maske der indianischen Königin verbarg, hatte es allerdings gesagt, aber dafür hatte der buchführende Engel, der es bekanntlich mit solchen Dingen genau nimmt, sofort eine Eintragung auf der Soll-Seite von Doktor Keenes Konto gemacht.

«Wenn ich geglaubt hätte, dass er es ist», fuhr die tuschelnde Dame fort, «dann hätte ich mitten in der Contredanse kehrtgemacht und ihn stehengelassen!»

Hinter ihnen sass ein älteres, unmaskiertes Paar, *bredouille,* wie man von Mauerblümchen zu sagen pflegt, mit dem Ausdruck heiterer Ruhe, die ein Kennzeichen der verheirateten und ortsansässigen Kreolen ist. Die Dame in der Mönchskutte drehte sich auf ihrem Sessel um und lehnte sich zurück, um lachend mit ihnen zu plaudern. Die vorbeischlendernden Masken blickten zu ihrer Loge auf, weil sie ahnten, dass sich unter den beiden Kostümen *Schönheit* verbarg. Dann sahen sie, wie auch die *fille à la cassette* in die rückwärtige Unterhaltung einstimmte, und gleich darauf, wie der alte Herr und Beschützer und die *fille à la cassette* sich erhoben und zum Tanz antraten. Und wer je von den Vorbeipromenierenden einen Blick zurückwarf, konnte sehen, wie der Dragonerleutnant auftauchte und wie er und der kleine Mönch im Saal standen und auf den neuen Tanz warteten.

«Aber wo haben Sie Ihre Begleitung gelassen?» fragte die Stimme in der Mönchskapuze.

«Meine Indianerkönigin?» entgegnete der Kreole Epaminondas.

«Sagen Sie lieber: meinen Medizinmann!» neckte ihn der kleine Mönch.

«Heutzutage kann selbst ein Medizinmann nicht lange tanzen, ohne an die Ausübung seines Berufs zu denken», antwortete der Kavalier, «auch wenn er zu einem wohltätigen Zweck tanzt. Er ist zu zwei kränker gewordenen Patienten gerufen worden.» Die Musik setzte wieder ein, der Kavalier verbeugte sich, aber die Dame schickte sich nicht zum Tanz an.

«Moralisieren Dragonerleutnants immer?» fragte sie.

«Sie tun noch mehr», erwiderte ihr Partner. «Manchmal, wenn die Freuden des Tanzvergnügens sich dem Ende zuneigen, lassen sie sich von der süssen Schwermut anstecken und beichten. Will der ehrwürdige Vater sich meine Beichte anhören?»

Das Paar drehte sich langsam um und näherte sich der Loge, aus der sie gekommen waren. Die Dame blieb stumm, doch kurz bevor sie hineingingen, zog sie ihren Arm halb aus dem ihres Begleiters, und während ihre Augen in der unbeweglichen Mönchsmaske plötzlich aufleuchteten, sagte sie: «Warum soll das Gewissen eines armen kleinen Mönchs mit dem ganzen Leichtsinn dieses Balles beschwert werden? Es ist mein gutes Recht, zu tanzen, wenn ich es will. Ich gebe Ihnen mein Wort, Monsieur, dass ich nur zum Wohl der Armen und

Kranken tanze. Aber ihr Männer seid's, ihr Dragoner und so weiter, die nicht helfen wollen, ohne eine Belohnung wie diesen tollen Unfug dafür zu bekommen. Warum sollen wir euch Absolution erteilen, wenn ihr doch in der Hölle schmoren müsstet?»

«Dann führen Sie uns zum Altar!» sagte der Dragoner.

«Pardon, Monsieur», erwiderte sie, und ihre Worte erstickten fast unter einem melodischen, freimütigen Lachen, «in *die* Richtung gehe ich nicht!» Sie warf einen Blick auf den Ballsaal zurück. «Sie haben recht, der Ball geht dem Ende zu, und ich muss nach dem Abendstern Ausschau halten – nach meiner kleinen Hugenottin.»

«Das ist eine passende Begleitung!»

«Wieso?»

«Sie selbst sind Aurora, der Morgenstern!»

Die Dame zuckte ärgerlich zusammen.

«Monsieur!»

«Pardon», sagte der Kavalier, «wenn ich zufällig Ihren wahren Namen erraten haben sollte...»

Sie lachte wieder – ein Lachen, das ebenso triumphierend fröhlich wie wohlerzogen war.

«Ach so, meinen Namen? Nein, bestimmt nicht!» (Wiederum hatte der buchführende Engel eine Eintragung zu machen.)

Sie wandte sich an ihre Anstandsdame.

«Madame, Sie finden sicher, dass wir nach Hause gehen sollten!»

Die ältere Dame antwortete mit ein paar liebenswürdigen Worten, aber mit schläfrigen Augen, und der Mönch erhob sich und begann einen Umhang aufzunehmen. Doch der Kavalier zog ihn an sich, und da er eine einladende Geste machte, setzten sich beide hin, und er bat leise: «Lachen Sie noch einmal, bevor wir uns trennen.»

«Ein Mönch lacht nicht gratis.»

«Ich will auch dafür zahlen!»

«Wenn's aber nichts zu lachen gibt?» Der Gedanke, über nichts zu lachen, entlockte ihr sofort ein kleines Lachen.

«Wir wollen uns etwas Lustiges ausdenken», sagte der Kavalier. «Wir wollen uns demaskieren; wenn wir entdecken, dass wir nahe Verwandte sind, kommt das Lachen von selbst!»

«Oh, sollen wir uns demaskieren? Nein! Ich habe gar keine Verwandten. Ich bin sicher, dass wir uns fremd sind.»

«Dann könnten wir über den Gedanken lachen, dass ich für die Enttäuschung gezahlt habe.»

Das kindische Geschwätz ging weiter, und schliesslich kamen sie auf den gleichen Vorschlag zurück. Und wieder entschlüpfte der Mönchskapuze ein kleines Gelächter.

«Sie wollen also zahlen? Gut denn: wieviel wollen Sie für die Kranken und Armen stiften?»

«Um zu sehen, mit wem ich lache, will ich zahlen, soviel Sie verlangen!»

«Zweihundertfünfzig Dollar in bar, zuhanden der Veranstalter!»

«Abgemacht!»

Der Mönch lachte, und die Anstandsdame schlug die Augen auf und lächelte, sich entschuldigend. Der Kavalier lachte auch und sagte: «Gut! Das war das Lachen – jetzt kommt die Demaskierung!»

«Werden Sie das Geld bestimmt nicht später als morgen abend an die Veranstalter zahlen?»

«Nicht später! Es wird auf jeden Fall erledigt!»

«Dann warten Sie bitte, bis ich meinen Umhang umgelegt habe, damit ich sofort weglaufen kann.»

Der liebenswürdige Unfug wurde durch die *fille à la cassette* und ihren älteren, aber lebhaften Begleiter unterbrochen, die beide von einer Runde im Saal zurückkehrten. Die alte Dame schlug wieder die müden Lider auf, und die vier schickten sich zum Gehen an. Der Dragoner half dem Mönch, sich gegen die kalte Nachtluft zu schützen. Sie war vor den andern fertig, schwieg einen Augenblick, lächelte leise und flüsterte: «Jetzt!» Sie blickte zu einem demaskierten, vornehmen Gesicht auf, lüftete ihre eigene Maske ein wenig und dann noch etwas mehr und liess sie schnell wieder über ein Gesicht sinken, dessen Schönheit noch die bezaubernde Anmut jener Göttin übertraf, die Honoré Grandissime mit Recht Aurora nannte. Aber es war ein Gesicht, das er noch nie gesehen hatte.

«Still!» sagte sie. «Die Feinde der Kirche beobachten uns! Die Hugenottin hat mich gesehen! Adieu...» Und damit ging sie.

Monsieur Honoré Grandissime drehte sich um und verliess bald darauf das Fest.

«Jetzt, mein Lieber», dachte er bei sich, «wollen wir wieder Vernunft annehmen!»

Ebenso denkt der gerupfte Vogel: «Ich will mein Federkleid wieder anlegen!»

2

Das Schicksal des Einwanderers

Es war genau zwei Wochen nach dem Ball, als ein gewisser Joseph Frowenfeld zum erstenmal Louisiana erblickte. Von Geburt, Erziehung und Einstellung her war er Amerikaner, doch durch seine Eltern auch noch Deutscher und der einzige Sohn einer Familie, der ausser dem Vater und der Mutter und ihm selbst zwei soeben erblühte junge Mädchen angehörten. Im Morgengrauen eines Oktobertags erwachte die kleine Familie, des Ozeans überdrüssig und voller Vorfreude auf das Grün und den Blütenduft und die Pracht der Tropen, und entdeckte, dass ihr Schiff, das sie von ihrer fernen nördlichen Heimat hierhergebracht hatte, bereits in die Mündung des Mississippi einfuhr.

Man kann sich leicht vorstellen, wie sie an jenem Morgen einer nach dem andern von unten heraufkamen, ernst ob der ersten Enttäuschung, und, umschwärmt von einem Wirbel sirrender Moskitos, über die endlose Wasserfläche blickten und sahen, dass sich im Osten, Norden und Westen Himmel und Sumpf begegneten, und wie sie dann in geduldigem Schweigen die Vermutung des Vaters mit anhörten, dass die Berge nach einer Weile bestimmt in Sicht kämen.

«Wir wollen uns die Enttäuschung zur Lehre dienen lassen», sagte er, «denn wenn die Einwohner hier mit uns sprechen könnten, würden sie uns mit Recht bitten, sie und ihr Land nicht nach ein paar flüchtigen Blicken oder nach den Erfahrungen der ersten Tage und Wochen zu beurteilen.»

Aber es kamen keine Berge in Sicht. Doch allmählich fanden sie Trost im Anblick ferner Wälder, und am Nachmittag sahen sie eine Art Festland – aber was für eins! Land, das von riesigen Zypressen verdüstert und halb versunken war und in Trauer gehüllt schien – ein Land voller Reptilien und Schatten und Schweigen und Verfall.

«Der Kapitän hatte Papa doch beim Einschiffen erzählt, New Orleans liege im Hochland», sagte die jüngere Tochter mit zitternder Stimme und ohne die warnende Hand ihrer Schwester zu beachten.

«Im Hochland?» wiederholte der Kapitän und wandte sich vom Flusslotsen ab. «Ja, so ist es doch auch! Es liegt höher als der Sumpf, aber nicht höher als der Fluss», und er unterdrückte ein breites Lächeln.

Aber die Frowenfelds waren keine Menschen, die sich unnützen Klagen überliessen. Es war bezeichnend für sie, dass sie die lichten wie die Schattenseiten erkannten und einander darin bestärkten, sich gegenseitig aufzuheitern. Das Lächeln der ernsten älteren Schwester teilte sich auch den andern mit und sprang auf Joseph über, der mit etwas verstörter und trauriger Miene dagestanden hatte und sich nun etwas heiterer umwandte und meinte, sie hätten kein Recht, zu verdammen, was der Schöpfer für gut befunden hatte. Der alte Vater war noch beherzter.

«Manche Leute glauben, dass die Moskitos die Luft reinhalten», sagte er.

«Aber nach Sonnenuntergang sollten Sie sie lieber meiden!» warf der Kapitän ein.

Nachdem der Tag und die Nacht verstrichen waren, wurde die Aussicht weniger abstossend. Allmählich festigte sich ihre Überzeugung, dass New Orleans wohl kaum auf Pfählen im Sumpf stehen könne, und dadurch wurde das Auge fähiger, die ernste Landschaft zu würdigen. Sie war übrigens nicht durchweg so ernst. Auf beiden Seiten kamen hin und wieder weite Durchblicke auf die smaragdgrüne Savanne, und dahinter funkelte der blaue Golf und winkte mit tausend weissen Schaumkronen Lebewohl, wenn die trauernden Sümpfe den Horizont wieder aussperrten. Wie würzig war der sanfte Windhauch, der von der feuchten Prärie her wehte! Wie unheimlich und nah die roten und grünen, schwarzen und gelben Sonnenuntergänge! Wie verträumt das Flachland mit dem grossen, rauschenden Strom! Die tiefe Stille und Weite liessen den alten Deutschen, wie er erklärte, an Morgen und Abend der ersten Schöpfungstage denken, als die Welt noch im Werden war. Das Bellen eines Hundes im Fort Plaquemines schien im Panorama der Schöpfung aus der Reihe zu tanzen: noch ehe die Welt für den Herrn des Hundes bereit war.

Aber ihm wurde versichert, dass es nicht ganz unmöglich für den Menschen sei, in diesem Sumpfland zu leben – «falls man einen Neger als Menschen bezeichnen will. Entlaufene Sklaven sind hier nicht so selten, wie man – ein verirrter Jäger zum Beispiel – es wünschen möchte.» Ein neuer Passagier erzählte es, der beim Fort Plaquemines an Bord gekommen war. Er sprach Englisch.

«Ja, Sir! Bin ja selber mal wegen Bras-Coupé in den schlimmsten Sumpf geraten: hinter dem Gutshaus von meinem Vetter Honoré war's! Da können Sie fragen, wen Sie wollen.» (Ein Kreole verwahrt sich stets gegen Unglauben.) Jetzt schweifte er einen Augenblick ab: «Sie kennen wohl meinen Vetter Honoré Grandissime, der vorigen Monat zweihundertfünfzig Dollar fürs Krankenhaus gestiftet hat? Und weil ausgerechnet mein Vetter das getan hat, musste doch jemand anders die gleiche Summe geben! Aber warum hat er seinen Namen nicht genannt?»

Der Grund dafür (den der Passagier nicht kannte) war ganz einfach der, dass der zweite Spender der gleiche wie der erste war, damit der unbekannte kleine Mönch nicht herausbringen konnte, wer der erste Spender war.

«Wer war Bras-Coupé?» fragte der Deutsche auf französisch.

Der Fremde sass auf der Ankerwinde im Schatten eines Zypressenwaldes, vor dem das Schiff vertäut lag und auf günstigen Wind wartete. In einem Dialekt, der schwer, aber nicht unmöglich zu verstehen war, erzählte er die Geschichte eines Mannes, der es vorzog, in diesem furchtbaren Labyrinth wie ein Wild gehetzt zu werden, statt wie ein Haustier unterm Joch zu gehen und sich verprügeln zu lassen. Joseph, der näher kam, als der Fremde die Erzählung beendete, hörte noch gerade eben, wie sein Vater sagte: «Freundchen, wenn Sie hitzige Diskussionen fürchten, erzählen Sie dergleichen nicht meinem Sohn!»

Die Nächte waren von fremdartiger Schönheit. Die Einwanderer verbrachten sie grösstenteils an Deck, die Mutter und ihre Töchter in stummem Entzücken befangen, während Vater und Sohn, den Blick nach Süden gewandt, voller Freude die neuen Sternbilder fanden, die ihnen bis dahin nur vom Globus und von der Sternkarte bekannt waren.

«Ja, mein lieber Junge», sagte der Vater, als beide vor Bewunderung ganz hingerissen waren, «wohin der Mensch auf diesem Erdball auch gehen mag, wie wenig einladend seine Umgebung auch sein mag, der Himmel ist ihm immer zu Häupten, und ich bin froh, dass du dir die Sterne als Lieblingsstudium erwählt hast!»

So verging die Zeit, während das Segelschiff Stunde um Stunde geduldig dem Ziel ihrer Pilgerreise näherrückte, bald vom Wind langsam die trübe Strömung hinaufgetrieben, bald längs duftender Orangen- und Magnolienhaine oder zwischen Zuckerrohrfeldern oder bei Nacht im tiefen Schatten eines mächtigen Weidendschungels. In der gleichen Zeit, die man heute braucht, um die ganze Reise von ihrer nördlichen Heimat bis zu ihrem südlichen Ziel zurückzulegen, bewältigten sie eine Entfernung von achtundneunzig Meilen und sahen sich endlich vor der kleinen Hybridenstadt Nouvelle Orléans. Dort erhob sich die Kathedrale, und neben ihr stand - wie Sancho neben Don Quichotte - die gedrungene Halle des Cabildo mit dem Gefängnis dahinter. Da waren die Forts, die Militärbäckerei, die Plaza, die Almonaster-Warenlager und die belebte Rue Toulouse; die übrige Stadt war ein malerisches Gewirr von grünen Baumwipfeln, roten und grauen Dächern und Durchblicken auf weisses oder gelbes Mauerwerk, das sich ein paar hundert Meter hinter der Kathedrale ausbreitete und in einem Ring von Villen mit Gärten und Pavillons endete, welches die beiden Zipfel des halbmondförmigen Flussbogens mit Behausungen schmückte, wie sie wahrscheinlich nirgends in der Welt wohnlicher sind.

«Und jetzt», sagte der Kapitän und verabschiedete sich von den Einwanderern, «gehen Sie nicht in die Sonne und halten Sie sich brav im Schatten auf: Sie sind noch nicht akklimatisiert, wie man so sagt, und in der Stadt sind stets Fälle von Fieber.»

Das waren also die Frowenfelds: aus einer solchen Gussform und in eine solche Stadt hinein wurde der junge Amerikaner versetzt, den selbst Agricola Fusilier allmählich für würdig befand, eine Ausnahme bei ihm zu machen und ihn mit seiner Anerkennung zu beehren.

Die Familie mietete ein zweistöckiges Backsteinhaus in der Rue Bienville Nr. 17. Am dritten Tag nach der Ankunft bat Joseph Frowenfeld seinen Vater bei Tagesanbruch an sein Bett und sagte ihm, er habe Schüttelfrost und so starke Kopf- und Rückenschmerzen, dass er lieber ruhig liegenbleiben wolle, bis sie vergangen wären. Der besorgte Vater erwiderte, dass es zweifellos das Beste sei, und liess sich äusserlich nichts anmerken. Er blickte seinem Sohn in die Augen, deren Pupillen sich zur Grösse von Stecknadelköpfen zusammengezogen hatten. Er fühlte ihm Puls und Stirn; ein Zweifel war nicht mehr möglich: es war die gefürchtete Geissel, das gelbe Fieber! Wir sagen manchmal, dass uns bleischwer ums Herz ist, aber das reichte nicht aus, das Entsetzen des Vaters auszudrücken.

Am zweiten Tag, als das unersättliche Fieber durch die Adern des Kranken raste, wie ein Trupp Soldaten durch eine brennende Stadt, und das Gift tief im Innersten seines Körpers jede zitternde Zelle heimsuchte, sank der Arme einen Augenblick in Schlaf. Aber das kam nur daher, weil der Feind nun auch ins Gehirn eingedrungen war. Und dann hatte Joseph ein Erlebnis, das bei den an dieser Krankheit Leidenden nur selten vorkommt, jedoch nicht ganz unbekannt ist: ein Delirium, in dem sich Entzükken und Entsetzen jagten. Er schien irgendwo zwischen Himmel und Erde zu erwachen, in einer prunkvollen Barke sitzend, die mit Vorhängen aus Silberbrokat und mit Kissen aus schweren Stoffen aller erdenklichen Farben geschmückt war und stark bis zum Brechreiz nach Orangenblüten-Tee duftete. Die Besatzung bestand in einer einzigen alten Negerin, die sich ein blaues Baumwolltuch um den Kopf gewunden hatte, im Bug stand und die Barke mit einer eigentümlich kreiselnden Bewegung des Teelöffels in ihrer Hand weiterruderte. Er konnte seinen Kopf nicht vor der heissen Sonne retten; und das Boot kreiste unaufhörlich in einer schwerfällig hämmernden Bewegung rundherum, und im Takt dazu begegneten einander regelmässig zwei Luftgeister - der eine ein schönes Mädchen, der andre ein kleiner rothaariger Mann - mit der ewigen Aufforderung und Antwort: «Deckt ihn gut zu und schliesst das Zimmer! Deckt ihn gut zu und schliesst das Zimmer!» Oder: «Gebt ihm kein Wasser! Gebt ihm kein Wasser!»

Während wie langer Zeit es anhielt - ob Minuten oder Tage -, konnte Joseph nicht wissen, doch endlich verblassten die Bilder, und er war sich völlig im klaren, dass er in einem Krankenbett lag und dass er, falls nicht etwas für ihn getan wurde, vielleicht innerhalb einer Stunde sterben müsse. Dann berührte ein Löffel seine Lippen; der Geschmack von Wasser mit Branntwein rieselte durch seinen Körper, und er fiel in einen sanften Schlaf. Als er erwachte, spürte er wieder den Löffel an seinen Lippen. Er musste die Hände auf der Bettdecke etwas anheben, um sich zu vergewissern, dass es die seinen waren: so abgezehrt und gelb sahen sie aus. Er blickte auf die Seite, und durch den weissen Tüll des Moskitovorhangs sah er während einer Sekunde ein unbekanntes, wunderschönes junges Gesicht. Doch die Lider sanken ihm über die Augen, und als er sie wieder aufschlug, stopfte ihm die schwarze Krankenschwester mit dem blauen Kopftuch die Decke um die Füsse.

«Schwester?»

Keine Antwort.

«Wo ist meine Mutter?»

Die Negerin schüttelte den Kopf.

Er war zu schwach, um noch mehr zu sagen, doch seine Augen baten so inständig und flehentlich, dass sie ihm endlich eine hörbare Antwort gab. Er bemühte sich sehr, sie zu verstehen, konnte es aber nicht, denn sie sagte: *«Li pa' oulé vini 'ci – li pas capabe.»*

Noch drei Tage lang erschien dreimal täglich ein kleiner Mann mit einem grossen Kopf voll kurzer roter Locken und kleinen Sommersprossen auf der feinen Haut. Er setzte sich mit einem aufmunternden Wort und Herrschermiene an sein Bett. Endlich kam es zu einem längeren Gespräch.

«Sie haben also beschlossen, nicht zu sterben, was? Ja, ich bin der Arzt, Doktor Keene. Eine junge Dame? Was für eine junge Dame? Nein, eine junge Dame ist nicht hiergewesen. Sie täuschen sich. Das sind Fieberphantasien. Niemand ist hiergewesen ausser der Schwarzen und mir. Nein, mein lieber Junge, Ihre Eltern können Sie jetzt noch nicht besuchen. Sie wollen doch nicht, dass sie sich anstecken, was? Also leben Sie wohl! Tun Sie, was Ihnen die Pflegerin sagt, dann dürfen Sie nächste Woche den Kopf und die Schultern ein bisschen hochheben. Wenn Sie aber nicht auf sie hören, bekommen Sie einen Rückfall, und dann würde selbst der Teufel nicht versuchen, Sie zu retten!»

Der Patient hatte schon seit mehreren Tagen ein wenig aufgesessen, als der Doktor endlich kam, um ihm einen letzten Besuch zu machen, «nur der Form halber», wie er meinte. Aber nach ein paar Scherzworten zog er seinen Stuhl näher heran, um mit sanftem Ton – müssen wir es noch sagen? – Joseph mitzuteilen, dass sein Vater, seine Mutter und die beiden Schwestern alle zusammen eine zweite Reise angetreten hatten, eine längere, zu Ufern, wo es weder Enttäuschung noch Fieber gab.

«Und, Frowenfeld», schloss er seine lange und schmerzliche Mitteilung, «wenn jemand schuld daran ist, dass Sie nicht mit ihnen gingen, dann trifft es zum grössten Teil wohl mich. Doch wenn Sie jemals einen Freund brauchen – einen, der höflich zu Fremden ist und unmanierlich nur zu denen, die er gern mag –, dann verlassen Sie sich auf Charlie Keene! Ich werde ohnehin von Zeit zu Zeit mal hereinschauen, bis Sie etwas kräftiger sind. Ich habe mir verdammt viel Mühe gegeben, Sie am Leben zu erhalten, und wenn Sie jetzt einen Rückfall bekommen und uns entwischen sollten, dann wäre allerhand ärztliche Kunst vergeudet. Also bleiben Sie hübsch zu Hause!»

Josephs Nachbarn, die ihn mit einem höflichen Hutziehen begrüssten, als er seine langsame Genesungszeit innerhalb der offenen Tür verbrachte, suchten nicht zu erfahren, wie oder wann er gelitten hatte. Und selbst wenn die Nachbarn seinen Verlust zur Kenntnis genommen hätten, war dieser doch nicht so aussergewöhnlich, als dass sie ihn wie ein Wundertier mit besonderem Interesse bedacht hätten. Er begann schon ganz verzweifelt die grosse Einsamkeit zu spüren, die man, wie die Philosophen behaupten, in jeder grösseren Stadt empfindet – da nahmen die Dinge auf einmal eine entscheidende Wendung.

3

«Und wer sind meine Nachbarinnen?»

Wir sagten, die Dinge hätten eine Wendung genommen. Besser gesagt, Frowenfelds Interesse erhielt einen neuen Aufschwung. Angefangen hatte es damit, dass Doktor Keene ihn besonders gut mit einer alten Familiengeschichte unterhielt, in der geheimen Absicht, seinen Patienten noch eine Zeitlang ans Haus zu binden. Er hatte eine grosse Zuneigung zu Frowenfeld gefasst, und nachmittags pflegte er oft hereinzuschauen und ihn zu einer Partie Schach aufzufordern - ein Spiel, aus dem sich, nebenbei bemerkt, keiner von beiden sehr viel machte. Der Einwanderer hatte seinem Vater zuliebe die verschiedenen Züge gelernt, und der Doktor hatte sie, um die Wahrheit zu gestehen, überhaupt nie erlernt. Aber er war einer von jenen Menschen, denen es schwerfällt, ihre Zuneigung zu einem andern zu bekennen, am wenigsten zu jemandem ihres eigenen Geschlechts. Daher kann man mit Sicherheit annehmen, dass ihr Schachbrett oft eine Anordnung der Figuren zeigte, die selbst einen Morphy verblüfft hätte.

«Übrigens, Frowenfeld», sagte Keene eines Abends nach seinem ersten Zug, mit dem er unweigerlich jedes Spiel eröffnete, «Sie haben ja noch nicht die Bekanntschaft Ihrer schönen Nachbarinnen gemacht.»

Frowenfeld wusste nichts von besonders schönen Nachbarinnen gleich nebenan - weder rechts noch links waren ihm Damen aufgefallen.

«Dann werde ich Sie eines Tages mitnehmen, damit Sie sie kennenlernen!» Der Doktor lachte ein wenig und rieb sich, während er lachte, übers Gesicht und über seine feinen roten Locken.

Der Kranke fragte sich, was es da zu lachen gäbe.

«Wer sind denn meine Nachbarinnen?» erkundigte sich Frowenfeld.

«Sie heissen De Grapion - aber was sage ich da? Sie heissen natürlich Nancanou! Sie sind ohne Ausnahme die schönsten Damen, die ich kenne, die klügsten, besten und tapfersten von ganz New Orleans!» Der Doktor hob die Zigarre auf, die an der Kante des Schachbretts lag, stellte fest, dass sie ausgegangen war, und machte sich daran, sie wieder anzuzünden. «Bestes Geblüt des Landes, ebensogut wie die Grandissimes! Blut spielt hier eine grosse Rolle, seltsamerweise», fuhr er fort. «Manchmal ist's sehr merkwürdig.» Er bückte sich, um seinen Rock aufzuheben, der hinuntergefallen war, und holte sein Taschentuch aus der Brusttasche. «Auf dem grossen Maskenball vor zwei Monaten, wo ich mich mit den beiden Damen glänzend unterhalten habe, war der stolzeste Truthahn im ganzen Theater ein alter Knabe, dessen Indianerblut sich sogar in seinem Benehmen zeigt, und doch, haha, habe ich vor ein paar Jahren bei einem Quarteronen-Ball den gleichen alten Mann gesehen, wie er auf den schönsten, bestgekleideten Mann im Saal zutrat - einen Mann mit einer Haut, die weisser als meine eigene ist, und im Aussehen und Benehmen ein vollendeter Gentleman -, und ihn hat er ohne ein Wort ins Gesicht geschlagen!»

«Und das finden Sie zum Lachen?» sagte Frowenfeld.

«Natürlich! Warum sollte ich nicht lachen? Der Mann hatte dort nichts zu suchen. *Männliche* Quarteronen haben zu diesen Bällen keinen Zutritt, lieber Freund! Er kann von Glück sagen, dass er mit dem Leben davongekommen ist!»

Weil Frowenfeld ihn betroffen anblickte, fuhr der Doktor hartnäckig fort: «Doch, die Leute haben recht. Hierzulande muss man heikel sein. Aber das gehört nicht zur Sache. Quarteronen-Bälle haben nichts mit diesen Damen zu tun.» Er wandte sich der Wiederbelebung seiner Zigarre zu. «Seltsame Leute hierzulande...», wiederholte er. Aber seine Zigarre wollte nicht ziehen. Er war ein kläglicher Erzähler. Dem jungen Frowenfeld - und jedermann ausser einem Kreolen oder einem durch und durch zum Kreolen gewordenen Amerikaner - musste seine Erzählung, als er sie beendet hatte, als ein Wirrwarr fremder Namen, Orte und Ereignisse erscheinen; doch über dem Ganzen lag ein Hauch Romantik, der ihm Farbe verlieh und es mit Phantasiegestalten belebte. Frowenfelds Interesse nahm zu, er fühlte sich in dieses Labyrinth verlockt - und blieb verwirrt drin stecken. Als Arzt hatte Doktor Keene also seine Absicht erreicht: er hatte seinen Patienten abgelenkt, denn mitten in diesem Wirrwarr entdeckte und begriff Frowenfeld im Typus der Kreolen ein menschliches Problem, und wir werden ihn bald sehen, wie er voller Eifer und Mitgefühl die möglichen Beziehungen dieser ihm unbekannten Grössen in seinem Kopf wälzte – wie der Dichter von heute nachsinnt über «die Blüte in der Mauerritze».

Die Grössen in dem Problem waren die Vorfahren – die mütterlichen Vorfahren – der beiden Familien, die sich feindselig und eifervoll gegenüberstanden und deren Nachkommen auf jenem Maskenball ahnungslos zusammengeführt wurden. Wir werden sie sogleich ohne Maske kennenlernen.

4

Familienstammbäume

Im Jahre 1673 wurde im Häuptlingshaus eines Tchoupitoulas-Dorfes, welches nicht weit vom «Büffelweideplatz» (jetzt besser bekannt als New Orleans) entfernt lag, ein Mädchen namens Lufki-Humma oder Rote Erde geboren. Die Mutter Lufki-Hummas war sowohl von Geburt wie durch Heirat eine Prinzessin. Denn der Vater hatte sich vor zehn Monden mit der wahrscheinlich allen Herrschern eigenen Aufopferung für die Interessen seines Volkes nordwärts ins Territorium der stolzen und vornehmen Natchez-Indianer gewagt und solchen Erfolg bei deren Grosser Sonne gehabt, vielmehr, ihn im Rauchen übertroffen, dass er sich, als er schliesslich die Asche aus seiner erfolgreichen Friedenspfeife klopfte, als Besitzer einer Squaw sah, deren Stammbaum eine lange Reihe königlicher Mütter aufwies – Väter hatten in der Heraldik der Natchez-Indianer wenig zu bedeuten, obwohl sie bis jenseits des mexikanischen Ursprungs ihres Volkes zurückgingen und erst im Strahlenglanz ihres grossen Urhebers, des Tagesgestirns selbst, verschwanden. Was die väterliche Abstammung von Rote Erde betraf, müssen wir uns mit der Tatsache zufriedengeben, dass ihr Vater nicht nur der soeben beschriebene Diplomat, sondern auch ein Häuptling von gewaltiger Grösse war, das heisst, er mass sieben Fuss.

Es braucht hier kaum erwähnt zu werden,

dass die Mutter, als sie Lufki-Humma zur Welt gebracht hatte, sich sofort von ihrem Fell-Lager erhob, das Kind zum nahen Bayou trug und dort badete - nicht aus Eigenheit noch aus Unabhängigkeitsdrang oder Eitelkeit, sondern einfach, weil es eine jener herzzerreissenden Sitten war, die zu den Erlebnissen einer indianischen Mutter, der heiligsten aller beklagenswerten Mütter, gehören.

Vor der Tür seiner Hütte sass ihr Herr und Gatte; er sass dort, als sie hinausging, und er fuhr fort, dort zu sitzen. Sein Interesse an der Banalität des Augenblicks kann dahin zusammengefasst werden, dass er - ebenso wie manche Männer in zivilisierteren Ländern und Zeiten - seiner Königin die volle Verantwortung für das Geschlecht ihres Sprösslings zuschob. Die Natchez mochten Mädchen vorziehen - der Häuptling der Tchoupitoulas wollte einen Sohn haben. Sie kehrte vom Wasser zurück, kam näher, sank auf die Knie, legte ihm das Kind vor die Füsse, und siehe da - es war eine Tochter!

Dann fiel sie vornüber aufs Gesicht. Körperliche Erschöpfung konnte es gewesen sein - es war vielleicht auch bloss der Luftzug der Steinaxt ihres heissblütigen Eheherrn, die an ihrem Schädel vorbeipfiff: eine Untersuchung wäre ein zu grosser Hohn gewesen; jedenfalls blies etwas ihre «trübe Kerze» aus.

Unter den Squaws, die herbeikamen, um das vorgeschriebene Klagegeheul anzustimmen und sich Andenken aus der spärlichen Hinterlassenschaft der Verstorbenen zu sichern, befand sich eine, die in ihrer Palmetto-Hütte eine leere, kaum kalt gewordene Wiege und daher für die unglückliche Lufki-Humma, wenn auch keinen Platz in ihrem Herzen, so doch in ihren Brüsten das Erforderliche hatte, und so kam es, dass das kleine Ding, eine drollige Hypothese aus Fleisch, Blut, Nerven und Gehirn, mit *carte blanche* zu beliebiger Verfügung in die Hände der wilden Natur geworfen wurde. Und jetzt, da es Agricola Fusiliers vielgerühmte Ahnfrau wurde (die dunkle Tönung ihrer Wangen bedeutete nicht etwa, dass er weniger «weiss» war, noch konnte sie ihm das Recht nehmen, dem schönsten und nobelsten Abkömmling eines Afrikaners ins Gesicht zu schlagen), und da diese stolze Rechtsstellung nicht der erbärmlichen Umgebung ihrer Geburt entsprungen sein kann, wollen wir einen Augenblick das Rohmaterial betrachten.

Was das Fleisch betrifft, so war es natürlich etwas von dem *einen* Fleisch, aus dem wir alle erschaffen sind; doch das Blut (um auf feinere Vorzüge einzugehen), das Blut war zum Unterschied von der Milch ihrer Alibamu-Nährmutter das Blut der königlichen Kaste der grossen toltekischen Mutterrasse, die, bevor sie ihre mexikanische Herrlichkeit dem erobernden Azteken überliess, den juwelengeschmückten und goldüberladenen Inka im Süden auf den Thron setzte und in den Händen der Natchez das heilige Feuer seiner Tempel in den Norden schickte. Denn es ist ein kurzer Weg zur Wahrheit betreffs Lufki-Hummas Muskelgeweben, wenn man sagt, dass sie das Blut ihrer Mutter und den Nerv ihres Vaters hatte, den Nerv des echten nordamerikanischen Indianers, und zwar in seiner besten Eigenart.

Was ihre kindlichen Knochen betrifft, so waren sie derart, dass es ihr nicht an Gradheit der Glieder, Gedrungenheit des Körpers, Kleinheit der Hände und Füsse ermangelte und sie in jeder Beziehung ein Muster an Symmetrie und Schönheit war. Möglicherweise mag zwischen den beiden Seiten des Hinterhauptprofils eine Inka-Neigung zu Ungleichheit bestanden haben, doch wenn das gute Glück es wollte und ihr nachgiebiger kleiner Schädel den Riemen der Wiege entgehen konnte, würde die Harmonie, die die Natur liebt, bald zutage treten. Und dieses Glück ward ihr zuteil. Dass der Vater ein Kind verabscheute, das seine Wünsche bezüglich des Geschlechts nicht befolgt hatte, veranlasste eine mündliche Verfügung, welche neben anderen Verboten jene Verunstaltung des Schädels untersagte, die indianische Mütter mit Begeisterung bei ihren Sprösslingen hervorrufen.

Und betreffs des Gehirns - was können wir da sagen? Das Kästchen, in das die Natur gerade jenes Gehirn einsperrte und in welchem der Tod, der grosse Stiefbruder der Natur, es schliesslich weglegte, ist nie in die beglückten Finger jener Leute gefallen, deren wissenschaftliche Gier sie antreibt, nach der *crania Americana* zu graben, und die bemerkenswerte Feinheit seiner Struktur wird nie Bewunderung in triumphierenden Augen entflammen, und ebenso werden auch all ihre gelehrten Ausgrabungen niemals eins der bleichen Mahnmale der Sterblichkeit mit seinen Wänden schönerer Konturen oder edlerer Geschicklichkeit oder einen Innenraum von bewundernswerteren Ausmassen hervorholen als die schöne Ratskammer, unter deren Kuppel der Geist Lufki-

Hummas vor etwa zwei Jahrhunderten mit hochgemuten Gedanken in häufiger Konklave zu sitzen pflegte.

«Diese Tatsachen sind mir», wie Agricola Fusilier gern zu sagen pflegte, «durch Familientradition bekannt, denn verstehen Sie, Tradition ist viel zuverlässiger als die Historie!»

Der Lauschende Kranich, der Medizinmann des Stammes, trat eines Tages sachte in die Hütte des riesigen Häuptlings, setzte sich ihm gegenüber auf eine Matte aus geflochtenen Binsen und nahm eine angezündete Friedenspfeife entgegen; und nach einer Stunde angemessenen Schweigens, das endlich durch des Kriegers Wink unterbrochen wurde, «das Ohr des Rasenden Büffels stehe der Stimme seines Bruders offen», sagte er, wenn jenes Ohr sich dem Dorfspielplatz zuwenden würde, könne es ein Gemurmel wie das erfreute Summen der Bienen in den Blüten des Catalpa-Baums vernehmen, obwohl der Catalpa-Baum jetzt seine Blätter abwarf, denn es war der Mond der Truthühner. Nein, es war das unterdrückte Lachen der Squaws, die sich mit ihren Kleinen am Dorfpfahl tummelten und über das Natchez-Tchoupitoulas-Kind staunten, dessen Auge wie das Auge des Panthers war und dessen Worte weise waren wie die Worte eines alten Häuptlings im Rat.

Es wurde noch mehr hinzugefügt, wir berichten nur genug, um die Richtung der Absichten des Lauschenden Kranichs anzugeben. Das Auge des Rasenden Büffels eröffnete sich einer Vision: die Tochter der Natchez thronte majestätisch in bunten Gewändern aus aufgenähten Federn, kreuz und quer gegürtet mit Gürteln aus Schlangenhaut und Muschelperlschnüren, die Füsse in Mokassins, die mit Stachelschweinkielen bestickt und bemalt waren, den Kopf unter einem prachtvollen Federbusch, Siegestrophäen um ihren Thron, und die Luft ihres Häuptlingshauses blau vom Rauch aus den Friedenspfeifen der Abgesandten. Diesen erstaunlichen Traum beschloss der launische Häuptling sofort in die Wirklichkeit umzusetzen. «Bringt sie in den Dorftempel!» sagte er zu seinem Premierminister, «und lasst sie von Kriegern mit Wolfsfleisch ernähren!»

Der Lauschende Kranich war ein geduldiger Mann, er war, wie es im alten französischen Sprichwort heisst, «der Mann, der wartet» und dem alle Dinge zufallen. Er hatte auf eine Gelegenheit gewartet, den Sinn seines Bruders zu ändern, und es war ihm gelungen. Jetzt wartete er, dass der Häuptling sterben solle, und er starb - wie Methusalem und andre gleich ihm. Der Lauschende Kranich hatte von einer Rasse gehört, die noch mächtiger als die Natchez waren - eine weisse Rasse! Er wartete auf sie. Das Jahr 1682 sah, wie sich ein bescheidener «Schwarzrock» zusammen mit La Salle und Tonti einen Weg durch Louisianas Sümpfe brach, das Kruzifix hochhielt und geschützt wurde von französischen Karabinern und den Tomahawks der Mohikaner. Unter den Wundern der Wildnis entdeckten sie ein neunjähriges Kind, das auf einem Thron sass und (mit der unauffälligen Unterstützung des Medizinmannes) als Königin ihres Stammes und als Priesterin ihres Tempels regierte. Sie regierte voller Weisheit und Majestät, gestärkt durch den Scharfsinn und gelassenen Ehrgeiz des Lauschenden Kranichs, in ihrem königlichen Titel bestätigt von des weissen Mannes Manitou durch Vermittlung des «Schwarzrocks» und als Erbin ihres Vaters - manchmal als Gebieterin blutiger Justiz, manchmal als amazonenhafte Ratgeberin der Krieger, und die ganze Zeit - und Jahr um Jahr, bis sie mit sechsundzwanzig Jahren den Gipfel ihres Frauentums erreicht hatte - blieb sie eine jungfräuliche Königin.

Am 11. März 1699 warfen zwei tollkühne junge Franzosen der kleinen Truppe Monsieur D'Ibervilles ihr Gewehr über die Schulter und wagten sich von ihren Kanus am Ufer des Mississippi in die Wildnis hinein. Zwei Männer waren es, die ein Entdecker mit Recht bei sich behalten hätte, statt sie in solch ein Wagnis hinauszulassen, ein Paar, auf das man sich stützen konnte, edel und stark. Sie jagten, erlegten nichts, waren dem Regen ausgesetzt, dann der Nacht, dem Hunger, der Furcht, der Verzweiflung.

Und als sie sich zum Sterben niedergelegt hatten und kaum eingeschlafen waren, wurden sie in aller Romantik ihrer hoffnungslosen Kraft und Schönheit von der Diana der Tchoupitoulas entdeckt, die mit Bogen und Köcher durch die Magnolienwälder streifte. Sie verliebte sich sterblich - ob in Zephyr Grandissime oder in Epaminondas Fusilier, das blieb einstweilen ihr Geheimnis.

Die beiden Gefangenen wurden als Gäste aufgenommen. Lauschender Kranich freute sich über sie, sah in ihnen zwei Repräsentanten der grossen, Geschenke spendenden Rasse und erging sich in Träumereien über Friedenspfeifen, Gespräche, Verträge und Bündnisse, die in der Heirat seiner jungfräulichen Königin mit dem König von Frankreich gipfelten und unweigerlich die rasch zunehmende Grösse des Lauschenden Kranichs im Gefolge hatten. Man setzte sich nieder und ass Bärenfleisch, Bohnen und Maisbrei. Die Königin war mit allem Prunk angetan: mit einer Weste aus Schwanenhaut, eingefasst mit roten und grünen Federn vom Hals der Stockente, mit einem Rock aus geflochtenem Haar mit Stickereien aus Stachelschweinkielen, mit Strumpfbändern aus Muschelperlschnüren, schwarzgrünen Schlangenhaut-Mokassins, die auf Fellen von Tigerkatzen und Büffeln ruhten, mit Armbändern aus Garupa-Schuppen, Halsketten aus Bärenklauen und Alligatorzähnen, geflochtenen Zöpfen und Federn von Raben und Flamingos, mit Flügeln des schwirrenden Brachvogels und mit Wohlgerüchen von Lorbeer und Sassafras. Junge Männer führten Tänze vor ihnen auf, bliesen auf Rohrflöten, jauchzten, riefen und rasselten mit Flaschenkürbissen voll getrockneter Bohnen und klatschten sich auf Hände und Füsse. Ein Tag verging wie der andre, und die Nächte erstrahlten von Fackeltänzen und Umzügen.

Einige Tage später kehrte Monsieur D'Ibervilles Kanuflotte vom oberen Flusslauf zurück und nahm am Ufer die beiden Männer auf, die sie schon tot geglaubt hatten, und mit ihnen, auf ihren eigenen Wunsch, die Königin, die abgedankt hatte und eine Schar weinender und heulender Squaws und Kinder zurückliess. Drei Kanus, die in ihrem Kielwasser folgen wollten, mussten auf ihr Geheiss umkehren, doch ein alter Mann sprang ins Wasser, schwamm ihnen ein Stückchen nach – und versank plötzlich. Es war der vorsichtig watende, aber des Schwimmens unkundige Lauschende Kranich.

Als die Expedition Biloxi erreicht hatte, bewarben sich zwei Freier um die Hand von Agricolas grosser Ahnherrin. (Keiner von beiden war Zephyr Grandissime - die Grandissimes sind starrköpfig.) Sie würfelten um Lufki-Humma. Demosthenes De Grapion (der als erster die Flagge Frankreichs über dem kleinen Fort gehisst haben soll) schien zu glauben, er dürfe auch sein Glück versuchen, und da es ihm gestattet wurde, warf er eine erstaunlich hohe Punktzahl. Doch Epaminondas Fusilier warf einen Punkt höher (was Demosthenes De Grapion nie ganz verstehen konnte) und errang eine Frau, die ihn auf den ersten Blick geliebt hatte.

Und während die «Pilgerväter» des Mississippi-Deltas sich mit gallischer Sorglosigkeit Frauen und Nebenfrauen von den schlechten Exemplaren der drei Rassen nahmen, wurde mit dem Segen der Kirche das erlauchte Geschlecht der Fusiliers von Louisiana gegründet. Doch das wahre Grandissime-Haupt- und -Stammhaus, in das die Fusiliers schon früh und noch immer einzuheiraten liebten, hat sich lilienweiss erhalten, seit Frankreich die Lilie verehrte - was das Heiraten betrifft, heisst das. Verhältnisse mit weniger Verantwortung dagegen, nun ja, natürlich...

Nach einiger Zeit nahm auch der enttäuschte Demosthenes mit gebührender kirchlicher Billigung eine ganz vortreffliche Frau, die er aus der ersten Ladung deportierter Mädchen wählte. Auch ihr Lebenslauf ist so kurz wie der Methusalems oder noch kürzer: sie starb. Etwas später heiratete Zephyr Grandissime eine

Dame von Stand, eine Witwe ohne Kinder, die mit einer *lettre de cachet* von Frankreich nach Biloxi geschickt worden war.

Demosthenes De Grapion, selbst ein einziges Kind, hinterliess nur einen Sohn, der seinerseits auch nur einen Sohn hinterliess. Doch sie neigten zu frühen Heiraten. Das taten auch die Grandissimes oder, wie ihr Name in den alten Amtsurkunden beglaubigt ist, die Brahmin Mandarin de Grandissime. Dadurch hielt sich ihre vielverzweigte Familie frei von unerwünschten Seitentrieben. Sobald der eigenwillige Zephyr einen Anfang machte, folgte Generation auf Generation mit einer Geschwindigkeit, der die wetteifernden De Grapions nicht gewachsen waren, und neugemachte Grandissime-Väter warfen sich ständig in die liebevollen Arme und an die stolze Brust der beglückwünschenden Grossväter. Es schien wahrhaftig, als sei ihr Familienstammbaum ein Feigenbaum: Blüten suchte man vergebens auf ihm, aber statt dessen waren dort die Früchte voller Samen. Und trotz all der Eile waren sie meistens gut gebaut, mit kräftigen Gliedern und schönem Gesicht. Der alte Adel ihres Stammhauses, wozu vor allem das namenlose Blut der ersten Dame mit der *lettre de cachet* gehörte, offenbarte sich in der vornehmen Haltung, die einen Grandissime verriet, wo immer man ihn sah, und in der zarten Haut und der klassischen Schönheit der Gesichtszüge, die ihre Töchter doppelt begehrenswert in einem Land und zu einer Zeit machte, die wegen des unheiligen Zölibats ihrer Männer allgemein getadelt wurde.

In einer Schar von Grandissimes konnte man immer ein oder zwei Fusiliers herauskennen:

sie glichen stolz blickenden, dunklen Vögeln mit starkem Schnabel und scharfen Krallen, und wenn sie auch nicht singen konnten, hatten sie doch ein reiches Gefieder, und sie konnten schreien und beissen und schlagen und bewahrten sich einen gesträubten Schopf und eine exaltierte Gereiztheit. Schon früh übten sie den beliebten Schrei: «Eindringling! Eindringling!», mit dem sie alle Fremden begrüssten und den sie um so lauter herausschrien, je mehr man versuchte, sie zu beschwichtigen.

Sie waren das genaue Gegenteil jener andern Familie, die schmächtig wie ein Halm Wildhafer den Lenden der De Grapions entspross. Ein einziger Sohn folgte dem nächsten einzigen Sohn, und dem wieder einer – es war traurig, wenn man bedachte, dass in den damaligen kolonialen Anfängen drei Generationen guten gallischen Blutes fröhlich in unverdünnter Folge einhertrippelten. Und es wurde dadurch nicht weniger traurig, wenn man sah, was für glänzende, tapfere, vielbegehrte junge Männer es waren, die schon früh Epauletten trugen und die schon vor dem einundzwanzigsten Lebensjahr eine mit dem authentischen Hochzeitskuss abgestempelte Ehefrau besassen und schon vor dem zweiundzwanzigsten Lebensjahr einen Leibeserben hatten. Doch leider neigten sie dazu, jung zu sterben. Es war durchaus denkbar, dass sie sich über das ganze Land hätten ergiessen können; aber sie waren so eingefleischte Duellanten, so tapfere Indianer-Bekämpfer, so abenteuerlustige Sumpfjäger und so leidenschaftlich freiheitsliebend, dass der berühmte Name De Grapion immer seltener auf den Listen erschien, die von den führenden

Familien mit ihrer Unterschrift versehen wurden, und daher auch nicht auf der Liste der Veranstalter des letzten Balles zu sehen war.

Es ist durchaus nicht sicher, ob das heisse Blut der De Grapions nicht bereits vor der Nacht des Maskenballes gänzlich verkocht wäre, wenn sich nicht etwas ereignet hätte, das zu der Vereinigung dieses Blutstroms mit einem ebenso klaren und roten, aber von milderer Auslese führte. Dieses Ereignis fand etwa zweiundfünfzig Jahre nach dem Würfelspiel statt, das die Prinzessin Lufki-Humma zur Mutter aller Fusiliers, aber keinem der De Grapions machte. Clotilde, das Schatullenmädchen, die kleine Maid, die nicht heiraten wollte, sich aber dann mit einem De Grapion verband, war (wie die De Grapions erklärten) von heroischer Art und ganze Sümpfe voller Indianerköniginnen wert. Und doch steckt das Porträt dieser grossen Ahnherrin und längst verstorbenen Heldin, die auf dem Ball als Vorbild für eine Maske diente, unauffindbar in irgendeiner Rumpelkammer. Es ist wirklich entsetzlich, wie diese Kreolen ihre Familien-Reliquien und -Chroniken in Rattenlöchern aufbewahren!

Eine Tatsache muss noch erwähnt werden: dass die De Grapions, so sehr sie es auch zu ignorieren versuchten, nie ganz einen stillen Groll unterdrückten, weil von den zwei jungen Männern, die sich laut Chronik in Louisianas grausigen Sümpfen verirrt hatten und für tot gehalten wurden, vor allem von dem, der sich so gemächlich verheiratet hatte (nämlich von Zephyr de Grandissime), so viele Nachkommen abstammten, wie die Sandkörner am Ufer des Mississippi unzählbar sind.

5

Ein Mädchen, das nicht heiraten wollte

Genau in der Mitte der hundertvier Jahre zwischen Lufki-Humma und ihrem stolzen Nachkommen Agricola Fusilier liegt die Zeit, in der Pierre Rigaut De Vaudreuil, der Grossartige, der Grand Marquis, als Gouverneur regierte. Er war der Salomo von Louisiana - wenn auch nicht an Weisheit, so doch an Prachtliebe. Was waren das für Gala-Tage an Ungebundenheit, Verschwendung und Prunk! Papiergeld liess er drucken, zahllos wie die Blätter im Wald: es wurde nicht Rechenschaft darüber abgelegt in den Tagen des Grand Marquis. Denn Ludwig XV. war König.

Clotilde, die Waise eines ermordeten Hugenotten, war eine von sechzig importierten (zukünftigen) Ehefrauen, die letzte königliche Zuteilung an Louisiana. Die Agenten des Königs hatten sie mit Trugbildern aus Frankreich fortgelockt: «Du wirst ein schönes Heim bei einer Dame der Kolonie finden. Ob du heiraten musst? Nur, wenn es dir passt. Der König bezahlt aus seiner Privatschatulle deine Überfahrt und schenkt dir eine Truhe voll Kleider. In der heutigen Zeit - bedenke das, Kind! Und freie Überfahrt obendrein zum Garten Eden, wie man's nennen kann! Was kann sich ein armes Mädchen noch mehr wünschen, sag mir doch? Natürlich wirst auch du wie jede musterhafte Kolonistin einen lieben Mann nehmen und sehr viele schöne Kinder bekommen, die voller Stolz sagen werden: ‹Ich stamme nicht von den Deportierten ab, o nein! Meine Mutter – oder Grossmutter, je nachdem – war eine *fille à la cassette,* ein Schatullenmädchen!›»

Die sechzig gingen in New Orleans an Land und wurden vorerst bei den Ursulinerinnen untergebracht, und noch ehe viele Tage verstrichen waren, waren neunundfünfzig Soldaten des Grossen Königs wohlbeweibt und bereit, sich auf den ihnen gewährten Landzuteilungen am Flussufer niederzulassen. Übrig blieb allein eine widerborstige kleine Ketzerin namens Clotilde. Sie hielten es sechzig Tage lang mit ihr aus, dann beschwerten sie sich beim Grand Marquis. Aber der Grand Marquis war bei aller Aufgeblasenheit doch liebenswürdig und freundlich. Er liebte die Ruhe ebensosehr, wie seine Marquise das Geld liebte. Er gebot ihnen, sie noch einen Monat auf die Probe zu stellen. Sie taten es und brachten sie dann zurück: Clotilde wollte weder heiraten noch zu Maria beten.

Und hört nun her, wie man in damaliger Zeit in New Orleans sprach! Wenn ihr verstehen wollt, weshalb Louisiana so aus den Fugen geraten ist, vermerkt den Ton derer, die das Land Mitte des letzten Jahrhunderts regierten!

«Wie, mein Kind!» sagte der Marquis. «Du bist ein Schatullenmädchen? Frankreich sollte sich schämen! Komm einmal her, schön neben mich! Willst du einen kleinen Rat von einem alten Soldaten annehmen? Er besteht in einem einzigen Wort: Füge dich! Was unvermeidlich ist, dem muss man sich fügen. Wenn du ruhig leben und ruhig schlafen willst: Füge dich! Überlege mal, was das Sich-Fügen im vorliegenden Falle bedeutet: wie leicht, wie bequem ist es, und wie belanglos ist es! Ein wenig die Messe hören, ein wenig den Rosenkranz beten, ein wenig Sich-Bekreuzen - was ist das schon? Man braucht nicht dran zu glauben! Schüttle nicht dein Köpfchen! Nimm zum Beispiel mich! Schau mich an: all diese Dinge gehen bei mir zum einen Ohr herein und zum andern heraus. Machen mir der König und die Kirche zu schaffen? Nicht die Spur! Denn wie verhält sich der König in Fragen der Religion? Ich darf's dir nicht mal erzählen, so ein schlimmer Knabe ist er! Weisst du denn nicht, dass der ganze Adel und alle Gelehrten und besonders alle Kardinäle und Erzbischöfe - in einem Wort, alle ausser so törichten kleinen Küken, wie du es bist - längst entdeckt haben, dass die ganze Geschichte mit der Religion ein Witz ist? Tatsächlich ein Witz, bis ins Kleinste! Ausgenommen natürlich die Sache mit den Ketzern - das ist ein Witz, den sie sich nicht gefallen lassen dürfen. Also ich wünsche dir das Beste, mein schönes Kind! Wenn du daher... Wie? O wirklich, mein Schatz, ich fürchte, dass wir dich unvernünftig nennen müssen! Hör jetzt auf! Ich bin hier einen Augenblick entbehrlich und bringe dich zur Marquise. Sie ist im Nebenzimmer. - Da sieh mal», sagte er, als er vor ihr stand, «das ist die kleine Dame, die nicht heiraten will.»

Die Marquise war ebenso kalt und hartherzig, wie der Marquis ungezwungen und freundlich war; doch wir brauchen die Folterqualen des zweiten Verhörs der kleinen Schatullendame nicht nachzuerzählen. Die Kolonie müsse Soldaten haben, wurde ihr zu verstehen gegeben, und die Soldaten müssen Ehefrauen haben. «Ich bin ja selbst eine Soldatenfrau!» rief die üppig gekleidete Marquise und legte ihre Hand auf die Epaulette des Generalgouverneurs. Überdies erklärte sie, dass er ziemlich weichherzig, sie dagegen eine Geschäftsfrau sei und dass im Protokoll des königlichen Kommissars so etwas wie eine Ledige nicht figuriere - und nebenbei bemerkt: nach dem eigenen Kopf leben, sei momentan in der Kolonie etwas aus der Mode gekommen.

Nachdem sie noch viele ähnliche Quälereien vorgebracht hatte, schien sie plötzlich einen Entschluss zu fassen: sie berührte ihren Gebieter leise am Ellbogen, und als er sich umdrehte, wechselten sie beide am Fenster, das auf den Deich blickte, ein paar getuschelte geschäftliche Bemerkungen.

«Fillette», sagte sie, als sie wiederkam, «du sollst an der Küste leben. Ich werde dich mit einer alten Dame dort hinschicken, die das Wachs der wilden Myrte einsammelt. Mein lieber Soldat kauft es ihr für den König ab und zahlt zwölf Goldstücke für das Pfund. Wusstest du nicht, dass auch Frauen Geld verdienen können? Es ist nicht sehr sicher dort - aber wo in Louisiana gäbe es einen sicheren Ort? Dort sind keine Nonnen, die dich quälen können, nur ein paar Indianer und Soldaten. Ihr werdet zusammenleben, du und Madame, und ganz für euch sein. Und beten könnt ihr, was ihr wollt!»

«Ohne einen Soldaten zu heiraten», warf der Marquis ein.

«Stimmt», sagte die Dame, «vorausgesetzt, dass ihr genug Wachsbeeren sammelt, um mir einen Profit und euch den Lebensunterhalt zu verschaffen.»

Zum Lande der Biloxis war es etwa dreissig

Meilen oder mehr in östlicher Richtung; ein herrliches Land mit niedrigen, immergrünen Hügeln, die über die mit Kiefern bewachsenen Sandinseln des Mississippi-Sunds auf den Golf von Mexiko blickten. Die nördliche Küste der Biloxi-Bucht war reich an Wachsmyrten. Obwohl Biloxi zu Clotildes Zeiten nicht länger die Hauptstadt des Mississippi-Tals war, stand doch das Fort, das D'Iberville im Jahre 1699 errichtet hatte und dessen erster Balken, wie es hiess, an dem einen Ende von Zephyr Grandissime und am andern Ende von Epaminondas Fusilier herbeigetragen wurde, noch immer auf dem alten Fleck und trotzte dem allfälligen Erscheinen von Seeräubern mit ein paar alten Feldschlangen und einem Holzmörser.

Und liess sich die Waise trotz der Indianer und Soldaten und der Wildnis ringsumher hier nieder, und erwarb sie sich ein bescheidenes Vermögen? Ach nein, sie sammelte keine einzige Beere. Als sie - und mit ihr die alte Dame, die ihre Gefährtin im Exil sein sollte, sowie der junge Kommandant des Forts, in dessen Pinasse sie hergekommen waren, nebst zwei oder drei französischen Matrosen und Kanadiern - auf den weissen Sand der Biloxi-Bucht trat, war sie bereits an Händen und Füssen mit unsichtbaren Banden gefesselt, und zwar vom Liebesgott, dem olympischen Schelm, der sich keine bessere Beute vorstellen kann als ein kleines Mädchen, das niemals heiraten will.

Der Name des jungen Offiziers lautete De Grapion - Georges De Grapion. Der Marquis verlieh ihm auf jener Seite des Mississippi-Ufers, das als Cannes Brûlées bekannt ist, ein prachtvolles Stück Land.

«Sie wissen natürlich, wo Cannes Brûlées liegt, nicht wahr?» fragte Doktor Keene den jungen Joseph Frowenfeld.

«Ja», antwortete ihm Joseph und dachte in schmerzlichem Erinnern an die Tage, als er mit seinem Vater und seinen Schwestern die Landkarte von Louisiana studiert hatte.

Dort also liess sich Georges De Grapion nieder und fasste den lobenswerten Entschluss, einen neuen Ausfall gegen die demütigend zahlreichen Grandissimes zu wagen.

«Meines Vaters Methode war in jeder Hinsicht schlecht», erklärte er seinem Eheweib. «Jeder Versuch, die Grandissimes durch Duelle auszurotten, ist nutzlos und wahrscheinlich verkehrt. Wir wollen es mit einem andern Plan versuchen. Danke!» sagte er, als sie ihm seine Jakke gab, deren Achselstücke er entfernt hatte. Noch ehe die Myrtenbüsche eine neue Ernte anboten, schenkte ihm Madame De Grapion, die rührende junge Heldin, gemäss dem neuen Plan einen Sohn, der nicht viel kleiner als sie selbst war (sagt die Chronik).

Nur durch *ein* Ereignis wurde die Freude des Vaters gedämpft: an ebenjenem Tag wurde Numa Grandissime, noch das reinste Kind, von Gouverneur De Vaudreuil zum Leutnant befördert.

«Macht nichts. Messieurs Grandissime, nur zu mit euren Tricks! Wir werden schon sehen! Hah! Wir werden schon sehen!»

«Was werden wir sehen?» fragte ein entfernter Verwandter der Familie Grandissime. «Würde Monsieur so gut sein und sich näher erklären?»

«Päng! Päng!»

Ach, arme Madame De Grapion!

Es darf aber berichtet werden, dass kein Ehrenhandel in Louisiana jemals eine mutigere kleine Witwe hinterliess. Während Joseph und sein Arzt angeblich miteinander Schach spielten, war wenig mehr als ein halbes Jahrhundert verstrichen, seit das kleine Schatullenmädchen vor dem Grand Marquis gestanden und sich geweigert hatte, zu heiraten. Doch sie war längst im Himmel und hatte in den zwanzig Jahren ihrer Witwenschaft ein würdiges Vorbild hinterlassen. Ihr Sohn, der edle Erbe und Besitzer der Plantage Cannes Brûlées, hatte im Alter von (wie es heisst) achtzehn Jahren eine fröhliche und hübsche Witwe französisch-spanischer Abstammung geheiratet und sich nach einem ziemlich langen Leben, das auf den Feldzug unter dem hervorragenden jungen Galvez und das Einbringen unrentabler Indigo-Ernten verteilt war, vor noch nicht langer Zeit zum ewigen Schlaf niedergelegt. Er hatte zwei Überlebende hinterlassen, weibliche – wie sollen wir sie nur beschreiben? Einen «Mönch» und ein «Schatullenmädchen». Es war ihm sehr schwergefallen, zu scheiden und seinen Namen wie eine Kerze verlöschen zu sehen, indes ein gewisser Grandissime-Groll weiterschwelte.

«Es gibt so viele Grandissimes!» rief der junge Frowenfeld müde. «Ich kann sie nicht auseinanderhalten – geschweige denn sie zählen!»

«Macht nichts!» beruhigte ihn der Doktor. «Das müssen Sie gar nicht erst versuchen! Sie können's ja selber nicht, die Grandissimes! Nehmen Sie sie als ein Ganzes – wie Krabben!»

6

Verpasste Gelegenheiten

Der kleine Doktor kippte seinen Stuhl hintenüber gegen die Wand, zog die Knie hoch und lachte vergnügt in seine sommersprossigen Hände hinein.

«Bei dem Maskenball musste ich gehörig lügen! Ich habe nicht gewagt, den Damen De Grapion zu sagen, dass sie sich in der Gesellschaft eines Grandissime befanden.»

«Sie hatten damals gesagt, dass sie Nancanou heissen.»

«Ja, richtig - De Grapion-Nancanou! Darin besteht eben einer ihrer Reize: die eine ist Witwe, die andre ist ihre Tochter, und beide sind jung und so schön wie die Venus. Fragen Sie Honoré Grandissime - er hat die kleine Witwe gesehen, aber er wusste auch nicht, wer sie war. Er wird mich nicht danach fragen, und ich werd's ihm nicht sagen. Ja, es ist jetzt etwa achtzehn Jahre her, seit der alte De Grapion - ein eleganter, hochtrabender alter Knabe - sie, die damals erst sechzehn war, an den jungen Nancanou verheiratete, einen Indigo-Pflanzer auf Fausse Rivière, an der alten Flussbiegung, Sie wissen ja, hinter Pointe Coupée. Dort hat das junge Paar gelebt, und man hat mir erzählt, dass sie eins von den schönsten Häusern Louisianas hatten. Er war ein Mann von kultiviertem Geschmack, hatte in Paris studiert, sprach Englisch, war hübsch, selbstverständlich gesellig und von makellos reinem Blut. Doch der alte

De Grapion hatte eins übersehen: er und sein Schwiegersohn waren die letzten ihres Namens. In Louisiana braucht man jedoch Verwandte, deshalb hätte seine Tochter lieber in eine grosse Familie einheiraten sollen. Wie es hiess, hatten er und Numa Grandissime (der Vater von Honoré Grandissime) eine Art Waffenstillstand zwischen den beiden Familien zustande gebracht, der sogar den alten Agricola Fusilier mit einschloss, so dass er sie mit einem Grandissime hätte verheiraten können. Aber er muss ja wohl gewusst haben, was er tat.

Eine geschäftliche Angelegenheit rief den jungen Nancanou nach New Orleans. Er hatte keine Freunde dort; er war ein Kreole, aber den grössten Teil seines Lebens hatte er nicht auf der Plantage, sondern in Europa verbracht. Er konnte seine junge Frau nicht allein auf der abgelegenen Plantage zurücklassen, deshalb nahm er sie und das Kind, ein Töchterchen, zu ihres Vaters Besitz mit, liess beide dort und ging selber in die Stadt.

Der alte De Grapion gab ihm jedoch einen Empfehlungsbrief für den alten Agricole Fusilier (er heisst Agricola, aber wir kürzen es manchmal ab und sagen Agricole). Anscheinend waren De Grapion und Agricole so leichtsinnig gewesen, einen gegenseitigen Austausch von Höflichkeiten in Briefform anzuzetteln. Und nun ging der junge Mann zu Agricole.

Sie verstanden sich sofort glänzend, tranken zusammen, gingen gemeinsam zu den Quarteronen-Bällen und stellten in drei Tagen soviel Unsinn an, wie ich's nie in zwei Wochen geschafft habe. So ging es weiter, bis sie allmählich mit dem Glücksspiel anfingen. Eines

Abends waren sie im Piety Club und spielten sehr hoch, und der junge Pflanzer verlor sein letztes bisschen Geld. Er war ganz verzweifelt und tat etwas, das ich schon mehr als einen Pflanzer habe tun sehen: er setzte alles auf eine Karte, seine Plantage, jeden Fetzen Land und jeden Sklaven. Agricole weigerte sich, weiterzuspielen. ‹Sie müssen spielen!› sagte Nancanou, und als das Spiel zu Ende war, behauptete er: ‹Monsieur Agricola Fusilier, Sie haben falsch gespielt!› Genauso, wie ich's manchmal sagen möchte, wenn ich mit Ihnen spiele, Mr. Frowenfeld.

Sie müssen aber bedenken, Frowenfeld, dass die Kreolen zwar leidenschaftliche Glücksspieler sind, aber sie betrügen nie. Sie spielen vollkommen ehrlich. Daher musste Agricole den Pflanzer natürlich fordern, man konnte ihn deswegen nicht tadeln, es blieb ihm weiter nichts übrig – doch, Frowenfeld, schweigen Sie, es blieb ihm weiter nichts übrig! Und der junge Mann war kein Feigling. Er schickte Agricole eine Besitzurkunde über die Plantage und die Sklaven – nur die Unterschrift seiner Frau fehlte noch – und nahm die Herausforderung an und fiel beim ersten Schuss.

Still jetzt, lassen Sie mich zu Ende erzählen! Agricole setzte sich hin und schrieb an die Witwe, dass er sie nicht ihres Heims berauben wolle, und wenn sie ihm schriftlich bestätigen würde, dass er in ehrlichem Spiel gewonnen habe, würde er ihr alles überlassen, die Plantage und die Sklaven; wenn sie es aber nicht tun wolle, fühle er sich um seiner Ehre willen gezwungen, es zu behalten. War das nicht fein ausgedacht?» Der Doktor lachte, wie es seine Gewohnheit war, mit gesenktem Kopf, das Gesicht in den Händen. «Verstehen Sie, er wollte vor der ganzen Schöpfung (auf den Schöpfer kam es ihm nicht so an) im allerbesten Licht dastehen, deshalb trampelt er die Gesetze der Menschlichkeit mit Füssen und salbt sich von Kopf bis Fuss mit seiner Kreolen-Ehre!»

«Hat sie ihm die Bescheinigung gegeben?» fragte Joseph.

«Die? Warten Sie nur, bis Sie sie kennen. Nein, natürlich nicht! Sie hatte nichts als Verachtung für ihn übrig. Sie und ihr Vater schickten ihm einen neuen, besseren Schuldschein. Als echte Kreolen brachten sie es fertig, sich dazu aufzuschwingen und dann Schluss zu machen. Aber wie sie sich dabei aufspielten! Ihren ganzen Zorn behielten sie für sich. Sie schickten ihm einen höflichen Brief und schrieben, dass sie mit den Einzelheiten des Falles nicht bekannt wären, dass sie sich nicht veranlasst sähen, die lange und mühsame Reise in die Stadt zu unternehmen, und dass, wenn Monsieur Fusilier de Grandissime glaube, Vergnügen oder Vorteil an der Plantage zu haben, man sie ihm gerne überliesse, denn die Witwe *seines verstorbenen Freundes* fühle sich nicht bewogen, dort zu wohnen, sondern sie würde bei ihrem Vater und auf der väterlichen Besitzung Cannes Brûlées bleiben.

Haben Sie schon jemals ein tolleres Beispiel kreolischen Stolzes kennengelernt? So sind sie eben alle. Zeigen Sie mir einen Kreolen oder eine ganze Anzahl von ihnen bei irgendeinem Streit, und ich werde Ihnen als letzten Grund diesen gleichen hirnverbrannten, eingleisigen, phantastischen, selbstmörderischen Stolz aufzeigen. Er ist so lethargisch und bösartig wie ein Alligator. Deshalb ist der Kreole fast immer in der Defensive, oder er glaubt es zu sein. Nehmen Sie nur die hochmütig feinen Manieren der De Grapions gegenüber dem alten Agricole! Aber kein Grandissime in Louisiana hätte bei Gefahr seines Lebens den Fuss auf das Land der De Grapions setzen können!

Doch ich will die Geschichte beenden – und jetzt kommt die wirklich traurige Seite. Vor einigen Monaten starb der alte De Grapion (sie werden nicht alt, ich nenne es bloss so). Er muss fast in Schulden erstickt sein. Denn wie jeder seiner Rasse hatte er sich an Indigo gehalten, weil sein Vater Indigo angebaut hatte, und das ist eine Pflanze, bei der man von Jahr zu Jahr unweigerlich Geld zusetzen muss. Seine Tochter und seine Enkelin standen völlig verarmt da und begingen obendrein den grossen Fehler, in die City zu ziehen, wo sie keinen, nicht einen einzigen Freund haben. Sie rief mich kurz nach ihrer Ankunft wegen eines Rezepts für eine kleine Unpässlichkeit, und ich sage Ihnen, Frowenfeld, ich schaudere beim Gedanken daran, zwei so schöne Frauen in einer Stadt wie New Orleans ohne einen männlichen Beschützer und» – der Doktor senkte die Stimme – «sogar ohne ausreichende Mittel zu sehen. Die Mutter sagt, es fehle ihnen an nichts, sie sagte es zu dem alten Ehepaar, das sie auf den Ball begleitete und dessen Tochter sie Handarbeitsunterricht geben. Aber in der Hinsicht kann man keinem Kreolen glauben, und ich jedenfalls glaube ihr ganz und gar nicht. Möchten Sie sie kennenlernen?»

Frowenfeld zögerte. Er wollte dies seinem

Freund nicht gänzlich abschlagen, schüttelte aber den Kopf.

«Nach einer Weile - wenigstens noch nicht gleich.»

Der Doktor machte ein enttäuschtes Gesicht.

«Hm, hm», brummte er. «Der einzige Mann in New Orleans, den ich mit so einer Aufforderung beehre. Also meinetwegen. Ich gehe allein hin.»

Er lachte ein wenig und überliess es Frowenfeld, die Bekanntschaft seiner schönen Nachbarinnen zu machen, falls er es wünschte und allein zuwege brachte.

7

War es Honoré Grandissime?

Eines Morgens ritt ein kreolischer Kavalier, nachdem er sich mit eigenen Augen über bestimmte praktische Fragen - vielleicht ein Entwässerungsproblem - unterrichtet hatte, gemächlich über ein paar brachliegende Felder der Stadt entgegen, wo ihn in der Rue Toulouse wichtigere Geschäfte erwarteten, denn dieser Kreole war Kaufmann; und weil er sich bald wieder in der Enge seines Kontors zwischen lauter Terminen befinden würde, gab er sich aus vollem Herzen dem Augenblick und den Einflüssen der ihn umgebenden Natur hin.

Es war gegen Ende November, doch die Luft war milde, und Gras und Laub waren noch grün und taufrisch. Überall blühten wilde Blumen in verschwenderischer Fülle; die Büsche waren mit Ranken lebhaften Grüns behangen oder ganz bedeckt und dicht mit kleinen blanken, ungeniessbaren Beeren übersät, deren funkelnde Lebensfreude selbst die allgemeine Geringschätzung von Mensch, Vieh und Vogel nicht trüben konnte; der Sang der Lerche drang unentwegt aus dem Gras, und hin und wieder konnte man sogar ihr gelbes Brustgefieder sehen; der Pirol liess aus jedem Baum seine Fantasien erklingen; ein Volk Rebhühner überquerte dicht vor den Pferdehufen den Pfad und sah sich - fast in Reichweite der Reitpeitsche - um; Wolken von Staren stiegen in der ihnen eigenen Unentschlossenheit aus den hohen Binsen auf und liessen sich ohne ersichtliche Ursache wieder nieder; kleine Gruppen von Wandersperlingen wogten von Hecke zu Hecke; ein grosser Feldhabicht sass allein im Wipfel eines hohen Pekan-Nussbaums; die Spottdrossel, der verhätschelte Raufbold, liess sich auf den Pfad herunterfallen und sagte dem Pferd den Kampf an, flog aber, weil ihr das nicht gelang, wieder auf und jagte eine Krähe bis jenseits der Ebene zu schmählichem Rückzug; aus einem Dickicht von Schwertlilien und Schilf schoss ein weisser Kranich auf, drehte sich um und flog dann mit dem langsamen, gleichmässigen, ihm eigentümlichen Flügelschlag davon, bis er vor der höchsten Zypresse des fernen Waldes nur noch ein winziger weisser Fleck in ihrem Schwarz war, der plötzlich wie eine Schneeflocke verging.

Die Szene war ganz dazu angetan, jedes gesunde Gemüt mit liebenswürdiger Freundlichkeit und sanfter Offenheit zu erfüllen - eine Szene, wie sie einen Mann von Welt wohl anregen kann, beim leisesten Anreiz die Fenster seines Inneren mit einem Freiheitsdrang zu öffnen, der niemals von der Atmosphäre eines Kontors oder eines Salons hervorgerufen werden kann.

Das empfand auch der junge Kaufmann. Ausserdem war die geschäftliche Angelegenheit, die ihn ins Freie geführt hatte, seinen forschenden Augen in einem gewissen goldenen Glanz erschienen, und der wahre Geschäftsmann - er, der jene höhere Stufe gelassener, gutmütiger Reserviertheit erreicht hat, die zur hohen Kunst seines Berufs gehört - ist nie so freigebig mit der Penny-Ware seiner Gedanken, wie wenn er kürzlich in den Besitz eines kleinen Geheimnisses kam, das viele Pfund wert ist.

Nach und nach deutete das Benehmen seines Pferdes die Nähe eines Fremden an, und bald darauf hielt der Reiter unter einer mächtigen Eiche, unter der mehrere eingefriedete Gräber lagen, und zog seinen Hut.

«Guten Morgen, Sir!» Bis auf das Endungs-r war seine Aussprache des Englischen einwandfrei, jedoch war es offenbar nicht seine Muttersprache. Bei sich dachte er auf französisch: «Bestimmt ist dieser grossgewachsene, barhäuptige, zerstreut dreinblickende und kränkliche junge Mann, der hier vor mir steht und sich wundert, woher ich weiss, in welcher Sprache ich ihn anzureden habe, Doktor Keenes Patient Joseph Frowenfeld, von dem mir der Doktor so viel erzählt hat! Er hat ein gutes, offenes Gesicht, nicht gerade weltgewandt, aber klug, tapfer und ehrlich. Er wird seinen Weg machen, wahrscheinlich unter Weissen; bei dem Abenteuer bin ich auf seiner Seite.»

«Erlauben Sie, Sir?» fragte er nach einer Pause, stieg ab und bemerkte dabei, dass Frowenfelds Knien die kürzliche Berührung mit dem Rasen anzusehen war. «Ich interessiere mich für zwei von diesen Gräbern, und Sie, Sir, vermutlich für die vier andern, falls Sie mir die Frage gestatten?»

Er näherte sich dem alten, aber letzthin weiss angestrichenen Zaun, der den Stamm des Baumes mitsamt den sechs Gräbern ringsum einfriedete. Aus seinem Gesicht und aus seiner ganzen Art sprach eine unpersönliche, menschliche Güte, welche darauf bedacht war, einen scheuen und empfindlichen Fremden zu gewinnen, der sich vor unbegründetem Wohlwollen oder Mitleid fürchtete.

«Ja, Sir», sagte Frowenfeld und verstummte; doch der andere lehnte sich in so aufmerksamer Haltung an den Zaun, dass er sich gedrängt fühlte, etwas hinzuzufügen. «Hier ruhen mein Vater, meine Mutter und meine beiden Schwestern.» Er hatte beabsichtigt, mit unbewegter Stimme fortzufahren, aber statt der Worte brachte er nur einen tiefen Seufzer hervor. Er bückte sich rasch, um seinen Hut aufzuheben, und als er sich wieder aufrichtete und seinem Zuhörer ins Gesicht blickte, ging ihm dessen ehrfurchtsvolle, unaufdringliche Teilnahme unmittelbar zu Herzen.

«Opfer des Fiebers?» fragte der Kreole mit tiefem Ernst. «Wie kam es dazu?»

Als Frowenfeld nach kurzem Zaudern zu sprechen begann, liess der Kreole den Zügel seines Pferdes los und setzte sich auf den Rasen. Joseph wusste die Höflichkeit zu schätzen und setzte sich neben ihn. Das Eis war gebrochen.

Der Einwanderer erzählte seine Geschichte. Er war jung, oft jünger als seine Jahre, und sein Zuhörer war mehrere Jahre älter als er. Doch der Kreole, wie es sein vornehmes Blut gebot, konnte sich jederzeit anpassen und besass den seltenen Charme, das Zutrauen des andern zu wecken, ohne anscheinend mehr zu tun, als gut zuzuhören. So kam es dazu, dass die Geschichte bis in die kleinste Einzelheit erzählt wurde, einschliesslich der Dankbarkeit einem gütigen unbekannten Freund gegenüber, der ihm die Begräbnisstätte unter der Bedingung überlassen hatte, dass ihm nicht nachgeforscht wurde.

Eine beträchtliche Zeit verging, und sie lernten sich besser kennen.

«Und was wollen Sie jetzt tun?» fragte der Kavalier, als auf den Schluss der Erzählung ein kurzes Schweigen folgte.

«Ich weiss es nicht recht. Es hat mich alles überwältigt. Bis jetzt hatte ich noch keine bestimmte Laufbahn gewählt. Ich hatte studiert, ohne mich auf ein bestimmtes Fach festzulegen, und weiss daher nicht, was ich werden will.»

Eine gewisse Entschlossenheit in den Zügen des Einwanderers entschädigte für seine etwas kindlichen Worte. Doch um den Mund des Kreolen zuckte es amüsiert, deshalb sagte er hastig: «Ich begreife Ihre Lage, Mr. Frowenfeld – Verzeihung, das war, glaube ich, der Name Ihres Vaters, den Sie mir nannten? – Und doch...» Der Schatten eines belustigten Lächelns spielte wieder einen Augenblick um seine Mundwinkel. «Verstehen Sie mich recht, wenn ich sage: Geben Sie acht!»

Das wenige Blut, das der Einwanderer hatte, schoss ihm heftig ins Gesicht, und der Kreole fuhr fort: «Ich will gar nicht unterstellen, dass Sie absichtlich müssig bleiben sollen. Ich weiss, was Sie wollen. Sie wollen sich überlegen, was Sie *tun* wollen, und dann allmählich, was Sie *sein* wollen, ja? Das Sein scheint mir nicht so notwendig wie das Tun, nicht wahr? Oder täusche ich mich?»

«Nein, Sir», antwortete Joseph, der noch immer rot war. «Ich hatte mir gerade das gleiche überlegt. Das erste, was sich mir bietet, nehme ich an. Ich kann zum Beispiel graben!»

Der Kreole wehrte ab und runzelte die Stirn.

«Damit man Sie einen *dos brûlé* nennt, einen verbrannten Rücken?»

«Aber...», begann Joseph ziemlich heftig.

Der andre unterbrach ihn, schüttelte den Kopf und lächelte, während er sprach: «Mr. Frowenfeld, es nützt nichts, sich dagegen aufzulehnen: Sie mögen die Verachtung der Kreolen für körperliche Arbeit verurteilen, genau wie ich, in der Theorie, aber bitte nicht zu sehr in der Praxis! Sie können es sich nicht leisten, gänzlich andersartig als die Gemeinschaft zu sein, in der Sie leben, nicht wahr?»

«Ein Freund hat mir gesagt, ich müsste zu einem Kompromiss bereit sein», entgegnete Frowenfeld.

«Sie müssen sich akklimatisieren», erwiderte der Kreole, «nicht nur mit dem Körper, das haben Sie ja getan, sondern auch mit dem Geist, dem Geschmack, der Unterhaltung und sogar der Überzeugung, hahaha! Das tun sie alle – alle, die herkommen! Ein kleines Weilchen halten sie durch, dann öffnen sie ebenfalls die Geschäfte am Sonntag, importieren sie Schiffsladungen von Schwarzen, bestechen sie Beamte, schmuggeln sie Waren und halten sie sich farbige Haushälterinnen. Mein Lieber, das Wasser muss sich der Form des Eimers anpassen, wie?»

«Man braucht nicht Wasser zu sein!» entgegnete der Einwanderer.

«Oh!» rief der Kreole, zuckte liebenswürdig die Schultern und machte eine abwehrende Geste. «Sie werden hoffentlich nicht glauben, dass ich diese Dinge billige?»

Müssen wir wiederholen, dass Frowenfeld erstaunlich jung war?

«Warum verdammen Sie sie nicht?» rief er mit einem Ernst, dass das Pferd des Kreolen Gras aus dem Maul verlor und sich halb zu ihm umwandte.

Die Antwort klang bedachtsam und sanft.

«Mr. Frowenfeld, meine Gewohnheit ist es, billig einzukaufen und mit Profit zu verkaufen. Verdammen soll ich? Mein Lieber, das verkauft sich nicht und schadet dem Verkauf der übrigen Ware. Sie sollten nicht verdammen, sondern Erfolg haben! Hahaha, da sehen Sie, dass ich ein Kaufmann bin, wie? Mein Lieber, können *Sie* sich's leisten, keinen Erfolg zu haben?»

Der Kreole war bei seinen letzten Worten sehr ernst geworden, und während er Joseph die letzte Frage stellte, erhob er sich, legte die Zügel seines Pferdes zurecht und den Ellbogen auf den Sattel. Seinen schönen Kopf stützte er in die ebenso schöne Hand. Das ganze Bild stand in krassem Gegensatz zu der Behauptung, ein Kreole sei ein Mischling.

«Ich glaube, ich kann's!» erwiderte Joseph lebhaft, erhob sich schneller als gut war und taumelte etwas.

Der Reiter lachte laut heraus.

«Ihre Prinzipien sind die besten, das kann ich nicht bestreiten, aber ob Sie auch danach handeln können... Reformer verdienen kein Geld!» Er prüfte den Sattelgurt und zog ihn fester. «Man kann behutsam sein im Verdammen – aus einer Art edler Feigheit heraus, das ist mein Fehler; aber man kann auch zu voreilig verdammen (ich weiss, wann ich das tat). In einem von meinen beiden Gräbern ruht jemand, der vielleicht länger gelebt hätte, wenn ich mich nicht zu voreilig für sein gutes Recht eingesetzt hätte. Haben Sie jemals von Bras-Coupé gehört, Mr. Frowenfeld?»

«Nur den Namen.»

«Ach, Mr. Frowenfeld, das war das Schicksal eines kühnen Mannes, der Unrecht und Unterdrückung kritisierte. Der Tod dieses Negers hat meinen Ansichten eine völlig andere Richtung gegeben.»

Er hatte sich umgewandt und stirnrunzelnd den Arm in die Höhe geworfen. Dann liess er ihn sinken und lächelte vor sich hin.

«Halten Sie mich nicht für einen von den neumodischen *Negrophilen* Philadelphias! Ich bin ein Kaufmann, mein Lieber, ein guter Untertan seiner Katholischen Majestät, ein Erz-Kreole und so weiter und so fort. Kommen Sie!»

Er klopfte auf den Sattel.

Wer sie ein wenig später gesehen und gehört hätte, wie sie sich der Stadt näherten, der Kreole das Pferd führend, Frowenfeld im Sattel sitzend, der hätte sie für gute alte Bekannte gehalten. Der Kavalier hatte sich nicht vorgestellt und schien zu glauben, dass selbst ein Einwanderer seinen Namen kennen müsse, ohne zu fragen. War er Honoré Grandissime? Joseph vermutete es, doch dem widersprachen die Initialen auf dem silberbeschlagenen Sattelknopf des schönen, alten spanischen Sattels.

Der Kreole plauderte freimütig; die Sonnenstrahlen schienen seine besten Gefühle hervorgelockt zu haben, und seine liebenswürdige Weltklugheit bordete über wie gärender Honig.

Allmählich gelangten sie zu einer weiten Rasenfläche, wo sich der Pfad zwischen vielen

Akazien hindurchschlängelte. Der Kreole deutete auf einen Busch und sagte: «Sehen Sie's, Mr. Frowenfeld? Jeder geht, wo er die Spur eines andern sieht, und so entsteht ein Pfad. Sie aber wollen nicht um diesen stachligen Busch herum, sondern ihn mit blossen Händen anpakken und mit den Wurzeln herausziehen!»

«Wer mit der Wahrheit ausgerüstet ist, der hat keine blossen Hände», erwiderte Joseph, und sie zogen weiter und interessierten sich bei jedem Schritt mehr füreinander, der eine für diesen noch sehr ungeschliffenen Edelstein von einem jungen Mann, der andre für einen so auffallenden Vertreter eines einzigartigen Landes.

Schliesslich kamen sie zu einer Kreuzung, und der Kreole hörte auf zu sprechen und legte die Hand auf den Zügel.

Frowenfeld stieg ab.

«Trennen wir uns hier?» fragte der Kreole. «Dann hoffe ich, Mr. Frowenfeld, dass wir uns sehr bald wiedersehen!»

«O ja, danke, Sir, das hoffe ich auch», sagte Joseph, «obwohl...»

Der Kreole wartete, den Fuss im Steigbügel, und unterbrach ihn mit einer scherzhaften Handbewegung. Als das Pferd unruhig wurde, stieg er auf und zog die Zügel fester.

«Ich weiss. Sie wollen sagen, dass Sie meine Weltanschauung nicht akzeptieren können und dass ich die Ihrige nicht zu würdigen weiss. Aber ich würdige sie mehr, als Sie ahnen, mein Lieber.»

Frowenfelds Lächeln verriet seine grosse Ermüdung.

Der Kreole streckte die Hand aus. Der Einwanderer ergriff sie, wollte nach seinem Namen fragen, tat es aber nicht - und im nächsten Moment ritt der andre davon.

Joseph Frowenfeld wanderte nachdenklich zu seiner Wohnung. Er hatte ein Gefühl, als sei er im Dienst eingeschlafen und von einem vorbeigehenden Fremden geweckt worden. Es war ein unangenehmes Gefühl, und er ertappte sich wiederholt dabei, wie er den Kopf schüttelte. Schliesslich blieb er stehen und blickte zurück. Aber der Kreole war längst ausser Sicht. Joseph ahnte nicht, dass der Davongerittene ein sehr ähnliches Gefühl hatte und mit sich selbst unzufrieden war. Er ging weiter und fragte sich, wer der Kavalier gewesen sein mochte, und war ärgerlich auf sich, weil er nicht gefragt hatte.

«Es ist Honoré Grandissime», dachte er. «Er muss es sein!»

Und doch glaubte er bald, seine Meinung ändern zu müssen.

8

Unterzeichnet: Honoré Grandissime

Nachdem Joseph beschlossen hatte, was er *tun* wollte, machte er sich am Nachmittag des gleichen Tages auf die Suche nach einer neuen Wohnung. Er fand nichts, aber am folgenden Morgen stiess er auf ein kleines einstöckiges Gebäude an der Rue Royale, Ecke Conti, das ihm für seine Pläne zu passen schien. Eine Tür und zwei Schaufenster gingen auf die Rue Royale, zwei Türen auf die Seitenstrasse, und ein kleines Zimmer auf der Rückseite wollte er zum Schlafen, Essen und Studieren benutzen. Es hatte links eine Tür, die in den vorderen Raum führte. Diesen Zugang wollte er grösstenteils durch ein Apothekerpult verdecken. Eine Theke sollte sich an der Wand bis zur Rue Royale hinziehen, den beiden Seitentüren gegenüber. So sah das Häuschen aus, das bald als «Frowenfelds Ecke» bekannt werden sollte.

Das Schild *A louer* wies ihn an, sich in einem Haus an der Rue Condé zu erkundigen. Hier gelangte er durch das Pförtchen in der *porte cochère* auf einen breiten, gepflasterten Gang und eine Treppe aufwärts in einen grossen kühlen Raum – und damit in die Gegenwart eines Mannes, der in mancher Beziehung die erstaunlichste Erscheinung war, die er bisher in dieser Stadt voll fremder Menschen gesehen hatte. Eine kräftige, reine, olivenfarbene Haut, klassische Gesichtszüge, die keinen Makel aufwiesen (falls nicht eine frauenhafte Feinheit, die aber nicht weibisch war, als Makel gelten sollte); das Haar *en queue* und wegen seiner vorzeitigen Beimischung silberner Strähnen nur um so schöner; ein hoher, gut gebauter Körper, der in Tuch, Leinen und Leder von äusserster Eleganz gekleidet war, und kastilische Manieren von fast orientalischer Würde machten ihn zu einem Kavalier, nach dem die Männer sich umsahen und über den die Damen Erkundigungen einzogen.

Wer mochte *das* nun sein? Auf dem Schild *A louer* war kein Name angegeben. Selbst der wenig neugierige Frowenfeld musste vergeblich herumraten. Ein Mann dieser Art brauchte anscheinend nichts weiter zu tun, als in aller Seelenruhe Coupons abzuschneiden und Mieten und ähnliche Einkünfte einzukassieren. Das war der erste Eindruck des Einwanderers, und während sie mit ruhigen, knappen Fragen und Antworten zu einem Abschluss kamen, schien jeder neue Blick es nur zu bestätigen: der Fremde war offensichtlich ein Rentier. Wie gross war deshalb Frowenfelds Erstaunen, als der Fremde sich vorbeugte und sich mit seiner Unterschrift zu Frowenfelds Hauswirt machte – mit einem Namen, der allgemein als Synonym für Unternehmungsgeist und Betriebsamkeit stand: mit dem Namen Honoré Grandissime! Den überraschten Blick seines Mieters sah er nicht, oder er übersah ihn, und der Mieter stellte keine Fragen.

Wir möchten hier einen Zwischenfall erwähnen, der geringfügig erschien, als er sich abspielte.

Die kleine Summe, die Frowenfeld von seinem Vater geerbt hatte, war durch die Unkosten der vier Begräbnisse betrüblich zusammengeschrumpft; doch immerhin konnte er eine Monatsmiete vorausbezahlen, sein Geschäft mit einem kleinen Vorrat an Arzneimitteln versehen, einen Himmelsglobus und einige wissenschaftliche Apparate erstehen und ein paar bescheidene Mahlzeiten bezahlen, die aus Wurst und Brötchen bestanden. Danach erhob sich keine Notwendigkeit mehr, seine Geldbörse zu verstecken.

Seinem Hauswirt wurde es zu einer lieben Gewohnheit, öfters bei Frowenfeld hereinzuschauen und sich mit ihm zu unterhalten, soweit es die paar englischen Brocken gestatteten, die ihm zur Verfügung standen. Frowenfeld bemerkte bald, dass er den Laden nur betrat, wenn sein Eigentümer allein war, dass er sich nie setzte und mit der gleichen Würde, die jede seiner Bewegungen kennzeichnete, den Laden sofort verliess, wenn ein Dritter hinzukam. Eines Tages, als der Hauswirt wieder einmal einen seiner Stehbesuche machte - er stand immer neben einem hohen Glasschrank, der Theke gegenüber -, bemerkte er in Josephs Hand ein Zweiglein Basilienkraut.

«Das Sie lieben?»

Joseph verstand ihn nicht gleich.

«Sie finden es hübsch?»

Frowenfeld erwiderte, dass ein Kunde das Kräutchen aus Versehen liegengelassen hätte und dass ihm der Duft sehr lieb sei.

«Ich Ihnen schicken», sagte der Hauswirt - ein Gestammel, dessen Sinn Joseph erst am nächsten Morgen begriff, als ein kleiner halbnackter Negerjunge, der kein Wort Englisch konnte, dem Apotheker eine üppige Basilikumpflanze brachte, die in einer Holzkiste wuchs.

9

Von der Anziehungskraft des Basilikums

Es war am 24. Dezember 1803 um zwei Uhr nachmittags, als bei bewölktem Himmel und leichtem Westwind das Thermometer 79, das Hygrometer 17 und das Barometer 29,880 anzeigten, während Joseph Frowenfeld, seit etwas über einem Monat in seiner Apotheke an der Rue Royale etabliert, hinter seinem Ladentisch stand und etwas Verlegenheit zu zeigen begann, weil die Dame, die ihre kleinen Einkäufe beendet und dafür gezahlt hatte, nun eigentlich hätte hinauseilen müssen - mitsamt der rührend hässlichen Negerin, in deren Begleitung sie gekommen war und die an der Tür wartete. Es war ohnehin nicht gebräuchlich, dass Damen persönlich in der Apotheke erschienen. Der Schleier, so dicht er auch war, konnte ihre strahlenden Augen nicht ganz verhüllen, und ihre ebenmässige, gute Figur, die beinah zu klein war, ihre anmutigen Bewegungen und eine sanfte, fröhliche Stimme hatten Frowenfeld schon vor ein paar Tagen auf den Gedanken gebracht, dass sie jung und schön sein müsse.

Denn das war heute das drittemal, dass sie etwas bei ihm einkaufte, und obwohl es sich um unbedeutende Besorgungen handelte, schien die Dame selbst alles andre als unbedeutend zu sein. Bei den beiden voraufgegangenen Anlässen war sie in Begleitung eines schlanken jungen Mädchens erschienen, das etwas grösser als sie und ebenfalls verschleiert war und sich so gemessen bewegte, dass Joseph es als fast zu hoheitsvoll empfand. Sie zeigte einen deutlichen Unwillen, einzutreten oder lange zu säumen. Zwischen ihrer Stimme und der Stimme der kleinen Dame schien eine gewisse Familienähnlichkeit zu bestehen, die sie, wie er übereilt annahm, als Geschwister auswies. Wie wir sahen, kam diesmal die Kleinere und wahrscheinlich Ältere allein.

Sie hatte noch immer das Kleingeld in der Hand, das Frowenfeld ihr herausgegeben hatte, und seufzte, nachdem sie noch gerade eben gemeinsam über einen Fehler in ihrem Englisch gelacht hatten. Ihr Lachen war für Joseph, der so gut wie keine Freunde hatte, wie ein erfrischender Trunk gewesen, und dass er hinterher verlegen war, mochte zum Teil daher kommen, weil er im Geiste irgend etwas suchte, das ihren Aufenthalt noch einen Augenblick verlängern könnte. Er setzte schon zum Sprechen an, aber sie war schneller als er und fragte ihn auf eine verstohlene Art, die ihm merkwürdig überflüssig vorkam: «Haben Sie da ein Basilikum?»

Während sie sprach, verrenkte sie neugierig den Hals und lenkte dadurch die Aufmerksamkeit auf die Basilikumpflanze, die im Hinterzimmer auf dem Fussboden stand.

Frowenfeld ging hinüber und schnitt einen grossen Zweig ab, um ihn ihr kühn als Geschenk zu überreichen. Doch als er zurückkehrte, sah er zu seiner Verwunderung, dass die Dame, begleitet von ihrer Negerin, schon durch die entferntere Ladentür hinausgegangen war.

«Hat sie sich anders besonnen, oder hat sie mich falsch verstanden?» fragte er sich, stellte den Zweig ins Wasser und hoffte, dass sie wiederkäme, um ihn zu holen.

Da der Tag, wie die obigen Zahlen bereits zeigten, selbst für einen Dezembertag in Louisiana ungewöhnlich mild war und da der Zeiger der Uhr sich allmählich der Stunde näherte, die den letzten Sonnenschein bot, hatte sich ein halbes Dutzend von Josephs Mitbürgern in oder vor seinem Laden eingefunden, um sitzend oder stehend sich über die Tagesneuigkeiten zu unterhalten. Denn in einer Stadt, wo fast nur Französisch gesprochen wurde und wo es keine Zeitung gab, ausser dem *Moniteur de la Louisiane,* einem Nutzniesser von ganzen achtzig Abonnenten, war die Apotheke an der Rue Royale der geeignete Treffpunkt für eine auserlesene Gesellschaft englisch sprechender Herren, bei denen die Ärzte an Zahl überwogen.

Die Abtretung Louisianas war eine vollendete Tatsache geworden. Mit dem gebührenden Trommelwirbel und Schriftstück-Verlesen, Fahnenhissen, Salutschiessen und dem Umhergaloppieren von Adjutanten war aus Nouvelle Orléans jetzt New Orleans geworden, und Louisiane war Louisiana. Am heutigen Nachmittag war die erste Woche amerikanischer Rechtsprechung kaum zur Hälfte verstrichen, und das Hauptthema der öffentlichen Debatte war noch immer die Abtretung. Ob sie wirklich von Dauer war?

«Glaubt mir, keine drei Monate, und über unsrer Stadt wird die britische Flagge wehen», sagte jemand und schnitzelte an der Rückenlehne seines Stuhls herum.

Nach diesem Hauptproblem ging die Unterhaltung zum Thema verbrieften Landbesitzes über. Ob die grosse Mehrheit der spanischen Besitztitel, die aus Konzessionen von Fort-Kommandanten und von andern unbedeutenden Machthabern herrührte, anerkannt werden würde?

«Ihr wisst wohl, wie *** darüber denkt?»

«Nein.»

«Er hat in aller Stille die Konzession gekauft, die Carondelet dem Marquis von *** gewährt hatte, etwa dreissigtausend Morgen, und nun erklärt er, die Konzession laute auf zweihundertdreissigtausend Morgen. Das ist die eine Sorte Männer, die Gouverneur Claiborne jetzt auf dem Hals haben wird. Von denen wird die Stadt bald so voll sein wie meine Tasche voller Tabakskrümel: ein jeder mit einer riesigen spanischen Konzession, frei erfunden seit den Gerüchten von der Abtretung!»

«Wie ich hörte, sollen auch Honoré Grandissimes Ansprüche nicht standhalten: ein paar von den alten Brahmin-Besitzungen und Ländereien der Mandarins!»

«Gewäsch!» sagte Doktor Keene.

Auch von den Neubesetzungen in den Ämtern war die Rede. Würde selbst der provisorische Generalgouverneur sich halten können? Wäre es nicht besser, wenn man eine Zeitlang mitmachte und zusähe, wie der Ex-Generalgouverneur Casa Calvo und Trudeau sich verhielten? Würden nicht Männer, welche die alten Vorurteile opferten, der allgemeinen Verachtung trotzten, offen hervortraten und sich auf die Seite des vom Präsidenten Ernannten stellten, es riskieren, am Ende ihre öffentlichen Stellungen zu verlieren? Männer wie Camille Brahmin zum Beispiel oder wie Charlie Mandarin:

gesetzt den Fall, Spanien oder Frankreich würde die Provinz Louisiana zurückbekommen – wo wären *sie* dann?

«Mein grösstes Mitleid in dieser eitlen Welt gilt einem Schwarm Patrioten, die nicht wissen, wohin sie ausschwärmen sollen!» näselte Doktor Keene.

Der Apotheker wurde in die Diskussion gezogen – wenigstens glaubte er es. Unerfahrenheit glaubt leicht, dass die *Wahrheit* niedergeknüppelt und totgeschlagen wird, wenn sie ihr nicht zu Hilfe kommt. Frowenfelds wirklich ausgezeichnete Argumente schienen mehr Hitze als Licht zu spenden. Sie waren unbarmherzig; ihre Prinzipien langten nicht nur in schwindlige, sondern in unbewohnbare Höhen hinauf. Infolgedessen erregten sie nur Feindseligkeit und sogar Groll. Trotz der gütigsten, ehrlichsten und sogar bescheidensten Absichten sah er sich zu seiner Bestürzung und Überraschung von den Engherzigen verhöhnt, von den Ungeduldigen schroff verurteilt und von den Gutmütigen belächelt – und das alles auf eine Art, die ihm die Schamröte der Verzweiflung ins Gesicht trieb, und oft war er beschämt, wenn er entdeckte, wie er diese Scheingefechte mit wildem Grimm nacherlebte, während er allein über seinen Büchern sass oder in einem schwachen Augenblick nach so unwürdigen Waffen wie Ironie und Satire herumsuchte. Bei der gegenwärtigen Debatte hatte er ein Hohnlächeln hervorgerufen, das ihn rasend machte und seine Freunde zum Lachen brachte, bis Doktor Keene plötzlich aufstand, zur andern Strassenecke hinüberwinkte und rief: «Oh, Agricole! Agricole! *Venez ici!* Wir brauchen Sie!»

Zwei oder drei Stimmen protestierten ärgerlich.

«Er kommt», sagte der am Stuhl Herumschnitzelnde, der auch gewinkt hatte.

«Guten Abend, Citizen Fusilier!» begrüsste ihn Doktor Keene. «Darf ich Ihnen meinen Freund vorstellen - Professor Frowenfeld –, doch, doch, Sie sind ein Professor, ja, bestimmt! Er ist ein Mann nach Ihrem Herzen, Citizen Fusilier, ein Mann mit einer gründlichen wissenschaftlichen Bildung. Ich glaube wahrhaftig, Sir, dass er beinah ebensoviel weiss wie Sie!»

Dem Apotheker stand ein grosser, schwerer, aber gut gewachsener und kräftiger Mann gegenüber, von dem man mit Recht sagen konnte, dass ihm sein Alter eine Zierde war. Er hatte dunkle Brauen und eine Stirn, die teils die Zeit und teils seine ständige Missbilligung gefurcht hatten. Seine Augen waren gross, schwarz und kühn, und die grauen Locken darüber kräuselten sich kurz und drahtig wie auf der Stirn eines Bullen. Seine Nase war fein und gerade, und wenn sein Mund oder sein Kinn irgendwelche Mängel aufwiesen, dann wurden sie von einem Bart verdeckt, der wie ein Prophetenbart über seinen breiten Brustkorb herabwallte. In seiner Kleidung, die auffallend schmutzig war, spiegelte sich die Mode von drei Generationen: er schien angelegt zu haben, was immer er seinen Freunden zum Tort hatte anziehen können.

«Professor!» sagte der Alte, streckte so etwas wie eine Löwenpranke aus und liess Frowenfeld reichlich Zeit, es mit der Angst zu bekommen, «es ist mir ein Vergnügen, und es ist ebenso unerwartet wie grossartig! Ein wissenschaftlich gebildeter Mann? In Louisiana?» Er blickte auf die anwesenden Ärzte wie auf Schuljungen herab. «Professor, ich freue mich!» Er machte wieder eine Pause und drückte dem Apotheker sehr feierlich die Hand. «Ich versichere Ihnen, Sir, dass es mir eine Ehre ist, Ihnen die Hand zu reichen. Gestatten Sie mir, Ihr Freund zu werden! Ich beglückwünsche meine unterdrückte Heimat zu der Akquisition eines solchen Bürgers. Ich hoffe, Sir – oder vielmehr: wenn Louisiana nicht soeben in die Hände der aufgeblasensten Regierung des Weltalls geraten wäre, obwohl sie eine Republik zu sein behauptet – hätte ich hoffen können, dass Sie zu uns gekommen wären, um einen verstorbenen Autor der Lüge zu zeihen, da er schrieb, die Luft dieser Gegend sei für die Musen todbringend!»

«Das kann er nicht geschrieben haben!» rief einer der Zuhörer mit geheuchelter Entrüstung.

«Doch, jawohl, Sir – nachdem er unser Brot gegessen hatte!»

«... und unser Zuckerrohr gelutscht hatte», fuhr der Spassvogel fort, doch der alte Mann beachtete es nicht.

Frowenfeld wusste vor Verlegenheit nicht, was er darauf antworten sollte, und war sehr erleichtert, als ein Kind, das in der einen Hand ein Geldstück und in der andern einen Becher hatte, ihn am Ellbogen stupfte. So konnte er sich mit gutem Grund hinter die Ladentheke retten und dort bleiben.

«Citizen Fusilier», fragte einer der schwatzenden Eckensteher, «was hat die neue Regierung mit der Gesundheit der Musen zu tun?»

«Die neue Regierung führt das Englische ein», antwortete der alte Mann grollend.

«O gut, dann werden die Kreolen die Sprache ja bald gelernt haben!»

«Englisch ist keine Sprache, Sir, es ist ein Kauderwelsch! Und wenn der junge Einfaltspinsel von Claiborne auf die Idee kommen sollte, ihre Einführung bei Gericht zu erzwingen, was er tatsächlich beabsichtigt, wie ich höre, dann wird es ihm nicht gelingen. Hah, Sir, ich kenne Männer in unsrer Stadt, die lieber Hundefleisch essen als Englisch erlernen würden. *Ich* spreche es zwar, aber ich spreche auch die Sprache der Choctaw-Indianer.»

«Die neuen Besitzurkunden sollen in der englischen Sprache abgefasst werden.»

«Man wird seinen verdammten Urkunden einen Fusstritt geben. Und wenn er versuchen sollte, die alten für ungültig zu erklären – oh, soll er nur! Napoleon Buonaparte» (er sprach es italienisch aus) «wird innerhalb der nächsten zwei Jahre jedes Landproblem in Ordnung bringen. Das *glaube* ich nur? Ich weiss es positiv! *Woher?* Ich rieche es! Ich hoffe, dass Ihnen das gelbe Fieber den Übergang erspart.»

Ein allgemeines Protestgemurmel bewies dem «Citizen», dass er sich zuviel herausgenommen hatte, wenn man ihm auch sonst sein hohes Alter zugute hielt. Weil er von sich ablenken wollte, schaute er sich nach Frowenfeld um, den er mit neuen Schmeicheleien überschütten wollte. Doch der Apotheker hatte weder von der Beleidigung noch von dem Groll der andern etwas gemerkt und errötete vor Freude über die Kundin, die den Seiteneingang benutzt hatte.

«Gentlemen», sagte Agricola, «meine lieben Freunde, Sie müssen von einem alten Kreolen nicht verlangen, dass er eine andere Sprache ausser *la belle langue* liebt!»

«Welche Sprache nennen Sie *la belle,* die schöne?» fragte Doktor Keene mit geheuchelter Einfalt.

Der alte Mann bedachte ihn mit einem Blick unaussprechlicher Verachtung, der niemandem auffiel. Die diskutierenden Herren hatten einer nach dem andern verstohlene Blicke auf einen für alle Söhne Adams unwiderstehlichen Magneten geworfen - eine keusche und anmutige Ergänzung von Damenröcken. Dann nahmen sie ihre unzusammenhängende Debatte in gedämpfterem Ton wieder auf.

Vor der Ladentheke stand die Verehrerin des Basilienkrauts. In der Hand hielt sie ausser ihrer Geldbörse auch den dichten Schleier, der vorher ihr Gesicht verhüllt hatte.

10

«Wer ist das, 'Sieur Frowenfeld?»

Aus welchem Grunde die Dame den dichten Schleier entfernt hatte, ob wegen der milderen Abendsonne oder aus Versehen oder in der Eile oder aus irgendeiner aufregenden und wichtigen Erwägung heraus, dafür interessierte sich Joseph ebensowenig wie für Agricolas unaufhörliches Geschwätz. Als er in das schöne Antlitz blickte, bemerkte er sogleich – ausser dem munteren Lächeln – einen besorgten Ausdruck, und als sie zu sprechen begann, wurde es durch ihre hastigen Worte noch deutlicher.

«'Sieur Frowenfeld, ich möchte, dass Sie mir das Basilikum verkaufen!»

Während sie die Ringe ihrer Geldbörse auseinanderzog, zitterten ihr die Finger.

«Es wartet auf Sie», antwortete Frowenfeld.

Aber die Dame hörte es nicht. Sie lauschte gespannt auf Agricolas laute Stimme, die jetzt behauptete: «Der Kreole Louisianas ist der edelste, aufgeklärteste Mann von der Welt.»

«Wer ist das, 'Sieur Frowenfeld?» fragte sie leise, aber mit aufgeregtem Blick.

«Das ist Mr. Agricola Fusilier», antwortete Joseph ebenso leise, und unerklärlicherweise klopfte ihm das Herz, als er ihren Blicken begegnete.

Sie schaute sich um und errötete vor Zorn, musterte den alten Mann gründlich und sah dann wieder zum Apotheker auf, als wollte sie ihn bitten, sich zu beeilen.

Er zauderte und wusste nicht recht, was sie wollte.

«Wickeln Sie's drüben ein!» flüsterte sie.

Er ging in sein Studierzimmer und kam gleich darauf mit dem Basilienzweig zurück, der nur halb von der Papierhülle verdeckt war.

Doch die Dame, die ihr Gesicht nun wieder hinter Schleiern versteckt hatte, schien ihr Interesse am Basilikum verloren zu haben, denn anstatt es in Empfang zu nehmen, tat sie einen Schritt beiseite, um einen Herrn eintreten zu lassen. Sie blickte nicht hin, um ihn genauer anzuschauen – dafür wäre immer noch reichlich Zeit, es unauffällig zu machen. Doch darin täuschte sie sich, denn der Fremde ging mit einem stummen Kopfnicken an ihr vorbei, ohne den abgetretenen Platz einzunehmen, quer durch den Laden und beschäftigte sich mit den Dingen, die im Glasschrank ausgestellt waren, und hatte der Dame und dem Apotheker den Rücken zugewandt. Joseph erkannte in ihm den Kreolen, den er unter der Eiche getroffen hatte.

Die Dame streckte plötzlich die Hand aus, um sich das Paket geben zu lassen. Als sie es nahm und sich zum Gehen anschickte, griff eine andre kleine Hand danach, und das Paket wurde auf den Ladentisch gelegt. Mit unterdrückter Stimme wurde etwas getuschelt, und die beiden Schwestern (falls Frowenfelds Vermutung zutraf) standen sich erregt gegenüber. Doch nur einen Augenblick. Ernst und hastig wurden ein paar französische Worte gewechselt, dann drehten sie sich um, verbeugten sich mit äusserster Höflichkeit und gingen hinaus.

«Die Abtretung ist nur ein politisches Manöver», erklang Agricolas grollende Stimme.

Frowenfelds Bekannter wartete nicht länger vor dem Glasschrank, doch er musste zweimal zum Sprechen ansetzen, ehe er die Aufmerksamkeit des bestürzten Apothekers auf sich lenken konnte.

«Guten Tag, Mr. Frowenfeld. Wie ich eben hörte...»

Joseph schaute den beiden Damen nach, wie sie die Strasse überquerten, und beobachtete nun mit einem unbehaglichen Gefühl, dass die Gruppe der diskutierenden Herren das gleiche tat. Ebenso erging es der Negerin, die sie begleitet hatte und die sich verstohlen umblickte.

«Guten Tag, Mr. Frowenfeld. Ich möchte...»

«Oh, guten Tag, Sir!» rief der Apotheker mit strahlendem Gesicht. Es schien ihm völlig natürlich, das Gespräch dort wieder aufzunehmen, wo sie es abgebrochen hatten, und er freute sich darauf. Aber der reifere Mann zeigte eine verschlossene Miene und tat, als erinnere er sich an keine bedeutungsvolle Unterhaltung.

«Mir wurde gesagt, dass Sie das Glas in dem kleinen Ding hier vielleicht aus Ihrem eigenen Vorrat ersetzen könnten?»

Er reichte ihm ein Leder-Etui, das offenbar ein optisches Instrument enthielt. «Es gibt mir einen Vorwand, zu ihm zu gehen», hatte er bei sich gedacht, als er es in seinem Kontor in die Tasche steckte. Er wollte den Apotheker nicht merken lassen, dass er eine solche Zuneigung zu ihm gefasst hatte.

«Ich weiss es nicht», erwiderte Frowenfeld und drückte auf die Feder des Etuis. «Ich muss nachsehen, was ich habe.»

Er ging in sein Studierzimmer, nur zu froh, dass er allein sein und sich sammeln konnte.

«Ich habe diese Sachen nicht zu verkaufen», sagte er im Hinausgehen.

«Bitte?» fragte der Kreole, als hätte er ihn nicht verstanden, und folgte ihm ins Hinterzimmer.

«Hat die Dame davon kaufen wollen?» fragte er ihn und deutete auf den Rest der Basilienzweige.

«Ja, Sir», antwortete ihm der Apotheker und beugte sich tiefer über eine Schublade.

«Sie hatten keinen Wagen.» Der Kreole hatte sich umgedreht und liess seine Blicke über Josephs Bücherregal schweifen. Von Frowenfeld war nichts andres zu hören als das Aufheben von Gläsern, die er dann wieder wegstellte. «Ich weiss nicht, wer sie sind», sagte der Kreole.

Joseph gab noch immer keine Antwort, aber gleich danach kam er näher und hatte das Instrument auf der ausgestreckten Handfläche.

«Sie hatten eins? Das freut mich», sagte der Kreole und nahm es in Empfang, hatte aber die eine Hand noch auf die Bücher gelegt.

Frowenfeld packte sein Material wieder ein.

«Mr. Frowenfeld, sind das Ihre Bücher? Ich meine, benutzen Sie die Bücher?»

«Ja, Sir!»

Der Kreole trat an die Tür.

«Agricola!»

«Quoi?»

«Viens ici!»

Citizen Fusilier trat ein, und die übrigen Herren, mit denen er diskutiert hatte und die sich ebenfalls erhoben, riefen ihm ein paar Entgegnungen nach. Der Unbekannte sprach sehr rasch auf französisch mit ihm und liess einen

Finger über die Bücherreihe gleiten. Ein lebhaftes Zwiegespräch schloss sich an.

«Sie müssen ein grosser Gelehrter sein», sagte der Unbekannte schliesslich und wandte sich an den Apotheker.

«Er ist ein Chemie-Professor», warf der alte Mann ein.

«Ich bin jetzt noch gar nichts, nur ein Student», erwiderte Joseph, als sie zu dritt wieder in den Ladenraum gingen, «bestimmt kein Gelehrter, und erst recht kein Professor!» Er sprach ruhig und gelassener als bei der ersten Begegnung. Der jüngere der beiden Kreolen warf ihm einen freundlichen Blick zu.

«Mein junger Freund», sagte der Patriarch und wandte sich mit grimmigem Stirnrunzeln an Joseph, «wenn ich, Agricola Fusilier, erkläre, dass Sie Professor sind, dann sind Sie ein Professor! Louisiana wird sich Ihr Beglaubigungsschreiben nicht bei Ihnen holen, sondern sich bei mir nach Ihnen erkundigen.»

Er strauchelte über ein kleines Hindernis zu seinen Füssen. Manchmal brauchte es nur wenig, um Agricola zum Straucheln zu bringen.

Joseph schaute hin, was es war, und hob eine seidene Geldbörse auf. Sie trug einen eingestickten Namen.

11

Eine jähe Erkenntnis

Der Tag neigte sich seinem Ende zu. Die Gruppe, die an der Vordertür geplaudert hatte und bei wärmerem Wetter bis zur Schlafenszeit gezögert haben würde, zerstreute sich. Doch als der junge Kreole ans Tageslicht trat, konnte er noch den Namen auf der Geldbörse entziffern. Citizen Fusilier zog seine Brille hervor, blickte dem jüngeren Mann über die Schulter, las laut: «Aurore De Grapion-Nan...», und brach mit einem Fluch ab.

«Schweig mir von der!» polterte er los. «Sie hat's absichtlich getan!»

«Sir...», begann Frowenfeld.

Aber der alte Mann stiess noch eine furchtbare Verwünschung aus und eilte auf die Strasse.

«Lassen Sie ihn laufen», sagte der junge Kreole ruhig.

«Was hat er nur?» fragte Frowenfeld.

«Er wird alt.» Der Kreole reichte dem Apotheker die Geldbörse. «Ist etwas drin?»

«Nur eine einzige Pesete.»

«Ach so, deshalb brauchte sie das Basilikum, ja?»

«Ich verstehe nicht, Sir!»

«Wissen Sie nicht, was sie damit tun wollte?»

«Mit dem Basilikum? Nein, Sir.»

«Vielleicht wollte sie einen kleinen Tee-Aufguss machen, wie?» sagte der Kreole und bemühte sich, nicht zu lächeln.

Doch das Lächeln war plötzlich da, als Frowenfeld mit unnötiger Gereiztheit erwiderte: «Sie wollte es für ihren privaten Gebrauch haben, und das geht mich nichts an.»

«Richtig.»

Der Kreole ging gelassen ein paar Schritte hin und her und blickte in den Glasschrank. «Ob der junge Mann in sie verliebt ist?» dachte er bei sich. Dann drehte er sich um.

«Kennen Sie die beiden Damen, Mr. Frowenfeld? Verkehren Sie in ihrem Haus?»

«Nein, Sir.»

«Ich möchte die Reparatur bezahlen. Können Sie mir herausgeben?»

«Ich will sehen», sagte der Apotheker.

Während er sprach, legte er die Geldbörse einstweilen, bis er Licht im Laden machen würde, auf einen Schemel und trat dann an die Kasse, ohne sie wieder aufzuheben.

Der Kreole ging zum Ladentisch und kniff ein Stückchen von dem Kraut ab, das noch dalag.

«Mr. Frowenfeld, wissen Sie, was manche sehr rechtschaffenen Leute damit tun? Sie reiben die Schwelle ihrer Haustür damit ein, dann kommt ihnen Geld ins Haus.»

Joseph blieb wie versteinert stehen und liess die Schublade halb offen.

«Doch wohl nicht Leute mit einigem Verstand?»

«Alle möglichen Leute. Es ist so eine kleine Dummheit, die sie von den Sklaven übernommen haben. Viele von unsern besten Mitbürgern befragen die Vaudou-Weiber.»

«Vaudou-Weiber?»

«Man könnte sie auch Priesterinnen nennen», erklärte der Kreole, «wie zum Beispiel

Mademoiselle Marcelline oder 'Zabeth Philosophe.»

«Also Hexen!» flüsterte Frowenfeld.

«O nein», entgegnete der andre achselzukkend, «das wäre eine zu harte Bezeichnung. Nennen wir sie Wahrsagerinnen. Aber, Mr. Frowenfeld, ich möchte Sie um eine Freundlichkeit bitten. Es besteht doch immerhin die Möglichkeit, dass die Dame Geld braucht und jemand herschickt oder selber kommt, um die Geldbörse abzuholen, weil sie annimmt, dass sie sie vermutlich hier verloren hat. Wollen Sie mir dann bitte den Gefallen tun und verschweigen, dass ich sie mit Goldstücken gefüllt habe? Und sollte sie gar meinen Namen erwähnen...»

«Ich muss gestehen, Sir, dass ich Ihren Namen gar nicht kenne.»

Der Kreole lächelte ehrlich überrascht.

«Oh, ich glaubte, Sie würden ihn kennen.» Er lachte vor sich hin. «Wir sind aber trotzdem sehr gute Freunde geworden, nicht wahr? Also dann können Sie ja ganz aufrichtig sagen, Sie wüssten nicht, wer das Gold hineingetan hat.» Joseph machte ein besorgtes Gesicht, als der Kreole ihm die Hand mit der gefüllten Geldbörse hinhielt. Er sah aus, als sei ihm sehr viel daran gelegen, und meinte: «Sie kennen meinen Namen nicht, können Sie sagen. Es ist mir ziemlich wichtig, Mr. Frowenfeld, dass die Dame nichts von mir erfährt. Und wenn Sie den beiden Damen einen Dienst erweisen wollen, sagen Sie am besten, Sie wüssten nicht, wer das Gold hineingetan hat.» Vor lauter Ernst sprach der Kreole in seiner Muttersprache weiter. «Verzeihen Sie, wenn ich Ihnen meinen Namen nicht nenne. Sie können ihn jederzeit von Agricola erfahren. Ach, wie froh bin ich, dass sie mich nicht gesehen hat! Sie werden niemandem von diesem kleinen Vorfall erzählen, nicht wahr?»

«Nein, Sir», sagte Joseph und nahm schliesslich die Geldbörse in die Hand. «Ich werde niemandem etwas erzählen, und nur das Unumgängliche sage ich zu der Dame und ihrer Schwester.»

«Sie ist nicht ihre Schwester!» entgegnete der Kreole. *«Sie ist ihre Tochter!»*

Bei diesen Worten ging dem Apotheker blitzartig eine Erkenntnis auf. Er verstand jetzt das Benehmen Agricolas. Die schönen fremden Damen waren die Witwe und die Tochter des Mannes, den Agricola im Duell erschossen hatte – und es waren auch die Damen, mit denen ihn Doktor Keene hatte bekanntmachen wollen.

Der Kreole streckte die Hand aus. «Dann also guten Abend, Mr. Frowenfeld! Ach...» – und nun kam er endlich zum wahren Grund seines Hierseins –, «das Gespräch, das wir vor ein paar Wochen führten, Mr. Frowenfeld, hat mich zu besonderem Nachdenken angeregt» – er begann zu lächeln, als wollte er Joseph klarmachen, dass es mit der Sache nichts weiter auf sich habe –, «und das brachte mich fast zu dem...»

Ein leichter Schritt und ein Kleiderrascheln schnitten ihm das Wort ab. Während der Kreole noch gezaudert hatte, sich zu verabschieden, waren ein paarmal Kunden ins Geschäft getreten, doch hatte er sich dadurch nicht stören lassen. Jetzt dagegen hatte er sich kaum umgedreht und den Blick auf den Neuankömmling gerichtet, als er ohne auch nur den üblichen Guten-Abend-Gruss hinauseilte.

12

Die Philosophin

Der Apotheker zuckte nervös zusammen, als in das Licht seiner Hängelampe, genau dorthin, wo er stand, vor den Ladentisch eine Frau von der Kaste der Quarteronen trat, ein Mischling von prachtvoller Haltung und Würde, mit schönen, ernsten Gesichtszügen, einer klaren, gelbbraunen Haut und grossen, leidenschaftlichen schwarzen Augen.

«Ben soi', Miché! – Guten Abend, Monsieur!» Ein strenges, jedoch nicht abstossendes Lächeln liess ihre makellosen Zähne sehen.

Frowenfeld verbeugte sich.

«Mo vien c'erc'er la bourse de Madame.»

Sie sprach das beste Französisch, das ihr zur Verfügung stand, aber sie konnte sich nicht verständlich machen.

Der Apotheker schüttelte nur den Kopf.

«La bourse», wiederholte sie und lächelte leise, aber wegen seiner prüfenden Blicke mit einem etwas verärgerten Funkeln in den Augen.

«Die Geldbörse?»

«Oui, Miché!»

«Sollen Sie sie holen?»

«Oui, Miché!»

Er zog die Börse aus seiner Brusttasche und bemerkte das jähe Glitzern in ihren Augen, die wie das Gold zwischen den seidenen Maschen funkelten.

«Oui, c'est ça!» sagte sie und streckte eifrig die Hand aus.

«Ich wage es kaum, sie Ihnen heute abend zu geben», sagte er.

«Oui», stiess sie fragend hervor, und das Licht glomm in ihren Augen.

«Sie könnten überfallen werden», sagte Frowenfeld. «Es ist sehr gefährlich für Sie, noch so spät unterwegs zu sein. Bald wird man den Schuss hören!» (Um acht Uhr wurde ein Geschütz abgefeuert, das die Sklaven warnte, im Haus zu sein, sonst setzten sie sich Gefängnisstrafen aus.)

Die Frau, um die er sich sorgte, schüttelte den Kopf und gab ihm lächelnd zu verstehen, dass kein Grund zur Besorgnis vorläge. Das Lächeln war aber auch sehr entschlossen.

«Mo pas compren'», sagte sie.

«Bestellen Sie der Dame, sie soll es morgen holen lassen!»

Sie lächelte hilflos und etwas ärgerlich, zuckte die Achseln und schüttelte wieder den Kopf. Dann hörte sie hinter ihrem Rücken Stimmen und Schritte.

«C'est ça!» sagte sie wieder in liebenswürdiger Hast, *«oui!»,* und hob ziemlich rasch die Hand, um die Geldbörse zu erwischen, jedoch vergebens.

«Nein!» rief Frowenfeld unwillig.

«Hallo!» grüsste Charlie Keene und kam belustigt näher.

Die Frau drehte sich um, und mit ein paar schnellen Sätzen in kreolischem Dialekt erklärte sie die Lage.

«Geben Sie ihr die Börse, Joe! Ich verbürge mich dafür, dass es in Ordnung ist.»

Frowenfeld reichte ihr die Geldbörse, und sie wollte sich schon durch die Tür an der Rue

Royale entfernen, durch die Charlie Keene hereingekommen war, als sie auf der Schwelle Agricola sah, der sie finster anstarrte. Eilig und in offensichtlicher Aufregung drehte sie sich um und verschwand im Dunkel der Nebenstrasse.

Agricola trat ein. Doktor Keene schaute sich suchend im Geschäft um.

«Glauben Sie mir, Agricole, Sie hatten ihn nicht bei sich! Frowenfeld, Sie haben wohl keinen dicken Knotenstock gesehen?»

Der Apotheker versicherte, dass kein Spazierstock hiergeblieben sei.

«Ja, Frowenfeld», lachte Doktor Keene, als die drei sich hinsetzten, «der Frau würde ich fast ebensosehr trauen, wie wenn sie weiss wäre.»

Der Apotheker sagte nichts.

Agricola blickte nachdenklich in den Abendhimmel und wandte sich mit einem philosophischen Lächeln an die beiden andern: «Wie frei wir doch von Vorurteilen gegen die Schwarzen sind!»

«Mit ‹wir› meinen Sie wohl die Weissen?» fragte Joseph halb zerstreut, halb forschend.

«Mein junger Freund, wenn ich sage ‹wir›, meine ich immer ‹wir Weissen›. Das Nicht-Erwähnen einer Farbe setzt immer reines Weiss voraus, und was nicht vollkommen weiss ist, das ist auf jeden Fall vollkommen schwarz. Wenn ich sage, ‹die ganze Gemeinde›, meine ich alle Weissen. Wenn ich von der ungeteilten öffentlichen Meinung spreche, meine ich die Ansichten der weissen Bevölkerung. Was sonst könnte ich meinen? Oder sollten Sie etwa annehmen, Sir, dass der Ausdruck ‹meine niedergetrampelte Heimat›, den Sie mich wohl gebrauchen hörten, auch die Schwarzen und die

Mulatten einschliesst? Was ist das da oben am Himmel? Der Mond. Der neue Mond, oder der Vollmond, oder der zunehmende Mond – aber immer ist es der Mond. Welcher Teil von ihm? Natürlich die Seite, die leuchtet, immer nur die helle Seite, die weisse. Nicht etwa, dass ein Vorurteil gegen den Neger besteht. Keineswegs. Wo immer er sich in einer ausschliesslich dienenden Eigenschaft als brauchbar erweist, dulden wir seine Anwesenheit gerne und grossmütig.»

Wurde nun der Einwanderer, indem er dazu schwieg, allmählich weise – oder schwach?

Agricola erhob sich und sagte, er wolle nach Hause gehen.

Doktor Keene reichte ihm nachlässig die Hand – ohne aufzustehen.

Als Agricolas Schritte verhallt waren, fragte er lächelnd und mit gedämpfter Stimme: «Frowenfeld, wissen Sie nicht, wer die Frau war?»

«Nein.»

«Dann werde ich's Ihnen erzählen.»

Und er begann zu erzählen.

Auf der einsamen Plantage Cannes Brûlées, wo Aurora Nancanou ihre Kindheit ohne Brüder und Schwestern verlebte, hatte man ihr, den Gebräuchen auf den Plantagen entsprechend, ein kleines Quarteronen-Mädchen als ständige und einzige Spielgefährtin gegeben. Das Mädchen zeigte schon früh bemerkenswerte Züge. Bereits als Kind war sie schlank, hochgewachsen und behende. Ihre Augen waren gross und schwarz und leuchteten auf, sowie sie auf einen Zuruf antwortete. Ihre blasse gelbliche Stirn mit dem pechschwarzen Haar darüber, die starken Augenbrauen und die langen Wimpern, die leichte Röte, die durch die klare gelbe Haut ihrer Wangen schimmerte, die vollen roten Lippen und die schön entwickelte Büste verliehen ihr schon mit vierzehn Jahren eine barbarische, anziehende Schönheit, die den Betrachter so überraschte, als würde plötzlich ein juwelenbesetztes Schwert gezogen. Ein solcher Typus konnte nur vornehmstem lateinischem Adel auf der einen Seite und auf der andern, wie man vermuten darf, edelstem afrikanischem Blut entsprossen sein. Zu diesen äusseren Reizen kam noch die geistige Beweglichkeit, die Gewandtheit im Gespräch und eine klug versteckte und unaufdringliche, aber sichtbare Willensstärke und ausserdem eine Gabe, die bei ihresgleichen äusserst selten ist, nämlich Reinheit und Unschuld.

Als sie vierzehn Jahre alt war, erfolgte ein Schritt, über dessen Notwendigkeit man seit zwei Jahren gesprochen hatte. Aurora und ihre Gefährtin mussten sich trennen. Eine Erklärung ist fast überflüssig: Aurora sollte zu einer Dame heranwachsen, ihre Spielgefährtin zu einer Zofe, aber nicht zu Auroras Zofe, denn von den beiden Mädchen war die Zofe die Beherrschende geworden. Es kostete darum Monsieur De Grapion viel Kopfzerbrechen, was für Schritte er ihretwegen unternehmen sollte.

Um diese Zeit erhoben die Grandissimes und die De Grapions (dank gewisser Bemühungen des seither verstorbenen Vaters von Honoré) schwächliche Ansprüche auf ein gegenseitiges gutes Einvernehmen. Einer von den Korn- und Tabakhändlern aus Kentucky, deren Lastkahn-Flottille immer den Mississippi befuhr, weilte eines Tages vorübergehend bei Monsieur De

Grapion zu Gast und erwähnte zufällig einen Wunsch Agricola Fusiliers. Agricola hatte ihm, wie es sich herausstellte, den Auftrag gegeben, die schönste Sklavin zu kaufen, die er auf seinen ausgedehnten Reisen finden konnte. Agricola wollte sie seiner Nichte, Honorés Schwester, als Zofe schenken. In Auroras Spielgefährtin sah der Kentuckier den Wunsch erfüllt. Doch Monsieur De Grapion wollte sie nicht verkaufen. (Mit einem Grandissime ein Geschäft machen? Damit die vielleicht dächten, er brauche Geld? Niemals!) Er könne jedoch Agricola bitten, die Dienste des Mädchens für etwa zehn Jahre als Leihgabe anzunehmen. Der Kentuckier war sofort einverstanden, und so wurde es allmählich durchgeführt. Cannes Brûlées verlangte sie nie zurück, sondern ihr Herr schenkte ihr nach der abgelaufenen Frist die Freiheit. In New Orleans wurde aus ihr Palmyre la Philosophe, Palmyre die Philosophin, oder wie es im verdorbenen Französisch der Kreolen hiess, Palmyre Philosophe, die berühmt war für ihren Geschmack und ihr Geschick als Haarkünstlerin, für die Wirksamkeit ihrer Zaubersprüche und die Weisheit ihrer Wahrsagekunst, vor allem aber für die keusche Strenge, mit der sie die weniger unheilvollen Zeremonien des Vaudou-Kults ausübte.

«Das war sie also, das war Palmyre Philosophe», sagte Doktor Keene und wandte sich, als er seine Erzählung beendet hatte, zum Gehen. «Jetzt bekommen Sie einen Eindruck von Agricoles Weitherzigkeit: er duldet sie, obwohl sie sich nicht ‹in einer ausschliesslich dienenden Eigenschaft› präsentiert. Und der Grund? *Er hat Angst vor ihr!*»

Die Zeit verging, falls man das als Zeit bezeichnen will, was man mit einer Uhr messen muss. Der Apotheker in der Rue Royale fand bessere Möglichkeiten, sie zu messen. So still wie eine Spinne versponn er Informationen zu Wissen und Wissen zu dem, was als Weisheit gilt - ob sie es war oder nicht, werden wir sehen. Sein «namenloser» Freund, der kreolische Kaufmann, der ihn beschworen hatte, sich zu akklimatisieren, wie es alle taten, hatte ihn auch ermahnt, die Menschenmenge zu studieren, von der er ein Teilchen geworden war. Doch dieser Freund kam nicht, um festzustellen, ob das Studium betrieben wurde und heranreifte zu edler Frucht oder ob es ihn verdarb - es war die emsigste Zeit im Geschäftsleben. Gewiss befand sich ein so junger Einsiedler, der zu einem Volke kam, dessen Bräuche so unterschiedlich von seiner eigenen Haus-Ethik waren, in trauriger Gefahr, ungerechterweise - wie wir wohl sagen dürfen - zu einem Timon zu werden. Er hatte auch weiterhin wenig Bekannte.

Während seines Gärungsprozesses hatte er viel nasses und auch kaltes Wetter aufzuzeichnen gehabt. Das mag zum Teil die geringe Zahl äusserer Ereignisse in seinem Leben erklären. Bei schlechtem Wetter passiert nicht viel bei den Kreolen. Aber sein Geschäft blühte.

Doch das Wetter besserte sich, und als der kreolische Frühling seinen Einzug gehalten hatte und sich schon dem Kalender-Frühling näherte, geschah etwas, das Frowenfelds Bekanntenkreis auch ohne Doktor Keenes Beihilfe vergrösserte.

13

Die Miete droht

Es war an einem milden Morgen Ende Februar um die Mittagszeit. Im kleinen Vorderzimmer von Rue Bienville Nr. 19 haben Aurora Nancanou und ihre Tochter in diesem Augenblick zu nähen aufgehört. Nr. 19 ist die rechte Seite eines einstöckigen Doppelhauses mit niedrigem Dach, in ockergelber Farbe getüncht, von der es grossmütig an jeden abgibt, der sich an seine Aussenwand lehnt. Es hockt so fest auf der Erde wie eine Kröte. Irgendwo zwischen dem Gestrüpp des Hinterhofs liegt die Küche, und hinter dem Wohnzimmer, in dem die Damen sich jetzt aufhalten, ist ein Schlafzimmer. Auch eine kleine Veranda ist da, wo sie bei gutem Wetter essen. Ihre Köchin und Dienerin ist die alte Negerin, die sie bei ihren Ausgängen begleitet. Ihr Schlafzimmer ist die Küche, ihr Bett der Fussboden. Der einzige Beschützer des Hauses ist ein Hund, dessen Daseinszweck es zu sein scheint, sich alle Viertelstunden aus dem Wohnzimmer scheuchen zu lassen.

Wenn man sich jedoch voreilig eine armselige kleine Behausung vorstellt, täuscht man sich gewaltig. Überall herrschen Sauberkeit, Ordnung und Schönheit. Die Möbel sind altmodisch, kostbar, aus Frankreich importiert. Auch die Teppiche sind nicht neu, aber wertvoll. Einzelne Gegenstände aus Silber und Kristall sind antik und blitzblank. Ein oder zwei Gemälde, darunter eine Madonna, sind recht gute Reproduktionen. Messing ist reichlich vorhanden, es ist auf Hochglanz poliert, und das ganze Zimmer macht einen hellen, heiteren Eindruck.

Jemand hat gerade an die Haustür geklopft, und Aurora ist aufgestanden. Die andre junge Dame sitzt noch immer auf einem niedrigen Stuhl, hat die Hände über ihrer Näharbeit im Schoss liegen und blickt mit einem Ausdruck, der Zärtlichkeit und enttäuschte Erwartung verrät, zum Gesicht ihrer Mutter auf. Aurora zaudert noch hinter ihrem Sessel, möchte am liebsten ihren Platz wieder einnehmen und zögert dann einen Moment. Auch aus ihrem Gesicht spricht aufmerksame Verhaltenheit. Die Tochter blickt unentwegt zu ihr auf. Es ist nicht weiter seltsam, dass die Nachbarn noch immer verschiedener Meinung sind, welche von den beiden die schönere ist: trotz der sechs Monate, seit die Damen in Nr. 19 wohnen, sind sich die Leute noch nicht darüber einig geworden. Wenn ein junger Mann die jetzt achtzehnjährige Tochter begeistert mit einer vielversprechenden Rosenknospe vergliche, würde ein älterer Mensch sofort sagen, dass die fünfunddreissigjährige Mutter die vollerblühte Pracht der Gärten sei. Sagte man von dem jungen Mädchen, es besitze noch allen Tau der Jugend, dann würden zwei oder drei Mütter einstimmig rufen: «Aber die andere, Kind, wird niemals alt, sie ist ewig jung, wie der Morgen. Die Frau wird ewig leben, haha, sogar noch länger.»

In einer Beziehung hatte die junge Witwe offenbar etwas ihrer Tochter voraus: sie war eine kluge Hausfrau. Am Tage, als sie in Nr. 19 einzogen, hätten die Nachbarn sehen können, dass sie vor allem andern Umzugsgut einen Besen, einen Spiegel und eine Silbermünze in das leere Haus trug. Seither konnte man sie jeden Morgen beobachten, wie sie schon bei Sonnenaufgang vom Seitenfenster aus Wasser sprengte, und ihr Nachbar gegenüber hatte oft Gelegenheit zu beobachten, wie sie, mit der Näharbeit am Fenster sitzend, sich nie in den Finger stach, ohne ihn rasch hinters Ohr zu halten und dann mit der Arbeit fortzufahren. Ob je ein andrer als Joseph Frowenfeld eingezogen und von dem zweistöckigen Ziegelhaus rechts weggegangen wäre und nichts von dem Vorhandensein eines solchen Wunders gewusst hätte?

«Oh», sagten die Leute, «die Madame versteht es, die Armut von der Schwelle zu halten! Und die Jüngere scheint das nicht so zu lieben. Die Mädchen halten sich für so gescheit heutzutage!»

Da klopfte es wieder an die Haustür, und laut, wie mit einem Stück Zuckerrohr.

Die Hand der Tochter, die ihre Nadel wieder aufgenommen hatte, hielt mittendrin inne und zog den weissen Faden nicht weiter durch den Stoff. Aurora glitt leise über den teppichbelegten Fussboden. Sie hörte etwas rascheln, und dann erschien die Ecke eines zusammengefalteten weissen Papiers unter der Türritze und verschwand wieder. Sie stieg auf einen Stuhl und spähte durch die komische kleine Jalousie, die früher in fast allen Haustüren von New Orleans angebracht war. Doch die Botschaft hatte schon ihren Weg über die Schwelle gefunden, und sie sah nur noch den wenig malerischen Rücken eines Botenjungen. Was aber nichts schadete. Sie hatte ihren Stolz, den sie aufrechterhalten, und eine Armut, die sie verbergen musste, was beides für ihre Selbstachtung notwendig war: und das liess sie notgedrungen ein wenig ungesellig in ihrer Burg erscheinen. Oder glaubt man etwa, sie würde den Anschein erwecken wollen, als sei sie in so ärmliche Verhältnisse hineingeboren oder habe in sie hineingeheiratet?

Wer weiss, das Klopfen könnte von Monsieur Frowenfeld herrühren, haha! Er könnte töricht genug sein, zu so früher Stunde anzuklopfen. Oder vielleicht war es gar ein *polisson* von einem Grandissime - einerlei, welcher, sie waren alle verabscheuenswert -, der kam, um die Miete einzufordern. Das war ihre erste Befürchtung gewesen. Oder was noch schlimmer gewesen wäre: das Klopfen hätte von einer Dame herrühren können, die Visite machen wollte, obwohl es dann leiser geklungen hätte. Aurora hatte nicht die Absicht, weiblichen Augen Einblick in ihre sorgsam versteckte Armut zu gewähren. Ausserdem war es Montag: man sollte sein Glück nicht aufs Spiel setzen, denn Montagsbesucher brachten immer Unglück, es sei denn in seltenen Fällen, wenn man das Glück bereits gesichert und etwas Venezianisch-Rot auf den Gehsteig oder die Böschung gestrichen hätte.

Noch ehe die Tochter ihre Arbeit weglegen und aufspringen konnte, hatte sich ihre Mutter schon auf den Brief gestürzt. Sie stand da und las, ihre langen Wimpern verhüllten die niedergeschlagenen Augen; die kindliche Figur und die rundlichen, leicht anliegenden kindlichen Arme passten gut zu der kindlich erstaunten, spöttischen Missbilligung, und ihr langes, loses Kleid erhöhte die Anmut ihrer Haltung. Doch die Jüngere blickte von ihrem Stuhl auf, entschlossen, sich nicht ausschalten zu lassen.

Doch was ist das auf der dunklen Wimper? Mit einer jähen, verdoppelten Entschlossenheit wirft die Tochter Näharbeit und Stuhl nach rechts und links, springt hoch und hält im nächsten Augenblick die weinende Aurora in den Armen und reisst ihr den Brief aus der Hand.

«Ah, Maman! Ah! ma chère mère!»

Die Mutter zwang sich zu einem Lachen. Sie wollte sich nicht von ihrer Tochter bemuttern lassen und machte einen Vorstoss auf Clotildes erhobene Hand, um den Brief wiederzuerlangen, was ihr nicht gelang. Sofort entspann sich auf Kreolisch der lieblichste Wortwechsel, der damit endete, dass sich beide Seite an Seite, wie zwei Schwestern über einem Liebesbrief, nebeneinandersetzten und den Zettel zu entziffern versuchten. Er lautete wie folgt:

New Orleans, 20. Februar 1804

Madame Nancanou, ich muss Sie ergebenst um die Miete für das Haus bitten, in dem Sie wohnen, Bienville Street Nr. 19, von wo ich seit drei Tagen keine Miete bekommen habe und Sie immer wieder gemahnt habe, vielleicht dreizehnmal. Und ich bitte Sie auf englisch, wie es das neue Gesetz verlangt, nach neunzehn Tagen auszuziehen. Das Gesetz schreibt zwei Wochen Kündigung vor, und wenn Sie mir nicht in neunzehn Tagen die Miete gezahlt haben, also bis zum 10. März, dann muss ich Sie bitten auszuziehen. Was mir sehr leid tun würde. Ich verbleibe, Madame, hochachtungsvoll

Ihr ergebener Diener H. Grandissime

(aufgesetzt von Z. F.)

Ein kurzes französisches Postskriptum auf der Seite gegenüber war von einem Monsieur Zénon François unterzeichnet, der ihr erklärte, dass er sich ihnen früher als ihr Hauswirt vorgestellt habe, jedoch nur der Agent des Hausbesitzers sei; dass der Hausbesitzer ein weit besser gekleideter Herr sei, als er es sich leisten könne; dass das Schreiben eine Kündigung für sie sei, die Wohnung, die sie gemietet (nicht gepachtet) hätten, zu verlassen oder zu zahlen; dass die Kündigung in der rechtmässigen Form abgefasst sei und dass es ihm grossen Kummer bereite, sie ihnen zuzustellen, er sei nur der nicht verantwortliche Empfänger eines unzureichenden Gehalts und habe dreizehn Kinder zu ernähren. Er flehte sie an, das Postskriptum zu zerreissen, sowie sie es gelesen habe.

«Oh, der Elende!» war das einzige, was die beiden Damen ausriefen, als sie sich wieder dem Studium des in kläglichem Englisch abgefassten Briefs zuwandten. Sie hatten nie geahnt, dass ihr Hauswirt Monsieur Grandissime war. Ihre Augen schleppten sich langsam und matt die Zeilen entlang bis zur Unterschrift.

«H. Grandissime! Sieh dir das an!» rief die Witwe mit kurzem Auflachen, dem sofort die Tränen folgten. Sie hielt den Brief hoch, als hielte sie etwas Lebendiges beim Genick, und sprach in ihrer Verachtung in der neuen, verhassten Landessprache weiter. «Sieh dir das an! Der reiche Kavalier, der so viel für das Hospital gestiftet hat!»

«Aber Maman», sagte die Tochter und legte ihre Hand beschwichtigend auf das Knie der Mutter, «er weiss ja nicht, wie arm wir sind!»

«Nein, so etwas!» rief Aurora. «Er denkt

wohl, wir sind so reich wie sein Onkel?» Sie warf einen verachtungsvollen Blick auf ihre Tochter, der eigentlich für Agricola Fusilier bestimmt war. «Und du willst wohl Partei für die Grandissimes ergreifen?»

Die Tochter sah sie flehend an.

«Nein, Maman, aber der Mann, der diese Häuser vermietet, muss doch seine Miete einkassieren dürfen?»

«Muss er? Ah ja, er muss sein möglichstes tun, um seine Miete einzukassieren. Er ist reich, aber er braucht ein bisschen Geld! Dringend, dringend!» Die aufgeregte Sprecherin sprang auf, weil sie einen Einfall hatte. *«Tenez, Mademoiselle!»* Sie tat so, als wollte sie sich ihr Kleid aufhaken.

«Mais comment?» protestierte die Tochter.

«Doch!» fuhr Aurora in ihrer Demonstration fort. «Du möchtest ja gern, dass er seine Miete bekommt, und ich habe nur mein Kleid! Also nimm's und bring's deinem feinen Gentleman 'Sieur Honoré Grandissime!»

«Ah!» rief die Gemarterte.

«Und du hast recht», fuhr der Quälgeist hartnäckig fort, das Kleid weiter öffnend; doch die Tochter brach in Tränen aus, und im Nu warf sich die reuige Sünderin auf die Knie, zog den Kopf ihres Kindes an die Brust und weinte ebenfalls.

Eine halbe Stunde verging mit Beratungen. Sie standen beide unter dem hohen Kaminsims, einen Fuss auf dem Feuerbock, und hatten noch keine Lösung gefunden.

«Ach, mein Kind!» Sie waren jetzt wieder zu sich gekommen und sprachen ihr Französisch. «Wenn wir nur den zehnten Teil von dem in

Händen hätten, was dein Papa in einer einzigen Nacht verspielt hat, ohne sich aufzuregen! Aber dein Vater war ein prächtiger Mann. Du hättest ihn kennen sollen! Und so gebildet war er! Hahaha, ich muss immer noch lachen, wenn ich daran denke, wie er mir Englisch beibringen wollte. Ich habe ihn ganz rasend gemacht.»

Die Tochter brachte das Gespräch wieder auf das eigentliche Thema zurück. Neunzehn Tage waren ihnen noch vergönnt. Innerhalb dieser Zeit waren sie vielleicht in der Lage, die Miete zu zahlen, wer weiss. Clotilde hatte zwei Gitarreschülerinnen und noch drei andre in Aussicht, sie hoffte also, zahlen zu können.

«O Clotilde, mein Kind», rief Aurora plötzlich und strahlte, «du brauchst gar keine Maske und kein Kostüm, so sehr siehst du deiner Urgrossmutter ähnlich, dem Schatullenmädchen!» Aurora ihrerseits war sicher, dass mit der einen Handarbeitsschülerin in ihrem Privatunterricht und den drei andern, die abgelehnt hatten, Stunden zu nehmen, sie leicht die Miete zahlen könnten - und wie gütig es von Monsieur war, dem ältlichen Vater der einen Handarbeitsschülerin, ihnen die Einladung zum Ball zu verschaffen! Er hatte gesagt, er müsse, bevor er sterben sollte, noch einen Ball sehen.

Aurora sah so hübsch aus in der Träumerei, der sie sich überlassen hatte, dass ihre Tochter es zufrieden war, sie schweigend zu bewundern.

Dann blickte die Mutter auf und fragte: «Clotilde, erinnerst du dich an den Abend, als du so hässlich zu mir warst?»

Die Tochter lächelte über den unsinnigen Vorwurf.

«Ich war nicht hässlich zu dir!»

«Doch, weisst du denn nicht? Es war der Abend, an dem ich deinetwegen meine Geldbörse verloren hatte!»

«Ja, natürlich!» Die Tochter nahm ihren Fuss vom Feuerbock herunter und funkelte ihre Mutter kriegerisch an. «Aber dafür, dass du die Geldbörse verloren hattest, musst du dir selber die Schuld geben! Und die Art und Weise, wie du sie wiedergefunden hast, was weit schlimmer war - dafür kannst du Palmyre danken. Wenn du sie nicht gebeten hättest, sie zu suchen, und das Gold nicht mit ihr geteilt hättest, könnten wir es 'Sieur Frowenfeld zurückgebracht haben. Aber so müssen wir uns schämen, ihm ins Gesicht zu sehen. Bestimmt hat er selbst die Geldbörse gefüllt.»

«Er? Er wusste gar nicht, dass sie leer war. Niemand hat sie gefüllt. Palmyre sagt, dass Papa Lébat...»

«Oh!» rief Clotilde spöttisch, als die Mama den Vaudou-Aberglauben erwähnte.

Die Mutter warf den Kopf in den Nacken und ärgerte sich sehr, weil ihre Tochter sie verspottete. Doch die Wolke hing nur einen Augenblick zwischen ihnen.

«Clotilde!» rief Aurora nach einer Minute und strahlte vor Entschlossenheit. «Ich werde ihn aufsuchen!»

«Wen?» fragte die Tochter, die ans Fenster getreten war, um ein aufsässiges Gefühl zu unterdrücken.

«Wen, mein Kind? Ihn selbst!»

«Du erwartest doch wohl nicht Barmherzigkeit von Honoré Grandissime? *Den* wirst du doch nicht aufsuchen wollen?»

«Nein, Barmherzigkeit haben die Grandissimes nicht im Blut. Aber kann ich nicht Gerechtigkeit verlangen? Ha! Es ist Gerechtigkeit, was ich verlangen werde!»

«Du willst ihn also wirklich aufsuchen?»

«Du wirst schon sehen», erwiderte Aurora und liess einen Besen fallen, mit dem sie ein paar Knöpfe zusammengefegt hatte.

«Und ich mit dir?»

«Du? In ein Kontor? Zu dem Oberhaupt der abscheulichen Familie? Niemals!»

«Du weisst ja gar nicht, wo sein Kontor ist!»

«Das kann mir jeder sagen.»

Die Vorbereitungen begannen sofort. Und allmählich...

«Clotilde...?»

Clotilde kauerte hinter ihrer Mutter, hatte ein Band zwischen den Lippen und befestigte eine Rüsche.

«M-m-m?»

«Du musst mir nicht nachschauen, wenn ich gehe, hörst du? Es ist gefährlich. Ich kannte einen Herrn, der seiner Frau nachgeschaut hat, und sie ist niemals wiedergekommen.»

«Halt still!» sagte Clotilde.

«Aber wenn meine Hand juckt», erwiderte Aurora mit hellerer Stimme, «muss ich sie dann nicht sofort in meine Tasche stecken, wenn ich will, dass Geld hineinkommt? Siehst du wohl!»

Die Tochter schlug vor, in die Küche zu gehen und Alphonsina zu sagen, sie solle sich die Schuhe anziehen.

«Mein Gott, bist du verrückt, Kind?» rief Aurora. «Soll ich vielleicht Alphonsina als Pfand für die Miete dort lassen?»

«Du kannst doch nicht allein gehen - und zu Fuss!»

«Ich muss allein gehen - oder kannst du mir deinen Wagen leihen? Ach, du hast keinen? Natürlich muss ich allein und zu Fuss gehen, wenn ich erklären will, dass ich die Miete nicht zahlen kann. Wenn mir etwas zustösst, ist 'Sieur Grandissime verantwortlich.»

Sie ist bereit für ihren Gang und läuft vor den Spiegel. Die Tränenspuren sind verschwunden. Die flatternden Hutbänder lassen sie noch jünger erscheinen.

«Wer ist die ältere von uns beiden, kleine Alte?» trällert sie und klatscht ihrer Tochter zärtlich auf die Wange.

«Hast du denn keine Angst, allein zu gehen?»

«Nein. Aber sieh bloss den Hund...»

Der Hund legt sich mit schuldbewusster Miene auf den Boden. Clotilde öffnet die Haustür und gibt Aurora den Brief. Aurora küsst sie stürmisch, damit sie den Kuss bei der Rückkehr wiederbekommt. Clotilde ruft die Köchin, Hund und Besen zu holen, und die Köchin nimmt den Hund und den Besen unter den Arm, um sich einen Weg zu sparen. Aurora segelt von dannen, und Clotilde nimmt ihre Näherei zur Hand und wartet auf die Gitarreschülerin.

«Eine Stunde wird sie mindestens benötigen», denkt das Mädchen. Es wäre ihr nicht in den Sinn gekommen, zu argwöhnen, dass Aurora sich etwas vorgenommen hat, das sie sogar noch vor ihrem Besuch bei Monsieur Grandissime erledigen will.

14

Vor Sonnenuntergang

In den alten Zeiten waren die meisten Bürgersteige in den Aussenquartieren von New Orleans nichts als grobes, schmutziges Gras, das an der Seite neben dem Graben von den Bohlen alter, abgetakelter Lastkähne eingefasst war. Als Aurora zu einer Ecke kam, wo zwei dieser Leitplanken aufeinanderstiessen, blieb sie stehen und blickte zurück, um sich zu überzeugen, dass Clotilde ihr nicht nachschaute. Dass sie andern Vorübergehenden aufgefallen war, kümmerte sie nicht - es war der Zoll, der ihrer Schönheit zukam.

«Jeder sieht, dass ich vom Lande bin - weil ich ohne Begleiterin auf die Strasse gehe», dachte sie.

Ein Junge kam vorbei, pfiff und verstummte und starrte die einsame Dame an, bis er sich den Hals nicht weiter nach ihr verrenken konnte. Er überquerte die Strasse, drehte sich um und schaute wieder. Wohin war sie nur plötzlich verschwunden?

An der Strassenecke, an der sie so plötzlich verschwunden war, stand ein kleines, gelb getünchtes Haus, das dem ihrigen sehr glich, ja, es glich Hunderten ähnlicher Häuser in der Stadt, wie sie damals aussahen, ja, auch heute noch - mit dem einzigen Unterschied, dass sie heute aus Backstein statt aus Adobe-Ziegeln gebaut sind. Damals war der Gegensatz zwischen dem hässlichen Äusseren und dem oft eleganten Inneren noch viel grösser. Doch in diesem Eckhaus war das Wohnzimmer nichts als ordentlich. Die Möbel waren plump, von kreolischen Handwerkern angefertigt, und die Wände waren nicht mit Bildern geschmückt. Die hohe Bettstelle, die in einer Ecke stand, war mit einem blauen Stoff behangen, der hinter einem weissen Gespinst aus gehäkelter Spitze hervorschimmerte. Die Messingfüsse der Stühle waren glänzend poliert, ebenso die Messingverzierungen der Bettstelle und die Kugeln auf den kalten Kaminböcken. Blaue und weisse Gardinen hingen an dem einzigen Fenster. Der Fussboden leuchtete vom ständigen Schrubben in hellem, reinem Gelb. Hier und dort lagen weisse, aus Palmblättern gewobene Matten. Nur ein seltsames Möbelstück enthielt das Zimmer: einen phantastisch geschnitzten Tisch aus dunklem Mahagoni, dessen Platte von drei sich windenden, geschuppten Schlangen getragen wurde.

Aurora hatte am Tisch Platz genommen. Eine zwergenhafte Kongo-Negerin, welche so schwarz wie Russ war, hatte sie eingelassen und die Haustür verriegelt und war aus dem Zimmer gegangen. Jetzt trat die Herrin des Hauses ein.

Obwohl es Februar war, trug sie ein weisses Kleid und schien sich darin wohl zu fühlen. Die wilde Schönheit, die vor zwanzig Jahren erst als Knospe angedeutet war, stand jetzt in voller Blüte. Anmut und Stolz ihrer Bewegungen vereint waren verführerisch und irgendwie von katzenhafter Geschmeidigkeit. Das Weibliche an ihr schien nicht menschlich zu sein, so dass man sie sich trotz all ihrer Schönheit lieber angekettet wünschte. Es war die Frau, die bei Frowenfeld die Geldbörse abgeholt hatte: Palmyre Philosophe.

Im Moment, da ihre Augen auf Aurora fielen, wechselte ihr ganzer Ausdruck. Ein mädchenhaftes Lächeln erhellte ihr Gesicht, und es leuchtete auch in Auroras Gesicht auf. Beide klatschten vor Freude in die Hände und lachten; sie gingen freudig aufeinander zu und schwatzten ununterbrochen sinnloses Zeug.

«Setz dich!» sagte Palmyre im Plantagen-Französisch ihrer Kindheit, als sie sich die Hand gaben.

Sie holten sich Stühle heran und sassen sich gegenüber, so nah sie nur konnten; dann seufzten und lächelten sie kurz, und dann blickten sie ernst drein und verstummten. Denn wie die Dinge lagen, und trotz der amüsanten Vertraulichkeit, wie sie zwischen kreolischen Damen und der dienenden Klasse üblich war, musste die unbeschützte kleine Witwe wohl ein sehr schwerwiegendes Anliegen haben, das sie ins Haus der Vaudou-Frau geführt hatte.

«Palmyre», begann sie niedergeschlagen.

«Ja, Momselle?»

«Du musst mir helfen!» Palmyres ehemalige Herrin schlug flehend die Augen auf und senkte sie wieder, legte die Hände in den Schoss und verschränkte sie, damit sie sich nicht durch Zittern verrieten.

«Also Momselle Aurore...»

«Ich weiss schon, was du sagen willst! Aber das nützt nichts. Hilf mir noch dies eine Mal, und dann will ich Vaudou für immer aufgeben!»

«Sie haben doch nicht schon wieder Ihre Geldbörse verloren?»

«Ach, Unsinn, nein!»

Beide lachten ein wenig, Palmyre matt und Aurora mit einem aufgeregten Zittern in der Stimme.

«Also dann?» fragte die Quarteronin und sah wieder ernst aus.

Aurora gab keine Antwort.

«Möchten Sie, dass ich einen Zauber für Sie mache?»

Die junge Witwe nickte mit niedergeschlagenen Augen.

Beide sassen eine Zeitlang ganz still; dann zog Palmyre sachte den Brief des Hauswirts hervor, der unter Auroras Händen lag.

«Was ist das?» Sie konnte nicht lesen.

«Ich soll innerhalb von neunzehn Tagen meine Miete bezahlen.»

«Haben Sie sie denn nicht bezahlt?»

Die Sünderin schüttelte den Kopf.

«Wo ist das Gold, das in Ihrer Geldbörse war? Alles ausgegeben?»

«Für Reis und Kartoffeln», antwortete Aurora, und in jener geistigen Verfassung, die die lateinischen Völker meistens für Stärke halten, lachte sie zum erstenmal befreit. Auch Palmyre lachte gebührend.

Wieder schwiegen sie. Die junge Frau konnte den forschenden Blicken der Quarteronin nicht standhalten.

«Momselle Aurore», rief Palmyre plötzlich, «Sie wollen einen Zauber für ganz was andres!»

Aurora zuckte zusammen, blickte erschrokken auf, liess dann den Kopf und die Lider sinken und murmelte: «Nein, will ich nicht!»

Palmyre warf ihrer ehemaligen Herrin einen langen Blick zu. Sie sah, dass Aurora sich zwar wegen der Miete sorgte, doch da war noch etwas anderes, ein stärkeres Gefühl, das sie auf einen Weg wies, dessen blosser Gedanke ihr die Farbe von den Lippen trieb und sie zittern machte.

«Sie tragen Rot!» sagte Palmyre.

Auroras Hand flog nervös zum roten Band an ihrem Hals.

«Das ist der reinste Zufall - ich hatte nichts Passendes bei der Hand.»

«Miché Agoussou liebt die rote Farbe!» bohrte Palmyre weiter. (Miché Agoussou ist der Dämon, den die Vaudou in Liebesfragen anflehen.)

Die Farbe kehrte so rasch auf Auroras Wangen zurück, dass Monsieur Agoussou sich gefreut hätte.

«Es ist ein Zufall», sagte sie eigensinnig.

«Gut», nickte Palmyre. «Dann wollen Sie also einen Zauber, der Ihnen zu Geld verhilft, ja?»

Aurora nickte, vermied aber noch immer den Blick der Quarteronin.

Palmyre dachte bei sich: «Ich weiss es besser. Du sollst haben, was du dir wünschst!»

Die junge Witwe blickte ihr schräg ins Gesicht.

«Oh», sagte Palmyre und schweifte vorsätzlich ab, «ich wollte Sie schon immer etwas fragen. An dem Abend in der Apotheke - stand da nicht ein grosser, hübscher Herr am Ladentisch?»

«Er stand auf der andern Seite.»

«Haben Sie sein Gesicht gesehen?»

«Nein. Er hatte mir den Rücken zugedreht.»

«Momselle Aurore», fragte Palmyre, stützte

den Ellbogen aufs Knie und nahm die Hände der jungen Frau, um die Wahrheit schneller herauszubekommen, «war das der Herr, den Sie auf dem Ball getroffen haben?»

«Meine Güte!» rief Aurora mit hochgezogenen Augenbrauen. «Ich habe gar nicht hingeschaut! War er es?»

Aber Palmyre Philosophe wollte nicht offenherziger sein, als man es zu ihr war, nicht einmal zu ihrer früheren Herrin. Sie richtete sich nur gerade auf und machte ein freundliches Gesicht.

«Was meinst du, wer es war?» fragte Aurora nach einer Pause hartnäckig weiter, lächelte auf ihren Schoss hinunter und spielte mit ihren Ringen.

Die Quarteronin zuckte mit der Schulter.

Beide sassen sich einen Augenblick in Gedanken versunken gegenüber – ein langer Augenblick war es für zwei so muntere Geschöpfe –, und dann nahm Palmyres Gesicht den berufsmässigen Ernst an. Sie schob den Brief des Hauswirts wieder unter die gefalteten Hände der jungen Dame, fixierte Aurora mit ihrem tiefen, energischen Blick und fragte: «Was wollen wir tun?»

Aurora zuckte wieder unruhig zusammen und senkte stumm die Lider. Die Quarteronin musste selbst weitersprechen.

«Wir wollen eine Kerze anzünden!»

Aurora zitterte.

«Nein!» stiess sie hervor.

«Doch!» sagte Palmyre. «Sie brauchen Geld für die Miete.» Aber der Zauber, den sie plante, bezog sich nicht auf Geld. «Das weiss sie wohl auch», dachte die Vaudou-Frau.

Als sie aufstand und ihre Kongo-Sklavin herbeirief, wollte Aurora abermals Einspruch erheben, aber sie brachte kein Wort heraus. Sie faltete die Hände und bat den Himmel, ihr Clotilde zu schicken, damit sie ihre Mutter weghole - so wie damals in der Apotheke. Sie hatte allen Grund dazu.

Die Gegenstände, welche die Sklavin brachte, waren einfach ein kleiner Kuchen und etwas Kräuterlikör, ein halbvoller Becher mit Zuckerrohrsaft und der Stummel einer kleinen Kerze, die aus dem duftenden grünen Wachs der Wachsmyrte geknetet war. Sie stellte alles auf den Tisch: der Kerzenstummel stand angezündet in dem Becher mit Zuckersirup, der Kuchen lag auf einem Teller, und der Kräuterlikör war in einem Weinglas. Es schien das reinste Kinderspiel zu sein, doch Palmyre sperrte alles Tageslicht aus und nahm das Silbergeld in Empfang, das «den Bann brach» und Störversuche von bösen Dämonen verhütete, und Aurora - ojemine! - sank in die Knie und flehte im stillen den Glücksgott Assonquer an, er möge Herz und Sinne von - ja, von wem eigentlich? - in Bann schlagen - für sie, Aurora.

Allmählich bewegten sich ihre Lippen nicht mehr; sie starrte nur in die brennende Wachsflamme. Wenn die Flamme ruhig und gerade brannte, war es ein Zeichen, dass Assonquer für den heimlichen Wunsch seinen Beistand gewährte. Als die Flamme aber sprühte, zitterte die Betende und befürchtete einen Fehlschlag. Das verkohlte Ende des Dochts krümmte sich und bog sich von ihr fort, und das Herz sank ihr. Doch Palmyre mischte sich ein, der Docht wurde mit der Lichtputzschere beschnitten, die

Flamme richtete sich wieder auf und brannte lange Zeit wie ein heller, zitternder Kegel. Wieder krümmte sich der Docht, diesmal zu ihr hinüber – ein günstiges Zeichen! –, und fiel plötzlich durch das geschmolzene Wachs und erlosch im Sirup.

Das Tageslicht, das Palmyre wieder ins Zimmer liess, beleuchtete Auroras traurig erregtes Gesicht. Das schlechte Gewissen zeugte wenigstens auf kurze Zeit für die Unschuld ihres Herzens.

«Das ist alles, nicht wahr, Palmyre? Sicher ist es alles! Ich kann nämlich nicht länger bleiben. Ich wünschte, Clotilde wäre mit! Ich war schon zu lange hier.»

«Einstweilen ist es alles», entgegnete die Quarteronin. «Da, nehmen Sie das Zweiglein Basilienkraut, es unterstützt den Zauber! Stekken Sie es zwischen die Lippen, wenn Sie heimgehen!»

«Ich kann ja nicht heimgehen – ich muss ins Kontor zu unserm Hauswirt!»

«Ins Kontor? Jetzt ist niemand mehr im Kontor, es ist zu spät. Ihr Hauswirt ist zum Mittagessen gegangen. Ich will Ihnen aber sagen, wohin Sie unbedingt gehen müssen. Zuerst gehen Sie nach Hause und essen Sie, und am Abend» (die Kreolen sagen nie Nachmittag), «etwa eine halbe Stunde vor Sonnenuntergang, gehen Sie die Rue Royale bis zur Ecke an der Place d'Armes hinunter, dann rund um den Platz und wieder die Rue Royale hinauf! Und sehen Sie sich nicht um – nicht, bis Sie wieder zu Hause sind!»

Aurora errötete vor Scham.

«Allein?» rief sie zitternd und fassungslos.

«Scheinbar allein, denn ich folge Ihnen, sowie Sie hier vorbeikommen. Nichts kann Ihnen passieren. Wenn Sie es so machen, wirkt der Zauber bestimmt, falls Sie nicht...»

Die Quarteronin sprach aus der besten Absicht heraus. Sie wollte unbedingt sehen, wer ihre liebe kleine Momselle so betört hatte, und da an einem so schönen Tag ganz New Orleans nachmittags auf der Place d'Armes und dem Uferdamm zu promenieren pflegte, war das ein sehr praktischer Zauber.

«Und das bringt uns Geld ein, ja?» fragte Aurora.

«Es bringt Ihnen alles, was Sie haben wollen.»

«Tatsächlich?»

«Das, was *Sie* wollen, Momselle Aurore, geht leicht in Erfüllung. Ihnen arbeitet kein Zauber entgegen. Oh, wie ich mir wünsche, dass ich den Zauberfluch machen könnte, der *mir* am Herzen liegt!» Die Augen der Frau loderten, ihre Brust hob und senkte sich, sie streckte die geballte Faust bis über den Kopf, blickte himmelwärts und rief: «Meine rechte Hand will ich dafür hingeben, wenn ich Agricola Fusilier so erwischte, dass ich ihn verwünschen kann! Aber das kommt! Eines Tages habe ich meine Rache!» Ihre Stimme klang noch schriller. «Ich kann nicht sterben, bevor ich meine Rache habe. Nichts kann mich umbringen, denn ich muss unbedingt zuerst meine Rache haben!» So plötzlich, wie sie aufgeschrien hatte, verstummte sie wieder und riegelte die Tür auf. Mit einem ernsten Lebewohl liess sie Aurora nach Hause gehen.

«Gib mir was zu essen, *chérie!*» rief Aurora

ganz erschöpft, sank in Clotildes Sessel und dachte, sie müsse sterben.

«Oh, Maman, warum siehst du so elend aus?»

Aurora winkte verächtlich ab und keuchte.

«Hast du ihn gesehen? Warum bist du so ewig lange fortgeblieben?»

«Frag mich nichts! Ich bin rasend vor Enttäuschung! Er war zum Essen gegangen!»

«Ach, arme Mutter!»

«Und ich muss bald wieder hingehen - sowie ich ein bisschen geruht habe. Ich muss ihn unbedingt heute sehen!»

«Ach, arme Mutter!»

15

In den Staub gestossen!

«Hören Sie, Frowenfeld», sagte der kleine Doktor Keene im Namen der Diskutiergruppe, «Sie müssen einen guten Rat annehmen! Gehen Sie auf der Plaza Luft schöpfen! Wir hüten Ihnen unterdessen den Laden. Bleiben Sie weg, solange Sie wollen, und kommen Sie zurück, wann Sie es für richtig halten.» Und Joseph, der sich solchermassen gezwungen sah, stülpte sich seinen Hut auf und ging hinaus.

«Er ist so schwer zu bewegen wie 'ne Kuh bei Mondschein», fuhr Doktor Keene fort, «und von der Welt um ihn her hat er keine blasse Ahnung. Er wusste nicht mal, dass es zwei Honoré Grandissime gibt. Musste es ihm heute sagen!» (Gelächter.)

«Warum haben Sie's ihm überhaupt gesagt?»

«Ich habe ihm bloss die nackten Tatsachen mitgeteilt. Bin gespannt, wieviel Zeit er nun braucht, um den Rest herauszufinden.»

Für jeden andern als den armen Einwanderer war die Place d'Armes zum allgemeinen Vergnügen da. Der Familienzusammenhalt, der auffallendste Zug der zufriedenen Gruppen, erinnerte ihn zu schmerzlich an seinen Verlust, und nach redlichem Bemühen, dem Zwielicht seiner inneren Welt zu entfliehen und sich dem hellen Licht des Lebens ringsumher zu stellen, hatte er den Versuch aufgegeben, war über den Platz hinausgegangen und hatte sich auf eine roh gezimmerte Bank gesetzt, die am Uferdamm um den Stamm einer Weide lief.

Die Negerin, die in seiner Nähe ein Tablett mit Kuchen feilbot, hatte schon eine Zeitlang das halb abgewandte Gesicht ihres ahnungslosen Nachbarn betrachtet und liess endlich mit einem leisen weiblichen Äthiopier-Lächeln den Kopf sinken. Es ist ein Eingeständnis, dass es über ihre Kräfte ginge, das Studium seiner Züge, so angenehm es sein mochte, bis zum Wissen zu erheben; und es ist auch sehr verzeihlich, da sie nur eine *marchande des gâteaux* (eine hausierende Kuchenverkäuferin) und er, wie sie vermutet, ein begabter Mann ist. Ausser dem Eingeständnis birgt sich aber auch ein Zweck hinter ihrem Lachen. Sie möchte ihn gern in ein Gespräch verwickeln. Aber er bemerkt es nicht. Er vermutet gar nicht, dass er der Gegenstand der Aufmerksamkeit auch nur einer Kuchenverkäuferin ist, so versunken ist er in müssiges Nachsinnen.

Sein Alter könnte man auf sechsundzwanzig schätzen. Das Gesicht ist natürlich bartlos, wie bei fast allen Herren von New Orleans, und weist den Ernst der Deutschen auf. Eine gewisse Gleichgültigkeit in seinem Äusseren mag ihn für flüchtige Augen wenig anziehend machen, um so mehr, weil es den leichten Anschein von eigener Vernachlässigung hat. Bei näherem Zusehen tritt seine Vornehmheit etwas deutlicher hervor, und man sieht auch, dass er nicht schäbig ist. Das wenige, das ihm an Gepflegtheit fehlt, ist die Fürsorge einer Frau, ein Bürsten mit achtsamen Fingern, nur ein Zupfen an Halstuch und Hemdkrause. Er hat eine ausgesprochen schöne Stirn. Seine blauen Augen, die zugleich überlegen und bescheiden dreinblicken, fallen auch dadurch auf, dass sie eine grosse Müdigkeit verraten - vielleicht eine Überanstrengung durch zu eifriges Lesen: ein Anblick, der im New Orleans jener Tage höchst ungewöhnlich ist und im Gegensatz zu dem Bild steht, das seine Aufmerksamkeit fesselt.

Man hätte glauben können, es sei bereits Mitte Mai. Vor ihm liegt die Place d'Armes in ihrer Uniform frischgrünen Frühlingsrasens, dessen weisse, mit Austernschalen bedeckte Wege kreuz und quer drüberhin laufen und mit der *élite* der Stadt dekoriert sind. Über die Wipfel schattiger Bäume schauen die Zwillingstürme der St.-Louis-Kathedrale auf den Mississippi hinaus, dessen Wasser sich im schwindenden Licht des schönen, jetzt scheidenden Tages allmählich verändert. Ein Windhauch, der an die ersten Junitage denken lässt, sinkt wie erschöpft von der Last seiner Frühlingsdüfte in sich zusammen, und in der völligen Stille schlägt die Glocke der Kathedrale die abendliche Stunde. Aus dem Nachbargarten antwortet mit frommer Stimme das Kloster der Ursulinerinnen, und von der Brustwehr sendet das kleine, etwas weniger fromme Fort St. Charles feierliche Böllerschüsse aus, die das Ufer entlang grollen; dann Trommelwirbel, und wieder hebt sich ein Lufthauch wie eine Vogelschar vom Wasser, und viele Leute auf dem Platz und auf der Deichkrone drehen sich um und geniessen das sanfte Säuseln. Es steigt über die Weiden am Damm und sinkt in die Strassen (die tiefer als der Wasserspiegel sind), es flattert um Balkone und zu den spanischen Arkaden ein und aus, und schliesslich entschwebt es zu jenem Teil des Himmels, wo die Sonne hinter die niedrige, ungebrochene Linie des Waldes sinkt. So viel Verführung ist in der Luft, so wenig Kälte oder Hitze, Staub oder Nässe, dass die Leute es nicht fertigbringen, im Haus zu bleiben, und es besteht auch kein Grund, weshalb sie es sollten. Die Strasse längs des Ufers wimmelt von Reitern, und die knappe Meile vom Terre aux Bœufs rechterhand bis zum Tchoupitoulas-Tor linkerhand schimmert bunt von all den Promenierenden, obwohl die Stunde kurz ist und kein Zwielicht einfällt, denn bis zum Mai ist es noch lange hin, es ist nur erst der neunzehnte, von dem wir schon gesprochen haben, der neunzehnte eines köstlichen Louisiana-Februars.

In der Menge waren viele, deren Namen in die Geschichte eingingen. Da war Casa Calvo, Sebastian de Casa Calvo de la Puerta y O'Farril, Marquis von Casa Calvo, ein Mann, der damals im schönen Alter von dreiundfünfzig Jahren stand, elegant, faszinierend, von vollendeter spanischer Höflichkeit und spanischer Diplomatie: er rollte in einer prunkvollen Equipage vorbei, die von einer klirrenden Leibwache aus des Katholischen Königs Kavallerie umgeben war. Der junge Daniel Clark war da, der schon anfing, solche Reichtümer anzusammeln, wie sie ein Zeitalter ewiger Rechtsstreitigkeiten bis auf den heutigen Tag nicht hatte aufzehren können: er war es, den der französische Kolonialpräfekt Laussat als einen Mann rühmte, «der es in der Kunst der Intrige bis zu einem seltenen Grad von Vollkommenheit gebracht hat». Da war Laussat selbst, in der Blüte seiner Jahre, vor Stolz verbittert, seiner grossen offiziellen Bedeutungslosigkeit inne und voll kleinlicher Ränke - trotzdem zauderte er, ein Land zu verlassen, in dem seine schöne Frau als Muster guten Geschmacks galt. Da war der gesellige alte Fuchs Wilkinson, der jahrelang mit Miro konspiriert und sich und sein Land nicht an Spanien verkauft hatte, weil er fand, «er könne Besseres tun» (wie es jetzt von ihm heisst), und der sich in einem Verräterbrief an den spanischen König als einen Mann bezeichnete, «dessen Kopf sich irren, dessen Herz aber nicht betrügen könne». Er verhalf dem Gouverneur Gayoso zu einem frühen Tod, indem er ihn beim Trinken ausstach. Auch Edward Livingston war da, ein Rechtsanwalt, dessen Name unzertrennlich mit dem berüchtigten Batture-Prozess verknüpft war (obwohl das erst später geschah); und auch der Schrecken aller Veruntreuer, der alte Ex-Intendant Morales, der sich zuerst mit jedem Gouverneur Louisianas überworfen hatte und jetzt aus reiner Gewohnheit auch Casa Calvo beschimpfte.

Und die Kreolen! Die «Knickerbockers» von Louisiana! Aber da reicht die Zeit nicht aus. Die Villeres und Destrehans - Patrioten und Söhne von Patrioten; die Familie De la Chaise, um den jungen Auguste La Chaise der Kentucky-Louisiana-San Domingo-Geschichte in Trauer; die Livaudaises, *père et fils,* aus dem berühmten «Haunted House», Nachkömmlinge des ersten Lotsen der *Bélize;* die Piratenbrüder Lafitte, die sich frei unter den Besten bewegten; Marigny de Mandeville, später als Marquis-Mitglied im Kongress; die Davezacs, die Mossys, die Boulignys, die Labatuts, die Bringiers, die De Trudeaus, die De Macartys, die De la Houssayes, die De Lavilleboeuvres, die Grandprés, die Forstalls; die übergetretenen Kreolen: Etienne de Boré (er war der Vater all jener, die ins Zukkergeschäft einstiegen); der alte Pitot, der Bürgermeister wurde; Madame Pontalba und ihr glückloser Verehrer John McDonough; die drei Girods, die zwei Graviers oder der einsame Julian Poydras, Pate von Waisenmädchen.

Neben ihnen, und als Glanzstück der Kolonie, die zahlreichen Vertreter der nicht nur noblen, sondern beachtlichen und allgegenwärtigen Familie der Grandissimes: entweder schlicht Grandissime oder mit beigefügtem Namen wie Brahmin, Mandarin und Fusilier. Einer von ihnen namens 'Polyte, ein zarter, lebhafter Mann mit klassischen Zügen und ergrauendem Haar, steht da und unterhält sich mit einer Gruppe bei der Einfriedigung des Platzes. Ein andrer, sein Vetter Charlie Mandarin, ein grosser, sehr schlanker, sonngebräunter Kavalier in einem Jagdhemd aus Flanell, Wildledergamaschen und Mokassins, promeniert mit einer holden Dame, an deren geschmackvoller Kleidung ein prüfender weiblicher Blick, aber nur ein solcher, eher die Sparsamkeit erkennen mochte: ihre typisch gestrige, welkende Schönheit verblasste, nur um in einer Kinderschar wiederaufzutauchen, die lärmend um sie herumrannte, obwohl eigentlich der Obhut von fetten und würdevollen schwarzen Wärterinnen anvertraut. Drüben klopft ein anderer, Théophile Grandissime, mit dem Stöckchen gegen seine Kniestrümpfe – ein biegsamer junger Mann, nach der neuesten Mode gekleidet (wobei zu erwähnen ist, dass die Mode von New Orleans fünfzig Jahre hinter der Pariser Mode her hinkt), mit einem fröhlichen, feinen Gesicht, einem vergnügten Mundwerk, einem leichtfertigen Lachen und einer Beichtliste von Erlebnissen, die unser Text dank seiner moralischen Einstellung glücklicherweise nicht aufzuzählen braucht. Sie alle waren da, und noch andre mehr.

Die Menge, die sich wie Stückchen Buntglas in einem Kaleidoskop hin- und herschob, war für den besinnlichen Joseph von nur mässigem Interesse. Der Menge aber war *er* kaum von Interesse - oder überhaupt nicht. Von den Vorübergehenden grüsste ihn höchstens hin und wieder jemand mit äusserst höflicher und stummer Würde, was ihm so erschien, als sagten sie: «Verehrter Fremdling, sei mir gegrüsst, und bleib, wo du bist!»

Zwei Männer kamen auf auffallend schönen Pferden über die Place d'Armes geritten. Der eine braucht nicht beschrieben zu werden. Der andre, ein Mann von vielleicht dreiunddreissig oder vierunddreissig Jahren, sah ausserordentlich gut aus, und die kriegerische Mode jener Zeit war für seinen hochgewachsenen, schlanken Körper besonders vorteilhaft. Er sass mit ungewöhnlicher Eleganz auf seinem Pferd, und während er neben seinem Begleiter einherritt, plauderte er interessiert und mit einer lässigen Würde, die allein schon genügt hätte, die allgemeine Aufmerksamkeit auf ihn zu lenken. Es war der ungenannte Freund des Apothekers. Frowenfeld bemerkte sie bereits, als sie noch mitten auf dem Platz waren. Er hätte sie kaum übersehen können, denn jemand dicht neben seiner Bank zeigte auf die sich nähernden Kavaliere und rief: «Da kommt Honoré Grandissime!»

Überdies machte sich in diesem Augenblick eine leise, seltsame Bewegung in der Menschenmenge auf der Place d'Armes bemerkbar, beginnend an der entlegenen Ecke des Platzes und sich rasch auf die Gruppen in der Nähe übertragend, so dass alle Flanierenden innerhalb einer Minute begriffen, es müsse etwas Ungewöhnliches passiert sein. Niemand rannte herbei, um etwas zu sehen. Eine mündliche Übermittlung schien auch nicht stattzufinden. Eher schien eine Überzeugtheit schweigend von einem zum andern überzuspringen, wie das Wissen menschlicher Nähe sich auf Gruppen von Rotwild in einem Park überträgt. Es war bald hier, bald dort das gleiche Heben des Kopfes, das gleiche Aufblitzen schöner Augen. Manche blickten um sich, andre kamen langsam näher, und noch andre wandten sich ab, doch eine allgemeine Empörung bewegte die Herzen der überall bedrohlichen, in Louisiana jedoch gefährlichen Mehrheit. Denn in Gegenwart all dieser wackeren Bürger und vor den Augen der schönsten und stolzesten Mütter und Töchter von New Orleans ritt auf der offenen Plaza der Kreole, den Joseph Frowenfeld bei den Gräbern unter der Eiche getroffen hatte, Honoré Grandissime, die edelste Blüte auf dem Zweig des höchsten Stammbaums, der je von Frankreich nach Louisiana verpflanzt wurde, der verehrte, grossartige Honoré, im hellen Licht der untergehenden Sonne Seite an Seite neben dem Yankee-Gouverneur - und schämte sich nicht!

Joseph sass auf seiner Bank und betrachtete die beiden Kavaliere, Urheber des Skandals, die auf ihn zu ritten. Die Flanken der Pferde waren noch feucht von einem tüchtigen Galopp, doch jetzt war die Gangart der feurigen Tiere so gemächlich, als fügten sie sich willig dem Wunsch ihrer Herren, sogar im Schritt zu gehen. Als sie von dem breiten, diagonal verlaufenden Reitweg abschwenkten und auf ihn zu hielten, schien es dem Apotheker, dass der Kreole ihn bemerkt hatte. Er täuschte sich nicht. Anstatt an der Bank vorbeizureiten, auf der Joseph sass, unterbrach Monsieur Grandissime den Gouverneur mit einem kurzen Wort, wandte den Kopf seines Pferdes, ritt zur Bank und zog den Hut: «Guten Abend, Mr. Frowenfeld!»

Josephs Gesicht leuchtete auf; er erhob sich und wurde rot.

«Mr. Frowenfeld, Sie kennen, glaube ich, meinen Onkel sehr gut - Agricole Fusilier mit dem langen Bart?»

O ja, natürlich, Sir!»

«Ich wäre Ihnen sehr dankbar, wenn Sie ihm ausrichten könnten - das heisst, falls Sie ihn heute abend sehen -, dass ich ihn sprechen möchte. Würden Sie so freundlich sein?»

«O ja, natürlich, Sir!»

Frowenfelds Scheu zeigte sich in der Wiederholung seiner Antworten.

«Ich weiss nicht, ob Sie ihn sehen werden, aber wenn, dann bitte ich...»

Die beiden Herren blieben eine Sekunde zusammen und tauschten ein Lächeln freundlichen Einverständnisses und schüchterner Anerkennung, denn Joseph sah, dass seine Theorien in die Praxis umgesetzt wurden.

«Dann guten Abend, Mr. Frowenfeld!»

Monsieur Grandissime zog seinen Hut und

wollte weiterreiten. Frowenfeld nahm wieder Platz.

«Bou zou, Miché Honoré!» rief die Kuchenverkäuferin.

«Comment to yé, Clémence?»

Der Kreole winkte ihr zu und ritt mit seinem Begleiter davon.

«Beau Miché, là», sagte die Verkäuferin und blickte Joseph an.

Er verstand sie nicht und schüttelte lächelnd den Kopf.

«Ein feiner Herr, das», wiederholte sie. «Ich sprech' auch Englisch», kicherte sie.

«Kennen Sie ihn?»

«O ja, Sir. Master Honoré kennt mich. All die Herren kennen mich. Ich verkaufe *calas;* am Vormittag verkaufe ich *calas,* und am Abend verkaufe ich Ingwerkuchen. Sie kennen mich doch? Die Frau, die jeden Morgen durch die Rue Royale geht und dabei ruft: *‹Bé calas touts chauds›* und dazu singt - das bin ich! Wissen Sie's nicht?»

Ihr Künstlerstolz besiegte jede Schüchternheit, die sie vielleicht haben mochte. Zu Frowenfelds Bestürzung wischte sie die Formalität einer möglichen Aufforderung beiseite und begann mit lauter, näselnder Stimme zu singen.

Doch die längst vertraute Darbietung vermochte die Aufmerksamkeit des Publikums nicht zu erregen, und der, für dessen besonderen Genuss sie gedacht war, hatte eine ablehnende Haltung eingenommen und betrachtete wieder die Gruppen auf der Place d'Armes und das fröhliche Gedränge auf der Uferstrasse.

«Wissen Sie's nicht?» fragte die Frau hartnäckig. «Ja, Sie, die bin ich - die Clémence!»

Aber Frowenfeld blickte in eine andre Richtung.

«Sie kennen meinen Jungen», sagte sie plötzlich.

Frowenfeld sah sie an.

«Jawohl, Sir! Der Junge, der Ihnen letzte Weihnachten das Basilienkraut gebracht hat. Der ist mein Junge!»

Sie ordnete die Kuchen auf dem Brett, so dass sie ein andres Muster bildeten, was offenbar wichtig war.

«Hab' Englisch in Fijinny gelernt. Bin dort geboren.»

Eine volle Minute blickte sie gespannt in die geistesabwesende Miene des Apothekers, dann liess sie die Blicke die Strasse entlang schweifen. Die Menschenmenge wandte sich nun der Stadt zu.

«Die Leute gehen schon wieder nach Hause», sagte sie.

Joseph blickte die Strasse hinab.

Plötzlich erklang so dicht hinter ihm, dass er hochfuhr, eine Stimme, die man, einmal gehört, nie vergass: tief und anmassend, wie Löwengebrüll.

«Ist das ein leibhaftiger Mensch, oder kann ich meinen Augen nicht mehr trauen? Hah! Professor Frowenfeld!»

«Mr. Fusilier!» rief Frowenfeld mit gedämpfter Stimme, errötete wieder und blickte den Angekommenen mit der gleichen Ehrfurcht an, die Kinder in einer Menagerie empfinden.

«Citizen Fusilier!» grollte der Löwe, der es liebte, die Schlagworte der modernen Reformen in grimmiger Heuchelei anzuwenden. Sie würzte seine Gespräche, wenn er «die erhabe-

ne Freiheit Europas» lobte – alte, eiserne Tyrannengesetze, die Amerika abzustreifen begann.

Frowenfeld lächelte amüsiert und gleichzeitig schuldbewusst.

«Ich freue mich, Sie zu sehen. Ich sollte...»

Er wollte Honoré Grandissimes Bestellung ausrichten, wurde aber unterbrochen.

«Das glaub' ich gern, mein junger Freund», polterte der alte Mann in seiner tiefsten Stimmlage los, lächelte gerührt und ernst und hielt Josephs Hand fest, die er ständig drückte. «Sie sollten Gott danken, dass Sie meine Bekanntschaft gemacht haben.»

Frowenfeld errötete bis an die Haarwurzeln.

«Ich muss zugeben...», begann er.

«Oh!» brummte der Bär, «Ihre anerkennenswerte Bescheidenheit verleitet Sie dazu, mich falsch zu verstehen, mein junger Freund. Ich kenne Ihren Wert! Ich meinte nur, dass Sie in mir – in meiner armen, bescheidenen Person – einen Freund gewonnen haben, der mit Ihren Ansichten und Plänen sympathisiert. Agricola Fusilier ist kein Hahn auf dem Mist, Sir, der einen Edelstein findet und beiseite scharrt.»

Nicht die Röte, aber doch das schüchterne Lächeln wich vom Gesicht des jungen Mannes, und er setzte sich notgedrungen hin.

«Sie scherzen», sagte er.

Die Antwort war ein majestätisches Grollen.

«Ich scherze *nie!*» Der Sprecher wollte sich auch hinsetzen, schnellte aber wieder hoch. «Ah, der Marquis von Casa Calvo! Ich muss ihn grüssen, obwohl der Gruss eines ehrlichen Mannes mehr ist, als er verdient!»

«Mehr als er verdient?» fragte Frowenfeld verblüfft.

«Jawohl, mehr als er verdient!»

«Was hat er denn verbrochen? Ich habe noch nie gehört...»

Agricola schüttelte seine Mähne und erwiderte grollend mit einer Gegenfrage, die noch heute in Louisiana umgeht: «Was hat er *nicht* verbrochen, Sir?», und dann verschwand das Stirnrunzeln langsam, als wollte er hinzufügen: «Das nächste Mal werden Sie vorsichtiger sein, wenn Sie an der Schuld eines Staatsbeamten zweifeln.»

Die Kutsche mit dem Marquis rollte flott an ihnen vorüber. Frowenfeld sah auf dem Rücksitz zwei Herren, der eine in städtischer Kleidung, der andre in funkelnder Uniform. Der letztere lehnte sich vor und verbeugte sich mit einer Herzlichkeit, die der junge Mann reizend fand. Er blickte auf den Citizen Fusilier und erwartete, dass er den Gruss hochmütig ablehnend erwidern würde. Statt dessen sah er, dass Agricola seinen Löwenkopf entblösste und sich, den Hut feierlich schwingend, tief verneigte. Er verneigte sich nicht nur, er beugte sich fast bis auf die Erde, was Frowenfeld geradezu erschütterte.

«Wer war denn der hohe Herr, der neben ihm sass?» fragte der junge Mann, als Agricola sich mit der Miene eines Mannes wieder hinsetzte, der gerade eine Rede beendet hat.

«Überhaupt kein Herr!» donnerte Citizen Fusilier los und tat ihn mit verächtlich zusammengezogenen Brauen ab, «der Bursche heisst Edward Livingston.»

«Was? Der berühmte Rechtsanwalt?»

«Der berühmte Schurke!»

Auch Frowenfeld zog die Brauen zusammen.

Der alte Mann legte seine eine Hand auf die Schulter des jungen Apothekers und knurrte huldvoll: «Mein junger Freund, Ihr Missfallen entzückt mich!»

Die Geduld, mit der Frowenfeld das alles ertrug, liess die Kuchenverkäuferin unwillkürlich kichern und den Kopf schütteln.

Citizen Fusilier sprach auf eine Art weiter, die entweder als Ansprache oder als Selbstgespräch gedeutet werden konnte, und gestikulierte heftig und liess gelegentlich ein starkes Wort fallen, so dass sich die Vorübergehenden umschauten und Joseph innerlich zusammenzuckte. Mit geschlossenen Augen und mit den Händen auf dem Griff des Knotenstocks, den er immer bei sich trug, aber nie benutzte, hielt er eine Ansprache an die «makellos reine Seele der Jugend», die vom «Abenteuergeist» verleitet war, auf «das ungepflügte Meer der Zukunft hinauszufahren». Er hob eine Hand und klatschte sich damit feierlich auf den Rücken der andern Hand, einmal, zweimal und noch einmal, und nickte wiederholt leise mit dem Kopf, ohne die Augen zu öffnen, als sollte irgendwer sagen: «Sehr richtig, nur weiter!», und sprach also weiter, sprach von der makellos reinen Seele der Jugend, die auf unbekannten Breitengraden «die versunkenen Schätze der Erfahrung» sucht, erging sich (wie die Reporter von heute sagen würden) in «manch prächtiger Redefloskel» und beschrieb schliesslich den Widerwillen, mit dem die makellos reine Seele der Jugend zurückprallt – und passte die Tat so nachdrücklich seinen Worten an, dass ein hübscher kleiner Junge, der ihn angaffte, zurückfuhr –, «wenn sie in den heiligen Hallen des öffentlichen Dienstes auf die Geier stösst, die in den Nestern Geiz und Ehrgeiz ausgebrütet werden!»

Drei oder vier Vorübergehende verlangsamten den Schritt und spitzten die Ohren. Frowenfeld fand, er müsse der Sache ein Ende machen, und wie so mancher junge Mann, der weder Verstellung noch Respektlosigkeit vor älteren Leuten erlernt hatte, versuchte er Agricola zur Vernunft zu bringen.

«Sie werden doch nicht glauben, dass viele unsrer Beamten unehrenhaft sind?»

«Sir, sprechen Sie von Frankreich?» entgegnete der Alte mit wohlwollendem Lächeln.

«Nein, Sir, von Louisiana!»

«Von Louisiana? Oh, hier sind alle unehrenhaft und verdorben.»

«Aber einen kenne ich», erwiderte Frowenfeld mit mehr Temperament als nötig, «der bestimmt ehrenhaft ist. Ich sehe es ihm am Gesicht an.»

Der Alte warf ihm einen finsteren, fragenden Blick zu.

«Gouverneur Claiborne!»

«Grosser Gott, Claiborne! *Claiborne!* Hah, der ist doch ein Yankee!»

Der Löwe beugte sich wie eine Gewitterwolke über das Lamm.

«Er ist Virginier», sagte Frowenfeld.

«Er ist Amerikaner – und ein Amerikaner kann nicht ehrenhaft sein!»

«Sie sind in einem Vorurteil befangen!» rief der junge Mann.

Citizen Fusilier richtete sich auf.

«Was heisst hier Vorurteil? Davon weiss ich nichts.»

«Ich bin selbst Amerikaner», erwiderte Frowenfeld und erhob sich mit glühendem Gesicht.

Citizen Fusilier stand ebenfalls auf, aber unerschüttert.

«Mein lieber junger Freund», sagte er und legte Joseph die schwere Pranke auf die Schulter, «das sind Sie nicht! Sie sind bloss der Geburt nach Amerikaner.»

Aber Frowenfeld liess sich nicht beschwichtigen.

«Hören Sie mich bis zu Ende an», fuhr der Schmeichler eindringlich fort, «Sie sind bloss der Geburt nach Amerikaner! Ich wurde ebenfalls in Amerika geboren; wird aber deshalb jemand, der seine fünf Sinne beisammen hat, mich, Agricola Fusilier, für einen Amerikaner halten?»

Er umklammerte seinen Stock in der Mitte und sah sich funkelnden Blicks um, doch keiner schien den Fehler zu begehen, auf den er so verächtlich anspielte, und er hätte noch weiter geredet, wenn nicht ein Angstschrei, den Joseph und die Kuchenverkäuferin gleichzeitig ausgestossen hatten, seine Aufmerksamkeit auf eine Dame lenkte, die in Gefahr schwebte.

Der nichtamerikanische Citizen sah wohl zwei Reiter, seinen Neffen und den neuen Gouverneur, die im Galopp zurückkehrten, vor allem aber sah er, dass eine offenbar sehr vornehme Dame, die ihm den Rücken zugewandt hatte und ihre Röcke hochraffte, die Strasse überqueren wollte, als ein allgemeiner Entsetzensschrei aufstieg und sogar die Verkäuferin warnte: *«Garde choual!»*, während die Dame direkt in die Gefahr lief und der Huf vom Pferd seines Neffen sie zu Boden stiess.

Obwohl man ihr von allen Seiten zu Hilfe eilte, war sie wieder auf den Füssen, noch ehe man sie erreicht hatte. Sie hatte die Lippen zusammengepresst, und ihre Nüstern bebten, die Wangen brannten, und ihre Augen funkelten den einen Reiter zornig an. Es war der Gouverneur. Als die Menge herankam, hatten die Pferde, von denen beide Reiter sofort abgesprungen waren, gescheut und ihre Herren mit sich fortgezerrt. Nur der Gouverneur vermochte sich in der Nähe der Dame zu halten.

«Mademoiselle!» rief er und versuchte sich ihr zu nähern.

Sie verwies ihn empört auf den leeren Sattel, verbot sich jede Bemühung des Herrn, eine Entschuldigung anzubringen, und kehrte ihm den Rücken.

«Hah!» rief die Menge, die ebenfalls empört war.

«Madame, gönnen Sie mir ein Wort der Entschuldigung...», warf der Gouverneur ein.

«Animal, vous!» schrien einige von den Umstehenden, und die Dame mass ihn mit so verächtlichen Blicken, dass er nicht mehr weitersprach.

«Platz gemacht!» rief eine Stimme auf französisch.

Es war Honoré Grandissime. Doch da sah er, dass die Dame schon einen ausgezeichneten Beschützer gefunden hatte, und es blieb den beiden Reitern weiter nichts übrig, als wieder aufzusteigen und davonzureiten. Dabei rief Monsieur Grandissime noch eilig ein paar fürsorgliche Worte zu Joseph Frowenfeld hinunter, an dessen Arm die Dame hing, aber seine Worte wurden von dem Hohngeschrei übertönt, das die Menge ihm und seinem Begleiter nachsandte.

Der alte Agricola war unterdessen selbst in Bedrängnis geraten. Er war Joseph gefolgt, als dieser sich durch die Menge drängte, doch als die Dame ihm ihr Gesicht zuwandte, machte er eine schroffe Kehrtwendung. Das brachte ihn jedoch wieder in die Nähe der Bank, die er gerade verlassen hatte. Mit einem Wutschrei stiess er alle Hindernisse beiseite, stürzte vor und fuchtelte mit seinem scheusslichen Stock – Palmyre Philosophe ins Gesicht, die neben der Bank stand.

Sie lächelte wie jemand, der bedroht wird und sich deutlich der Gefahr bewusst ist, doch war sie weder erschrocken, noch flehte sie um Erbarmen: einzig mit ihrem Blick bannte sie den, der ihr nach dem Leben trachtete.

Dann trat sie einen kleinen Schritt zurück, dann noch einen und noch einen, drehte sich schliesslich um und ging die Weidenallee hinab. Der ergrimmte Alte folgte ihr ein paar Schritte, während die Kuchenverkäuferin, das Tablett jetzt auf dem Kopf balancierend, ihnen nachblickte und lachte: *«Ya, ya! ye connais vaudou bien!»*

Der alte Mann sah sich jetzt nach seinem jungen Freund um. Es wurde schon dunkel, und die meisten Leute gingen nach Hause. Er überquerte die Uferstrasse und die Place d'Armes und suchte auch in der Stadt weiter, ohne dem Gegenstand seiner Suche zu begegnen, denn Joseph und die Dame waren fortgeeilt.

Während die Menge sich in Gruppen von drei und vier Leuten auflöste, erzählte jeder, der es mit angesehen, dem andern vom Unfall der Dame. Man erklärte, der verfluchte Yankee-Gouverneur trage die Schuld daran, er habe sein Pferd in der tollsten Eile auf sein schönes Opfer gehetzt, dann habe der schlechte Mensch boshaft gelacht, und deswegen seien die Yankees ja überhaupt nach New Orleans gekommen, gemäss einem heimlichen Einverständnis. «Unsinn, geheimes Einverständnis!» rief jemand. «Sie haben von ihrem Präsidenten Anweisung» - dass unbegleitete Damen, wo immer man ihnen begegne, über den Haufen gerannt werden müssten. Wer es nicht glaube, solle nur den Tyrannen selbst, den Claiborne, fragen, er mache kein Hehl daraus. Ein paar bezeugten sogar (was aber andere reichlich übertrieben fanden), der Gouverneur habe, als die Dame gestürzt sei, das Gesicht zu einer scheusslichen Fratze verzerrt und in grausiger Begeisterung gerufen: «So muss man sie niedertrampeln!»

«Aber wieso ist eine Dame bei Sonnenuntergang zu Fuss und allein in der Uferstrasse?» fragte ein Bürger, und ein andrer antwortete: «Zu Fuss - nun ja!» Er zuckte mit der Schulter. «Aber allein war sie nicht. Eine *milatraisse*, eine Mulattin, ging hinter ihr her.»

«Ach so. Das war ein Glück!»

«Aber die *milatraisse* - haha -, als sie sah, dass ihre Herrin ausser Gefahr war, hat die Gelegenheit ergriffen und wollte einen schlimmen Zauber über Agricola Fusilier bringen: sie hat sich dort hingesetzt, wo er gerade gesessen hatte, und musste schnell vor ihm ausreissen, um ihr Leben zu retten.»

«Und ihre Dame hat sie im Stich gelassen?»

«Ja. Und was glaubt ihr, wer die Dame nach

Hause gebracht hat? Der Apotheker Frowenfeld!»

«Hoho, der Sterngucker! Der verdient aufgehängt zu werden!»

«Und die Füsse sollten wir ihm mit seinen Büchern beschweren!» schlug ein dritter Bürger vor. «Eigentlich schulden wir's der Gemeinde, zu ihm zu gehen und seine Schaufenster einzuschlagen. Er soll sich nur vorsehen! Kommt mit, ein kleines Glas *taffia* wird uns gut tun! Wann wird es bloss mal friedlich bei uns?»

16

Sternenglanz in der Rue Chartres

«Oh, 'Sieur Frowenfeld, bringen Sie mich nach Hause!»

Aurora ergriff Joseph Frowenfelds Arm mit beiden Händen und sah in reizendem Entsetzen zu ihm auf. Und einerlei, was Joseph in letzter Zeit von den Sternen erlernt haben mochte, sein Gefühl sagte ihm, dass sich die Erde soeben dreimal überschlagen habe.

Seine verwirrte Antwort war zwar unverständlich, genügte aber völlig, da die Dame sich im nächsten Augenblick an seiner Seite über die Place d'Armes eilen sah, und als sie das andre Ende des Platzes erreicht hatten, merkte sie, dass sie sich an ihren Beschützer klammerte, wie wenn sie sich unter seinem Ellbogen verstecken wollte. Sie bogen in die Rue Chartres ein, und sie brach das Schweigen.

«Ach», rief sie ausser Atem, «'Sieur Frowenfeld, Sie gehen so schnell!»

«Oh, Verzeihung! Ich wusste nicht, was ich tat», entschuldigte er sich.

«Hahaha», lachte die Dame. «Ich habe auch nicht gewusst, was ich tue. Warten Sie einen Augenblick! *Attendez!*»

Sie blieben stehen, und im Nu hatte sie ihren Gesichtsschleier in ein Halstuch verwandelt.

«'Sieur Frowenfeld, wer war der Mann? Kennen Sie ihn?»

Sie legte die Hand wieder auf den Arm des Apothekers, und sie gingen weiter.

«Der Herr, der mit Ihnen sprach, oder... verstehen Sie, der Herr, der sich entschuldigen wollte, ist nicht der gleiche, der Sie umgeritten hat!»

«Ich weiss es nicht. Aber wer ist der andre? Ich habe ihn nur von hinten gesehen, aber ich glaube, dass er der gleiche ist, der...»

Sie hielt ihn für den Kavalier, der ihr in Frowenfelds Laden den Rücken zugedreht hatte, doch unterbrach sie sich, weil diese Tatsache ja so eng mit dem Gold in der Geldbörse verknüpft war. Der junge Mann jedoch war froh, ein gutes Wort für seinen Bekannten einlegen zu können, und erging sich in Lobeshymnen über seinen Charakter, anstatt den Namen zu nennen.

«Ich halte ihn für einen vornehmen Herrn. Ich kenne ihn, obwohl ich ihm nicht vorgestellt worden bin.»

«Wo haben Sie ihn kennengelernt?»

«Das erstemal traf ich ihn bei den Gräbern meiner Eltern und Schwestern.»

Nun entstand eine Stille; die Dame sagte nichts.

«Es war kurz nach meinem Verlust», erzählte Frowenfeld.

«Auf welchem *cimetière* war das?»

«Nicht auf dem Friedhof. Wir sind ja Protestanten, und daher...»

«Ach ja», seufzte sie teilnahmsvoll.

«Der Arzt, der mich behandelt hat, erwirkte die Erlaubnis, sie auf einem Privatgrundstück ausserhalb der Stadt zu beerdigen.»

«In ungeweihter Erde?»

«Ja, das war meines Vaters Wunsch, als er im Sterben lag.»

«Sie hatten also das Fieber? Wer hat Sie gepflegt, als Sie krank waren?»

«Eine alte Negerin.»

«Das war alles?»

«Ja.»

«Hm», sagte sie mitleidig und lächelte vor sich hin.

Wer konnte hoffen, die ständigen lebhaften Schauer zu erhaschen und wiederzugeben, die den Körper des entflohenen Bücherwurms durchzuckten, da sich in seinem Bewusstsein jeden Augenblick die Erkenntnis wiederholte, dass er mit dem Abendstern am Arm über das Himmelsgewölbe wandelte, zumindest, dass er auf ihre Anregung hin längs der trüben, schlecht beleuchteten Gehsteige der Rue Chartres die Zeit vergeudete, während Aurora an seiner Seite ihm teilnahmsvoll zuhörte. Doch übergehen wir es! Selbst das reizende, gebrochene Englisch, mit dem sie ihn dann und wann unterbrach, auch das innere, versteckte Funkeln ihres tanzenden gallischen Blutes, der schelmische geistige Vorbehalt, der hinter ihren ernsteren Reden auf der Lauer lag, die drolligen Herausforderungen, die sie über die zukünftigen Machtinhaber äusserte, während er mit schüchternen Fingern ein wenig Staub von ihrer Schulter wischte, der seit dem kürzlichen Zusammentreffen übriggeblieben war – diese Dinge, wie gesagt, wollen wir übergehen, wie wir auch Schmetterlinge lieber davonfliegen lassen statt sie aufs Papier aufpieken.

Sie waren in die Rue Bienville eingebogen und gingen auf den Fluss zu, Frowenfeld mitten in einem langen Satz, als ein leiser Ruf tränenreichen Entzückens vor ihm ertönte. Jemand in langen Kleidern glitt aus dem Dunkel hervor, und er fand seinen Arm um seine Last erleichtert, und die Last wurde an die Brust und in die leidenschaftliche Umarmung einer andern – fast hätten wir gesagt, noch schöneren – Kreolin gerissen, worauf ein verwirrender Austausch von Küssen und ein Hagelschauer kreolischer Worte folgten.

Einen Augenblick danach sah sich Frowenfeld vorgestellt. «Meine Tochter Clotilde!» Das Mädchen hörte sofort mit den Liebesbezeugungen auf und verbeugte sich mit einer reizenden Anmut, die gleichzeitig Dankbarkeit und Zurückhaltung ausdrückte.

«Ich kann nicht verstehen, dass Sie nicht Schwestern sind», rief Joseph leicht verlegen.

«Ah, écoutez!» rief die Jüngere.

«Ah, par exemple!» rief die Ältere, und beide lachten aus voller Kehle, während der junge Apotheker errötete.

Auf die neue Begegnung folgte für Joseph eine leise Überraschung, als sie vor dem Haus Nr. 19 stehenblieben und sich umdrehten und Frowenfeld die Damen mit ihrer kläglich bescheidenen Wohnung verglich. Doch das ist es, was der wahre Kreole war und noch immer ist: regelrecht, ja entzückend unamerikanisch: das Äussere des Hauses mochte so unansehnlich wie ein Vogelnest sein – auf das Innere kam es für die Vögel an, und als die Tochter die Bretterläden der einzigen Haustür öffnete, erstrahlte das Vorderzimmer mit den auf dem Kaminsims schimmernden Leuchtern und den schneeweissen Spitzenvorhängen so hell und fröhlich wie die glänzenden Augen der beiden Bewohnerinnen.

«Wollen Sie nicht nähertreten, 'Sieur Frowenfeld?» sagte Aurora, und der schüchterne Apotheker hätte der Einladung auch Folge geleistet, wenn er nicht den raschen Blick gesehen hätte, den die Tochter ihrer Mutter zuwarf. Daraufhin bat er um Erlaubnis, ein andermal vorsprechen zu dürfen, und verabschiedete sich herzlich von Aurora und etwas formell von Clotilde.

17

In der Nacht

Versäumen wir auch nicht, unsern Nächten ihren wahren Wert zuzuerkennen? Immer geben wir unsern Tagen Verdienst und Tadel an allem, was wir tun und nicht tun, vergessen aber jene stillen, flimmernden Stunden, wenn Pläne - und manchmal Intrigen - geschmiedet werden, wenn Beschlüsse gefasst oder geändert werden, wenn der Himmel und manchmal die Feinde des Himmels angerufen werden, wenn Zorn und böse Gedanken in Erinnerung gerufen werden und manchmal Hass geschürt wird und um sich frisst, wenn Probleme gelöst, Rätsel erraten und Dinge in der Dunkelheit offenkundig gemacht werden, die zu enthüllen der Tag sich weigerte. Unsre Nächte sind die Schlüssel zu unsern Tagen. Sie erklären sie. Sie sind auch die Berichtiger des Tages. Die Musse der Nacht entwirrt die in der Hast des Tages entstandenen Fehler. Wir sollten uns nicht bemühen, unsre Vergangenheit in dem Ausdruck «in jenen Tagen» zusammenzufassen, wir sollten wohl besser «in jenen Tagen und Nächten» sagen.

Die darauf folgende Nacht sollte der Apotheker in der Rue Royale nicht so bald vergessen. Nachdem er sein Geschäft geschlossen hatte, in seinem Studierzimmer sass und über die ungewöhnlichen Ereignisse des Abends nachsann, begann es für fast alle Personen, die an den voraufgegangenen Ereignissen beteiligt waren, eine seltsame Nacht zu werden.

Honoré Grandissime, den Frowenfeld erst am heutigen Tage als *den* Honoré Grandissime kennengelernt hatte, sass mit dem jungen Generalgouverneur zusammen und war ins Gespräch vertieft.

«Was können Sie schon erwarten, mein lieber Herr?» fragte der Kreole, als sie sich in Rauchwolken ihres liebsten Tabaks gegenübersassen. «Bedenken Sie, dass sie nur erzwungenermassen Citizens sind. Wie Sie sagten, finden Sie, dass Ihr bestes und klügstes Gesetz dasjenige sei, das den Sklavenhandel verbietet. Persönlich bin ich ganz Ihrer Ansicht, aber ich versichere Ihnen, dass die Leute Ihr Gesetz hassen.

Ihre Hauptgefahr, oder doch mindestens Ihre Hauptschwierigkeit, liegt hierin: die Leute Louisianas werden, teils aus reiner Zügellosigkeit, teils wegen des Verlusts einer Stelle und teils in der unbestimmten Hoffnung, die alte Situation bewahren zu können, sich nicht nur von jeglicher Teilnahme an Ihrer Verwaltung fernhalten, sondern sie werden jedes Sympathisieren mit ihr, jedes Befürworten ihrer Prinzipien und vor allem jede Annahme einer Stelle für schändlich und anrüchig und unehrenhaft erklären. Sie werden sich gezwungen sehen, Ihre Büros mit Männern zu füllen, die dem Hohn eines ganzen Volkes standhalten können. Sie wissen, was für ein Schlag solche Männer im allgemeinen sind: einer von hundert mag ein sittlicher Held sein, die neunundneunzig andern sind Lumpen, und dem Helden wird wahrscheinlich schon bald eine Kugel in den Kopf gejagt werden.

Als Count O'Reilly hier vor fünfunddreissig Jahren die Macht Spaniens einsetzte, hieb er einen ähnlichen Knoten mit dem Schwert des Scharfrichters durch, Sie aber, mein lieber Herr, kamen her, um hier eine *freie* Regierung einzusetzen, und wie können Sie sie freier machen, als die Leute sie haben wollen? Das ist Ihr Problem! Die Leute halten sich zurück und sagen: ‹Mach du nur deine Regierung, so frei du kannst, aber verlange nicht, dass wir dir dabei helfen!› Und ehe Sie es wissen, haben Sie nicht Gefolgsleute, sondern eine Bande schamloser Söldner, die Sie im Stich lassen, sowie der Unwille des Volkes mächtiger ist als ihre Unverschämtheit - und Sie selbst werden ein Opfer dessen, was man als unsern aufrührerischen Patriotismus bezeichnen mag.»

Der Gouverneur machte eine sehr ruhige, sehr abfällige Bemerkung über einen Patriotismus, «der es zulässt, dass seine Regierung an Korruption zugrunde geht und sie dann mit Schiesspulver in die Luft jagt!».

Der Kreole zuckte die Achsel: «... und der diese Operation endlos wiederholt!»

Der Gouverneur sagte etwas, das man vorher und seither oft hören konnte: dass nämlich ein Staatswesen sich nicht um einer blossen Idee willen zum Opfer bringt.

«Mein lieber Herr», erwiderte der Kreole, «Sie sprechen wie ein echter Angelsachse, aber, Sir, wie viele, viele Staatswesen haben Selbstmord begangen! Und das unsre? Ha, es ist gerade das rechte, ein gleiches zu tun!»

«Schön», sagte der Gouverneur lächelnd, «Sie haben mich auf die Untiefen hingewiesen - können Sie nun auch die Fahrrinne zeigen?»

«Eine Fahrrinne? Die gibt es nicht! Und weder Sie noch ich können eine graben! Zwei grosse Kräfte könnten das vielleicht zu guter Letzt bewerkstelligen: Religion und Erziehung (ich erzählte Ihnen, dass ich es auch meinem Freund, dem jungen Apotheker, sagte). Doch wenn ich an Ihrer Stelle wäre (was ich, gottlob!, nicht bin), wüsste ich schon, was mein erster Schritt wäre.»

Der Zuhörer fragte den Kreolen, was er täte.

«Wenn ich einen Kreolen fände, dem ich trauen könnte, dann würde ich ihm einen Posten geben. Ein bisschen politischer Irrglaube hat nichts zu sagen. Fast jedem Mann kann man zutrauen, dass er in der Uniform schiesst, die er trägt. Und dann...»

«Aber», warf der andre ein, «ich habe Ihnen ja angeboten...»

«Oh», entgegnete der Kreole wie ein echter Kaufmann, «ich persönlich bin viel zu beschäftigt - das ist unmöglich! Ich wollte nur sagen, ich würde ein Volk *zwingen,* sich selbst zu regieren.»

«Wie kann man denn einem Volk eine freie Regierung geben und es gleichzeitig *zwingen,* sich zu verwalten?»

«Mein lieber Herr, Sie sollten einem einzelnen armen Kreolen nicht Rätsel zu lösen geben, die vor Ihren ganzen Kongress gehören. Doch auf eins können Sie sich verlassen: das Schlimmste für alle Parteien (und ich sage es nur, weil es für alle das Schlimmste ist) wäre eine schwächliche und saumselige Bestrafung der Unaufrichtigkeit.»

Als die Besprechung sich schliesslich ihrem Ende näherte, hatte der Gouverneur eine Liste von fünfzehn bis zwanzig Grandissimes aufgestellt, die über die verschiedenen Bezirke von Louisiana verstreut waren und, wie ihr Verwandter Honoré meinte, eine Ernennung nicht ablehnen würden.

Auch gewisse Musen waren in jener Nacht noch wach. Aus einem benachbarten Sklavengehöft drangen, für den Apotheker in der Rue Royale schwach hörbar bei der Stille, die nachts noch immer eine Eigentümlichkeit der Strassen von New Orleans ist, der eintönige Gesang und das maschinenähnliche Taktschlagen eines afrikanischen Tanzes. Dort führte die Kuchenverkäuferin Clémence (zwar als Gast, und gegen die Strassenwache gewappnet mit einem von ihrem Herrn ausgestellten Pass) den alten Calinda-Tanz und den wohlbekannten Spottgesang an, mit dessen ständig zunehmenden Versen die hilflose Ironie einer schwachen Rasse noch immer das persönliche Versagen jeder neuen, hervorragenden Figur der herrschenden Schicht anprangert. Heute nacht gab es neue Verse darüber, dass der Stolz der Grandissimes seine Freunde jetzt bei den Yankees suchen müsse.

«Miché Hon'ré, allé! h-allé!
Trouvé to zamis parmi les Yankis.
Dancé calinda, bou-joum! bou-joum!
Dancé calinda, bou-joum! bou-joum!»

Frowenfeld, der bekanntlich sein Geschäft geschlossen hatte und in seinem Studierzimmer sass, den einen Arm auf dem Tisch, den andern auf seinem Himmelsglobus, beobachtete das Flackern seines kleinen Kaminfeuers und sann über die ungewöhnlichen Erlebnisse des Abends nach. Wohin er auch blickte, auf allen Seiten schienen vielfältige Schatten eines begangenen Unrechts ihm auszuweichen. Da war das melancholische Gesicht jenes Honoré Grandissime, der sein Hauswirt war und bei dessen Erwähnung Doktor Keene gelacht hatte, ohne es näher zu erklären; da war die grossgewachsene, strahlende Mulattin; da war der alte Agricola; da war die Basilienkraut-Dame; da war der jetzt endlich identifizierte Kaufherr, Freund Honoré - sie alle tauchten in seinen Träumereien auf und erzeugten untereinander eine leise und beständige Disharmonie, vor der er sein Ohr verschliessen wollte. Denn er hatte es satt, nachzugrübeln. Selbst die strahlende Erinnerung an die schöne Dame und ihr Geplauder verstrickten ihn in Schatten und verdichteten sich, so dass er schliesslich in einer Atmosphäre von Anspielungen und Winken und kaum ausgesprochenen Zugeständnissen, von schlecht verhehlten Antipathien und abgebrochenen Äusserungen, von Personenverwechslung und Getuschel über heimlichen Hader kaum noch atmen konnte. Die Glocke auf der Kathedrale schlug zwölf und erhielt von der Klosterkirche Bescheid; und als die Glokkenschläge verklangen, merkte er plötzlich, dass die unheimlichen, hypnotischen Rhythmen der afrikanischen Lieder und Tänze sich schon lange Zeit einschläfernd über sein Denken hergemacht hatten.

Er nickte ein- oder zweimal und erhob sich daraufhin, um zu Bett zu gehen und, wie er hoffte, bis zum frühen Morgen durchzuschlafen.

Aurora und ihre Tochter hatten längst die Kerzen gelöscht. Die jüngere von beiden hatte schon früh am Abend vorgeschlagen, zu Bett zu gehen, worauf die ältere ihr erwidert hatte, sie würde gern noch ein Weilchen ihren Gedanken nachhängen. Clotilde erhob sanften Einspruch, willigte dann ein und ging durch die offene Tür, hinter der ihr Diwan zu sehen war. Die Luft war kühl und feucht geworden, so dass ein kleines Feuer im Kamin erlaubt schien, und dort setzte sich die schöne junge Witwe hin, um über ihre kleinen, in Pantöffelchen steckenden Füsse hinweg ins Spiel der Flammen zu blicken und nachzusinnen. Ihre Gedanken waren von solcher Art, dass sie ihrem Gesicht jene betörende Schönheit verliehen, die von angenehmen Träumereien herrührt, und die beteuerten, dass die kleine Stadt keinen schöneren Anblick gewähre – falls es nicht die Gestalt Clotildes gleich hinter der offenen Tür war, als sie in ihrem weissen, mit der Arbeit einer fleissigen Nadel verzierten Nachthemd auf dem niedrigen *prie-Dieu* vor dem Familienaltar kniete und ihre reine Seele der göttlichen Obhut übergab.

Clotilde konnte noch nicht lange geschlafen haben, als Aurora sich anders besann und beschloss, es ihr gleichzutun. Der Schatten auf ihrem Gesicht hatte sich für einen Augenblick zu einem Ausdruck der Besorgnis vertieft, doch eine fröhliche Philosophie, die ein Teil ihres väterlichen Geburtsrechts war, verscheuchte ihn schnell, und sie ging in ihr Zimmer, kleidete sich aus, legte sich behutsam neben die bereits dort liegende Schönheit und lächelte sich in Schlaf.

«Abgeschirmt gleichermassen gegen Regen
und Sonnenschein,
als schlösse eine Rose sich, um wieder
Knospe zu sein.»

Aber sie erwachte auch wieder und lag neben ihrer schlafbefangenen Bettgenossin, beschäftigt mit der Gesellschaft ihrer eigenen Gedanken. «Weshalb sollten diese kleinen Heimlichkeiten mir das Herz erregen? Übt nicht sogar die Natur selber ihre Listen aus? Schau auf die unschuldigen Vögel: bauen sie Nester, wo jeder ihre Eier zählen kann? Und soll ein armes Menschenwesen versuchen, besser als ein Vogel zu sein? Habe ich nicht gerade unter der Bettdecke meine Gebete aufgesagt?»

Ihre Gefährtin regte sich im Schlaf, und Aurora stützte sich auf einen Ellbogen, um die Schlafende mit glühender Bewunderung zu betrachten. «Ach, süsses kleines Ding! So ohne Falsch, dass es fast ein Manko ist!» Dann, als die Glocke Mitternacht zu schlagen anhob, setzte sie sich auf und lauschte. War das die Stunde? Das Schicksal lächelte. Bestimmt hatte Monsieur Assonquer sie geweckt, damit sie die günstige Gelegenheit ausnütze. Sie sollte es nicht in den Wind schlagen! Mit Hilfe eines andern und leichter hergestellten Zaubers sollte jene kürzlich mit Palmyre verbrachte, getrübte Stunde jetzt gewissermassen Farbe bekennen.

Die Nacht war viel kühler geworden. Verstohlen und ganz allmählich stand sie auf und verliess den Diwan. Das Zimmer hatte ein Fenster und zwei Türen, und es gelang ihr, diese geräuschlos zu öffnen. Keine der drei gab sie den öffentlichen Blicken preis: die eine Tür führte in das zwielichtige Vorderzimmer; das Fenster liess nur eine Lichtfülle hellen Mondscheins über das Dach eines hohen Hauses herein, das an jener Seite ohne Fenster war; die andre Tür blickte auf den mit Unkraut überwachsenen Hinterhof und den unschätzbaren Beschützer, den Hund der Köchin, der in tiefem Schlaf lag.

Im Nachthemd stellte sie sich mitten ins Zimmer, sank in die Knie, klopfte leise, aber hörbar, dreimal auf den Fussboden, stand auf, trat einen Schritt zurück, klopfte dreimal, stand wieder auf, wich noch weiter zurück und kniete zum drittenmal, wobei sie ein Gelübde flüsterte, am nächsten Tag einen Opfertrunk Champagner auf den Fussboden zu giessen. Danach schloss sie das Fenster und schlüpfte wieder ins Bett. Jetzt erst merkte sie, wie sehr sie fror. Sie schien bis auf die Knochen durchfroren zu sein. Ein so unbezähmbares Zittern überfiel sie, dass Clotilde die Augen öffnete, einen Arm um ihre Mutter legte und rief: «Ach, liebste Mutter, frierst du denn so?»

«Die Bettdecke war mir weggerutscht», erklärte die Mutter und drückte die Tochter an sich. Dann sanken beide wieder in Schlaf.

Fast im gleichen Augenblick war auch Joseph Frowenfeld in Schlaf gesunken, sah sich aber nicht viel später mitten im Zimmer stehen. Drei oder vier Männer hatten gleichzeitig geschrien, und Pistolenschüsse waren fast gleichzeitig draussen vor seinem Geschäft abgefeuert worden. Er hatte kaum Zeit, sich ein paar Kleidungsstücke überzuwerfen, als schon mit dem Klopfer an seine Tür gehämmert wurde. Als er öffnete, trat Agricola Fusilier ein, gestützt von seinem Neffen Honoré auf der einen und von Doktor Keene auf der andern Seite. Der Arzt drückte mit der rechten Hand gegen eine blutige Stelle auf Agricolas Arm.

«Viel Licht her, Frowenfeld!» rief der kleine Doktor, «und einen Stuhl und Verbandzeug und Seife und Handtücher und Pflaster und was Ihnen sonst noch einfällt! Agricola ist zu Tode erschrocken.»

«Professor Frowenfeld», ächzte der alte Mann, «ich bin schändlich und tödlich verwundet worden!»

«Gleich nach hinten, Frowenfeld!» fuhr der Doktor fort, «in Ihr Schlafzimmer! Verriegeln Sie die Ladentüren! So, Agricola, hier setzen Sie sich hin! Ja, das ist recht, Frowenfeld, zünden Sie ein Feuerchen an! Geben Sie mal - ach, lassen Sie nur, ich schneide einfach den Ärmel auf!»

Sie schwiegen erwartungsvoll, und dann lag die Wunde bloss.

«Genau, wie ich's vermutet habe! Eine nette, saubere Fleischwunde, die Sie eine Zeitlang ins Zimmer verbannen wird. Den Arm müssen Sie in einer Binde tragen. Sie sind eher erschrocken als gefährlich verletzt, denke ich.»

«Da denken Sie gewaltig daneben!»

«Hören Sie, Sir, wenn Sie das nochmal sagen, steche ich Ihnen mit der Schere in den Rücken!»

«Dafür haben Ihre beruflichen Kenntnisse Sie ja wohl ermächtigt», grollte der alte Mann.

«Bitte, stellen Sie sich hierhin, Frowenfeld», bat der Doktor und schlug einen beruflichen Ton an, «und reichen Sie mir zu, was ich verlange! Honoré, bitte halten Sie den Arm fest! So!» Innerhalb kurzer Zeit war die Behandlung, wie sie die medizinische Wissenschaft damals vorschrieb, beendet, was immer das gewesen sein mag, und die es nicht wissen, mögen dankbar sein. Monsieur Grandissime erklärte Frowenfeld, was vorgefallen war.

«Es gelang mir, meinen Onkel zu finden, und gemeinsam gingen wir in mein Kontor. Mein Onkel hat ein Konto bei mir, und manchmal sehen wir es durch. Wir blieben bis Mitternacht, meinen Wagen hatte ich weggeschickt. Auf dem Heimweg trafen wir ein paar Freunde, die aus dem Club Bagatelle kamen, fünf oder sechs meiner Vettern und auch Doktor Keene. Wir begannen uns alle über meines Grossvaters Geburtstags-Party zu unterhalten, die im nächsten Monat stattfinden soll, und gingen dann weg, um eine Tasse Kaffee zu trinken. Als wir uns getrennt hatten und - mein Onkel und mein Vetter Achille Grandissime und Doktor Keene und ich - die Rue Royale hinabschlenderten, sprang ein kleiner Mann aus einer dunklen Seitengasse und stach mit einem Messer auf meinen Onkel ein. Wenn ich den Kerl nicht beim Arm gepackt hätte, würde er meinen Onkel erstochen haben!»

«Und er ist entkommen?» sagte der Apotheker.

«Nicht möglich!» rief Agricola mit abgewandtem Rücken.

«Ich glaube doch. Ich glaube nicht, dass er getroffen wurde.»

«Und Ihr Vetter?»

«Achille? Den schickte ich weg, einen Wagen zu besorgen.»

«Hören Sie, Agricola», sagte der Doktor und schnippelte die losen Enden vom Verband seines Patienten ab, «ein alter Mann wie Sie sollte keine Feinde haben!»

«Ich bin kein alter Mann.»

«Ich sagte, ein junger Mann!»

«Ich bin kein junger Mann, Sir!»

«Ich frage mich, wer der Bursche war», fuhr Doktor Keene fort und zupfte den aufgeschlitzten Ärmel zurecht.

«Das ist *meine* Angelegenheit, Sir. *Ich* weiss, wer es war.»

«Und sie glaubte tatsächlich, dass ich sie in voller Absicht umgeritten habe?» fragte Honoré den Apotheker und hatte sein Bein über den Himmelsglobus gelegt.

Frowenfeld wollte antworten, wurde aber durch ein Klopfen unterbrochen.

«Das ist mein Vetter mit dem Wagen», sagte Honoré Grandissime und folgte Frowenfeld in den Laden.

Der Apotheker machte einem jungen Mann die Tür auf, einem eher kläglichen Muster der Grandissime-Familie, dem es an Grösse, jedoch nicht an aufgeblasenem Getue fehlte.

«Est-il mort?» fragte er schon auf der Türschwelle.

«Mr. Frowenfeld, darf ich Ihnen meinen Vetter Achille Grandissime vorstellen?»

Achille Grandissime verbeugte sich vor Frowenfeld mit einem Bückling, wie man ihn sonst nur auf Bildern sieht.

«Entzückt, Ihre Bekanntschaft zu machen!»

Agricola trat, vom Doktor begleitet, in den Laden und fragte mit entrüsteter Donnerstimme: «Wer – hat – den – Wagen bestellt?»

«Ich», antwortete Honoré. «Würdest du bitte sofort einsteigen?»

«Ach, der liebe Honoré!» rief der alte Mann. «Immer zu gütig! Nur dir zuliebe steige ich ein!»

Man verabschiedete sich. Honoré stieg in den Wagen, und man half Agricola hinauf. Achille griff an seinen Hut, winkte, verbeugte sich vor Joseph, gab dem Doktor die Hand und sagte: «Gute Nacht, Doktor Keene!» Bei sich dachte er: «Einem Apotheker werde ich doch nicht die Hand geben!»

Doktor Keene hatte abgelehnt, in den Wagen zu steigen.

«Frowenfeld», sagte er, während er im Laden stand, sich an einem Tuch die Hände trocknete und auf den Ring an seiner feinen, sommersprossigen Hand blickte, «ich möchte etwas Brot und Käse von Ihnen haben und dann bei Ihnen übernachten. Freuen Sie sich?»

«Unter der Bedingung», erwiderte Frowenfeld, «dass Sie mir erzählen, was das alles bedeutet!»

«O nein, das tue ich nicht! Wenigstens nicht heute nacht. Warum nicht? Weil es bis zum Morgenrot dauern würde, wenn ich Ihnen ‹alles› erzählte, die ganze Geschichte von dem beschwerlichen Bras-Coupé und alles übrige. Nein, nein. Lieber verzichte ich auf Brot und Käse. Übrigens: was hat auf einmal Ihre Neugier geweckt?»

«Haben Sie eine Ahnung, wer Agricola erstechen wollte?» lautete die Antwort.

«Oh, zuerst dachte ich, es sei der andre Honoré Grandissime gewesen, aber als ich sah, wie klein der Bursche war, konnte ich es mir nicht erklären. Einerlei, wer es war, meine Kugel hat ihn erwischt, ob Honoré es glaubt oder nicht.»

«Wird Mr. Fusilier Komplikationen von der Wunde bekommen?» fragte Joseph, als sie sich zu ihrem Imbiss vors Feuer setzten.

«Kaum. Er hat zuviel gesundes Blut von Lufki-Humma in den Adern. Aber das Blut der Grandissimes ist bestimmt ebensogut. Eine grossartige Familie, die Grandissimes! Alte, berühmte Vorfahren! Und die Kraft, die sie einst in Verstand und Willen besassen, ist ihnen in die Muskeln gegangen. Ich stelle mir vor, dass ihre Grösse vor Hunderten von Jahren in einer Unbeholfenheit des Arms, oder sagen wir, des Körperbaus, begann und sich von Generation zu Generation in aufsteigender Skala entwikkelte, zuerst zu einer Verfeinerung der Sehnen, dann vielleicht zu einer Kraft des Willens, dann zu Geisteskraft und dann zum Scharfsinn des Genies. Jetzt sind sie auf dem Abstieg. Nehmen Sie Honoré Grandissime! Er steht auf der Skala obenan, ist verständig und weise. Aber betrachten Sie auch seinen Körper! Was für ein eleganter Körperbau! Was für eine geschmeidige Kraft! Ich würde mich nicht wundern, wenn er das von der Indianerkönigin hätte. Was für eine Ausdauer! Er wird sich wohl nun allmählich an die Arbeit machen und die nächsten siebzehn oder achtzehn Stunden hintereinander nicht ins Bett gehen. Er ist die Blüte seiner Familie, und wahrscheinlich die letzte. Am alten Agricola dagegen können Sie die absteigende Linie besser studieren. Mindestens fünfundsiebzig ist er und besitzt vielleicht ein Viertel der Tugenden, die er sich zuschreibt, und noch weniger Verstand – aber stark ist er wie ein Orang-Utan. Wollen wir jetzt schlafen gehen?»

18

Neues Licht auf dunkle Probleme

Als die lange, durchwachte Nacht vorbei und der kleine Doktor fortgegangen war, setzte Frowenfeld sich hin und trug wie gewohnt seine Wetterbeobachtungen ein. Doch mit seinen Gedanken war er anderswo... hier, dort und sonstwo. Es gibt ein Begreifen, das wächst - nicht unmerklich Stunde um Stunde, sondern wie es gewisse Blumen tun, mit kleinen, explosionsartigen Ausbrüchen, und dazwischen mit Perioden der Ruhe. Nach dieser erlebnisreichen Nacht war es ganz natürlich, dass Frowenfeld die Grenzen seines Gesichtskreises beträchtlich erweitert sah. Das Tageslicht leuchtete nicht nur in sein Geschäft, sondern auch in sein Herz hinein. Auroras Gesicht, das vorher für ihn wie die Morgendämmerung gewesen war, erschien ihm jetzt wie ein makelloser Sonnenaufgang, während in erfreulicher Zeitlosigkeit dieser Apollo von einem Grandissime erschienen war. Der junge Einwanderer war geblendet. Er sehnte sich, aufzuspringen und in den Strahlenglanz hineinzulaufen. Einer Müdigkeit war er sich nicht bewusst, oder beinah nicht - wäre es gänzlich so, wäre nicht allmählich jener alte, trübe Schatten zurückgekehrt, vielmehr die Schatten, die sich noch immer erhoben und über jede Regung der Phantasie huschten, welche die handelnden Personen in der voraufgegangenen nächtlichen Szene gruppierten; nicht solche Schatten, wie sie sich natürlicherweise mit dem Sonnenlicht einstellen, um es heller erscheinen zu lassen, sondern ein Etwas, das die Vollkommenheit des Lichts und die Frische der Luft bestimmt.

Deshalb beschloss er, sein Leben vom heutigen Tage an nach einem neuen Rezept zu dosieren: soundsoviel Zeit für Bücher, soviel für Beobachtungen, soviel für Geselligkeit - und für die Liebe, ach, was das angeht, so blieb dafür noch in der Zukunft genügend Zeit (falls er in jemand verliebt war, wusste er es bestimmt nicht); die Menge festzusetzen, war deshalb noch nicht nötig, doch wenn es nötig werden sollte, dann wahrscheinlich im gleichen grosszügigen Verhältnis, wie der Apotheker *aqua* hinzuzufügen pflegte. Kurz und gut, er wollte nicht aufhören, der lernbeflissene Frowenfeld zu sein, sondern sofort mit dem Studium des gerade eben entdeckten Buches «Die Gesellschaft von New Orleans» beginnen. Er wusste, dass es eine schwierige Aufgabe sein würde, nicht nur, weil es in einer unbekannten Sprache geschrieben war, sondern weil es ein Band war, dessen lose Seiten behutsam umgeblättert werden mussten: Staub musste fortgeblasen und zerrissene Seiten mussten mühsam aneinandergefügt werden, ja selbst der Sinn einzelner Seiten blieb zu enträtseln. Die Stelle, an der er beginnen musste, war offenbar die leuchtend kolorierte Titelseite: «Die Damen Nancanou».

Als die Sonne höherstieg und mit ihren Strahlen eine Atmosphäre erwärmte, deren Temperatur der Apotheker gerade als fünfzig Grad Fahrenheit festgestellt hatte, trat er aus seiner Ladentür, um seine müde Stirn von der erfrischenden Luft umspielen zu lassen, die aus dem Norden kam. Dabei grübelte er: «Wie sind die beiden Honoré Grandissime miteinander verwandt, und warum hält man den einen für fähig, einen Anschlag auf das Leben des alten Agricola zu verüben?»

Die Antwort liess nicht lange auf sich warten.

Unsern Augen blieb nur eine armselige Andeutung der malerischen Aussicht erhalten, die sich dem Betrachter der Rue Royale vor jenem übermütigen Tag bot, der die Rue Enghien in eine Ingine Street verwandelte und bei der Rue Royale das Endungs-e fallen liess. Es war ein langer, sich verengender Fernblick auf Arkaden, Gitterwerk, Balkone, Zaguans, Mansardenfenster und blauen Himmel, auf niedrige Ziegeldächer, die sich rot und windschief in ihren eigenen Schatten schmiegten, auf Sonnensegel mit flatternden, ausgebogten Volants und auf zwanzig Fuss hohe, schmutzige Laternenpfähle, die jeder einen hageren Eisenarm über die schmale Strasse streckten, an dessen Ende eine Lampe baumelte. Die Menschen, mit denen die Perspektive betupft war, entfalteten eine solche Buntheit an Farben und Kostümen, dass jeder Maler sie gern genauso abkonterfeit hätte, wie er sie vorfand: den mit farbigen Federn geschmückten Indianer, den Mexikaner in seinen zerschlissenen, mit Firlefanz behangenen Lumpen, den Flösser in seinen Lederhosen, die Negerin im blauen oder gelben Turban, den Zuckerrohrpflanzer in weissem Flanell und Mokassins, den gewöhnlichen Städter in seinem letzten Anzug aus dem vorigen Jahrhundert, und da und dort einen eleganten Kavalier, dessen Kostüm zugeknöpfte kriegerische

Strenge mit einer verweichlichten Überfülle feinen weissen Leinens verband und so eine Art Belastungsmaterial für den prunkhaften Despotismus und Leichtsinn zu bilden schien.

Die Kuchenverkäuferin war unterwegs und näherte sich Frowenfelds Laden. Mit näselnder Fistelstimme sang sie ein neues Lied:

«Dé 'tit zozos - yé té assis -
Dé 'tit zozos - si la barrier.
Dé 'tit zozos, qui zabotté;
Qui ça yé di' mo pas conné.

Manzeur-poulet vini simin,
Croupé si yé et croqué yé;
Personn' pli' 'tend' yé zabotté -
Dé 'tit zozos si la barrier.»

«Gefällt Ihnen das Liedchen?» fragte sie kichernd und nahm einen flachen Indianerkorb mit warmen Reiskuchen vom Kopf mit dem Turban.

«Was bedeutet es?»

Sie lachte wieder, und mehr als nötig, wie Joseph fand.

«Es bedeutet: Zwei kleine Vögel sitzen auf dem Zaun und zwitschern zusammen, so wie die jungen Mädchen manchmal miteinander schwatzen, nicht wahr?, und man kann nicht verstehen, was sie sagen, weil sie's selbst kaum wissen. Hei, da kommt der Hühnerhabicht angeflogen und setzt sich und verspeist sie, und nun kann niemand mehr ihr leises Gezwitscher hören.»

Sie lachte wieder.

Joseph blickte sie sehr argwöhnisch an, aber

sie wich seinem Blick aus und sagte gutmütig: «Honey, Sie sollten lieber schlafen gehen! Sie sehen ja aus, als hätten die Leute Sie geärgert! Ich will Ihnen ein paar von meinen allerbesten Reiskuchen aussuchen!»

Sie reichte sie ihm und knickste – zuerst vor Joseph, und dann, noch tiefer, vor einem Herrn, der hinter ihr in den Laden trat und sich dabei verbeugte und ein paar höfliche Worte murmelte. Sie blickte ihm nach, nahm hastig das Geld für die Kuchen in Empfang und flüsterte: «Das ist mein Master», und schwenkte sich den Korb wieder auf den Kopf. Ihr «Master» war Frowenfelds Hauswirt.

Der Apotheker trat hinter ihm in den Laden, die Kuchen in der Hand, und grüsste ernst: «Guten Morgen, Sir!»

«'Sieur!» grüsste Frowenfelds Hauswirt und verbeugte sich tief.

Joseph wartete schweigend ab.

Der Hauswirt zauderte noch, blickte sich um, schien sprechen zu wollen und lächelte. Mit seiner sanften, ernsten Stimme tastete er sich gleichsam Wort für Wort durch die ihm fremde Sprache.

«Ich möchte Sie beiseite nehmen!»

«Mich allein sprechen?»

Der Hauswirt erkannte seinen Fehler und lächelte flüchtig.

«Ja, allein», sagte er.

«Wollen wir in mein Zimmer gehen?»

«S'il vous plaît, 'Sieur!»

Frowenfelds Frühstück, das ihm ein benachbartes Restaurant zu liefern pflegte, stand auf dem Tisch. Es war karg, aber reichlicher als der nächtliche Imbiss, und umschloss auch den berechtigten Stolz der kreolischen Küche, den Kaffee. Joseph legte seine Reiskuchen daneben und beeilte sich, einen Stuhl heranzuziehen, den sein Besucher jedoch wie üblich ablehnte.

«Frühstücken Sie erst, 'Sieur!»

«Das kann ich nachher tun», sagte Frowenfeld. Aber der Besucher bestand darauf, drehte sich um und betrachtete die Bücher - genauso, wie es vor ein paar Wochen der andere Honoré Grandissime getan hatte.

Frowenfeld erinnerte sich daran, während er vom Brotlaib zulangte, und als der Hauswirt ihm auch das Gesicht zuwandte, um zu sprechen, wunderte er sich, dass er die Ähnlichkeit nicht schon vorher bemerkt hatte.

«Totes Kapital», sagte der Hauswirt ernst.

«Wie bitte, Sir? Totes Kapital? Aber wie können die Grundlagen einer allgemeinen Ausbildung totes Kapital sein?»

Der andre zuckte die Achsel. Er wollte über den Punkt nicht streiten. Eine Eigenart der Amerikaner, auf die der Kreole nie gänzlich gefasst ist, ist die freiwillige Art des Yankees, schnurstracks auf die Wurzel der Dinge loszugehen.

«Totes Kapital im kaufmännischen Sinne, meinen Sie wohl», fuhr der Apotheker fort. «Aber ist es recht, wenn der Mensch die Dinge immer nur nach ihrem Marktwert bemisst?»

Der Besucher gab keine Antwort. Er schien anzudeuten, dass es ihn nicht besonders interessiere. Seine Gedanken kreisten um ernsteres Recht und Unrecht in menschlichen Belangen, doch war es unnötig, darüber zu sprechen. Er redete jedoch weiter: «Ich wurde in Paris erzogen.»

«In Paris?» rief Joseph bewundernd. «Dann können Sie *Ihre* Ausbildung gewiss nicht für totes Kapital halten?»

Das ernste, nicht etwa belustigte Lächeln des Hauswirts war die einzige Antwort. Obwohl durchaus höflich, deutete es an, dass sein Mieter über Tiefen eines Problems hinwegsegelte, von dem er keine Ahnung hatte. Dann wurde das Lächeln durch einen Ausdruck abgelöst, der verriet, dass der Besucher mit einem andern Thema beschäftigt war.

«'Sieur...», begann er. Doch da musste Joseph sich entschuldigen und im Laden ein Kind bedienen, welches Godfreys Cordial verlangte, denn es hatte sich herumgesprochen, dass man diesen Tröster bei Frowenfeld erhalten könne. Als Joseph zurückkehrte, sah er es seinem Besucher an, dass er sich entschlossen hatte, kurzen Prozess zu machen.

«'Sieur...», begann er wieder.

«Nehmen Sie doch Platz!» nötigte ihn der Apotheker.

Sein Besucher lehnte wieder dankend ab, stets mit der gleichen schwermütigen Grazie. Er trat näher an Frowenfeld heran.

«Ich möchte, dass Sie mir ein *ouangan* machen», sagte er.

Joseph schüttelte den Kopf. Er musste unwillkürlich an Doktor Keenes Vermutung wegen des nächtlichen Überfalls denken.

«Ich verstehe Sie nicht, Sir – was ist das?»

«Sie wissen doch!»

Sein Besucher lächelte ihm überredend zu.

«Ein Unguentum? Haben Sie das gemeint? Eine Salbe?»

«'Sieur», bat der andre mit einem Ausdruck,

dass er sich nicht abspeisen liesse: *«Vous êtes astrologue... magicien...»*

«Gott soll mich bewahren!»

Der Besucher schien ihm nicht zu glauben.

«Sie haben hier ein *Petit Albert...»*

Er tupfte mit dem Zeigefinger auf ein dickes Buch, dessen Titel wegen häufigen Gebrauchs nicht mehr leserlich war.

«Das ist doch die Bibel. Ich weiss nicht, was für ein Buch Sie meinen.»

Frowenfeld warf einen argwöhnischen Blick auf das überaus höfliche Gesicht seines Besuchers, der jetzt gelassen fragte: «Haben Sie nicht Agricola heute nacht ein *ouangan* gegeben?»

«Wie bitte?»

«Er war doch hier! Heute nacht!»

«Ja, Monsieur Fusilier war heute nacht hier. Er wurde von einem Mörder überfallen und leicht verwundet. Er war in Begleitung seines Neffen, der vermutlich Ihr Vetter ist? Er hat den gleichen Namen wie Sie!»

Frowenfeld hoffte, das Thema gewechselt zu haben, und schloss mit einem beruhigenden Lächeln, das jedoch keinen Anklang fand.

«Mein Bruder!» sagte der Besucher.

«Ihr Bruder?»

«Mein weisser Bruder. Ich bin kein Weisser, 'Sieur!»

Joseph schwieg. Er war zu erschrocken, um zu sprechen; der Ausruf, der ihm auf die Lippen wollte, floh zurück und setzte sich in seinem Herzen fest, und nach einer Pause war es der Quarterone, der das Schweigen brach.

«Ich bin der älteste Sohn von Numa Grandissime.»

«O ja, ja», erwiderte Joseph, als wollte er eine furchtbare Entdeckung beiseite schieben.

«Verkaufen Sie mir kein *ouangan*?» bat der Besucher wieder.

«Sir», rief Frowenfeld und trat einen Schritt zurück. «Verzeihen Sie mir, wenn ich Sie kränke. Die Blutmischung, die Ihnen die Verachtung der Gesellschaft einträgt, bedeutet mir nichts, gar nichts! Und jede böswillige Unterscheidung, die man deswegen macht, verachte ich. Aber was auch immer Ihr Leid sein mag, oder das Leid, das Sie mit ihresgleichen gemeinsam tragen - sollten Sie nun im Sinne haben, irgendeine geheime Kunst gegen die Interessen oder die Person eines Dritten anzuwenden...»

Der Besucher protestierte wiederholt, und Joseph verstummte - überwältigt von einem Durcheinander empörter Gefühle.

«'Sieur...», begann der Quarterone wieder, brach aber ab und stand nun mit einem verärgerten Gesichtsausdruck da, der sich immer mehr verstärkte, bis er schliesslich langsam den Kopf schüttelte und mit verblüfftem Lächeln sagte: «Ich kann nicht Englisch sprechen!»

«Dann schreiben Sie!» bat Frowenfeld und schob ihm einen Stuhl hin.

Zum erstenmal, seit die zwei sich kannten, nahm der Hauswirt den angebotenen Stuhl an, verbeugte sich und bezeigte seine tiefe Dankbarkeit. Papier, Feder und Tinte wurden vom Regal geholt, und Joseph zog sich in den Laden zurück.

Honoré Grandissime, f. m. c.*, Honoré Gran-

* *free man of colour*, eine Bezeichnung für den freien Farbigen.

dissime, freier Farbiger, trat so leise aus dem Studierzimmer, dass Joseph seine Anwesenheit erst gewahr wurde, als er ihn neben sich spürte. Er reichte dem Apotheker ein Schriftstück.

Doch ein paar Worte vorweg, zur Erklärung:

Der Vater der beiden Honorés war Numa Grandissime, noch das reinste Kind, als er sich in den Indianerkämpfen auszeichnete und zum Kummer der De Grapions so früh schon vom Grand Marquis zum Offizier ernannt wurde. Die Beförderung schien wohlverdient, denn 1768, als sich die schlecht informierten, leicht entflammten und lange schon schlecht regierten Kolonisten der Abtretung Louisianas an Spanien widersetzten, hatte Numa auf seiten von Recht und Regierung gestanden, obwohl die ungestüme Forderung nach Freiheit populärer war. Ausserdem hatte er seine gesamte aufgebrachte und aggressive Familie vom Rande des Abgrunds zurückgehalten und ihnen die wertvolle Anerkennung ihrer Tüchtigkeit als Staatsbeamte von dem damaligen, wirklich guten Gouverneur und irischen Prinzen verschafft, dessen einziger Akt summarischer Bestrafung mehrerer aufsässiger Posten-Erschleicher ihn in der Geschichte als «Cruel O'Reilly», den grausamen O'Reilly, brandmarkte. Doch die Erlebnisse jener Zeit liessen Numa Grandissime ergrauen, und überhaupt war er mit dem Ergebnis nicht zufrieden. Mitten in dieser unruhvollen Zeit hatte er einen männlichen Entschluss gefasst: er hatte gegen seinen Willen geheiratet. Seine Zukünftige war eine geborene Fusilier, die Schwester Agricolas, eine Dame von grosser Intelligenz und Schönheit, die ihm von frühester Kindheit an bereits von den Familienältesten zugedacht war. Trotzdem wollte er nicht heiraten. Er erhebe keinen Anspruch auf strenge Gewissenhaftigkeit, sagte er, oder darauf, besser zu sein als andre, aber zwischen seinem Schöpfer und ihm habe er sich das Recht zu heiraten verscherzt, und sie wüssten alle, wieso. Doch nun erzürnten sich die Fusiliers, und Numa, der neuen Streit voraussah, nachdem er seine Familie gerade wohlbehalten durch die Wirren der Revolution geschleust hatte, brachte «seine kleine Sentimentalität», wie die Familie es nannte, zum Opfer dar und brach die Beziehung zu der Mutter des Mannes ab, der jetzt neben Joseph Frowenfeld stand und damals ein kleiner Knabe gewesen war. Es war notwendig, die Partei zu retten, nein, das war ein Schnitzer, sagen wir: die Familie zu retten; es geht hier nicht um eine Parabel. Numa liebte aber auch seine Frau, die ihm Zwillinge schenkte, einen Knaben und ein Mädchen, und als ihr Sohn geistig, körperlich und charakterlich gedieh, festigte sich in Numa die Hoffnung, dass er jetzt, da der Ehrgeiz und Stolz der verschiedenen Grandissimes sich auf seinen legitimen Sohn konzentrierte und aller Streit eingelullt war, es noch erleben könne, wie dieser Honoré das Unrecht wiedergutmachte, das auszurotten er nicht ganz gewagt hatte. Honoré erbte diese Hoffnung und setzte sie sich als erstrebenswertes Ziel, noch bevor er im frühen Alter von fünfzehn Jahren mit seinem Halbbruder, dem älteren Honoré, nach Paris aufbrach, um dort an der Universität zu studieren. Numa starb bald darauf, und nach mehreren Jahren in Paris und London kehrte der jüngere Honoré ins Haus seiner Vorfahren zurück. Der Vater hatte dem dunkleren Honoré den Hauptteil seines Vermögens vermacht, und der jüngere wurde entschädigt, was die Familie gesetzlich hätte anfechten können – aber das war nicht ihre Art. Anstatt, so wie jeder Grandissime, sich dem Staatsdienst zuzuwenden, gründete der jüngere Honoré zur Bestürzung und zum Ärger seiner Verwandten ein einträgliches Handelsgeschäft. Der ältere Bruder, der freie Farbige, kaufte Häuser und wurde Rentier.

Und so lautete das Schreiben, das Honoré f.m.c. dem Apotheker zu lesen gab:

Lieber Mr. Frowenfeld,

Glauben Sie nicht, dass jemand von mir vergiftet werden oder sonstwie durch die Anwendung eines Mittels leiden soll, das als *grigri* oder Magie bekannt ist. Erlauben Sie mir, Sir, Sie zu bitten, Ihnen dafür mein Wort zu geben. O nein, darum geht es nicht. Ich bin das Opfer einer gänzlich andersartigen Leidenschaft – nämlich der Liebe. Geehrter Herr, ich spreche mit Ihnen oder schreibe Ihnen als dem einzigen Mann weisser Abstammung, der, wie ich glaube, in ganz Louisiana gewillt ist, meiner stummen, leidenden Rasse Gerechtigkeit widerfahren zu lassen, und ich vertraue Ihnen an, dass ich Palmyre la Philosophe mit einem Wahnsinn liebe, den menschliche Lippen oder Zungen nicht in Worte fassen können (was ich seit genau neun Jahren, sieben Monaten und einigen Tagen zu tun versucht habe). O Himmel, ich kann es nicht ändern, nicht im geringsten. Was soll ich tun? Denn ach, es ist zu qualvoll!

Sie liebt mich nicht, sondern ist ihrerseits (falls ich mich nicht sehr täusche) bis über die Ohren in jemand verliebt, der sie nicht wiederliebt, so kalt und unempfänglich ist er. Ich spreche von Honoré Grandissime.

Nur zu gut entsinne ich mich des Tages, als wir - er und ich - aus Frankreich zurückkehrten. Sie war da, als wir landeten, sie stand in der grossen Schar der Verwandten und Diener auf dem Uferdamm, sie leuchtete wie der Abendstern, als sie dort stand. (Ich sah sie zum erstenmal, er dagegen hatte sie schon gekannt, als er fünfzehnjährig sein Elternhaus verliess - ich aber wohnte nicht unter dem Dach meines weissen Vaters - o nein, alles andre als das.) Sie jubelte: *«A la fin to vini!»* und schlang ihm ihre herrlichen Arme um den Hals und küsste ihn auf beide Wangen, und ihre leuchtenden Augen erstrahlten in grosser Schönheit.

Könnten Sie mir, was zweifellos in Ihrer Macht steht, ein Liebespulver geben, dem eine unwiderstehliche Kraft innewohnt, das aber andrerseits von unschädlicher Wirkung auf Leben und Gesundheit ist, dann zaudere ich nicht, Ihnen, wenn es mir gelingt, die Zuneigung meiner Herzenskönigin zu gewinnen, jeden Preis zu zahlen, den Sie mir nennen, in Höhe bis zu tausend Dollar - ach, sogar noch mehr! Wollen Sie es tun, Sir?

Ich habe die Ehre, hochachtungsvoll zu verbleiben

Ihr sehr ergebener Diener

Honoré Grandissime

Frowenfeld hob langsam den Blick vom Blatt Papier in seiner Hand und sah seinem Hauswirt ins Gesicht. Hoffnungslosigkeit und Erwartung stritten sich in dessen Zügen. Doch als Joseph mit einer Stimme voller Mitleid sagte: «Es steht nicht in meiner Macht, Ihnen zu helfen», da schaute der enttäuschte Liebhaber einen Augenblick starr auf die Strasse hinaus, setzte sich dann den Hut auf, verbeugte sich und ging.

19

Kunst und Handel

Zwei oder drei Tage nach der soeben beschriebenen Unterredung erachtete es der Apotheker für notwendig, einen Freund zu bitten, ihn für kurze Zeit in seinem Geschäft an der Rue Royale zu vertreten, während er etwas zu erledigen hatte. Er wurde länger aufgehalten, als er angenommen hatte, denn er traf Aurora und Clotilde, die gerade aus der Kirche kamen. Beide Damen begrüssten ihn mit einer Herzlichkeit, die ihn fast übermütig stimmte, und Aurora reichte ihm sogar die Hand. Er stand nur einen Augenblick da und antwortete errötend auf ein paar alltägliche Fragen, die Aurora an ihn richtete; doch selbst in dieser kurzen Zeit, und obwohl ihm Clotilde mit reizendem Lächeln zuhörte, wuchs erneut die Überzeugung in ihm, dass das junge Mädchen ganz ungerechterweise eine unbestimmte Abneigung, wenn nicht gar ein ausgesprochenes Misstrauen ihm gegenüber hegte. Er war sicher, dass sie einen geheimen Vorbehalt hatte.

«'Sieur Frowenfeld», sagte Aurora, als er den Hut zog, um sich zu verabschieden, «Sie sind noch nicht bei uns gewesen!»

Er verstand sie nicht gleich, wurde rot und antwortete etwas Unzusammenhängendes – etwa, dass er es täglich beabsichtigt habe. Er fühlte sich zum Paradies emporgehoben und in himmlischen Glanz gehüllt, und dann war er allein. Die Damen hinterliessen eine Erinnerung, die süsser als das Parfüm war, das sie umschwebte. Woher kam es, dass die Ältere, obwohl sie von ihrer Tochter mit Bewunderung und Liebe und überfliessender Zärtlichkeit betrachtet wurde, doch manchmal beinah von ihr bewacht zu werden schien? Er liebte Aurora dafür um so mehr.

Bei seiner Rückkehr im Geschäft erzählte ihm sein Freund, wenn er viele solcher Besucher empfinge wie den, der während seiner Abwesenheit vorgesprochen habe, dann dürfe er stolz sein. Es war Honoré Grandissime gewesen. Eine Mitteilung hatte er nicht hinterlassen.

«Frowenfeld», sagte der Freund, «es würde sich lohnen, einen festen Angestellten zu beschäftigen!»

Joseph war zerstreut. «Ich habe selbst schon daran gedacht», antwortete er.

Was war ihm da für ein unseliges Wort entschlüpft! Als er am nächsten Morgen die Ladentür öffnete, sah er zu seiner Bestürzung etwa vierzig Personen, die auf ihn gewartet hatten. Fünf sprangen von der Türschwelle hoch, und etwa fünfunddreissig von der Bordschwelle des Bürgersteigs; sie klopften sich den Staub von den Beinkleidern, die bei den Kreolen immer wie angegossen sassen, und dann stürmten sie in den Laden. Der Apotheker bezog eine Verteidigungsstellung, das heisst, er ging hinter den Ladentisch und erklärte ihnen in einer kurzen und energischen Ansprache, dass er unter keiner Bedingung auch nur einen von ihnen zu beschäftigen gedenke. Neun Zehntel der Anwesenden verstanden kein Wort Englisch, doch seine Geste war unmissverständlich. Sie verbeugten sich höflich und verschwanden.

Frowenfeld hatte die jungen Männer jedoch ungerecht behandelt, und wenn sie ihm das auch nicht zeigten, so empfanden sie es doch und äusserten sich vorwurfsvoll, als sie an der nächsten Strassenecke stehenblieben, wo sie einem Mann zuschauten, der ein Ladenschild malte. Joseph war mit ihnen umgegangen, als wären sie allesamt Bewerber um den Posten. War das etwa so? Bei weitem nicht! Nur zwanzig von ihnen waren Bewerber, die übrigen zwanzig waren Freunde, die dabeisein wollten, wenn die andern die Stelle bekamen. Und obwohl sie, wie der Apotheker ihnen auf den Kopf zugesagt hatte, keine Ahnung vom Apothekerwesen hatten - noch von irgendeiner andern Beschäftigung unter der Sonne -, waren sie alle bereit, sich von ihm anlernen zu lassen. Alle - bis auf einen. Ein junger Mann von aristokratischem Aussehen und in prächtiger Kleidung zauderte, sich an dem allgemeinen Exodus zu beteiligen. Er erklärte, es sei für den Apotheker ganz günstig, dass er nicht in Frage käme, denn er erwarte aus Frankreich die Ernennung zu einem wichtigen Regierungsposten, sobald sich die gegenwärtigen Unruhen gelegt hätten und Louisiana wieder glücklich unter französischer Oberhoheit stünde. Er habe jedoch einen Freund, einen Vetter, den er empfehlen könne: gerade den richtigen Mann für die Stellung, beliebt, gebildet (war er nicht der beste Hundetrainer, den Monsieur Frowenfeld sich vorstellen könne) und ausserdem ein ausgezeichneter Angler und in jedem Ballsaal ein Muster von einem Tänzer, der mit Damen fertig wurde, die doppelt soviel wogen wie er; der Sprecher habe gesehen, wie er eine Dame ergriff, die so gross war, dass sein Kopf kaum an ihren Busen heranreichte, und dass er sie herumwirbelte, während sie walzten - von rechts nach links - so, und dann blitzschnell umdrehte und sie von links nach rechts herumwirbelte -, «so graziös wie eine Taube!». Lesen und schreiben könne er auch, und lustige Lieder singen! Der Sprecher würde sich gern bemühen, ihn zu holen, ehe er eine andre Stellung annähme.

Der grossartige Tänzer erschien nie auf der Bildfläche; Joseph behalf sich einstweilen, und mit der Zeit fand er einen jungen Mann, der wenigstens teilweise den Anforderungen entsprach. Es war folgendermassen zustande gekommen: Joseph ging eines Tages, den Zeigefinger im Buch, das er gelesen hatte, tief in Gedanken im Laden auf und ab. Zwei lose Fäden hingen aus dem Gewebe des Vorfalls, das ihn eingesponnen hatte, und er sollte sie irgendwie zusammenknüpfen - aber wo? Er dachte an die beiden Besuche, mit denen der junge Kaufmann Honoré Grandissime sein Geschäft beehrt hatte. Er blieb stehen, um nachzudenken. Welche Gedankengänge konnte er wohl im Geiste eines solchen Mannes ausgelöst haben?

Er war im Begriff, sein Herumwandeln wieder aufzunehmen, als ein junger Mann mit blauen Augen und kastanienbraunem Haar hereinstürzte, dessen jugendliche Lebhaftigkeit wie auch seine eleganten Schuhe mit den silbernen Schnallen und seine tadellos sitzenden Kleider sofort den reinblütigen Kreolen verrieten. Sein Name, als er sich vorstellte, erklärte den hellhäutigen Typ: er war franko-keltischer Abstammung.

«'Sieur Frowenfeld», begann er so eifrig wie ein Schuljunge, der nach der Pause ins Klassenzimmer stürmt, «ich habe etwas Schönes für Ihr Schaufenster!»

Er kreiselte herum und nahm einem nackten Negerjungen, der ihm gefolgt war, ein rechteckiges Paket aus den Armen.

Frowenfelds Schaufenster hatte sich ziemlich rasch zur Auslage einer kleinen Kunstausstellung entwickelt. Ein paar Statuen, eine goldene Tabaksdose, eine kostbare Schmucktruhe, ein Paar Sattelpistolen, reich mit Juwelen verziert (Eigentum eines alten Herrn oder einer alten Dame mit zusammengeschrumpftem Vermögen, die etwas verkaufen mussten, um mittels Pomade und teurer Kleider standesgemäss auftreten zu können) – alles nahm der gutmütige Apotheker in seinem Schaufenster auf, um es zu guter Letzt bei einer Tombola zu versteigern. Und es ist im Vorbeigehen eine Bemerkung wert, die moralische Erziehung eines Mannes betreffend, der von sich behauptete, keinen bewussten Kompromiss mit irgendwelcher Art von Schlechtigkeit zu schliessen, dass er in dieser albernen Spekulation nichts Schädliches oder Ungehöriges erblickte. Doch in «Frowenfelds Fenster» erschienen auch Dinge zum einfachen Verkauf oder zu vorübergehender Ausstellung, wie etwa die wunderbaren Stickereien einer blinden neunzigjährigen Witwe oder zitternde kleine Sträusse, welche, wie stolz erklärt wurde, ganz und gar aus den Gräten von einem gewöhnlichen Katzenwels angefertigt waren; andere, grössere, beanspruchten mehr Platz: bei ihrem Anblick würde jeder Botaniker hinfallen und «sterben, wie vom Blitz getroffen», und ihr beglaubigtes Verdienst bestand darin, dass sie aus Blumen zusammengesetzt waren, die ausschliesslich auf kreolischem Boden gediehen; dann ein Bild von Kapelle und Kloster der Ursulinerinnen, innerhalb von fünfundvierzig Minuten von einem zehnjährigen Kind, dem Töchterchen der Witwe Felicie Grandissime, angefertigt und in gewöhnlicher Tinte hingetuscht; oder die Belagerung von Troja, nur mit der Feder gezeichnet, eine Arbeit von zwanzig Jahren, von «einem Bürger aus New Orleans» stammend. Es war ganz natürlich, dass all solche Sachen zu «Frowenfelds Ecke» wanderten, denn dort fanden sich häufiger als anderswo die Kunstkenner ein. Ah, was für wunderbare Männer, diese Kunstkritiker! Und glücklicherweise sind uns noch ein paar verblieben.

Der junge Mann mit dem kastanienbraunen Haar stützte seine Last mit der Kante auf den Ladentisch auf, riss das Einwickelpapier ab und «enthüllte» ein Gemälde.

Worte konnten seine Bewunderung nicht ausdrücken, doch er balancierte das Gemälde auf Armeslänge Abstand und warf abwechselnd darauf oder auf Joseph einen Blick, der triumphierender war als Cäsars aus drei Worten bestehende Siegesmeldung.

Der Apotheker musterte das Bild lange und mit dem starren Blick eines Schlafwandlers. Endlich sprach er.

«Was soll es darstellen?»

«Louisiana weigert sich, der Union beizutreten», verkündete der Kreole mit einer Begeisterung, die gleich in ein Hurrageschrei auszubrechen drohte.

Joseph sagte nichts, staunte aber über Louisianas Anatomie.

«Ein grossartiges Sujet!» rief der Kreole.

«Allegorisch, nicht wahr?» fragte der Apotheker.

«Nein, Sir. Allegorisch hat das Bild nicht gemalt. Wenn sie durchaus wissen wollen, wer es war: der Künstler steht vor Ihnen!»

«Von Ihnen stammt es?»

«Jawohl, von mir, Raoul Innerarity, Vetter des berühmten Honoré Grandissime. Das kann ich auf einen Stoss Bibeln beschwören, der Ihnen bis an den Kopf reicht, Sir!»

Er warf sich in die Brust.

«Wollen Sie es im Schaufenster ausstellen?»

«Ja, Sir!»

«Zum Verkauf?»

Monsieur Raoul Innerarity zauderte einen Augenblick, ehe er erwiderte: «'Sieur Frowenfeld, ich finde es dumm, wenn man zu stolz ist, nicht wahr? Ich hätte es am liebsten, wenn Sie sagten: ‹Meinem Freund Raoul Innerarity liegt nichts daran, es zu verkaufen, es ist hier nur ausgestellt.› Wenn aber jemand kommt und es immerfort *so* anschaut» (der Künstler warf einen bewundernden, begehrlichen Blick auf sein Werk), «dann dürfen Sie antworten: ‹Ach, zum Teufel, *foudre tonnerre!* Ich nehme die Verantwortung auf mich und verkauf's Ihnen für zweihundertfünfzig Dollar!› Man muss auch nicht zu stolz sein, was, 'Sieur Frowenfeld?»

«Richtig», sagte Joseph und machte sich daran, das Bild ins Schaufenster zu stellen, wohin ihm sein neuer Freund wie ein Hündchen folgte. «Aber Sie sollten mir erlauben, es von vornherein als verkäuflich zu bezeichnen.»

«Mir wär's schon recht, *mais,* meine Verwandten würden's mir nie verzeihen. Ach was, es ist mir egal. Meinetwegen ist es verkäuflich!»

Als sie vom Fenster zurücktraten, sagte der junge Innerarity: «'Sieur Frowenfeld, ob Sie's glauben oder nicht: vor *einer* Woche» - er hielt einen Finger hoch - «hab' ich noch Frachtbriefe bei meinem Vetter Honoré ausgeschrieben. Und jetzt - bin ich ein Künstler! Sowie ich das entdeckt hatte» - er hob den Fuss und gab der leeren Luft einen kleinen Fusstritt -, «habe ich zu Vetter Honoré gesagt: ‹Kein Strich Arbeit mehr, solange ich lebe! Adieu!›»

Er sandte eine Kusshand dorthin, wo er das Kontor seines Vetters vermutete.

«Mr. Innerarity!» rief der Apotheker erschrocken, «ich fürchte, Sie haben da einen grossen Fehler begangen!»

«Meinen Sie, ich habe zuviel verlangt?»

«Wenn ich offen sein soll: ja. Aber das ist nicht der schlimmste Fehler.»

«Was ist es wert?»

«Das möchte ich lieber nicht sagen. Es ist ein recht nettes Beispiel kreolischer Kunst. Nur unter einer Bedingung ist es soviel wert, wie Sie verlangen.»

«Nämlich?»

Das Lächeln in Frowenfelds Gesicht verschwand und machte einer tiefen Röte Platz, als er erwiderte: «Wenn es als Beweis gelten sollte, dass in der Kunst der gute Wille nichts bedeutet und dass niemand in der Welt so schwer arbeiten muss wie ein Genie, dann wäre es tausend Dollar wert.»

«Tausend Dollar?» keuchte der Kreole, und

Schatten und Sonnenschein jagten sich auf seinem Gesicht. «Sie finden, dass es tausend Dollar wert ist?»

«Nein, Sir.»

Der unfreiwillige Kritiker kämpfte vergeblich gegen ein Lächeln an.

«Was glauben Sie denn, wieviel es wert ist?»

«Mr. Innerarity, als Gemälde betrachtet ist es nicht einmal die zehn Dollar wert, die Sie für die Farbe ausgegeben haben; als Verkaufsgegenstand ist es wert, was es einbringt.»

«Zweihundertfünfzig Dollar oder nichts!» rief der Kreole empört, zog seinen Hut und klatschte damit auf den Ladentisch. «Hahaha, verschwendete Farbe, so? Verschwendete Farbe! 'Sieur Frowenfeld, Sie verstehen rein gar nichts! Sind Sie ein Kunstkritiker?» fragte er vorsichtig.

«Nein.»

«Eh bien! Foudre tonnerre! Wissen Sie denn nicht, dass ein Publikum immer so über das Erstlingswerk eines Künstlers redet? Aber entschuldigen Sie, ich rege mich ein bisschen zu sehr auf!»

«Ich muss auch um Verzeihung bitten. Um Ihnen einen Dienst zu erweisen, habe ich etwas zu offenherzig gesprochen. Ich finde, falls Sie nicht ein Mann mit beträchtlichen Mitteln sind...»

«... sollte ich wohl weiter Frachtbriefe ausschreiben, was?»

«Jedenfalls war es ein Fehler, dass Sie's aufgegeben haben.»

«Aber meine Stelle ist schon wieder besetzt – er will mich nicht mehr. Brauchen Sie keinen Angestellten? Einen, der Französisch, Englisch,

Spanisch und Italienisch kann? Das wär's! Vormittags arbeite ich für Sie, und nachmittags könnte ich malen! Was?»

Joseph war verblüfft. Er lächelte, zog die Brauen zusammen, fuhr sich über die Stirn und bemerkte zum erstenmal den nackten kleinen Jungen, der noch immer in der Tür stand. «Ich weiss nicht...»

«Mein Vetter Honoré kann mich empfehlen!»

«Verstehen Sie denn etwas vom Geschäftlichen?»

«Jawohl!»

«Könnten Sie vormittags oder nachmittags arbeiten, je nachdem, wie es mir passt?»

«Vor- oder nachmittags?» fragte Innerarity bereitwillig.

«Könnten Sie manchmal am Vormittag malen und nachmittags das Geschäft versehen?»

«Ja, Sir.»

Weniger wichtige Einzelheiten wurden sofort abgemacht. Raoul schickte den Negerjungen weg, zog den Rock aus und begann sofort, etwas in Flaschen umzufüllen - unter der Voraussetzung, dass sein Gehalt (ein mikroskopisch kleines) mit dem Tage beginnen solle, an dem sein Vetter ihn empfehlen würde.

«'Sieur Frowenfeld», rief er ein paar Stunden später unter dem Ladentisch hervor, «finden Sie, es wäre eine Schande, wenn ich ein Bild von einem Nigger malte?»

«Bestimmt nicht!»

«Oh, was könnt' ich dann für ein Bild von Bras-Coupé malen!»

Was für Inspirationen man doch in Louisiana hat!

20

Ein sehr begreiflicher Irrtum

Mr. Raoul Innerarity erwies sich als eine Perle. Es zeigte sich bereits nach wenigen Stunden. Für den Apotheker, der seine Umwelt näher kennenlernen wollte, war Raoul ein Schlüssel, eine Leuchte, ein Lexikon, ein Mikroskop, ein Adelskalender, ein Adressbuch, ein Glas Wein, eine Chronika, ein Paar Adlerfittiche, ein Witzblatt, eine Taucherglocke, ein kreolisches *Büro Veritas.* Ehe der Tag Zeit gehabt hatte, sich abzukühlen, hatte Raouls unaufhörlicher Redefluss mehr dazu beigetragen, die Geheimnisse aufzuklären, die seinen Arbeitgeber verwirrten, als es ein halbes Jahr langsamer und gewissenhafter Erforschung von seiten Josephs zu tun vermochte. Die Art, wie er eine Geschichte mit der nächsten verflocht und in einer Prozession Lufki-Humma und Epaminondas Fusilier, Zephyr Grandissime und die Dame mit der *lettre de cachet,* Demosthenes De Grapion und die *fille à l'hôpital,* Georges De Grapion und die *fille à la cassette,* Numa Grandissime, Vater der beiden Honorés, den jungen Nancanou und den alten Agricola vorführte, hätte die schlaue Beredsamkeit einer Scheherazade in den Schatten gestellt.

«Wissen Sie», sagte der junge Mann zum Schluss, «Sie müssen sich die französische Geschichte vornehmen und mit dem Alter meiner Familie vergleichen. Da reden die Leute von de Boulignys, de Sauvés, de Grandprès, de Lemoynes, de St. Maxents – ist ja alles bla-bla! Die Grandissimes sind so alt wie der Teufel. Die meisten Kreolenfamilien sind nicht so alt wie manche meiner gelbbraunen Verwandten.»

Der Apotheker merkte sehr bald, dass Raouls Behauptungen durch «ein Körnchen Salz» verbessert wurden.

Doch er war da, ein kostbarer Schatz, und Frowenfeld floh vor seinem uferlosen Redeschwall, um in Ruhe die Ahnengeschichten der Grandissimes und der De Grapions zu überdenken und angenehme Pläne für die Zukunft zu schmieden. Morgen früh würde er das Geschäft Raouls Obhut übergeben und Mr. Honoré Grandissime aufsuchen, um sich von ihm wegen Beibehaltung des geborenen Künstlers als Apothekergehilfe raten zu lassen. Morgen abend würde er dann allen Mut zusammenraffen und seine grossen, aber schüchternen Füsse vor die Türschwelle der Rue Bienville Nr. 19 dirigieren. Und am folgenden Abend würde er sich nach Doktor Keene umschauen, der vor drei Tagen, als die um Frowenfelds Ladentür herumlungernde Gruppe von Schwätzern sich verabschiedete, sehr schlecht ausgesehen hatte. Die unmittelbar vor ihm liegenden Stunden waren natürlich seinem Geschäft und dem «toten Kapital» gewidmet.

Und doch – nachdem er alles so schön geplant und geordnet hatte, schien immer noch etwas in der Luft zu hängen, das ihn bald von dieser, bald von jener Seite mit nervösem Getuschel zur Eile drängte. Anscheinend drohte ein folgenschweres Ereignis.

Ein derartiges Gefühl wäre bei den Bewohnern der Rue Bienville Nr. 19 nur zu begreiflich gewesen. Sie verlebten jetzt den zehnten Tag der ihnen zugestandenen achtzehn Tage Gnadenfrist, innerhalb deren sie ihre kleine Festung retten konnten. Denn Clotilde ahnte ja nichts von Palmyres Versicherung, dass die angezündete Opferkerze bestimmt das Geld für die Miete herbeizaubern würde, und für Aurora war es kläglich wenig, um einen Seelenfrieden zu garantieren. Doch die Damen waren beide bis zu einem gewissen Grade unpraktisch, was zwar bedauerlich war, jedoch einen Teil ihrer kreolischen Reize bildete und aus dem Fehlen eines ganz und gar strahlenden Anblicks das machte, was die Milchstrasse an einem mondlosen Himmel war. Vielleicht hatten sie sich nicht genügend bemüht, alle möglichen Mittel und Wege zu erkunden, um der finanziellen Notlage abzuhelfen, die sich ihnen mit Riesenschritten nahte. Vom kreolischen Standpunkt gesehen, waren sie allerdings keine schlechten Hausfrauen. Sie konnten sich mit einem unglaublich geringen Kostenaufwand ganz entzückend kleiden und konnten ein sattes Lächeln aufsetzen, auch wenn der Hunger an ihnen nagte; sie konnten den Eltern ihrer ein oder zwei Schüler sagen, sie sollten ganz nach ihrem Belieben zahlen, und dann an einen Mittagstisch heimkehren, der mitleidige Seelen zu Tränen gerührt hätte, aber sie besassen nicht die durch Übung erworbene Weisheit, die Geschwindigkeit der Rechnungen abzuschätzen, die in ihrem Lebensbereich bezahlt werden mussten. Ihre Sparsamkeit bestand darin, zu vermeiden, was die kreolische Maxime nennt: *commerce Man Lizon – qui asseté pou' trois picaillons et vend' pou' ein escalin* (gekauft für drei Picayunes und verkauft für zwei); doch ihre Sparsamkeit machte sogar den Hund zu einem Spartaner. Wenn sie auch nur halb so klug gewesen wäre, wie sie heldenhaft war, dann würde sein Futter nicht nur aus kaltem Reis, den Überresten vom Teller der Köchin, und aus dem Abschlecken des Lehmfussbodens bestanden haben.

Am Morgen, den Joseph Frowenfeld für seinen Besuch bei Monsieur Grandissime festgesetzt hatte, blieb Aurora Nancanou dicht verschleiert auf dem Bürgersteig der Rue Toulouse vor einem alten spanischen Torweg stehen, gegenüber von einer Schmiede - diese Schmiede lag zwischen einem Juwelierladen und einem grossen Weinspeicher mit Balkons und Dachfenstern. Sie zögerte weiterzugehen und erkundigte sich bei einem riesengrossen Negerfuhrmann nach dem Kontor von Monsieur Honoré Grandissime.

Noch ehe er antworten konnte, entdeckte sie selbst an einer Treppe innerhalb des Torwegs den gesuchten Namen, dankte dem Fuhrmann mit einer Höflichkeit, die auch für einen Prinzen genügt hätte, und beeilte sich, die Treppe hinaufzugehen. Ein verlockender Duft nach warmem Zwieback stieg aus einer Bäckerei im gepflasterten Hof auf, drängte sich durch den Torweg und die Treppe hoch und begleitete sie bis in das gruftähnliche Schweigen des Kontors. Etwa vierzehn Schreiber waren hier beschäftigt. Es war eine Grandissime-Versammlung: mehr als die Hälfte standen schon in der Lebensmitte, und manche waren noch älter. Einer oder zwei sahen mit den edlen silbernen Locken so hübsch aus, dass fast jede Frau, zum

Beispiel Clotilde, gedacht hätte, «der hier oder der dort ist sicher der Prinzipal des Hauses». Aurora näherte sich der Schranke, hinter der die schweigenden Arbeitsbienen sassen, und blickte in die entlegenste Ecke des Raums. Dort sass an einem grossen Pult ein magerer, kränklicher Mann mit sehr entzündeten Augen und schnitt sich mit privilegiertem Lärm einen Federkiel zurecht.

Sie räusperte sich sehr leise.

Ein junger Mann legte sein Lineal hin und trat mit einer stummen Verbeugung an die Schranke. Sein Gesicht sah erschöpft aus. Wahrscheinlich ein Nachtschwärmer - doch seine Verbeugung war musterhaft.

«Madame?» fragte er leise.

«Ich möchte Monsieur Grandissime sprechen», sagte sie auf französisch.

Der junge Mann antwortete ihr auf englisch.

«Sie sind eine Mieterin, nicht wahr?»

«Ja, Sir.»

«Dann müssen Sie mit Monsieur De Brahmin sprechen.»

«Nein, Sir, ich will Monsieur Grandissime sehen.»

«Monsieur Grandissime empfängt keine Mieter...»

«Aber ich muss Monsieur Honoré Grandissime persönlich sprechen!»

Aurora hob ihren Schleier hoch und legte ihn über den Hut zurück.

Der Angestellte durchquerte daraufhin das Kontor und ging zu dem abseits gelegenen Pult. Die Gänsefeder des Mannes mit den kranken Augen kratzte lauter - kratz-kratz -, als versuchte sie, sich unter der Schwelle von Rue

Bienville Nr. 19 hindurchzukratzen; dann war nichts mehr zu hören. Der Angestellte hatte eine Hand auf den Rücken und die andre auf das Pult gelegt und murmelte ein paar Worte, worauf der andre, nachdem er Aurora angeblickt hatte, eine kurze, leise Antwort gab und seine Gänsefeder wieder aufnahm. Der Angestellte kehrte zurück, trat durch einen Durchlass und führte sie in ein reich ausgestattetes, entlegenes Zimmer, bot ihr mit einer höflichen Verbeugung einen Sessel an und verschwand wieder.

«Nach achtzehn Jahren!» dachte Aurora, als sie sich allein sah. Achtzehn Jahre war es her, seit ein Repräsentant der De Grapion-Linie einem Grandissime gegenübergestanden hatte; auch wenn es nur ein angeheirateter De Grapion gewesen war, so war er doch ihr verstorbener Mann gewesen. Wie viele Jahre verflossen waren, seit ihr Grossvater, Georges De Grapion, Dragonerhauptmann, seine verhängnisvolle Begegnung mit einem Mandarin de Grandissime gehabt hatte, vermochte sie nicht zu sagen. An der Wand ihr gegenüber hing das Bildnis eines jungen Mannes in einem Harnisch, der sehr gut Monsieur Mandarin sein konnte. Sie spürte, wie das Blut ihrer Rasse heisser durch ihre Adern floss. «Unverschämte Gesellschaft!» dachte sie bei sich. «Wir haben keine Männer mehr, euch zu besiegen, aber wartet nur! Wartet ab und seht, was eine Frau ausrichten kann!»

Solche Gedanken flogen ihr durch den Kopf, während ihre Blicke durchs Zimmer wanderten. Irgend etwas musste sie an Frowenfeld erinnert haben, und ein Gefühl, halb empört über ihre Erzfeinde, halb amüsiert über den Apotheker, zwang sie zu einem leisen Lächeln. Das Lächeln hatte ihr Gesicht noch nicht verlassen, als ihr Blick auf einen Spiegel fiel.

Sie sprang fast in die Höhe.

Nicht etwa, weil sie im Spiegel einen jungen Mann sah, der einen Brief las, während er in einer Nische hinter einem kostbaren Schreibtisch sass, auch nicht, weil er sie vielleicht beobachtet hatte, denn es war durchaus möglich, dass er, um eine vorzeitige Unterbrechung seiner Tätigkeit zu verhindern, vermieden hatte, sich zu erheben, auch nicht, weil er offenbar Honoré Grandissime war, sondern weil Honoré Grandissime, falls er es war, der gleiche Mann sein musste, den sie in der Apotheke gesehen hatte, als er ihr den Rücken zuwandte, und der Reiter, dessen Pferd sie vor zehn Tagen in den Staub gestossen hatte, der «Dragonerleutnant», der sich beim Ball demaskiert und vor dem sie sich demaskiert hatte. Sie musste fliehen! Aber wohin? Und wie? Es war zu spät; sie hatte nicht einmal Zeit, ihren Schleier herunterzulassen. Monsieur Grandissime blickte zum Spiegel auf, liess mit einem betroffenen, leichten Zusammenschrecken den Brief fallen und kam rasch auf sie zu. Ihre Verlegenheit verriet sich einen Augenblick in der Röte, die ihre Wangen überzog, aber im nächsten Moment stand sie auf, zwar innerlich ganz verwirrt, jedoch mit einem Gesicht, das so beherrscht war, wie es der angeborene Charme ihrer Augen zuliess.

Er bat sie in feinstem Pariser Französisch: «Bitte behalten Sie Platz, Madame!»

Sie sank wieder auf den Sessel.

«Sie wollten mich sprechen?»

«Nein, Sir!»

Sie wusste keinen Ausweg, denn «ja» konnte sie nicht sagen.

Eine Pause entstand.

«Was wünschen Sie?»

«Ich möchte Monsieur Honoré Grandissime sprechen.»

«Der bin ich, Madame!»

«Oh!» rief sie mit engelhaftem Lächeln. Sie hatte ihren Verstand wieder beisammen und war kampfbereit. «Sie sind nicht einer von seinen Angestellten?»

Monsieur Grandissime lächelte leise und dachte bei sich: «Du kleine Honigbiene willst mich also stechen?» Und dann antwortete er: «Nein, Madame, ich bin der, den Sie zu sprechen wünschen.»

Ihr Stolz bäumte sich auf. «Und ich», dachte sie bei sich, «bin die Dame, die Sie seit dem Ball zweifellos sehnlichst wiedersehen wollten!» Doch ihre Miene war unerschütterlich ernst. Sie führte das Taschentuch an die Lippen und reichte ihm den Brief des Vermieters.

«Ich erhielt dieses Schreiben vergangenen Montag von Ihrem Kontor.»

Sie hatte den Zeitpunkt mit leichter Betonung genannt: es war der Tag, an dem sie den Unfall gehabt hatte.

Honoré Grandissime hatte das Schreiben erst halb auseinandergefaltet, denn er hielt es für ratsam, seinen ganzen Verstand und Witz zusammenzunehmen, um klug und weise zu antworten, und als sie seinem Ruf Folge leisteten, ergoss sich ein so strahlender Adel über sein Gesicht und seine Person, dass Aurora innerlich überrascht war, auch wenn sie über ihren Hieb frohlockte.

«Am vergangenen Montag?»

Sie verneigte sich ein wenig.

«An dem Tag stiess mir ein ernstliches Unglück zu», sagte Honoré Grandissime.

«Oh, wirklich?» fragte die Dame und zog höflich bekümmert die Augenbrauen in die Höhe. «Aber Sie haben sich wohl völlig davon erholt?»

«Ich war es, Madame, der Ihnen an jenem Abend eine Beleidigung zufügte, die Sie, fürchte ich, nie verzeihen werden!»

«Im Gegenteil!» protestierte Aurora grosszügig. «Ich bin's, die sich entschuldigen sollte. Ich fürchte, ich habe Ihr Pferd verletzt?»

Monsieur Grandissime lächelte und öffnete das Schreiben, warf einen Blick darauf und sagte nachlässig: «Meinem Pferd geht es sehr gut, danke!»

Doch als er den Brief las, wurde sein Gesicht sehr ernst, und er schien erstaunlich lange zu brauchen, um ihn zu Ende zu lesen.

«Er überlegt sich, wie er mich loswerden kann», dachte Aurora. «Er denkt sich einen Vorwand aus, unter dem er mich wegschicken kann, und wenn der 10. März kommt, setzt er uns auf die Strasse!»

Monsieur Grandissime reichte ihr den Brief, aber sie streckte die Hand nicht danach aus.

«Seien Sie versichert, Madame, ich würde es nie zugelassen haben, dass ein solcher Brief an Sie abgeschickt wird! Ich bin nicht der Honoré Grandissime, der den Brief unterzeichnet hat.»

Auroras Lächeln deutete an, dass das genau die Ausrede war, die sie erwartet hatte. Wäre sie zu Hause gewesen, hätte sie sich aufs Bett geworfen. Jetzt lächelte sie nur nachdenklich zum Bild eines ostindischen Hafens auf und faltete und kniff ihr Taschentuch zusammen.

«Es verhält sich nämlich so», begann Honoré (mit einem Lächeln, das bedeuten sollte: «Sie wissen es ja genau»), «dass es zwei Honoré Grandissime gibt. Der Grandissime, der Ihnen diesen Brief geschrieben hat, das ist ein Farbiger...»

«Oh!» rief Aurora, und ihre Augen funkelten mutwillig.

«Wenn Sie mir das Schreiben anvertrauen wollen», fuhr Honoré ruhig fort, «werde ich ihn aufsuchen und verspreche Ihnen, dass Sie nicht weiter belästigt werden. Natürlich meine ich nicht, dass ich es selbst bezahlen will - ich würde es nicht wagen, mir eine solche Freiheit herauszunehmen!»

Und schon spürte er, dass er in seiner Hilfsbereitschaft einen Schritt zu weit gegangen war.

Aurora erhob sich stumm und abweisend.

Sie lächelte und spöttelte jetzt nicht, sondern nahm das Schreiben in Empfang und sagte: «Besten Dank, Monsieur, aber es könnte ihm seltsam vorkommen, seinen Brief in der Hand von jemand zu sehen, der kein Interesse an der Angelegenheit hat. Ich werde mich selbst darum kümmern.»

«O du kleine Circe», dachte er, als er ihr ernst und aufmerksam zuhörte. «Das ist nun wirklich eine Miene, die dir am allerbesten steht, Ball hin oder her!» Eine Tatsache, die der kleinen Circe natürlich wohlbekannt war.

Er begleitete sie zur Tür, die ins Kontor führte, und das Dutzend Schreiberseelen, denen es gelang, einen Blick auf die beiden zu erhaschen, mussten unwillkürlich denken, dass sie noch nie ein schöneres Paar gesehen hatten. Aber Aurora zog ihren Schleier herunter, verbeugte sich höflich, aber bestimmt, und trat hinaus.

Monsieur Grandissime ging in seinem Privatkontor auf und ab und zündete sich eine Zigarre an.

Der Angestellte, der vorhin Aurora eingelassen hatte, erschien und überreichte ihm ein Stück Papier, auf dem ein Name stand. Honoré faltete es zweimal zusammen, blickte aus dem Fenster und nickte schliesslich. Der Angestellte verschwand. Joseph Frowenfeld stand einen Augenblick auf der Schwelle und trat dann mit einem herzlichen «Guten Morgen» auf Honoré zu.

«Guten Morgen!» grüsste Monsieur Grandissime.

Er lächelte und streckte die Hand aus, doch er tat es so geistesabwesend und mechanisch, dass Joseph sich wunderte, weil er etwas ganz anderes erwartet hatte.

«Womit kann ich Ihnen dienen, Mr. Frowenfeld?» fragte der Kaufherr und blickte an Joseph vorbei ins Kontor. Seine Reserviertheit bestand fast ausschliesslich in Josephs Einbildung, und doch wäre der Apotheker am liebsten fortgegangen, ohne zu antworten.

Dann überwand er sich: «Ein junger Mann, den ich anstellen möchte, beruft sich auf Ihre Empfehlung!»

«So? Wer ist denn das?»

«Ihr Vetter, scheint's. Raoul Innerarity.»

Monsieur Grandissime stiess ein leises, kurzes Lachen aus und näherte sich seinem Schreibtisch.

«Raoul? O ja, Raoul kann ich Ihnen empfehlen. Als Gehilfe? Der beste Mann, den Sie finden können!»

«Danke, Sir», erwiderte Joseph kühl. «Guten Morgen!» Und er wandte sich zum Gehen.

«Mr. Frowenfeld, reiten Sie gern?»

«Ich bin früher geritten», antwortete Joseph, drehte sich, den Hut noch in der Hand, wieder um und wunderte sich, was eine solche Frage wohl bedeuten könne.

«Wenn ich Ihnen übermorgen nachmittag um vier Uhr ein Reitpferd schicke, wollen Sie dann mit mir ausreiten? Vielleicht ein oder zwei Stunden?»

Joseph war noch erstaunter. Er zögerte, nahm die Einladung an und verabschiedete sich mit einem «Guten Morgen».

21

Doktor Keene findet seine Kugel wieder

Die Aufmerksamkeit des Apothekers wurde, als er die Zivilisation seiner Umgebung studierte, schon früh auf die Tatsache gelenkt, dass sie nur dank unaufhörlicher Wiederholungen den zerbrechlichen doppelten Boden ihrer sozialen Irrtümer bewahrte. Unzufrieden mit sich selbst, weil er die Einladung zum Ausritt angenommen hatte, betrat er sein Geschäft und entnahm dem begeisterten Redefluss seines Angestellten, dass Honoré Grandissime, f. m. c., auf einem seiner Erkundungsgänge in der Apotheke gewesen sei und wahrscheinlich mit seinem Mieter hatte sprechen wollen.

«Ich finde, jeder weisse Mann ist ein Gentleman; aber wenn er nicht rein weiss ist, kann er so gut sein wie ein Engel, ein Gentleman ist er doch nicht.»

Raoul richtete seine Worte an einen Mann, der aufgestanden war und Frowenfeld einen Zettel übergab. Ein Schuss Tabaksaft und ein «Hm!» bestätigte, dass er die Ansicht des Kreolen teilte. Der Zettel wies kein Datum auf und war mit Bleistift bekritzelt:

Lieber Joe, besuchen Sie mich bitte heute abend! Ich liege mal wieder auf der Nase. Brauche in einer kleinen Sache Ihre Hilfe.

Herzlichst
Keene

Ich habe entdeckt, wer…

Der Apotheker überlegte. «Ich habe entdeckt, wer...» Aha! Doktor Keene hatte entdeckt, wer Agricola erstechen wollte.

Im Laufe des Nachmittags wurde er wiederholt aufgehalten, aber gegen Sonnenuntergang zog sich Frowenfeld um und ging aus. Nach seinem Krankenbesuch beim Doktor wollte er, falls er sich nicht unerwartet verspätete, zu den Damen in der Rue Bienville Nr. 19 gehen. Es wurde kalt, schlechtes Wetter war im Anzug.

Er fand den Doktor im Bett, abgezehrt, heiser, verdriesslich und fast zu schwach, um zu sprechen. Er konnte nur flüstern, und als sein Freund sich über das Kissen beugte, schalt er: «Meine verdammte Lunge!»

«Eine Blutung?»

Der Kranke hob drei Finger in die Höhe – kleine, sommersprossige Finger.

Joseph wagte es nicht, sein Mitleid zu zeigen, doch überhaupt kein Gefühl zu äussern, schien unmanierlich, deshalb begann er, nachdem er einen Moment dagestanden hatte: «Es tut mir sehr leid!»

«Bemühen Sie sich nicht!» flüsterte der Doktor, lag da und hatte die Brauen zusammengezogen. Dann flüsterte er wieder.

Frowenfeld beugte sich zu ihm hinunter, und der kleine Mann, der so lustig war, wenn er sich wohl fühlte, zischte wütend: «Setzen Sie sich!»

Erst nach längerer Zeit brach er das Schweigen: «Will Ihnen sagen, was Sie für mich tun könnten.»

«Ja...?»

«Warten Sie», hauchte der Kranke, ungeduldig die Augen schliessend, «bis ich soweit bin!»

Eine Weile lag er bewegungslos da, dann zog

er unter dem Kopfkissen eine Geldtasche hervor und entnahm ihr eine Pistolenkugel.

«Hab' das rausgeholt - vernachlässigte Wunde, als ich sie das letztemal sah.» Eine Pause, ein entsetzlicher Husten und allmählich erneutes Geflüster. «Ich hab' die Kugel sofort wiedererkannt.» Er lächelte müde. «Eigenartiges Kaliber.» Er deutete eine schwache Bewegung an. Frowenfeld erriet die Absicht und reichte ihm von einem Tischchen die Pistole. Die Kugel glitt leicht hinein. «Hab' zweihundert Dollar dafür ausgeschlagen», seufzte er und schloss die Augen. Allmählich fuhr er fort: «Patient hatte tüchtig Fieber - aber bis Sie dort sind, ist's vergangen. Möchte gern, dass Sie es übernehmen - bis ich wieder auf bin.»

«Aber, Doktor Keene...»

Mit verdriesslichem Stirnrunzeln wandte der Doktor sich ab. Doch dann - sich mühsam dazu zwingend - drehte er sich wieder um und flüsterte: «Sie meinen, weil Sie kein Arzt sind?»

«Ja.»

«Tut nichts! Die meisten verstehen kaum was davon. Sie können es! Einfache Schusswunde in der Schulter.» Pause. «Nette Wunde! Reicht von hier...» Er gab den Versuch auf, die Wunde zu beschreiben. «Sie werden's ja sehen.» Noch eine Pause. «Verstehen Sie - die Sache wurde bis jetzt nicht bekannt. Möchte nicht, dass sonst noch jemand - davon erfährt.» Er seufzte hörbar und sah aus, als wäre er eingeschlafen. Dann flüsterte er wieder: «Möcht's vor allem wegen des Übeltäters nicht.»

Frowenfeld schwieg, aber der Kranke wartete auf eine Antwort, und da er keine erhielt, blickte er mürrisch auf.

«Soll ich noch heute abend hingehen?» fragte der Apotheker.

«Morgen früh. Wollen Sie?»

«Natürlich.»

Mehrere Minuten lag der Kranke ganz still und blickte seinen Freund fest an; schliesslich spielte ein leises Lächeln um seinen Mund, ein Abglanz seiner sonst stets so übersprudelnden guten Laune.

«Braver Junge!» flüsterte er.

Frowenfeld erhob sich und zog das Bettzeug zurecht, machte ein paar Schritte und drehte sich wieder um. Die unruhigen Augen des Doktors folgten jeder seiner Bewegungen.

«Sie gehen doch?»

«Ja», erwiderte der Apotheker und hielt den Hut in der Hand. «Wo ist es?»

«Rue Bienville, Ecke Bourbon, an der oberen Flussbiegung, ein einstöckiges gelbes Haus, eine kleine Vortreppe. Kennen Sie das Haus?»

«Mir scheint so.»

«Gute Nacht! - Halt! Schicken Sie mir die Schwarze her, wenn Sie gehen, sie soll nach dem Feuer sehen. - Joe?» Es war ein geisterhaftes Flüstern.

Frowenfeld blieb in der Tür stehen.

«Sie nehmen mir meine Gereiztheit nicht übel, was, Joe?»

Der Apotheker lächelte, was bei ihm selten vorkam.

«Nein, bestimmt nicht.»

Er begab sich zum Haus Rue Bienville Nr.19, aber ein feiner, kalter Nieselregen setzte ein und zwang ihn zur Heimkehr. Kaum war er zu Hause, da hörte es auf zu regnen, wie der Regen das eben manchmal an sich hat.

22

Innere Kämpfe

Der nächste Morgen brach kalt und trübe an. Die Zahlen, die der Wetterbeobachter in seine Tabellen eintrug, hätten einen abergläubischen Freund besseren Wetters zu der Vermutung verleiten können, dass Monsieur Danny, der Oberkobold für Streit und Zwietracht, sein Unwesen zwischen den Luftströmungen getrieben habe. Als der heissblütige südliche Himmel auf die Erde schaute und sechs- bis siebentausendfünfhundert seiner Lieblingskinder aufgeregt und verfroren sah, versuchte er zwei Stunden lang vergebens, mit ein wenig gefrorenem Sonnenschein auf sie herabzulächeln, und brach schliesslich in Tränen aus.

Indem der Himmel sich solchermassen der Verzagtheit überliess, ahmte er leider ein ähnliches Verhalten Aurora Nancanous nach. Nie war jemand in fröhlicherer Laune heimgekehrt als Aurora, nachdem sie Honorés Kontor verlassen hatte. Auf Grund von ein paar kleinen Entdeckungen, die sie dort gemacht hatte, konnte sie wieder Luftschlösser bauen. Sollte sie Clotilde davon erzählen? Ach, aber weshalb? Clotilde war eine so gute Tochter – nicht viele Mütter hatten solche Töchter wie Clotilde; aber in manchen Dingen war sie wirklich übergewissenhaft. Als sie deshalb von ihrem Gang nach Hause kam und tief überzeugt war, dass sie in Zukunft nicht mehr von dieser Mietsache hören würde, als ihr genehm war, umging sie es klugerweise, sich von ihrer Tochter ausfragen zu lassen. Sie würde ihre kleinen Entdekkungen für später aufheben, wenn es vielleicht günstiger war, sie preiszugeben. Während sie ihren Hut auf den Diwan warf, rief sie mit sanftem Vorwurf: «Warum hast du mir nicht gesagt, dass Monsieur Honoré Grandissime, der edle Gernegross, einen farbigen Halbbruder mit dem gleichen Namen hat? Warum hast du's mir verschwiegen?»

«Ach, das weisst du doch so gut wie das Abc», erwiderte Clotilde neckend.

«Dann rate mal, welcher von beiden unser Hauswirt ist!»

«Welcher?»

«Ma foi! Wie soll ich das wissen? Ich musste schändlich lang warten, um *Monsieur le prince* zu sehen – bloss weil ich eine De Grapion bin, natürlich! Als ich ihn endlich zu sehen bekam, sagte er: ‹Madame, es handelt sich um den andern Honoré Grandissime!› Wir sind, scheint's, das Opfer einer Verschwörung: gehe ich zu dem andern, dann wird er mich zum ersten zurückschicken. Aber, liebstes Herz», rief sie strahlend, «ängstige und sorge dich nicht mehr! Mit dem Kummer ist es vorbei!»

«Woher willst du das wissen?»

«Mein kleiner Finger sagt es mir. Ich spüre es! Hab Vertrauen, Kind! Sieh mich an, wie glücklich ich bin! Aber du, du hast kein Vertrauen in die Vorsehung. Deshalb haben wir soviel Kummer, weil du kein Vertrauen hast. – Ach, ich bin so hungrig, lass uns rasch essen!»

«Wie sieht Monsieur Grandissime denn aus?» fragte Clotilde während ihres kargen Mittagessens.

«Wie er aussieht? Glaubst du, ich hätte gar nichts Besseres zu tun, als festzustellen, ob ein Grandissime hübsch ist? Wahrscheinlich ist er das Gegenteil. Gib mir noch ein bisschen Reis, liebes Kind!»

Aber Auroras Leichtherzigkeit hielt nicht lange an. Sie beruhte auf einem unsagbaren Geheimnis, um das nur sie allein wusste und an das sie noch immer voll zitternder Zweifel dachte – und zwar, obwohl sie doch das dunkle Orakel befragt hatte. Aber damit wollte sie aufhören. Auf die Dauer bringen solche Orakel und Zaubersprüche nur Unglück. Ausserdem war Vaudou, wenn man es übermässig betrieb, etwas Schlechtes, und sie hatte Clotilde, der drolligen kleinen Heiligen, versprechen müssen, es nicht mehr zu tun. Von jetzt an wollte sie so etwas nicht mehr machen, natürlich mit Ausnahme von gewöhnlichen kleinen Tricks gegen Unglück, zum Beispiel ein bisschen von dem, was sie ass oder trank, auf den Boden schnippen, um Monsieur Assonquer versöhnlich zu stimmen. Am liebsten hätte sie, wenn es ohne Furcht vor Entdeckung gegangen wäre, etwas mit Sirup gesüsstes Bier auf die Türschwelle gegossen – als Zauber für Papa Lébat, der die unsichtbaren Schlüssel zu jeder Tür besitzt, über die ein Freier treten könnte. Aber sie wagte es nicht – und überhaupt hätte es bestimmt der Hund abgeschleckt. Ach je, vergass sie denn, dass sie eine Witwe war?

Sie war durchaus nicht gerüstet, es mit einem eiskalten grauen Morgen aufzunehmen, und ihr Unglück wurde noch grösser, als sie beim Ankleiden merkte, dass sie etwas verloren hatte: das war ein sicheres Zeichen, dass die Liebe abkühlte! Sie hatte ein Strumpfband verloren. Und sie suchte und suchte und konnte gar nicht aufhören zu suchen, setzte sich an den Frühstückstisch und ass nichts, stand auf und suchte weiter (an dem Ding selbst lag ihr nichts) und schlug mit dem Besen nach dem Hund und zerbrach den Besen und schaute aus dem Fenster und sah den beginnenden Regen und liess sich in einen Sessel fallen und rief: «O Clotilde, Clotilde, am Samstag wird der Hauswirt kommen und uns auf die Strasse setzen», und weinte.

Der kleine Tränen-Aderlass erleichterte ihr das schwierige Geheimhalten, und sie erhob sich und war froh, dass Clotilde nicht in Seh- und Hörweite war. Das armselige Feuer im Kamin genügte, um das Zimmer zu durchwärmen; die innere Hitze machte ihr unerträglich heiss. Einerlei, ob es regnete, sie schlug die Vorhänge auseinander und schob das Fenster in die Höhe. Was für ein Ziel für Amors Pfeil war sie, als sie, am Fenster stehend, beide Arme emporreckte! Und ausgerechnet da kam, grosse Regentropfen in seinem Gefolge, der ritterlichste Mann der alten Stadt vorbeigaloppiert – und auch der geeignetste, um die feine, altmodische Poesie des Bildes vollkommen zu machen.

«Clotilde!» rief sie ihrer eintretenden Tochter vom Spiegel aus zu, wohin sie gelaufen war, um festzustellen, ob ihr Gesicht noch Tränenspuren zeigte, «nie werden wir von Honoré Grandissime einfach auf die Strasse gesetzt werden!»

«Warum nicht?» fragte Clotilde, blieb stehen, vergass Auroras Glauben an die Vorsehung und erwartete zumindest die Nachricht, dass Monsieur Grandissime tot in seinem Bett aufgefunden worden sei.

«Warum nicht? Weil ich ihn gerade sah! Er ist vorbeigeritten. Ein Mann mit einem so edlen Gesicht würde nie dergleichen tun!»

Clotilde war erstaunt und blickte ihre Mutter forschend an. Sprach sie so von einem Grandissime? Aber Aurora war die verkörperte Unschuld.

Clotilde lachte spöttisch.

«Impertinente!» rief die andre und bemühte sich, ernst zu bleiben.

«Oh», spöttelte Clotilde weiter, «und was für ein Gesicht hatte er, als er den Brief schrieb?»

«Was für ein Gesicht?»

«Ja, was für ein Gesicht!»

«Ich weiss nicht, von was für einem Gesicht du redest!»

«Was für ein Gesicht», wiederholte Clotilde, «hatte Monsieur Grandissime an dem Tag, als er den Brief schrieb?»

«Pffft», machte Aurora und wandte sich ab. «Du weisst nicht, was du redest! Wie abscheulich du bist!»

Clotilde war ans Fenster getreten und hatte es geschlossen, weil es hineinzuregnen und zu wehen begann. Während sie sich umwandte, fiel ihr Blick auf eine ferne Gestalt.

«Ist was?» fragte Aurora von ihrem Kaminplatz aus.

«Nichts», antwortete Clotilde, die von Sensationen genug hatte. «Ein Mann geht durch den Regen.»

Es war der Apotheker aus der Rue Royale, der in die Rue Bourbon einbog und vor dem stürmischen Nordwind den Kopf geduckt hatte.

23

Frowenfeld hält sein Versprechen

Doktor Keene hatte sich gründlich ausgeschlafen und seine Gereiztheit überwunden. Er lag im Bett und genoss die Stille nach dem Sturm. Manchmal lächelte er vor sich hin, schloss die Augen und schlug sie wieder auf, brummelte etwas und wandte den Kopf wohlig lächelnd auf die Seite. Als Wind und Regen stürmisch gegen das Fenster peitschten, hätte er fast gelacht.

«Jetzt steckt er drin», flüsterte er. «Muss wohl gerade dort ankommen. Ich gäbe fünfzig Dollar, könnte ich beobachten, wie er ins Haus tritt und sieht, wer es ist!»

Während der kranke Doktor beinah schadenfroh an die dem Apotheker bevorstehende Überraschung dachte, wich Joseph Frowenfeld auf einer schmalen Vortreppe vor der sich nach aussen öffnenden Tür zurück, an die er mit aller Eile eines im Regen Wartenden geklopft hatte. Er half sogar nach, als sich die Tür öffnete, und drängte, unbekümmert um das schwarze Geschöpf, das ihm auswich, die Tür schloss und den Riegel vorlegte, an dem gutmütigen Gesicht vorbei, um sich umzuschauen, wo er war.

Doch alles übrige verschwand vor dem Anblick, der sich ihm bot. Auf einem hohen Bett mit blauen Vorhängen lag Palmyre Philosophe und betrachtete den Eindringling mit eiskalten Blicken, die ihm ein Weitergehen verboten. Sie trug ein langes, schneeweisses Hausgewand, das von einer quastengeschmückten, rotseidenen Schnur zusammengehalten wurde. Ein leuchtend buntes Tuch bedeckte ihre Knie, und eine Kette aus roten Korallen erhöhte noch den Eindruck einer unzähmbaren Schönheit.

Der Apotheker war sprachlos, und sein Unwille auf den Doktor stieg ihm heiss ins Gesicht. Da Palmyre seine Gefühle sofort verstand, war es im Grunde die beste Einführung. Doch ihren Blick änderte sie nicht.

Die Kongo-Negerin zerriss die Stille und erhob mit ihrem harten Afrikanisch Einspruch, verstummte aber nach einem einzigen Wort ihrer Herrin und zog sich zurück.

Frowenfeld hatte sich inzwischen gefasst und war ärgerlich zu dem Entschluss gekommen, weder mit sich spielen noch sich verachten zu lassen. Und auch das spürte Palmyre, noch ehe es ihm selbst recht zu Bewusstsein gekommen war.

«Doktor Keene...», begann er, brach aber vor ihrem unangenehmen Blick ab.

Sie regte sich nicht und sprach auch nicht.

Dann besann er sich plötzlich und nahm seinen tropfnassen Hut ab.

Sofort leuchtete es sichtlich befriedigt in ihrer hoheitsvollen Miene auf. Es verlieh dem Apotheker Mut zum Weitersprechen.

«Der Doktor ist krank. Er hat mich gebeten, Ihre Wunde zu verbinden.»

Sie bewegte kaum merklich den Kopf und zeigte auf einen Stuhl in der Nähe des Kaminfeuers.

Er nahm Platz und war froh, seine Sachen etwas trocknen zu können. Er setzte sich näher ans Feuer und blickte in die Flammen. Als er nach einer Weile aufsah und der Frau seinen vollen Blick zuwandte, bemerkte er, dass sie ihn noch immer mit scheinbarer Kälte, aber auch mit heimlichem Interesse, ja mit Überraschung und Bewunderung betrachtete, die sie aber erst recht zu verheimlichen suchte. Dann unterdrückte sie das Gefühl. Sie verabscheute die Männer.

Frowenfeld konnte ihr, sogar während seine Blicke den ihren begegneten, ihre feindselige Einstellung nicht übelnehmen. Wieviel ungezählte Scharen würden am Tage der Grossen Abrechnung antreten und sich mitschuldig bekennen müssen für dieses lebendige Zeugnis der Schmach zweier Rassen - die giftige Blüte des Verbrechens, das aus dem Verbrechen erwuchs - die entscheidende und unwiderlegliche Anklägerin des weissen Mannes - diese scheinbare Mörderin! Er schaute wieder ins Feuer.

Dann sprach die Patientin: *«Eh bi'n, Miché?»* Ihr Blick war hart, aber weniger aggressiv. Er hörte die schurrenden Schritte der alten Negerin; dann erschien sie mit heissem und kaltem Wasser und frischem Verbandzeug. Sie stellte es ab und zögerte noch.

«Sie haben kein Fieber mehr», sagte der Apotheker, als er neben dem Bett stand und seine Finger um ihr Handgelenk legte. Sie schob sie weg, und ihre leidenschaftlichen Augen blickten ihn wieder mit kalter Feindseligkeit an.

Der Apotheker wurde diesmal nicht rot, sondern bleich. Er wollte sagen: «Sie beleidigen mich», aber statt dessen presste er die Lippen fest zusammen. Zwei tiefe Falten zeigten sich zwischen seinen Augenbrauen, und seine Augen gaben Antwort genug. Während dann das

Blut wieder in sein Gesicht strömte, sagte er, jedes Wort betonend: «Sehen Sie doch bitte ein, dass Sie mir vertrauen müssen!»

Sie hatte sein Englisch vielleicht nicht verstanden, aber begriffen hatte sie es trotzdem. Einen Moment sah sie starr vor sich hin, dann schloss sie die Augen und drehte sich etwas auf die Seite. Frowenfelds Arm half ihr in eine sitzende Stellung, und er legte ihr den Schal um die Schultern.

«Zizi», rief sie, und die Negerin, die völlig bewegungslos dastand, seit sie Wasser und Verbandstoff gebracht hatte, kam näher und entblösste die schöne Schulter Palmyres. Als Frowenfeld seine Hand ausstreckte, hob sie abwehrend die Hand, aber er schob sie freundlich und energisch beiseite und überliess sich schweigsam und geschickt seiner Aufgabe. Seine vorsichtige Berührung, die sanfte Bestimmtheit und die rasche Art, wie er arbeitete, flössten Palmyre nicht nur ein angenehmes Gefühl von Sicherheit, Trost und Ruhe ein, sondern überraschten sie.

Die Quarteronin war eine Frau, die ihr Leben lang eine Abwehrstellung gegen eine unbarmherzige Welt einnehmen musste. Mit höchstens einer Ausnahme war der Mann, der sich jetzt um sie bemühte, in ihrem Leben der einzige, dessen Worte und Gesten den tiefen Respekt durchschimmern liessen, den jede Frau von einem Mann verlangen darf. Übrigens gehörte sie ja laut einem unerbittlichen Urteil zum «glücklichsten Volk unter der Sonne». Wir sollten das nicht mehr sagen.

Soweit sie es bisher erlebt hatte, betrachteten alle Männer der mächtigen und überlegenen Rasse sie als ihre rechtmässige Beute, und die drei Viertel des ihr vermachten Blutes gewährten ihr keinerlei Vorrechte. Der Mann vor ihr war anders. Es war ein grundlegender Unterschied, der den Apotheker, sobald sie es entdeckt hatte, in ihren Augen verherrlichte. Da schmolz die Eiseskälte in ihren Augen, und ein freundlicherer Glanz belohnte den jungen Mann für seine Mühe. Er verlangte noch mehr Kissen, machte ein bequemes Nest und liess sie sacht hineinsinken. Dann nahm er seinen Hut und ging.

Nachdem er sich in die letzten Schauer des Sturms hinausgeflüchtet hatte, dauerte es noch manche Stunde, bevor ruhigere Bilder die Vision von der Quarteronin und ihrem Lager verdrängten, als ihre Finger jene unsichere Handbewegung zum Verschluss ihres Kleides machten, wie sie bei Frauen üblich ist, wenn sie nicht ganz sicher wegen ihres Déshabillés sind, und als sie ihm mit der Hoheit einer Kaiserin ein unhörbares Lebewohl entbot.

24

Frowenfeld erhebt Einwände

Am Nachmittag des gleichen Tages, an dem Frowenfeld das Haus der Quarteronin aufgesucht hatte, schlug das Wetter um, das für seinen Vorsatz so ungünstig gewesen war. Es hörte auf zu regnen, der Wind drehte nach Süden, und das Barometer versprach einen heiteren Himmel. Deshalb beschloss er, anstatt weiter seine Wetterbeobachtungen zu machen, sein Geschäft der Obhut von Monsieur Raoul Innerarity zu überlassen und sowohl Mademoiselle Clotildes abwehrende Haltung wie auch Auroras scheinbare Herzlichkeit näher zu erforschen und sie in der Rue Bienville Nr. 19 zu besuchen.

Warum er gehen sollte, das war eine Frage, die der Apotheker nur zum Teil beantworten konnte. Er hätte gern genau gewusst, was für eine Notwendigkeit vorlag, was für ein Nutzen daraus entspringen sollte und was dann als nächstes zu geschehen hatte. Dass er nur ging, weil er dazu aufgefordert worden war, einzig, um die gleiche Luft wie sie zu atmen, wenn er jetzt scheinbar nachlässig zu ihnen strebte – diesen Schluss liess er auf keinen Fall zu. Nein, nein, seine Freude an Büchern und seine Scheu vor Frauen erhoben beide Einspruch.

Allerdings bildeten beide einen Teil des Buches, welchen er «das Studium seiner Mitmenschen» nannte – ja, das war vermutlich der Grund, den er suchte: er wollte sie als Titelseite des Bandes ins Auge fassen, an dem er jetzt studierte. Auch Barmherzigkeit mochte als Grund gelten, denn Doktor Keene hatte vor einigen Wochen seine tiefe Beunruhigung geäussert, weil sie so schutzlos waren und weil es ihnen selbst am täglichen Unterhalt fehlte: das wollte er ebenfalls unauffällig erforschen. Oder ob ihn heute abend wieder ein unvorhergesehener Umstand daran hindern würde!

Während er im Studierzimmer an seinem Tisch sass, seine Sonnenuntergangs-Eintragungen machte und überlegte, was er tun sollte, wenn Aurora ausgegangen und nur die andre allein zu Hause war, erschreckte ihn eine tiefe Stimme dicht neben seinem Kopf: *«Eh bien! Monsieur le professeur!»*

Schon am Tonfall, und noch ehe Frowenfeld sich umdrehte, erkannte er, dass Agricola Fusilier sehr rot im Gesicht war, und als er dann hinschaute, konnte er nur eine Einschränkung machen: das Gesicht war nicht ganz so rot wie das rote Taschentuch, in dem sein Arm wie in einer Binde steckte.

«Was haben Sie denn da?» fragte der alte Mann, nahm seine freie Hand vom bandagierten Arm weg und legte sie auf die Buchseiten, während Frowenfeld hastig aufstand und versuchte, das Buch zuzuklappen.

«Persönliche Notizen», erwiderte er, errötete vor Verwirrung und Unwillen und bemerkte, dass Agricola seine Brille verkehrtherum aufgesetzt hatte. Es gelang ihm, die vorhergegangene Seite aufzuschlagen.

«So? Persönlich? Nichts da! Erlauben Sie, Professor Frowenfeld, Ihnen ins Gesicht zu sagen, dass Sie der klügste und wertvollste

Mensch – Ihres Alters – im heimgesuchten Louisiana sind!» Er las. «‹Morgenbeobachtung: Schlag sieben an der Kathedralenuhr, Thermometer siebzig Grad.› Ha! ‹Hygrometer 15› – aber das ist doch nicht das Wetter von heute? Ah nein, da haben wir's: ‹Barometer 30,380!› Ha! ‹Himmel bewölkt, dunkel. Wind aus Süden, schwach.› Ha! ‹Fluss steigt!› Ha! Professor Frowenfeld, wann wollen Sie der Bevölkerung Ihre unschätzbaren Dienste zur Verfügung stellen? Sie müssen es mir sagen, mein Sohn, denn ich frage nicht aus Neugier, mein Sohn, sondern ich frage aus ungeduldigem Interesse.»

«Ich beabsichtige nicht, meine Tabellen jemals zu veröffentlichen», erwiderte der «Sohn» und zerrte an seinem Buch.

«Aber ich, im Namen Louisianas!» stürmte der alte Mann los und klammerte sich an das Buch. «Ich beabsichtige, es zu tun. Es wird veröffentlicht, jawohl, mein lieber Frowenfeld! Das Buch wird natürlich auf französisch erscheinen, eh? Sie würden doch die geheiligten Vorurteile eines edlen Volkes, dem Sie alles verdanken, nicht so beleidigen, dass Sie es auf englisch veröffentlichen? Sie... oh, da haben wir's wohl zerrissen?»

«Ich schreibe nicht Französisch», erwiderte der Apotheker und hielt die zerrissenen Ränder aneinander.

«Professor Frowenfeld, die Menschen sollen nicht isoliert leben! Was sehe ich vor mir? Ich sehe in der Person meines begabten jungen Freundes eine Ergänzung meines Selbst. Warum hat die Natur der Seele Agricolas soviel Kraft gegeben, die zerbröckelnde Festung seines Leibes zusammenzuhalten, obgleich diese Augen (die einst so stolz und scharf wie Adleraugen waren) jetzt trübe sind?»

Frowenfelds unüberwindlicher Respekt vor grauen Haaren liess ihn ausharren, aber er deutete nicht mit der leisesten Geste an, die Absichten der Natur zu kennen, und es entstand ein ernstes Schweigen.

Die zerbröckelnde Festung sprach weiter. Die Stimme klang leise wie der Anfang des langen Trommelwirbels. Agricola wusste um den Plan der Natur.

«Deshalb, Professor Frowenfeld, damit Sie mein Stellvertreter werden können! Ihr Buch muss auf französisch erscheinen. Wir müssen ihm eine weite Verbreitung ermöglichen. Es soll wertvolle geographische, topographische, biographische und historische Notizen enthalten, überdies eine Liste aller Staatsbeamten in der Provinz Louisiana, mitsamt ihren Gehältern und Nebeneinkünften. Ja, das werden wir alles aufdecken! Und ich - ha! -, ich werde ein paar politische Beiträge schreiben, die Raoul illustrieren soll. Honoré kann Ihnen das Geld für die Veröffentlichung geben. Professor Frowenfeld, der Stern Ihres Ruhmes hebt sich aus dem Meer Vergessenheit. Kommen Sie mit - ich schaute absichtlich deswegen herein -, kommen Sie mit über die Strasse und trinken Sie mit Agricola Fusilier ein Glas *taffia!*»

Der Apotheker war verrückt genug, diese hohe Ehre abzulehnen, und Agricola verzog sich unter vielen Freundschaftsbeteuerungen, aber im stillen gekränkt, weil Joseph sich nicht nach seiner Wunde erkundigt hatte.

Ohne weiteren Zeitverlust machte sich der

Apotheker sofort auf den Weg zur Rue Bienville Nr. 19.

«Wenn es morgen schönes Wetter ist», dachte er bei sich, «werde ich um vier Uhr mit Monsieur Grandissime ausreiten.»

Seine Bücher und Instrumente sahen ihn beinah vorwurfsvoll an.

Die Damen waren zu Hause. Aurora machte ihm selbst die Tür auf, und Clotilde, die am Kamin gesessen hatte, kam mit einer Herzlichkeit auf ihn zu, die nie zuvor so rückhaltlos gewesen war. In der schlichten, aber edlen Anmut und in der halb klassischen, halb französischen Schönheit der Damen, in einem fröhlichen Übermut, der mit hinreissender Würde gepaart war, lag etwas, das aus dem heiteren, bekränzten Umzug auf alten Fresken ins Leben gesprungen zu sein schien. Die Ähnlichkeit wurde noch verstärkt durch die Tracht der Revolutionszeit (welche durch die Entfernung von Paris sehr vorteilhaft gemässigt und zeitlich aufgehalten worden war). Ihr schwarzes Haar, das bei Clotilde noch dichter und etwas gewellt und zu einem griechischen Knoten geschlungen war, schmückten lediglich ein paar Blumen, die Clotilde von einem ritterlichen jungen Knaben im Hause ihrer Musikschülerin erhalten hatte.

«Wir haben Sie schon seit mehreren Tagen erwartet», sagte Clotilde, als sie zu dritt am Kamin sassen - Frowenfeld in einem Sessel, dessen Mottenlöcher sorgfältig ausgebessert waren.

Frowenfeld deutete an, dass verschiedene unaufschiebbare Pflichten sein Kommen trotz der besten Absicht verzögert hätten.

«Sie werden reich!» meinte Aurora und legte die Hände übereinander.

Darüber musste Joseph ausnahmsweise richtig lachen, und bei ihm wirkte es so komisch, dass nun auch die beiden Damen sich seinem Beispiel anschlossen. Der Ehrgeiz, reich zu werden, hatte in seinem Denken niemals Einzug gehalten, obwohl es ihm auf eine ungerührte deutsche Art in einer Stadt, der täglich mehr Reichtümer zuflossen und wo man sozusagen nur Schritt halten musste, um zu Reichtum zu gelangen, verhältnismässig gut ging.

«Sie sollten Ihr Geschäft vergrössern und sich einen Gehilfen zulegen!» riet Aurora.

Der Apotheker erwiderte, dass er schon an die Vergrösserung seiner jetzigen Räume oder an den Umzug in ein grösseres Geschäft gedacht habe, und ein Gehilfe sei bereits angestellt.

«Wer ist es, 'Sieur Frowenfeld?» fragte Aurora.

Clotilde warf der Fragenden einen vorwurfsvollen Blick zu.

Etwas voreilig antwortete Frowenfeld: «Er heisst Innerarity, Mr. Raoul Innerarity. Er ist...»

«Hat er das Bild gemalt, das in Ihrem Schaufenster hängt?»

Clotildes Miene wurde noch vorwurfsvoller.

Frowenfeld bestätigte es – vielleicht lächelte er etwas. Daraufhin stimmten die Damen ein helles Gelächter an.

«Er ist ein ausgezeichneter Apothekergehilfe», verteidigte ihn Joseph.

Worauf Aurora noch mehr lachte, sich vorbeugte und die Hand auf Clotildes Knie legte. «Ein ausgezeichneter Apo... hahaha! Oh!»

«Sie müssen uns verzeihen», erklärte Clotilde und bemühte sich, ernst zu bleiben.

Aurora schloss sich ihr an, und bald darauf sahen sich die beiden Damen und der Apotheker (der eine das Abstrakte so sehr liebend, wie die beiden andern vom Konkreten keine Ahnung hatten) in eine lebhafte, pausenlose Unterhaltung über Kunst, Gesellschaft, Klima und Bildung verstrickt - all die weitläufigen, zweitrangigen *desiderata,* welche jungem Ehrgeiz und isolierter Schönheit von erster Wichtigkeit erscheinen, flogen mit all der Lebhaftigkeit und Unsicherheit eines Versteckspiels zwischen diesen Themen hin und her.

Frowenfeld hatte noch nie eine so anregende Stunde verlebt. Gegen Ende des Gesprächs hatte er sich so wacker gegen die beiden Damen gehalten, dass sie zu einer besonderen Art Unterhaltung übergingen: Aurora brachte eine Behauptung vor, oder Clotilde warf eine Frage auf, und Frowenfeld legte seine Ansichten ohne eine Spur Zurückhaltung mit der gleichen Offenheit und Wahrheitsliebe dar, die Honoré Grandissime belustigt und interessiert hatte und die ihm die Freundschaft des Doktors und das Zutrauen des dunkelhäutigen Honoré eingetragen und das wilde Misstrauen und die Feindseligkeit Palmyres überwunden hatte. Die Damen ihrerseits hörten ihm mit gespannter Aufmerksamkeit zu, schützten ihre Gesichter vor der sengenden Glut der Flammen und antworteten auf Erklärungen, die ihrer Überzeugung diametral entgegengesetzt waren, mit einem gedehnten «O ja» oder «Gewiss» oder «Natürlich» oder - noch hübscher - mit einem ernsten Senken der Lider oder leicht zusammengepressten Lippen oder einem langsamen, leichten Kopfschütteln.

«Was die Bemühungen der Kreolen um die Kunst scheitern lässt» (wir greifen die Worte des Apothekers in einem Moment auf, wo Clotilde sich vorbeugte und beim aufrichtigen Versuch, sein abstraktes Englisch zu verstehen, leicht die Stirn runzelte), «ist, soweit ich es bisher gesehen habe, das Amateurhafte.»

«Das Amateurhafte», murmelte Clotilde; sie stützte vor lauter Eifer einen Ellbogen aufs Knie und nickte, obwohl etwas verwirrt durch die verschiedene Bedeutung dieses Worts im Französischen.

«Das heisst», fuhr Frowenfeld fort und entschuldigte sich mit einem Lächeln für die unschöne Erklärung, «es ist eine Art ehrgeiziger Trägheit, die sehr grosse Eier legt, jedoch weder die Notwendigkeit erkennt, vorher ein Nest zu bauen, noch die Geduld aufbringt, hinterher die Eier auszubrüten.»

«Bestimmt!» sagte Aurora.

«Es ist sehr schade», sagte der Volksredner und sah auf Clotildes Gesicht, das sich verlängert im Messing des Feuerbocks spiegelte. Nach einer Pause fuhr er fort: «Nichts auf Erden ist besser als harte und geduldige Arbeit! Doch in dieser Stadt wird Arbeit nicht geachtet; sie wird in fast all ihren Abarten verurteilt: die bescheidene Arbeit wird verachtet, und die bessere wird mit einem Gemisch aus Herablassung und Mitleid betrachtet. Die meisten Leute, die mit ihren Kunstwerken in mein Geschäft kommen, beeilen sich zu erklären, dass sie es als blossen Zeitvertreib ansehen oder dass die Armut sie dazu zwinge. Und wenn ich ihnen rate, ihre Arbeit mitzunehmen und zu beenden, dann nehmen sie sie mit und kommen nie wieder. Fleiss wird nicht nur verachtet, sondern herabgewürdigt und den afrikanischen Wilden überlassen.»

«Die Kreolen sind faul», sagte Aurora.

«Das ist ein hartes Wort für alle, die es nicht bewusst verdienen», sagte Frowenfeld, «aber wenn sie die Tatsache erkennen und selbst herausfinden könnten...»

«Bestimmt», sagte Clotilde.

«'Sieur Frowenfeld», meinte Aurora und legte den Kopf zur Seite, «manche Leute denken, es liegt am Klima. Wie finden Sie das Klima?»

«Ich glaube nicht, dass es in der ganzen Welt ein idealeres Klima gibt!» antwortete ihr Gast.

«Ohhh!» riefen beide Damen einstimmig und gaben ihm recht.

«Ich finde, Louisiana ist ein Paradies», sagte Aurora. «Wo findet man noch solche Luft?» Sie sog mit Behagen die Luft ein. «Und wo findet man einen so guten Boden? Das Unkraut in meinem Hof wird fünfundzwanzig Fuss hoch!»

«Ah – Maman!»

«Sechsundzwanzig», verbesserte sich Aurora. «Wo findet man so einen Fluss wie den Mississippi? *On dit»,* wandte sie sich an Clotilde, *«que ses eaux ont la propriété de contribuer même à multiplier l'espèce humaine – hahaha!»*

Clotilde richtete ihren Blick auf Frowenfeld, um zu hören, was er dazu meinte.

Frowenfeld hatte es sich aber angewöhnt, in Nachdenken zu versinken, sobald die französische Sprache ihn von der Unterhaltung ausschloss.

Nach einer längeren Pause sagte er: «Ja, das

Klima ist *zu* mild, und der Boden ist *zu* üppig – obwohl ich nicht glaube, dass es allein deswegen ist, wenn die Leute, die beides geniessen dürfen, so traurig hinter den Segnungen der zivilisierten Welt einherhinken.» Er errötete, weil er fürchtete, seine Worte könnten zu papieren klingen, und war Clotilde dankbar, weil sie seine Worte anscheinend verstanden hatte.

«Was meinen Sie, was der Grund ist, 'Sieur Frowenfeld?» fragte sie.

«Ich möchte nicht ins Philosophieren geraten», antwortete er.

«*Mais,* sprechen Sie weiter! – *Mais,* bitte!» sagten die beiden Damen und setzten sich behaglich hin.

Mit jäh erwachtem Eifer rief Frowenfeld: «Es ist vor allem die unzulängliche Klassenorganisation, auf der die hiesige Gesellschaft beruht und die sie anscheinend noch lange beibehalten wird, da sie gänzlich unvorbereitet und abgeneigt ist, den modernen Gedankengängen zu folgen.»

«Bestimmt», nickte Aurora, die schon das erste Wort nicht verstanden hatte.

«Weltbewegend sind heute zum Beispiel die Gedanken über die Menschenrechte, über das allgemeine Menschenrecht. Die ganze Weltliteratur steht in schroffem Gegensatz zu den Dogmen, auf denen die hiesige Gesellschaft beruht. Gerade über Menschenrechte will sie um keinen Preis etwas hören. Sie hat die Sklaverei und das Kastenwesen anerkannt und sanktioniert. Was nützt ihnen da die Weltliteratur? Sie haben es kühl abgelehnt, sich damit zu befassen, und werden, je weiter die Welt fortschreitet, immer ungebildeter werden!»

«Aber 'Sieur Frowenfeld», sagte Clotilde, als der Apotheker schwieg (Aurora schwieg ohnehin), «die Vereinigten Staaten wollen doch die Neger freilassen?»

Frowenfeld strich sich das Haar heftig aus der Stirn. Er war nun mal im Gange, da konnte er ebensogut reinen Tisch machen.

«Ich habe diesen Vorwurf erheben hören, und sogar von Amerikanern. Ich weiss nichts darüber. Doch es gibt eine Sklaverei, die keine Gesetzgebung abschaffen kann, und das ist das Kastensystem. Wie jede Sklaverei ist es eine doppelte Knechtschaft. Denn was ist das doch für eine Knechtschaft, die ein Staatswesen dazu zwingt, hinter der Intelligenz der übrigen Welt zurückzubleiben, nur um die etablierte Tyrannei beizubehalten? Was für eine Knechtschaft ist das doch, die ein Volk dazu zwingt, sich ein System sozialer und bürgerlicher Unterschiede zu eigen zu machen, das alle Greuel, aber keine Vorzüge jener Systeme besitzt, die Europa allmählich zu verachten lernt? Dieses System wird ja überdies nur durch Waffengeklirr aufrechterhalten. Wir haben hier, was man eine bewaffnete Aristokratie nennen könnte. Die Schicht, gegen die sich die Instrumente reiner Waffengewalt richten, zeichnet sich durch Dienstwilligkeit und Unwissenheit und Feigheit aus, daher die Trägheit in der herrschenden Klasse. Wenn der soziale Status eines Mannes nicht davon abhängt, ob er zu lesen versteht, ist es unwahrscheinlich, dass er ein Gelehrter wird.»

«Bestimmt», sagte Aurora und seufzte nachdenklich. «Ich glaube aber, daran ist das Klima schuld!»

Der Apotheker verstummte, wie es ein junger Mann tun sollte, wenn er merkt, dass er hohe Philosophie unter einem niedrigen Dach ablädt.

«Ich finde, man sollte die Quarteronen freilassen, ja?» Clotilde war es, die sprach, und das Heben der Stimme am Schluss ihrer Frage deutete schon die Unsicherheit ihrer verfrühten und gewagten Proklamation an.

Frowenfeld antwortete nicht übereilt.

«Die Quarteronen», sagte er, «wollen sehr viel mehr als nur solche Freibriefe. Gesetzlich geduldete Emanzipation mag ein Recht sein, das zurückzuhalten der Mensch kein Recht hat, und daher ist es für sie wenig mehr als krasser Hohn, bis sich auch in den Herzen und Köpfen des Volkes die Emanzipation eingenistet hat. Sagte ich ‹des Volkes›? Ich meinte die herrschende Klasse.» Er brach wieder ab. Man muss sich unvermeidlich ein bisschen töricht fühlen, wenn man Kegel für Damen aufstellt, die zu höflich sind, sie umzustossen (auch wenn sie es könnten).

Aurora und der Gast begannen gleichzeitig zu sprechen, beide entschuldigten sich, und Aurora sagte: «'Sieur Frowenfeld, als ich noch ein kleines Mädchen war...» (und Frowenfeld wusste, dass er die Geschichte Palmyres hören würde).

Während Clotilde sich erhob, um das Feuer zu schüren, fragte Aurora, warum sie nicht die Köchin riefe, es zu tun, und Frowenfeld sagte: «Darf ich bitte?» Er legte etwas Holz nach und setzte sich dicht neben Clotilde. Aurora konnte das Wort ergreifen.

25

Aurora erzählt von der Vergangenheit

Wie schade, dass das Grammophon erst an die hundert Jahre später erfunden wurde! Wenn doch Druckbuchstaben nur die Hälfte der drolligen Ausdrücke Auroras, den schelmischen, pathetischen, ernsten, sachlichen oder begeisterten Tonfall ihrer Stimme, ja wenn sie doch die Gesten ihrer Hände, die Beredsamkeit ihrer Blicke oder das liebliche Spiel ihrer Lippen wiedergeben könnten - aber ach, die schwarzen Lettern und selbst das Grammophon sind so unzulänglich! Manchmal lachte sie; manchmal stimmte Clotilde zu ihrer eigenen Überraschung mit ein, und ein- oder zweimal entlockte sie zu ihrem eigenen lebhaften Vergnügen sogar dem sturen Apotheker ein Lachen. Manchmal schüttelte sie in gerechtem Zorn den Kopf, und als sie in ihrer Erzählung zu dem Punkt kam, wo Palmyres Schicksal sich eine Zeitlang mit dem von Bras-Coupé kreuzte und Frowenfeld ihr interessiert eine Frage nach dem seltsamen Mann stellte, sprangen ihr die Tränen in die Augen, und sie antwortete: «Ach, 'Sieur Frowenfeld, wenn ich versuchen wollte, die Geschichte Bras-Coupés zu erzählen, müsste ich wie ein kleines Baby weinen!»

Der Bericht über die Kindertage auf Cannes Brûlées kann übergangen werden. Als Palmyre gerade erst fünfzehn war, da vermochte der Freund sowohl ihres Herrn wie Agricolas, ein Kaufmann aus Kentucky, Monsieur De Grapion zu überreden, sie in das Haus der Grandissimes zu schicken – ein Geschenk Agricolas an Mademoiselle, seine Nichte, aber nach zehn Jahren zurückzugeben.

Die Reise verlief ohne Zwischenfälle, und Palmyre wurde ihrer neuen Herrin vorgestellt. Es war eine denkwürdige Stunde. Den Mittelpunkt bildete in einem hohen Lehnstuhl der Grossvater, ein Chevalier de Grandissime, dessen Hauptbeschäftigung sich jetzt nur noch darauf beschränkte, auf der Veranda zu sitzen und seine Orden und Ehrenzeichen zu tragen, zu denen auch das Kreuz von Louisiana gehörte; zu seiner Rechten sass Oberst Numa Grandissime, der seinen Arm um Honoré gelegt hatte: er war damals ein Knabe im gleichen Alter wie Palmyre und hoffte, in zwei Monaten zum Studium nach Frankreich zu gehen; und links von ihm war Honorés schöne Schwester, die sich an die Schulter ihrer Mutter, der «Madame Numa», schmiegte, wie die Kreolen sie nannten: eine stattliche Frau und eine Schönheit, die ihren Bruder Agricola sehr bewunderte. (Aurora erklärte, dass sie diese Einzelheiten von Palmyre erfahren habe.) Ein entfernter junger Verwandter, ein zwanzigjähriger Don, der nicht im Herrenhaus wohnte, war Auroras Vetter mütterlicherseits. Als einziger Repräsentant «der anderen Seite» und zur Besiegelung des stillschweigenden Übereinkommens Grandissime-De Grapion war er an diesem Abend als Gast eingeladen worden. Wie ein echter Spanier verliebte sich Don José Martinez unsterblich in Honorés Schwester. Auch noch andre Gäste waren da, denn im Herrenhaus der Grandissimes wimmelte es stets von Grandissimes.

Dann erschien Agricola, der Palmyre an der Hand hereinführte.

In diesem Haus wuchs Palmyre zum jungen Mädchen heran, und sie nahm ohne Unterbrechung den Platz ein, der ihr in unbestreitbarer Überlegenheit über andre Bewerberinnen gebührte: als Lieblingsgefährtin der Schwester Honorés. Sie war wirklich die Gefährtin, denn sie wirkte nicht wie eine Dienerin. Sie wurde gross und schlank, geschmeidig und hoheitsvoll und dabei fleissig, gepflegt, zuverlässig und verschwiegen. Ihre neue Herrin, obwohl kaum älter als sie selbst, war doch eindeutig ihre Gebieterin: sie hatte echtes Fusilier-Blut (gerade jetzt begann es sich zu zeigen, dass die Mischung Fusilier-Grandissime eine prächtige Abart war), und es war eine Freude, ihr zu gehorchen. Palmyre liebte sie und hörte durch diesen Kontakt auf, das zu sein, was sie in Cannes Brûlées gewesen war: das Leoparden-Hätscheltierchen.

Honoré ging schon zwei Monate nach Palmyres Ankunft nach Paris, doch selbst das war nicht früh genug.

«'Sieur Frowenfeld», unterbrach Aurora ihren Bericht, «Palmyre hat mir das nie erzählt, aber ich bin sicher, ganz sicher, dass sie sich in Honoré Grandissime verliebt hatte. Ich finde, dass Honoré Grandissime ein schlechter Mensch ist. Wie denken Sie darüber?»

«Wie ich Ihnen schon letzthin sagte, halte ich ihn für einen der besten und gütigsten und aufgeklärtesten Herren in unsrer Stadt», erklärte der Apotheker.

«Haha, 'Sieur Frowenfeld!» lachte Aurora. «Hahaha!»

«Es ist meine Überzeugung!»

Aurora fuhr mit ihrer Erzählung fort: «Jedenfalls weiss ich, dass sie ihn all die zehn Jahre geliebt hat, die er im Ausland war. Sie bat Mademoiselle Grandissime, meinem Papa einen Brief zu schreiben, dass sie noch zwei Jahre länger bleiben dürfe.»

Hier übersprang Aurora Verschiedenes: sie berichtete nichts von der Episode, die Doktor Keene dem Apotheker erzählt hatte, nichts von ihrer eigenen Heirat und der Übersiedlung nach Fausse Rivière, auch nichts von dem Besuch ihres Mannes in der Stadt, der unseligen, verhängnisvollen Affäre mit Agricola und der Übergabe all ihrer Ländereien und Sklaven an den erfolgreichen Duellanten Agricola.

Trotz alledem hielt sich Monsieur De Grapion an die Abmachung wegen Palmyre, und nach Ablauf der zehn Jahre ging er zu seiner eigenen Verwunderung zustimmend auf einen Brief von Honorés Schwester ein, die mit ihrer unwiderstehlichen Freundlichkeit und Klugheit und inständigen Vorstellungen darum gebeten hatte, Palmyre noch zwei Jahre länger behalten zu dürfen; doch zu dieser Antwort fand er sich erst bereit, nachdem er und seine hübsche, betrübte Aurora sich beinah krank geweint hatten, so dass die Antwort keine Einwilligung, sondern nur ein stummes Nachgeben war.

Kurz vor der Rückkehr Honorés – und hier war es, wo Aurora den Faden ihres Berichts wieder aufnahm –, als seine seit langem verwitwete Mutter mit der Unterstützung Agricolas im väterlichen Gutshaus regierte, erschien Bras-Coupé. Von dessen Ankunft und den anschliessenden langen und vielfältigen Leiden, die sie mit sich brachte, rührte die zweite Umwandlung im Herzen Palmyres her, die sie schliesslich unbezähmbar machte und mit der Freilassung endete, welche ihr eher aus Furcht als aus Gewissensgründen gewährt wurde. Als Aurora versuchte, diese Erlebnisse zu schildern (wobei sie Bras-Coupé soviel wie möglich überging), war sie von Anfang an den Tränen so nahe, dass sie kein Wort herausbrachte, verstummte, lachte und schliesslich sagte: *«C'est tout!* Das ist alles! 'Sieur Frowenfeld, wie finden Sie das Bild dort an der Wand?»

Sie sprach so, als könne er es übersehen haben, obwohl sie genau beobachtet hatte, dass er es in der letzten Stunde mindestens zwanzigmal angeschaut hatte.

«Es ist sehr ähnlich», sagte der Apotheker, blickte Clotilde an und war nur etwas verdutzt über das eigenartige Kleid.

Die Damen lachten.

«Das ist meine Urgrossmutter», sagte Clotilde.

«Das ist eine *fille à la cassette»,* erklärte Aurora, «meine Grossmutter – aber gleichzeitig ist es auch Clotilde!» Mit ihrem beringten Finger fasste sie Clotilde unters Kinn: «Clotilde ist meine Grossmama!»

Frowenfeld erhob sich.

«Sie müssen wiederkommen, 'Sieur Frowenfeld», sagten die beiden Damen wie aus einem Munde.

Was konnte er da erwidern?

26

Ein Ausritt und eine Errettung

«Rue Douane oder Rue Bienville?»

Vor diese Wahl stellte Honoré Grandissime den jungen Frowenfeld, als er auf einem lebhaften braunen Hengstfüllen und Joseph auf einem draufgängerischen Fuchs noch in der Rue Royale in einen leichten Trab fielen, während Raoul Innerarity ihnen bewundernd nachblickte.

«Douane?» sagte Frowenfeld und meinte die Strasse mit dem Zollamt.

«Sie hat aber Schlaglöcher!» wandte Honoré ein.

«Dann also die Rue du Canal?»

«Den Kanal kann ich schon von hier riechen. Warum nicht Rue Bienville?»

Frowenfeld hatte dazu keine Meinung.

Eine widersprüchliche Topographie scheint sich dieses Stadtviertels bemächtigt zu haben. Sie ritten jedenfalls die Rue Bienville hinauf – also dem Fluss entgegen –, erreichten den Uferdamm und folgten dem Lauf des Mississippi in genau südlicher Richtung, bis sie die Tchoupitoulas-Strasse entlang galoppierten, die damals am Ostufer des Flusses verlief.

Die Unterhaltung zog sich am Anfang nur schleppend hin. Sie verharrte bei banalen Themen, oder sie hüpfte leichtfüssig von einer höflichen Frage zu einer massvollen Bestätigung und wieder zurück. Beide waren besinnliche Männer, und der eine begriff nicht recht, weshalb er mitgenommen worden war, daher seine Zurückhaltung.

Es war Anfang März und einer jener Nachmittage, an denen man sich wundert, wieso die übrige Welt es fertigbringt, nicht nach Louisiana auszuwandern.

«Ist der Frühling nicht sehr vorzeitig gekommen?» fragte Frowenfeld.

Monsieur Grandissime fand es auch, aber das schien der kreolische Frühling stets zu sein, sagte er.

Das Land war ein einziges Blütenmeer. Überall waren zahllose, emsige und muntere Vögel, die hierhin und dorthin flatterten, wie man sich Kinder im Himmel vorstellen mag. Die Orangenhaine standen in Blüte; auf ihre dunkelgrünen Zweige schien eine Weihrauchwolke hinabgeschneit zu sein, und wer gut hinhorchte, konnte das unaufhörliche Geflüster fallender Blütenblätter vernehmen. Zu dem dunklen, blanken Immergrün der Magnolienblätter gesellten sich schon Zweige mit neuen, helleren Blättern und langen, schlanken, rahmweissen Blütenknospen. Die Eichen, sowohl die kahlen wie auch die «grüngewandeten Senatoren» und die Weiden und Dattelpflaumenbäume zeigten ihre unscheinbareren Blüten, als wollten sie hinter den lachenden Gärten nicht zurückbleiben. All die Schönheit wurde noch gesteigert durch die darin versteckten Häuser, alte grosse Kolonialvillen mit zierlichen Belvederes, von denen man noch hier und da eine stehen sehen kann, halb zerfallen, hoch und weitläufig, zwischen Giessereien, Baumwoll- und Tabakschuppen, Müllabladeplätzen und Hafenarbeiterhütten – wie ein nicht eroberter

Kriegselefant unter den Trümmern der Artillerie. In Frowenfelds Tagen glich «der Duft ihrer Gewänder dem Libanon». Man konnte einen halben Blick auf sie erhaschen, wenn sich zufällig eine Lücke in den hohen Rosenhecken oder im Sandelholzgebüsch oder unter Zedernzweigen oder Paternosterbäumen und hinter Orangenhainen mit ihren langen, überhängenden Oleanderalleen auftat. Zitrone und Granatapfel, Banane, Feige, Pampelmuse und manchmal sogar der Mango und der Guavenbaum «fassten sich bei den Händen» und schüttelten ihre duftenden Locken über Lilien und Rosen aus. Frowenfeld vergass, über die mögliche Absicht hinter Honorés Einladung zum Reiten nachzudenken. Die üppige Schönheit ringsum schien ihm Grund genug, und er war froh und dankbar.

An einer bestimmten Stelle bogen die Pferde aus eigenem Antrieb oder aus Gewohnheit zum Deich ab, erklommen ihn und blieben vor dem breiten, tanzenden, eilenden, rauschenden Fluss stehen.

Der Kreole warf einen belustigten Blick auf seinen hingerissenen, selbstvergessenen jungen Freund.

«Mr. Frowenfeld», begann er, als der entzückte Apotheker sich plötzlich umdrehte und sein Lächeln sah, «das hier gefällt Ihnen besser als Diskussionen, scheint mir. Es ist für Sie leichter, mit Louisiana als mit den Louisianern im Einklang zu sein, ja?»

Frowenfeld errötete überrascht. Kürzlich hatte sich in seinem Geschäft etwas Unangenehmes zugetragen. Ob Monsieur Grandissime davon gehört hatte?

«Ich bin ja selbst ein Bewohner Louisianas», entgegnete er, als ob es sich darum handelte.

«Ich habe auch nichts andres gemeint», sagte Monsieur Grandissime mit freundlicher Geste, «und wenn Sie so empfinden, freut es mich. Wir sind jetzt Bürger einer andern Regierung als an jenem Morgen, da wir uns zum erstenmal begegneten. Und doch» – der Kreole hielt inne und lächelte –, «und doch sind Sie nicht, was wir einen Louisianer nennen, und ich bin froh darüber.»

Frowenfeld errötete noch mehr. Er drehte sich flink im Sattel um, als wollte er eine sehr deutliche Aussage machen, zauderte aber, besann sich und fragte: «Mr. Grandissime, ist Ihr kreolisches *wir* nicht ein Wort, das manchen Schaden anrichtet?»

Die erste Reaktion des Kreolen war nur ein Lächeln; danach wurde sein Ausdruck nachdenklich, und sodann antwortete er ziemlich rasch: «Ja, *mon cher Monsieur!* Aber selbst in diesem Moment vergass ich, wie Sie sehen, dass wir nicht ein anderes Volk sind. Ja, unser kreolisches *wir* vermag Schaden anzurichten, und unser kreolisches *ihr* erst recht. Ich versichere Ihnen, ich bemühe mich sehr, mein Volk zu der Einsicht zu bringen, dass es schadet, wenn man die in unser Staatswesen zugezogenen Fremden ‹Eindringlinge› nennt. So aber nannten meine Vettern 'Polyte und Sylvestre Sie neulich in der Hitze der Diskussion, wenn ich recht hörte?»

«Ich hatte es mir selbst zuzuschreiben», antwortete Frowenfeld. «Ich hatte es selbst zur Sprache gebracht.»

«Oh», unterbrach ihn Honoré Grandissime

lachend, «das glaube ich Ihnen gern. Aber es ist eine falsche Bezichtigung. Ich hab's ihnen auch gesagt. Ich weiss doch, dass ein Bürger der Vereinigten Staaten unter den herrschenden Gesetzen das Recht hat, Louisianer zu sein und so genannt zu werden - oder ein Vermonter oder Virginier, wenn er will. Und selbst wenn er sich als unehrlicher oder gefährlicher Mensch erweisen sollte, hat er ein Recht, genauso behandelt zu werden wie die Schurken und Gauner, die hier geboren sind. Das muss jeder vernünftige Mann zugeben.»

«Aber wenn sie es nicht durchführen, Mr. Grandissime, wenn sie es ständig vergessen», erwiderte ihm der gekränkte Apotheker rasch, «wenn man sich den Irrtümern und Verbrechen der Gesellschaft unterwerfen muss, wie man sie vorfindet...»

Der Kreole lachte leise.

«Parteihader, Mr. Frowenfeld - den gibt es in allen Ländern.»

«Das sagen auch Ihre Vettern», erwiderte der Apotheker.

«Und wie haben Sie ihnen geantwortet?»

«Beleidigend», antwortete Frowenfeld mit aufrichtiger Beschämung.

«Oh, das war leicht», entgegnete der andre amüsiert, «aber wie?»

«Ich sagte, wenn wir hier nur solchen Parteihader hätten, wie er im allgemeinen üblich ist, dann benähmen wir uns doch nicht so wie anderswo: in den meisten zivilisierten Ländern sei der Einwanderer willkommen, hier jedoch nicht. - Leider verstehe ich mich nicht auf die Kunst, in der Debatte höflich zu bleiben», entschuldigte sich Frowenfeld lächelnd.

«Das ist eine grosse Kunst», gab der Kreole gelassen zu und tätschelte den Hals seines Pferdes. «Wahrscheinlich wiesen meine Vettern Ihr Argument entrüstet zurück?»

«Ja. Sie behaupteten, ein ehrlicher Einwanderer sei stets willkommen.»

«Stimmt das nicht?»

«Aber, Mr. Grandissime, das hiesse vom Einwanderer verlangen, seine Ehrlichkeit unter Beweis zu stellen!» Frowenfeld sprach aus innerster Überzeugung. «Und selbst der ehrliche Einwanderer ist nur willkommen, wenn er seine persönlichen Ansichten aufgibt. Stimmt das nicht?»

Der Kreole lächelte über Frowenfelds Eifer.

«Meine Vettern beklagen sich, dass Sie Massnahmen vorschlagen, die für die herrschende Gesellschaftsordnung verhängnisvoll sind.»

«Oh», erwiderte der Apotheker unerbittlich und erregter als zuvor, «das ist es ja gerade, was die amerikanische Freiheit mich zu tun berechtigt! Hier ist eine Gesellschaftsordnung, die unvollkommen und gefährlich ist und auf Ansichten über menschliche Beziehungen beruht, welche die übrige Welt als falsch aufgibt, und doch wird der Einwanderer nur insoweit willkommen geheissen, als man ihn warnt, auch nicht mit dem kleinen Finger an diese falschen Grundlagen zu rühren.»

«Haben Sie meinen Vettern gesagt, die Grundlagen der hiesigen Gesellschaft seien falsch?»

«Zu meinem Bedauern muss ich gestehen, dass ich mich sehr schroff ausdrückte. Ich sagte ihnen auch, dass ihnen diese Tatsache insgeheim bekannt sei.»

«Da kann man wohl sagen, dass Sie aus der

Debatte ein Streitgespräch machten», erwiderte der liebenswürdige Kreole.

Frowenfeld schwieg. Er verglich die Milde der Zurechtweisung des Kreolen mit der Schärfe seines eigenen Eintretens für das Recht – und fühlte sich beschämt.

Aber Monsieur Grandissime fuhr mit spöttischem Lächeln fort: «Mr. Frowenfeld, Sie machen wohl nie achteckige Pillen, wie?»

«Nein, Sir.» Frowenfeld lächelte.

«Nein, Sie machen sie rund. Könnten Sie nicht Ihre Dogmen auch so machen? Sie halten mich vielleicht für unverschämt, aber der Grund, weshalb ich so spreche, ist einzig der Wunsch, dass Sie und meine Vettern sich nicht verfeinden sollen, denn, um die Wahrheit zu gestehen, ich hoffte, dass sie Ihnen nützlich wären.»

«Wenn Louisiana mehr Männer wie Sie hätte, Mr. Grandissime», rief der Apotheker hemmungslos, «dann wäre die Gesellschaft weniger empfindlich gegen eine Berührung.»

«Monsieur», sagte der Kreole, seinem Begleiter ein Zeichen gebend und die Pferde wendend, «tun Sie mir einen Gefallen und denken Sie immer daran, dass sie tatsächlich gegen Berührung empfindlich ist!»

Die Pferde ertasteten sich auf der Innenseite des Deichs den Weg und gingen danach im Schritt weiter.

«Haben Sie dort hinten den Mann gesehen, der hinter der Wegbiegung verschwand?» fragte der Kreole.

«Ja.»

«Haben Sie ihn erkannt?»

«Es war wohl – mein Hauswirt, nicht wahr?»

«Ja. Hatte er nicht auch kürzlich eine Unterredung mit Ihnen?»

«Ja, Sir. Weshalb fragen Sie?»

«Es hat eine üble Wirkung auf ihn gehabt. Ich wundere mich, was er hier draussen zu tun hat – noch dazu zu Fuss.»

Die Pferde griffen schneller aus. Die beiden Freunde ritten schweigend weiter. Frowenfeld bemerkte, dass sein Begleiter wiederholt und mit neuer Besorgnis einen Blick auf die fernen Sonnenuntergangs-Schatten der Landstrasse warf. Doch als er das Schweigen brach, sagte er nur: «Vermutlich glauben Sie, Mr. Frowenfeld, die Mängel in unsrer Gesellschaft könnten alle dem einen Übel zugeschrieben werden?»

Der Apotheker war froh, hierauf antworten zu können.

«Ich habe es wohl bemerkt, dass die Gesellschaft nicht nur Mängel hat, sondern auch benachteiligt ist: sie ist fern von aufgeklärteren Nationen, und sie hat eine andere Sprache und Religion als die des grossen Staates, von dem sie neuerdings einen Teil bildet. Und dass sie auch positive Mängel hat...»

«Ja», unterbrach ihn der Kreole und lächelte über den Einwanderer, der plötzlich so grossmütig war. «Entspringen die positiven Mängel denn alle dem einen Übel?»

«Ich glaube nicht. Das Klima hat einen Einfluss, der Boden hat einen Einfluss – Sumpfbewohner können nicht Gebirgler sein.»

«Aber kommt denn nicht der grösste Teil der Schwierigkeiten von der...»

«... von der Sklaverei», unterbrach ihn Frowenfeld, «oder vielmehr vom Kastenwesen!»

«Sehr richtig!» sagte Monsieur Grandissime.

«Ich bin erstaunt über Sie», erklärte der arglose Apotheker. «Ich dachte, Sie wären...»

«Mein Lieber», rief Honoré Grandissime und wurde plötzlich sehr ernst, «ich bin nichts, gar nichts. Und folglich sind Sie mir überlegen. Ich bin nur ein Dilettant, ob in der Politik oder in der Philosophie, in der Ethik oder in der Religion. Ich scheue mich, tiefer in ein Problem einzudringen, um nicht meinem Namen, meiner Familie und meinem Besitz zu schaden.»

Er lachte gezwungen.

Dem Apotheker flog der Gedanke durch den Kopf, ob das vielleicht der Grund sei, weshalb Honoré Grandissime ihn hatte sprechen wollen.

«Mr. Grandissime», sagte er, «ich kann mir nicht vorstellen, dass Sie imstande wären, um Ihrer Familie, Ihrer Besitzungen oder der Gesellschaft willen eine Pflicht zu versäumen.»

«Da täuschen Sie sich eben», erklärte der Kreole so kalt, dass Frowenfeld das Blut ins Gesicht stieg.

Sie galoppierten weiter. Monsieur Grandissime wurde wieder heiter, ja beinah lebhaft. Allmählich gingen sie in einen langsamen Trab über und schwiegen. Die Gärten hatten sie längst hinter sich gelassen und ritten jetzt zwischen Rosenhecken auf der Rechten dahin, während sich auf der Linken das Knie des Mississippi befand, wo seine Wasser, drei Meilen oberhalb vom alten Macarty-Deich abprallend, beim leisesten Gegenwind wie eine Schar tanzender Derwische zum ständig abbröckelnden Ufer hinüberwirbeln und -hüpfen. Viele Meilen stromaufwärts verschwand die Sonne prachtvoll in der weiten Wasserflut. Die beiden Reiter genossen das Bild schweigend von ihren Sätteln aus.

Doch plötzlich stiess Monsieur Grandissime einen leisen Schrei aus und drängte sein Pferd an einen nahen Baum, um es an den überhängenden Zweigen festzubinden. Frowenfeld gehorchte seinem Wink und tat es ihm nach.

«Ich fürchte, er will sich ertränken», flüsterte Monsieur Grandissime, während sie eiligst abstiegen.

«Wer? Doch nicht...»

«Ja, Ihr Hauswirt, wie Sie ihn nennen. Er ist auf der Sandbank, ich sah seinen Hut über der Deichkrone. Sowie wir über den Deich sind, müssen wir hinunter. Aber folgen Sie ihm ja nicht ins Wasser vor der Sandbank, es wäre Ihr sicherer Tod. Keine Macht der Welt könnte Sie vor dem Ertrinken bewahren!»

Die Worte waren rasch hervorgestossen worden. Sie kletterten auf die Deichkrone. Genau vor ihnen lag ein Boot, das am Deich vertäut war. Sie sprangen hinein. Ein Mensch schwankte unter dem Anprall ihres Sprunges und lief zum Bug: in der nächsten Sekunde wäre er im Wasser gewesen.

«Halt!» rief Frowenfeld und packte den dunkelhäutigen Honoré, der keinen Widerstand leistete, beim Kragen.

Honoré Grandissime lächelte, teils über des Apothekers gebieterischen Ruf, noch viel mehr aber über die geglückte Rettung.

«Lassen Sie ihn los, Mr. Frowenfeld!» rief er.

Der Mann wandte beschämt das Gesicht ab.

Monsieur Grandissime sprach mit sanfter Stimme auf ihn ein, und er wandte sich zum Gehen, stieg über den Deich hinab und schlug einen Fussweg ein. Bald entzog ihn eine Hecke ihren Blicken.

«Er hat mir sein Wort gegeben, es nicht noch einmal zu versuchen», sagte der Kreole, als die beiden Reiter wieder im Sattel sassen. «Schauen Sie ihm nicht nach!» (Joseph hatte einen Blick über die Hecke geworfen.)

Sie wandten sich heimwärts.

«Ach, Mr. Frowenfeld», rief nun der Kreole plötzlich, «wenn die Einwanderer Grund zur Klage haben, wieviel mehr dann dieser Mann! Heute hat er sich zwar nur aus Liebeskummer ertränken wollen, aber was für eine Anklage gegen die Kaste ist doch sein ganzes Leben – gegen eine Kaste, die ihn innerhalb ihrer engen Schranken isoliert! Und dabei hält sie das Kastenwesen für ihre heiligste und kostbarste Tugend! Es kommt uns nie in den Sinn, wir könnten in dieser Angelegenheit interessierte und daher ungeeignete Zeugen sein. Wir behaupten immer, man verstehe uns nicht, und die Jury (also die zivilisierte Welt) verkünde den Wahrspruch, ohne die Leiche zu betrachten; wir würden aus der Entfernung abgeurteilt. Doch vergessen wir dabei, dass wir selbst zu nah sind, um deutlich sehen zu können, und fahren daher fort, in schrecklicher Finsternis zu sitzen – ein ungewöhnlicher Anblick für die ganze Zivilisation.» Er zog die Brauen zusammen.

«Der Schatten des Äthiopiers!» sagte der Apotheker ernst.

Monsieur Grandissimes rasche Handbewegung verriet ihm, dass er das richtige Wort getroffen hatte.

«Ja, mein Lieber, wenn ich mich manchmal ausserhalb zu stellen versuche, um den Schatten zu betrachten, bin ich entsetzt über seine Länge und Schwärze. Es ist die Nemesis, die, anstatt hinterher zu kommen, diesem moralischen, politischen, geschäftlichen und sozialen Mangel zur Seite geht. Sie entkräftet unsre ganze Zivilisation! Sie stösst uns ein Jahrhundert hinter die übrige Welt zurück! Sie verzögert und vergiftet jede Industrie, die wir haben, und fast den grössten Teil unsrer riesigen Landwirtschaft! Sie brütet tausend Flüche aus, die nie fortfliegen, sondern sich auf unserm Haupt niederlassen – und wir wissen es nicht! Doch manchmal – wissen es ein paar von uns.»

Er wechselte das Thema.

Sie waren am Fort St. Louis vorbeigeritten und innerhalb der Stadt, als sie nach einem letzten Galopp die Pferde wieder zügelten. Die Rede kam auf Doktor Keene; es ging ihm allmählich besser. Honoré hatte ihn am Vormittag besucht, und zu einer andern Stunde war Frowenfeld dagewesen. Doktor Keene hatte Honoré von Palmyres Wunde erzählt.

«Sie waren also heute morgen bei ihr?» fragte der Kreole.

«Ja», antwortete Frowenfeld.

Monsieur Grandissime schüttelte warnend den Kopf.

«Das ist eine gefährliche Sache! Bestimmt fallen Sie einer Verleumdung zum Opfer. Sie sollten Doktor Keene bitten, sich eine andre Vertretung zu suchen, sonst geraten auch Sie» – er dämpfte seine Stimme, denn Frowenfeld stieg vor seiner Ladentür, wo drei oder vier Bekannte standen, vom Pferd – «unter den Schatten des Äthiopiers!»

27

Fête de grand-père

Wer zu Besuch in New Orleans weilt und für seine Nachmittags-Ausfahrt die Esplanade wählt, entdeckt rechterhand zwischen der Strasse und dem einst als Champs Elysées bekannten und beliebten Streifen Landes einige grosse alte Häuser, die ihre Umgebung überragen und architektonische Besonderheiten aufweisen, welche sie mit der Vergangenheit verknüpfen - mit jener unwiderruflich entschwundenen Vergangenheit, als der wahre, echte Kreole sein Glaubensbekenntnis dahin äussern konnte, dass die Antipathie, die er für den nordamerikanischen Eindringling empfand, ein angeborener Abscheu sei, den ihm die scharfsinnige und verständnisvolle Vorsehung schon in seine vorgeburtlichen Knochen gepflanzt habe. Da ist zum Beispiel, oder war bis vor kurzem, ein Haus, das vor hundertfünfzehn Jahren die Vorstadt-Villa des alten Seekapitäns und Gouverneurs Kerlercc war. Zwischen den Orangenhainen steht es still und grau wie ein Pelikan, und soviel wir wissen, wurde nie auch nur eine Zypressenbohle hinzugefügt oder weggenommen, seit sein Herr nach Frankreich beordert und in die Bastille geworfen wurde. Ein andres Haus hat zwei nach Westen blickende Dachfenster, und wenn die untergehende Sonne sich in den Scheiben spiegelt, erinnert es an einen Mann mit Brille inmitten einer Zuhörerschaft, der aufsteht und nach einem

Freund Ausschau hält, welcher nicht da ist und nie zurückkehren wird. Diese Häuser, vorausgesetzt, dass sie nicht gestern niedergerissen wurden, sind die letzten übriggebliebenen einer ganzen Gruppe, die einst schon von weitem die Richtung der alten Chaussee zwischen den Stadtmauern und dem Vorort St. Jean erkennen liess. Hier drängte sich der früheste Adel der alten Kolonie, die ganze liebenswürdige Schar von Grafen und Chevaliers, Marquis und Obersten und Dons, die ihren König und besonders die Kasse ihrer Könige mit einer Hingabe liebten, welche die Genauigkeit fast all ihrer Buchungen beeinflusste.

Mitten zwischen ihnen erhob sich das grosse Stammhaus der Grandissimes. Vergeblich, es heute zu suchen: es ist verschwunden. Die runden, weiss verputzten Backsteinpfeiler, die das Haus fünfzehn Fuss über den feuchten Boden hoben und stattlich aufragten, um das grosse, überhängende Dach zu tragen, oder im kühlen, gepflasterten Untergeschoss nahe beieinanderstanden; die vornehmen Säle mit ihrem Geglitzer von vergoldetem Messing und dem Geflakker süss duftender Wachskerzen; die riesige, rings ums Haus laufende Veranda, breit genug, dass zwanzig Kreolinnen nebeneinander auf ihr promenieren konnten; die grosse Freitreppe, die von der Veranda in den Garten führte, rechts und links neben einer hohen Palme endend und so breit, dass sich an einem Geburtstagsfest vierzig Grandissimes auf ihren Stufen einfinden konnten; und das Belvedere, von dem aus man die Kathedrale, das Kloster der Ursulinerinnen und den Gouverneurspalast und in weiter Ferne den zwischen den Villen des

Tchoupitoulas-Ufers schimmernden Fluss sehen konnte – das alles ist so unwiederbringlich wie die Blumen verschwunden, die am Tage der *fête de grand-père* in den Gärten blühten.

Seltsamerweise war es nicht genau der Geburtstag des *grand-père*. Schon seit Wochen hatten die glücklichen Kinder der vielen Grandissime-Familien, der Mandarins, der St. Blancards und der Brahmins, erwartungsvoll auf ein Zeichen gehofft, um in die Hände zu klatschen und zu feiern, doch war der festgesetzte Tag von Woche zu Woche verschoben worden, und zwar – es ist nicht zu glauben – wegen der Unmöglichkeit, sich mit Honoré zu verständigen.

In der Geschichte des majestätischen alten Hauses war es ein trauriger Widerspruch, dass sein liebstes Kind ihm den meisten Ärger verursachte – aber so war es schon seit langem gewesen. Schon seit Honorés früher Kindheit, knappe zwei Jahre, nachdem es ihn, damals einen Knaben von fünfzehn Jahren, über grüne Myrtenbüsche und rosa und weissen Oleander hinweg scheiden sah und angenommen hatte, dass er natürlich als ein Grandissime der Grandissimes, als ein Unbeugsamer der Unbeugsamen zurückkehren würde, musste es mit ansehen, dass er mit seinen Übersee-Briefen zu einer Grandissime-De Grapion-Versöhnung «aufhetzte» (wie es stattliche Damen und Würdenträger nannten, die des Hauses Vorderveranda zierten) und die Flammen der alten Fehde, die durch das Fusilier-Nancanou-Duell neu geschürt wurden, auf einen geringfügigen, trägen Rauch reduzierte. Die Hauptschwierigkeit schien darin zu bestehen, dass Honoré sich nicht mit einem reinen Gewissen betreffs seiner eigenen Taten und mit dem Frieden und Kameradschaftsgeist der einzelnen Familien zufrieden gab, sondern er sehnte sich danach und hatte es von jeher getan (weil von seinem Vater ererbt), alljährlich eine ungespaltene und harmonische Grandissime-Familie unter dem ehrwürdigen Dach versammelt zu sehen, der man auch nicht den geringsten Vorwurf von andern Personen, Klassen und Rassen, mit denen sie je zu tun gehabt hatten, machen konnte. Es war nicht schwer für das alte Haus, ihm ein- oder zweimal zu vergeben, aber es hatte zu oft geschehen müssen. Es ist keine Übertreibung der Phantasie, zu behaupten, dass das Haus manchmal mit geduldigen, traurigen Blicken aus seinen grossen und schönen Fenstern auf Honorés Irrwege herabsah.

Doch wie war diese Geduld belohnt worden? Ein kleines Beispiel: Als Honoré sieben Jahre vor der jetzigen *fête de grand-père* aus Europa zurückkehrte und das alte Haus seine Räume öffnete, um die Freude aller hier versammelten Familien mitzugeniessen (obwohl gerade damals ein Verdruss die alte Fehde neu aufflammen liess), äusserte er bald so seltsame Ansichten über uneingeschränkte menschliche Freiheit, dass man sie gern beschämt vertuscht hätte, in der stillen Hoffnung, er würde solche Ketzereien mit der Zeit von selbst ablegen. Was aber tat Honoré? Zu allem übrigen hinzu lehnte er einen Posten beim Militär ab und wurde Geschäftsmann – ein Krämer, *parbleu!*

Allerdings lag darin auch ein kleiner Trost. Honoré wurde vorsichtiger (wie er es zu nennen beliebte). Mit viel Takt wurde Agricola liebenswürdig aus seiner Diktatorstellung verdrängt, um statt dessen eine Art Majordomus zu werden. Eine Zeitlang schien der Familienfriede gesichert, und Honoré verstand es, durch eine beiläufige Bemerkung hier und ein Wort dort den Namen Grandissime und alle, die ihn trugen, zu höherem Ansehen zu bringen, als plötzlich, wie zu seines Vaters Zeiten (des lieben Numa, der einsah, dass man sogar seine Seele opfern musste - wie eine Art Iphigenie zur Aussöhnung der Familiengötter) die Übergabe Louisianas an Spanien, so jetzt die Abtretung an die Vereinigten Staaten erfolgte und wie ein unerwarteter Orkan die Sklavenschiffe seiner Kinder und gleichermassen die von den Sklaven erarbeiteten Ernten und die spanischen Konzessionen mit dem Untergang bedrohte. Und gerade in diesem verhängnisvollen Augenblick, wo Numa zu den Familiengöttern gehalten hätte, liess Honoré sie im Stich. Ach, es war bitter!

«Da seht ihr, was die ausländische Erziehung für Folgen hat!» rief ein Mandarin de Grandissime vom Ufer Baton Rouge. «Bedaure ich es jetzt, dass ich *meinen* Jungen nie nach Frankreich geschickt habe? Nein, o nein! Ich sähe es lieber, wenn mein Sohn nicht lesen könnte, als dass er mir aus Frankreich zurückkehrte, um seines eigenen Vaters Gefühle und Ansichten in Abrede zu stellen. Ist eine gute Bildung etwa mehr wert als der Familienfriede? Soll mein Sohn sich mit Amerikanern befreunden und mir erzählen, sie - die einen Neger mit ‹Monsieur› anreden - seien ebensoviel wert wie sein Vater? Aber das ist der Lohn dafür, dass wir Honoré Kaufmann werden liessen. Was für eine Erniedrigung! Männern die Hand geben, die nicht an den Sklavenhandel glauben! Ja, sich sogar mit Apothekern und Negerfreunden verbrüdern! Und jetzt werden wir eingeladen, uns zu Grossvaters Geburtstag in dem Haus einzufinden, in dem er eigentlich das Oberhaupt ist - der Stammeshäuptling!»

Daher weigerte sich die Familie, beim ersten Aufruf zusammenzukommen, auch nicht beim zweiten, nicht, wenn der Grossvater nicht seinen Wunsch kundtat, nicht beim dritten und nicht beim vierten Mal!

«Non, Messieurs», riefen sowohl die Jugend wie das unbesonnene Alter; und selbst die klügeren Köpfe der Familie, die Männer mit Macht und Mitteln und Einfluss, wurden von ihren stolzen und schönen Frauen und Töchtern aufgewiegelt.

Im allgemeinen regierten in jenen Tagen eher Waffen als Köpfe das Land, und Gefühle (die das wahre Gesetz sind) kamen eher in Einklang mit der Dichtung als mit dem Verstand zum Ausdruck, und die Gemeinde anerkannte in Fragen des Rechts die oberste Herrschaft des *gentleman* und in Fragen des Gefühls die der *ladies.* Unter solchen Bedingungen übt die Stärke über die Schwäche eine auffallende Schirmherrschaft aus, die die subtilste Tyrannei ist, welche jedoch gerade im Moment, wo sie ihren Arm über die Frau ausstreckt, ihr eine Macht verleiht, die eine echtere Freiheit nur schmälern würde, und setzt sie in grossem Massstab als Selbstherrscherin der öffentlichen Meinung ein, solchermassen ihre kleinlichsten Vorurteile und hinterwäldlerischsten Irrtümer als eine ausgesprochene Notwendigkeit des sozialen Lebens akzeptierend.

Die Stammesangehörigen liessen sich leicht in drei Gruppen einteilen: in solche, die kochten, solche, die schmorten, und solche, die unter einem fest geschlossenen Deckel nur leise dünsteten. Die Männer der beiden ersten Gruppen hatten grösstenteils einen Posten unter der alten spanischen Verwaltung innegehabt und erwarteten täglich ihre Entlassung und damit den Zusammenbruch Louisianas. Zur dritten Gruppe gehörten ziemlich viele Familienmitglieder: Schüchterne, Apathische und Konservative. Den Konservativen gefiel Beschaulichkeit besser als Korrektheit, Denken fanden sie mühsam, und Entscheidungen zu treffen war ihnen qualvoll. Die Alternative, höhnisch zu lächeln und liberal zu sein, war ja so viel leichter, und die heisse Jahreszeit näherte sich wieder einmal mit einem Tempo, über das man vor Müdigkeit nicht nachdenken konnte.

«Der Yankee ist ein minderwertiges Geschöpf.»

«Sicher!»

«Aber Honoré ist berechtigt, eigene Ansichten zu haben.»

«Ja, das stimmt auch wieder.»

«Es sieht jedoch sehr verräterisch aus.»

«Allerdings!»

«Trotzdem könnte es sich herausstellen, dass Honoré die wahren Interessen seines Volkes fördert.»

«Sehr leicht möglich.»

«Es gehört sich einfach nicht, unter der Yankee-Regierung einen Posten anzunehmen.»

«Natürlich nicht!»

«Und doch kann man den Yankees nicht die Ämter überlassen.»

«Sehr richtig, das muss jeder einsehen!»

«Wenn Louisiana an Spanien oder Frankreich zurückfiele, würde man dort sicher an jene denken, die treu ausgeharrt haben.»

«Bestimmt - das war von jeher bei Spaniern und Franzosen der Brauch.»

«Wenn aber das Land nicht an sie zurückfällt...»

«Ja, eben! Honoré ist doch ein anständiger Mensch, und...»

Und unter Honorés liebenswürdiger Nichtbeachtung kühlte der Dampf ihrer Empörung ab und wurde zu Wasser. Sie bezogen weiterhin ihre Gehälter, manche in Honorés Kontor, wo sie eine Stellung hatten, andre von der provisorischen Regierung, die noch nicht viele Änderungen vorgenommen hatte, und manche insgeheim von dem listigen Casa Calvo, denn ob der Wind nun von Osten oder von Westen wehte, der durchschnittliche Grandissime bleibt seiner Vorliebe für ein gutes Gehalt auf ewig treu.

Im richtigen Augenblick machte Honoré dann einen besonders glücklichen Zug, und selbst die hitzigsten Grandissimes, die vom innersten Kreis und die aus Agricolas Anhängerschar, kühlten ab und zerbröckelten, als er jedem in einem Brief mitteilte, der Gouverneur sei im Begriff, ihnen Posten vorzuschlagen, und sie täten gut daran, dem Gouverneur sofort zu schreiben, falls sie darauf verzichten und ihren gegenwärtigen Posten aufgeben wollten. Darauf verzichten? Auf nichts würden sie verzichten! Sollten sie sich denn so demütigen und dem Usurpator schreiben? Lieber würden sie den vorgeschlagenen Posten annehmen.

Der nächste Schachzug Honorés jedoch machte die ganze Stadt auf seine Abtrünnigkeit aufmerksam. Das grosse Herrenhaus, vor dem der alte Grossvater sass, zitterte in allen Fugen. Wie wir sahen, war Honoré mit dem Erz-Usurpator über die Place d'Armes geritten. Doch solange er es offen tat, blieb ein Grandissime noch immer ein Grandissime. Und war das nicht grossartig, sich nie zu schämen, auch der schlechtesten Tat nicht! Nicht jeder konnte es sich leisten, mit dem Gouverneur auszureiten.

Und Blut war so viel dicker als Essig, dass die Familie, die weder im Januar noch im Februar zusammenkommen wollte, sich in der ersten Märzwoche bereit fand - jeder dazu Berechtigte.

Das Festessen ist verspeist worden. Der Garten ist mit fröhlichen Kindern und die Veranda mit prächtigen Damen angefüllt. Aus ihrer Schar wählt sich das Auge rasch eine Schöne. Sie ist merklich grösser als die andern und sitzt in ihrer Mitte, nahe beim Eingang. Sie hat in jeder Beziehung Anspruch auf eine Abstammung, die sie mit den Grandissimes auf eine Stufe stellt. Ihr einst schwarzes Haar türmt sich jetzt in einer gleissenden Schneewehe auf und erhöht die Majestät ihres noch immer schönen Gesichts, während ihre volle Figur und die stattliche Haltung ein feineres Abbild ihres Bruders Agricola sind. Sie ist Madame Grandissime, die Mutter Honorés.

Zu ihrer Linken sitzt eine sehr kleine Dame, eine Lieblings-Kusine. Rechts von ihr sitzt ihre Tochter, die verwitwete Señora des José Martinez, mit wundervollem schwarzem Haar und einer ebenso wundervollen weissen Stirn. Die gebieterische Haltung der Mutter ist bei ihr zu einer sanften Würde und Stille gemildert und steht in scharfem Gegensatz zu dem lebhaften Getue der eleganten Matronen, zwischen denen sie sitzt und deren unaufhörliche Unterhaltung bald diese, bald jene Richtung einschlägt, je nach dem Belieben der Madame Grandissime.

Wenn man sich in seiner Aufmerksamkeit nicht durch den Lärm der Kinder stören lässt, die in ihrem kreolischen Französisch durcheinanderrufen und das Geländer der grossen Treppe hinabrutschen, dann fällt der Blick auf eine lachende Gruppe schöner junger Damen, die alle paar Minuten an dem einen Ende der Veranda auftauchen, herumkreiseln und verschwinden, und man nimmt sofort, sozusagen blitzartig, die hervorstechenden Merkmale an Gesicht und Figur wahr, die jede Louisianerin in ihrer makellosen, frisch erblühten Schönheit kennzeichnen. Sogar Blondinen sind dabei, zum Beispiel zwei Schwestern, die nicht zu unterscheidende Zwillinge wären, hätte nicht die eine blaue Augen und goldene Haare. Die Augenbrauen sind ausnehmend fein gezeichnet, hier und da etwas dichter und samtartiger, wo nämlich ein nicht ganz so lebhafter Ausdruck eine Spur spanischen Blutes verrät. Auch dass sie alle von mehr als mittelgrosser Statur sind, die noch durch die Machart ihrer Kleider betont wird, kennzeichnet sie als Grandissimes. Auf ihren Wangen blüht keine Rosenröte, und üppige rote Lippen würden kaum zu diesem Teint passen, doch ihre Augen, die fröhlich im Takt zu ihrem Geplauder tänzeln und zwischen dem Seidenvorhang ihrer langen Wimpern hervorschauen, sind voll übersprudelnden Lebens. Es gelingt dir nicht, direkt in sie hineinzublikken, und wenn du es könntest, würdest du nur dein eigenes kleines Bild als klägliche Miniatur widergespiegelt sehen; aber du wendest dich ab und fühlst, während du dich mit einem inneren Lächeln wappnest, dass sie dich kennen, du Mann, dich durch und durch kennen wie ein kleines Lied. Und wenn du dich abwendest, ist dein Blick froh, wieder auf dem Gesicht von Honorés Mutter zu ruhen. Diesmal erkennst du an einem Charme, den du beim erstenmal nicht bemerkt hast, und an ihrem offenen, heiteren und liebenswerten Lächeln, dass sie wahrhaftig seine Mutter ist. Wer ihr Lächeln sieht, kann sich nicht vorstellen, dass sie jemals schroff sein könnte.

Der lustige, scherzhaft militärische Schritt der feinen Kreolinnen-Füsse wird plötzlich übertönt durch den Klang schwererer Schritte im Saal, und die Väter, Söhne, Brüder, Onkel und Neffen der grossen Familie kommen hervor, und es ist kein einziger unter ihnen, der sich nicht (mit ein wenig Bedacht) gut auf den Füssen halten kann. Ihre Nachkommen unsrer Tage nippen aus weniger tiefen Gläsern und mit weniger auffallenden Folgen.

Die Matronen erheben sich und bieten ihren Platz dem ältesten lebenden Grandissime an, dem Urgrossvater Alcibiade, einem angeschlagenen, jedoch noch nicht gestürzten Denkmal aus der ersten Kolonialzeit, einem verwitterten und verrunzelten Souvenir an De Vaudreuils Prachtentfaltung, an O'Reillys eiserne Herrschaft und an Galvez' glanzvolle Kriege – einem Mann, der noch Bienville und Zephyr

Grandissime gekannt hatte. Mit was für einer imponierenden Würde bietet Madame Fusilier de Grandissime ihm den Ehrenplatz an, den er gerne einnimmt. Bevor er sich setzt, hält er einen Augenblick inne, um den Schluss von dem zu hören, was ihm sein Begleiter erzählt, auf dessen Arm er sich gestützt hatte. Doch Théophile, ein dunkler, schlanker Jüngling von achtzehn Jahren, verstummt sofort, obwohl er mit der ganzen selbstvergessenen Glut seiner Rasse etwas erzählt hat, verbeugt sich ernst und ehrerbietig vor den Damen, hilft dem alten Urgrossvater liebevoll auf seinen Platz, dreht sich dann um und beginnt, jemandem, der ihm mit tadelloser Höflichkeit zuhört, die ganze Geschichte von vorn zu erzählen. Es ist sein geliebter Vetter Honoré.

Inzwischen strömen die Herren ins Freie, eine stattliche Schar! Woche um Woche hatten sie sich stolz bemüht, die undurchsichtigen Beweggründe von Numas Sohn zu verstehen.

Mitten auf der Veranda bleibt ein grosser, kräftiger, etwa fünfzig Jahre zählender Mann mit dem üblichen glatten Gesicht und stahlgrauem Zopf stehen. Es ist Oberst Agamemnon Brahmin de Grandissime, der für den militärischen Ruhm der Familie sorgt und ihren soldatischen Glanz bewahrt: nach Honoré wird er am meisten bewundert. Achille Grandissime, derjenige, der Agricola im Wagen bei Frowenfeld abholte, versucht Agamemnon in eine Unterhaltung zu ziehen, und der Oberst, nachdem er einen Blick auf die Füsse seines Vetters und den nächsten auf seine eigenen Füsse geworfen hat, beginnt mit der heiteren Leichtigkeit, mit der die ernsteren Kreolen auf die banalen Themen der weniger ernsten ihrer Landsleute eingehen, eine Unterhaltung über Stiefel. Ein grosser, schlanker, sonngebräunter junger Mann, der seinem Namen das «St. Blancard» von Mutterseite her voranstellt, ruft seine Frau, erhält aus der Ferne eine Antwort, wirft ihr eine Kusshand zu und setzt sich auf eine Stufe der Freitreppe, über sich Jean-Baptiste de Grandissime, einen piratenhaften Schwarzbart, und unter sich Alphonse Mandarin, einen Knaben mit olivendunkler Haut. Valentine Grandissime von Tchoupitoulas, ein grosser, breitschultriger, gut gebauter Mann, geht bis auf die unterste Stufe hinunter und lehnt sich dort gegen das Geländer, und während er die schwarz bestrumpften Beine übereinanderschlägt und seine Zigarre raucht, blickt er mit den Augen eines Jägers – oder eines Seefahrers – zum Himmel auf.

«Valentine will nicht heiraten», sagt eine von zwei Damen oben am Geländer der Veranda. «Ich möchte wohl wissen, warum nicht!»

Die andre wirft ihr einen vielsagenden Blick zu, und sie zuckt die Achsel und verzieht den Mund, weil sie einsieht, dass sie eine törichte Frage gestellt hat, deren Beantwortung Valentine in eine gewisse Klasse verweisen und ihm nicht zur Ehre gereichen würde.

So unterhielten sich die auserwählten Köpfe der Familie. Agricola hatte sich zurückgezogen. Raoul war auch da: sein hübscher kastanienbrauner Schopf war auf halber Treppe dicht neben dem frühzeitig ergrauten eines andern Herrn zu sehen. Sie sprachen ausschliesslich in ihrem kreolischen Französisch.

«Das glaub' ich nicht!» rief der ältere der beiden Grandissime.

«Ich gebe dir mein heiligstes Ehrenwort», versicherte Raoul.

«... dass Honoré seine Geschäfte auf englisch abwickelt?» fragte der ungläubige Sylvestre.

«Ich schwöre es dir», erwiderte Raoul und gebrauchte seinen Lieblingsfluch, «ich schwör' es auf einen Stoss Bibeln von dieser Höhe!»

«Ach, pfffft!»

Er unterstützte den höflichen Ausdruck seines Unglaubens durch eine flinke Handbewegung mit aufwärtsgerichtetem Daumen.

«Frag ihn doch! Frag ihn doch!» rief Raoul.

«Honoré!» rief Sylvestre und stand auf. Zwei oder drei von den Umstehenden gaben den Ruf bis an die Veranda-Ecke weiter.

Honoré kam, an jedem Arm eine Kette von sechs jungen Mädchen. Als er zu den andern stiess, geriet er in ein babylonisches Stimmengewirr.

«Raoul sagt, du hättest angeordnet, dass all deine Bücher und Konten von jetzt an englisch geführt werden!» rief Sylvestre.

«Ja, und?»

«Es ist doch nicht wahr, was?»

«Doch!»

Die ganze Damengesellschaft auf der Veranda liess ein gedehntes, missbilligendes «Oh!» hören, ausgenommen Honorés Mutter. Diese warf ihm einen stummen Blick äusserst unwilliger Enttäuschung zu.

«Honoré!» rief Sylvestre, der seine Niederlage wiedergutmachen wollte, «Honoré!»

Aber Honoré musste gerade den lauten Tadel der jungen Damen über sich ergehen lassen.

«Honoré!» rief Sylvestre wieder und hielt ein angerissenes Stück Papier in die Höhe, das Spuren des Kontorfussbodens und eines Stiefelabsatzes aufwies. «Honoré, wie schreibst du ‹leedi›?»

Alle horchten auf, um die Antwort zu hören.

«Frag doch Valentine!» sagte Honoré.

Alle lachten laut. Der schweigsame Valentine überflog die Gruppe mit unbeweglicher Miene und schnippte die Asche seiner Zigarre mit dem kleinen Finger ab. Das war seine Antwort. Monsieur Valentine Grandissime von Tchoupitoulas konnte nicht lesen.

«Zeigt es Agricola!» riefen zwei oder drei, als der grosse Mann verschlafen und mit zerzaustem Haar auf die Veranda hinaustrat.

Sylvestre, der Agricolas Kopf hinter den Damen auftauchen sah, legte ihm die Frage vor.

«Wie steht es auf dem Zettel?» fragte der alte Löwe.

«L-a-y...»

«Dummkopf!» murrte der alte Mann.

«Ich hab's nicht geschrieben!» rief Raoul und versuchte, den Zettel zu erwischen. Sylvestre hielt das Papier schnell auf den Rücken, wo es ihm von einer Dame weggerissen wurde, und ein paar riefen: «Gebt es Agricola!»

Ein hübscher Junge, den das Gelächter und die Aufregung aus dem Garten herbeigelockt hatten, stolperte die Treppe hinauf und reichte dem alten Mann den Zettel.

«Honoré!» schrie Raoul, «niemand darf es lesen! Es ist deine Privatangelegenheit!»

Aber Raouls Unterstellung, jemand würde ihn mit einer Privatangelegenheit betrauen, brachte alle zum Lachen.

Honoré nickte seinem Onkel zu, es vorzulesen, und wer Englisch verstand – und auch, wer es nicht verstand –, spitzte die Ohren. Es war ein Zettel, den Sylvestre am Tage nach Auroras Besuch im Kontor aus dem Papierkorb gefischt hatte. Agricola las: «Was will die Leedi, die bei Honoré ist?»

«Honoré gibt ihr ihren Besitz zurück – es ist Aurore De Grapion, deren Mann Agricola erschossen hat.»

Das war alles, was Agricola las oder vielmehr nicht las, denn er brachte den Satz nicht zu Ende. Als er las: «Es ist Aurore De Grap...», schleuderte er den Zettel auf die Erde und wurde rot vor Wut. Erstaunte Rufe sprangen von einem Zuhörer zum andern, dann folgte ein betretenes Schweigen, und Agricolas Donnerstimme erging sich in schrecklichen Flüchen, während sich sein Zorn über Sylvestres Haupt ergoss.

Es war peinlich mit anzusehen, wie stumm der junge Mann die Schelte über sich ergehen liess. Blass und erschrocken stand er da, doch ein Lächeln umspielte seinen Mund, das halb bänglich und halb trotzig war und ganz deutlich zu sagen schien: «Dafür sollst du mir büssen, Onkel Agricola.»

Als der alte Mann verstummte, drehte Sylvestre sich um, wechselte mit Valentine einen Blick und ging dann die Verandatreppe hinauf. Er verbeugte sich höflich vor der Gruppe, die den alten Agricola umringte, und trat ins Haus. Valentine blickte gen Himmel, warf seine Zigarre gelassen ins Gras und bog um die nächste Hausecke, wo er sich mit Sylvestre zu treffen gedachte. Honoré hatte seinem Onkel Agricola schon einen Wink gegeben, mit ihm auf die Seite zu gehen.

Bis auf ein paar Herren unten im Garten hatte die übrige Gesellschaft vergebens versucht, die Stimmung auf der Veranda zu verbessern. Man fand, dass es kühler und bald Abend sei, und einzeln oder in Gruppen waren alle ins Haus gegangen.

Bald sah sich Raoul, der auf die Veranda gekommen war, ganz allein. Er schien auf etwas zu warten und lehnte sich über das Geländer, und während die Sterne hervorkamen, sang er leise ein paar Bruchstücke aus einem kreolischen Lied vor sich hin:

«La pluie – la pluie tombait,
Crapaud criait,
Moustique chantait...»

Der Mond schien so hell, dass die Kinder im Garten mit ihrem Versteckspiel noch nicht aufhörten. Hin und wieder unterbrach sich Raoul mit seinem Liedchen und beobachtete ein kleines Kind, wenn es wie ein Elf aus einem Schattengebüsch hervorkam und sich in einem andern versteckte. Er selbst stand im tiefen Schatten einer Magnolie, über deren Zweige das Mondlicht flutete, so dass es aussah, als wäre der ganze Baum in Quecksilber getaucht.

Auf dem breiten Mittelweg, der zum Gartentor führte, sassen sechs oder sieben dunkle Gestalten in Korbsesseln: sie waren nicht sehr weit von Raoul entfernt; er konnte das Glimmen ihrer Zigarren sehen und ihre Stimmen hören. Aber er lauschte nicht. Nach einer Weile hörte er vom Haus her einen leichten Schritt, und eine leise Stimme, die sich erschrocken stellte, rief: «Wer ist da?» Eine von den jungen

Damen, die sich vorhin bei Honoré eingehakt hatten, trat ganz nahe an Raoul heran, vielleicht, um ihn besser zu erkennen, und dabei fanden sich zufällig ihre Lippen. Sie konnten nur einen Augenblick Hand in Hand dastehen und plaudern, und schon wurden sie von einem Suchtrupp junger Mädchen aufgescheucht und in eins von den grossen Zimmern des Hauses geholt, wo sich Jugend und Schönheit der Grandissimes eingefunden hatte und in weitem Halbkreis um das flackernde Kaminfeuer sass, um eine Geschichte oder ein Lied oder ein halbes Dutzend von beidem von Raouls Lippen zu hören, der so blendend singen und erzählen konnte.

«Aber merk's dir», riefen sie nun alle, «zum Schluss musst du mit der Geschichte von Bras-Coupé herausrücken!»

«Ein Lied! Erst ein Lied!»

«Une chanson créole! Une chanson des nègres!»

«Sing doch bitte *Yé tolé dancé la doung y doung doung!»* rief ein schwarzäugiges Mädchen.

Raoul erklärte, es hätte zu viele unpassende Verse.

«Ach, die brauchst du ja nur zu summen, und dann machst du weiter!»

Doch statt dessen sang er ihnen das hier:

«La prémier' fois mo té 'oir li,
Li té posé au bord so lit;
Mo di', Bouzon, bel n'amourèse!
L'aut' fois li té si' so la saise
Comme viê Madam dans so fauteil,
Quand li vivé côté soleil.

So giés yé té plis noir passé la nouitte,
So dé la lev' plis doux passe la quitte!
Tou' mo la vie, zamein mo oir
Ein n'amourèse zoli comme ça!
Mo' blié manzé – mo' blié boir' –
Mo' blié tout dipi ç' temps-là –
Mo' blié parlé – mo' blié dormi,
Quand mo pensé après zami!»

«Und du hast wirklich selbst gehört, wie Bras-Coupé es gesungen hat?»

«Ja, als wir mal mit drei Pirogen von Pointe Macarty zurückkamen», sagte Raoul, der anfing, sich für sein Thema zu begeistern. «Wir waren drei Tage zum Fischen und Jagen auf dem Lake Salvador gewesen. Bras-Coupé führte die eine Piroge mit sechs Paddeln...»

«O ja», rief Baltazar, ein junger Grandissime. «Sing das, Raoul!»

Und er sang es.

«Aber Raoul, sing doch noch das Negerlied, das die Neger immer singen, wenn sie nachts auf die Bayous hinausfahren und Schweine und Hühner stehlen!»

«Du meinst wohl das Bootslied, das sie als Signal für die am Ufer Wartenden singen?» Er summte ihnen den Anfang vor.

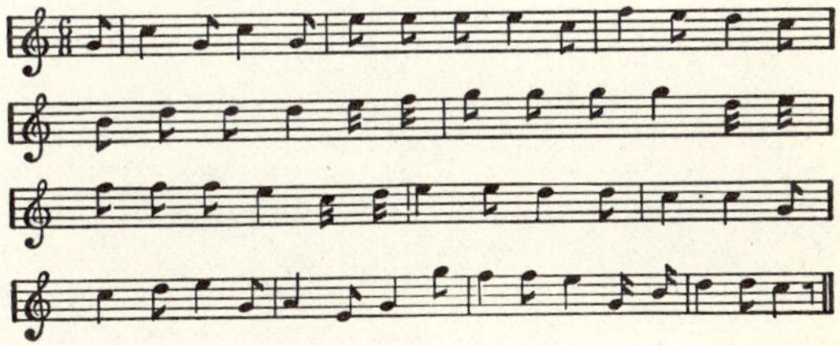

*«Dé zabs, dé zabs, dé counou ouaïe ouaïe,
Dé zabs, dé zabs, dé counou ouaïe ouaïe,
Counou ouaïe ouaïe ouaïe ouaïe,
Counou ouaïe ouaïe ouaïe ouaïe,
Counou ouaïe ouaïe ouaïe, momza,
Momza, momza, momza, momza,
Roza roza, roza-et – momza.»*

Darauf folgte ein anderes und noch ein anderes Lied, bis es spät zu werden begann. Da rückten sie näher zusammen und hörten sich die versprochene Geschichte an.

Um die gleiche Stunde war Honoré Grandissime, in einen Mantel gehüllt und voll von trüben und ziemlich bitteren Gedanken, aus seinem Elternhaus fort und quer durch die Gegend gewandert, ohne recht zu wissen, warum und wohin. Schliesslich landete er vor Frowenfelds verschlossener Tür und bat Joseph, ihm Gesellschaft zu leisten. Ihm war, als müsse er ersticken. Deshalb suchte er die Nähe und den Händedruck des unerfahrenen Freundes. Er führte ihn an den Fluss, wo sie sich niedersetzten. Honoré bemühte sich krampfhaft, in eine harte und spöttische Stimmung zu kommen, und dann erzählte er Frowenfeld die gleiche unselige Geschichte von Bras-Coupé.

28

Bras-Coupé

«Vor etwas mehr als acht Jahren», so begann Honoré, aber nicht nur Honoré, sondern auch Raoul Innerarity, und nicht nur diese beiden, sondern noch ein Dritter, nur ein wenig früher am gleichen Tage: nämlich Honoré f. m. c. Wir folgen jedoch in unserm Bericht weder den Worten des einen noch des andern ganz wörtlich.

Bras-Coupé, hiess es, war in Afrika und unter einem andern Namen ein Fürst seines Volkes gewesen. In einem Eroberungskrieg, auf den er sich aus Langeweile eingelassen hatte, wurde er gefangengenommen, seiner Königswürde beraubt und an die Küste verschleppt, wo er im Adamskostüm zu einem Gebrauchsartikel wurde, denn er hatte zwei kräftige Arme. Nachdem man ihn aus erster Hand gegen einen Spiegel verschachert hatte, kam er in gutem Zustand an Bord des Schoners *Egalité* (Kapitän war ein Monsieur Blank) und sollte unverzüglich - und vorbehaltlich der Risiken durch Feuer und Navigation - im Hafen von Nouvelle Orléans bei der Firma Blank, Blank abgeliefert werden. Zur Urkunde dessen trug Er, der die Menschen von unterschiedlicher Farbe, wenn auch *eines* Blutes erschaffen hat, alles in Sein Buch ein und hielt es bis zum Tage des Jüngsten Gerichts unter Siegel.

Von der Überfahrt wird hienieden wenig berichtet, je weniger, desto besser. Ein Teil der lebenden Ware hielt sich nicht gut: das Wetter war stürmisch, die Ladung gross und der Platz beschränkt. Der Kapitän entdeckte jedoch, dass jenseits der Reling Platz war, und dorthin – alles Fleisch ist wie Gras – warf er während der Reise die unverkäufliche Ware von Zeit zu Zeit über Bord.

Doch als die wieder geöffneten Ladeluken den süssen Duft der Festlandluft einliessen, war Bras-Coupé in der besseren, der bevorzugten Hälfte der Welt angelangt. Der Anker glitt, erleichtert rasselnd, in die schlammigen Tiefen des Mississippi, und der Fürst konnte hinter den Schiffsplanken die wilde Strömung des Flusses vernehmen, der um den Bug hüpfte und leckte und ein leises Willkommen winselte. Die kleine französisch-spanisch-amerikanische Stadt, die auf dem niedrigen, halb überschwemmten Ufer lag, bot dem königlichen Gefangenen, als sein Kopf aus der Luke auftauchte, ein herrliches Bild. Kleine Befestigungswerke zeigten ihre weissgewaschenen Zähne, ein grünes Paradefeld war da, und gelbe Baracken, der Cabildo, das Krankenhaus, die Kavallerie-Stallungen, das Zollgebäude und ein höchst einladendes, leicht von der Kathedrale zu erreichendes Gefängnis – alles in blendendem Weiss und Gelb mit einem schwarzen Streifen, der die Spuren der grossen Feuersbrunst aus dem Jahre 1794 andeutete, und hier und da zwischen den niedrigen Dächern ein höheres Dach mit Rundbogen-Mansarden und luftigem Belvedere, das auf die Kaffee- und Indigo-Plantagen jenseits der Stadt blickte.

Als Bras-Coupé an Land taumelte, stand er nur einen Augenblick mit einer Herde «passender Boys» vor Agricola Fusilier, der die abenteuerlichen Geschäfte der Grandissime-Besitzungen und ihrer Bewohner versah, und wurde aus Begeisterung für die körperliche Schönheit des Häuptlings (ein Mann darf sogar an einem Neger - als einem Neger - Gefallen finden) zusammen mit seinen Mitgefangenen sofort gekauft. Da Agricola ihn nicht mit den übrigen Negern an einen verständnislosen Farmer verkaufen wollte, überredete er den Aufseher des Don José Martinez, ihn zu erwerben.

In der reichen Gemeinde St. Bernard (deren Grenzlinie jetzt an die City von New Orleans stösst) lag die vor Bras-Coupés Tod als La Renaissance bekannte Plantage. Hier erwarteten ihn eine Reihe angenehmer Überraschungen. Man kam ihm menschlich entgegen, schenkte ihm ein sauberes Kleidungsstück und verlud ihn auf ein von Ochsen gezogenes Fuhrwerk, das ihn zu einer weissgetünchten Blockhütte brachte, die schöner als sein heimatlicher Palast war, und gab ihm zu verstehen, dass sie ein Geschenk sei. Er bekam auch reine, ordentliche Kost, wurde aber krank. Zu Hause wäre es die fromme Pflicht des Thronanwärters gewesen, ihn sofort ins Jenseits zu spedieren; hier aber wurde er mit Heilmitteln behandelt, und zu seinem grössten Erstaunen wurde er gesund. Das erinnerte ihn daran, dass er nicht mehr König war.

Sein Name war, wie er auf Befragen erklärte, ein Wort in der Jaloff-Sprache; allmählich liess er sich herab, ihn in der Kongo-Sprache als Mioko-Koanga wiederzugeben, was auf französisch Bras-Coupé, der abgehackte Arm, heisst. Man hätte dem leicht den Sinn unterlegen können, dass sein Stamm, indem er ihn verlor, seinen starken rechten Arm eingebüsst habe. Für den Käufer, der viel Geld für ihn bezahlt hatte, war es nicht so leicht, die wahre Bedeutung hinzunehmen: dass der Arm, der nicht länger den Speer werfen oder das hölzerne Schwert schwingen konnte, nicht mehr wert war als ein nutzloser Stummel, der zu nichts anderem erhoben werden durfte. Einerlei, ob es leicht war oder nicht, jedenfalls war es das, was er damit meinte. Er machte sich zum Prototyp aller Sklaverei, indem er die Wahrheit, dass alle Sklaverei verstümmelt, auf Fleisch und Blut übertrug.

Er gewahrte in einer Woche mehr Luxus als seine Untertanen in einem Jahrhundert. Hier gingen die Kongo-Mädchen in Baumwolle und Flanell einher, der dort, wo er herstammte, einen Elefantenzahn wert war. Alle, mit Ausnahme von Kindern und jungen Burschen, trugen Kleider. Seit seinem Eintreffen hatte nie ein Löwe die Plantage heimgesucht. Von Schlangen war keine Rede; nur hin und wieder kam eine durch den Bretterfussboden herauf, das war alles. Fälle von Abmagerung sah er allerdings häufig und konnte sie sich durch blosses Vermuten nicht erklären; verdickte Gelenke und Muskelschwund waren zahlreich, beschränkten sich aber gottlob selbst damals auf einen kleinen Bezirk und verschwanden mit der spanischen Herrschaft. Er erlebte es nicht am eigenen Leibe, vielmehr riefen regelmässige Mahlzeiten Sorge und die Befürchtung in ihm hervor, dass man ihn zu einem bestimmten Zweck mäste, doch gaben sie ihm die herkulischen Kräfte zurück, die ihn einst in Afrika zum Schrecken des Schlachtfeldes gemacht hatten.

Als er eines Tages völlig wiederhergestellt war, wurde er aufgefordert, in die Sonne hinauszukommen, und begleitet vom «Antreiber», der ein Gehilfe des Aufsehers war, ging er halb verwundert mit. Sie kamen zu einem Feld, auf dem Männer und Frauen hackten. In Afrika hatte er Männer und Frauen - seine Untertanen - ein wenig arbeiten sehen. Der Antreiber reichte ihm eine Hacke, die er mit stillem Interesse betrachtete, bis man ihm durch Zeichensprache zu verstehen gab, er solle sich an dem Zeitvertreib beteiligen.

«Was?»

Er sprach nicht, nicht mit den Lippen, sondern durch ein Zurückweichen seines herrlichen Körpers und die empört aufgerissenen Augen. Die Aufforderung war für ihn ein flammender Blitzstrahl, der den dunklen Nachthimmel aufreisst: in einem Moment alles durchdringender Klarheit hatte er begriffen - das Urteil lautete: *Arbeit.*

Bras-Coupé mass sechseinhalb Fuss. In vollem Schwung, und flink wie der Gedanke, traf die Rückseite der Hacke den Antreiber mitten auf den Schädel. Danach hob der schwarze Fürst den nächsten Kongo-Neger querüber auf, drang mit sämtlichen zweiunddreissig Zähnen in das wild zappelnde Bein und warf ihn wie einen schlechten Bissen weg. Nachdem er einen andern in die Zweige einer Weide und eine Frau über seinen Kopf hinweg in einen Entwässerungsgraben geschleudert hatte, setzte er zu einem Sprung in die Freiheit an und fiel, von einer Seite auf die andre schwankend, auf die Knie, weil ihn die Pistolenkugel des Aufsehers getroffen hatte, und zwar war sie auf die

Stirn aufgeprallt und (so will es die Sage, die manchmal Scherze macht) auf der verzweifelten Suche nach einer Stelle, wo sie hätte eindringen können, rings um den Schädel herumgelaufen und genau dort herausgekommen, wo sie eingedrungen war.

Ausser dem Aufseher bestand die ganze Gruppe nur aus Schwarzen. Warum sollte der geringfügige Skandal erst ausposaunt werden? Ein paar Pflaster machten alles wieder gut, ausgenommen im Falle des Antreibers, der nämlich starb. Die Frau, die Bras-Coupé sich über den Kopf geschleudert hatte, blieb am Leben und verkaufte von nun an Joseph Frowenfeld ihre *calas*.

Don José war jung und streng. Er verstand nichts von der Bewirtschaftung des Bodens und kümmerte sich ebensowenig um die menschliche Natur. Der Aufseher dachte es oft, sprach aber nicht davon: eine so gefährliche Kritik äusserte er nicht einmal sich selbst gegenüber. Als er dem Señor die vorgefallenen Umstände mitteilte, schob er die ganze Schuld auf den Neger, den der Tod allem Tadel entrückt hatte, und schloss seinen Bericht mit der unsicheren Behauptung, dass Bras-Coupé eine Bestie sei, die man nicht auspeitschen könne.

«Caramba!» rief sein Herr und war leicht erstaunt. «Wieso denn das?»

«Vielleicht reitet der Señor besser selbst zu den Negerhütten hinüber», erwiderte der Aufseher.

Es tat seiner Würde gewaltigen Abbruch, aber der Herr gab nach und ritt hinüber.

«Bringt ihn heraus!»

Sie brachten ihn heraus, Hände und Füsse in

Ketten und um den Hals ein eisernes Joch. Der Herr, ein spanischer Kreole, hatte oft gesehen, wie ein Stier mit langen, spitzen Hörnern und lodernden Augen in der Arena stand, doch jetzt glaubte er sich einem wütenden Rhinozeros gegenüber.

«Der Mann ist kein Kongo-Neger», sagte er.

«Er ist ein Jaloff», erwiderte der Aufseher hilfsbereit. «Sehen Sie doch seine feine, gerade Nase! Überdies ist er ein Fürst, ein *candio.* Wenn ich ihn auspeitsche, stirbt er.»

Der unerschrockene Gefangene und der furchtlose Herr blickten einander so lange in die Augen, bis jeder im andern seinesgleichen erkannte, was körperlichen Mut betraf, und jeder war von einer Bewunderung für den andern gepackt, die keine spätere Zwistigkeit gänzlich zu zerstören vermochte. Wäre Bras-Coupés Blick nur eine Sekunde ängstlich abgeschweift – nur den Bruchteil einer Sekunde –, dann hätte er die Peitsche bekommen. So aber sagte Don José: «Holt einen Dolmetscher!» Und leiser: «Bewegen Sie ihn zum Nachgeben. Ich erwarte es von Ihnen!»

Aber wo sollte man einen Dolmetscher finden – einen, der nicht nur fähig war, den Willen eines Jaloff in kreolisches Französisch zu übertragen, sondern der auch soviel Geschick für diplomatische Unterhandlungen besass, dass er mit diesem afrikanischen Büffel ein Übereinkommen zustande brachte? Der Aufseher blieb stehen und dachte über den Auftrag nach, und Clémence, die nicht vergessen hatte, wer sie in den Entwässerungsgraben geworfen hatte, kam listig herzu.

«Oh, Clémence...»

«Ich kann's nicht! Ich kann's nicht! Geht zu Miché Agricole Fusilier, der kann alles!»

«Agricola Fusilier? Das wäre wohl der letzte, wenn's ums Friedenstiften geht!»

Aber es gab keine andre Wahl, und der Aufseher ging zu Agricola. Es war nur ein kurzer Ritt zum Anwesen der Grandissimes.

«Was? Ich soll einem Neger als Dolmetscher dienen? Ich, Agricola Fusilier?»

«Ich dachte nur, Sie wüssten vielleicht jemand», erwiderte der bedrängte Aufseher und rieb sich verlegen das Ohr.

«Oh!» rief Agricola und liess den Blick über seine Umgebung schweifen. «Wer könnte es wohl? Versuchen Sie's bei Palmyre!»

Der Aufseher schlug die Hände zusammen, so erleichtert war er über den guten Einfall.

«Ja», sagte Agricola. «Holt Palmyre! Sie kennt soviel Negerdialekte, wie ich europäische Sprachen spreche!»

Und Palmyre ging als Dolmetscherin zur Plantage des Don José Martinez, begleitet von Agricolas Gebet an die Vorsehung, dass es ihr zum Unheil ausschlüge. Die beiden hassten einander von ganzem Herzen, denn Agricola wusste um ihre Liebe zu dem abwesenden Honoré und kannte ihren Stolz. Er hasste sie auch wegen ihrer Intelligenz und wegen der hohen Gunst, in der sie bei ihrer Herrin stand, und vor allem wegen ihres unbeugsamen Stolzes, den sie ihn mehr als alle andern spüren liess, weil sie ihn verachtete.

Palmyres Gewohnheit war es, nichts ohne Überlegung zu tun. «Wenn Mademoiselle die Frau von Señor Martinez wird», dachte sie (denn sie wusste, dass die beiden verlobt waren), «dann wäre es günstig für mich, seine Achtung zu besitzen. Ich werde mir Mühe geben, sie zu erringen!» Mit der Hilfe ihrer Herrin schmückte sie sich also mit einem prächtigen roten Gewand und Perlen und Federn, was dem doppelten Zweck dienen sollte, sie mit den Töchtern Äthiopiens in Zusammenhang zu bringen und gleichzeitig die Bewunderung des Gefangenen zu erregen.

Es gelang ihr nur zu gut! Kaum hatte der Afrikaner seinen Tigerblick auf Palmyre geworfen, als das zornige Feuer in seinen Augen erlosch. Sowie sie sich in den vertrauten Klängen seiner Muttersprache an ihn wandte, verflogen alle Rachegelüste, und was blieb, war Liebe auf den ersten Blick.

Gezähmt sass er in Ketten da und hörte sich Palmyres Argumente so an, wie ein Schiffbrüchiger spukhafte Kirchenglocken hören mag. Manchmal nickte er einsichtig, liess aber dabei seine Augen und Ohren schwelgen. Doch als sie es schliesslich wagte, zur Sache zu kommen, und das verhasste Wort *Arbeit* äusserte, sprang er in seiner vollen Länge auf, ein Denkmal zorniger Entrüstung aus schwarzem Marmor.

Daraufhin erhob sich auch Palmyre voller Genugtuung und teilte dem Herrn und dem Aufseher das Ergebnis mit. Bras-Coupé habe verstanden, dass er ein Sklave sei - das sei nun einmal Kriegsglück, und er sei ein Krieger -, doch gemäss einem allgemein anerkannten Prinzip im afrikanischen internationalen Gesetz könne man schlechterdings nicht von ihm erwarten, dass er arbeite.

«Wie Señor sich vielleicht erinnern, sagte ich das schon», mischte sich der Aufseher ein.

«Wie kann ein Mensch willig neben einem Zebra in der Deichsel gehen!»

Dabei fiel ihm ein, was er einmal mit einem ähnlichen Afrikaner erlebt hatte. Er war ausserordentlich tüchtig als Antreiber gewesen. Nach ein paar weiteren Besprechungen mit dem Fürsten, die sich über einige Tage erstreckten, wurde ihm die Stelle des verstorbenen Antreibers übertragen; zum grössten Erstaunen des Herrn wies Seine Hoheit die angebotene Ehre zurück.

«Halt!» rief der Aufseher, als Palmyre sich mit erschrockenem Blick abwandte. «Das geht zu weit! Wenn ich den Mann zu Agricola führen darf...»

«Nein», sagte Palmyre mit gequälter Miene, «ich werde Ihnen ausrichten, was er will. Er will die Stelle annehmen, wenn Sie mich ihm überlassen... aber um Gottes und seiner Barmherzigkeit willen, Messieurs, ich will nicht seine Frau werden!»

Der Aufseher blickte seinen Herrn an und war bereit, alles zu billigen, was er entscheiden würde. Bras-Coupés unerschrockene Kühnheit hatte das Herz des Spaniers im Sturm erobert.

«Ich überlasse es Monsieur Agricola Fusilier, darüber zu bestimmen», sagte er.

«Aber Señor, er ist nicht mein Herr! Er hat kein Recht...»

«Still!»

Sie war still – wie auch das Feuer in einer Wand manchmal im stillen weiterfrisst.

Agricola gab mit boshafter Bereitwilligkeit sein Einverständnis. Als Bras-Coupé seiner Fesseln ledig war, wurde bestimmt, dass er nach einem halben Jahr, falls er auf seinem Posten tüchtig war, am gleichen Tag auf der rückwärtigen Veranda des Grandissime-Hauses heiraten solle, an dem, wie bereits abgemacht, Palmyres Herrin ihre Hochzeit im grossen Saal feiern würde. In der Zwischenzeit sollte Palmyre bei ihrer Mademoiselle bleiben, die sofort bei sich entschieden hatte, dass Palmyre nicht zu heiraten brauche, wenn sie es nicht wünschte. Bras-Coupé erhob keine Einwände, war eine Zeitlang so untauglich wie eine königliche Hoheit, lernte aber schnell und beherrschte nach wenigen Wochen schon den Gumbo-Dialekt, und nach einem halben Jahr war er der wertvollste Mann, der je für Golddollars gekauft worden war. Trotzdem gab es im Umkreis von drei Meilen nur drei Personen, die nicht eine Todesangst vor ihm hatten.

Die erste war Palmyre. Sein Verhalten in ihrer Gegenwart war stets von ernster, feierlicher Ehrerbietung, und ob es nun von seinem angeborenen Edelmut oder von ihrem magischen Blick herrührte, jedenfalls war es erstaunlich mit anzusehen. «Königlich!» nannte es der Aufseher.

Die zweite Person war nicht etwa der Aufseher. Wenn Bras-Coupé sagte (was er in angemessenen Abständen wiederholt tat): *«Mo courri c'ez Agricole Fusilier 'pou oir' n'amourouse* (ich gehe zu Agricola Fusilier, meine Braut besuchen)», dann hätte der Aufseher es eher mit einer Schar Chickasaw-Indianer in Kriegsbemalung aufgenommen als mit dem einen Liebhaber. Er blickte ihm dann nach, schüttelte prophetisch den Kopf und dachte: «Wenn man *den* Mann hintergeht, gibt's ein Unglück!» Und doch war es gerade das, was Palmyre zu tun wagte. Sie bewunderte Bras-

Coupé grenzenlos, freute sich an seiner prachtvollen Figur und genoss sein unzähmbares Temperament: er schien ihr die gigantische Verkörperung ihrer eigenen düsteren Willenskraft und die endliche Verwirklichung ihrer lebenslänglichen Sehnsucht nach fürchterlicher Stärke. Das einzige Manko in all dieser leidenschaftlichen Wertschätzung war, was auch so mancher sanftere Liebhaber nicht hatte einsehen wollen: dass eine Herzensneigung gänzlich fehlte. Sie konnte ihm ihr Herz nicht schenken, weil sie es nicht mehr besass. Nachdem sie den Spanier und den Aufseher zuerst gebeten hatte, sie zu verschonen, heuchelte sie – sehr zur stillen Verwunderung und Betrübnis ihrer Herrin – eine Art Einverständnis. Es war ein Kniff, denn sie kannte Agricolas Macht, und nachzugeben schien ihr die einzige Chance, die ihr noch blieb. Vielleicht konnte er dann doch dazu verleitet werden, seine eigene Einwilligung zu widerrufen. Falls das nichts nützte, hatte sie das Versprechen ihrer Herrin, ihr zu Hilfe zu kommen. Wenn auch das fehlschlug, hatte sie einen Dolch in ihren Kleidern versteckt, für den ein gewisses hartes Herz nicht zu hart war.

Ein anderes Vorbeugungsmittel, von dem sie allerdings nichts wusste, war ein Brief aus Cannes Brûlées. Dort hatte man erfahren, dass die Liebe gesiegt hatte – dass trotz aller harten Worte, trotz Schimpf und Ungerechtigkeit die schönste Hand der Grandissimes in die Hand Don Josés gelegt werden sollte, den man, ohne zu übertreiben, als einen De Grapion bezeichnen konnte, und dass sogar Anstrengungen gemacht würden, eine Wiedergutmachung des alten Spieltisch-Raubs zu veranlassen. Besonders

Honoré und Mademoiselle, seine Schwester, ein jeder auf seiner Seite des Atlantik, arbeiteten auf dieses Ziel hin. Don José sandte seinen Verwandten die frohe Botschaft, ohne zu bedenken, dass die Sache auch eine andre Seite haben könne, und schloss mit der humorvollen Bemerkung, dass auch Palmyre heiraten würde, und zwar den Häuptling. Die Antwort, die der junge Spanier erhielt, gab nicht ihm die Schuld: er war ja nicht zu tadeln, dass er nichts von Palmyres Beziehung zu den De Grapions wusste. Doch Agricola wurde in einem sehr formellen Brief gebeten, zur Kenntnis zu nehmen, dass der Schreiber des Briefs, falls der Bund Palmyres mit Bras-Coupé vollzogen würde, sich gezwungen sähe, den Mann zu töten, der wissentlich ein Mädchen entehrte, das *Anteil am Blut der De Grapions* habe! Daraufhin gab Agricola, ganz entgegengesetzt zu seinem wahren Charakter, dem Don José einen Wink, dass die Verlobung Palmyres mit Bras-Coupé nicht als unauflöslich betrachtet zu werden brauche. Doch der Don hatte nicht im Sinn, seinen furchtbaren Schützling zu enttäuschen. Palmyre bluffte unglücklicherweise zu sehr. Sie glaubte, der Augenblick sei da, auf der Hochzeit zu bestehen und dadurch Agricola herauszufordern, den Bund zu verbieten. Zu ihrer unbeschreiblichen Bestürzung sah sie, wie er es sich ein zweites Mal überlegte und nichts unternahm.

Die zweite Person, die sich nicht vor Bras-Coupé fürchtete, war Mademoiselle. Bei einem seiner ersten Besuche bei Palmyre hatte der Riese einem Befehl gehorcht, vor der Dame zu erscheinen. Ein weniger natürlicher Mann hätte sich vielleicht wegen seiner Kleidung geweigert, denn er trug nur einen bunten Lendenschurz, der ihn vom Gürtel bis zu den Knien bedeckte. Als sein Auge auf die weisse Schönheit fiel, warf er sich der Länge nach mit ausgebreiteten Armen auf den Boden. Er rührte sich erst wieder, als sie sich abgewandt hatte. Dann stand er wie ein Einsiedler auf, der eine Vision gehabt hatte. «Bras-Coupé wagt es nicht, einen Geist anzuschauen!» Von der Stunde an verehrte er die Dame. Er sah sie oft, und jedesmal, schon beim ersten Blick auf ihr Gesicht, warf er sich seiner ganzen riesigen Länge nach mit dem Gesicht in den Staub.

Die dritte Person, die sich nicht vor Bras-Coupé fürchtete, war - nicht etwa Agricola, sondern der Spanier, ein Mann, der sich vor nichts und niemandem im Himmel und auf Erden fürchtete.

Bras-Coupé hätte sicher die Sklavenketten lange vor Ablauf seiner Probezeit abgestreift, obwohl er sie nur wie Spinnweb empfand, hätte ihn nicht sein Herr aus einer kleinen, damals üblichen Liebhaberei heraus zu seinem Wildhüter befördert. Manchen Tag verlebten die beiden todbringenden Männer in den trüben Sümpfen und auf dem kargen festen Land dazwischen, wo sie Rehe und Bären und Wildkatzen jagten, oder auf dem Mississippi, wo sie der Wildgans und dem Pelikan nachstellten - dort, wo oft ein unbedachtes Wort genügt hätte, den einen zum Mörder am andern werden zu lassen. Doch die Monate verstrichen friedlich, und der Hochzeitsabend rückte näher.* Eine vornehme Ge-

* Ein übereifriger Franziskaner beklagte sich einmal erbittert bei dem Bischof von Havanna, dass in Louisiana die Leute nach Anbruch der Dunkelheit bei sich zu Hause heirate-

sellschaft hatte sich eingefunden. Alles war vorbereitet. Die Braut war angekleidet, der Bräutigam war eingetroffen. Auf dem freien Platz hinter dem Haus, der mit Plachen überdeckt und mit Laternen beleuchtet war, stand Palmyre, die einen neuen Plan ausgeheckt hatte und entschlossen war, ihre List zu Ende zu führen, mit kostbaren Gewändern geschmückt, deren Wert noch dadurch erhöht wurde, dass Palmyres geliebte Herrin sie erst einmal und nur ein einziges Mal getragen hatte.

«Aber wo ist Bras-Coupé?»

Agricola richtete die Frage mit einem Blick an Palmyre, der bedeutete: «Keine Tricks, Mädchen!»

Unter den Dienern, die sich an Fenstern und Türen drängten, um die Pracht zu sehen, erhob sich schon ein verängstigtes Flüstern.

«Wir haben eine traurige Entdeckung gemacht, Miché Fusilier», sagte der Aufseher. «Bras-Coupé ist hier. Wir haben ihn dort hinten in ein Zimmer gesteckt, denn, Sir, Bras-Coupé ist ein Vaudou-Zauberer.»

«Was macht das schon! Aber lasst es nicht seinen Herrn hören. Die Schwarzen sind doch alle mehr oder weniger Vaudous.»

«Er weigert sich, angezogen zu werden. Er hat sich wie ein Zebra mit Ringen und Streifen bemalt, Sir!»

«Sag ihm, Agricola befiehlt: sofort anziehen!»

«Oh, Miché, das haben wir schon fünfmal gesagt, und seine Antwort ist, ich bitte um Verzeihung, dass er auf den Boden spuckt und Sie

ten und nichts dabei fänden. Es ist nicht sicher, ob er damit auf das Haus der Grandissimes anspielte; jedenfalls wurde er von der ganzen Gemeinde ausgelacht.

einen verächtlichen *dotchian,* weissen Lump, nennt.»

Es bleibt nichts weiter übrig, als heimlich die Braut zu holen, die junge Lady persönlich. Sie erscheint in all ihrem Prunk, klein, aber herrlich anzuschauen, und sofort lag Bras-Coupé wieder vor ihr auf dem Boden, und seine Finger berühren die Spitzen ihrer schneeweissen Schuhe. Sie bittet ihn sanft, sich anzukleiden, und er geht sofort.

Ah, jetzt kann die Frage ohne Flüstern beantwortet werden. Da ist er, alle turmhoch überragend, in einer lächerlichen blauroten Uniform, jedoch mit einem Ausdruck von soviel Würde, dass niemand zu lachen wagt. Das bewundernde Gemurmel, das durch die dicht gedrängte Menge lief, fand in Palmyres Brust ein lautes Echo. O Bras-Coupé, heldenhafte Seele! Sie wollte ihn nicht im Stich lassen. Der dumme Priester sollte nur sein Sprüchlein sagen, dann würde ihre List ihr schon helfen, nicht seine Frau zu werden, jedoch seinem mächtigen Arm zu zeigen, wann und wie er zuschlagen müsse.

«Er sucht Palmyre!» rief jemand, und im gleichen Augenblick sah er sie.

«Ho-o-o-o-o-o!»

Verglichen mit Bras-Coupés Freudenschrei war Agricolas lautestes Gebrüll nichts weiter als eine Kindertrompete. Alle männlichen Zuschauer drängten sich herbei, um zu sehen, was los sei. Bras-Coupé nahm Palmyres Hand in seine Hand, die andre legte er ihr auf den Kopf; als jemand unnötigerweise Ruhe gebot, sang er, langsam und feierlich mit seinem nackten Fuss den Takt schlagend und mit der Hand, die ihre Hand losliess, sich auf die Brust klopfend:

«En haut la montagne, zami,
Mo pé coupé canne, zami,
Pou' fé i'a'zen' zami,
Pou' mo baille Palmyre.
Ah! Palmyre, Palmyre mo c'ere,
Mo l'aimé ou' – mo l'aimé ou'.»

«Montagne?» fragte ein Sklave die Umstehenden. «Was soll das? Berge gibt's hier nicht in Louisiana!»

«Aber in Afrika gibt's eine Menge Berge – hör jetzt zu!»

«Ah! Palmyre! Palmyre, mo' piti zozo,
Mo l'aimé ou' – mo l'aimé, l'aimé ou'.»

«Bravissimo!» riefen sie, doch nun lockte das Eintreffen des Priesters die weisse Hochzeitsgesellschaft ins Haus zurück. Der Priester trug Sandalen und hatte ein schmutziges Gesicht – ein alter französischer Priester war es. Alle schüttelten dem ehrwürdigen Vater die Hand, dann hielten sie gespannt den Atem an, und dann – man hätte es am Abwenden von zwei oder drei Frauenköpfen mit Tränen in den Augen erraten können – gehörte die Lilienhand dem Don, der sie haben und behalten sollte, «kraft der Autorität der Kirche und des spanischen Königs». Alle waren fröhlich, doch draussen war eine so scheussliche Sturmnacht heraufgezogen, wie sie nur je mit finsterem Blick zu gemütlichen Fenstern hereingeschaut hat.

Gerade als der jungvermählte Spanier mit Agricola und den andern Gästen das Nachspiel, die Trauung des dunklen Paars, zu einem Ende brachte, fiel der Orkan über das Wohnhaus her. Der freundliche ehrwürdige Vater machte einen leisen Versuch, die zweite Braut zu küssen, und die Damen und Dons und Obersten (obwohl sie den Scherz ein wenig derb fanden) fingen an zu lachen und in die Hände zu klatschen, als Bras-Coupé, endlich ans Ziel seiner Wünsche gelangt, einen Schritt vortrat, um seine Frau zu umarmen.

«Bras-Coupé!»

Der Ruf kam von Palmyres Herrin. Sie hatte das Verhalten ihrer Gefährtin nicht verstehen können, doch jetzt hatte Palmyre ihr einen flehenden Blick zugesandt.

Der Krieger blieb stehen, als wäre ein Wurfspiess über seinen Kopf hinweggeflogen und in der Wand steckengeblieben.

«Bras-Coupé muss warten, bis ich ihm seine Frau gebe!»

Mit abgewandtem Gesicht sank er langsam zu Boden.

«Bras-Coupé hört die Geisterstimme. Die Stimme ist süss, aber die Worte sind sehr hart. Vom gleichen Zuckerrohr kommen Zucker und Branntwein. Bras-Coupé sagt zum Geist: ‹Bras-Coupé wird warten›, aber wenn weisses Lumpenpack ihn betrügt» – mit geschlossenen Augen stand er auf und hob seine grosse schwarze Faust über seinen Kopf empor –, «dann ruft er den Vaudou Magnan!»

Die Menge flüchtete, denn der Sturm fiel wie ein Ausbruch höllischen Beifalls über sie her. Ein jäher Windstoss spottete der aufgehängten Plachen, und eine schwarze Wolke riss den Mond unter ihren Mantel und spie Feuergarben aus, die alles zu umfangen schienen. Donnerschläge folgten, als stürze der ganze

Himmel ein, das Haus zitterte, die mächtigen Eichen ächzten, und alles duckte sich vor dem entsetzlichen Brausen. Jeder hielt den Atem an, dann trat eine Windstille ein, und die Regenfluten stürzten nieder. Wer je einen Orkan im Tiefland Louisianas erlebt hat, der weiss, dass jeder Donnerschlag das Ende der Welt zu bedeuten scheint. Kaum hat der Regen eingesetzt, dann sieht man schon, wenn man aus den schwarzen Fensterscheiben späht, dass das Haus zur Insel und das Land ringsum zum tosenden Meer geworden ist.

Im grossen Saal stand jedoch das Hochzeitsmahl bereit, und die Gäste assen und tranken. Dann wurde in der grossen Halle im Erdgeschoss das Essen aufgetragen, und die Söhne und Töchter Hams fielen drüberher wie Vögel über ein Reisfeld. Bras-Coupé, der in sorglosem Übermut herumsprang, kostete zum erstenmal in seinem Leben das Blut der Rebe. Er kostete ein zweites, ein fünftes, ein zehntes Mal, nahm jedesmal einen längeren Schluck und hätte noch viel mehr getrunken, wenn seine Braut den Wein nicht vor ihm versteckt hätte. Er benahm sich wie ein Tiger, dem man die Jungen stiehlt.

Als er sein elftes Glas verlangte, schreckten die dunklen Gäste ängstlich zusammen, und als er es drohend wiederholte und mit der Faust den Tisch zerschlug, flohen alle die Treppe hinauf, oder sie verdrückten sich in dunkle Ecken, so dass er allein an der Festtafel sass.

Er verliess den Saal, ging hinauf in den grossen Salon und trat zwischen das Gezirp und Getanze. Der Cotillon war zu Ende, und alle Tänzer keuchten erschrocken. Bras-Coupé ging schnurstracks auf seinen Herrn zu, legte die Tatze auf die Schulter des Mit-Bräutigams und befahl mit Donnerstimme: «Mehr!»

Der Herr stiess einen spanischen Fluch aus, hob die Hand – und schlug unter der schrecklichen Faust seines Sklaven so wuchtig zu Boden, dass die Kandelaber klirrten. Ein schlimmer Hieb, weil er von einem Schwarzen kam, einem armen, betrunkenen Schwarzen, der sich zu verteidigen dachte. Bei einem Weissen hätten eine kleine Geldbusse oder ein paar Tage Haft die Sache wiedergutgemacht, aber bei Bras-Coupé bedeutete es ein Kapitalverbrechen, und darauf stand der Tod. So lautete der alte *Code Noir.*

Die Gäste waren einen Augenblick wie erstarrt, gelähmt in der Erwartung einer sofortigen Rebellion und Feuersbrunst und Plünderung, während der Riese allein und unbewaffnet in einem Saal voller Degen über seinen Herrn gebeugt stand, seltsame Zeichen und Bewegungen machte und zornige Worte in seiner Muttersprache hervorstiess, die seine um ihn herumwimmelnden Feinde auch ohne Dolmetscher als einen Vaudou-Fluch erkannten.

«Nous sommes grigris!» kreischten zwei oder drei Damen. «Wir sind behext!»

«Gebt acht auf Frauen und Kinder!» schrie ein Brahmin-Mandarin.

«Schiesst den schwarzen Teufel erbarmungslos nieder!» rief ein Mandarin-Fusilier und fasste, ohne es zu wollen, die ganze – kreolische – Behandlung des Rassenproblems in diese paar Worte.

Mit einem einzigen Satz erreichte Bras-Coupé die Saaltür: seine grelle Uniform fegte wie ein blauroter Blitz durch den Saal, eine Sturzflut gepuderter, spitzengeschmückter Herren ergoss sich auf die Veranda, eine Lichterlawine mit Bras-Coupé in ihrer Mitte raste zum Sumpf, und dann war draussen nichts als finstere Nacht und drinnen ein wildes Durcheinander schnatternder Kreolen, Franzosen und Spanier - in ihrer Mitte Agricola, der widerstrebend seinen Gala-Degen in die Scheide steckte.

Während die nassen Laternen an den Bäumen wild den Weg entlang schwankten, auf dem eigentlich der Bräutigam die Braut hätte tragen sollen - während Madame Grandissime eine Behelfs-Brautkammer vorbereitete - während der Spanier sein Auge und die blaue Schmarre auf dem Backenknochen kühlte - während Palmyre in ihrem Zimmer die ganze Nacht mit den widerstrebendsten Gefühlen erregt auf und ab schritt - und während die Gäste sich nach dem Sturm nach Hause mühten, so gut es eben ging, gab Bras-Coupé in der tiefsten Tiefe des Sumpflandes auf einem kleinen Hügel, der mit seinem Umfang von kaum sechzig Fuss nur eben aus dem Wasser ragte, eine regelrechte Unabhängigkeitserklärung ab.

In was für einer Umgebung war er da! Endlose Säulenreihen von Zypressen, lange, reglose Behänge aus grauem Moos, stinkende, pechschwarze Wasserflächen über grundlosem Morast, Zypressenknie, die als Luftwurzeln die Oberfläche spicken, schwimmende grüne Polster, die grell aufleuchten, und dort, wo sich die Sonnenstrahlen hindurchzwängen können, die Sternbilder der weissen Seerosen, die bunten Iris und eine Unzahl an Blumen, die kein Mensch je benannt hat; auch hier grosse und kleine Schlangen von wundervoller Farbe oder die todbringende Mokassinschlange, die achtsam von einem toten Baumstamm hinuntergleitet, in dunkleren Winkeln der Alligator dicht neben seinem Brutplatz, hundertjährige Schildkröten, Eulen und Fledermäuse, Waschbären und Opossums, Ratten, Tausendfüsser und ähnliches ekelhaftes Gewürm, dicke Lianen mit herrlichem Laub und roten Früchten in giftigen Büscheln, peinigende Moskitos, blutsaugende Insekten, schillernde Wasserjungfern und hübsche Eidechsen, der blaue Reiher, der schneeweisse Kranich, der grellrote Kardinal, der Moosvogel, der Nachtfalke und die Nachtschwalbe, feierliche Stille und erstickende Luft, die nur dann und wann aufgestört wird durch den Schrei oder das Flügelschwirren der Sommerenten oder die trübseligen Bauchrednerrufe der Regenkrähe oder das Aufklatschen eines toten Astes, wenn er in den klaren, aber leblosen Bayou fällt.

Das Rudel Bluthunde, die heulend aus Don Josés Koppel losgelassen wurden, kann die Witterung des gestohlenen Einbaums nicht aufnehmen, den der Afrikaner durch das blaue Dämmerlicht seiner Festung lenkt. Seine Pfeile senden keinen Widerhall zu der fernen Plantage. In seiner heimatlichen Wildnis hat Bras-Coupé selbst in glücklicheren Tagen manch einen armen Wicht, welcher den Ketten und Schrecknissen der Sklavenhändler entfliehen wollte, in so ein Dasein hineingetrieben, deshalb denkt er auch nicht im geringsten über die Unmenschlichkeit des Menschen nach, sondern die Sache als selbstverständlich hinnehmend, irren seine Gedanken in die Zukunft.

29

Bras-Coupé: Fortsetzung

Bras-Coupé liess den Herbst vergehen und überwinterte in seinem Bau.

Don José bemühte sich unterdessen, auf majestätische Art glücklich zu sein. Er führte seine Señora in sein Haus, und unter ihrem Zepter nahm es für einige Zeit ein Aussehen an, das es aus einem Jagdhaus in ein Heim verwandelte. Wohin die Dame auch ihre Schritte lenkte, oder richtiger: wohin Palmyre ihren stolzen Schritt setzte, verschwand alles, was nach Junggesellenbehausung ausgesehen hatte. Hunde, Gewehre, Ruder, Sattel und Netze wurden dorthin verbannt, wohin sie gehörten, und die grossen Säle und hohen Zimmer, deren Fussböden jetzt Palmetto-Matten bedeckten, hallten nicht länger einzig vom Schritt eines einsamen Herrn wider, sondern sie atmeten Blumenduft und glückliche Klänge zufriedener Lieder.

Doch die Klänge kamen nicht aus der Kehle von Bras-Coupés *«piti zozo»*. Am Tage war Palmyre still und ernst, aber ganze Nächte hindurch stöhnte sie und überschüttete sich mit Vorwürfen wegen des voreiligen Schrittes, den sie jetzt, weil er misslungen war, unbegreiflich töricht fand: den Schritt, der sie bewogen hatte, Bras-Coupé ihre Hand zu reichen und den Bund vom Priester segnen zu lassen.

Denn in der Kühnheit ihres Stolzes, oder, wie Agricola es ausgedrückt haben würde, in ihrem ungeheuren Hochmut, hatte sie geglaubt, sich ihrer hoffnungslosen Liebe weihen zu dürfen. Jetzt aber war sie die Frau eines Schwarzen, und obendrein konnte er ihr nicht einmal zu Füssen sitzen und die Lektion lernen, die sie ihn hatte lehren wollen. Sie hatte vom Aufstand in San Domingo gehört, und seit Monaten hatte das feurige Herz in ihrer Brust stürmisch geklopft und Visionen von Mord und Brand gehegt, und wenn sie daran dachte, wie nah ihr Agricola war und wie ferne Honoré, dann erfüllten diese Visionen sie mit wahnsinniger Befriedigung. Denn die Lektion, die sie dem Riesen beigebracht hätte, hiess: Aufruhr! Aber es war zu spät. Sie hatte den Dolch in ihrem Kleid schlafen lassen und mit einem unbestimmten Glauben an phantastische Hilfsquellen eingewilligt, ihrem Riesen vor dem Priester die Hand zu reichen. Und als die Hochzeit wie ein weisses Segel gekommen und gegangen war, packte sie eine ständige, wilde Verzweiflung. Eine rasende Aggressivität, die sich früher durch zornige Blicke angekündigt hatte, die aber unter dem besänftigenden Einfluss der Natur ihrer Mademoiselle immer seltener geworden war, kehrte jetzt mit verdoppelter Stärke zurück und funkelte unaufhörlich aus ihren Augen. Wie auch immer ihre heimliche Liebe beschaffen sein mochte - dass sie hoffnungslos unter den Horizont sank, hatte Palmyre zur fünfzigfachen Rebellin gemacht - zur Rebellin, die nichts zu verlieren hat.

«Sie liebt ihren Fürsten!» äusserten sich die Neger.

«Dummköpfe!» meinte der Aufseher, der sich auf sein Urteilsvermögen etwas einbildete, «sie liebt niemanden, aber sie hasst Agricola, sie hat ihn von Anfang an gehasst, und jetzt mehr denn je!»

Jeder hatte recht, wenn auch nur teilweise. In ihren Gefühlen empfand sie sich seltsam mit dem Afrikaner verbunden, doch ihr Leben weihte sie von jetzt an dem Untergang Agricolas.

Señor Don José bemühte sich, wie gesagt, glücklich zu sein, doch sein Herz hegte und nährte eine angeborene, durch den Aberglauben verstärkte Furcht - die Furcht, behext zu sein. Die Neger sagten, Bras-Coupé habe das Land verwünscht. Morgen für Morgen blickte der Spanier besorgt auf seine Felder, bis eines Nachts der Wurm in die Indigo-Plantagen kam und zwischen Sonnenuntergang und Sonnenaufgang jedes grüne Blatt so restlos vertilgt war, dass weder für die Insekten noch für seine Befürchtungen etwas übrig blieb.

Und dann sagte er - und ein Echo kehrte aus Cannes Brûlées zu ihm zurück -, dass die eigentliche Schuld bei den Grandissimes liege, und zwar besonders bei Agricola, ihrem Flügelmann, der ihm den verteufelten Afrikaner aufgehalst hatte. Ausserdem wurden seine Sklaven in einem bis dahin unbekannten Ausmass vom Fieber heimgesucht und starben. Die wenigen, die am Leben geblieben waren, die aber ihre Kraft noch nicht wiedererlangt hatten, wanderten wie Vogelscheuchen auf dem Hof umher, suchten Schutz vor der Sonne und verpesteten die Luft mit ihrem ewigen *«No' ouanga* (wir sind behext), *Bras-Coupé fe moi des grigris* (der Vaudou-Zauber Bras-Coupés hat mich getroffen)». Der fröhliche Gesang verstummte, und die Blumen sanken zu Boden.

«Ich habe von einem Grundsatz der Engländer gehört», schrieb Oberst De Grapion an seinen Verwandten, «und möchte Ihnen empfehlen, ihn in die Praxis umzusetzen: ‹Treibt den Teufel mit Feuer aus!›»

Nein, Don José wollte den Teufel nicht bekriegen.

Aber könnte er vielleicht einen Teufelsbeschwörer einsetzen, wie sie in Rom zu finden waren?

Nein, das wollte er auch nicht. Wenn seine Bluthunde den Fürsten nicht stellen konnten, mochte er bleiben, wo er war. Der Aufseher hatte es noch einmal mit den Hunden versucht und war unverrichteterdinge zurückgekehrt: der beste Hund war von einem Pfeil getroffen worden und hing ihm matt über dem Sattel.

Dann versuchten die Schwarzen, den Fluch durch gewisse Trankspenden und nächtliche Beschwörungslieder zu beheben, doch kaum hörte ihr Herr den wilden Singsang ihrer Teufelsverehrung, da verbot er es mit aller Entschiedenheit.

Anfang Februar kam der Frühling, und gleichzeitig mit ihm kamen neuer Mut und neue Hoffnung. Vielleicht, nein, bestimmt war es deshalb, weil der junge Honoré Grandissime wieder nach Hause gekommen war. Wo immer er war, ging es wie Sonnenschein von ihm aus, doch der andre Honoré war wie ein Schatten.

Der hellhäutige Honoré begriff bald die Bedeutung der Vorgänge. Er beeilte sich, dem jungen Don Hoffnung auf eine bessere Zukunft zu machen und Bras-Coupé, falls möglich, wieder bei seinem Herrn in Gunst zu bringen. Doch das war ein vergeblicher Versuch. Auch mit seinem Onkel Agricola hatte er lange Besprechungen, aber sie endeten alle ergebnislos und trugen ihm nur Ärger ein.

Sein dunkelhäutiger Halbbruder hatte Palmyre gesehen und liebte sie. Honoré hätte gern ein paar Probleme auf einmal gelöst und strebte einen ehrenvollen Ehebund für die beiden an. Die erste Zeremonie auf dem freien Platz hinter dem Grandissime-Haus wäre kein Hindernis gewesen, das gaben alle Sklavenhalter zu. Honoré f. m. c., der in den Besitz seines Anteils am väterlichen Erbe gekommen war, befolgte den Rat seines Halbbruders und schickte ein schriftliches Angebot nach Cannes Brûlées, er wolle Palmyre zu jedem Preis kaufen, den ihr Herr ihm nennen würde, und teilte seine Absicht mit, sie freizulassen und zu seiner Frau zu machen. Oberst De Grapion konnte kaum hoffen, das Problem von Palmyres Zukunft befriedigender zu lösen, liess sich jedoch die Gelegenheit nicht entgehen, seinem Stolz zu frönen und zu wiederholen, was er Agricola angedroht hatte: dass er jeden umbringen würde, der Palmyre mit einem Neger verheiratete. Er bezog sich wieder darauf und nannte ihm den Käufer. Das würde dem alten Prahler eine Rückzugslinie bieten, meinte der Plantagenbesitzer von Cannes Brûlées.

Aber Citizen Fusilier dachte nicht im Traum an einen Rückzug.

«Sie ist schon verheiratet», erklärt er Monsieur Honoré Grandissime, f. m. c. «Sie ist die angetraute Frau des Bras-Coupé, und was Gott zusammengefügt hat, soll der Mensch nicht scheiden. Damit haben Sie's, mein Herrchen! Es war unverschämt von Ihnen, sich so mit Ihrem Reichtum aufzuspielen. Sie dachten, Sie könnten sich dadurch die Gleichberechtigung erschleichen. Dem weissen Mann zuliebe, dessen Blut in Ihren Adern rollt, ignoriere ich diesmal Ihre Unverschämtheit, aber merken Sie sich: sollten Sie mir jemals mit Ihren Pariser Manieren und Ihrer überheblichen Visage zu nahe kommen, dann ohrfeige ich Sie!»

Drei Nächte später gab ihm der unvorsichtige Quarterone Gelegenheit dazu, und Agricola hielt Wort – nämlich auf dem Quarteronen-Ball, von dem Doktor Keene dem Apotheker erzählt hatte.

Don José aber schöpfte neuen Mut.

«Das Unglück vom vergangenen Jahr war nichts als Fortunas Launenhaftigkeit», sagte er. «Seht euch doch um! Die Ernte ist überall missraten!»

Der Aufseher schüttelte den Kopf.

«Der verfluchte Alligator Bras-Coupé hinten im Sumpf, der ist schuld!»

Und allmählich wurde sein Herr wieder von der gleichen Furcht gepackt. Er und seine Nachbarn bereiteten eine neue Ernte vor: der Frühling verging, der Sommer verwelkte, das Jahr neigte sich seinem Ende zu – und keine Ernte stand in Aussicht. «O weh», riefen die Plantagenbesitzer, «wie erbärmlich schlecht geht es uns!» Doch am schlimmsten sah es auf den Feldern von Bras-Coupés Herrn aus: alles war verdorrt und zusammengeschrumpft. Die Nachbarn sagten: «Er versteht nichts vom Farmen, und sein Aufseher erst recht nicht. Vielleicht stimmt es doch, wenn er sagt, dass der Vaudou-Fluch auf ihm liegt?»

Eines Tages um die Mittagszeit wurde der Herr selbst vom Fieber gepackt.

Als seine betrübte Frau am dritten Tag neben seinem Bett sass, stand plötzlich mitten im Zimmer, hinter sich die offene Tür, die prachtvolle, halbnackte Gestalt Bras-Coupés. Als ihn diesmal der Blick der Herrin traf, fiel er nicht zu Boden, obwohl er am ganzen Leib zitterte. Sein Herr lag mit geschlossenen Augen da. Die drei Tage Fieber hatten ihm furchtbar zugesetzt.

«*Mioko-Koanga oulé so' femme!* (Bras-Coupé will seine Frau haben!)»

Der Spanier fuhr hoch und starrte entsetzt auf seinen Sklaven.

«*Bras-Coupé oulé so' femme!*» wiederholte der Schwarze.

«Packt ihn!» rief der Kranke und versuchte aufzustehen.

Doch obwohl sich mehrere Diener mit erschrockenen Gesichtern hereingewagt hatten, getraute sich doch keiner, den Riesen anzurühren. Der Herr warf seiner Frau flehende Blicke zu, aber sie war wie gelähmt, bedeckte ihr Gesicht mit den Händen und sass wie überwältigt von der Vorahnung kommenden Unheils. Bras-Coupé erhob eine riesige schwarze Handfläche und begann: «Möge dies Haus verflucht sein, und mit ihm jeder, der keine Frau ist!»

Der Spanier sank in hilflosem Zorn stöhnend in seine Kissen.

Der Afrikaner deutete mit dem Finger durch das offene Fenster.

«Mögen die Felder den Pflug nicht kennen noch das Vieh ernähren, das dort nach Nahrung sucht!»

Die Diener, die bis dahin ausgeharrt hatten, stürzten plötzlich wie eine scheuende Herde davon. Und dann erschien Palmyre.

«Sprich mit ihm!» ächzte der Kranke.

Sie trat entschlossen auf ihren Ehemann zu und hob die Hand. Mit einer lässigen Bewegung, aber blitzschnell und wie der Löwe, der seinen Fuss auf einen Hund setzt, ergriff er ihren Arm.

«Bras-Coupé oulé so' femme!» sagte er, und in dem Augenblick wäre ihm Palmyre bis zum Äquator gefolgt.

«Du bekommst sie aber nicht!» keuchte der Kranke.

Der Afrikaner schien sich in voller Grösse aufzurichten, und während er noch immer seine Frau auf Armeslänge festhielt, fuhr er mit seiner Verwünschung fort: «Unkraut soll das Land überziehen, bis die Luft voll ist von seinem Gestank und die wilden Tiere aus dem Wald kommen und sich dort ihr Lager bereiten!»

Mit wahnsinniger Anstrengung stützte sich Don José auf den Ellbogen und streckte in seiner Wut die geballte Faust aus. Ihn schwindelte, und er konnte nichts mehr erkennen. Als er wieder zu sich kam, beugten sich Palmyre und ihre Herrin über ihn, der Aufseher stand verlegen da, und Bras-Coupé war weg.

Die Plantage wurde zum Krankenlager, und auch sonst ging der Vaudou-Fluch in jeder Hinsicht in Erfüllung. Der Pflug stand still, die Herden brachen durch eingestürzte Zäune und streiften mit hervorstechenden Knochen und eingesunkenen Flanken von Feld zu Feld. Dornen und Unkraut machten sich den Platz streitig und rangen um Lebensraum - Kreuzkraut, Pfefferkraut, Flockenkraut, Hundswürger und Nieskraut -, bis der glühende Hochsommerhimmel sie am Weiterwachsen hinderte und ihre Zottelköpfe mit scharf riechenden, schmutzig braunen Blüten krönte.

«Warum im Namen des heiligen Franziskus hat die Señora nicht ihre Macht über den schwarzen Schurken ausgenützt, als er dastand und seinen Fluch losliess?» fragte der Priester den Aufseher.

«Um die Wahrheit zu gestehen, ehrwürdiger Vater», flüsterte der Aufseher vorsichtig, «glaubt sie wahrscheinlich, dass Bras-Coupé irgendwie im Recht ist!»

«Oh! Oh! Ich verstehe! Genau wie ihr Bruder Honoré betrachtet sie das Problem von beiden Seiten - eine unpraktische Methode! Aber warum konnte denn Palmyre nicht ihre Augen gebrauchen? Die hätten ihm doch bestimmt Einhalt gebieten können!»

«Palmyre? Ach, Palmyre ist hierzulande das beste Medium geworden. Agricola hat selber Angst vor ihr. Sir, manchmal glaube ich, Bras-Coupé ist tot, und sein Geist ist in Palmyre gefahren. Sie würde den Fluch eher noch verdoppeln statt ihn abzuschwächen!»

«Ach», sagte der freundliche Priester mit breitem Lächeln, «eine Züchtigung wäre das Richtige für sie! Die Peitsche ist der beste Heiligmacher. Das würde wohl sogar aus dem unüberwindlichen Bras-Coupé einen Christen machen.»

Doch Bras-Coupé hielt sich ausserhalb des Bereichs von Peitsche und Bibel.

Eines Tages führte der Aufseher einen Mann ins Krankenzimmer seines Herrn, der die gute Nachricht brachte, ein unternehmender Franzose versuche, in Louisiana eine neue Art Zukkerrohr anzubauen, dem die Insekten nichts anhaben könnten. Es war das Jahr, in welchem die Pflanzer den Ruin so dicht vor der Tür sahen, dass sie zum Himmel um Beistand flehten. Die Vorsehung schickte ihnen Etienne de Boré. «Und wenn Etienne damit Erfolg hat», rief der Überbringer der Freudenbotschaft, «und den Saft des Zuckkerrohrs zum Kristallisieren bringt, dann können wir andern das auch tun und unser Land und Haus und Hof retten. Oh, Señor, Sie würden wieder zu Kräften kommen, wenn Sie alle die Felder mit Zuckerrohr bedeckt sehen, und die langen Reihen von Negern und Negerinnen, die es abhacken, während sie ihre drolligen afrikanischen Verse singen, mit denen sie das abgeschnittene Zuckerrohr zählen!» Und der Überbringer der guten Nachricht sang sie aus reinster Begeisterung vor:

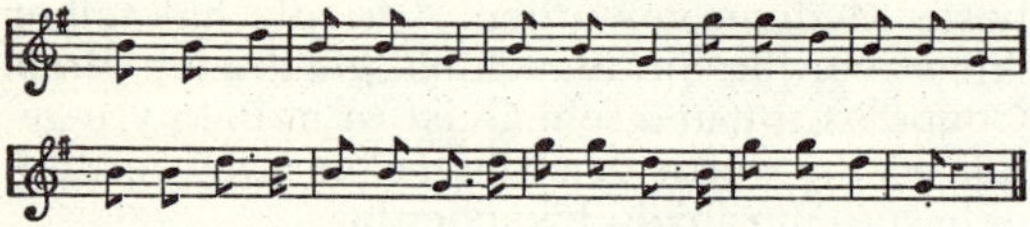

«An-o-qué, An-o-bia, Bia-tail-la, Que-re-que,
Nal-le-oua,
Au-mon-dé, Au-tap-o-té, Au-pa-to-té,
Au-qué-ré-qué, Bo.»

«Und Honoré Grandissime führt es auf seinen Feldern ein?» sagte Don José.

«Stimmt», bestätigte Agricola, der dazugekommen war. Honoré, der unermüdliche Friedensstifter, hatte den Onkel und seinen Schwager wieder versöhnt, so dass sie momentan nicht nur miteinander sprachen, sondern sich sogar Freundlichkeiten erwiesen.

Der Señor lächelte.

«Ich habe auch eine gute Nachricht», sagte er. «Meine liebe Frau hat mir einen Sohn geschenkt.»

«Ein neuer Zweig am Stammbaum der Gra..., ich meine, der Martinez!» rief Agricola. «Und jetzt, Don José, lassen Sie mich meine ganz besondere Neuigkeit überbringen!»

Der Don hob kraftlos den Kopf und riss die Augen auf, in denen ein jähes, wildes Licht glomm.

«Nein», sagte Agricola, «sie haben ihn noch nicht, aber sie sind ihm auf der Spur.»

«Wer?»

«Die Polizei. Wir dürfen ruhig behaupten, dass er bereits in unsrer Hand ist.»

An einem Samstagnachmittag, als eine Gruppe Choctaws sich ausserhalb der Stadt mit einem Federballspiel vergnügt hatte und als ein ebensolches Spiel zwischen den weissen Champions der zwei Rivalen-Vororte sich dem Ende näherte, wurde die Bevölkerung durch das Trommeln der Tamtams, das Rasseln von Maultierknochen und das Blasen hölzerner Hörner übers Feld zu einer Stelle gelockt, die mit ihrem heutigen Namen Kongo-Platz noch die Erinnerung an einen alten, barbarischen Zeitvertreib bewahrt. Auf einer Rasenfläche unterhalb der Wälle sassen die Urheber der schaurigen Disharmonien einander gegenüber, und in ihrer Mitte tanzten einige Paare, immer nur wenige auf einmal, und verrenkten ihre Körper in den erstaunlichsten Stellungen und den verrücktesten Verdrehungen, während die ganze Schar schwarzer Zuschauer, angestachelt durch die Klänge der unheimlichen Musik und die heftigen Bewegungen der Tänzer, sich in leidenschaftlichem Mitgehen schaukelte und krümmte und – in wilder Übereinstimmung mit den Rasseln und Trommeln – auf die Brust, in die Hände und auf die Hüften klatschte und hin und wieder in einem wilden Afrikaner-Einssein, das man weder schildern noch vergessen kann, die unbeschreiblichen Lieder der Babouille- und Counjaille-Tänze mit ihren wie ein Kehrreim eingeschalteten Rufen *«Aie! Aie! Vaudou Magnan!»* und *«Aie Calinda! Dancé Calinda!»* anstimmte. Die Lautstärke steigerte oder verminderte sich im gleichen Mass wie die zunehmenden oder nachlassenden Tollheiten der Tänzer. Bald spornte ein junger und geschmeidiger frischer Tänzer, in den Kreis springend, die erschlaffenden Rassler, Trommler und Bläser an, bald nahm ein ermatteter Tänzer, der seinen Elan schwinden fühlte, noch einmal mit dem Ruf *«Dancé zisqu'a mort!»* seine ganze Kraft zusammen, raffte sich zu einem grossartigen Finale auf und stürzte mit einem prachtvoll grotesken Satz, aus dem Mund schäumend, zu Boden.

Das Vergnügen hatte seinen Höhepunkt erreicht. Manche Teilhaber waren bereits am Schlafittchen herausgezerrt worden, damit sie nicht von den Tanzenden niedergetrampelt würden, und die Begeisterung hatte sich zur Raserei ausgewachsen – da sprang plötzlich der Schwärzeste der Schwarzen in den Ring, ein prächtig gewachsener Athlet, in Hosen aus Indienne, dem Stoff, den die Sklavinnen für ihre Staatsgewänder benutzen, schellenklingelnd, die Füsse in Mokassins und das dichte krause Haar mit Federn geschmückt, während eine Kette aus Alligatorzähnen ihm scheppernd auf die Brust schlug und eine lebendige Schlange sich um seinen Hals wand.

Zufällig tanzte nur ein einziges Paar. Ob sie auf Anstiften von Agricola hergeschickt waren, ist nicht sicher. Jedenfalls entriss der Fremde einem Zuschauer sein Tambourin, stiess den Tänzer auf die Seite, stellte sich der Tänzerin gegenüber und begann sich in den ausschweifendsten Tollheiten zu bewegen, gegen die alles Voraufgegangene nur zahm und schleppend gewesen war, und als er schliesslich mit klingelnden Mokassins einfach über den Kopf seiner verblüfften Partnerin hinweg sprang, brüllte die Menge in stürmischem Entzücken.

Der unselige Bras-Coupé! Sein Körper und sein Geist waren wieder in dem gefährlich tollkühnen und verantwortungslosen Zustand, den man herabwürdigend als «betrunken» bezeichnet.

Dank eines seltsamen Zufalls, wenn nicht gar, wie oben angedeutet, aus einer heimtückischen Absicht heraus, waren die beiden Tänzer, die er im Tanz unterbrochen hatte, Clémence und jener Sklave gewesen, den er ins Weidengebüsch geworfen hatte. Der Mann betrachtete ihn zuerst stumpfsinnig, dann starrte er ihn bewundernd an, und dann erkannte er ihn deutlich als seinen ehemaligen Antreiber. Fünf Minuten darauf steckten die spanischen Polizisten die Köpfe zusammen, wie Bras-Coupé am leichtesten und sichersten zu fangen sei, und in der sechsten Minute, gerade als der grossartige

Bursche zu einem noch tolleren Sprung ansetzte, fiel ihm ein Lasso um den Hals und warf ihn wie einen gefällten Baum krachend zu Boden, das Gesicht im Gras.

Das alte französische Sklavengesetz, das auch die Spanier beibehielten, lautete: «Dem entlaufenen Sklaven, der einen Monat fortbleibt, vom Tage an gerechnet, wo er der Polizei gemeldet wird, sollen die Ohren abgeschnitten und auf die eine Schulter das *fleur-de-lis*-Zeichen eingebrannt werden; bei einem zweiten Vergehen der gleichen Art sollen ihm die Kniesehnen durchgeschnitten und auch die andre Schulter gebrandmarkt werden. Nach dem dritten Vergehen soll er sterben.» Bras-Coupé war nur zweimal entlaufen. «Aber», sagte Agricola, «diese Burschen muss man Mores lehren! Übrigens lautet Artikel 27 des gleichen Gesetzes: ‹Der Sklave, der seinem Herrn durch einen Hieb eine Beule beigebracht hat, soll die Todesstrafe erleiden.› Ein sehr notwendiges Gesetz!» schloss er mit einem finsteren Blick auf Palmyre, die ihm mit einem Blick antwortete, den er nie mehr vergass.

Der Spanier erwies sich – für einen Spanier – als sehr barmherzig: er verschonte das Leben des Flüchtlings. Er wäre vielleicht noch barmherziger gewesen, hätte nicht Honoré Grandissime ein paar empörte Worte geäussert und zugunsten des Sklaven gesprochen. Um den Grandissimes eine Lehre zu erteilen, hätte er fast seine Grossmut bereut, wie er auch den vorübergehenden Waffenstillstand mit Agricola bereute; doch seiner unter Tränen bittenden Frau zuliebe und wegen der heissen, trockenen Augen ihrer Dienerin ignorierte er die Beleidigung seiner Person und übergab Bras-Coupé dem Gesetz, damit er nur die Strafe für das an der Gesellschaft begangene Verbrechen erlitte, weil er versucht hatte, ein freier Mann zu sein.

Zu Palmyres Ehre sei es gesagt, dass sie für Bras-Coupé um Gnade bat, obwohl es sie die grösste Überwindung kosten musste, denn mit seinem Tod wäre sie frei gewesen, blieb er aber am Leben, dann gehörte sie ihm.

Mitten in der Altstadt, in einem Stadtteil, der jetzt zerfällt, stand die Calaboza mit ihren feuchten Zellen, den vergitterten Fenstern, den eisernen Käfigen und der Peitsche, und dort wurde Bras-Coupé mit dem Gesicht nach unten angeschnallt und ausgepeitscht. Doch kein Laut drang über die Lippen des verstümmelten, aber unbesiegten Afrikaners, kein Laut, der das Ohr der schlummernden Stadt gestört hätte.

(«Und Sie haben geduldet, dass es geschah?» fragte der Apotheker.

«Mein lieber Herr», rief Honoré Grandissime, «sie hatten mir etwas vorgelogen und gesagt, sie würden ihm nichts antun!»)

Bei Sonnenaufgang wurde er auf die Plantage geschafft. Die Luft duftete würzig von den Kräutern und Gräsern. Die langgehörnten Ochsen und der Junge, der das Gespann antrieb, hielten vor seiner Hütte.

«Da könnt ihr den Mann nicht unterbringen», sagte der Aufseher mitleidig. «Unter einem Dach würde er ersticken. Er hat zu lange im Freien gelebt. Legt ihn vor meine Veranda!» Dort sank Palmyre nieder und brach endlich in Tränen aus, während der hilflose, riesige Gefangene auf einem weichen Heulager ruhte, ein

Tuch über dem wunden Rücken, ohne Ohren und mit durchschnittenen Sehnen. Seine Augen waren trocken, aber aus seinem Blick sprach die unsägliche Verzweiflung, die das Auge des in der Schlacht gefallenen Streitrosses füllt. Manchmal streifte sein Blick langsam seine Frau: jetzt brauchte er sie nicht mehr zu verlangen, sie war bei ihm!

Um ihn her wurde viel geredet - leeres Geschwätz, denn welche Macht der Welt könnte einen Kreolen vom Schwatzen abhalten? Er lag einfach still, die Brauen starr zusammengezogen. Doch als eine unvorsichtige Zunge einmal den Namen Agricolas fallenliess, flogen die Augen des schwarzen Mannes so schnell zu Palmyre, dass sie glaubte, er würde etwas sagen. Aber nein, er sprach nur mit den Augen, und sie antwortete ihm mit einem wilden Versprechen im Blick, woraufhin er langsam den Kopf drehte und auf den Boden spuckte.

Nur ein einziges Mal wurde seine wilde Natur auf die Probe gestellt. Vom Krankenlager seines Herrn kam der Befehl, den Fluch aufzuheben.

Bras-Coupé lächelte nur. Vor einem solchen Lächeln möge Gott selbst unsere Feinde bewahren!

Der Aufseher, der eine weniger spanische Taktik als sein Herr verfolgte, versuchte es mit Überredung. Doch der gefallene Fürst gönnte ihm keinen Blick. Daraufhin wurde Palmyre gebeten, zu vermitteln. Sie unternahm einen schwachen Versuch, aber ihr Mann hätte sich beinah unfreundlich ihr gegenüber benommen. Mit der Faust gebot er Schweigen, und sofort verstummte jeder.

Am folgenden Tag um Mitternacht trug der Wind allerlei Geräusche vom Herrenhaus herüber, ein Hin- und Herlaufen und ein Schluchzen und Wehklagen. Ein anderer Bräutigam kam, und der Spanier ging Ihm entgegen, mit einer Lampe in der Hand, wie sie bei den meisten von uns anzutreffen sein wird: weder mit heller Flamme brennend noch gänzlich erloschen.

«Bras-Coupé», sagte Palmyre am folgenden Abend, «der Herr ist tot; er wurde gerade begraben. Im Sterben hat er gebeten, dass du ihm verzeihen möchtest, Bras-Coupé!»

Der verstümmelte Mann blickte seiner Frau fest in die Augen. Er hatte nie mehr gesprochen, seit er die Peitsche bekam, und er sprach auch jetzt nicht. Aber in den grossen, klaren Augen, in denen seine verbleibende Kraft Zuflucht gefunden hatte, loderte die alte Wildheit auf - und erlosch dann, wie ein verlöschendes Warnsignal.

Der Aufseher flüsterte Palmyre zu: «Wenn deine Herrin wohl genug ist, um hierherzukommen, dann rufe sie her. Sie braucht nichts zu befürchten, aber sie soll mit dem Kind auf dem Arm herkommen, sag ihr das, rasch!»

Die Señora erschien mit dem kleinen Jungen auf dem Arm, kniete neben dem Heulager nieder und setzte das Kind in die Armbeuge des Afrikaners. Bras-Coupé blickte es an, es lächelte - das gleiche Lächeln wie seine Mutter - und tastete mit der Hand nach dem Gesicht des entlaufenen Sklaven. Die ersten Tränen, die Bras-Coupé in seinem Leben weinte, ein erlösendes Zeugnis seiner Menschlichkeit, stürzten ihm aus den Augen und rollten ihm die Wange hinab auf die Hand des Kleinen. Er legte die Hand behutsam auf den Kopf des Kindes, nahm sie dann fort und schwenkte sie ins Weite. Unhörbar flüsterten seine Lippen; er liess den Arm sinken und schloss die Augen. Der Fluch war aufgehoben.

«Der arme Teufel!» sagte der Aufseher, wischte sich die Augen und blickte über die Felder. «Palmyre, du musst einen Priester holen!»

Der Priester kam. Er kam im gleichen Talar, in dem er in der Nacht der Doppelhochzeit erschienen war. Auf die zahlreichen leisen Fragen des Priesters gab Bras-Coupé keine Antwort, doch als ihn der fromme Mann schliesslich fragte: «Weisst du, wohin du gehst?», antworteten seine leuchtenden Augen: «Ja!»

«Wohin?»

Er antwortete nicht. Er war in ein tiefes Schauen versunken.

Die Frage wurde wiederholt.

«Weisst du, wohin du gehst?»

Und wieder kam von seinen Augen die Antwort. Er wusste es.

«Wohin?»

Der Aufseher vor der Veranda, die Witwe mit ihrem kleinen Sohn, Palmyre und der Priester beugten sich alle über das Sterbelager, um die Antwort zu hören.

«Nach...» Die Stimme versagte ihm. Der sterbende Held versuchte es noch einmal, und wieder versagte sie. Er versuchte es von neuem, hob die Hand, flüsterte mit verzücktem Lächeln: «Nach Afrika!» und war tot.

30

Lahmgelegt

Bras-Coupés Erlebnisse wurden, wie schon berichtet, an jenem Tag dreimal erzählt: einmal den jungen Grandissime-Damen und zweimal dem Apotheker Frowenfeld. Die schönen Grandissimes stimmten zum Schluss alle überein, dass es eine sehr traurige Geschichte sei, besonders deshalb, weil man Bras-Coupé die Sehnen durchgeschnitten hatte – einem Mann, der sogar bei seiner Verwünschung Rücksicht auf die Frauen gewahrt und eine Ausnahme gemacht hatte. Allerdings fiel ihnen auch kein Ausweg ein, denn sein Schicksal habe er natürlich verdient; trotzdem sei es bedauerlich. Sie trennten sich und gingen schlafen, völlig überzeugt von der Richtigkeit ihrer Einstellung. Doch bei Frowenfeld hatte Bras-Coupés Geschichte heftigere Gefühle ausgelöst.

Am gleichen Tag, noch sehr früh am Morgen, war Honoré Grandissime, der freie Farbige, im Laden an der Rue Royale erschienen; sein Schritt war langsamer denn je, und er war sorgfältiger denn je gekleidet. Er hätte es gar nicht nötig gehabt, um noch eine persönliche Besprechung zu bitten, denn Joseph führte ihn, ohne ein Wort zu sagen, sofort in sein Studierzimmer, bot ihm einen Stuhl an, den er auch annahm, und setzte sich ihm gegenüber.

Auf seine umständliche Art erklärte der Quarterone, er habe gehört, dass Frowenfeld dreimal in der Wohnung von Palmyre Philosophe gewesen sei. Er wisse zwar nicht weshalb, und wolle auch nicht danach fragen, doch er selbst sei stets abgewiesen worden. Er hätte dem Apotheker ja von seinem Liebeskummer erzählt. «Es ist vielleicht unklug gewesen...»

Frowenfeld unterbrach ihn. Palmyre sei seit mehreren Tagen krank, und Doktor Keene, den Mr. Grandissime vermutlich kenne, sei ihr Arzt...

Der Hauswirt nickte, und Frowenfeld fuhr fort und erklärte ihm, dass Doktor Keene selber erkrankt sei und ihn gebeten habe, diesen einen Fall für ihn zu übernehmen, bis er selbst die Behandlung fortsetzen könne. Das sei der Grund, weshalb einzig er, Joseph Frowenfeld, zugelassen worden sei und andere nicht.

Mit dieser Erklärung nahm Frowenfeld dem Quarteronen ganz eindeutig eine schwere Last vom Herzen. Doch sass er grübelnd vor seinem Mieter, der ihn lange und teilnahmsvoll betrachtete. Dann überliess sich der Apotheker einem seiner unvermittelten Einfälle und sagte: «Mr. Grandissime, Sie sind ein Mann, der Klugheit und Bildung besitzt und dem Zeit und Reichtum zur Verfügung stehen. Warum setzen Sie sich nicht selbst - und all Ihre Zeit, Ihren Reichtum, Ihre Fähigkeiten und Ihre Energie - für die Sache der Unterdrückten ein, mit denen diese Stadt Sie ungerechterweise und so verächtlich auf eine Stufe stellt?», und dabei ballte er die Fäuste und blickte zornig drein.

Zunächst wich der Quarterone den erregten Augen des Apothekers aus, und dann blickte er ihn traurig und niedergeschlagen an.

«Er kann es nicht», sagte er, und als er sah, dass seine Worte nicht verstanden wurden, fügte er hinzu: «Er hat kein Motiv. Tote haben kein

Motiv.» Mit vielen Pausen und stockendem Tasten nach Worten und Ausdrücken setzte er Frowenfeld mit einer kläglichen Stimme, die beinah unmännlich wirkte, die Gründe auseinander, weshalb das Volk, von dessen Blut ein winziger Tropfen genügt hatte, sein Leben zu vernichten, sich niemals aus eigener Kraft befreien könne. Er war der Ansicht, dass die Sklaven überhaupt kein Volk seien. Wenn sie für eine gerechte Sache kämpften, dann in Afrika. Dort kämpften sie, dort verloren sie ihre Kämpfe – für die aber, die hier waren, war es aus mit dem Kämpfen: sie waren einer wie der andre Kriegsgefangene.

«Sie sprechen immer in der dritten Person von ihnen?» sagte Frowenfeld.

«Ich selbst bin kein Sklave.»

«Sind Sie dessen sicher?» fragte Frowenfeld.

Der Hauswirt blickte ihn an.

«Mir scheint es», fuhr Frowenfeld fort, «dass Sie, Ihre Klasse, die freien Quarteronen, die traurigsten Sklaven von allen sind. Für einen kleinen Besitz haben sich Ihre Männer und für ein wenig liebenswürdige Aufmerksamkeit haben sich Ihre Frauen ihre lobenswerte Unzufriedenheit rauben lassen, und für einen erbärmlichen Köder unechter Freiheit haben sie eingewilligt, eine tyrannische Unverschämtheit zu erdulden, die sie wie Gras unter einer Steinplatte in den Schmutz drückt. Ich wäre lieber ein Flüchtling im Sumpf, als dass ich mich mit einer solchen Freiheit zufrieden gäbe. So wie Ihre Klasse heutzutage vor der Welt dasteht – äusserlich frei, aber innerlich versklavt –, ist es, ich möchte fast sagen: eine Warnung für Philanthropen.»

Der freie Farbige erhob sich langsam.

«Sie wissen doch hoffentlich», sagte Frowenfeld, «dass es mir fernliegt, Sie zu beleidigen?»

«Jedes Wort ist wahr», entgegnete der Hauswirt und setzte sich wieder.

«Mr. Grandissime», sagte der Apotheker, «ich weiss, dass Sie ein gebrochener Mensch sind.»

Der Quarterone legte die Hand auf sein Herz und blickte auf.

«Und gerade als gebrochener Mann sind Sie ganz besonders für eine Aufgabe geduldiger und ständiger Aufopferung geeignet. Zu verlieren haben Sie dabei nur das, was Ihr Kummer Sie zu verachten gelehrt hat: Bequemlichkeit, Geld und Aufwand. Widmen Sie sich Ihrem Volk, ich meine jenen, die unter dem unwürdigen Los seufzen, oder seufzen sollten, das sie mit Ihnen gemeinsam tragen.»

Der Quarterone schüttelte den Kopf, und nach einer kurzen Pause sagte er: «Ich bin nicht zu einem Toussaint l'Ouverture geschaffen. Ich darf es nicht einmal versuchen, denn wenn ich's versuchte, würde ich nur ein zweiter Bras-Coupé werden.»

«Sie missverstehen mich völlig», erwiderte Joseph hastig. «Auf nichts setze ich weniger Hoffnung als auf offene Empörung. Ich glaube vielmehr, dass zwei Wege zu jedem erstrebenswerten Ziel führen: ein aufrührerischer und ein friedlicher Weg. Ich könnte mir vorstellen, dass ein Mann in Ihrer Stellung unter seinen Leidensgenossen einhergeht, in ihren Herzen eine sachliche Unzufriedenheit weckt und bald sparsam, bald verschwenderisch, wie es von Fall zu Fall am weisesten ist, seine Mittel einsetzt, um sie aufzuklären, moralisch zu stützen und in Facharbeiten auszubilden; und der auch zur Herrenschicht geht, zu denen, die ein Gefühl für Gerechtigkeit haben, und mit ihnen eine öffentliche Anerkennung ihrer Gleichberechtigung anstrebt und dabei all seine Klugheit aufwendet, um ihnen den doppelten Schaden klarzumachen, den ihnen die Unterdrükkung einbringt – im Kleinen wie im Grossen.»

Der Quarterone machte eine abwehrende Handbewegung. In seinen Augen brannte ein Feuer, das Joseph noch nie gesehen hatte.

«'Sieur», sagte er, «warten Sie, bis Agricola Fusilier kalt ist!»

«Meinen Sie, bis er gestorben ist?»

«Nein», sagte der Quarterone. «Hören Sie zu!» Und nun erzählte dieser Mann mit den starken Gefühlen und dem schwachen Willen (einem Merkmal seiner Kaste) in mühsam tastenden Sätzen jenen Teil der Geschichte Bras-Coupés, der erklärte, wie es zu dem tödlichen Hass des Afrikaners auf Agricola gekommen war.

«Sagen Sie mir nun», schloss der Hauswirt, «warum Bras-Coupé nicht auch Agricola verwünscht hat? Weil Agricola ein Zauberer ist. Sonst wäre er schon längst tot.»

Eine Geste des Sprechenden schien anzudeuten, dass seine eigene Hand dieses Ereignis, falls nötig, herbeigeführt hätte.

Als er sich erhob, um sich zu verabschieden, legte Joseph die Hand auf den Arm seines Besuchers.

«Gibt es keinen Menschen, der zwischen Ihnen Frieden stiften kann?»

Der Quarterone schüttelte den Kopf.

«Unmöglich – wir wollen es nicht!»

«Ich meine», fuhr Joseph hartnäckig fort, «gibt es niemanden, der sich zwischen Sie und diejenigen stellt, die Ihnen Unrecht zufügen, und eine friedliche Wiedergutmachung bewirkt?»

Der Hauswirt wandte sich langsam ab. Beide sprachen nicht, doch jeder wusste im stillen, dass der eine Mann, an den sie beide als möglichen Friedensstifter dachten, nur Honoré Grandissime sein konnte.

«Wenn sich die Gelegenheit bietet, darf ich dann selbst ein Wort für Sie einlegen?» fragte Joseph.

Der Quarterone schwieg und lächelte höflich, aber verbittert. Im Hinausgehen wiederholte er: «Es ist unmöglich. Wir wollen nicht.»

«Lahmgelegt», murmelte Frowenfeld, als er ihm mitfühlend nachblickte. «Lahmgelegt – wie sie alle!»

Gegen Ende des Tages kreisten seine Gedanken noch immer um das gleiche Thema, und die Stunde rückte näher, in der Raoul Innerarity gemahnt wurde, im fröhlichen Kreis des fernen Grandissime-Hauses seine Gute-Nacht-Geschichte zu erzählen. Während der Apotheker im Begriff war, seine Türen für die Nacht abzuschliessen, wurde er von Honoré Grandissime (dem hellhäutigen) in den Mondschein hinausgerufen.

«Verwelkt!» hatte Frowenfeld hörbar vor sich hin gesagt, «nicht im Schatten der Äthiopierin, sondern im grellen Licht des weissen Mannes!»

«Wer ist verwelkt?» fragte Honoré freundlich.

Der Apotheker zuckte zusammen. «Habe ich laut gedacht? Guten Abend, Sir! Ich meinte die freien Farbigen.»

«Einschliesslich des Herrn, der Ihnen Ihr Geschäft vermietet hat?»

«Ja, er ganz besonders. Er hat mir heute morgen von Bras-Coupé erzählt.»

Monsieur Grandissime lachte. Joseph wusste nicht recht, warum eigentlich, und das Lachen klang auch nicht ganz echt.

«Lassen Sie Ihr Geschäft geschlossen, Mr. Frowenfeld! Holen Sie sich nur Mantel und Stock und begleiten Sie mich auf einem Spaziergang! Ich möchte Ihnen die gleiche Geschichte erzählen.»

Erst nach zwei Stunden näherten sie sich wieder der Ladentür. Kurz bevor sie dort anlangten, blieb Honoré unter einer erloschenen Strassenlaterne vor einem grossen Stein stehen, der in der engen, mondhellen Strasse auf dem Boden lag. Hinter ihm erhob sich ein hohes, unfertiges Gebäude.

Honoré schlug mit dem Stock gegen den Stein. «Das hier ist Bras-Coupé, Mr. Frowenfeld! Wir werfen ihn weg, weil er unser Werkzeug stumpf macht.»

Er lachte. Er hatte heute abend mehr gelacht, als es einem Mann von Frowenfelds Denkart angemessen schien.

Während der Apotheker seinen Schlüssel in die Ladentür stiess und innehielt, um Honoré Grandissime weiterhin zuzuhören, fragte er sich, was einen Mann wie Honoré veranlassen mochte, scheinbar planlos und zu so kühler und gefährlicher Nachtstunde auf verlassenen Strassen herumzustreifen. «Was will er von mir?» fragte sich der Apotheker, und der Gedanke war so naheliegend, dass der Kreole ihn auffing.

«Verstehen Sie, Mr. Frowenfeld», lächelte er, «Sie forschen den Gründen nach, ich aber muss mich mit den Folgen abgeben, haha! Sie können in Ihrem Studierzimmer über die Hintergründe von Bras-Coupés Schicksal nachdenken, ich aber muss sehen, wie ich mit den Folgen fertig werde. Sie kennen sie ja.»

«Sie sagten mir, Sie hätten einen Krieg wiederangefacht, wo Sie Frieden stiften wollten?» erwiderte Frowenfeld.

«Ja, ja. Das ist die Folge. Aber gute Nacht, Mr. Frowenfeld!»

«Gute Nacht, Sir!»

31

Noch eine Wunde

Doktor Keene wurde mit jedem Tag kräftiger, und am Morgen, der auf die zuletzt berichteten Ereignisse folgte, plante er leichtsinnigerweise schon einen Spaziergang. Eine Mitteilung Honoré Grandissimes, der ihm einen frühen Besuch abstattete, hatte zu dessen aufrichtiger Überraschung eine unerwartet heftige Wirkung auf den Gemütszustand des kleinen Doktors.

Er sass allein am Fenster und blickte auf den Uferdamm, als der Apotheker seine Wohnung betrat.

«Frowenfeld!» begann er sofort in einem auffallend verdrossenen Tonfall, der Joseph ganz unbegreiflich war, «wie ich hörte, haben Sie die Nancanous besucht!»

«Ja, ich war dort.»

«Sie hatten dort nichts zu suchen!»

Doktor Keene schlug dabei mit der Faust auf die Armlehne seines Sessels.

Frowenfeld errötete vor Unwillen, unterdrückte aber eine Erwiderung. Er stand mitten im Zimmer, und Doktor Keene blickte aus dem Fenster.

Als dieser Zustand unerträglich wurde, sagte Frowenfeld: «Doktor Keene, haben Sie mir noch etwas zu sagen, bevor ich Sie verlasse?»

«Nein, Monsieur!»

«Dann muss ich Ihnen mitteilen, dass ich meinem Versprechen nachkomme und von hier zu Palmyre gehe und dass sie von morgen an keinen weiteren ärztlichen Beistand braucht. Was Ihr gegenwärtiges Benehmen mir gegenüber betrifft, so enthalte ich mich eines Urteils, bis ich die Ursache dazu erfahren habe.»

Der Doktor gab keine Antwort, sondern blickte noch immer aus dem Fenster, und Frowenfeld drehte sich um und ging.

Als er bei Palmyre eintrat, traf er sie auf einem Stuhl vor einem kleinen Feuer sitzend an. Sie flüsterte «Miché!» und begrüsste ihn mit einem feinen Lächeln, etwa wie einen Bruder, den man eine Woche lang nicht gesehen hat. Einem Menschen, der ohne Beschäftigung und ohne Besucher ans Bett gefesselt ist, erscheint ein Tag wie zehn Tage und drei wie ein Monat, nicht nur wegen der nötigen Geduld, sondern auch wegen der mancherlei Gedanken und Erinnerungen. Es war daher vorauszusehen, dass Palmyre beim heutigen, dem vierten Besuch des Apothekers, Freude über sein Kommen zeigen würde.

Doch auf ihr Lächeln folgte ein flüchtiges Stirnrunzeln, wie wenn Frowenfeld ihr Lächeln nicht beachtet hätte. Vielleicht stimmte das auch. Er war nicht gerade ein Mann, der viel lächelte, und das kam ihr dann auch in den Sinn, während er sich um ihre Wunde kümmerte.

«Die Wunde heilt so gut», sagte der Apotheker und legte den Verband wieder an, «dass ich nicht wiederzukommen brauche.» Er sah sie nicht an, während er sprach, aber er spürte, wie sie zusammenzuckte. «Was mag der Grund sein?» dachte er, sagte dann aber beruhigend: «Mit Hilfe Ihrer Sklavin können Sie sich jetzt selbst behelfen!»

Sie sagte nichts.

Als er sich mit einer kurzen Verbeugung verabschieden wollte, hielt sie ihm ihre Hand hin. Mit kaum merklichem Zaudern gab er ihr seine Hand, sie hielt sie aber fest, wie um anzudeuten, dass etwas gesagt werden und dass er bleiben und ihr zuhören müsse.

Sie blickte zu ihm auf. Vielleicht legte sie sich im Geiste die paar englischen Wörter zurecht, die ihr zur Verfügung standen, doch ihre Augen blickten aufgeregt drein, und aus ihrem Äusseren sprach wildeste Verzweiflung.

«Sagen Sie es ihm?»

«Wem? Agricola?»

«Non!»

Den nächsten Namen sprach er sanft aus.

«Honoré?»

Sie blickte ihm tief in die Augen, dann senkte sie den Blick und nickte zustimmend.

Er wollte sagen, dass Honoré es bereits wisse, sah aber die Notwendigkeit hierzu nicht ein und gab eine andre Antwort.

«Ich werde es nie jemandem erzählen!»

«Sie wissen es?» fragte sie und schlug kurz die Augen auf. Sie hatte ihn fragen wollen, ob er den Grund zu ihrem Mordanschlag kenne.

«Ich kenne Ihre ganze traurige Geschichte!»

Einen Augenblick sah sie ihn scharf an, dann hob sie die Linke vors Gesicht und wandte den Kopf ab, während die Rechte noch immer seine Hand festhielt. Er meinte sie stöhnen zu hören.

So blieb sie ein Weilchen, dann wandte sie sich plötzlich um und packte seine Hand mit beiden Händen. Ihr Gesicht rötete sich, und sie öffnete die Lippen, um zu sprechen, aber sie brachte kein Wort hervor. Ihre Miene drückte Kummer und flehentliches Bitten aus, und dann brach es wie ein Schrei aus ihr: «Machen Sie, dass er mich liebt!»

Er versuchte seine Hand zurückzuziehen, aber sie hielt sie fest, sah ihn mit ihren grossen, magischen Augen flehentlich an und rief: «Sie können es! Sie können es! Ich weiss, Sie sind ein Zauberer!»

Wie harmlos oder heilend Josephs Berührung für die Kranke sein mochte, er spürte, dass ihr Händedruck Gift für ihn war. Er wagte es nicht, sich noch länger ihren Blicken, ihrer Berührung und ihrer Stimme auszusetzen. Sein besseres Ich war bedroht. Er hatte kaum genügend Kraft, seine Rechte mit der Linken zu befreien, seinen Hut zu nehmen und zu gehen.

Sofort sprang sie von ihrem Stuhl auf, warf sich ihm zu Füssen und fand genügend Worte, um ihm mit erhobenen, entblössten Armen zuzurufen: «O mein Gott! Verweigern Sie es mir nicht!»

Joseph blieb keine Zeit, lange zu überlegen. Der Gedanke flog ihm durch den Kopf, dass die ganze Mühe und Sorgfalt, die er auf die Wunde verwandt hatte, bei diesem wilden und aufgeregten Verhalten zuschanden gemacht würde, doch noch ehe er etwas dagegen unternehmen konnte, erhielt er einen betäubenden Schlag auf den Hinterkopf, und Palmyres Sklavin, die Kongo-Zwergin, schwang – offenbar unter dem Eindruck, dass sie einspringen müsse – einen Holzknüppel und holte zum zweiten Schlag aus.

Er schleuderte das wie eine Äffin fauchende und mit den Zähnen knirschende Geschöpf gegen die Wand, stiess den Riegel der Haustür auf und stürzte blutend, ohne Hut, auf die Strasse.

32

Unterbrochene Vorbereitungen

Um die gleiche Tageszeit gingen drei Herren in der Richtung des Faubourg Ste. Marie die Rue Royale hinab.

Sie kamen an die Ecke von Palmyres Haus. Der mittlere Herr war gross und stattlich und konnte auf den ersten Blick für Honoré Grandissime gehalten werden, war aber noch grösser und breiter; er trug einen Dreispitz, was Honoré nicht tat. Es war Valentine. Der Kleine mit dem schwarzen Spitzbart und der Hirschlederhose zu seiner Rechten war Jean-Baptiste Grandissime, und der Schmächtige linkerhand mit den anmutigen Gesten war der Hauptsprecher, Hippolyte Brahmin-Mandarin, ein Vetter und Ebenbild des mutigen Sylvestre, der den alten Agricola herausgefordert hatte.

«Aber schliesslich», sagte er auf französisch, «gibt es keine Stelle, die so geeignet und abgelegen ist wie der alte Orangenhain am Point, unterhalb vom Deich. In zwanzig Minuten ist man mit einem Boot da, fünf Minuten für die Vorbereitungen – was will man mehr? Der Platz ist schon fünfhundertmal ausgemessen worden, und dann... ‹Fertig! Los!›»

«Unsinn!» meinte Valentine und warf den Kopf auf. «Ehe du bis zwanzig zählen kannst, sind dir die Yankees auf den Fersen!»

«Dann meinetwegen hinter dem Jesuiten-Lagerhaus, wenn ihr wollt? Mir ist's egal. Zum Teufel mit dieser Regierung! Mir tut's beinah leid, dass ich zum Empfang des Gouverneurs gegangen bin.»

«Wie ich hörte, ging es ruhig zu. Eine Art friedlicher Ball, ohne Kontertänze, nur Polonaisen. Ein Quarteronen-Ball ist fünfmal mehr wert», meinte Jean-Baptiste.

«Nein, irgendwie war's nett! Und es kam auch zu einem Kontertanz. Die Musik war toll - hier komponiert: tárata bumm, tará, tará - tá ta bumm, tarátata bumm, tará! Hier können sie mindestens ebenso gute Melodien komponieren wie anderswo - aber seht bloss! Der Mann kommt aus Palmyres Haus - wie er torkelt!»

«Ein Betrunkener», sagte Jean-Baptiste.

«Nein, er scheint verwundet zu sein. Er hat einen Schlag auf den Schädel bekommen. Nein, wirklich, die Palmyre ist mir ein grossartiges Frauenzimmer, was? Sie verteidigt sich nicht nur und wirft den Kerl raus, nein, sie hinterlässt auch noch ihr Siegel und kennzeichnet ihn, hahaha! Denkt an, wie geschickt sie vorgegangen ist; sie behält seinen Hut als kleines Andenken und quittiert es mit einem Schlag auf den Kopf. Hat ihm eine gehörige Lektion gegeben! - Aber hört mal, das ist doch - ja, das ist doch der Apotheker!»

«Was?» riefen die beiden andern. «Ach, das ist ja glänzend! Den hat's erwischt, den scheinheiligen Gauner! Hahaha, jetzt kann Honoré stolz sein auf ihn! *Ah, voilà un joli Joseph!* Was hab' ich euch gesagt? Hab' ich's nicht *immer* gesagt?»

«Und das Schönste an der Geschichte ist, dass sie's ihm so schlau heimgezahlt hat. Da gibt's keine Ausrede - ihn hat's erwischt wie die Ratte in der Falle. Hahaha! Ist es nicht wunderbar?»

Und alle drei lachten so begeistert und übermütig, dass Frowenfeld sich umdrehte, sie erkannte und sogleich wusste, dass es um seinen guten Ruf geschehen war. Die drei Herren bogen, unter Tränen lachend, um die Ecke und waren verschwunden.

«Mister», sagte ein Kind, das neben Frowenfelds Ellbogen einhertrappelte (damals hatten die Strassenjungen gerade erst begonnen, ein wenig Englisch aufzuschnappen), «Mister, Ihr Kopf ist hinten ganz voll Blut!»

Aber der Apotheker eilte weiter und stöhnte vor seelischem Schmerz.

33

Ein sinnloser Schlag!

Es war im Jahre 1804. Die Welt zitterte unter dem Tritt des gefürchteten Korsen. Erst kürzlich hatte er das ganze Mississippi-Tal weggeworfen, es über Bord geschleudert wie ein Häufchen Sand aus einem Luftballon, und die Christenheit beobachtete mit verhaltener Angst, wohin er sein Auge wenden würde. Doch wenn hier am Rande der Zivilisation eine schnatternde schwarze Närrin ein Kiefernscheit schwingt, dann ist das für Joseph Frowenfeld, der die Menschheit studiert, von grösserer Wichtigkeit als das Ziel der Flottille von Boulogne. Denn jetzt wurde es für ihn zum wichtigsten Problem seines Lebens, einem winzigen Bruchteil der Erdbevölkerung, die wir in unserm Entsetzen fälschlich als «die Welt» bezeichnen, ein für allemal zu beweisen, dass ein Mann blutend und ohne Hut aus dem Haus einer Quarteronin in New Orleans auf die offene Strasse springen und doch engelsrein sein kann. Würde es richtig sein, die Wahrheit zu sagen? Aber einen Teil der Wahrheit durfte er nicht weitererzählen, dazu hatte er sich verpflichtet; und selbst wenn er alles hätte erzählen können, war es doch allzu unglaubwürdig und trug alle Anzeichen einer fadenscheinigen Lüge.

«Mister», wiederholte das Kind, das ihn zuerst angesprochen und jetzt Verstärkung durch ein zweites Kind auf Frowenfelds anderer Seite erhalten hatte, «Mister, Ihr Kopf ist hinten ganz voll Blut!»

Und das zweite Kind gab ihm den guten Ratschlag: «Da drüben ist 'ne Apotheke!»

Frowenfeld stöhnte wieder. Es war ein derber Schlag gewesen, und Erde und Himmel schwankten noch immer, doch ständig schwebte vor seinem Geiste die hoffnungslose Aufgabe, sein Erlebnis zu erklären. Er war bei Lebzeiten eingesargt! Die Welt - die sogenannte Welt - würde ihn mit grenzenlosem Abscheu begraben und auf seinen Grabstein das Wort «Heuchler» schreiben. Und er würde hilflos daliegen und mit ansehen müssen, wie Honoré die Pläne, die er selbst ehrenvoll zu fördern gehofft hatte, allein ausführte. Anstatt das zu tun, würde er jetzt zum blossen Witzwort der Gosse werden.

«Mister», unterbrach das Kind seine Gedanken und sprach jetzt für ein Dutzend schwarzer und weisser Kinder aller Altersstufen, die ihm folgten oder ihm vorausliefen, «Mister, Ihr Kopf ist hinten ganz voll Blut!»

Am gleichen Morgen hatte Clotilde, wie vereinbart, eine Musikstunde erteilt und sich dann von der älteren Freundin ein kleines Mischlingsmädchen ausgeliehen, damit sie diesmal ihren geschäftlichen Besuch in etwas schicklicherer Form machen konnte. Es ging wieder um die Miete - ein Problem, das ihr in letzter Zeit viel verschwiegenen Kummer verursacht hatte. «Es ist klar», sagte sie sich (da sie Auroras seltsames Vertrauen auf die Vorsehung nicht begreifen konnte), «dass ich das Geld beschaffen muss, weil wir's nun mal schuldig sind.» Ein Ausweg war ihr plötzlich eingefallen; sie hatte ihn gründlich überlegt, hatte ihn sogar ihrem Beichtvater in der Kathedrale anvertraut und von ihm seine völlige Zustimmung erhalten. An diesem Morgen sollte der Plan ausgeführt werden. Sein grosses Verdienst lag in seiner Einfachheit. Sie musste nur rechtzeitig für ihr schwerstes Armband einen Käufer finden, der genug zahlte, so dass sie ihren Verpflichtungen nachkommen konnten. Ihr kleines Geheimnis erschien ihr wichtiger als der Zusammenprall so manchen Schädels mit so manchem Holzscheit.

Es war nicht etwa so, dass Clotilde sich schwer von dem Schmuckstück oder von dem Goldwert trennen konnte, den es repräsentierte, doch brauchte sie ihre ganze moralische und körperliche Kraft, um das Armband in den Laden zu tragen, wo sie es, kaum auf Erfolg hoffend, in Kommission geben wollte.

Monsieur Frowenfeld sei ausgegangen, sagte Raoul Innerarity, doch würde er bestimmt in ein paar Minuten zurückkehren. Und sie liess sich überreden, in einem Sessel Platz zu nehmen, der halb versteckt im Hintergrund des Ladens stand, während die kleine Farbige ihr zu Füssen kauerte.

Sie hatte es schon ein paarmal bedauert, dass sie darauf eingegangen war, hier zu warten, als sie plötzlich Joseph Frowenfeld vor sich sah, der sich den Angstschweiss von der blutverschmierten Stirn wischte. Sie erhob sich rasch und wortlos, wandte sich elend und halb blind um und stützte sich auf die Sessellehne. Frowenfeld stand einen Augenblick vor ihr, ächzte und verschwand in seinem Studierzimmer. Das kleine Mädchen, das weiter von der Ladentür zurückwich, lenkte Clotildes Aufmerksamkeit auf eine Menge Gaffer, die sich draussen eingefunden hatten und vor denen Raoul rasch den Laden schloss.

34

Clotilde als Wundärztin

Was war schlimmer: zu bleiben oder zu fliehen? Sie musste sich schnell entscheiden. Doch Raoul erleichterte es ihr, denn noch während er den schweren Laden zuschlug und den Riegel vorschob, rief er ihr zu: «Gehen Sie zu ihm, er ist gefallen! Ich hab's gehört! Rasch, gehen Sie zu ihm!»

Auf sein Kommando hin nahm sie die kleine Farbige und eilte mir ihr ins Studierzimmer. Joseph lag mitten im Zimmer, das Gesicht auf dem Fussboden. Sie fand Wasser und ein Bekken, befeuchtete ihr Taschentuch und warf sich neben seinem Kopf auf die Knie. Doch sowie er ihre kleinen Hände spürte, erhob er sich. Sie nahm ihn beim Arm.

«Asseyez-vous, Monsieur! Bitte versuchen Sie, sich hinzusetzen, 'Sieur Frowenfeld!»

Sie sprach zärtlich besorgt, ganz im Gegensatz zu ihrem erregten Gesichtsausdruck, und schob ihn sanft auf einen Stuhl.

Das kleine Mädchen lief hinters Bett und begann bitterlich zu weinen, hörte aber auf, als Clotilde sich umdrehte und ihr einen drohenden Blick zuwarf.

«Legen Sie den Kopf hintenüber!» bat Clotilde, und zitternd und zart drückte sie seine Stirn zurück und wischte das Blut ab.

«Wo sind Sie verletzt?»

Noch während sie fragte, hatte sie die Wunde entdeckt und erschrak, weil sie so übel aussah.

Dann kam Raoul, der alles zugesperrt hatte, und rief: «Was ist los, 'Sieur Frowenfeld? Was fehlt Ihnen? Wer hat das gemacht?»

Joseph hob den Kopf, schob die kleine Hand mit dem nassen Tuch weg, ohne die Hand loszulassen, blickte Clotilde in die Augen und bat: «Gehen Sie nach Hause! Bitte, gehen Sie!»

«Nein, nein!» widersprach Raoul, woraufhin Clotilde ihm einen durchaus liebenswürdigen, aber doch gestrengen Pflegerinnenblick zuwarf.

«Ich bin gleich fertig», sagte sie.

Raoul konnte nicht so lange schweigen.

«Wo haben Sie Ihren Hut gelassen, 'Sieur Frowenfeld?» fragte er und betrachtete Clotilde verstohlen mit den Augen des Künstlers, während Joseph sich aufrichtete, sich zur Ruhe zwang und antwortete: «Eine einfältige Person hat mir einen Schlag mit einem Holzscheit versetzt, weil sie meine gute Absicht missverstanden hat. Die Begleitumstände sind so kompliziert, dass sie mir meinen guten Ruf völlig untergraben werden. Aber ich bin unschuldig!» rief er, streckte die Arme aus und verlor für einen Augenblick die Beherrschung. «Ich bin unschuldig!»

«'Sieur Frowenfeld», sagte Clotilde, während ihr die Tränen in die Augen sprangen, *«ich* glaube es Ihnen!»

«Ich glaube Ihnen auch, 'Sieur Frowenfeld! Ich glaube Ihnen auch!» beteuerte Raoul mit Nachdruck.

«Sie werden es mir nicht glauben», sagte Frowenfeld. «Sie werden es nicht glauben. Es ist unmöglich!»

«Mais», rief Clotilde, «ich will nicht, dass es unmöglich ist!»

Doch der Apotheker schüttelte den Kopf.

«Jeder Verdacht wird glaubhaft erscheinen, nur die Wahrheit ist unglaubwürdig.»

Er liess den Kopf sinken und wurde blass.

«Allez, Monsieur, allez!» rief sie Raoul zu, ein Bild lieblichen Entsetzens, das er später nach dem Gedächtnis zu malen versuchte. «Schnell! Rufen Sie Doktor Keene!»

Raoul sprang nach seinem Hut, und im nächsten Augenblick hörte sie, wie er mit stürmischer Hand die Ladentür zuschmetterte und sie einsperrte.

«Bring mir Wasser!» gebot sie dem kleinen Mädchen, das aufgeregt ein Glas suchte und schliesslich einen Messbecher brachte.

Clotilde reichte dem Verwundeten das Wasser, und er erhob sich wieder.

«Raoul!»

«Er holt Doktor Keene!»

«Ich brauche Doktor Keene nicht. Die Wunde ist nicht so schlimm. Raoul hätte Sie nicht allein lassen dürfen! Sie müssen gehen!»

«Aber ich fürchte mich, 'Sieur Frowenfeld, durch die Menschenmenge zu laufen!»

Angesichts dieser zusätzlichen Komplikation wurde Joseph von neuer Verzweiflung gepackt. Doch die schöne Kreolin rief plötzlich: «'Sieur Frowenfeld, Sie sind ein unschuldiger Mann! Öffnen Sie Ihre Ladentür und stellen Sie sich vor die Leute und sagen Sie es ihnen. Mein Gott, wenn Sie nicht selbst...»

Sie brach unvermittelt und mit wilder Miene ab, als könnte sie bei einem weiteren Wort in Tränen ausbrechen. Doch nun gewann Joseph Frowenfeld seine volle männliche Selbstbeherrschung zurück.

«Danke!» rief er. «Ja, ich tu's!» Einen Augenblick stand er stumm da, dann wandte er sich zu ihr: «Gott belohne Sie dafür. Sie glauben an mich, und dabei kennen Sie mich nicht einmal!»

Ihr Ausdruck wurde noch erregter, als sie zu ihm aufblickte: «*Mais* – ich kenne Sie bestimmt, und besser als Sie es ahnen!» Sie errötete heftig und wandte sich ab.

Frowenfeld stutzte. Sie hatte ihm einen Fingerzeig gegeben. Jetzt erkannte er sie! Und sie wusste es. Noch einen Augenblick starrte er auf ihr abgewandtes Gesicht, und dann bat er mit erzwungener Ruhe: «Bitte gehen Sie in den Laden zurück!»

Keine fünf Minuten waren verstrichen, seit das Geschäft geschlossen wurde, und die sechste Minute genügte, dass Clotilde und ihre Begleiterin wieder ihren ursprünglichen Platz in der Nische hinter der Tür einnahmen und Frowenfeld sich Gesicht und Hände abspülte. Dann hörten die vielen, vielen Ohren auf der Strasse, wie der Riegel zurückgeschoben und die Läden geöffnet wurden. Zuerst erschienen die blassen Hände und dann ein mitgenommenes blasses Gesicht und das noch blutige Haar. Er öffnete ein Fenster und noch eine Tür. Die von Raoul zugesperrte Tür gab, aufgeriegelt, ohne Schlüssel nach, und das Geschäft war wieder geöffnet.

«Falls jemand von Ihnen etwas zu kaufen wünscht, bediene ich Sie gern», sagte der zitternde Apotheker. «Die übrigen entfernen sich wohl besser!»

Die Aufforderung wurde zweifellos verstanden, jedoch nur von ein paar wenigen am Strassenrand befolgt, nachdem sie ihn forschend und finster angeblickt hatten. Die andern liessen es sich nicht nehmen, stumm stehenzubleiben und den blutigen Mann anzustarren.

Frowenfeld hielt den Blicken stand. Es hatte wenigstens das eine Gute, dass Clotilde nicht von der Menge beachtet wurde. Er warf einen verstohlenen Blick in die entlegene Ecke: sie war nicht mehr da. Sie hatte die Gelegenheit benutzt und war durch die hintere Tür hinausgeschlüpft.

Raoul kehrte zurück.

«'Sieur Frowenfeld, Doktor Keene geht es wieder schlechter! Er liegt im Bett und lässt Ihnen bestellen, an dem kleinen Ärger von heute morgen sei er allein schuld, und er bittet um Verzeihung. Er wollte, dass ich Doktor Conrotte hole, aber das tu' ich nicht: der alte Gauner glaubt, man muss die Neger freilassen!»

Frowenfeld erwiderte, er brauche keine ärztliche Hilfe. Mit ein wenig Unterstützung von Raoul könnte er die kleine Wunde wohl selbst behandeln. Er ging in sein Studierzimmer, während Raoul in die Ladentür trat und sich an die Menge wandte: «Bitte, Messieurs, kommen Sie herein, nehmen Sie Platz!» Er sprach das ordinärste Französich, wie es auf der Gasse gesprochen wurde. «Kommen Sie nur! Nehmen Sie Platz! 'Sieur Frowenfeld zieht sich um und bittet Sie, etwas Geduld zu haben. Wollen Sie nicht kommen? Nein? Sie auch nicht, Monsieur? Soll ich Ihnen vielleicht die Stühle auf die Strasse stellen? Wünschen Sie das?»

Nach und nach verzogen sie sich, und Raoul kümmerte sich um seinen Herrn. Als Frowenfeld umgekleidet war und wieder auftauchte, lungerten nur noch ein oder zwei Kinder herum, und er brauchte weiter nichts zu tun, als sich hinzusetzen und, soweit er es durfte, die Fragen seines Gehilfen zu beantworten.

Während Josephs Bericht musste Raoul sich krampfhaft bemühen, ein Lachen zu unterdrükken, andrerseits wollte er seinem Herrn gern versichern, dass er ihn völlig verstehe, schon selber ein ähnliches Risiko eingegangen sei und von einem Mann (vorausgesetzt, er war ein Gentleman) nicht schlechter dächte, nur, weil er einen Schlag auf den Kopf bekommen habe. Er fürchtete, dass er vor Lachen nicht würde reden können, und es gelang ihm tatsächlich nicht ganz, die widersprüchlichen Gefühle zu verbergen. Joseph wandte ihm überrascht sein bleiches, ernstes Gesicht zu und hörte ein Kichern, das Raoul in ein Schubfach voller Korken hineinverbarg.

«Ich muss so lachen, weil ich an den alten Esel denke, der mir gestern mein Bild für ganze hundert Dollar abkaufen wollte, hahaha!»

Jetzt lachte er fast unmanierlich.

«Raoul», sagte Frowenfeld und erhob sich müde, «ich gehe jetzt meinen Hut holen. Die Geschichte würde nur noch schlimmer, wenn die betreffende Person ihn mir zuschickte, und es ist eine Art Rechtfertigung für mich, wenn ich in das Haus zurückkehre und ihn selbst hole!»

Raoul Innerarity wollte lebhaften Einspruch erheben, doch da erschien jemand, den er als Angestellten im Kontor seines Vetters Honoré erkannte. Er überreichte dem Apotheker ein Briefchen. Es enthielt Honorés Bitte, in seinem Geschäft auf ihn zu warten, bis er selbst zu ihm käme, um ihn zu sprechen.

«Gut, ich werde warten», erwiderte Joseph.

35

«Warum weinst du?»

Ein paar Schritte vor ihrem Haus entliess Clotilde ihre kleine Begleiterin, und als Aurora auf das bekannte Klopfen ängstlich und hastig öffnete, trat ihre Tochter blass und zitternd ein.

«Ah, ma fille...»

Das erschöpfte Mädchen fiel ihrer Mutter in die Arme und weinte sich auf Auroras Schulter rückhaltlos aus. Sie liess sich zu einem Sessel führen, wo ihre Mutter neben ihr niederkauerte, und blickte traurig vor sich hin, ehe sie zum Sprechen aufgefordert wurde. Aurora griff beruhigend nach ihren Händen, und nach einer weiteren liebevollen Pause fragte sie flüsternd: «Wo warst du, *chérie*?»

«Bei 'Sieur Frowenfeld...»

Aurora fuhr ärgerlich überrascht auf und wollte etwas Heftiges erwidern, aber Clotilde befreite ihre Hände, ergriff nun selbst die Hand ihrer Mutter und sagte rasch und noch bleicher werdend: «Jemand hat ihm auf den Kopf geschlagen! Der Hinterkopf ist verletzt. Er kam blutend ins Geschäft.»

«Du warst im Geschäft von 'Sieur Frowenfeld?»

«Ich bin in seinen Laden gegangen, um die Miete zu bezahlen.»

«Was? Um die Miete zu bezahlen?»

Clotilde holte das Armband hervor. Die beiden sahen einander ein Weilchen schweigend an. Aurora begriff ohne weitere Erklärung, was

Clotilde geplant hatte und dass es fehlgeschlagen war.

«Und 'Sieur Frowenfeld - sollte ermordet werden? Ach, *ma chère,* warum muss ich dir all die Fragen stellen?»

Clotilde berichtete kurz, was ihr bekannt war, sagte aber nichts von ihrem Gespräch mit Frowenfeld.

«Mais - wer hat ihn geschlagen?» fragte Aurora ungeduldig.

«Ich weiss es nicht», erwiderte Clotilde. «Ich weiss aber, dass er unschuldig ist!»

Schon wieder stahlen sich die Tränen in ihre Augen.

«Woran ist er unschuldig?» fragte Aurora ein wenig amüsiert.

«An allem, das kannst du mir glauben!» rief Clotilde ungewöhnlich heftig.

«Und du weinst, weil er unschuldig ist?»

«Ach, Unsinn!»

«Ah non, mein Kind, ich weiss schon, warum du weinst: du kannst kein Blut sehen!»

«Ich könnte kein Blut sehen?»

Trotz ihres Kummers entschlüpfte Clotilde ein leises Lachen.

«Also dann muss es deshalb sein, weil 'Sieur Frowenfeld sich den Kopf gestossen hat, hahaha!» lachte Aurora, und ihre Augen blitzten.

«Das ist nicht wahr!» rief Clotilde, doch statt zu lachen, wie es Aurora von ihr erwartet hatte, loderten Clotildes Augen auf; sie wurde rot und erwiderte unter Tränen: «Du tust so, als ob es dir nichts ausmacht! Aber ich weiss es besser. Ich weiss es ganz genau! Es macht dir fünfzigmal soviel aus wie mir! Ich kenne dich! Ich kenne dich! Ich habe dich beobachtet!»

Aurora war einen Augenblick wie auf den Mund geschlagen, starrte Clotilde an und fragte sich, was sie so verändert haben könne. Dann richtete sie sich halb auf, hob den Arm, legte ihn ihrer Tochter zärtlich um den Hals und sagte: «Mein liebes Mädchen, musst du deshalb so weinen? Wenn du mir erzählen willst, weshalb du so weinen musst, dann sage ich dir beim kleinen Ehrenwort» – sie öffnete die Hand–, «was ich von 'Sieur Frowenfeld halte.»

«Mir ist's egal, was die ganze Welt von ihm hält...»

«Mais – sag mir trotzdem, warum du weinst!»

Clotilde blickte kurz auf die Seite und sah ihrer Mutter nachgiebig ins Gesicht.

«Ich hab' ihm gesagt: ich weiss, dass er unschuldig ist.»

«Eh bien, das war die reinste Höflichkeit. Was hat er darauf geantwortet?»

«Er hat gesagt, dass ich ihn überhaupt nicht kenne.»

«Und du?» rief Aurora. «Du hast doch hoffentlich nicht gesagt, dass du...»

«Ich hab' ihm gesagt, dass ich ihn besser kenne, als er ahnt.»

Clotilde verbarg das Gesicht im Schoss ihrer Mutter.

«Hahaha!» lachte Aurora. «Und was ist schon dabei? Ich würde es ihm viermal täglich sagen. Ich schwöre dir, er hat keine Ahnung, was es bedeutet!»

«So – hat er keine Ahnung?» rief Clotilde und erhob rasch ihr gequältes Gesicht. «Er hat mich – hat mich erkannt!»

Aurora nahm Clotildes Wangen zwischen ihre beiden Hände und lachte ihr ins Gesicht.

«Aber siehst du denn nicht ein, wie gut das war? Verstehst du's? Er hat sich in dich verliebt, und du hast die Genugtuung, dem stolzesten Mann in New Orleans einen Korb zu geben! Dann hast du's ihm heimgezahlt, haha. Aber du willst ja wissen, was ich von ihm halte. Ich halte ihn für einen ausgezeichneten - hahaha - Apotheker!»

Clotilde erwiderte nur mit einem bekümmert ungläubigen Lächeln.

«Den besten in der Stadt!» versicherte die andre. Sie kreuzte ihre beiden Zeigefinger und küsste sie, vertauschte beide und küsste sie wieder. «Aber trotz alledem», fuhr sie fort und stiftete ihre Tochter zum Lachen an, «halte ich ihn für einen richtigen Gentleman. Nicht, dass er mir zusagt, *mais ça ne fait rien,* das macht nichts. Ich bin jetzt eine alte Frau, was? Mir kann keiner zusagen, nicht mal der Gouverneur Claiborne.»

Sie versuchte, ein altes und abgezehrtes Gesicht zu machen.

«Oh, Gouverneur Claiborne!» rief Clotilde.

«Natürlich! Du denkst wohl, wenn ein Mann kein Kreole ist, kommt er überhaupt nicht in Frage? Ich versichere dir, es gibt selten so nette Männer wie Gouverneur Claiborne! Ach, Clotilde, du bist nicht liberal gesinnt!»

Aurora stand auf, warf einen mutlosen Abschiedsblick auf ihre engherzige Tochter und ging hinaus, um der verdächtigen Stille in der Küche nachzuforschen.

36

Auroras letzter Heller

In Auroras Leben waren Freude und Bangigkeit nicht oft so innig miteinander vermischt gewesen wie am heutigen Tage. Clotilde weinte, und natürlich rührte das an ihr Mutterherz; doch gleichzeitig füllten Clotildes Tränen sie mit einer heimlichen Freude, die ihr aus den Augen leuchtete und sich in einem häufigen und herzlichen Lachen Luft schaffte – trotz der aufrichtigen Teilnahme an Clotildes Kummer und trotz ihrer Angst vor dem nächsten Tag.

Wie kam es zu ihrer unvermittelten Heiterkeit? Wenn wir das nicht wissen, haben wir einen der wichtigsten Gründe für ihre Besorgnis übersehen. Seit dem Maskenball war sie voller Unruhe gewesen. Bestimmt hatte sie es sich anfangs nicht einmal selbst eingestanden. Doch das änderte nichts an der Tatsache, und zuerst hatten ihr die Tatsache und später das Gefühl viel seelischen Kummer verursacht. Lange Zeit wusste sie nicht, wer es war, von dessen Bild sie sich nicht befreien konnte. Das allein war schon qualvoll genug, nicht nur, weil es ein Geheimnis war, sondern auch, weil es ihr zu Bewusstsein kam, dass ihre Zuneigung selbst gegen ihren Willen vorhanden war und auf ihn wartete – er aber kam nicht. Dass er sie liebte, wusste sie; auf dem Ball hatte sie einen überwältigenden Sieg errungen, da war sie ganz sicher, sonst hätte sie sich keinesfalls vor ihm demaskiert, nein, nie!

Doch in diese Qual mischte sich nicht nur ihr Entzücken, sondern auch die Furcht vor ihrer Tochter. In der Welt ist es nun einmal so, dass nichts ohne Rücksicht und Einschränkungen zu haben ist, und am seltsamsten und schmerzlichsten ist der Zwiespalt, in den eine Mutter geraten kann, wenn ihr zweiter Mann zum Stiefvater der Tochter werden sollte.

Und all diese Qualen musste sie unter einem Lächeln verbergen! Schlimmer noch: nachdem sie sich an alle möglichen Messieurs Vaudous gewandt und an ihrer Stelle eine mitfühlende Vorsehung geantwortet hatte, mussten sie und ihr Geliebter entdecken, dass sie sich wie ein Montague und eine Capulet gegenüberstanden! Und der Grund ihres Kummers musste verheimlicht und fälschlich der fehlenden Miete und ihrem unbeschützten Dasein zugeschoben werden! Sogar vor Clotilde musste sie den wahren Grund ihres Kummers verbergen. Ein solches Geheimnis vor einer solchen Gefährtin zu verheimlichen: ein Geheimnis, das für sie lauter Entzücken und für Clotilde vielleicht Bitterkeit barg! Sie kam sich vor, als sei sie allein im Garten Eden eingesperrt, allein mit all den reizenden Blumen, allein mit Löwen und Tigern. Sie wünschte, dass sie ihr Geheimnis, als es noch geringfügig war, Clotilde mitgeteilt hätte, damit es allmählich und Tag für Tag an Bedeutung zunehmen konnte. Zuerst war es eine Blumengirlande gewesen, dann war es eine Kette geworden, und jetzt war es eine Fessel. Oh, es wäre herrlich, wenn Clotilde sich selbst verlieben würde! Wie das alles vereinfacht hätte! Mehr als einmal hatte sie schon versucht, ihr übervolles Herz vor der Tochter auszuschütten, doch selbst die leiseste Andeutung war auf Clotildes Verständnislosigkeit gestossen: sie hatte sich seltsam und nervös verhalten, so dass Aurora unweigerlich davon absehen musste, ihr Geheimnis zu enthüllen.

Und jetzt, mitten im tiefsten Schatten ihres Kummers, kommt Clotilde, wirft sich ihr an das tapfere Herz und weint Tränen unschuldigen Eingeständnisses, die im Nu die Hälfte von Auroras Schwierigkeiten beseitigen. Eine seltsame Welt: angesichts der Tränen des vaterlosen Kindes möchte die Witwe am liebsten Freudentränen vergiessen, wenn sie es nur wagte!

Beim Mittagessen sassen sie einander an dem kleinen Esstisch gegenüber. Sie hatten eine festgesetzte Stunde dafür, und das war gut, denn es brachte Ordnung ins Leben. Selbst wenn man kein Essen hat, so ist doch die Stunde da. Alphonsina hatte etwas gegen diese feste Stunde. Nach Auroras Ansicht, die sie in hungrigen Augenblicken oft mit dem Lachen einer verärgerten kreolischen Dame geäussert hatte (einem Lachen, das wert war, eingehend untersucht zu werden), wenn das Essen doch einmal pünktlich auf den Tisch käme, würde sie bestimmt vor Schrecken sterben und die Köchin würde der Schlag rühren. Auch heute sagte sie es wieder, als sie sich mit hängenden Armen und geschlossenen Augen, aber hochgezogenen Brauen wie ein toter Vogel vom Ast auf ihren Stuhl fallen liess. Sie war nicht besonders hungrig, aber mehr als anderswo ist am Esstisch ein gewisses Sichgehenlassen erlaubt, und es passte nun einmal zum Hin und Her ihrer sich widerstreitenden Gefühle. Deshalb hatte sie also das Essen verlangt.

Gekochte Krebse, Reis, Rotwein mit Wasser und dazu Brot - sie speisten vornehm am Tage vor der Hinrichtung. Im Grunde assen sie ja auch nicht, wenigstens Clotilde nicht. Sie sassen nur am Esstisch. Auch Clotilde hatte, wenn nicht ihr unbekannte, so doch uneingestandene Gefühle. Auroras Gefühle wurden aufwärts, die ihren wurden abwärts getrieben. Aurora war überzeugt, dass die Miete bezahlt würde - eine Überzeugung, die nur ein Nebelwölkchen, aber ein von der Sonne vergoldetes, war - von der Sonne, das heisst von Apollo, oder um noch deutlicher zu werden, von Honoré Grandissime. Clotilde, der diese Überzeugung unbegreiflich war, hatte versucht, Mittel heranzuschaffen, um der furchtbaren Verpflichtung nachzukommen, und es war ihr missglückt. Heute war der Neunte, morgen sassen sie auf der Strasse! Joseph Frowenfeld war verwundet worden, sie konnte nicht mehr auf seine Hilfe zählen. Wenn sie sich vorstellte, wie sehr er unter der öffentlichen Schmach litt, dann war ihr zumute, als verlöre sie dicke Tropfen ihres eigenen Herzbluts; und wenn sie sich erinnerte, was sie in seiner Gegenwart getan und gesagt hatte, dann erstarrte ihr Blut aus lauter Angst, er könne ihr ins Herz sehen. Und selbst wenn der Apotheker weniger scharfsichtig war, als sie es vermutete, dann sass ihr doch hier am andern Ende des Tisches Aurora gegenüber und las ihr jeden Gedanken aus der Seele. Doch das Schlimmste war Monsieur Frowenfelds Gleichgültigkeit. Allerdings hatte es in seinen Augen vor Freude aufgeleuchtet, als er sie wiedererkannte - falls sie ihren Augen trauen durfte! Aber nein, das durfte sie nicht! In seinem Blick hatte nichts

Besonderes für sie gelegen – wahrscheinlich blieb nur (wenn die Sorge vor der öffentlichen Schande etwas behoben war) ein wohlwollendes Lächeln für ihre Anteilnahme. Clotilde war es zumute, als läge sie unter seinem Mikroskop.

Schliesslich wurde sie in ihren Gedanken von Aurora unterbrochen.

«Clotilde», sagte sie zu ihr, «das Schlimme ist, dass du kein Herz hast. Du hast es nie gehabt: es ist dir im Grunde ganz gleichgültig, ob 'Sieur Frowenfeld am Leben bleibt oder stirbt. Es ist dir ja einerlei, wie es ihm geht und wo er jetzt ist. Ich wünschte, du hättest so ein weiches Herz wie ich. Ich denke sogar freundlich von unsern Feinden, den Grandissimes zum Beispiel.» Sie gestikulierte mit einem Ausdruck, als meine sie irgendeinen von ihnen. «Und jetzt brenne ich vor Ungeduld, zu erfahren, wie es dem armen, edlen, kranken 'Sieur Frowenfeld geht – und ich werd's herausbringen.»

Das Herz, das Clotilde angeblich nicht hatte, schlug ihrer Mutter voller Dankbarkeit entgegen. Die liebe, gute kleine Mutter! Wie gut sie Clotildes Herz kannte und wie genau sie wusste, was ihr das Herz heute so bedrängte – und doch verbarg sie ihre Entdeckung unter erdichteten Vorwürfen! Dankbare Tränen traten Clotilde in die Augen – das war ihre Antwort.

«Aha, jetzt weinst du wieder wegen der Miete, wie ich sehe!» tadelte Aurora. «Ewig diese Miete! Mich bekümmert nicht die Miete, sondern 'Sieur Frowenfeld, der Arme. Hör mal, du Schweigsame! Du musst dich auch ein bisschen anstrengen, wo ich schon alles Reden übernommen habe.» Sie begann wirklich unter der

Mühsal zu ermatten, für beide die Muntere zu spielen. «Komm, schlag etwas vor!»

«Fändest du es richtig, hinzugehen und sich zu erkundigen?»

«Also hör mal! Hingehen? Nein, keinesfalls!»

«Dann schicke doch Alphonsina!»

«Damit er merkt, dass man sich um ihn sorgt? Nein, mein Kind, ich kann unmöglich die Verantwortung auf mich laden, die Männer noch eingebildeter zu machen, als sie es schon sind.»

«Dann kann Alphonsina ja irgend etwas Billiges kaufen!»

«Hahaha! Ja, ein Brechmittel zum Beispiel! Und ihm sagen, dass wir uns an Pilzen vergiftet haben.»

Jetzt musste auch Clotilde lachen.

«Nein, nein», sagte sie. «Lass sie etwas verlangen, das er gar nicht hat.»

Aurora lachte, während Clotilde sprach; doch als sie den Sinn der Worte richtig begriff, unterbrach sie sich und staunte mit offenem Mund. Als Clotilde rot wurde, lachte sie wieder.

«O Clotilde, Clotilde, Clotilde!» Sie beugte sich über den Tisch, und ihr Gesicht strahlte vor Liebe und Heiterkeit. «Du Schlingel! Du Schelm! Du bist ja genauso schlimm wie deine Mutter, von der du so Schlimmes denkst! Ich befolge deinen Rat! Alphonsina!»

«Momselle?»

«Komm her – oder vielmehr, lauf in den Laden des Apothekers! Sieh mal her, Clotilde!» Und sie hielt eine Münze hoch. «Da, sieh mal!»

«Was ist?»

«Das ist der letzte Heller, den wir auf der Welt besitzen, hahaha!»

37

Honorés Bekenntnis

«Comment ça va, Raoul?» sagte Honoré Grandissime. Er war in die Apotheke gekommen, wie er es mit seinem Zettelchen angekündigt hatte. «Wo ist Mr. Frowenfeld?»

Er fand den Apotheker in seinem Studierzimmer, wo er angekleidet auf dem Bett gelegen, aber sich erhoben hatte, sowie er Honorés Stimme hörte. Er schloss die Verbindungstür, und sie setzten sich.

«Sie haben Fieber!» sagte Honoré. «Ich hatte in letzter Zeit auch ein wenig damit zu tun.» Er strich sich mit der einen Hand kräftig übers Gesicht und sah zur Decke auf. «Es ist wohl bei uns beiden auf Schlaflosigkeit zurückzuführen – in ihrem Fall eine freiwillige, wahrscheinlich wegen zu angestrengten Studierens, in meinem Fall wegen meiner Sorgen.» Er lächelte kurz, wurde dann plötzlich ernst und fuhr nach einer Pause fort: «Aber ich hörte, dass Sie auch Ärger hatten. Darf ich fragen...»

Frowenfeld unterbrach ihn mit fast den gleichen Worten: «Darf ich fragen, Mr. Grandissime, welcher Art...»

Dann verstummten beide.

«Ach», sagte Honoré abwehrend, «ich wollte nicht darüber sprechen. Zum Teil ist es eine alte Geschichte. Es gibt einen Baum, Mr. Frowenfeld, von dem sich die Botanik nicht träumen lässt: er lässt das ganze Jahr hindurch Früchte fallen. Kennen Sie ihn? Wir nennen ihn

– bei aller Ehrerbietung – ‹die Irrtümer unsres verstorbenen Vaters›. Ich musste zu viele von diesen Früchten schlucken, und wer so etwas tut, kann nichts andres erwarten, als dann und wann etwas Fieber zu bekommen.»

«Ich habe gehört», erwiderte Frowenfeld, «dass einige Papiere, die Ihre Verwandten zum Besitz von Ländereien ermächtigen, vom Staat für wertlos erklärt wurden. Hoffentlich trifft das nicht zu?»

«Ich wünschte, sie wären mir nie in Verwahrung gegeben worden», antwortete Honoré Grandissime.

Ein neuer Gedanke liess ihn seinen Stuhl näherrücken.

«Mr. Frowenfeld, die beiden Damen, die Sie neulich abends besucht haben...»

Der Apotheker zuckte leicht zusammen.

«Ja?» fragte er.

«Haben sie Ihnen aus ihrem Leben erzählt?»

«Nein, aber ich habe darüber gehört.»

«Und nun glauben Sie, dass ihnen bitter Unrecht geschehen ist, ja? Gestehen Sie's nur!»

Honoré Grandissime lächelte nicht.

Frowenfeld wollte ausweichen.

«Ja, ich glaube.»

«Und Sie finden sicher, man müsste es wiedergutmachen, ja?»

«Allerdings.»

«Um jeden Preis?»

Das Gesicht Honorés wies ein leises, gezwungenes Lächeln auf, das in Frowenfelds Brust eine Art Widerspruchsgeist weckte.

«Ja», antwortete er.

Die nächste Frage klang sogar etwas hitzig: «Sie finden es also richtig, fünfzig oder hundert

Menschen in Armut zu stürzen, um ein oder zwei Personen herauszuhelfen?»

«Mr. Grandissime», begann der Apotheker langsam, «Sie haben mir selbst geraten, die hiesige Gesellschaft zu studieren...»

«Ich riet es, ja. Und was finden Sie nun?»

«Ich finde - aber das ist vermutlich überall so ungefähr das gleiche -, dass sie sich auf dem Höhepunkt der moralischen Forderung umwendet und die Frage stellt, die hinter ihr liegt, anstatt der Frage, die vor ihr liegt.»

«Und was für eine Frage stellt sich mir?»

«Ich weiss es nur in der Theorie.»

«Ja, bitte?»

Der Apotheker sah unglücklich aus.

«Sie sollten mich nicht zwingen, es zu sagen», wandte er ein.

«Ich nehme mir trotzdem die Freiheit», sagte der Kreole.

Frowenfeld antwortete: «Die hinter Ihnen liegende Frage ist eigenes Interesse, und die vor Ihnen liegende heisst göttliche Gerechtigkeit. Sie haben sich gefragt...»

Er brach ab.

«... welche ich beachten muss», fuhr Honoré Grandissime rasch fort. «Natürlich das eigene Interesse, und mich allen Menschen gleichsetzen, nicht?» rief er sarkastisch. «Für Sie ist es alles leicht genug, lieber Mr. Frowenfeld, Ihnen bleibt der leichtere Teil: das Theoretisieren.»

Kaum hatte er die Worte geäussert, sah er ein, wie wenig grossmütig sie waren, doch nahm er sie nicht zurück.

«Das stimmt, Mr. Grandissime», sagte der Apotheker, und dann nach einer kleinen Pause: «Aber Ihnen bleibt der edlere Teil: die Tat!»

«Ach, Mr. Frowenfeld, der edlere Teil! Das ist das Bittere am Trank! Der Moment zum Handeln wird mir jetzt aufgezwungen, aber der Moment, edel zu handeln, ist verstrichen.»

Er zog seinen Stuhl noch näher heran, blickte hinter sich und sagte dann leise: «Weil ich seit Jahren eine Art Verwaltung der Besitzungen all meiner Verwandten innehabe, darunter auch die Agricolas, wird angenommen, dass er im Besitz der Plantage Aurora Nancanous ist (oder vielmehr Clotilde Nancanous, nach unserm Gesetz die rechtmässige Erbin). Das ist ein Irrtum! Erklären Sie es, wie Sie mögen, nennen Sie es Schuldgefühl, Stolz oder Liebe, aber während ich in Frankreich war und er meiner Mutter Geschäfte versah, übertrug er ohne mein Wissen die Plantage auf mich. Als ich ihm dann die Verwaltung der Familiengüter abnahm, fand ich heraus, dass die Einkünfte der Nancanou-Plantage, wie es sein soll, von allen andern gesondert geführt wurden und dass sie mir gehörte. Es war eine schöne, ausgedehnte Besitzung mit einem guten Aufseher, und ich – behielt sie. Warum? Weil ich ein Feigling war. Ich wollte weder die Plantage noch die Einkünfte haben, doch genau wie mein Vater wollte ich meine Verwandten nicht kränken. Zuerst Frieden und nachher die Gerechtigkeit, das war das Prinzip, auf Grund dessen ich mich in aller Stille zum Treuhänder einer Plantage und ihrer Einkünfte gemacht habe, die Sie an meiner Stelle den Eigentümern zurückgegeben hätten, nicht wahr?»

Frowenfeld schwieg dazu.

«Bedenken Sie bitte, dass uns der Name Grandissime etwas Heiliges ist, und was hat ihn so lange rein bewahrt? Das Bestreben, die Einigkeit unsrer Familie zu erhalten – das ist es gewesen, und so hat auch mein Vater gehandelt. Ob gerecht oder ungerecht, gut oder schlecht, notwendig oder nicht, anderswo üblich oder nicht – das will ich nicht beurteilen. Ich sage nur, es ist eine Eigenheit der Kreolen. Gerade jetzt» – er verzog die Mundwinkel ein wenig – «haben in einer gewissen Gegend unsres Landes einige Männer, Kreolen» – er flüsterte ernst – «und unter ihnen ein paar Grandissimes, die Steuergesetze der Vereinigten Staaten umgangen und sogar ein paar ihrer Beamten verprügelt und getötet. Und verurteilen die Leute diese Männer? Keineswegs! Nein, wenn es Amerikaner wären, dann wäre es etwas andres, aber ein Louisianer ist ein Louisianer, den rührt man nicht an. Tut man es doch, dann rührt man ganz Louisiana an. So steht es auch mit uns Grandissimes. Wir sind zahllos, aber wir sind eine Einheit. Und da verlangen Sie von mir, mein Lieber, alle alte Tradition, die das Geheimnis unsrer Existenz ist, über Bord zu werfen.»

«*Ich* hätte das von Ihnen verlangt?»

«Was sonst? Sie erwarten es von mir. Sie wissen aber nicht, was für einen Aufruhr eine solche Tat erregen würde, und von ‹Edelmut› wäre nicht die Rede. Vor ein paar Monaten – als wir uns bei den Gräbern trafen –, wenn ich damals gehandelt hätte, wäre meine Tat ein reines, sogar gewaltsames Selbstopfer gewesen. Erinnern Sie sich, wie ich Sie am Uferdamm, in der Nähe der Place d'Armes, darum bat, Agricola zu mir zu schicken? Damals versuchte ich, mit ihm darüber zu sprechen. Er liess es nicht zu.

Damals fühlten sich meine Verwandten noch im sicheren Besitz ihrer Landtitel und öffentlichen Ämter: eine Zurückerstattung hätte nur ihren Stolz getroffen. Jetzt, wo die Besitzrechte in Frage gestellt und die Regierungsämter unsicher geworden sind und Bargeld nicht verfügbar ist, ausgenommen für den einen Zweck, es zusammen mit der Plantage zu übergeben (denn ich gesteh's, keine andern Konten in meinen Büchern weisen einen Überschuss auf) – bei so veränderten Verhältnissen würde ich mein eigen Fleisch und Blut zugrunde richten. Ja, und damit mir auch gar nichts zu rühmen übrig bleibt, zwingt mich noch eine andre Veränderung in eine Lage, in der es mir passen würde, die Wiedergutmachung vorzunehmen, die meinen Namensvettern so verhängnisvoll werden würde. Als wir uns das erstemal begegneten, waren mir jene beiden Damen ebenso fremd wie Ihnen – soweit es mir *bekannt* war. Wenn ich es damals getan hätte! Aber jetzt! Jetzt, wo ich die eine der beiden Damen liebe!»

Honoré Grandissime blickte seinem Freund fest in die Augen – wie jemand, der sich stirnrunzelnd zum Bekennen einer hässlichen Tat gezwungen sieht.

Frowenfeld bedachte seinen Freund mit einem Blick respektvoller Aufmerksamkeit und zitterte nicht; aber sein fiebriges Blut, das ihn fast aufspringen liess, schoss ihm heiss ins Gesicht, und dann...

Dann errötete auch Honoré Grandissime.

In den paar Minuten, die folgten, begegneten sich die Blicke der beiden Freunde, und während um den Mund Honorés ein Lächeln wie von jemand hängt, der sein innerstes Geheimnis preisgibt, pressten sich die Lippen des Apothekers zusammen, als flüstere er sich selber zu: «Ruhig Blut!»

«Mr. Frowenfeld», sagte der Kreole und schöpfte tief Atem, «ich kam her, um mich nach *Ihrem* Kummer zu erkundigen, doch wenn Sie Gründe haben, ihn mir zu verschweigen...»

«O nein, nein! Aber kann ich denn nicht *Ihnen* behilflich sein?»

Der Kreole lehnte sich lächelnd in seinen Sessel zurück und verschränkte die Hände.

«Ich hatte nicht beabsichtigt, so viel zu sagen. Ich kam, um Ihnen meine Hilfe anzubieten. Aber wes das Herz voll ist... nicht wahr? Verstehen Sie», fuhr er fort, beugte sich vor und sprach leiser, «dieser Baum, den ich ‹die Irrtümer unsres verstorbenen Vaters› nannte, wird schon wieder einen fauligen Apfel fallen lassen. Ich sprach von dem Aufruhr, den eine Zurückerstattung hervorrufen würde. Aber denken Sie, die blosse Erwähnung des Namens der Dame, als wir kürzlich in meinem Haus *la fête de grand-père* feierten, hatte einen Streit zur Folge, der wahrscheinlich mit einem Duell enden wird.»

«Raoul hat es mir erzählt», sagte der Apotheker.

Honoré nickte.

«Mr. Frowenfeld, wenn Sie – oder irgend jemand – meinen Leuten, will sagen, meinen Angehörigen, den Wert des Friedens begreiflich machen könnten (ich spreche nicht von Pflicht, denn ein Kaufmann rechnet mit Werten), dann würde ich, falls Sie es verlangten, meine Hand dafür geben. Und wenn Sie es der ganzen Gesellschaft klarmachen könnten, dann würde ich - nein, meinen Kopf würde ich nicht hergeben - das täten Sie wohl!» Er lachte.

«Es gibt einen Frieden, der schlecht ist», sagte Frowenfeld nachdenklich.

«Ja», ging der Kreole sofort darauf ein, «das ist genau der Frieden, den ich und den vor mir mein Vater gewahrt hat!»

Er sprach mit grosser Wärme.

«Ja», sagte er nach einer Pause, die aber nicht etwa ein Nachlassen war, «ich denke oft, dass wir Grandissimes ein gutes Bild der Kreolen in ihrer Gesamtheit darstellen. Wir haben eine Partei, die stimmt für den Frieden - das bin ich (entschuldigen Sie mein Selbstbewusstsein!), und eine andre, die ist auf Streit aus, und sie wird angeführt von meinem Onkel Agricola. Und jetzt soll die Friedenspartei den Streit auslösen, und die Streiter sind die, welche für die Erhaltung des Friedens stimmen. Mr. Frowenfeld, wenn ich den Streit auslöse, wie kann ich dann gleichzeitig Frieden stiften? Darin liegt die Schwierigkeit für mich!»

«Mr. Grandissime», rief da der Apotheker, «wenn Sie einen Plan haben, der auf den hohen Idealen beruht, welche die Grundlage Ihrer ganzen Einstellung sind, und wenn ein entehrter Mann Ihnen nützen kann - dann zählen Sie auf mich!»

«Sie sind sehr grosszügig», dankte der Kreole, und beide schwiegen. Honoré wandte den Blick von Frowenfeld ab, senkte ihn auf den Fussboden und rieb mit der Hand über sein Knie. Plötzlich blickte er auf.

«Sind Sie unschuldig?»

«Bei Gott!»

«Ich glaube es ohne weiteres. Erzählen Sie

mir kurz den Hergang! Ich sollte Ihnen helfen können.»

Frowenfeld erzählte so viel, wie er, seinem Palmyre gegebenen Versprechen eingedenk, für richtig hielt, und sprach nur ganz flüchtig von der Begegnung mit Clotilde.

«Drehen Sie sich um!» bat Monsieur Grandissime. «Zeigen Sie mir Ihren Hinterkopf! Ja, davon haben Sie wohl das Fieber?»

«Zum Teil», antwortete Frowenfeld. «Aber wie soll ich meine Unschuld beweisen? Ich finde, ich sollte ganz unbekümmert zu Palmyre zurückkehren und meinen Hut holen. Ich war schon im Begriff, es zu tun, als ich Ihr Briefchen erhielt. Es scheint mir jedoch ein äusserst unsicheres Mittel, mich zu rechtfertigen.»

«Überlassen Sie es mir, lieber Freund», riet Honoré. «Ich verstehe alles - was Sie mir sagten und was Sie verschweigen. Ich kann es mühelos erraten. Da ich Palmyre so gut kenne und da ich weiss (was Sie nicht wissen), dass alle Vaudous der Stadt Sie für einen Zauberer halten, weiss ich auch, weshalb sie vor Ihnen niederkniete und um was sie gebeten hat: ein *ouangan,* haha! Sehen Sie wohl? Vertrauen Sie mir alles an und lassen Sie den Hut bei Palmyre, nehmen Sie ein Fiebermittel und schlafen Sie ein wenig, bis Sie wieder von mir hören.»

«Und ich darf Ihnen meine Hilfe für Ihr Problem *nicht* anbieten?» fragte der Apotheker, als beide standen und sich die Hand gaben.

«Oh», sagte der Kreole achselzuckend, «tun Sie, was Sie können - wahrscheinlich ist das nicht viel.»

38

Auf die Probe gestellte Freundschaft

Frowenfeld schloss die Tür und kehrte wieder ins Zimmer zurück. Er fuhr sich mit beiden Händen an den Kopf und versuchte, den neuen, aufgeregten Tumult seiner Gedanken zu verstehen. Honoré Grandissime liebte also zugegebenermassen die eine - *aber welche?* Doktor Keene liebte offensichtlich auch eine - *aber welche?* Und er selbst? Was bedeutete die übersprudelnde Freude, die wie ein prächtiger Falter zwischen unzähligen Fledermäusen hin und her flatterte und zwischen all dem wilden Kummer und Verdruss durch sein krankes Gemüt flog? Er beantwortete die Frage nicht; er wusste nur, dass die Verwirrung in seinem Gehirn fürchterlich war. Beide Hände presste er vergeblich auf die pochenden Schläfen, seine Gedanken zuckten hierhin und dorthin und gehorchten ihm nicht mehr. Ob er sich setzte oder aufstand, sein Zimmer durchmass oder den Kopf gegen die Wand lehnte, nichts konnte die schreckliche Unordnung beruhigen - bis er schliesslich Honorés missachteten Ratschlag befolgte und sich hinlegte, und tatsächlich dauerte es nicht lange, da war er schon eingeschlafen.

Im fernen Haus der Grandissimes suchte Agricola Fusilier nach Mitteln und Wegen, um zur Ruhe zu kommen, denn noch nie war ihm das Herz so schwer gewesen. Bei Sonnenaufgang hatte er sich erhoben, nach einem

Schlummer, der ärger als Schlaflosigkeit war, denn in seinen Träumen hatte er das auf morgen festgesetzte Duell mit Sylvestre schon vorweggenommen. Er versuchte das ungewohnte Zittern seiner Hände zu überwinden und die Erinnerung an die herzzerreissenden nächtlichen Phantasien aus seinem Geist zu verscheuchen. Er nahm deshalb Zuflucht zu einem sehr gebräuchlichen, durch langjährige Erfahrung fast geheiligten Mittel – zum Rum. Er benutzte ihn nicht nach Vaudou-Sitte: die Vaudous gossen ihn auf den Boden, Agricola aber war ein Vaudou-Gegner. Der Rum übte schliesslich seine Wirkung aus. Gegen elf Uhr schien er wenigstens äusserlich mit jedem in Frieden zu sein, den er für einen Louisianer hielt und der sich rechtens so nennen durfte; und was die übrigen betraf, so war er kampfbereit, wie man eben in Friedenszeiten sein soll. In dieser Stimmung, und als er noch am Büfett den feierlichen Ritus *las onze* vollzog, erreichte ihn durch den Mund seines geschäftigen Sekundanten Hippolyte die Nachricht von Frowenfelds Missgeschick, und trotz 'Polytes Protest, der Duellant einer unerledigten Affäre dürfe nicht auf der Strasse erscheinen, bestellte Agricola einen Wagen und fuhr schleunigst zum Apotheker.

Als Frowenfeld erwachte, war zwölf Uhr vorbei. Sein Fieber war weg, der Kopf klar, seine Kräfte waren zurückgekehrt. Auch er hatte im Schlaf geträumt: er hatte Clotilde am Fussende seines Bettes stehen sehen. Jetzt lag er noch einen Augenblick still, in die Erinnerung versunken.

«Sie war's bestimmt», sagte er sich, als er aufstand und an die Fieberphantasien während seiner Krankheit dachte.

Das Räderrollen eines Wagens, der vor seiner Türe hielt, liess ihn aufhorchen. Einen Moment drauf hörte er die Stimme Agricolas, der in den Laden trat und Raoul begrüsste. Als der alte Mann seinen Stock hochhob, um mit dem Knauf an die Tür des Studierzimmers zu klopfen, öffnete Frowenfeld bereits.

«Fusilier erscheint als Retter!» sagte der alte Louisianer; er packte Frowenfelds Hand und starrte ihn nachdenklich und bewundernd an.

Joseph rückte ihm einen Stuhl zurecht, aber mit grossartiger Unterwürfigkeit bestand der Alte darauf, den Platz nicht anzunehmen, ehe «Professor Frowenfeld» sich nicht selbst gesetzt hatte.

Der Apotheker war sehr ernst. Ihm schien, als liege in diesem kleinen Studierzimmer sein einstiger guter Name aufgebahrt und als kämen jetzt alle Besucher, um einen letzten Blick darauf zu werfen. Immer wieder sehnte er sich nach mehr Einsicht und fragte sich, weshalb die Schwere seines Missgeschicks so gewaltig erscheinen müsse.

«Mein lieber Professor», begann der alte Mann. Ganze Buchseiten können nicht ausdrücken, was alles in seiner Betonung und in seinem Lächeln lag: Wohlwollen, Zuneigung, angebliche Kenntnis der Tatsachen, Verachtung der Folgen, Erinnerung an seine eigene Jugend, Verständnis für Streiche und Gönnerschaft, um nur ein paar zu nennen. Er sprach sehr langsam und tief und immer mit diesem Lächeln, das hunderterlei anzudeuten schien. «Warum haben Sie mich nicht holen lassen, Joseph? Sollten Sie einmal Zeit haben, eine Liste Ihrer Freunde aufzustellen, die Ihnen beistanden - einerlei, ob im Recht oder Unrecht -, dann schreiben Sie den Namen Agricola Fusilier zuoberst! Schreiben Sie ihn deutlich und wiederholen Sie ihn am Fuss der Liste! Verstehen Sie mich, Joseph? Und hören Sie auf mich: ob im Recht oder Unrecht!»

«Nicht im Unrecht», antwortete Frowenfeld, «wenigstens nicht das Unrecht in Schutz nehmend. Das wäre mir zuwider. Aber ich versichere Ihnen, was ich getan...»

«... ist nicht schlimmer, als was jeder andre in der gleichen Lage getan haben würde, mein guter Junge. Nein, nein, unterbrechen Sie mich nicht! Ich verstehe Sie! Ich verstehe Sie! Glauben Sie, in meinem Alter wäre mir irgend etwas fremd?»

«Aber ich bin...»

«Ich weiss, was Sie sind. Und Sie stehen unter dem Schutz der Fittiche des alten Adlers Agricola. Sie gehören zu meiner Brut, jawohl! Professor, hören Sie auf Ihren alten Vater! Es ist der Mensch, der eine Tat erst zum Verbrechen macht. Einen weiseren und schöneren Grundsatz hat die Menschheit nie aufgestellt. Wenn die verschiedenen Klassen eines Volks und einer Gesellschaft nicht eine entsprechende Moral und Freiheit hätten, die in dem Mass verschieden sind wie sie selber, dann würde ja zumindest *unsre* Gesellschaft in die Brüche gehen. Zum Beispiel hier: Professor Frowenfeld wird schlechtes Benehmen vorgeworfen. Wer ist er? Ein Ausländer oder ein Einheimischer? Nur durch den Zufall seiner Geburt ein Ausländer oder dem Gefühl und Wollen entsprechend? Ist er unsresgleichen im Denken, Wollen, Fühlen, in unsern Neigungen und Abneigungen? Ich antworte für Sie mit ‹ja›, Joseph! Wie habe ich dieses Urteil gefunden? Durch Verteidigungssprüchlein? Nein, sondern durch den Instinkt, den Wegweiser des Edlen und Stolzen. Und wie lautet das Urteil? Nicht schuldig! Professor Frowenfeld, *absolvo te!*»

Vergebens suchte der Apotheker immer wieder, den Redefluss Agricolas zu unterbrechen. «Citizen Fusilier, kennen Sie mich nicht besser? Citizen Fusilier, wenn Sie mich bloss anhören wollten!» Weiter kam er nicht in seinem Bemühen, alles zu erklären. Der alte Mann war nicht so überzeugt, wie er es zu sein vorgab, dass Frowenfeld der makellose Proselyt sei, den allein ein Kreole anerkennen würde; doch er sah ihn in einer Zwangslage und warf ihm den Rettungsring zu, den keiner zurückweisen kann, ohne verdientermassen zu ertrinken.

Frowenfeld setzte noch einmal zu einer Erklärung an.

«Mr. Fusilier...»

«Citizen Fusilier!»

«Citizen Fusilier, die Ehrlichkeit fordert, dass ich Sie aufkläre...»

«Mein lieber Professor, lassen Sie sich's gesagt sein, was die Ehrlichkeit fordert! Sie fordert, dass wir hier in dieser Wohnung einander verstehen. Die Forderung ist erfüllt.»

«Aber...» Frowenfeld runzelte ungeduldig die Stirn.

«Joseph, die Forderung ist voll und ganz erfüllt. Ich verstehe die Sache so gut wie ein Augenzeuge! Jetzt ist noch eine andre Forderung zu erfüllen, die Forderung der Freundschaft. – Hier drinnen: Ehrlichkeit. Draussen: Freundschaft. Hier drinnen: einer unsrer Brüder hat ein dummes Abenteuer gehabt. Draussen» – der Alte lächelte mit wohlmeinender Unaufrichtigkeit –, «draussen ist nichts passiert!»

Frowenfeld versuchte hartnäckig, zu sprechen, aber Agricola hob die Stimme, und sein graues Haar gab den Ausschlag.

«Was hat sich denn gross ereignet? Die simpelste Sache von der Welt: Professor Frowenfeld ist auf einem schlüpfrigen Dollbord ausgeglitten, schlug sich an einer hervorstehenden Metallspitze den Kopf auf und trat in Palmyres Haus ein, um die Wunde auszuspülen. Doch da sie übler war, als er zuerst angenommen hatte, eilte er sofort wieder hinaus und kehrte in seinen Laden zurück. Den Hut liess er dort, wo er hingefallen war; er war zu schmutzig und schien es nicht mehr wert, mitgenommen zu werden. Hippolyte Brahmin-Mandarin und andre, die zufällig des Weges kamen, glaubten, er sei im Haus der Haarkünstlerin verletzt worden, und zogen einen natürlichen Schluss, wurden aber inzwischen eines Besseren belehrt. Und die öffentliche Meinung möge bitte bedenken, dass Professor Frowenfeld ein Weisser, ein Gentleman und ein Louisianer ist, bereit, seine Ehre zu verteidigen, und dass Citizen Agricola Fusilier sein Freund ist!»

Der alte Mann blickte sich um wie ein Bulle, der zuoberst auf einem Hügel steht.

Frowenfeld ärgerte sich masslos; er hielt sich nur im Hinblick auf ein bestimmtes Projekt zurück und begnügte sich damit, zum vierten oder fünften Mal zu wiederholen: «Ich kann solche Hilfe nicht annehmen!»

«Professor Frowenfeld, die Freundschaft – die Gesellschaft – verlangt es. Unser Kreis muss mit all seinen Mitgliedern beschützt werden. Sie haben nichts damit zu tun, Joseph. Sie überlassen es mir!»

«Nein, nein!» rief Frowenfeld. «Ich danke Ihnen, aber...»

«Ach, mein lieber Junge, danken Sie mir nicht! Ich kann nichts für solche Gefühlsaufwallungen – ich gehöre einer warmherzigen Rasse an. Und Sie werden doch nicht die Dienste eines kreolischen Freundes zurückweisen – das Teuerste, was der Mensch besitzen kann?»

Er zog seinen Stuhl herum und runzelte die Stirn.

«Ich will mich nur nicht durch eine Lüge schützen lassen.»

«Oh!» rief Agricola und reizte sein Opfer noch mehr, indem er Joseph mit theatralisch-bewundernden Blicken betrachtete. *«Sans peur et sans reproche!* Und doch enttäuschen Sie mich. Halten Sie es für nichtig, dass ich von zu Hause fortgestürzt bin und die Vorhänge meines Wagens zuzog, um mich gegen die gaffende Menge abzuschirmen? Ich kam, um meinen Freund, meinen Stellvertreter, meinen Mitarbeiter, ja meinen Sohn vor dem Gelächter des ordinären Pöbels zu retten, der mit dem Finger auf ihn zeigen könnte. Da hätte ich ja ebensogut daheim bleiben sollen, es wäre besser gewesen, denn meine besondere Lage heute erfordert eigentlich, dass ich mich nicht von meinem Haus entferne...»

«Nein, Citizen Fusilier», entgegnete Frowenfeld und legte seine Hand auf Agricolas Arm, «es ist bestimmt nicht vergebens, dass Sie ausgegangen sind! Tatsächlich befindet sich ein Mann in einer schwierigen Lage, aus der nur Sie ihn befreien können!»

Der alte Mann plusterte sich vor lauter Selbstgefälligkeit auf.

«Oh, wirklich...»

«*Er* ist wirklich Ihresgleichen, Citizen Fusilier!»

«Dann muss er befreit werden, Professor!»

«Er ist ein Louisianer, nicht nur durch den Zufall seiner Geburt, sondern auch seinem Gefühl und seinen Absichten nach», fuhr Frowenfeld fort.

Das Lächeln des alten Mannes drückte Hilfsbereitschaft und Begeisterung aus, doch der Apotheker war jetzt am Zuge und liess ihn nicht zu Worte kommen.

«Seine Sympathien und Antipathien sind die seines Volkes», sagte Joseph. «Sein Puls klopft wie der Ihre, Sir. Er gehört zu Ihrem Kreis, zu Ihrer Kaste.»

Agricola konnte nicht länger schweigen.

«Oh, Joseph, Sie machen mich wahnsinnig! Kommen Sie zur Sache! Wer ist...»

«Und überdies glaube ich, dass er an der ihm zur Schuld gelegten Sache unschuldig ist.»

«Unschuldig? Natürlich ist er unschuldig, Sir. Wir *machen* ihn unschuldig!»

«Ach, Citizen, sein Todesurteil ist schon gesprochen!»

«Was? Ein Kreole? Zum Tode verurteilt?» Agricola stiess einen gotteslästerlichen Fluch aus und packte seinen Stock in der Mitte. «Sir, wir werden ihn befreien, und wenn wir die Regierung stürzen müssen!»

Frowenfeld schüttelte den Kopf.

«Sie müssten etwas Mächtigeres als die Regierung stürzen.»

«Und was wäre das, bitte?»

«Ein gesellschaftliches Vorurteil», sagte der Apotheker und blickte dem alten Mann fest ins Auge.

«Hah, mein Junge, wie recht Sie haben! Aber wir werden auch das besiegen, was?»

«Ich fürchte, dass Ihre Verpflichtungen Sie daran hindern werden. Wie ich hörte, beteiligen Sie sich morgen...»

Agricola machte plötzlich eine steife Miene.

«Professor Frowenfeld, es scheint mir, dass Sie sich eine gewisse Freiheit herausnehmen!»

«Dafür bitte ich Sie um Verzeihung!» rief der Apotheker. «Dann darf ich also nicht hoffen...»

Der Alte war schon wieder gerührt.

«Aber wer ist denn der Mann, der in Todesgefahr schwebt?»

Frowenfeld zögerte.

«Citizen Fusilier», sagte er, blickte ernst zu Boden und dann dem alten Mann ins Gesicht, «wollen Sie mir auf meine Beteuerung hin, dass es nicht nur ein gebürtiger Kreole, sondern ein Grandissime ist...»

«Das ist doch nicht möglich!»

«... ein Grandissime von reinstem Blut! Wollen Sie mir auf Ihr Ehrenwort hin Ihre Hilfe zusagen, ihn aus der Gefahr zu befreien, ob Recht oder Unrecht?»

«Ob ich will? Natürlich will ich. Wer ist es?»

«Citizen, es ist Sylvestre.»

Agricola fuhr mit einem donnernden Fluch in die Höhe.

Der Apotheker streckte besänftigend die Hand aus, aber sie wurde beiseite gestossen.

«Lassen Sie mich gehen! Wie können Sie's wagen? Wie können Sie's wagen, Sir?» brüllte Agricola.

Er wandte sich zum Gehen, fluchte rasend und richtete einen Blick auf Joseph, in dem sich Wut und Entsetzen mischten.

«Citizen Fusilier», bat der Apotheker und folgte ihm mit erhobener Hand, als könnte das die Beschimpfungen abwehren, «gehen Sie nicht! Ich beschwöre Sie, gehen Sie nicht! Denken Sie an Ihr Versprechen, Citizen Fusilier!»

Agricola zauderte nicht mehr. Er riss gewaltsam die Tür auf, sah sich aber einem neuen Hindernis gegenüber. Der Maler des schönen Bildes «Louisiana weigert sich, der Union beizutreten» stand vor ihm, den Kopf in den Nacken geworfen, einen Fuss vorgesetzt, den Arm wie ein Tragöde ausgestreckt.

«Zurück, Sir!»

«Lass mich vorbei! Lass mich vorbei, oder ich schlag' dich tot!»

Mr. Innerarity warf sich in die Brust und hob feierlich die Hand: «Erst schlagen Sie mich tot, dann können Sie vorbei!»

«Citizen Fusilier», bat Frowenfeld, «ich flehe Sie an, mich anzuhören!»

«Weg! Gehen Sie weg!»

Der alte Mann stellte sich in die Ecke beim Bücherschrank und wich vor dem Apotheker zurück, als verkörpere er alle Schrecknisse seines nächtlichen Traums. Er stotterte zitternd: «Weg! Weg mit Ihnen! Mein Gott, Raoul, er hat mich beleidigt!» Er tat so, als wollte er einen Degen ziehen. «Kein Lebender darf mich beleidigen! Wenn Sie ein Mann sind, Professor Frowenfeld, dann verteidigen Sie sich!»

Frowenfeld verlor die Geduld, doch seine hastige Antwort wurde von Raouls heftigem Einwurf übertönt: «Das ist nicht wahr! Er hat nur versucht, Sie vor Hölle und Verdammnis zu bewahren, anstatt Sie tüchtig herunterzuputzen.» Und vor lauter Begeisterung brach er in Tränen aus.

Frowenfeld war masslos verärgert und gab Raoul ein Zeichen, der daraufhin die Tür abschloss.

Agricola, der innerlich noch erregter war, als er es zeigte, sank in einen Sessel vor dem Bücherregal. Den Kopf hatte er gesenkt, und eine schwere graue Locke fiel ihm in die düstere, gefurchte Stirn, während die eine Hand den Knauf seines Stocks und die andre sein Knie umklammerte. Beide Hände zitterten heftig. Als Frowenfeld mit allen Anzeichen flehentlicher Güte zu sprechen begann, hob Agricola die Augen und sagte kläglich: «Aufhören! Aufhören!»

«Citizen Fusilier, Sie selbst müssen aufhören! Hören Sie bitte auf, bevor der allmächtige Gott Ihnen Einhalt gebietet! Ich erdreiste mich nicht, Sie zu tadeln. Ich weiss, dass Sie reinen Tisch haben wollen. Ich verstehe Sie heute besser denn je. Citizen Fusilier, ich ehre Ihre Absichten...»

Agricola richtete sich ein wenig auf und blickte mit einem schwachen Versuch seines gewohnten gönnerhaften Lächelns umher.

«Mein lieber Junge - ich verzeihe Ihnen Ihre...», aber in Josephs Blick begegnete er einem Ausdruck, dem seine Heuchelei nicht standhielt, so dass sein Lächeln erstarb und sich in eine nachsichtige, bekümmerte und verzeihende Miene verwandelte. Er streckte den Arm aus.

«Ich könnte Sie leicht von Ihrem Irrtum überzeugen, Professor.» Sein Blick glitt ab und sank zu Boden. «Aber ich... Bitte Ihren Arm, mein lieber Joseph! Mein Alter macht sich bemerkbar.» Er erhob sich. «Ich fühle mich heute wirklich nicht ganz wohl, gar nicht auf der Höhe. Meine Sorge um Sie, mein lieber Junge...»

Er ging ein paar Schritte, taumelte und klammerte sich an den Apotheker, machte noch ein, zwei Schritte, packte die Tischkante und sank dann in einen Sessel, den Frowenfeld ihm unterschob. Er verschränkte die Arme auf dem Tisch und stützte seinen Kopf darauf, während Frowenfeld rasch ihm gegenüber Platz nahm, Papier und Feder zu sich heranzog und zu schreiben begann.

«Schreiben Sie etwas, Professor?» fragte der alte Mann, ohne den Kopf aufzuheben. Sein Stock fiel auf den Boden. Die Antwort des Apothekers klang leise und besorgt. Zwei- oder dreimal prüfte er das Geschriebene und verwarf es wieder.

Dann stiess er seinen Stuhl zurück und kam um den Tisch herum, legte das Geschriebene vor das gesenkte Haupt des alten Mannes, setzte sich wieder und wartete.

Der Alte blickte erst nach langer Zeit auf und bemühte sich vergebens, seine Qual unter einem Lächeln zu verbergen.

«Ich habe furchtbare Kopfschmerzen.»

Sein Blick wanderte über den Tisch, und mechanisch ergriff er die Feder, die Frowenfeld ihm reichte.

«Was kann ich für Sie tun, Professor? Etwas unterschreiben? Es gibt nichts auf der Welt, was ich nicht für Sie tun würde, Professor Frowenfeld! Was haben Sie denn da geschrieben?»

Hilflos suchte er seine Brille.

Frowenfeld las es ihm vor.

«Mr. Sylvestre Grandissime: ich habe übereilt gesprochen.»

Joseph fühlte, wie er zitterte, als er es las. Agricola tastete an der Feder herum und hob die Augen. Er bemühte sich ein letztes Mal, seine überhebliche Miene aufzusetzen, und sagte: «Mein lieber Junge, ich tu's einzig Ihnen zu Gefallen.» Und zu Frowenfelds stiller Freude und Verwunderung unterschrieb er:

«Ihr wohlgeneigter Onkel, Agricola Fusilier.»

39

Louisiana erhebt Ansprüche

«'Sieur Frowenfeld?» sagte Raoul, als Joseph sich in der Ladentür umdrehte, nachdem er Agricolas davonrollendem Wagen lange nachgeblickt hatte. Mit all seinem natürlichen Ungestüm wollte Raoul sich die Last von der Seele reden, doch Frowenfelds ernstes Gesicht, als er sich mit dem Schriftstück in der Hand umwandte, zwang ihn zu einem andern Verhalten. Trotz seiner impulsiven Natur hatte Raoul gelernt, mit einer Art begeisterter Ehrfurcht zu Frowenfeld aufzublicken. Deshalb liess er die Stimme sinken und stellte wie ein Kind eine Frage, die zu beantworten er durchaus selber fähig war.

«Was ist los mit Agricola?»

Der Apotheker, der im Moment seinen eigenen Kummer beinah vergessen hatte, bedachte seinen Gehilfen mit einem Blick, in dem sich Jubel und feierlicher Ernst seltsam mischten, und antwortete: «In seinem Herzen ist die Wahrheit aufgegangen.»

Raoul ging ihm nach.

«'Sieur Frowenfeld...»

Der Apotheker drehte sich abermals um. Raouls Gesicht wies einen Ausdruck ernsten Eifers auf, der vertrauenerweckend war.

«'Sieur Frowenfeld, hat Agricola dem Sylvestre geschrieben, dass das Duell nicht stattfinden soll?»

«Ja.»

«Und Sie wollen Sylvestre den Brief bringen?»

«Ja.»

«'Sieur Frowenfeld, das verstösst gegen die Regel. Sie müssen ihn zu 'Polyte Brahmin-Mandarin bringen, und der muss ihn Valentine Grandissime bringen, und *der* muss ihn Sylvestre geben. Verstehen Sie, man muss wissen, wie die Regel ist. Ich hatte selbst mal ein kleines Problem mit...»

«Ich verstehe», unterbrach ihn Frowenfeld. «Aber wo kann ich Hippolyte Brahmin-Mandarin zu dieser Tageszeit finden?»

Raoul zuckte mit der Achsel.

«Wenn die Vorbereitungen noch nicht fertig sind, finden Sie ihn nicht. Und wenn sie fertig sind - kennen Sie ihn denn?»

«Vom Sehen.»

«Also dann finden Sie ihn bei Maspero, oder sonst vor dem Veau-qui-tète, oder sonst im Café Louis Quatorze, aber sehr wahrscheinlich im Veau-qui-tète! Wissen Sie, das Problem, das ich mal hatte, rührte von einer Diskussion über eine militärische Massnahme der Kavallerie her, und...»

«Ja», sagte der Apotheker. «Hier ist Geld, Raoul. Gehen Sie bitte und kaufen Sie mir einen guten, einfachen Hut!»

«Gern.» Raoul schoss hinter dem Ladentisch hervor und holte seinen Hut aus einem Schubfach. «Wo kaufen Sie gewöhnlich Ihre Hüte?»

«Irgendwo.»

«Gut, dann gehe ich zu *meinem* Hutmacher.»

Während der Apotheker in seinem Geschäft umherging und auf Raouls Rückkehr wartete, drängte sich sein eigenes Unglück wieder in seine Gedanken vor. Ihm fiel auf, dass fast jeder Vorüberkommende einen Blick in sein Geschäft warf. «Das ist der Laden!» «Das ist der Mann!» – wie unverhüllt die Blicke der Passanten manchmal sind! Die Leute schienen überdies ein wenig erregt zu sein. Konnte eine Stadt wie New Orleans sich über ein so kleines, privates Problem wie das seine aufregen? Nein! Die Stadt hatte ihre eigenen Sorgen.

New Orleans befand sich in einem Zustand verhaltener Aufregung, den man später, weil man die Welt beruhigen musste, als «friedlicher denn je zuvor» bezeichnete. Raoul bemerkte es schon, kaum hatte er den Laden zwanzig Schritt hinter sich gelassen. Bis er die erste Strassenecke erreicht hatte, befand er sich mitten in einem Menschenstrom. Er genoss es wie ein guter Schwimmer. Er trank es in sich ein. Es war besser als Wein und Musik zusammengenommen.

«Nächsten Dienstag sind's drei Monate, und noch keinerlei Anzeichen von einer Wiederabtretung!» sagte einer von zwei ziemlich schnell vor ihm einhergehenden Männern. Sie sprachen das Louisiana-Französisch.

«Ach was, Wiederabtretung!» rief der andre ärgerlich. «Die Abtretung ist Wirklichkeit geworden. Das müssen wir nun mal schlucken. Mit dem Zweifel ist's aus und vorbei!»

Die Gefühle des ersten Sprechers konnten sich nur in einem lästerlichen Fluch äussern.

«Mit der Abtretung will ich nichts zu tun haben!» Er wandte sich seinem Begleiter zu, während sie weitereilten. «Wenn der Zweifel tot ist, dann regiert an seiner Statt die Nichtbeteiligung, und Unzufriedenheit ist der Premierminister!» Er hob drohend die Faust, als sie um die Ecke bogen.

«Wenn's einen Wechsel geben muss, dann wollen wir Untertanen vom Ersten Konsul sein», sagte jemand anders zu einem vierten Mann, dem Raoul an der nächsten Kreuzung begegnete.

Vor der Tür einer Waffenhandlung hatten sich Jungen und Vagabunden eingefunden. Ein Mann im Laden kaufte sich eine Flinte. Mehr gab's nicht zu sehen.

Eine Gruppe kam aus einem Kaffeehaus. Der Vorderste drehte sich zu den Nachfolgenden um: *«Ah bah!* Diese amerikanische Freiheit!»

«Da seht ihr's! So wird es kommen!» sagte einer aus der Gruppe und packte zwei andre beim Rock, um sich Zuhörer zu sichern. «Wir sollen bloss mit ansehen, was der widerliche Kongress tut. Der wird noch unser ganzes Land in Stücke reissen!»

«Ach, Freundchen, du weisst wohl noch nicht das Neueste?» fragte ein andrer, und Raoul blieb stehen, um es mit anzuhören. «Louisiana wird jetzt seine Ansprüche erheben. Wir haben ja Redefreiheit und müssen es ausnützen.»

Seine Nachrichten stimmten. Louisiana musste schliesslich an seine Amerikanisierung glauben, hatte ihren neuen Freiheiten zugestimmt und begann wie ein Knabe, der einen Drachen über die Stoppeln zerrt, mit ihnen herumzulaufen. Louisiana wollte seine Ansprüche erheben, sagte er.

«Und seine Weigerungen anmelden», rief einer, dem Raoul die Hand schüttelte. «Wir warnen die Welt! Wenn der Kongress nicht aufpasst, sind wir für die Folgen nicht verantwortlich!»

Bei Raouls Hutmacher war von nichts anderem die Rede. Als Mr. Innerarity eintrat, begrüsste er gerade einen Kunden in seiner englischen Muttersprache und fuhr fort: «Ja, unter Spanien war's ein tüchtiges, ruhiges Regiment! Ah, Mr. Innerarity, freut mich, Sie zu sehen! Wir sprachen gerade von unsern politischen Wirren. Ich wünschte, sie wären bald vorbei! Es ist eine schrecklich verfahrene Kiste. Heute Korruption - und morgen wird's Revolution sein, sag' ich Ihnen! Aber uns geht's ja nichts an. Wir stehen einfach da und schauen zu.»

«Guter Freund», sagte Raoul mit einem Gemisch aus Mitleid und Überlegenheit, «Sie haben noch nicht das Neueste gehört: Louisiana wird seine Ansprüche erheben!»

Auf dem Rückweg zur Apotheke konnte Raoul mühelos Louisianas Ansprüche und Weigerungen auswendig lernen. Louisiana wollte einen kreolischen Gouverneur. Louisiana wollte nicht, dass Casa Calvo zum Verlassen des Landes aufgefordert wurde. Louisiana wollte, dass die Verfügungen des Abtretungsvertrages beschleunigt würden. (So bald wie möglich, hiess es.) Louisiana hatte lange genug gewartet. Louisiana wollte nichts wissen von Gerichtsverfahren - diesem widerlichen Unfug! Louisiana wünschte einen nichtkontrollierten Importhandel! Louisiana wünschte keine weiteren Amerikaner auf Regierungsposten. Louisiana wünschte Beibehaltung des Sklavenhandels.

Raoul war schon in Sichtweite des Apothekers, der ängstlich wartend und ohne Hut dastand; er liess sich aber doch noch von einem Freund aufhalten.

Zuerst wurden Bemerkungen über die unruhigen Zeiten ausgetauscht.

«Und doch», sagte Raouls Freund, «war die Stadt nie friedlicher. Es ist ekelhaft mit anzuschauen, wie dieser Feigling von Gouverneur sich so emsig nach mehr Polizei umsieht und schleunigst das amerikanische Freiwilligen-Corps aufstellt!» Er deutete aufgebracht hierhin und dorthin. «Mr. Innerarity, ich erstarre vor Bewunderung über die beinah feige Geduld, mit der unsre Leute all das Unrecht ertragen! Zeichnen sich meine Pistolen zu sehr unter meinem Rock ab? Also dann, Adieu, ich muss nach Hause gehen und meine Flinte reinigen. Ja, lieber Freund, wir wissen nicht, wie bald wir schon dem Registrar der Landbesitz-Titel gegenüberstehen werden!»

Raoul hatte seinen Botengang beendet.

«'Sieur Frowenfeld, entschuldigen Sie bitte! Ich kann den Brief zu 'Polyte bringen, wenn Sie wollen!» Manchmal ist eine einfache Laden-Beaufsichtigung qualvoll - wie übrigens jede friedliche Routine-Arbeit.

Dem Apotheker war genauso zumute; er schlug das Anerbieten seines Gehilfen aus und entfernte sich in der Richtung des Veau-qui-tète.

40

Frowenfeld findet Sylvestre

Das Restaurant Veau-qui-tète nimmt das ganze Erdgeschoss eines kleinen, niedrigen, zweistökkigen Gebäudes mit Ziegeldach und Stuckfront ein, das noch heute an der Ecke der Chartres Street und der St. Peter Street steht, wo es zusammen mit dem gut erhaltenen Cabildo und der neuen Kathedrale an die schäbigen, dunklen Kreolen erinnert, die man manchmal sieht, wie sie ihren besser situierten Verwandten auf den Bürgersteigen dieses alten französischen Quartiers helfen, die Zeit totzuschlagen. Es war ein beliebter Treffpunkt der begüterten Klassen und lag angenehm nah zum Gerichtsgebäude wie auch zu den Büros der Stadtverwaltung. Man stiess dort auf die in Politik und Verwaltung am besten beschlagenen Schwätzer - und das Beste, was der Markt an Fleisch und Wein zu bieten hatte.

Frowenfeld fand dort eine beträchtliche Menschenmenge versammelt. Er musste ein wenig hin und her wandern, um sicher zu sein, dass er den Gesuchten nicht übersehen hatte.

Als er eintrat, hörte ein Mann an der Tür zu sprechen auf, starrte ihn unmanierlich an und beugte sich dann lächelnd und tuschelnd zu seinen Bekannten über den Tisch. Der vorbeigehende Apotheker spürte ihre Blick auf seinem Rücken.

Im ganzen Lokal herrschte ein allgemeines Stimmengewirr, doch wohin er ging, folgte ihm stets eine kurze Stille, und einige stiessen sich sogar, wie er sah, mit den Ellbogen an. Er merkte, dass sein Anblick den hier Versammelten in ihrer augenblicklichen Stimmung besonders unpassend erschien.

Vier Männer, die sich gegen die kleine Bartheke lehnten oder davor standen, unterhielten sich erregt in kreolischem Patois. Sie erwähnten wiederholt und besorgt, aber doch mit einer amüsierten Auflehnung, die Pointe Canadienne, eine Stelle am Ufer des Mississippi, nicht weit von New Orleans, wo die Kaufleute der City sich mit den Schmugglern trafen, die über die Barrataria-Bucht und den Bayou vom Golf heraufkamen. Die vier sprachen nicht geradezu von Schmuggel: in der City gab es Kaufherren, Engländer, Schotten und Yankees und französische und spanische Kreolen, die es vor der Öffentlichkeit empört abgestritten hätten, dass sie Komplizen der Schmuggler von Grand Isle wären, insgeheim lachten sie jedoch darüber und belegten den Umschlagplatz für ihre Waren mit dem schlauen Spitznamen «Klein-Manchar». Als Frowenfeld an den vieren vorüberging, hörten sie ebenfalls zu sprechen auf und blickten ihm nach, drei mit einem unverschämten Lächeln, der vierte mit verächtlichem Achselzucken.

Weiter hinten redeten einige Kreolen rasch in englischer Sprache auf einen Amerikaner ein.

«Und warum?» fragte der eine. «Weil das Geld knapp ist. Unter einer andern Verwaltung hatten wir im Überfluss!»

«Ja», erwiderte der wagemutige Amerikaner, «was immer das war: *Assignats, Liberanzas,*

Bons! Claiborne wird uns besseres Geld als das geben, wenn er die Bank eröffnet.»

«Haha, seine Bank, ja! John Law hatte auch mal eine Bank, da können Sie meinen alten Vater fragen! Was sollen wir mit einer Bank? Schluss mit den Banken!» Der Sprecher verstummte: er war noch nicht fertig, aber er hatte den Apotheker erblickt. Frowenfeld hörte einen unterdrückten Fluch, ein undeutliches Gemurmel und dann ein schallendes Gelächter.

Ein schlanker junger Kreole, den er kannte und der ihn immer hocherfreut begrüsst hatte, streifte ihn, ohne sich nach ihm umzublicken. «Sie sehen ja», sagte er zu seinem Begleiter, «jedermann in Louisiana soll ein Bürger werden, ausgenommen die Neger und die Maultiere; das ist die Freiheit, die sie uns geben: alle essen aus einem Trog!»

«Was wir brauchen», erklärte ein dunkler, kränklich aussehender, aber gut gekleideter Mann und stellte sein Rotweinglas ab, «ist Repräsentation ohne Besteue...» Sein Blick war auf Frowenfeld gefallen, und er sah ihm stirnrunzelnd nach.

«Lieber Freund», sagte er zu seinem Tischgenossen, «was halten Sie von einem Mann, der einen Neger auffordert, im gleichen Zimmer mit ihm Platz zu nehmen?»

Der Apotheker merkte, dass sich sein trauriger Ruhm noch viel weiter herumgesprochen hatte, als er befürchtete. Er wandte sich ab, um hinauszugehen, und verbeugte sich dabei vor einem ihm bekannten amerikanischen Kaufmann.

«Sir?» fragte der Kaufmann mit höflichem

Ernst, «wünschen Sie mich zu sprechen? Ich glaubte, Sie... Wie ich schon sagte, meine Herren, worauf läuft schliesslich alles hinaus?»

Ein Kreole spielte ihm die Antwort zu: «Prozessstreitigkeiten, Beraubung, Bittschriften und Zerfall.»

Die Stimme klang wie die von Honoré. Frowenfeld blickte schärfer hin: es war Agamemnon Grandissime.

«Ich muss zu Maspero», dachte der Apotheker und begann die Rue Chartres entlang zu gehen. Als er in die Rue St. Louis einbog, befand er sich plötzlich in einer Menschenmenge, die vor einem frisch angeschlagenen Plakat stand, und auf den ersten Blick sah er, dass es eine aufrührerische Hetzschrift war, wie sie, der Zeitstimmung entsprechend, täglich und nächtlich an Mauern und Zäunen auftauchten.

«Ein Amerikaner hat's abgerissen», sagte ein Junge neben Frowenfeld, «aber Camille Brahmin hat's wieder angeklebt!»

Der ehemalige Passage de la Bourse führte zu einem Lokal, das viele Jahre hindurch als eine Art Treffpunkt für Kaufleute und Auktionatoren gedient hatte und ein Minimum an Porzellan und ein Maximum an Glas aufwies: es war Masperos Kaffeehaus, bestimmt noch 1810 Masperos, und, wie wir glauben, auch am Tage, als der Apotheker es betrat, das heisst, am 9. März 1804. Hier ging es viel lebhafter als im Veau-qui-tète zu. Die beiden Lokale verhielten sich zueinander wie Handeltreiben zum Prozessführen, oder wie Stehen und Saufen zum Sitzen und Nippen.

Wann immer sich die öffentliche Meinung jenem unheilvollen Zustand öffentlichen Gefühls nähert, in welchem die Frömmigkeit die Denkschriften der Politiker unterzeichnet und die Tugend in die Gewehrläden einbricht, war Masperos Kaffeehaus der Ort, wo man das Stampfen des Getriebes gut hören konnte.

Der erste, den Frowenfeld beim Eintreten sah, war Monsieur Valentine Grandissime. Ein doppelter Halbkreis von Gaffern und Zuhörern stand vor ihm. Er sprach sein kreolisches Französisch und tat völlig unbekümmert.

«Politik? Was schere ich mich um Politik?» sagte er mit wegwerfender Geste. «Ich kenne meine Rechte - und die von Louisiana! Wir haben ein Recht auf eigene Meinung! Wir haben» - mit einem ruhigen Lächeln und einem Heben seiner ausgestreckten Handfläche - «das Recht, Louisiana vor dem Angriff von Eindringlingen zu schützen, selbst wenn wir zu den Waffen greifen müssen. Ich schlage aber nicht vor, die Freiheiten selbst dieser Armee von Glücksrittern zu beschränken! Lasst sie doch denken!» Er lachte auf. «Ist doch uns egal, ob sie unsre Meinung teilen oder nicht! Mögen sie die ihre behalten! Ist mir sogar lieber! Aber sie sollen den Mund halten. Sie sollen bedenken, dass sie Yankees sind. Sie sollen bedenken, dass sie ungebetene Gäste sind.» Das alles brachte er ganz kühl hervor.

Aber die Antwort war von leidenschaftlicher Glut erfüllt und kam von einem jungen Mann aus dem Halbkreis, welchen ein paar andre in Schach halten wollten. Er sprach auch Französisch, und Frowenfeld war überrascht, als er seinen Namen hörte.

«Dieser Bursche Frowenfeld» - der Sprecher konnte Frowenfeld nicht sehen - «hat nie den Mund gehalten! Ein halbes dutzendmal hat er uns mit seiner allzu dreisten Sprache und seinem hochmoralischen Gewinsel bereits Grund genug gegeben, ihn am nächsten Laternenpfahl aufzuhängen. Und jetzt, nachdem wir es unzähligemal mit ihm ausgehalten haben und er sich plötzlich in seiner ganzen Schlechtigkeit entpuppt, da sagst du: ‹Lasst ihn in Ruhe!› Man könnte meinen, dass du Honoré Grandissime verteidigst!»

Valentine lächelte.

«Honoré Grandissime? Mein guter Junge, du weisst nicht, wovon du redest. Doch nicht Honoré! Einen Menschen, der selbst zugegeben hat, dass er sich mit den Yankees verbrüdert hat! Einen Menschen, den wir mit gutem Grund im Verdacht haben, dass er darüber nachsinnt, wie er seine Familie in Schande und Armut stürzen kann!» Jemand sah den Apotheker und legte beschwichtigend die Hand auf Valentines Arm, aber er schob sie weg. «Professor Frowenfeld dagegen, der muss sich selbst verteidigen!»

«Hahaha!» Von den Zuhörern stieg ein allgemeines Hohngeschrei auf.

«Sich verteidigen?» schrie der Sprecher der Gegenpartei. «Soll ich dir nochmal sagen, was er ist?» Vor lauter Leidenschaft zitterte sein Kinn, und er stiess die geballten Fäuste nach unten. «Er ist - er ist - er ist...»

Er schöpfte Atem und keuchte wie ein bissiger Hund. Frowenfeld stand hoch aufgerichtet, bleich und unbeweglich vor ihm.

«Es war unrecht, ihn heute herkommen zu lassen», sagte einer der Zuhörer und verdrückte sich gegen einen Pfeiler.

Der Kreole, ein schlanker junger Mann, starrte den Apotheker an, aber Frowenfeld dachte nicht daran, rot zu werden oder die Fassung zu verlieren.

«Unterbrechen Sie zwei Gentlemen in ihrer Unterhaltung, Sie Yankee-Clown? Wissen Sie nicht, dass Sie mich beleidigt haben mit Ihrem Glotzen?»

Frowenfelds erste Reaktion war ein strenger Blick. Als er dann sprach, sagte er: «Sir, ich bin mir nicht bewusst, Sie jemals auch nur im geringsten beleidigt oder gekränkt zu haben. Wenn Sie die Unterhaltung mit den Herren hier beenden wollen, warte ich gern.»

Der Kreole verbeugte sich wie ein Ritter, der den Fehdehandschuh aufnimmt. Er wandte sich an Valentine.

«Valentine, ich habe dir doch gesagt, dass der Mann hier ein Feigling und ein Heimtücker ist? Und das wiederhole ich. Ich wiederhole es! Ich verachte Sie! Scheren Sie sich weg!»

Der Apotheker stand so still wie ein Klotz.

Für die Geduld des Kreolen war es zuviel. Unter furchtbarem Fluchen sprang er vor und schlug dem Apotheker mit weit ausholendem Arm ins Gesicht. Und dann...

Stille!

Frowenfeld war einen Schritt vorgetreten. Sein Gegner stand halb abgewandt, sein Gesicht war genau dem Gesicht gegenüber, das er soeben geschlagen hatte, und seine Augen blickten funkelnd in die Augen des Apothekers. Der Halbkreis hatte sich aufgelöst, und jeder stand in neutraler Haltung stumm und unbeweglich da. Für die Dauer eines Augenblicks schien alles seine natürlichen Ausmasse zu verlieren, und den erwartungsvollen Zuschauern kam nichts so riesig vor wie die weisse, hocherhobene Faust des Apothekers. Doch im nächsten Augenblick - war es möglich? Konnte es sein, dass die Faust nicht zugeschlagen hatte?

Valentine in seinem Gleichmut legte schützend den Arm über die Brust seines Vetters, die andre Hand reckte er, Waffenruhe gebietend, zwischen den beiden Gegnern auf und sagte: «Professor Frowenfeld - einen Augenblick...»

Frowenfelds Gesicht war aschfahl.

«Kein Wort, Sir!» rief er. «Ehe ich mich zu Unterhandlungen herbeilasse, breche ich ihm lieber alle Knochen entzwei! Kein Wort! Ihre Erklärung kenne ich bereits: er ist betrunken! Schaffen Sie ihn weg!»

Valentine, der ebenso vernünftig wie kühl war, drängte seinen aufgeregten Vetter hinaus. Der Apotheker kochte noch immer vor Zorn und war nahe daran, die Beherrschung zu verlieren. Unwillkürlich folgte er den beiden ein paar Schritte, doch als Valentine sich umsah und ihm winkte, stehenzubleiben, stand er still.

«Professor, verstehen Sie», sagte ein Fremder, «das war Sylvestre Grandissime!»

Frowenfeld sprach mehr zu sich selbst, als er antwortete: «Wenn ich das nicht gewusst hätte, würde ich ihm...» Er riss sich zusammen und ging fort.

Während der Apotheker diese Erlebnisse hatte, wanderte Raoul Innerarity im Laden wie ein Löwe im Käfig auf und ab. Jede neue Minute brachte ihm aufregende Beweise der verschiedensten Art über den «nie zuvor so friedlichen Zustand» draussen. Wenn er sich nur einen

Vorwand ausdenken könnte, einerlei, ob einleuchtend oder fadenscheinig – wenn doch nur jemand mit einer Flinte über der Schulter vorbeikäme, und wenn's auch bloss ein Luftgewehr wäre –, oder wenn sein Arbeitgeber jemand anders als sein geliebter Frowenfeld wäre, dann würde er die Läden rasch genug dichtmachen, wie er es heute bereits einmal getan hatte, und würde in den Krieg ziehen! Im Geiste hörte er schon Schüsse auf der Place d'Armes fallen, da kehrte der Apotheker zurück.

«Haben Sie ihn gefunden?»

«Ich habe Sylvestre gefunden!»

«Hat er den Brief genommen?»

«Ich habe ihm den Brief gar nicht angeboten.» In ein paar knappen Sätzen erzählte Frowenfeld von seinem Abenteuer.

Raouls Gesicht loderte vor Entrüstung.

«'Sieur Frowenfeld, geben Sie mir den Brief!» Er streckte seine hübsche Hand danach aus.

Frowenfeld dachte nach.

«Geben Sie ihn mir!» rief Raoul beharrlich. «Noch ehe ich den Brief aus den Augen verliere, soll er schon von Sylvestre Grandissime beantwortet sein, denn er muss Ihnen eine Entschuldigung schreiben. Oh, er soll vor Scham Tränen vergiessen!»

«Wüsste ich, dass Sie in meinem Sinne...»

«Ich tu's!» rief Raoul und sprang fort, um seinen Hut zu holen, und schliesslich liess ihm Frowenfeld den Willen.

«Ich wollte ihn selbst aufsuchen...», sagte Joseph.

«Nicht nötig! Ich geh' und sag's ihm!» rief Raoul, drückte sich ungestüm den Hut auf die Locken und stürzte hinaus.

41

Ein Entschluss

Es lag ebenso in Honoré Grandissimes Wesen wie in seinem Geschick als Kaufmann, stets eine Miene heiterer Gelassenheit zur Schau zu tragen. Mit dieser Miene trat er auch am Morgen nach seinem Besuch bei Joseph Frowenfeld wieder in sein Kontor. Einen Augenblick blieb er vor der Schranke stehen und winkte sich einen kurzsichtigen Herrn heran, der dort die Aufsicht hatte. Als er näher kam, äusserte er ein paar Wünsche, das Geschäft betreffend, und gab gleichzeitig zu verstehen, dass er während der nächsten Stunde nicht gestört werden wollte. Dann ging Monsieur Grandissime in sein Privatkontor, zog hinter sich die Türe ins Schloss, trat an sein Pult und nahm Platz.

Er stützte die Ellbogen auf ein grosses Blatt Papier mit einer kürzlich beschriebenen, unfertigen Liste, auf der sich auch Zahlenreihen befanden, liess seinen Blick ruhig durch das Zimmer schweifen und bedeckte dann das Gesicht mit den Händen - eine Geste, wie sie für einen müden Geschäftsmann in einem Augenblick des Alleinseins alltäglich genug war. Doch kurz bevor sein Gesicht in den Händen verschwand, verwandelte sich die Miene heiterer Gelassenheit in einen Ausdruck grossen seelischen Kummers. Das Blatt Papier unter seinen Ellbogen, welchem er anscheinend seine ganze Aufmerksamkeit zuwenden wollte, trug die Handschrift seines Geschäftsführers und wies ausserdem eigene Randbemerkungen auf. Früh am Morgen hatte er bei der Aufzeichnung dieser Randbemerkungen eine Pause gemacht, und nach ein oder zwei vergeblichen Versuchen, damit fortzufahren, hatte er die Feder niedergelegt, seinen Hut genommen und sich auf den Weg zu dem unglücklichen Apotheker begeben. Jetzt nahm er die unterbrochene Arbeit wieder auf. Er musste sich entscheiden, und dieser Entschluss hatte die sorgenvolle Miene veranlasst. Er fuhr sich langsam mit den Handflächen übers Gesicht, presste die Lippen zusammen, verschränkte die Finger, öffnete sie und schlug die Hände zusammen, als sagte er sich: «Jetzt vorwärts! Ich muss mich entscheiden!»

Es mag Menschen geben, die im Nu zu jeder sittlichen Vollkommenheit gelangen, aber die meisten von uns müssen Augenblicke durchmachen, in denen sich der Wille nur eben aufrafft und wie in Trance handelt. Wer in solchen Augenblicken Klarheit erwartet, muss entdekken, dass er einem höllischen Betäubungsmittel unterlag.

Honoré Grandissime senkte seine Augen auf das Blatt Papier. Doch er sah weder die Zahlen noch die Worte. Die Frage: «Fausse Rivière aufgeben?» schien zwischen seinen Augen und dem Blatt Papier zu schweben, und wenn er entschlossen mit «Ja» zu antworten versuchte, sah er rote Fähnchen und hörte den Hammer des Auktionators, sah, wie seine Verwandten fremden Menschen die Schlüssel aushändigten, sah, wie die alten Diener der grossen Familie auf dem Marktplatz standen, sah Verwandte, die ihr Silber ins Pfandhaus trugen, sah seine Kontoristen (die Brahmins, die Mandarins und die Grandissimes) müssig und schäbig in den Laubengängen des Cabildo und auf dem Bürgersteig vor Masperos Kaffeehaus und vor dem Veau-qui-tète herumlungern, sah junge Männer mit rotgeweinten Augen in der Börse stehen und den Mann beschimpfen, der, wie sie sagten, anscheinend aus Gewissensgründen, in Wahrheit aber aus Verliebtheit so handelte und der Frau, die er zu heiraten hoffte, ein Vermögen aufdrängte, das er seinen eigenen Verwandten stibitzt hatte. Er sah, wie die Doktorenversammlung vor Frowenfelds Tür ihn mitleidig für verrückt erklärte; er sah, wie die rachsüchtigeren seiner Verwandten ihm mit versteckten Mordwaffen nachstellten; er sah sich in der Rue Royale, in der Rue Toulouse oder auf der Place d'Armes bereits niedergeschossen oder, was schlimmer war, nur angeschossen.

Doch er wischte sich über die Stirn, und die Schrift auf dem Blatt Papier wurde etwas deutlicher. Er las:

	$
Gesamtsumme der Hypotheken auf allen Ländereien der Grandissimes . .	–.–
Gegenwärtiger Gesamtwert derselben, Überschreibungen auf Risiko des Käufers	–.–
Barvermögen, bewegliche Habe und Kontostand	–.–
Kontostand der Plantage Fausse Rivière	–.–

Noch andere Posten standen da, aber er schob mechanisch das Blatt Papier beiseite, lehnte sich in den Sessel zurück und bedeckte das Gesicht wieder mit den Händen.

«Angenommen, ich behalte Fausse Rivière», sagte er bei sich, als hätte er es nicht schon wer weiss wie oft gesagt.

Dann sah er Notizen vor sich, die auf keinem seiner Papiere standen: eine Hypothek, an dem und dem Tag einzulösen, die er mit Hilfe des Kontos auf Fausse Rivière vor der Verfallserklärung bewahren konnte; eine weitere, an dem und dem Tag einzulösen, und soundso viel mehr vom gleichen Konto, um sie zu retten. Er sah Aurora und Clotilde Nancanou mit ängstlichen Gesichtern, wie sie einem tauben Gerichtshof vergebens ihre Klagen vorzutragen versuchten, er sah, wie das Restkonto von Auroras Plantage den Anwälten anheimfiel, weil die Frage der Grandissime-Ansprüche bei den Gerichtsverhandlungen willkürlich in die Länge gezogen wurde. Er sah, wie die inzwischen sich häufenden Vermögen seiner Sippe ihm selbst und andern zu Hilfe kamen, so dass sie nicht mehr von fragwürdigen Papieren abhängig waren und sogar die Plantage Fausse Rivière ohne Verlust zurückgegeben werden konnte – aber Aurora und Clotilde waren schon nicht mehr da! Und dann sah er das ernste, bleiche Gesicht Joseph Frowenfelds.

Er schoss vor, zog das Blatt Papier nervös zu sich heran und starrte auf die Zahlen. Er begann beim ersten Posten und ging die Auszüge Reihe für Reihe durch, prüfte jede Addition, um festzustellen, ob möglicherweise eine Vertauschung vorgekommen und nicht bemerkt worden war, ob etwas addiert wurde, das zu subtrahieren war, und umgekehrt. Es war, wie wenn ein Gefangener die Gitterstäbe seiner Zelle untersucht.

Gab es keinen Weg, das Problem anders zu lösen? Hatte er vielleicht einen Vorteil übersehen? War vielleicht eine Finanzoperation möglich, mit der man beide Ziele erreichen konnte? Er verliess seinen Sessel und ging auf und ab (wie es im gleichen Augenblick auch Frowenfeld in seinem Geschäft tat), warf einen Blick auf das Blatt Papier und ging wieder auf und ab. Hin und wieder murmelte er etwas vor sich hin: «Selbstverleugnung - das ist noch nicht das Schlimmste. Ich selbst bettelarm - das ist ein Kinderspiel.» Er drehte sich um und blickte zum Bild des Mannes im Kürass auf, den neulich Aurora betrachtet hatte. Er blickte es an, ohne es zu sehen. Er dachte: «Morgen ist ihre Miete fällig. Sie wird nicht glauben, dass ich *nicht* der Hausbesitzer bin. Sie wird nie zu meinem Halbbruder gehen.» Er drehte sich wieder um, machte sich Vorwürfe und murmelte: «Warum entscheide ich mich nicht?»

Jemand drückte auf die Türklinke. Honoré trat vor und öffnete. Es war einer seiner Hypothekargläubiger.

«Ah! Entrez, Monsieur!»

Er hielt die Hand des Eintretenden fest, führte ihn herein und plauderte liebenswürdig mit ihm, bis beide Platz genommen hatten. Die Unterhaltung wurde auf französisch fortgesetzt und drehte sich um Berufsklatsch.

«Die Brigg *Equinox* ist also auf Grund gelaufen?» fragte Monsieur Grandissime.

«Ich habe soeben gehört, dass sie wieder flott ist.»

«So?»

«Ja. Das Boot vom Fort Plaquemine kam gerade und brachte die Nachricht mit. Wie ich hörte, hat John McDonough die ganze Ladung vom Schoner *Freedom* gekauft?»

«O nein! Nicht alles! Blanque et Fils haben etwa zwanzig Burschen und Frauen von der Gesamtfracht gekauft. Wo liegt er?»

«Gleich an der Einfahrt in den Hafen.»

Und noch viel mehr dergleichen.

Doch allmählich kam nun der Hypothekargläubiger mit einer beiläufigen Bemerkung zur Sache: «Die Aufregung wegen der Besitzansprüche scheint eher zuzunehmen statt abzuklingen.»

«Sie müssen wohl etwas haben, um sich aufzuregen, nehme ich an», sagte Monsieur Grandissime, legte die Beine übereinander und lächelte. Es war ein typisches Kaufmannsfeilschen.

«Ja», entgegnete der andre. «Heute scheint die Idee vorzuherrschen, dass alle Inhaber von spanischen Landtiteln sofort enteignet werden sollen, sogar ohne ein Gerichtsverfahren. Ich glaube, die kleinste Indiskretion von seiten des Gouverneurs würde einen Aufruhr beschleunigen.»

«Er wird nichts dergleichen tun», erwiderte Monsieur Grandissime mit würdevollem Ernst und sprach wie jemand, der seine Informationen aus privater Quelle bezieht. «Es wird nicht zu einem Aufruhr kommen!»

«Nehmen wir's mal an. Wir wissen ja im Grunde auch noch gar nicht, ob der amerikanische Kongress die alten Ansprüche beanstanden wird, aber immerhin...»

«Was tun denn hier bei uns die gerissensten Amerikaner?» sagte Monsieur Grandissime.

«Richtig!» erwiderte der Hypothekargläubiger. «Sie kaufen tatsächlich ebendiese Titel auf - aber vielleicht begehen sie einen Fehler?»

Für den Sprecher war es dumm, dass sein Gesicht, als er den Satz beendete, einen Ausdruck vielsagender Schlauheit annahm. Als tüchtiger Kaufmann erkannte Monsieur Grandissime sofort die Absicht, die dahinter steckte: der Gläubiger wollte kaufen. Er war dafür bekannt, in Augenblicken allgemeiner Panik «einzusteigen» - das war seine Art zu spekulieren.

Monsieur Grandissime sah sich wieder seinem Problem des heutigen Vormittags gegenüber. Fing er einmal an zu verkaufen, dann musste er damit fortfahren. Im Gesamtplan würde das auch die Rückerstattung an Aurora bedeuten, aber für die Grandissimes könnte es die Liquidierung sein, denn sollten ihre verkauften Titel für «schlecht» erklärt werden, dann würden auch die Titel auf andere Ländereien nichts gelten. Mancher Kreditposten in Monsieur Grandissimes Aufstellung würde zu nichts zusammenschrumpfen, und die dürftigen Einkünfte der Grandissime-Besitzungen, die dann ohne den Rückhalt von Auroras hoch aufgelaufenem Vermögen der Überbelastung standhalten mussten, würden in einem Meer von Verbindlichkeiten untergehen. Wenn diese Titel sich dagegen nach dem Verkauf als gut erweisen sollten, würden seine aufgebrachten Verwandten ungeachtet seiner Aufstellungen und Belege in ihm den Verräter der Familie sehen, und er würde als Zielscheibe ihrer unversöhnlichen Beschuldigungen und übler Nachrede der Stadt durch die Strassen gehen müssen - und Aurora würde ihn meiden. Das also, wenn er verkaufte. Wenn er es andrerseits ablehnte zu verkaufen, bedeutete es, sich auf den unredlichen Verzögerungsplan einzulassen, der es ihm und seinen Angehörigen ermöglichte, den günstigen Wind und den Umschwung auszunützen, den die Abtretung mit sich gebracht hatte. Dann würden die Ländereien nur (falls überhaupt) verlorengehen – wenn die Familie es sich leisten konnte, sie zu verlieren, und Honoré Grandissime würde auch weiterhin Honoré der Grossartige sein, von der Stadt bewundert und verehrt von seinen Angehörigen. Doch Aurora und Clotilde würden das Brot der Armut essen müssen, während ihr Vermögen, selbst in seiner Hand, allen Risiken des Plans ausgesetzt blieb. So war es, kurz gesagt: Fausse Rivière und sein Vermögen behalten und die Grandissimes retten, oder Fausse Rivière zurückgeben, die Grandissime-Ländereien verkaufen und die Nancanous retten. Das war das Dilemma.

«Oh», sagte Monsieur Grandissime, «haben Sie nicht eine Hypothek auf unsre Plantagen an der Golden Coast stehen? Um ganz offen zu sein, dachte ich gerade daran, als Sie kamen. Wie Sie wissen, liebe ich rasche Entschlüsse: ich wollte Ihnen anbieten, entweder die Hypothek aufzugeben oder Ihnen die Plantage zu verkaufen. Ich hatte mich der Vermutung überlassen, es könne Ihnen gelegen kommen, sie zu besitzen.»

Und Honoré Grandissime war insgeheim erleichtert und froh, dass es ihm gelungen war, die Entscheidung von sich abzuwälzen und dem Zufall zu überlassen, der die Wahl seines Gläubigers bestimmen würde.

«Mir wäre es lieber, Ihnen die Entscheidung

freizustellen», sagte der ausersehene Käufer und tat bescheiden, und die beiden Kaufleute tändelten noch ein Weilchen herum.

«Wie ich hörte, will Nicholas Girod an der Ecke der Rue Royale und der Rue St. Pierre einen vierstöckigen Backsteinbau hinstellen? Halten Sie das für durchführbar? Glauben Sie, dass unser Boden ein solches Gebäude tragen kann?»

«Pitot nimmt es an. Auch Boré hält es für durchaus möglich.»

So ergingen sie sich in Finten.

«Also gut», sagte der Hypothekargläubiger und stand plötzlich auf, «entscheiden Sie sich und lassen Sie mich's wissen, ja?»

Die zufällige Wiederholung der Worte «entscheiden Sie sich» traf Honoré Grandissime wie ein glühendes Eisen. Er erhob sich ebenfalls.

«Was würden Sie uns für das Papier bieten, falls wir uns davon trennen?»

Die zwei Herren gingen langsam Seite an Seite auf die Türe zu, und nach ein wenig Geplänkel auf der Schwelle der halboffenen Tür wurde das Papier verkauft.

«Monsieur de Brahmin wird den Vertrag bis morgen aufgesetzt haben», schloss Monsieur Grandissime. «Guten Tag!»

Er kehrte an sein Pult zurück.

«Und jetzt», sagte er sich, «handle ich ohne eigentlichen Entschluss. Kein Verdienst, keine Willenskraft, keine klaren Vorsätze, keine eindeutige Entscheidung - nichts als ein Schwachwerden angesichts der Versuchung!»

Und Monsieur Grandissime sprach die Wahrheit. Aber nur ein ganzer Mann kann vor einer solchen Versuchung schwach werden – vor der Versuchung, das Rechte zu tun.

Er ging ins Kontor, trat auf Monsieur de Brahmin zu und besprach, tief über die hochgeschobene Brille seines Bürovorstehers gebeugt, fast eine Stunde lang mit unhörbarer Stimme das Notwendige. Dann sagte er, dass er zu Tisch gehen wolle, und ging hinaus. Er ass aber weder zu Hause noch im Veau-qui-tète noch in irgendeinem Klub, soviel steht fest. Er blieb zwei oder drei Stunden unsichtbar und wurde erst wieder gegen Abend gesehen, als ihn ein paar Brahmins und Grandissimes, die ihn suchen gegangen waren, auf dem Uferdamm in der Nähe der Rue Bienville trafen, und mit einem Ausruf der Überraschung und verwunderten Blicken schauten sie auf seine verstaubten Stiefel und wollten wissen, wo er sich versteckt gehalten habe, während sie die ganze Stadt nach ihm durchforscht hatten.

«Wir wollen wissen, was du mit unsern Papieren zu tun gedenkst!»

Er lächelte liebenswürdig, ein Bild heiterer Gelassenheit, und erwiderte: «Ich habe mich noch nicht restlos entschieden. Sobald ich es weiss, werdet ihr von mir hören.»

Sie wechselten noch ein paar Worte, und dann, nach einer kurzen Pause, einem freundlichen *«Eh bien!»* und einer Geste, an die sie bei ihm gewöhnt waren, trat er zurück. Sie setzten den eingeschlagenen Weg und ihr begonnenes Gespräch fort, und er bog in die Rue Bienville ein.

42

Ererbtes Unrecht

«Glauben Sie mir», pflegte Doktor Keene zu sagen, «die Alte hat Verstand für zwei!» Er sprach von Clémence, der *marchande des calas.* Ihr reger Geist zeigte sich ebensosehr in der drolligen Weisheit ihrer Aussprüche wie in der stets zutreffenden Arglist ihrer Liedchen. Nicht die Melodie allein, sondern auch die kekke, sprichwortartige Philosophie ihres Mundwerks halfen ihr, Reisküchlein und Ingwerbrot zu verkaufen.

Nur in einer Beziehung erwies sich ihre Weisheit als unzulänglich: sie verliess sich zu sehr auf ihre Bedeutungslosigkeit. Der Kreis männlicher Klatschbasen an Frowenfelds Ecke nannte sie einen «Typ», und wer ihre wunderlichen Sprüche hörte, erkannte bald, dass sie sich selbst und ihre Lebensumstände zum Studium erhoben hatte, doch sie bedachte nicht, dass andre - junge Leute mit und ohne Geist, junge gedankenlose Grandissimes, Mandarins und dergleichen - sich leider im stillen ihre gut informierten Bemerkungen einprägten und dass sie schliesslich über jeden ihrer Aussprüche würde Rechenschaft ablegen müssen.

Solange Doktor Keene sich noch der besten Gesundheit erfreute, genoss er dann und wann gern eine kleine Reiberei mit ihr. Während eines Geplänkels über den Preis ihrer *calas* verfocht er einmal eine alte, landläufige Ansicht, die noch heute ihre Anhänger hat, denn man kann sie von denen hören, die sich nicht aus ihren Bergfestungen der alten Südstaatler-Doktrin herauslocken lassen – dass nämlich ihre Sklaven «die glücklichsten Menschen unter der Sonne» wären. Clémence hatte sich erdreistet, es mit rechthaberischer Empörung abzustreiten. Daraufhin wurde sie höflich zurechtgewiesen: sie habe eine ungeheuerliche Unwahrheit verkündet.

«Aber Master Charlie», erwiderte sie, «glauben Sie denn, ein einziges armes Niggerweib kann so eine grosse Lüge vorbringen? Nein, Sir! Aber wenn alle Leute miteinander etwas behaupten, was nicht stimmt (ob sie's wissen oder nicht), dann ist das eine grosse Lüge.» Und sie wollte sich schieflachen.

«Was erzählst du da?» rief er mit gespieltem Zorn. «Du wirfst den Weissen vor, sie seien Lügner?»

«Ach je, Master Charlie, nein, nein! Die Leute lügen sich das nicht zusammen: 's ist der Teufel, der's ihnen weismacht! Wissen Sie denn nicht, dass der Teufel der grosse Falschmünzer ist? Bei jedem Geldstück, das er macht, steckt er auf die Unterseite irgendeine Teufelei, und das Schöne liegt zuoberst, und die Lüge vergoldet er und reibt sie an seinem Ärmel blank und poliert sie und bringt sie auf Hochglanz, bis jeder sagt: ‹Wie schön!›, und es für gutes Geld hält, ja, Sir, und es weitergibt, weil er dran glaubt!»

«Ach was», sagte jemand, der neben Doktor Keene stand, «ihr Nigger wisst nicht, wann ihr's gut habt!»

«Das stimmt, Master, *c'est vrai, oui!*» antwortete sie schlagfertig. «Wir wissen nicht mehr als die Weissen.»

Und er hatte die Lacher gegen sich.

«Master Charlie», fuhr sie fort, «was'n das mit diesem Europa-Land? Ist es wahr, dass in Europa alle Niggers frei sind?»

Doktor Keene erwiderte, dass es so ungefähr stimme.

«Gut, Master Charlie, dann gebe ich Ihnen ein Rätsel auf: wenn das so ist, warum prahlen die Leute dann mit den Zuständen in Europa?»

Sie brachte die schwierigen Wörter so geziert heraus, dass eine neue Lachsalve folgte. Niemand versuchte das Rätsel zu lösen.

«Ich will's Ihnen verraten», sagte die Kuchenverkäuferin. «Es ist deshalb, weil sie eine richtige Arbeiterklasse haben!» Sie prustete und kicherte mit den lachenden Herren zusammen. «O ja, die alte Clémence kann wie'n Anwalt reden, jawohl, Sir!»

Mit einer Handbewegung bat sie um Aufmerksamkeit.

«Haben Sie schon mal gehört, was das Kutschpferd gesagt hat, als es sah, dass das Karrenpferd mit ihm auf die gleiche Weide gestellt wurde und dabei wusste, dass der Karren gezogen werden muss? Da hat es eben geschnauft und mit den Hufen ausgeschlagen» – sie liess auf das Wort die Tat folgen – «und ist in der Koppel rumgelaufen und zum Zaun stolziert und hat gerufen: ‹Tjü! Tjü! Fort! Fort! Unser Land teilt wirklich *zuviel* Freiheiten aus!›»

Und als sie wieder mit ihrer Stimme durchdringen konnte, fuhr sie fort: «Oh, die Weissen sind sehr gütig. Sie möchten, wir sollen glauben, dass wir glücklich sind – sie möchten selbst glauben, dass wir's sind. Sie sind nämlich gezwungen, das zu glauben, damit sie ihre Ruhe haben! Es ist gerade so wie mit den Priestern: sie bauen uns unsre eigenen Kirchen, weil sie glauben, dass uns das am besten gefällt, und sie wissen genau, dass es ihnen am besten gefällt!»

Bei dieser Bemerkung war sie fast die einzige, die lachte. Es ist nicht gerade zum Lachen, wenn man sieht, wie sich überall wohlhabende, christliche Gemeinden mit aufrichtiger, frommer, gutgemeinter, strafbarer Barmherzigkeit bemühen, ihre armen Brüder mit der Gosse auszusöhnen, und dann mit anzusehen, dass sie in ihren Bemühungen Erfolg haben, oder anscheinend einen gewissen Grad von Erfolg. Glücklicherweise kann der Mensch seinen Bruder nicht so einordnen, dass sein Elend unvermindert anhält. Man kann einen Menschen zu einem blossen Stumpf von dem verstümmeln, was er sein sollte - er wird doch grüne Blätter treiben. Als «sorgenfrei» bezeichnen wir gutmütig die verstümmelten Schichten unsrer Gesellschaft, vergessen aber, oder bedenken nie, was für ein Verbrechen wir begehen, wenn wir die Menschen ihrer Sorgen berauben.

Clémence bedeutete die Gesellschaftsordnung gar nichts. Kein Umsturz konnte bis zu den Tiefen vordringen, auf die sie hinabgesunken war. Zwar gehörte auch sie zur Bevölkerung: sie hatte eine gewisse Anhänglichkeit an Land und Leute; aber sie nahmen sie nicht gänzlich in Anspruch.

Unsre Gefühle dagegen, unsre Empfindungen und Neigungen sind feiner und intensiver, zarter und vielfältiger: sie sind verfeinert, wie wir es nennen. Und warum? Weil sie so auf uns kommen wie alte Schwerter und Edelsteine und Spitzen: von unsern Grossvätern und Müt-

tern und all unsern Ahnen. Verfeinert sind sie gewiss - nach Jahrhunderten der Verfeinerung. Doch die Gefühle, die Clémence geerbt hat, sind während Generationen durch afrikanische Barbarei genährt worden - durch Feuer, die nicht verfeinern, sondern abstumpfen und versengen und schwärzen und zu Kohle verbrennen, durch Hungersnot und Schwelgerei, Trunkenheit und Verdursten, durch Ertrinken und Entblössung, durch Schmutz, Fetischismus, Ausschweifungen, Mord und Pestilenz und so weiter -, und sie ist ihre Erbin, Erbin der Schlacke menschlicher Gefühle. Sie erinnerte sich an ihre Mutter. In ihrer Kindheit war sie von ihr getrennt worden, in Virginien, als es noch Provinz war. Mit Stolz erinnerte sie sich an den hohen Preis, den ihre Mutter bei der Versteigerung erzielt hatte, und als weitere interessante Tatsache daran, dass sie seither nie mehr etwas von ihr gesehen oder gehört hatte. Sie hatte Kinder gehabt, Kinder verschiedener Farben. Das eine war jetzt bei ihr - der kleine schwarze Junge, der Joseph das Basilikum gebracht hatte. Die andern waren hier und dort verstreut, manche im Haushalt oder in Arbeiterkolonnen der Grandissime-Familien, manche anderswo, die sie nur gelegentlich sah, manche tot, manche unauffindbar. Ehemänner - so viele wie die Samariterin. Jedenfalls war sie immer voller Gesang und Spass.

Und an dem Tage, an dem Honoré Grandissime dem Generalgouverneur von Louisiana geraten hatte, sehr vorsichtig zu sein und auf jede Art militärischer Kundgebung zu verzichten, falls er in seiner kleinen Hauptstadt Strassenkämpfe vermeiden wolle, ging Clémence die

Strassen auf und ab, sang ihr Liedchen und lachte ihr berufsmässig lustiges Lachen. Wie konnte es auch anders sein? Mochten die Ereignisse ihren Lauf nehmen, was für einen Unterschied machte das für Clémence aus? Konnte sie hoffen, etwas zu gewinnen? Oder fürchten, etwas zu verlieren? Sie verkaufte einige ihrer Waren an Casa Calvos spanische Garde und sang ihnen ein spanisches Lied vor; andre an Clairbornes Soldaten, denen sie den Yankee-Doodle vorsang, unterlegt mit schmutzigen Worten ihrer eigenen Erfindung, die aber ein echtes Soldatengelächter hervorriefen; andre an einen am Fenster stehenden Priester, mit dem sie ein paar fromme Bemerkungen über die gottlose Welt im allgemeinen und die amerikanisch-protestantisch verseuchte Gemeinde im besonderen wechselte. Und nachdem sie zum Mittagessen zu Hause gewesen war und mit neuer Ware anrückte, bediente sie die überall in aufgeregten Gruppen herumstehenden Kreolen, von denen sie sich gern wieder trennte, weil sie gegen Zotenreisserei gleichgültig waren. Der Tag näherte sich schon seinem Ende, und sie lenkte die Schritte zu ihrem gewohnten Standort bei der Place d'Armes an der Weidenallee auf dem Uferdamm. Aber sie hatte noch kaum den Entschluss gefasst und gerade erst die Rue St. Louis verlassen, als ihr Lied das Ohr eines Zuhörers in einem Zimmer im ersten Stock erreichte, unter dessen Fenster sie vorbeiging. Wie immer war ihr Lied den Zeitereignissen angepasst:

«Apportez-moi mo' sabre,
Ba boum, ba boum, ba boum!»

«Lauf! Hol die Frau rauf!» rief Doktor Keene seiner Sklavin zu, die soeben mit einem Krug Wasser ins Zimmer getreten war.

Als Clémence kam, fragte er: «Well, alte Lauscherin, was gibt's heute Neues?»

Clémence lachte.

«Nein, wissen Sie, Master Charlie, ich weiss über niemand nix Neues. Bin bloss ein armes Niggerweib und kümmer' mich um mich selber!»

«Setz dich da auf den Schemel und erzähl mir, was draussen los ist!»

«Weiss nix von draussen, was da los ist! Hab' keine Zeit zum Hinsetzen. Muss meine Kuchen verkaufen. Will mich nicht einmischen in das, was die weissen Leute machen.»

«Hör auf, du alte Heuchlerin! Ich kaufe dir all deine Kuchen ab! Leg sie hier auf den Tisch!»

Der kranke Doktor, der noch immer im Bett lag, holte hinter seinem Kopfkissen eine Geldbörse hervor und warf ihr ein grosses Geldstück hin. Sie kicherte, knickste und steckte es ein.

«Ach je, Master Charlie, Sie sind mir doch der drolligste Gentleman von der ganzen Stadt!»

«Hast du heute Joseph Frowenfeld gesehen?»

«Hihihi! Was hab' ich denn mit Master Frowenfeld zu tun? Ich geh' doch nicht zu Leuten, die sich so benehmen, hihihi! Hab' ihn damals gesehen, ganz zufällig.»

«Wie geht es ihm?»

Doktor Keene liess es sich anmerken, dass er jede aufgemachte Geschichte mit Verachtung strafen würde, deshalb antwortete sie ohne

Übertreibung: «Wenn ich die reine Wahrheit sagen soll: schlimm verwundet ist er nicht!»

Der Doktor drehte sich langsam und vorsichtig auf die Seite.

«Hast du Honoré Grandissime gesehen?»

«Hah – das ist aber komisch, dass Sie mich nach dem fragen! Hab' ihn grad' eben in dieser Minute gesehen!»

«Wo?»

«Ist in das Haus gegangen, wo die Dame wohnt, die er neulich umgeritten hat.»

«Hör mal, du alte Hexe», rief der Kranke, und seine schwache, heisere Stimme bebte vor Leidenschaft, «jetzt fängst du an zu lügen!»

«Nein, Master Charlie», protestierte sie feige, «ich schwör's vor Gott, dass es die reine Wahrheit ist!»

«Bring mir meine Kleider vom Stuhl drüben!»

«Oh, aber Master Charlie!»

Der kleine Doktor verwünschte sie. Sie tat, was er ihr befohlen hatte, und gab dann vor, wegzugehen.

«Geh mir ja nicht weg!»

«Aber Master Charlie, Sie ziehen sich doch aus, hihi!»

Sie war wirklich verlegen und halb erschrokken.

«Weiss ich selber. Du musst mir beim Anziehen helfen!»

«Sie werden sich noch umbringen, Master Charlie», sagte sie und reichte ihm die Unterwäsche.

«Halt deine schwarze Gosche!»

Sie zog ihn hastig an, und er stieg die Treppe hinunter und trat auf die Strasse. Clémence ging weg, ihren Herrn zu suchen.

43

Der Adler besucht die Tauben

Alphonsina, das einzige lebende Inventarstück Auroras und Clotildes, sollte im kleinen Wohnzimmer das Feuer im Kamin anzünden. In andern Häusern spürten nur wenig Leute das Verlangen nach Wärme, obwohl es auf den Abend zuging; doch in der Rue Bienville Nr. 19 erforderten zwei Umstände den künstlichen Ausgleich. Der eine war der Fussboden, der nur sechs Zentimeter über der ständig feuchten Erde lag, und der andre war - die Verzweiflung.

Die beiden Damen setzten sich wie zu einer Totenwache vors Feuer und starrten schweigend und in einer Gedankenleere vor sich hin, wie sie sich nach einem erschöpfenden Ringen und der Erkenntnis des Unvermeidlichen einzustellen pflegt. Ihre Gefühle waren wie abgestorben, es war der rein negative Zustand ihrer Trostlosigkeit, der auf den positiven Zustand ihrer Angst gefolgt war. Sie waren jetzt beide hungrig, aber es war keine befreundete Seele da, der ihr Kummer bekannt war oder die ihn hätte erraten und sie zum Essen hätte zwingen können. Ihren Augen sah man es an, dass sie sehr geweint hatten; man hörte es auch an ihrer gepressten Stimme, falls sie einmal eine kurze Bemerkung machten.

Nachdem Alphonsina das Feuer angezündet hatte, ging sie hinaus, ein Bündel unter dem Arm. Es war Auroras letztes gutes Kleid: sie sollte es zu verkaufen suchen.

«Es sollte nicht so schwer sein...», begann Clotilde mit ruhiger Stimme, als handle es sich um die Schwierigkeiten von andern. Doch sie liess den Satz unvollendet und seufzte heimlich.

«Aber es ist eben doch schwer», antwortete Aurora.

«Nein, es sollte nicht so schwer sein...»

«Was denn – nicht so schwer?»

«Das Leben an sich ist nicht so schwer», erwiderte Clotilde, «aber es ist schwer, wie Damen zu leben. Versteh doch...» Sie verschränkte die Finger, liess die Hände in den Schoss sinken und sah zu Aurora hinüber, die ihre seidenbestrumpften Knöchel vor dem Kaminfeuer übereinanderschlug.

«Nein», sagte Aurora und konnte kaum das schelmische Funkeln in ihren Augen unterdrükken.

«Schliesslich beunruhigt es uns nicht, wie wir unsern Lebensunterhalt verdienen können», fuhr Clotilde fort, «sondern wie wir einen Lebensunterhalt haben könnten, ohne ihn verdienen zu müssen.»

«Ach, das wäre herrlich!» rief Aurora und setzte dann etwas ernster hinzu: «Aber wir sind gezwungen, unsern Lebensunterhalt selbst zu verdienen.»

«Nein!»

«Was meinst du mit deinem ‹Nein›?»

«Ich meine, gerade das Gegenteil ist der Fall: wir sind dazu verurteilt, ihn uns nicht zu verdienen. Sieh mich doch an: Ich kann kochen, aber ich darf nicht kochen. Ich kann gut nähen, aber ich darf keine Näharbeit annehmen. Ich könnte die Buchhaltung besorgen oder Kranke pflegen, aber ich darf es nicht. Ich könnte Pastetenbäckerin, Hutmacherin oder Schneiderin sein, könnte Westen sticken, Handschuhe und Spitzen reinigen, färben, Vögel verkaufen, Matratzen machen, Tapeziererin und Tanzlehrerin und Blumenhändlerin sein...»

«Oh, weisst du, was noch?» rief Aurora leise auf englisch. «Eine ausgezeichnete Apothekergehilfin, hahaha!»

«Also bitte!»

Dem drohenden Missklang wurde jedoch durch einen Blick zärtlicher Abbitte von Aurora vorgebeugt, weil Clotilde sie gar so gequält angesehen hatte.

«Mein Engelskind», sagte Aurora, «wenn die Gesellschaft befiehlt, dass Damen nun eben Damen bleiben müssen, dann ist das unsre erste Pflicht, und erst unsre zweite ist es, zu leben. Siehst du denn nicht ein, warum es in dieser praktischen Welt den Damen nicht erlaubt ist, selbst ihren Lebensunterhalt zu verdienen? Wenn sie es nämlich könnten, würde keine mehr einwilligen, sich zu verheiraten. Hah, da reden die Frauen von Heirat aus Liebe, aber die Gesellschaft ist zu gewitzigt, um ihnen zu trauen. So wird es notwendig, sich zu verheiraten. Ich will dir die aufrichtige Wahrheit gestehen: wenn ich nach ein paar Fastentagen sehr, sehr hungrig wäre und wir nichts als Reis zu essen hätten - nur weil wir Damen ohne männliche Beschützer sind -, dann könnte die Gesellschaft sogar mich in eine Heirat treiben, glaube ich - aber nur um deinetwillen, Liebling, natürlich nur um deinetwillen!»

«Niemals!» rief Clotilde. «Nur um meinetwillen - niemals! Um deinetwillen, wenn du es gern möchtest. Es wäre mir einerlei, ja, ich wäre froh, falls es dich glücklich macht. Aber niemals um meinetwillen oder aus Hunger. Aus Liebe, ja, und mit Gottes Segen, liebste Maman!»

«Kind», sagte die skrupellose kleine Witwe, «ich muss dir ein für allemal versichern: Hunger wäre vorzuziehen. Ich meine, was mich betrifft, einzig mich. Jedenfalls bin ich so zum Thema Heirat eingestellt.»

Clotilde wandte der schönen Heuchlerin einen forschenden Blick zu, doch Aurora schaute in scheinbar gedankenloser Träumerei vor sich hin, seufzte leise, während sie sich in ihrem Sessel anlehnte, und streckte die Füsse aus.

«Ich wünschte, Alphonsina wäre erst wieder da!» seufzte sie. «Oh», fuhr sie fort, als sie draussen vor der Haustür Schritte hörte, «da ist sie ja!»

Sie erhob sich und zog den Riegel zurück. Der Besucher, dessen Schritte sie gehört hatte, stand ungesehen hinter der Tür, hatte die Hand erhoben, um anzuklopfen, und überlegte noch. Er hörte, wie der Riegel zurückgezogen wurde und begriff die Verwechslung, sah sich auch hier wieder um den eigenen Entschluss gebracht und klopfte.

«Das ist nicht Alphonsina!»

Die beiden Damen blickten einander an und wurden blass.

«Aber du musst aufmachen», flüsterte Clotilde, sich halb erhebend.

Aurora öffnete die Haustür und wurde glühend rot. Clotilde stand rasch auf. Der Herr zog den Hut.

«Madame Nancanou!»

«Monsieur Grandissime?»

«Ja, Madame!»

Ohne es zu wollen, geriet Aurora in eine nicht unterdrückbare Erregung. Sie stotterte in schlechtem Französisch: «Bitte, Monsieur Grandissime, bitte, treten Sie ein. Clotilde, meine Tochter - Monsieur Grandissime! Bitte nehmen Sie Platz, Sir!» Mit herzzerreissender Munterkeit begann sie: «Monsieur Grandissime, ich nehme an, dass Sie wegen der Miete kommen?» Sie errötete noch heftiger als vorher, und ihre Hand stahl sich zum Herzen auf, um das wilde Pochen zu beruhigen. «Clotilde, Liebling, stell doch bitte das Kamingitter vors Feuer, es wird viel zu heiss!» Sie schob ihren Stuhl zurück. «Ich finde, draussen wird es immer wärmer, nicht wahr?»

Das Flattern eines verwundeten Vogels hätte nicht so erbarmungswürdig sein können. Monsieur Grandissime suchte nach Worten. Auch Clotilde, die der Anblick ihrer aufgeregten Mutter nervös machte, wollte ihr zu Hilfe kommen, und so sprachen sie und der Besucher gleichzeitig.

«Maman, wenn Monsieur... *oh, pardon!*»

«Madame Nancanou... *oh, pardon, Mademoiselle!*»

«Ich habe mich erdreistet, Sie aufzusuchen», fuhr Monsieur Grandissime fort und wandte sich jetzt an beide Damen zugleich, «um zu fragen, ob ich Ihren gütigen Beistand in Anspruch nehmen darf - es handelt sich um einen Unglücklichen, einen gemeinsamen Bekannten...»

«Gemeinsamen Bekannten?» unterbrach ihn Aurora, und ihre Augen flammten feindselig auf.

«Ich denke doch! Es ist Professor Frowenfeld!» Monsieur Grandissime sah, wie Clotilde zusammenzuckte und nun ihrerseits das Gesicht vorgeblich gegen das Feuer abschirmte. Aber er wollte sich nicht dadurch aufhalten lassen, sondern fuhr fort: «Meine Damen, erlauben Sie mir, dass ich um des guten Zweckes willen offen und geradeheraus spreche.»

Die Damen sahen ihn erwartungsvoll an.

«Professor Frowenfeld hatte das ausserordentliche Pech, sich heute morgen dem falschen Verdacht auszusetzen, er habe ein gewisses Haus in einer bestimmten – in einer hässlichen Absicht betreten...»

«Er ist unschuldig!» stiess Clotilde unwillkürlich hervor.

Aurora streckte verstohlen die Hand aus, und Clotilde umklammerte sie nervös.

«... zum Beispiel, um zu stehlen!» sagte Aurora, die längst die Beherrschung zurückerlangt hatte, und ohne auf Clotildes vorwurfsvollen Blick zu achten.

«Nennen wir es so!» erwiderte Monsieur Grandissime. «Haben Sie gehört, in wessen Haus er war?»

«Nein, Sir!»

«Bei Palmyre la Philosophe.»

«Bei Palmyre?» rief Aurora leicht erstaunt. Clotilde entschlüpfte ein ungläubiges, entrüstetes «Oh!». Aurora drehte sich zu ihr um und sagte leise, in der Hoffnung, dass Monsieur Grandissime es nicht verstehen würde, auf spanisch zu ihr: «Lass, lass! Das geht wirklich nicht!»

Und Clotilde antwortete in der gleichen Sprache: «Ja, ja, aber er ist unschuldig!»

«Verstehen wir uns recht», sagte der Besucher. «Keiner von uns hegt den leisesten Zweifel, dass Frowenfeld auch nur die Absicht gehabt haben könne, etwas Unrechtes zu tun. Sonst wäre ich nicht hier. Er ist ein Mann, der unfähig ist, etwas Unedles zu tun!»

Clotilde schwieg. Aurora antwortete rasch und mit einer Miene, als wolle sie ihm an Grossmut nicht nachstehen: «Ganz bestimmt, er ist unfähig!»

«Immerhin», fuhr Honoré Grandissime fort und wandte sich dabei besonders an Clotilde, «haben wir, seiner eigenen Aussage entsprechend, folgende Tatsachen: er war in einer völlig ordnungsgemässen Angelegenheit, die nicht näher aufzudecken er sich leider für verpflichtet fühlt, in Palmyres Haus, und aus einem Missverständnis heraus griff ihn Palmyres alte Negerin an und verwundete ihn so, dass er mit knapper Not ohne eine Schädelverletzung auf die Strasse fliehen konnte, ein Gegenstand öffentlichen Skandals. Ganz abgesehen von seinen eigenen Gefühlen, steht jetzt sein guter Ruf auf dem Spiel und ist für immer ruiniert, wenn die Sache nicht eindeutig und zufriedenstellend sofort von seinen Freunden abgeklärt werden kann.»

«Und Sie unternehmen es...», begann Aurora.

«Madame Nancanou», sagte Honoré Grandissime und beugte sich ernst vor, «ich muss hier an Ihre Aufrichtigkeit und Ihr Vertrauen appellieren! Sie wissen alles, Palmyre betreffend, was auch ich weiss. Sie kennen mich und wissen, wer ich bin. Sie wissen, dass ich unmöglich mit Palmyre verhandeln kann. Ich weiss auch um Palmyres alte Liebe zu Ihnen. Sie wohnt nicht weit von hier in der gleichen Strasse wie Sie. Das Tageslicht wäre für den Zweck Ihres Besuchs noch hell genug: wenn Sie wollten, könnten Sie sie besuchen und ihr eine vollständige Rehabilitierung des jungen Mannes abverlangen. Sie selbst kann nicht zu Ihnen kommen: sie kann ihr Zimmer nicht verlassen.»

«Sie kann ihr Zimmer nicht verlassen?»

«Vielleicht begehe ich einen Vertrauensbruch, wenn ich es Ihnen verrate, aber es ist unvermeidlich, Sie müssen es wissen: sie hat sich noch nicht ganz von der Verwundung erholt, die ihr vor zwei oder drei Wochen durch einen Pistolenschuss beigebracht wurde.»

«Durch einen Pistolenschuss?»

Beide Damen richteten sich ganz entsetzt auf.

«Weder von mir noch von Professor Frowenfeld, sondern von einer dritten Person wurde sie verwundet, als sie einen verzweifelten Versuch machte, das Unrecht zu rächen, das jemand, den Sie und ich gut kennen, Madame...»

Aurora erhob sich und gebot ihm mit hoheitsvoller Handbewegung, nicht weiterzureden.

«Falls Sie uns mit Ihrem Besuch nur deshalb beehrt haben, um die Person zu nennen, auf die Sie anspielen, Monsieur...»

Ihre Augen blitzten ihn so an wie damals auf der Place d'Armes.

«Ich flehe Sie an, mich nicht einer niedrigen Absicht zu zeihen», bat er sanft und mit entwaffnendem Lächeln. «Ich habe mich den ganzen Tag bemüht, grossmütig zu sein – ohne es Ihnen näher erklären zu müssen.»

«Das können Sie vermutlich nicht», entgegnete Aurora doppelsinnig und mit gleichzeitig ernstem Gesicht und mutwilligen Augen, worin sie meisterhaft war. Sie nahm wieder Platz und fuhr fort: «Es ist grossmütig von Ihnen, zuzugeben, dass Palmyre Unrecht erlitten hat.»

«Das wäre es sicherlich», erwiderte er ihr, «wenn ich versuchte, es wiedergutzumachen, da ich ja nicht dafür verantwortlich bin. Aber bis jetzt konnte ich es noch nicht tun. Ich habe Sie um Ihren grossmütigen Beistand gebeten, Madame. Ich möchte Sie beide gemeinsam um eine weitere Grossmut bitten, nämlich mir zu gestatten, mich einmal sagen zu lassen, dass es wenigstens *einen* Träger des Namens Grandissime gibt, der mit Bedauern und Kummer an das noch viel grössere Unrecht denkt, unter dem Sie jetzt leiden müssen.»

«Oh», rief Aurora und war dicht daran, in Tränen auszubrechen, ohne es sich jedoch bis auf ein etwas gar zu liebenswürdiges und gar zu strahlendes Lächeln anmerken zu lassen, «Monsieur täuscht sich sehr. Wir sind völlig zufrieden und glücklich, und wir verlangen nichts; so ist es doch, Clotilde? Nicht einmal unser gutes Recht, hahaha!»

Sie stand auf, um Alphonsina einzulassen. Die Negerin trug das Kleiderbündel noch unter dem Arm und ging durchs Zimmer und in die Küche hinaus.

«O nein, Sir, gewiss nicht!» wiederholte Aurora, als sie sich wieder hinsetzte.

«Sie sollten aber Ihr gutes Recht verlangen!» sagte Monsieur Grandissime. «Sie müssen es bekommen!»

«Finden Sie?»

Für Aurora wurde es immer schwieriger, ihre

wachsende Aufregung zu bemeistern, und sie wandte sich mit einer leisen Hoffnung auf Hilfe an Clotilde.

Clotilde spürte den Blick ihrer Mutter, obwohl sie nur den Besucher ansah und ihn mit zitternder, halb erstickter Stimme fragte: «Warum geben Sie es uns dann nicht?»

«Oh», mischte sich Aurora ein, «das bekommen wir morgen, wenn der Gerichtsdiener erscheint!»

Daraufhin richtete sich Clotilde kerzengerade auf, legte die Hände in den Schoss und liess ihren Tränen freien Lauf.

«Ja, Monsieur», sagte Aurora, noch immer lächelnd, «was Sie sehen, sind echte Tränen. Hahaha, entschuldigen Sie mich, ich muss wirklich lachen, denn mir fiel gerade unsre Begegnung auf dem Maskenball im vorigen September ein. Wir verlebten einen so reizenden Abend und waren Ihnen dankbar für das Vergnügen, ganz besonders ich, ohne dass ich dabei dachte, dass Sie einer von der grossen Familie wären, die glaubt, wir sollten zu unserm Recht kommen. Es gibt so viele Leute, die zu ihrem Recht hätten kommen sollen. Da war zum Beispiel Bras-Coupé, der sein Recht tatsächlich gefunden hat, im Sumpf nämlich. Und Clotilde und ich werden das unsre wahrscheinlich auf der Strasse finden. Als wir uns im Theater demaskierten, wusste ich nicht, dass Sie unser Hauswirt sind, und Sie wussten nicht, dass ich die paar Heller für die Miete nicht zahlen konnte. Doch Sie müssen ihre Tränen entschuldigen, Clotilde ist sonst immer ein tapferes kleines Ding und nicht so unhöflich, vor einem Fremden zu weinen; aber heute ist sie schwach, wir sind heut beide schwach, weil wir seit frühmorgens noch nichts gegessen haben, aus Mangel an Appetit, verstehen Sie, denn zu essen haben wir im Überfluss. Sicher geht es Ihnen manchmal ebenso, wo Sie doch so vielerlei Reichtum zu verwalten haben!»

Honoré Grandissime hatte sich erhoben und eine Hand auf den hohen Kaminsims gelegt; die andre mit dem Hut hing schlaff herunter. Er blickte unverwandt in Auroras schönes Gesicht, aus dem ihre nervöse kleine Hand die Tränen beiseite wischte, die unaufhörlich hervorquollen, als sie trotzig lächelnd sprach. Clotilde hatte die geballten Hände im Schoss vergraben, sah ihre Mutter an und weinte.

Und Honoré Grandissime dachte bei sich: «Wenn ich es jetzt tue, jetzt und hier, dann tu' ich's impulsiv und unter dem Einfluss von Frauentränen, weil ich diese Frau liebe und ich mich aus einer Verlegenheit herausziehen möchte. Ich tue es aus Schwäche, nicht aus Kraft. Ich tue es, ohne mir darüber klar zu sein, ob es das Richtige und das Beste ist.»

Und danach drehte er sich um und wandte sich zur Tür, ohne recht zu wissen, dass er es tat, mit einer Bewegung wie ein unterhöhlter Baum, der sich mit Wurzeln und Ästen dem angeschwollenen Strom überlässt.

Clotilde stand auf.

«Monsieur Grandissime!»

Er blieb stehen und sah sich zu ihr um.

«Wir werden Palmyre sofort aufsuchen, genau wie Sie es wünschen.»

Er sah zu Aurora hinüber.

«Ja», sagte sie, vergrub ihr Gesicht in ihrem Taschentuch und schluchzte laut.

Wieder hörte sie seinen Schritt; er kam bis zur Tür, die Tür wurde geöffnet – wurde geschlossen. Dann hörte sie erneut seinen Schritt. War er fort?

Er war fort.

Die beiden Frauen fielen sich in die Arme und weinten. Dann verliess Clotilde das Zimmer, und gleich darauf kehrte sie zurück, Hut und Schleier in der Hand haltend.

«Nein», sagte Aurora und erhob sich rasch. «Das ist meine Sache!»

«Es ist aber keine Zeit zu verlieren», wandte Clotilde ein. «Bald wird es dunkel!»

Es dauerte keine Minute, bis Aurora für ihren Ausgang bereit war. Ein Kuss, ein traurig liebevoller Blick, und der Schleier sank über gerötete Augen. Dann war sie gegangen.

Nach kaum einer Minute hörte Clotilde schon wieder, wie Aurora leise an die Tür klopfte.

«Von unsrer Ecke aus habe ich gesehen, wie Palmyre ihr Haus verliess und die Rue Royale hinunterging. Wir müssen bis morgen warten.»

Nochmals Schritte vor dem Haus, und die Tür, die nur erst angelehnt war, ging noch weiter auf, weil eine männliche Hand anklopfte.

«Verzeihung», sagte Honoré Grandissimes Stimme, als Aurora an die Tür trat. «Ich hatte Ihnen dieses Schriftstück aushändigen wollen. Guten Abend!»

Sie nahmen es in Empfang. Es war ein länglicher Brief, wie ein amtliches Schriftstück, das aussah, als wäre es seit einigen Stunden in einer Jackentasche herumgetragen worden. Es war auf die alte, umständliche Art zusammengefaltet, wie man sie vor der Zeit der Briefumschläge anzuwenden pflegte. Aurora öffnete es.

«Lauter Zahlen! Zünde bitte eine Kerze an!»

Clotilde brachte eine brennende Kerze und hielt sie hinter Auroras Schulter. Sie erkannten die Überschrift und die Endsumme deutlicher als den übrigen Text.

Die Überschrift lautete: «An Aurora und Clotilde Nancanou, Besitzerinnen der Plantage Fausse Rivière, Abrechnung von Honoré Grandissime.»

Zuunterst lasen sie: «Gutschrift auf die Order von Aurora und Clotilde Nancanou: 105000.– Dollar.»

Das Datum folgte: «Den 9. März 1804.»

Und dann gezeichnet: «H. Grandissime.»

Ein kleiner Streifen Papier fiel aus der Abrechnung heraus und flatterte auf den Fussboden. Clotilde blickte ihm nach, Aurora aber tat so, als habe sie ihn nicht gesehen, und stellte ihren Fuss darauf.

Am andern Morgen war Aurora zuerst wach. Sie zog den Papierstreifen unter ihrem Kopfkissen hervor. Bis dahin hatte sie noch nicht gewagt, ihn anzuschauen. Mit einem Bleistift war hastig hingekritzelt worden: «Nicht aus Liebe zu einer Frau, sondern im Namen der Gerechtigkeit im Angesicht Gottes.»

«Und ich war so grausam», flüsterte sie.

Oh, wie zärtlich tat sie mit dem Papierchen! Sie schob es nicht wieder unter ihr Kissen, Honoré Grandissime, sondern von nun an bewahrte sie es an ihrem Herzen.

44

Für Charlie Keene steht es schlecht

Am gleichen Abend und zur Zeit, als Aurora und Clotilde ihre letzten Freudentränen wegen des Dokuments mit der Wiedergutmachung getrocknet hatten, stand eine auffallende Gestalt an der Kreuzung der Rue du Canal und der Rue Chartres. Der Mann war genau zu der Zeit dort hingekommen und stehengeblieben, als der Glanz der Abendsonne über den Wipfeln der Zypressen verblasste. Nachdem er zuerst ziemlich hastig ausgeschritten war, hielt er nun ohne besondere Absicht inne und legte seine Hand wie ermüdet auf einen morschen Zedrachbaum, der sich am Rand des ungepflasterten Wegs über den Graben neigte.

«Stilleben mit Zypressen», murmelte er. Was er damit sagen wollte, braucht uns nicht weiter zu kümmern.

Dort konnte man ungestraft laut denken. Im Jahre 1804 war die Rue du Canal die nördlichste Grenze von New Orleans. Darüber hinaus dehnte sich die mit Landhäusern und Ziegelöfen, immergrünen Eichenhainen und Pecan-Nusswäldchen betupfte Ebene, die sich zur genannten Stunde bereits in Dämmerdunkel hüllte. An ein oder zwei Stellen spiegelte sich der Abendhimmel in morastigen Weihern. Gen Westen zu erhob sich unübersehbar in einem Weidengehölz das alte Haus von Jean-Poquelin. Auf der öden Landstrasse, die pfeilgerade in nordwestlicher Richtung verlief, erstreckte sich zwischen niederhängenden Weiden und zerbrochenen Planken vermodernder Zäune der Entwässerungskanal, der dem Weg seinen Namen gab. Sein fauliges, stehendes Wasser färbte sich im schnell schwindenden Licht rötlich und purpurn erzitternd und endete plötzlich im schwarzen Düster des Sumpfs. Der Beobachter der trüben Szene lehnte sich nun schwer atmend gegen den Ast und warf einen Blick über die verschönte Verwesung des Kanals. Sein Auge war anscheinend darauf aus, das Bild in all seinen widerlichen Einzelheiten in sich aufzunehmen: jeden Zypressenstumpf, der im schleimigen Wasser stand oder sich darüberneigte, jedes zerfallende Indigo-Fass, jeden verdorrten Baum, jeden gebleichten Rinder- oder Pferdeknochen (und ihrer gab es viele) auf Meilen in der Runde. Während seine Blicke langsam darüberhin streiften, seufzte er tief und sagte: «Zerfall!», und dann noch einmal: «Zerfall! Zerfall ist die Parole des Tages!»

Ein Lauscher hätte an diesen gelegentlichen Ausrufen dem Verlauf der verzehrenden Niedergeschlagenheit folgen können, die durch seine Gedanken geisterte - wie man wohl der Spur eines Haifisches folgen kann, wenn dessen Rückenflosse aus der Wasseroberfläche auftaucht.

Er sagte wieder etwas: «Dummköpfe ertränken sich in einer solchen Stimmung.»

Er sprach französisch. Er richtete sich auf, schlug mit der Handfläche leicht gegen den Baumstamm und stiess einen langen, tiefen Seufzer aus - einen Seufzer, der, um die Wahrheit zu gestehen, eigentlich einem Verliebten zukommt. Und doch war er mit seinen Gedanken nicht bei der Liebe.

Er drehte sich um und ging; aber der drükkende Kummer, der sich bald hier, bald dort in seine Gedanken verbohrte, begleitete ihn.

Als er in die Rue Chartres einbog, zeigte es sich an seinem nächsten Stossseufzer: «Es ist recht so, ganz recht.» Langsam schüttelte er den Kopf. «Es ist ganz recht.»

In der Rue Douane sagte er wieder etwas: «Hah, Frowenfeld!» und lächelte unfroh, mit gesenktem Kopf.

Und als er in noch einen andern Weg einbog und längs der Schmiedewerkstätten nachdenklich an der Wasserfront der Stadt entlang ging, die später Old Levee hiess, sagte er auf englisch und so deutlich, dass ein torkelnder Matrose stehenblieb und ihm nachblickte: «Zwei Schritte führen zur Zivilisation; der erste Schritt ist leicht, der zweite ist schwierig: bauen – wiederaufbauen, ja, das ist es! Und niederreissen. Nieder...»

Er war still, unterstrich aber seine Gedanken mit einer hoffnungslosen Geste und schlug sich an die Stirn.

«Monsieur Honoré Grandissime!» sagte eine Stimme dicht vor ihm.

«Eh bien?»

Am Anfang der Allee stand im trüben Licht der Strassenlaterne die dunkle Gestalt Honoré Grandissimes, des freien Farbigen. Er stützte den schlaff herniederhängenden Körper eines kleinen Mannes, dessen Kleider auf der Brust ganz von Blut durchtränkt waren.

«Was? Charlie Keene? Leg ihn hin, rasch – rasch! Halte ihn nicht so!»

«Hände weg!» flüsterte der kleine Mann mit geisterhafter Stimme.

«Oh, Charlie, mein Junge...»

«Gehen Sie, flirten Sie ruhig weiter!» flüsterte der Doktor.

«Oh, Charlie, das habe ich gerade auf ewig unmöglich gemacht!»

«Dann helfen Sie mir ins Bett! Ich möchte nicht auf der Strasse sterben!»

45

Weitere Wiedergutmachungen

«Das ist alles», sagte der hellhäutige Honoré gegen zehn Uhr abends draussen vor Doktor Keenes Krankenzimmer. Er sagte dies zum schwarzen Söhnchen der Clémence, das ihm während der letzten Stunden als Botenjunge gedient hatte. Er sprach mit leiser Stimme dicht vor der halb geöffneten Tür und faltete das Papier zusammen, das der Junge soeben als Antwort des Apothekers von der Rue Royale auf eine schriftliche Anfrage Honorés zurückgebracht hatte.

«Das ist alles», sagte auch der andre Honoré, der zum Teil von seinem Halbbruder verdeckt wurde, während ihn die Augen des kleinen Boten mit dem vorwurfsvollen Blick ansahen, der Sklavenkindern eigentümlich ist. Der Junge ging ein Stückchen den Korridor hinab, rollte sich in einem Winkel auf dem Fussboden zusammen und war bald eingeschlafen.

Der hellhäutige Honoré gab dem freien Farbigen den Zettel; er wurde schweigend in Empfang genommen und schweigend zurückgegeben.

Die Frage lautete: «Können Sie mir etwas Bestimmtes über das Duell mitteilen?»

Und die Antwort: «Mit Bestimmtheit dies, dass kein Duell stattfinden wird. Sylvestre ist lebenslänglich mein Freund!»

Die beiden Halbbrüder setzten sich unter eine trübe Hängelampe auf dem Korridor und blieben die ganze Nacht hindurch so sitzen, ausgenommen, wenn der eine oder der andre hin und wieder geräuschlos an die Tür trat und zu dem schlafenden Kranken hineinspähte oder – in entgegengesetzter Richtung – dem Schnarchen des schlafenden Jungen mit einem sanften Fusstritt Einhalt gebot. Sie flüsterten zusammen und berieten sich.

Auf die Bitte des einen Bruders erklärte der andre, wieso er den kleinen Doktor in einer solchen Notlage angetroffen hatte.

Offenbar war Clémence, die den Schritt des Doktors mit angesehen hatte und seine Unvernunft begriff, mit dem Entschluss davongestürmt, jemanden auf seine Spur zu schicken. Bekanntlich hatte sie ihren Herrn aufsuchen wollen, und sie traf ihn auch an. Sie konnte ihn eigentlich nicht zu den Freunden des kleinen Doktors rechnen, doch da sie mit vollem Recht an seine Menschlichkeit glaubte, erzählte sie ihm von der Sache. Er machte sich mit einer bei ihm ungewohnten Eile auf den Weg, um den unvernünftigen Kranken zu suchen, wurde von einem nichtsahnenden Kind in die verkehrte Richtung geschickt und hatte bereits die Hoffnung aufgegeben, ihn zu finden, als ihn ein schwacher Klagelaut in eine Seitengasse führte, wo Doktor Keene an einer Hausmauer lag, das Gesicht auf dem Boden. Der freie Farbige hatte ihn gerade aufgehoben und aus der Gasse getragen, als Honoré auftauchte.

«Und als du dich bei Frowenfeld nach ihm erkundigen wolltest, hast du dort, wie du sagst, Palmyre getroffen, die mit Frowenfeld sprach? Erzähle es mir genauer!»

Und der andre erzählte mit der sanften, ernsten Wortkargheit, die so typisch für seine Redeweise war, was wir ausführlicher nacherzählen:

Es war nicht nötig gewesen, Palmyre anzuflehen, sie möge Joseph rechtfertigen. Die Herren an Frowenfelds Ecke hatten sich zahlreicher als sonst eingefunden, und auch ihr Benehmen und ihre Art zu reden war ungewöhnlich. Sie hatten sich noch nicht ganz von der Aufregung des Tages freimachen können, und während sie mit etwas überlegener Miene, mit kreolischer Reizbarkeit und einiger Verachtung über Camille Brahmins und Charlie Mandarins Bemühungen sprachen, zum Aufruhr anzustacheln, waren sie doch sichtlich gespannt. Leise sagten sie, Frowenfeld habe sich in seiner eigenwilligen Art unter den gereizten Herren bei Maspero seltsam und taktlos benommen, und zwar gerade dann, als er es sich am wenigsten leisten konnte, und es liesse sich nicht absehen, was man ihm vor dem Schlafengehen antun würde. Und das alles, wo es doch am frühen Morgen bereits genug unerklärlichen Skandal gegeben habe. Joseph und seine Freunde waren also am Abend genauso isoliert, wie Aurora und Clotilde es am Morgen gewesen waren. Doch plötzlich und unangekündigt tauchte Palmyre zwischen ihnen auf. Als der freie Farbige sie sah, hatte sie Frowenfeld bereits seinen Hut zurückgegeben und sich sehr charmant und ernst für den Irrtum ihrer Sklavin entschuldigt. Dass sie eine Verwundung hatte, war ihr nicht anzumerken. Die furchtbare Aufregung vom Vormittag hatte ihr nicht geschadet, und sie fühlte sich durchaus wohl. Die Herren sassen und standen herum und hörten hingerissen zu; einige übersetzten Joseph ihren schwer verständlichen Dialekt, und Joseph errötete bis an die Haarwurzeln, stand aber aufrecht da und nahm seinen Hut aus zweiter Hand mit stummer Verbeugung in Empfang. Der freie Farbige hatte sie einen Augenblick angestarrt und sich dann losgerissen. Er gehörte zu den wenigen, die von dem morgendlichen Skandal nichts erfahren hatten, deshalb verstand er die abendliche Szene nicht. Er erkundigte sich bei Honoré danach und zeigte sich sichtlich erleichtert, als es ihm erklärt wurde.

Dann brach Honoré das Schweigen und lenkte die Aufmerksamkeit seines Halbbruders auf die Tatsache, dass er in der Rue Bienville Nr. 19 zwei Mieterinnen habe. Er schilderte ihm alles und bestätigte schliesslich, dass der Würfel gefallen sei: die Rückgabe ihres Besitztums war vollzogen.

Und dann machte der dunklere Honoré dem andern einen Vorschlag, der, gelinde ausgedrückt, überraschend war. Sie sprachen noch stundenlang darüber.

«Eine so gerechte Bedingung», sagte der Kaufmann und hob die Stimme so sehr, dass sein Halbbruder ihm die Hand auf den Arm legte, «die nichts als ein Akt der Gerechtigkeit ist», fuhr er leiser fort, «sollte leicht zu erfüllen sein. Gott weiss, dass mein blosses Recht zu existieren erst nach dem deinen kommt. Du bist der Ältere.»

Der ernste ältere Bruder widersprach ihm nicht.

Was mochte es für ein Vorschlag sein, der so gewichtige Folgen nach sich zog und dem Monsieur Grandissime schliesslich mit einem festen: «Ich werde es tun!» zustimmte?

Honoré f. m. c. sollte Mitglied des Handelshauses Honoré Grandissime werden und sein ganzes Vermögen darin investieren. Und die eine Bedingung lautete, dass die neue Firma *Grandissime Brothers* heissen sollte.

46

Die Pique-en-terre verliert einen von ihrer Mannschaft

Fragt man heute einen Durchschnittsbewohner von New Orleans, ob seine Stadt auf einer Insel liege, dann wird er mit «Nein» antworten. Er wird sich auch wundern, wie man überhaupt auf so eine Idee kommen kann - so gänzlich ist die Bezeichnung Orleans-Insel, die noch zu Anfang des Jahrhunderts gebräuchlich war, in Vergessenheit geraten. Es war einmal eine Frage nationaler Politik - ein strittiger Punkt zwischen Republikanern und Föderalisten -, ob die Vereinigten Staaten den kleinen Streifen grösstenteils überschwemmten Landes kaufen sollten oder ob es richtiger wäre, ihn einfach zu stehlen. Die Kentuckier schürten die Frage bis zur Weissglut, indem sie drohten, ein Reich für sich zu bilden, wenn der eine oder der andre Fall nicht einträte, doch als der Erste Konsul sich erbot, ganz Louisiana zu verkaufen, verschlug es unsern Regierungsvertretern den Atem. Sie waren gekommen, ein Haar aus dem Schwanz des Elefanten zu erbitten, und nun wurde ihnen der ganze Elefant angeboten.

Denn die Orleans-Insel - und eine Insel war es bestimmt, bis General Jackson den Bayou Manchac aufschütten liess - ist ein schmaler, unregelmässiger, flacher Streifen Landes mit Wald und Sumpf, Stadt und Prärie und Marschland im Osten und Westen und mit dem Mississippi, der südostwärts fliesst, als der südlichen

Grenze, während die nördliche Grenze eine parallel nebeneinanderherlaufende Kette von Seen und Bayous ist, die durch den Bayou Manchac in den Strom selbst oder durch die Engpässe der Malheureuses Islands in den Golf münden. Auf der schmalsten Stelle liegt New Orleans. Wenn man sich umdreht und über die Rückseite der Stadt hinwegblickt, kann man leicht von ihren Kirchtürmen aus den Lake Pontchartrain am nördlichen Horizont glitzern sehen, und die Phantasie kann das Bild nach rechts und links ergänzen, bis Pontchartrain im Westen durch den Pass Manchac mit dem Lake Maurepas und im Osten durch die Rigolets und Chef Menteur mit dem Lake Borgne verbunden ist.

Eine Eigenart des Mississippi-Deltas ist die seltsame Gewohnheit der kleinen Flüsse, sich von den grossen zu trennen. Der Strom formt sich sein eigenes Bett und seine eigenen Ufer, und da er Jahr um Jahr dank ewiger Überschwemmungen und Ablagerungen fortfährt, diese Ufer zu überhöhen, schafft er einen Grat, der so zu einem natürlichen Aquädukt wird. Andere leicht überhöhte Grate bezeichnen den gegenwärtigen oder früheren Lauf kleinerer Abflüsse, durch welche die Wasser des Mississippi zum Meer gefunden haben. Zwischen diesen Graten liegen die Zypressensümpfe, durch deren düstere Schatten die klaren, tiefen, dunklen Bayous lautlos ins hohe Gras des schwankenden Präriebodens kriechen. New Orleans wurde ursprünglich auf dem Mississippi-Grat errichtet, und dahinter erstreckte sich nach Westen und nach Norden eins jener waldigen, sumpfigen Becken, dessen Abschluss der Metairie Ridge und der Lake Pontchartrain bildeten. Ansässige Ingenieure halten an der Überlieferung fest, dass der Bayou Sauvage einst gewissermassen in der heutigen Toulouse Street seinen Ursprung hatte. Obwohl er durch das jetzige städtische Drainage-System angezapft und höchstwahrscheinlich verpestet wurde, ziehen seine Wasser in fast genau östlicher Richtung dem Meere zu und ergiessen sich in den Chef Menteur, einen der vielen Wasserfäden eines wirren Knäuels von Engpässen zwischen den Seen und dem offenen Golf. Vor hundert Jahren war der Bayou Sauvage ein schiffbarer Fluss von wilder und düsterer Schönheit.

An einem Augustmorgen des Jahres 1804, und daher etwa fünf Monate nach den zuletzt geschilderten Ereignissen, als der Morgenstern noch am Himmel oben und im Wasser unten funkelte und nur ein geübtes Auge den ersten Schimmer des Tageslichts wahrnehmen konnte, glitt ein festes, breites und sehr flaches Boot mit nur einem Mast, dessen unschuldiger Charakter vor allem durch seinen Farbenschmuck – der Rumpf war unter der Wasserlinie gelb und darüber weiss, mit geschmackvollen blauen und roten Streifen – und überdies durch seinen friedlichen Namen *Pique-en-terre,* Strandläufer, betont wurde, aus dem Dunkel des Bayou Sauvage in die von Wiesen eingerahmten Wasser des Chef Menteur.

Als es in den Chef Menteur einbog, hätte es sich wohl am liebsten südwärts gewandt, aber das gestattete der Wind nicht, und im Nu kräuselte die Brise das Wasser hinter dem hurtigen Steuerruder, während es auf die Pointe aux

Herbes zuhielt. Doch als es die Mündung der Passage hinter sich gelassen hatte, wechselte es den Kurs, liess die Pointe links liegen und glitt in Richtung auf die Petites Coquilles weiter, da es offenbar die Rigolets passieren wollte.

Wie könnte man das Entzücken beschreiben, das man empfindet, wenn man endlich Schatten und Düster des Sumpfes hinter sich lässt und plötzlich die weiten, blumenübersäten, von Vögeln bevölkerten Prärien des Lake Catharine vor sich sieht! Der Unterschied zwischen einem Gefängnis von innen und von aussen bietet kaum einen grösseren Kontrast, und an diesem schönen Augustmorgen war der Gegensatz am stärksten. Der junge Tag erhob sich über einer fröhlichen Weite kühlen und duftenden Grüns, das von einem Netzwerk frischer Salztümpel und Passagen, Seen, Bayous und Lagunen silbrig übersponnen war. Sie hauchten ein kräftiges Aroma aus, den anregenden Geruch von Meer und Strand, und beide verschönten und durchdufteten die glückliche Erde, die sich der aufgehenden Sonne darbot. Wogender Wildhafer liess - wie eine übersättigte Jugend nach zuviel Vergnügen - den Kopf hängen. Unter krausem Grün versteckte Wasserflächen waren mit Seerosen besternt und von Wasservögeln belebt; über weite Strecken hoher Gräser flatterten Tausende verzückter Schmetterlingsschwingen - Hunderttausende weisser und rötlicher Malvenblütchen klatschten in stummer Begeisterung in die Hände, und die Amazonenkönigin der Wildblumen, die Kaiserwinde, spannte ihre zahllosen Ranken aus und hob sich mit ihren tiefen weissen, himmelblauen und roten Kelchen über die Perlenschnüre des Morgentaus und die diamantenfunkelnden Spinnennetze.

Die Mannschaft der *Pique-en-terre* sah alles freudig erregt, denn einerlei, was sie immer sein mochten, es waren Männer, die von der Schönheit der Natur angerührt wurden. Nur ein einziger, der am empfänglichsten hätte sein sollen, war anscheinend gefühllos, seufzte lachend und lachte seufzend, trotz all der Schönheit, und bekannte sich ketzerisch zu seinem Herzenswunsch, wieder heimzukehren zu seiner Frau. Er war nun schon seit neun Stunden von ihr getrennt!

Aber die Sonne stieg höher. Sie hatten die Petites Coquilles passiert und hinter sich gelassen, das östliche Ufer von Las Conchas liegt achtern an Backbord, die salzigen Wasser des Lake Borgne glitzern überall in blendendem Weiss und Blau, und als das kleine Boot aus dem engen Kanal der Rigolets auftaucht, fangen es die weissarmigen Wellen auf und schaukeln es wie ein fröhliches Kind. Ein Triumph für den Steuermann (er ist's, der zum Leidwesen der andern gar zu häufig seiner Frau nachseufzt), denn er hatte schon in den oberen Gewässern des Bayou Sauvage, gleich vom Ausgangspunkt der Fahrt an, die Rigolets als die bei günstigem Wind und Flutstand praktischste Durchfahrt empfohlen. Da sie es nun geschafft hatten, vergass er für einen Moment die Klage um die eheliche Trennung und sonnte sich in seinem Triumph, denn wer würde wohl hiernach seine Kenntnisse der Küstenschiffahrt Louisianas anzweifeln? Er kannte jeden Durchgang und jede Wasserfläche wie das Abc und konnte schneller, viel schneller als das Einmaleins (in dem er ein bisschen langsam und unsicher war) die bei jedem Ebbestand noch vorhandene Wassermenge im Pass Jean oder im Petit Pass, im Unbekannten Pass und im Petit Rigolet und dem Chef Menteur hersagen.

Fern am südlichen Horizont des Golfs - es ist der Golf von Mexiko - erscheint ein kleiner weisser Fleck. Die Männer an Bord der *Pique-en-terre* erkannten es sofort als die Segel eines grossen Schoners. Die Ansicht des jugendlichen Ehemanns, der sich noch immer, das Steuer fest unter dem Arm, hintenüberlehnt, und die Meinung eines andren Passagiers, der in der Mitte über dem Kielschwert sitzt, wird einstimmig gebilligt: dass der Schoner auf die Rigolets zuhält, um elf Uhr die Petites Coquilles passieren und vor Sonnenuntergang im kleinen Hafen St. Jean am Bayou gleichen Namens vor Anker gehen wird - vorausgesetzt, dass der Wind so bleibt, wie er jetzt ist.

Der Kapitän des fernen Schoners dagegen schliesst sein Fernglas und sagt zu dem einzigen Fahrgast, den er an Bord hat, das kleine, eben in Sicht gekommene Segel vor den Rigolets sei eine Schaluppe mit Halbdeck, mit vielen Passagieren, die aller Wahrscheinlichkeit nach eine Vergnügungstour zu den Chandeleurs unternommen haben, um zu fischen und zu jagen, und er ergeht sich in einer ausführlichen Betrachtung über die weit grössere Geschicklichkeit, welche die Landbewohner im Lavieren eines kleinen Segelbootes vor den Seeleuten voraus haben.

Allmählich kommen die beiden Fahrzeuge einander näher, gelangen in Rufweite und geben sich zu erkennen. Plötzlich fährt der junge

Mann am Steuer auf, beugt sich vor und ruft unter seinem breitkrempigen, schlappen Strohhut zum einzigen Fahrgast an Bord des Schoners hinauf: «Hallo, Charlie Keene!»

Der Fahrgast erwidert den Gruss etwas weniger stürmisch.

«Hallo, Raoul, sind Sie es?»

Und Monsieur Innerarity bestätigt mit einem leichten Fluch, dass er es allerdings wäre.

«Sie können Sylvestre fragen», schliesst er.

Das Auge des kleinen Doktors schweifte über einen Halbkreis von etwa acht Männern in der dunklen Kleidung von Amateurfischern, die meisten von ihnen ganz jung, einige jedoch grauhaarig, die alle dasassen, ihre Arme über das Schälbord hängen liessen und in ihren hübschen Gesichtern den jubelnden Ausdruck hoffnungsvollen Übermuts zeigten, der für den Kreolen typisch ist, wenn er den steifen Kragen abgelegt hat.

Der temperamentvolle kleine Doktor sah, dass er beim Grussaustauschen der Unterlegene war.

«Ola, Doktor!»

«Hé, Doktor, *que-ce qui t'après fé ?»*

«Hoho, compère Noyo!»

«Comment va, Doktor?»

Leicht gepfefferte Spottreden begleiteten jeden Zuruf.

Der Doktor zeigte den jungen Männern ein Lächeln trotziger Überlegenheit und den andern eine höfliche Miene und nannte der Reihe nach ihre Namen: «'Polyte - Sylvestre - Achille - Emile - ah! Agamemnon!»

Der Doktor und Agamemnon lupften den Hut.

Als Agamemnon gerade zu sprechen angefangen hatte, wurde seine Stimme von einem allgemeinen vorwurfsvollen Aufschrei übertönt. Die *Pique-en-terre* legte sich nämlich längsseit neben den Schoner, und ärgerliche Fragen und Befehle umschwirrten Raouls Kopf wie ein Hagel Steine.

«Messieurs», rief Raoul und erhob sich halb, blieb aber noch über das Steuerruder gebeugt. Mit spöttischer Höflichkeit zog er den Hut von seinem hellen Lockenkopf und erklärte: «Ich gehe nach New Orleans zurück. Ich gebe nicht *soviel* für alle Fische von der Welt: ich muss meine Frau sehen! Darum kehre ich nach New Orleans zurück, um meine Frau wiederzusehen und der Stadt zu eurer Abwesenheit zu gratulieren!» Ungläubiges Lachen, Vorwürfe, Tadel, Stichelreden und Verwünschungen – er belächelte sie ungerührt. «Messieurs, ich *muss* zu meiner Frau!»

Das Geschrei verdoppelte sich, er aber trat das Steuerruder an Camille Brahmin ab, erkämpfte sich trotz der halb ernsthaft gemeinten Drohung, ihn über Bord zu werfen, den Weg zum Mast und kletterte im nächsten Augenblick mit Hilfe der ausgestreckten Hand des Kapitäns an Bord des grösseren Schiffs. Die *Pique-en-terre* drehte bei, und mit leisem Geflatter breitete sie ihren schönen Flügel aus und flog von dannen.

«Doktor Keene, sehen Sie her!» Monsieur Innerarity hielt dem Doktor seine Hand hin, an deren dritten Finger er den üblichen Trauring des verheirateten Kreolen trug. «Was sagen Sie dazu?»

Der kleine Doktor verspürte eine Anwandlung von Schwäche, und dann packte ihn der Zorn. Der arme Mensch konnte sich keine Liebesangelegenheit ohne Clotilde Nancanou vorstellen.

«Wen haben Sie geheiratet?»

«Das schönste Mädchen von der Stadt!»

Der Doktor beherrschte sich.

«Hm, hm», antwortete er und kniff die Augen zusammen.

Raoul wartete einen Augenblick auf eine freundlichere Reaktion, und als er dann merkte, dass es eine vergebliche Hoffnung war, blickte er den Doktor plötzlich freudig bewundernd an.

«Heijeijei, Doktor, Sie sehen aber gut aus!»

Im Grunde verhielt es sich jedoch so, dass der Doktor nicht mehr lange zu leben hatte. Ein bitteres Lächeln glitt über sein Gesicht, und während er sich nach einem Sitzplatz umsah, fragte er: «Wie geht's Frowenfeld?»

Raoul richtete sich begeistert auf und machte eine Handbewegung, die dem Doktor alles erklären sollte. Dem Kranken wurde das Herz so schwer wie Blei.

«Frowenfeld hat sie bekommen», dachte er.

«Was ist?» fragte er ungeduldig und steif, und Raoul rief: «Ich habe mein Bild verkauft!»

Der Doktor brach unwillkürlich in Lachen aus.

«Der Schatten der Herren!»

«Nein: ‹Louisiana weigert sich, der Union beizutreten›.»

Der Doktor liess sich die Zurechtweisung gefallen.

Sie gingen beide übers Deck und folgten dem Schatten des sich bauschenden Segels. Der Doktor legte sich in eine niedrige Hängematte, und Raoul setzte sich mit untergeschlagenen Beinen hin.

«Los, los, Raoul, erzählen Sie mir das Neueste!»

«Das Neueste? Ach, da weiss ich nichts. Die Sache mit dem Duell haben Sie ja wohl gehört?»

«Doch nicht etwa...»

«Ja, Sir.»

«Agricole und Sylvestre?»

«Gott bewahre! Nein! Burr und Hamilton. Oberst Burr, der...»

«Ach ja, der Unfug. Ich weiss. Wie geht's Frowenfeld?»

«Gut. Raten Sie mal, für wieviel ich mein Bild verkauft habe?»

«Für wieviel denn?»

«Für zweihundertfünfzig!» Er streckte sich in voller Länge aus, den Ellbogen auf dem Deck, den Kopf in die Hand gestützt. «Eigentlich bin ich traurig, dass ich's verkauft habe.»

«Glaub' ich gern. Wie geht es Honoré? Erzählen Sie mir, was passiert ist! Bedenken Sie, dass ich fünf Monate abwesend war.»

«Nein - ich bin doch froh, dass ich's verkauft habe. Wenn ich's nicht verkauft hätte, wäre ich heute nicht verheiratet. Oder glauben Sie etwa, ich hätte mich mit dem Gehalt verheiraten können, das mir Professor Frowenfeld zahlt? Mit fünfundzwanzig Dollar im Monat? Doktor Keene, kein Mann sollte sich verheiraten, wenn er nicht mindestens fünfzig Dollar im Monat hat. Wenn ich nicht ein Künstler wäre, hätte ich mich nicht verheiraten können, Ehrenwort!»

«Ja», sagte der kleine Doktor, «Sie haben ganz recht. Und nun das Neueste!»

«Ach, dass der Kongress...»

«Hören Sie auf, Raoul! Ich weiss, dass der Kongress die Provinz in zwei Territorien geteilt hat, ich weiss, dass ihr Kreolen glaubt, ihr hättet eure Freiheit verloren, ich weiss, dass das Volk übel dran ist, weil es nicht länger seine eigenen Beamten und seine Legislative wählen darf, und dass sie in Opelousas und Attakapas deswegen ganz rasend sind...»

«Deswegen hatten wir schon zwei grosse Versammlungen», unterbrach ihn Innerarity. «Mein Schwager hat auf beiden gesprochen!»

«Wer?»

«Charlie Mandarin.»

«Freut mich zu hören», sagte der Doktor, und das war ehrlich gemeint. «Ausserdem weiss ich, dass Laussat nach Martinique gegangen ist, dass die Amerikaner ihre eigene Zeitung haben und dass die Baumwolle zu zwölfeinhalb Cents das Pfund gehandelt wird. Was ich aber wissen möchte: wie geht es meinen Freunden? Was hat Honoré gemacht? Was hat Frowenfeld gemacht? Und Palmyre? Und Agricole? Ich bin damals in einer Eile von hier fortgeschickt worden, als hätte man mich dabei ertappt, wie ich mir die Kehle durchschneiden wollte. Erzählen Sie mir alles!»

Und Raoul liess den Bräutigam und den Künstler in Vergessenheit sinken und erzählte ihm alles.

47

Neuigkeiten

«Mein Vetter Honoré – von dem kann man einfach sagen, dass er seine ganze Familie verraten hat!»

«Wieso denn das?» fragte Doktor Keene, der sich ein Taschentuch übers Gesicht gelegt hatte, um seine Augen vor der Sonne zu schützen.

«Hah! Das hat er bestimmt getan! Hat er nicht Aurora De Grapion das Geld ausgezahlt? Hundertfünftausend Dollar? Gerade, als wollte er sagen: ‹Da ist das Geld, das mein Onkel Ihrem Mann gestohlen hat!› Und ich will auf einen Stoss Bibeln schwören, dass Agricole die Plantage ehrlich gewonnen hat! Ob ich's gesehen habe? Nein, Sir, ohne dass ich's gesehen habe, will ich's beschwören, hah!»

«Und haben sie und ihre Tochter tatsächlich das Geld bekommen?»

«Sie und ihre Tochter haben tat-säch-lich das Geld bekommen, Sir! Wie denn nicht? Sie und ihre Tochter wohnen ja jetzt sehr vornehm über dem Laden von Professor Frowenfeld!»

«Wieso über Frowenfelds Laden? Das war doch ein einstöckiges Gebäude?»

«Lieber Herr, Professor Frowenfeld ist umgezogen! Erinnern Sie sich an das grosse, neue dreistöckige Haus an der Rue Royale, das gerade fertig geworden ist? Ein bisschen weiter zur Stadt hin als sein altes Geschäft? Da haben wir also ein *grosses* Geschäft aufgemacht. Und warten Sie! Sie glauben nicht, dass Honoré seine Familie verraten hat? Aber Madame Nancanou und ihre Tochter wohnen oben im ersten Stock und empfangen die feine Gesellschaft aus der Provinz - und ich? Ich sitze unten im Laden und drehe Pillen! Nennen Sie das Gerechtigkeit?»

Aber Doktor Keene stellte ihm schon die nächste Frage: «Nimmt Professor Frowenfeld an ihren Mahlzeiten teil?»

«Pfffft! Die würden nicht mal den Marquis von Casa Calvo an ihren Mahlzeiten teilnehmen lassen. Nicht mal Honoré Grandissime, glaub' ich! Nicht mal alle Könige und Königinnen von der ganzen Welt! *No, Sir!* Trotzdem finde ich, dass es distinguierte Damen sind. Ich und meine Frau, wir kennen sie gut. Und Honoré - mein Vetter Honoré ist auch ein distinguierter Gentleman, finde ich.» Nach einer Pause fuhr er mit einem glücklichen Seufzer fort: «Ach, mir ist's egal, ich bin verheiratet! Einem Mann, der verheiratet ist, dem ist alles übrige egal. Aber die andre Sache hätte ich Honoré nie zugetraut!»

«Verkehren er und Frowenfeld bei den Damen?»

Raoul überging die Frage und sagte: «Doktor Keene, ich frage Sie jetzt offen heraus: finden Sie es nicht auch schändlich, was Honoré getan hat?»

«Was denn?»

«Was? Das wissen Sie nicht? Sie haben nicht gehört, dass er sich einen Nigger zum Partner genommen hat?»

«Was soll das heissen?»

Doktor Keene zog sich das Taschentuch

vom Gesicht und richtete den matten Kopf ein wenig auf.

«Sir, er hat sich den Quarteronen zum Partner genommen, der sich auch Honoré Grandissime nennt!»

Der Doktor liess den Kopf sinken und legte sich das Taschentuch wieder übers Gesicht.

«Was sagt denn die Familie dazu?»

«Was kann die schon sagen? Es hat sie vor dem Ruin bewahrt! Trotzdem finde ich, dass es eine Schande ist! Nicht, dass er das Geld akzeptiert hat, aber dass er den Firmennamen geändert hat. *Grandissime Frères!* Wenn's nicht wegen dem Geld gewesen wäre, hätten wir uns den farbigen Herrn geschnappt und ihn geteert und gefedert! Grandissime Frères! Agricole redet kein Wort mehr mit Honoré. Aber ich finde, das ist verkehrt. Was finden Sie, Doktor Keene?»

Am gleichen Abend bei Kerzenschimmer legte Raoul seiner schlanken, lachenden Frau den Arm um den Hals, Doktor Keene aber blieb die ganze Nacht im Vorort St. Jean. Er hatte noch nicht genügend Mut, um den Ereignissen der letzten fünf Monate ins Gesicht zu sehen. Wir wollen noch eingehender darüber berichten.

48

Eine empörte Familie und ein zertrümmerter Laden

Tatsächlich war ein heftiger Sturm über Honoré Grandissime hinweggebraust. Er hatte ihn ergriffen und mitgerissen und ihn, wie ihm schien, willenlos hin und her geschleudert. Zerfleischt und zerfetzt, nach Atem ringend und das rechte Wort wie im Delirium sprechend, die rechte Tat wie aus einem ohnmächtigen Instinkt heraus vollziehend, hatte er sich in jedem einzelnen Fall und bei jeder Wendung rein durch die Umstände um jede Spur eines Verdienstes betrogen gesehen. So kam es ihm wenigstens vor. Die lange geplante Wiedergutmachung war erfolgt. An jenem Morgen, an dem Aurora und Clotilde erwartet hatten, schutzlos auf die Strasse gestossen zu werden, hatten sie ihn in seinem Privatkontor aufgesucht und den Konto-Auszug vorgewiesen, den er ihnen am Abend zuvor gegeben hatte. Er hatte ihr Guthaben sofort ausbezahlt. Den beiden Damen, die fast zu Tränen der Dankbarkeit gerührt waren, erschien er - wie er so gelassen und ruhig vor ihnen sass, höflich und ernst lächelte und ihre Dankesworte bescheiden abwehrte - als der Vornehmste der Vornehmen, zumindest der einen von ihnen. Doch gleichzeitig, und für sie nicht sichtbar, stürmte eine Flut von Empfindungen durch sein Inneres, die aber immer wieder in das rauhe Bett seines ehrlichen Wollens zurückgezwungen wurden.

Die andere Wiedergutmachung, die keine vierundzwanzig Stunden früher als das reinste Opfer erschienen wäre, wurde jetzt zur Rettung. Der dunkelhäutige Honoré war der ältere Bruder. Als sie im Korridor vor Doktor Keenes Schlafzimmertür die Nachtwache übernommen hatten und Honoré die Bemerkung über des Jüngeren «Recht zu existieren» machte, war sie nur das Echo einer Unterhaltung, die sie einst in Europa gehabt hatten. Damals hatten sie in so vertrautem Umgang miteinander gestanden, wie ihn Louisiana nie gebilligt hätte, und als einmal von ihrem seltsamen geschwisterlichen Verhältnis die Rede war, hatte Honoré f. m. c., der ohnehin zu Schwermut neigte, gesagt: «Du bist der legitime Sohn Numa Grandissimes. Ich hatte kein Recht, geboren zu werden.»

Aber Honoré hatte rasch erwidert: «Nach menschlichem Gesetz vielleicht, aber nach den Geboten göttlicher Gerechtigkeit bist du der legitime Sohn, und ich bin derjenige, der nicht hätte geboren werden sollen.»

Doch als er wieder in Louisiana war und mit der liebenswürdigen, altväterischen Philosophie der konservativen Gesellschaft auch deren Sünden angenommen hatte, vergass er die nicht beanspruchten Rechte seines passiven Halbbruders. Der Kontakt mit Frowenfeld hatte ihn aus seiner behaglichen geistigen Trägheit gerissen, und der dunkelhäutige Träger seines Namens, den er so häufig traf, wurde eine langsam wirkende, stumme Verkörperung der Vorwürfe, die er sich machte. Der Gang der Ereignisse hatte das Problem der Wiedergutmachung aufgerollt, und er hatte es gelöst. Aber was hatte sich dann ergeben? Er hatte Nutzen aus der Wiedergutmachung gezogen und war vor dem Bankrott durch einen Vertrag gerettet worden, der dem freien Farbigen nichts als die öffentliche Anerkennung seiner Verwandten eintrug, die ja seit jeher schon bestanden hatte. Für Honoré war es eine bittere Demütigung!

Das war der innere Kampf. Aber auch draussen tobte der Sturm. Die Grandissimes waren in grenzenloser Aufregung. Sie alle hatten die Neuigkeit gehört, dass Honoré die Frage der Besitzansprüche geregelt hatte, indem er eine ihrer grössten Plantagen verkaufte. Mit zusammengezogenen Brauen, gepresstem Atem und heimlich geballter Faust, jedoch ohne Widerspruch und nun schon mit einem Lächeln zurückkehrenden Vertrauens war es aufgenommen worden.

«Honoré wusste Bescheid; Honoré war gut unterrichtet; er hatte ihre Vollmacht; und obwohl er sich während des unseligen Aufenthalts im Ausland seltsame Methoden und Ideen angeeignet haben mochte, konnte man ihm unbesorgt zutrauen, dass er die Interessen seiner Angehörigen wahrnehmen würde.»

Nach dem ersten Schock stimmten einige sogar ein Gelächter an: «Hahaha, Honoré zeigt's den Yankees!»

Sie gingen in sein Kontor und suchten ihn auch anderswo auf, um ihrem weitsichtigen jungen Retter die Hand zu drücken. Aber sie fanden ihn nicht, denn sie dachten nicht im Traum daran, ihn im Lager des Feindes zu suchen, in der Rue Bienville Nr. 19, oder auf den einsamen Vorstadtwegen, wo er im gespenstigen Zwielicht Selbstgespräche hielt. Und am nächsten

Morgen, als Aurora und Clotilde in seinem Privatkontor vor ihm sassen und zwei gewaltige Schecks von gleicher Höhe, die auf Philadelphia lauteten, von allen Seiten betrachteten, flog die Nachricht von dem Verrat zu den bestürzten Grandissimes, und danach die Kunde, dass das heilige Feuer nicht länger im Grandissime-Tempel (dem Kontor) war, sondern dass zwei Delilas die heiligen Schätze weggeholt hätten und dass der nicht beschnittene und unreine Farbige - selbst wenn er ein freier Farbiger war - in die Grandissime-Priesterschaft aufgenommen werden sollte.

Aurora und Clotilde waren noch da, als die verschiedenen Mitglieder der Familie zu erscheinen begannen und auf der Glastür zum Privatkontor ihr ungeduldiges Schattenspiel aufführten. Bald probierte es der eine, bald der andre mit der Türklinke, und allmählich steckten sie ihre erregten, ängstlichen Gesichter durch den Türspalt. Doch Honoré warf ihnen nur einen Blick zu und sagte mit einem ebenso höflichen wie gebieterischen Lächeln: «Guten Morgen, Camille» (oder Charlie oder Agamemnon oder wer es nun gerade war), «ich bin gleich frei! Darf ich dich bitten, die Tür zu schliessen?»

Als ob es nicht genug wäre mit der Belastung, klammerten sich auch noch die beiden Damen wie erschrockene, gerettete Kinder an ihren Befreier. Sie wünschten ihn sich zum Vermögensverwalter! Ach, was für Verführerinnen sind doch die Frauen! Aber Honoré sagte «nein» und erklärte ihnen, wie gefährlich ein solches Vorgehen für sie werden könne.

«Angenommen, ich sterbe plötzlich! Dann

haben Sie Schwierigkeiten mit meinem Nachlassverwalter.»

Die beiden schönen Frauen schwiegen nachdenklich, doch in Auroras Herz pochte die stille Gewissheit, dass sie in einem solchen Falle kein Geld mehr brauche - in einem Kloster nämlich.

«Möchte Monsieur nicht wenigstens einwilligen, unser finanzieller Ratgeber zu werden?»

Er zögerte, setzte zweimal zum Sprechen an und sagte schliesslich: «Sie brauchen einen Agenten, jemanden, der sich ausschliesslich mit Ihren Angelegenheiten befasst, einen Mann, auf dessen Klugheit und Ehrenhaftigkeit Sie sich ganz verlassen könnten.»

«Wen zum Beispiel?» fragte Aurora.

«Ich würde ohne zu zaudern Professor Frowenfeld, den Apotheker, vorschlagen. Wie Sie wissen, hat sich der gestrige Zwischenfall befriedigend aufgeklärt. Das haben Sie noch nicht gehört? O ja! Er ist nicht, was man einen unternehmungslustigen Mann nennt, aber um so besser. Alles in allem genommen würde ich ihn jedem andern vorziehen. Wenn Sie...»

Aurora unterbrach ihn. Eine kaum unterdrückte Wildheit glomm in ihren Augen, und ihre Stimme zitterte ein wenig, als sie jetzt sprach und sich dadurch verriet. Honoré erfasste es mit raschem, wenn auch ruhigem Blick, und es erregte ihn.

«'Sieur Grandissime, ich will es wagen und Sie bitten, mein Geld für mich zu verwalten!»

«Aber Maman», wandte Clotilde ein und warf ihrer Mutter einen schüchternen Blick zu, «wenn Monsieur Grandissime es doch lieber nicht...»

Aurora erschrak über das, was sie gesagt hatte, und stand auf.

Auch Clotilde und Honoré erhoben sich, und er sagte: «Wenn Professor Frowenfeld Ihr Vermögen verwaltet, ist es meiner Obhut nicht gänzlich entzogen. Wir sind sehr gute Freunde.»

Clotilde sah ihre Mutter an. Alle drei tauschten stumme Blicke miteinander, und dann gaben die Damen ihre Einwilligung und wandten sich zum Gehen. Doch Honoré hielt sie auf.

«Wenn Sie erlauben, lasse ich ihn holen. Würden Sie bitte wieder Platz nehmen?»

Sie dankten und setzten sich erneut, und Honoré entschuldigte sich, ging ins Kontor und schickte einen Boten zum Apotheker.

Monsieur Grandissimes Zusammentreffen mit seinen Verwandten verlief stürmisch. Aurora und Clotilde hörten, wie der Streit begann, anschwoll, nachliess, wieder ausbrach und verstummte. Sie hörten Männerschritte wuchtig hin und her gehen und hörten, wie in die Hand geklatscht oder auf den Tisch geschlagen wurde und wie Fäuste auf Pultdeckel hämmerten; sie hörten kaum verständliche Behauptungen und unverständliche Entgegnungen und höhnisches Gelächter, und mitten im Getöse, wie die Stimme eines Mannes, der sich beherrscht, die klaren, leidenschaftslosen Worte Honorés, die Aurora so aufregend schön im Ohr klangen, dass, als Clotilde sie betrachtete, wie sie unbeweglich dasass und mit ihren verzückt erhobenen Augen aufblickte, diese Augen sich mit funkelnder Begeisterung in die ihren versenkten und sie leise sagte: «Er spricht wie der Erzengel Gabriel!» Dann wurde sie rot.

Clotilde entgegnete darauf mit einem frohen,

verständnisvollen Blick, beugte sich zärtlich vor und sah ihrer Mutter fest in die Augen, während sie flüsterte: «Ich bin einverstanden!»

«Frechdachs!» erwiderte Aurora. «Warte ab, bis ich selber einverstanden bin.»

Manche seiner Angehörigen beruhigte Honoré, andre brachte er zum Schweigen. Er forderte alle auf, ihre Landtitel und Gelder aus seinem Geschäft zu nehmen, und einige akzeptierten das Anerbieten. Seinen Rat, jetzt zu verkaufen, schlugen sie in den Wind, und die Geschäftspolitik, die sie von nun an verfolgten – eine Alles-oder-nichts-Einstellung –, machte sie im Lauf der Jahre dank der berüchtigten halsabschneiderischen Gerichtshöfe Louisianas zu Bettlern. Heute kann man ihre Enkel überall in der entlegenen Gegend zwischen den alten Strassen Rue Esplanade und Rue Rampart sehen, wie sie in unaussprechlicher Armut die Köpfe hochtragen: unbeugsame Selbstachtung hält ihren Adelssinn am Leben, wenn sie sich in rührendem Stolz und ererbter Aufsässigkeit gegen die Gebote des gesunden Menschenverstands auflehnen.

«Das ist Agricola!» flüsterte Aurora mit erhobenem Kopf und grossen, missbilligenden Augen, als eine sonore Stimme alle andern überschrie.

Agricola tobte.

«Onkel», hörte Aurora schliesslich Honoré sagen, «soll ich mein eignes Kontor verlassen?»

In dem Augenblick trat Joseph Frowenfeld ein und blieb an der Schranke stehen. Niemand bemerkte ihn ausser Honoré, der nach ihm Ausschau gehalten hatte und ihn nun mit einer stummen Geste in sein Privatkontor geleitete.

«Wir schütteln seinen Staub von unsern Füssen!» sagte Agricola, sammelte mit feurigen Blicken ein paar junge Gefolgsleute um sich und ging über die Aussentreppe durch den Torweg, ohne sich dort vom Duft des warmen Brotes verführen zu lassen. Auf dem Bürgersteig hielt er seinen Begleitern eine Rede.

Er sagte ihnen, dass in Zeiten wie den gegenwärtigen jeder freiheitsliebende Mann bewaffnet sein müsse, denn die Zeit des Verrats sei gekommen. Louisiana sei durch Verrat wie Schlachtvieh an eine Nation von Emporkömmlingen verkauft worden, um vor Gerichtshöfe geschleppt zu werden, weil sie das Recht des freien Handels verkündeten oder weil sie die Welt von Angebern im Solde der Regierung befreiten. Sogenannte Gesetze seien zu Daumenschrauben geschmiedet worden, und ein Kongress, der sich verpflichtet hatte, ihnen allen die Rechte amerikanischer Bürger zu geben - oh, erbärmliche Gabe! -, schicke sich an, ihnen ihre angestammten Ländereien unter den Füssen wegzuziehen und sie in der Luft hängen zu lassen - ein Köder für die Geier der amerikanischen Einwanderung! Ja, das Zeitalter des Verrats, sagte er. Seine Apostel seien schon jetzt unter ihren Mitbürgern an der Arbeit, das arglose, edle, vertrauensvolle Kreolen-Gemüt zu verbiegen, zu verzerren, zu verderben, zu bestechen und zu vergiften. Eine friedliebende, geduldige Bevölkerung hätte seit Monaten das teuflische Werk seinen Fortgang nehmen lassen. Aber soll es ewig so weitergehen? (Rufe: «Nein! Nein!») Der Geruch von weissem Blut käme mit dem Südwind einher. Dessalines und Christophe hätten die höllische Arbeit begonnen. Auch Virginien zittere um die Sicherheit seiner hellhäutigen Mütter und Töchter. Niemand ahne, was im Rohrdickicht Louisianas geplant würde.

«Aber wir wissen, dass angesichts dieser Tatsachen die Prälaten des Verrats in Washington sitzen und es zulassen, dass denen das Maul nicht gestopft wird, die liebevoll von Negersklaven sprechen. Wir wissen Schlimmeres: dass ein Mischling gleiches Recht von einem Sohn der Louisiana-Aristokratie verlangt hat und dass diese geheiligten Rechte verräterisch und kleinmütig an ihn abgetreten wurden. Warum haben wir uns nicht gestern erhoben, als die Stimmung der Öffentlichkeit aufgewühlt war? Die Nachsicht unsres Volkes wäre lächerlich, wenn sie nicht die von Heiligen wäre! Doch die Zeit ist gekommen, wo Louisiana sich selbst schützen muss! Wenn jemand hier ist, der nicht für sein Land, für sein Recht und die Reinheit seiner Rasse kämpfen will, der soll sprechen!» (Rufe: «Wir wollen den Aufstand!» – «Gib uns einen Führer!» – «Führe uns!»)

«Freunde und Verwandte!» fuhr Agricola fort. «Versammeln wir uns bei Anbruch der Nacht vor dem Haus des zu lange verschonten Mulatten! Kommt bewaffnet! Bringt ein starkes Seil mit! Und am nächsten Morgen werden die Herren Farbigen besser wissen, wo sie hingehören. Wir verstehen uns ja! Wir werden den Niggerfreunden zu denken geben!»

Er verabschiedete sich mit einer Handbewegung.

Grölend zog die Menge weiter. Der Zufall führte sie in die Rue Royale. Sie sangen ein Lied. Sie kamen zu Frowenfelds Ecke. Es war ein amerikanisches Geschäft - das genügte. Es war ein Stelldichein der amerikanischen Schwätzer und Faulenzer - das sprach auch dagegen. Es war die Werkstatt eines Zauberers: ihr Besitzer hatte einigen von ihnen einen Posten verweigert, hatte andern Kredit verweigert, verurteilte auf anmassende Art die heiligsten kreolischen Tugenden, war erst gestern verprügelt worden - all das sprach ebenfalls dagegen. Doch was noch schlimmer war: das Gebäude gehörte dem freien Farbigen, und was das Mass voll machte: Raoul stand vor der Tür, und einige Verwandte hielten inne, um ihm die Meinung zu sagen. Die Menge blieb ebenfalls stehen. Ein Unbekannter in dem Haufen, der noch eben gesungen hatte, rief: «Hier sind wir richtig!» und warf zwei Ziegelsteine in die Fensterscheiben. Raoul stiess einen Wutschrei aus und zog rachsüchtig eine Pistole, aber ein Verwandter riss sie ihm weg, und drei andre fesselten ihm die Hände und führten den Sich-Wehrenden fort, froh, dass er unverletzt war. Innerhalb von zehn Minuten war Frowenfelds Geschäft ein Haus mit zertrümmerten Fenstern und offenen Türen, ein unkenntlicher Schutthaufen, der dem Niederbrennen nur dank dem Gerücht vom Näherkommen der Regierungspolizisten entging, woraufhin die Menge auseinanderstob.

Joseph sass unterdessen in Honorés Privatkontor und beratschlagte mit den Damen und mit Honoré, und Aurora rief gerade: «Jedenfalls willigen Sie endlich ein, 'Sieur Frowenfeld!» und nahm ihren Schleier an sich, als Raoul verschwitzt und aufgebracht hereinstürzte: «'Sieur Frowenfeld, wir sind ruiniert!

Unsre Apotheke ist zu Kleinholz zerschlagen! Und mein Gemälde ist weg!»

Er sank auf einen Stuhl und brach in Tränen aus.

Werden wir denn nie lernen, unsre Tränen so lange zurückzuhalten, bis wir von der Realität unsres Kummers überzeugt sind? Raoul ahnte nicht, welche Freude ihn erwartete. Wie am nächsten Tag bekannt wurde, war 'Polyte nach der ersten Salve von Wurfgeschossen in den Laden gestürzt, und während andre sich vergnügt mit Büchsen voll Asa foetida und Karaffen voll destillierten Wassers aus dem Staube machten, hatte er «Louisiana», das sich noch immer «weigerte, der Union beizutreten», unter den Arm genommen und es unverletzt fortgetragen. Schon jetzt soll verraten werden, dass Honoré vier Wochen später - auf die Nachricht von Raouls Verlobung hin - das Gemälde erwarb und einem Klub der *naturel connoisseurs* schenkte.

49

Über dem neuen Laden

Dass die Damen Nancanou ihre neue Wohnung über Frowenfelds Geschäft mieteten, war einem lustigen Zufall zu verdanken. Der Bau des neuen Hauses war beinah vollendet, als Josephs altes Geschäft zerstört wurde, deshalb mietete er das Erdgeschoss. Honoré f. m. c. war Eigentümer auch dieses Hauses. Da er sich einstweilen noch nicht vor seinen Feinden sehen liess, verhandelte Joseph mit dessen «unzureichend besoldetem» Angestellten. Damals – und noch heute im alten französischen Viertel – war es nichts Ungewöhnliches, wenn Leute von Stand und sogar reiche Leute über einem Geschäft wohnten, und die Gebäude wurden im Hinblick auf eine solche Unterteilung bereits für Mieter eingerichtet. Daher gibt es in der Rue Chartres und in der Rue Decatur und auch in den Seitenstrassen noch heute manche Geschäftshäuser mit Balkons und Mansardenfenstern und sogar manchmal mit kleinen Aussichtstürmchen. Das neue Haus erregte Auroras und Clotildes Interesse und Neugier. Die Geschäftsräume waren vollständig vom ersten Stock getrennt. Durch einen grossen Torweg, der sich unmittelbar neben der Ladenfront zum Bürgersteig hin öffnete, betrat man eine hohe, mosaikartig gepflasterte Durchfahrt mit grün verputzten Wänden und gelangte gerade dort, wo die Durchfahrt (von den Kreolen «Korridor» genannt) sich zu einem sonnigen Hof auftat, zu einer breiten Treppe, die zu einem Flur über dem «Korridor» und zu Wohnzimmern über dem Laden führte. Das Gebäude gefiel ihnen. Aurora wollte sofort erforschen, was für ein Geschäft unten eröffnet werden sollte, und wenn es sich als einwandfrei erwies, wollte sie ohne viel Zaudern das obere Geschoss mieten.

Am nächsten Tag sagte sie: «Liebste Clotilde, ich habe den Mietvertrag unterzeichnet!»

«Wer hat denn die Ladenräume gemietet?»

«Rate mal!»

«Oh!»

«Denk an einen Apotheker!»

Clotilde öffnete die Lippen, um zu lächeln, als ihr plötzlich ein Gedanke durch den Kopf fuhr und sie dunkelrot wurde.

«Doch nicht etwa...»

«'Sieur Frowenfeld - hahaha - hahaha!»

Clotilde brach in Tränen aus.

Trotzdem zogen sie ein - es war vertraglich abgemacht -, und auch der Apotheker zog in die Ladenräume ein. Vermutlich ist es noch nie vorgekommen, dass ein gefühlvolles Liebespaar sich mit so grosser Scheu auswich - eine Zeitlang, heisst das. Später, und nach häufig wiederholten guten Ratschlägen, die Honoré Grandissime jedem einzeln und beiden zusammen zuteil werden liess, machte Honoré Grandissime ihnen klar, dass Clotilde ihr Vermögen sehr vorteilhaft anlegen könne, wenn sie Frowenfelds recht dürftiges Lager und den leeren Laden wieder auffüllte, und daher unterzeichneten sie, heftig errötend, einen Vertrag als ordentliche Geschäftspartner.

Frowenfeld verkehrte regelmässig bei den Damen, Honoré jedoch nicht. Sobald Honoré sich überzeugt hatte, dass das Geld der Damen zufriedenstellend angelegt war, hielt er sich abseits. Aurora und Clotilde trieben keine Verschwendung: sie richteten ihre Wohnräume mit wenig Kosten behaglich ein und möblierten ihren Salon mit künstlerischer, aber nicht übertriebener Eleganz. Aus Gründen der Schicklichkeit stellten sie eine verarmte Dame als Haushälterin an. Doch wenn sie auch sonst in jeder Beziehung sparten, leisteten sie sich immerhin eine grössere Ausgabe, nämlich die Anschaffung eines Wagens.

Fast jeden Nachmittag konnte man ihr Gefährt dann auch an der Terre aux Bœufs oder am Bayou oder in der Tchoupitoulas-Chaussee sehen, und wegen der Schönheit ihrer Insassinnen unterschied es sich von allen andern und hiess bald «Meteor».

Frowenfelds Besuche waren nicht gerade selten. Er bestand darauf, Clotilde mitzuteilen, was mit ihrem Geld geschah. Weil die Liebe in sein unberührtes Herz eingezogen war, entfaltete sich seine Seele täglich mehr, aber tapferer hatte sie ihn noch nicht gemacht. Aurora schlüpfte stets aus dem Wohnzimmer, wenn er da war, und schlug in einer versteckten Nische amüsiert die Hände zusammen.

«Der kleine Dummkopf» – so bezeichnete sie ihre eigene Tochter –, «der kleine Dummkopf fürchtet sich vor einem Fisch!»

Und nachdem Joseph eines Abends gegangen war, sagte sie zu Clotilde: «Und du willst dich eine Kreolin nennen?»

Doch sie erwartete zuviel. Nichts schüchtert ein scheues Mädchen so sehr ein wie ein scheuer junger Mann. Und daher – wenn sie auch manchmal abschweiften – trafen Clotilde und ihr Partner nur zusammen, um über Geschäftliches zu sprechen.

Aurora hatte nach einiger Zeit ihr Geld wieder in ihre eigene Verwaltung übernommen.

«Sie könnten noch einmal ausgeplündert werden, 'Sieur Frowenfeld», sagte sie.

Als er jedoch meinte, Clotildes Vermögen sei dann der gleichen Gefahr ausgesetzt, erwiderte Aurora: «Ach, Clotilde würde sich vielleicht gern ausplündern lassen.»

Doch trotz allem Überschwang stand eine Wolke an Auroras Himmel. Zwar errötet der Himmel nur dann in den schönsten Tönen, wenn Wolken aufgezogen sind, und so erging es eben Aurora. Eines Abends, als sie hörte, wie sich das Pförtchen im Torweg hinter drei späten Besuchern schloss – den einen hatte sie kürzlich abgewiesen, den andern hoffte sie über kurz oder lang loszuwerden, und der dritte war Joseph Frowenfeld gewesen –, begann sie Clotilde so sehr zu verspotten und den Apotheker so lächerlich zu machen, dass Clotilde wieder geweint hätte, wenn Aurora nicht mitten in ihrer Spöttelei die Hände vors Gesicht geschlagen hätte und weinend aus dem Zimmer gelaufen wäre. Für unsre Fröhlichkeit müssen wir Busse zahlen: niemand wird glauben, dass wir uns sorgen könnten oder dass wir unter Kummer zu leiden haben, bis in einem Moment aussergewöhnlicher Belastung die heitere Seifenblase platzt. Aurora hatte des Nachts öfters geweint. Auch in dieser Nacht, als Clotilde erwachte und die Augen aufschlug, erblickte sie ihre Mutter, die sich aus den Kopfkissen aufgerichtet hatte und aufrecht neben ihr im Bette sass; der Mond, der hell durch die Vorhänge schimmerte, zeigte ihr deutlich, dass Aurora den Kopf gesenkt und das Gesicht in den Händen vergraben hatte, während ihr das dunkle Haar über die Schultern fiel, das reich bestickte Oberteil ihres schneeweissen Nachthemds halb verbarg und sich in ununterbrochener Fülle um ihre Mitte und über die sommerlich leichte Bettdecke ringelte. Vor ihr auf dem Leintuch lag ein Stück Papier. Clotilde versuchte nicht, es zu entziffern. Sie wusste auf den ersten Blick, dass es der Zettel war, der an jenem Abend am 9. März aus dem Konto-Auszug gefallen war. Aurora liess die Hände sinken, und Clotilde schloss die Augen. Sie hörte, wie Aurora den Zettel in ihrem Ausschnitt versteckte.

«Clotilde!» sagte die Ältere sehr leise.

«Ja, Maman», antwortete die Tochter und schlug die Augen auf, hob die Arme und zog den lieben Kopf ihrer Mutter an sich.

«Clotilde, vor langer Zeit bin ich auch einmal nachts aufgewacht, und während du schliefst, bin ich aus dem Bett gestiegen und habe Monsieur Danny ein Gelübde abgelegt. Das war eine Sünde! Jetzt könnte ich so etwas nicht mehr tun, und ich stehe seither Ängste aus! Ich werde es nie wieder tun. Ich will nie wieder sündigen, solange ich lebe!»

Ihre Lippen begegneten sich im Kuss.

«O Liebes, wie schön hast du ausgesehen, als du so im Mondschein dasassest», flüsterte Clotilde.

«Clotilde», lächelte Aurora und schob ihre Tochter von sich fort, «ich muss dir ein Geheimnis verraten, weil du nichts darüber weisst und weil es meine Pflicht als Mutter ist, dir das zu sagen: das Schlimmste, was eine Frau in dieser schlimmen Welt tun kann, ist – im Bett hässlich auszusehen!»

Clotilde erwiderte nichts darauf, und Aurora liess die Arme sinken und drehte sich mit einem unfreiwilligen, zitternden Seufzer auf die Seite. Nach ein paar geduldig durchwachten Stunden schlief sie ein.

Doch er, der das Zettelchen geschrieben hatte, war auch bei Tagesanbruch noch nicht eingeschlafen.

50

Ein Heiratsantrag

Unter Frowenfelds Angestellten entstand immer eine gewisse Aufregung, wenn nach ihm gefragt wurde, und diesmal war sie um so heftiger, weil ein Hausmädchen vom oberen Stock ihn verlangte. Die jungen Kreolen-Gehilfen hatten einige Mühe, die Füsse auf dem Boden zu behalten, als sie mit gespitzten Ohren hörten, dass der «Professor» aufgefordert wurde, nach oben zu kommen.

Die neue Apotheke war ein überaus schmukker, heller und ordentlicher Raum. Doch wenn er in die Wohnzimmer hinaufging, schien es Frowenfeld, als stiege er aus dem untersten Laderaum eines schmucken alten Frachters jener Zeit zum Kabinendeck hinauf. Aurora kam ihm entgegen, und Aschenbrödel-Pantoffeln blitzten unter dem Saum ihres Kleides hervor. Eigentlich hätte sie mit den Füssen auf Wolken einherwandeln müssen, fand er.

«Guten Tag, Professor Frowenfeld! Nehmen Sie Platz!» Sie lachte aus reiner Daseinsfreude. «Geht es Ihnen gut? Sie sehen prächtig aus! Immer viel zu tun? Ist das bekömmlich für Ihre Gesundheit, Professor Frowenfeld? Ja? Hahaha!» Plötzlich beugte sie sich mit ernstem Gesicht über die Armlehne ihres Sessels. «'Sieur Frowenfeld, Palmyre möchte Sie sprechen. Sie wollen sicher nicht in ihr Haus gehen, nicht wahr? Und Sie möchten auch nicht, dass sie zu Ihnen ins Geschäft kommt. Sie kommt aber immer zu uns, um Clotilde und mich zu frisieren. Deshalb habe ich zu ihr gesagt: ‹Ich werde Professor Frowenfeld zu uns heraufbitten, aber ich glaube nicht, dass er kommt.› Verstehen Sie, ich wollte nicht, dass Sie sich bemühen. Aber Clotilde, hahaha, Clotilde ist so ein Dummchen; sie fand, das wäre gar keine Mühe für Sie, und Sie wären zu gutherzig, um das für eine Mühe zu halten, hahaha! Deshalb haben wir eben doch nach Ihnen geschickt!»

Frowenfeld erwiderte, er sei froh, dass sie es getan hätten, woraufhin sich Aurora leichtfüssig erhob und sagte: «Ich werde sie holen!» Sie wollte schon gehen, drehte sich aber noch einmal um und sagte: «Sie behauptet nämlich, sie könne niemandem trauen als Ihnen, 'Sieur Frowenfeld!» Sie schloss mit einem leisen, melodischen Lachen, heftete ihre fröhlichen Blicke auf Joseph und legte den Kopf so reizend auf die Seite, dass es ein Herz von Stein gerührt hätte.

Dann ging sie zur Tür hinaus, und Palmyre trat ein. Sie schritt geräuschlos und mit einer so ergebenen Miene auf Joseph zu, wie er sie noch nie an ihr gesehen hatte. Beim ersten Blick auf sie durchzuckte ihn eine deutliche Abneigung, deren er sich jedoch sofort schämte. Als sie näher kam, verbeugte er sich stumm und bot ihr einen Stuhl an. Sie setzte sich, und nach einer kurzen Pause reichte sie ihm einen versiegelten Brief.

Er drehte ihn zweimal um, erkannte die Schrift und spürte, wie seine Abneigung zurückkehrte.

«Der Brief ist für Sie bestimmt», sagte er.

Sie nickte.

«Wissen Sie, wer ihn geschrieben hat?»

Sie nickte abermals.

«Oui, Miché.»

«Möchten Sie, dass ich ihn öffne? Ich verstehe kein Französisch!»

Sie wollte ihm anscheinend eine Erklärung geben, verfügte aber nicht über das richtige englische Wort. Mit Frowenfelds Hilfe, der einiges erraten konnte, machte sie ihm begreiflich, dass der Überbringer des Briefes bestellt hatte, das Schreiben sei absichtlich auf englisch abgefasst, damit Monsieur Frowenfeld – der einzige Mensch, der den Brief sehen dürfe – ihn lesen könne. Frowenfeld brach das Siegel auf und überflog das Geschriebene, blieb aber stumm.

Die Frau wurde unruhig. Aber er zauderte noch.

«Palmyre», begann er plötzlich, lächelte leise und sagte abratend: «Es wäre eine Entweihung, wenn ich ihn läse.»

Sie nickte, um anzudeuten, dass sie ihn verstanden habe, dann hob sie hilflos die Arme und sagte: «Er bittet Sie!»

«Ja», murmelte der Apotheker. Er schüttelte den Kopf, als sei er nicht mit sich zufrieden.

Dann las er leise, aber mit hörbarer Stimme: «Stern meines Herzens, ich muss sterben! Ohne Palmyre kann ich nicht leben. Lange habe ich es versucht, aber seit ich jetzt auch noch von Dir abgeschnitten bin und Dich wegen meiner unfreiwilligen Gefangenschaft nicht sehen kann, sterbe ich vor Liebe zu Dir. Oh, habe doch Mitleid mit einem treuen Herzen, das sich seit zehn Jahren nicht geändert hat, sondern um Deinetwillen Himmel und Erde vergisst. Da ich jetzt unter Lebensgefahr im Exil lebe und Deinen Anblick entbehren muss, ist mir die Einsamkeit schlimmer als der Tod. Ich leide so, dass ich nicht noch weitere zehn verzweiflungsvolle Jahre ertragen kann. Nimm meine Liebe an! Wenn Du es tust, will ich für Dich leben, wenn nicht, dann sterbe ich um Deinetwillen. Alles, alles würde ich geben, wenn Du, Palmyre, meine Frau würdest. Denn sonst gibt es nur das Nichts.»

Frowenfeld blickte über den Brief hinweg auf Palmyre. Sie sass mit niedergeschlagenen Augen da und schüttelte langsam den Kopf. Er heftete seinen Blick wieder auf den Brief und wurde vor Ärger rot, weil man ihn zum Mittelsmann gemacht hatte.

«Das Englisch ist hier etwas fehlerhaft», sagte er, ohne aufzublicken. «Er erwähnt Bras-Coupé.» Palmyre zuckte zusammen und sah ihn aufmerksam an, doch er sprach weiter, ohne den Blick zu heben. «Er schreibt hier von Ihrem alten Stolz und von Ihrer Zuneigung zu ihm als einem Mann, der mit Ihrer Hilfe vielleicht ein Führer und Befreier seines Volks geworden wäre.» Frowenfeld blickte auf. «Verstehen Sie...»

«Allez, Miché», sagte sie und beugte sich vor. Ihre grossen Augen hingen an Joseph, ihre Miene war vergrämt. *«Mo comprend bien.»*

«Er bittet Sie, ihn den Platz von Bras-Coupé einnehmen zu lassen.»

Die Augen Palmyres verloren - wahrscheinlich zum erstenmal seit dem Tode des Riesen - ihren hochmütigen Stolz. Sie sah Frowenfeld beinahe kläglich an, doch sie presste die Lippen zusammen und schüttelte wieder langsam den Kopf.

Im Apotheker erwachte ein neues Interesse. «Verstehen Sie, er kennt sich in den Bedürfnissen seines Volkes aus. Er kennt das Unrecht, das den Leuten zugefügt wird. Er kennt Männer und Gesetze. Er könnte sich einsetzen. Das wäre kein Aufruhr, sondern Fürsprache. Er würde seine Zeit, seine Feder, sein Wort und seinen Reichtum der Aufgabe widmen, ihnen Gerechtigkeit zu verschaffen und ihnen zu ihrem Recht zu verhelfen.»

Mit einem traurigen und bitteren Lächeln brachte sie jedoch den übereifrigen Anwalt zum Schweigen, probierte zu sprechen, wie nach englischen Worten suchend, gab es aber plötzlich mit schlecht verhehlter Verachtung auf und sagte in kreolischem Dialekt: «Was bedeutet mir das alles? Ich brauche Rache!»

«Ich werde zu Ende lesen», sagte Frowenfeld und tat, als habe er ihre leidenschaftlichen Worte nicht verstanden: «Ach, Palmyre, Palmyre! Der, den Du liebst und von dem Du hoffst, dass er Dich liebt, weil sein Herz noch frei ist, liebt eine andre.»

«Qui ci ça, Miché?»

Frowenfeld war es unangenehm, die Worte zu wiederholen. Wie ihre Miene ihm bewies, hatte sie es richtig verstanden, wagte aber nicht, es zu glauben. Er fasste sich kürzer: «Er meint, dass Honoré Grandissime eine andre Frau liebt.»

«Das ist eine Lüge!» rief sie. In der Aufregung stand ihr das Englische plötzlich besser zur Verfügung, und die Beherrschung fiel von ihr ab.

Der Apotheker dachte einen Augenblick lang nach und entschloss sich dann zu sprechen.

«Das glaube ich aber nicht», sagte er ruhig.

«Woher wollen Sie das wissen?»

Auch sie sprach ruhig, aber nur mit Aufbietung aller Kräfte. Sie hatte sich mit wildem Ruck vorgebeugt, doch als sie redete, lehnte sie sich wieder an.

«Er selbst hat es mir gesagt.»

Palmyre erhob sich langsam und still in voller Grösse. Sie hatte die Augen weit geöffnet, und ihre Lippen bewegten sich lautlos. Anscheinend wusste sie nicht mehr, wo sie war und wer bei ihr war. Sie durchquerte das ganze Wohnzimmer und blieb erst vor dem mit Gardinen verhüllten Fenster stehen, hatte das Gesicht abgewandt und die Hand mit sichtlicher Kraftanstrengung auf eine Stuhllehne gelegt. Sie blieb derart lange so stehen, dass Frowenfeld schon daran dachte, sie allein zu lassen, doch da drehte sie sich um und kehrte zu ihm zurück. Ihre Haltung war aufrecht, der Schritt war fest und entschlossen; die Lippen hatte sie zusammengepresst, die Hände hingen locker herunter. Doch als sie nahe an ihn herantrat, zitterte sie. Einen Augenblick schien sie sprachlos; dann sagte sie, während ihre Augen leidenschaftlich aufloderten, mit kalter, klarer Stimme in ihrem Heimatdialekt: «Gut! Wenn ich nicht lieben darf, kann ich mich wenigstens rächen!» Sie nahm den Brief aus seiner Hand, verbeugte sich dankend und fuhr mit der gleichen Stimme fort: «Jetzt hindert mich nichts mehr daran!»

Der Apotheker verstand ihre rätselhaften Worte. Sie meinte, wenn sie keine Aussicht auf

Honorés Liebe hätte, könnte nichts sie daran hindern, an Agricola Rache zu nehmen. Joseph sah ein, dass weitere Erörterungen töricht wären.

«Ist das alles, was ich für Sie tun kann?» fragte er.

«Oui, merci, Miché», sagte sie. Und dann schloss sie in tadellosem Englisch: «Aber es ist nicht alles, was *ich* tun kann.» Und dann lachte sie.

Der Apotheker hatte sich schon zum Gehen gewandt, und Palmyres Lachen war leise, doch das Blut erstarrte ihm in den Adern. Er war froh, dass er an seine eigene Arbeit zurückkehren konnte.

51

Geschäftliche Änderungen

Das waren so ungefähr die Ereignisse während der fünf Monate, in denen Doktor Keene vergebens versucht hatte, am Karibischen Meer seine Gesundheit wiederzuerlangen.

«Ist Mr. Frowenfeld da?» fragte der Doktor, als er am Morgen nach seiner Rückkehr, sehr langsam an einem Stock gehend, Josephs neues Geschäft betrat.

«Ob Professor Frowenfeld da ist?» rief ein junger Mann in Hemdsärmeln, der sehr schnell sprach, ein Paket zusammenschnürte und es dann schwungvoll über den Ladentisch schlittern liess. «Nein, Sir!»

Ein rascher Schritt zwang den Doktor, sich umzudrehen: Raoul trat ein, mit strahlend geschäftstüchtiger Miene, und zog den Mantel aus.

«Doktor Keene! Nehmen Sie Platz! Wie gefällt Ihnen der neue Laden? Sehen Sie sich das an! Vier Theken! Drei Gehilfen! Alle Wände nach meinen eigenen Angaben angestrichen! Ist doch wunderschön, nicht wahr? Schauen Sie mal das Schild an!»

Er zeigte auf ein Schild in geschmackvollen Farben: *Mandarin, Agent, Apotheker*

«Warum nicht Frowenfeld?» fragte er.

Raoul zuckte mit der Schulter.

«Es ist besser so!»

Das war seine ganze Erklärung.

«Das ist doch nicht der De Brahmin-Mandarin, der Honorés Geschäftsführer war?»

«Doch, das ist er! Honoré konnte ihn nicht länger behalten. Honoré ist nicht mehr so reich wie früher.»

«Und Mandarin hat das Geschäft hier wirklich unter sich?»

«O ja. Professor Frowenfeld ist fast die ganze Zeit im Haus an der alten Ecke, wo er noch sein Studierzimmer hat und den Laden als Lagerraum benutzt. Hier kommt er bloss her, wenn Mandarin nicht ohne ihn fertig wird.»

«Was macht er denn in seiner alten Ecke? Reich ist er ja nicht.»

Raoul beugte sich zum Stuhl des Doktors hinüber und flüsterte ihm das dunkle Geheimnis ins Ohr: «Er studiert!»

Doktor Keene ging wieder weg.

Dem heimgekehrten Kranken erschien alles verändert. Der Arme! Eigentlich waren die Veränderungen geringfügig, nur in bezug auf ihn selbst waren sie wichtig. Einem, der mit gebrochenem Herzen und mit gebrochener Gesundheit heimkehrt, erscheinen auch die alten Stätten in gebrochenem Licht. Dem kleinen Doktor kam es so vor, als läge eine gewisse leise Entfremdung wie ein Schleier über den vertrauten Plätzen und Strassen, durch die er einst im Vollbesitz seiner körperlichen und geistigen Kräfte gewandert war. Es war nicht mehr das gleiche New Orleans! Die Leute, denen er in den Strassen begegnete, waren ihm alle gut bekannt, aber viele, die ihn hätten kennen müssen, bemerkten ihn nicht, und andre wurden eher durch seinen Husten als durch sein Gesicht auf ihn aufmerksam. Einige wussten nicht einmal, dass er fortgewesen war, und das ärgerte ihn.

Er schlenderte langsam an der alten Frowenfeld-Ecke vorbei und hatte soeben die Strasse überquert, um dem Staub eines Hauses auszuweichen, das abgebrochen wurde und einem neuen Gebäude Platz machen sollte. Da sah er Joseph Frowenfeld auf sich zukommen, der von seiner Nähe nichts ahnte.

«Doktor Keene!» rief er fast ebenso begeistert wie Raoul.

Der Doktor war sehr viel stiller.

«Hallo, Joe!»

Sie gingen in den neuen Laden zurück, setzten sich in eine gemütliche Ecke im Hintergrund, die durch einen Vorhang an Schienen etwas abgeschlossen war, und unterhielten sich.

«Hat sich denn die Reise nicht als günstig für Ihre Gesundheit erwiesen?»

«Sie sehen es ja. Aber sprechen wir nicht von mir! Erzählen Sie mir lieber von Honoré! Wie hat sich der Familienzwist weiter entwickelt?»

«Er dauert noch an. Die meisten seiner Verwandten haben Vorstellungen von Gerechtigkeit und Vorrechten, die zugunsten der Familie und Partei, der Kaste und der Tradition ausgerichtet sind. Sie haben mit ihrer Wut auf ihn die ganze Gemeinde angesteckt, was gerade jetzt sehr leicht ist, denn im Herbst findet die Wahl des Präsidenten der Vereinigten Staaten statt, und obwohl wir hier in Louisiana nicht viel oder gar nichts damit zu tun haben, sind die Leute doch aufgeregt.»

«Wie die kalten Tage hierzulande», sagte Doktor Keene. «Kalte Tage, glühendes Fieber!»

«Die Aufregung ist ungeheuer», erzählte Frowenfeld. «Wie es scheint, soll uns das Wahlrecht noch nicht gewährt werden. Aber die Kreolen wählen nach ihrem eigenen Kopf. Honoré Grandissime zum Beispiel haben Sie zum Erzverräter gestempelt, und mich haben Sie zum Sündenbock erkoren - ich hör's gerade, wie einer seine Stimme abgibt!»

Weiter vorn im Laden redete jemand eifrig auf Raoul ein: «Und wa-wa-was war die Folge davon? Die Folge davon war, dass wir ihm seinen Laden zertrümmerten und dass er neu anfangen musste - mit einem Kreolen als Geschäftspartner und Geldgeber. Ob ich weiss, dass er Ihr Freund ist? Natürlich weiss ich das, jawohl! Ein wertvoller Mitbürger? Pah, was machen wir uns schon aus wertvollen Mitbürgern! Soll er doch wertvoll sein, wenn er gern möchte! Das bewahrt ihn davor, dass er sich den Hals bricht. Aber - er muss aufpassen - was - er - sagt! Er muss aufpassen, sonst bringt er das heisse Blut Louisianas in Wallung.»

«Der Mann ist durchaus im Recht», sagte der kleine Doktor mit seiner leisen, heiseren Stimme. «Weder Sie noch Honoré sind halbwegs vernünftig, und es würde mich gar nicht wundern, wenn sie euch beide hängen. Und was den Nigger angeht, der so unverschämt ist und sich zu einem weissen Geschäftspartner machen will - ich sollt's vielleicht nicht sagen, aber der bekommt sicher, was er verdient.»

«Es gibt sehr viele Amerikaner, die ebenso wie Sie denken», erklärte Frowenfeld gelassen.

«Aber», fuhr der kleine Doktor fort, «was hat der Mann eben mit Ihrem Kreolen-Partner gemeint? Mandarin ist Ihr Angestellter, aber er ist doch nicht Ihr Partner, nicht wahr? Haben Sie denn einen?»

«Einen stillen Partner», entgegnete der Apotheker.

«Wohl so still, dass es mich nichts angeht?»

«Nein.»

«Wer ist es denn?»

«Es ist Mademoiselle Nancanou.»

«Ihre Geschäftspartnerin?»

«Ja.»

«Aber, Joseph, doch wohl...»

Die Andeutung, die der Doktor durch sein Verhalten kund tat, war dem Apotheker sehr unangenehm, aber er errötete nur.

«... rein geschäftlich, vermute ich», fuhr der Doktor mit einem grausig ironischen Lächeln fort. «Hat das... das...», ihm fehlten die Worte, «das Übereinkommen damit ein Ende?»

«Allerdings.»

«Und Sie begreifen nicht, dass es nie hätte beginnen sollen oder eben noch nicht zu Ende sein kann?»

Frowenfeld errötete verärgert.

Der Doktor fragte: «Und wer verwaltet Auroras Geld?»

«Sie selbst!»

Beide lächelten gutmütig.

«Sie ganz allein?»

«Ja, sie ganz allein.»

«Sie ist schlau!» Und damit erhob sich der Doktor und schlich seiner Wege, angeblich, um noch einen Freund zu besuchen, in Wahrheit jedoch, um sich nach Hause zu schleppen und in seinem Schlafzimmer einzuschliessen. Das gelbe Fieber wütete in der Stadt, deshalb nahm er am nächsten Tag seine Praxis wieder auf.

«Das wäre mir eine Art ehrenvoller Selbstmord», dachte er, «und ohne den Anschein von Feigheit!»

52

Liebe, die sich verblutet

Als Honoré Grandissime hörte, dass Doktor Keene in sehr schlechtem Gesundheitszustand in die Stadt zurückgekehrt sei, erhob er sich sofort von seinem Pult, an dem er gesessen hatte, um ihn aufzusuchen. Doch es war gerade der Vormittag, an dem Doktor Keene bei Joseph Frowenfeld gewesen war, deshalb fand Honoré das Haus verschlossen. Doktor Keene sprach innerhalb der nächsten beiden Tage zweimal in Honorés Kontor vor, aber jedesmal war sein Platz leer. Daher dauerte es mehrere Tage, ehe sie sich begegneten. Doch an einem heissen Vormittag gegen Ende August (die Augusttage waren, ehe der Zypressenwald zwischen der Stadt und dem See abgeholzt wurde, noch heisser als heute), als Doktor Keene nach einem starken Hustenanfall schwer atmend in seinem Zimmer stand und auf das eine Fenster blickte, dessen Jalousie er gern geöffnet hätte, klopfte Honoré an die Tür.

«Herein!» rief der Kranke gereizt. «Oh, Honoré! Sie brauchen doch nicht anzuklopfen! Nehmen Sie Platz!»

Jeder warf einen hastigen, prüfenden Blick auf den andern, und nach einer kleinen Pause sagte Doktor Keene: «Honoré, Sie sind ziemlich schlecht dran!»

Monsieur Grandissime lächelte.

«Finden Sie? Ich werde nicht so unhöflich zu Ihnen sein: Sie könnten schlechter aussehen.»

«Oh, ich habe meine Arbeit wieder aufgenommen», entgegnete Doktor Keene.

«Das habe ich gehört, Charlie. Sie tun es für Leute, die einen geschickten und gebildeten Arzt verlangen und sich nichts draus machen, wenn sie ihn dabei umbringen. Ich möchte Ihnen raten, es aufzugeben.»

«Sie meinen: für den Fall, dass ich Ihren Rat erbitte!» (Der unverbesserliche kleine Doktor lächelte ironisch.) «Ich werde aber gesund, Honoré!»

Sein Besucher zuckte mit der Schulter.

«Um so besser. Ich muss gestehen, dass es mich drängt, Sie auf der Stelle um Ihren ärztlichen Beistand zu bitten. Fühlen Sie sich wohl genug, um in Ihrem Wägelchen ein Stück mit mir zu fahren?»

«Ein ärztlicher Ruf?»

«Ja, und ein schwieriger Fall - überdies eine Vertrauenssache.»

«Hah! Eine Vertrauenssache!» spöttelte der kleine Mann schmerzhaft heiser. «Sie wollen mich wohl in die gleiche Klemme bringen, in die ich unsern ‹Professor› gebracht habe?»

«Möglicherweise eine schlimmere Geschichte», erwiderte der liebenswürdige Kreole.

«Ich muss also darüber schweigen, ja?»

«Es wäre mir lieber.»

«Brauche ich Instrumente? - Nein?» Eine leichte Enttäuschung zeigte sich in seinem Gesicht.

Er zog an der Klingelschnur und bestellte sich den Einspänner vor die Tür.

«Wie sieht es in der Stadt aus?» fragte er, während er sich zum Ausgehen ankleidete.

«Die Aufregung hält an. Gerade auf meinem

Wege hierher lockte eine persönliche Auseinandersetzung zwischen einem Kreolen und einem Amerikaner die halbe Stadt herbei, und die Leute ergriffen sofort Partei, ohne Fragen zu stellen. Ja, ja, wir haben, wie Frowenfeld es ausdrückt, einen Kampf zwischen menschlichen Säuren und Laugen.»

Sie stiegen ein und fuhren weg. An der ersten Ecke bog der Boy, der kutschierte, auf Honorés Anweisung in die Rue Dauphine ein, fuhr dort entlang, bis er in die Rue Dumaine kam, wandte sich dann wieder dem Fluss zu und schwenkte in die Rue Condé ein. Es war eine umständliche Fahrt gewesen. Sie hielten vor dem Torweg eines grossen Backsteinhauses. Clémence öffnete die Seitenpforte. Sie stiegen aus, ohne durch den Torweg zu fahren.

«Heh, alte Hexe», grüsste der Doktor mit verstellter Strenge, «immer noch nicht aufgehängt?»

Die Häuser der dicht bebauten Stadtviertel von New Orleans, die einigen Anspruch auf wohnliche Geräumigkeit erhoben, waren alle im gleichen, übereinstimmenden spanisch-amerikanischen Stil errichtet. Honoré führte den Doktor durch die kühle, hohe, mit Mosaikpflaster belegte Durchfahrt, auf deren einen Seite die verdunkelten, geschlossenen Wohnzimmer lagen. Eine breite Treppe mit eisernem Geländer führte ins obere Stockwerk. Sie stiegen hinauf und blieben vor einer halb geöffneten Glastür mit einem plumpen eisernen Riegel stehen. Es war der Eingang zu zwei grossen Zimmern, die durch eine Flügeltür zu einem einzigen Raum gemacht worden waren.

Der Doktor pfiff leise durch die Zähne und

zog die Augenbrauen in die Höhe: die Räume waren prunkvoll eingerichtet – mit unverrückbar schweren und grossen Möbeln, die in vornehmem Ernst mit einer Überfülle fein gearbeiteter Messingbeschläge neben üppigen, stummen Polstersesseln standen, während glitzernde Kristallprismen leise im weichen Halbdunkel zitterten. Die hohen Fenster des hinteren Zimmers öffneten sich zur Strasse hin, und die von der Rückseite kommende Luft, die über die dichten grünen Wipfel der auf dem Hof stehenden Feigenbäume hinstrich, zog durch die Räume und verwandelte sie in kühle Höhlen.

«Das können Sie doch kein Versteck nennen?» flüsterte der Doktor. «In seinem eigenen Schlafzimmer!»

«Es ist jetzt nur notwendig, dass er sich nicht sehen lässt», antwortete Honoré leise. «Agricole und ein paar andre durchsuchten eines Nachts im März das ganze Haus, aber da war er natürlich nicht hier. Es war der Tag, an dem ich mein neues Geschäft eröffnet hatte.»

Sie traten ein, und mitten im hinteren Zimmer sahen sie Honoré Grandissime, f. m. c., der in äusserster Mattigkeit auf einem niedrigen Ruhebett lag, zu dem er sich eben erst begeben haben musste, denn die Umrisse seines Körpers waren noch in den Kissen seines hohen Bettes zu sehen. Er wandte den beiden Besuchern seine müden, melancholischen Augen zu und forderte sie mit einer matten Handbewegung auf, Platz zu nehmen, ohne jedoch selbst zu sprechen oder aufzustehen.

«Guten Morgen», sagte Doktor Keene, suchte sich einen leichten Stuhl aus und zog ihn neben das Ruhebett.

Der vor ihm hingestreckte Patient war abgezehrt. Die schlaffe, blutleere Hand, die den freundlichen Händedruck des Doktors nicht erwidert hatte, sank matt auf den Rand seines Lagers, wo sie kühl und feucht, mit fast bläulichen Nägeln, zur Ruhe kam.

«Liegen Sie still», sagte der Doktor besänftigend, als der Kranke das eine Knie und den in einem Pantoffel steckenden hochgezogenen Fuss wie auch die dem Blick entschwundene, über das Leinenkissen herabhängende Hand aufzuheben versuchte.

Durch ein freundliches Gespräch, das nur Geplauder zu sein schien, machte sich der Arzt mit dem vorliegenden Fall bekannt. Er war leicht zu diagnostizieren. Dann fuhr er sich mit der Hand übers Gesicht und die roten Locken und sagte: «Meine Anordnungen werden Sie ja doch nicht befolgen!»

Der freie Farbige sagte weder ja noch nein.

«Trotzdem will ich meine Pflicht tun.» Der Doktor drehte sich halb auf seinem Stuhl um, und während er weitersprach, nahmen seine Mundwinkel den kleinen ironischen Zug an, der seinen Freunden verhasst war. «Ich gebe Honoré meine Anweisungen. Keine Heilmittel weiter als aufstehen und ins Freie gehen. Befürchten Sie nicht das Risiko, verprügelt zu werden: mehr als töten kann man Sie nicht, und Sie werden bestimmt sterben, wenn Sie hier liegenbleiben!» Er stand auf. «Ich schicke Ihnen ein eisenhaltiges Tonikum, oder vielmehr: ich werde es morgen früh bei Frowenfeld hinterlegen. Dort können Sie hingehen und es abholen. Damit haben Sie gleich einen Grund zu einem Spaziergang.»

Bald darauf verabschiedeten sich die Besucher und zogen sich zurück. Am Fuss der Treppe, in der Wagendurchfahrt, wandten sie sich in die dem Eingang entgegengesetzte Richtung und nahmen in einer kühlen Loggia des gepflasterten Hofs an einem kleinen Tisch Platz, auf den Clémence in ihrer Gastfreundlichkeit zwei Gläser mit Limonade gestellt hatte.

«Nein», sagte der Doktor, als sie sich hingesetzt hatten, «eine unheilbare oder organische Erkrankung liegt nicht vor. Die leichte Herzschwäche lässt sich ohne weiteres beseitigen, und doch ist Ihr – Ihr Patient...»

«Mein Halbbruder», sagte Honoré.

«... und doch ist Ihr Patient ein nachdrückliches Ja auf die Frage, die junge Mädchen manchmal dem Arzt stellen: ‹Kann man an unglücklicher Liebe sterben?› Er wird *bald* daran sterben, wenn Sie ihn nicht veranlassen können, sich aufzuraffen. Es fehlt ihm weiter gar nichts als die unerwiderte Liebe.»

«Glücklicherweise lieben die meisten von uns nicht heiss genug, um aus Liebe zu sterben», sagte Honoré mit einem Lächeln, das an die Ironie des Doktors erinnerte.

«Sehr wenige nur.» Der Doktor verstummte. Seine blauen, träumerischen grossen Augen starrten in das Glas, das er langsam zwischen seinen abgemagerten Fingern herumdrehte. Dann fuhr er fort: «Man kann jedoch ebenso hoffnungslos und noch glühender lieben, als Ihr Patient es tut, und trotz alledem nicht daran sterben.»

«Das ist ein grosser Trost für... für alle, die zu leben gezwungen sind», sagte Honoré mit freundlichem Ernst.

«Ja», nickte der kleine Doktor und spielte noch immer mit seinem Glas.

Langsam hob er die Augen, und die Blicke der beiden Männer trafen sich und hafteten aneinander.

«Sie hat's schlimm getroffen!» sagte Doktor Keene mechanisch.

«Und Sie?» entgegnete der Kreole.

«Mich wird's nicht umbringen.»

«Mich hat es auch nicht umgebracht.» Während sie über das Mosaikpflaster zur Strasse hinausgingen, fuhr Honoré fort: «Gerade weil mich so unzählige andre Sorgen beschäftigen, die Begräbnisse von Frauen und Söhnen und Töchtern - all die Verzweiflung und all das Elend -, werde ich nie aus Liebe sterben, mein Freund! Ich müsste mich zu sehr schämen.»

Das waren Gefühle, die viel vom Menschen verlangten, aber Doktor Keene zog keinen Nutzen daraus.

«Honoré», sagte er, als sich beide auf dem Bürgersteig neben dem Einspänner des Doktors die Hand reichten und Lebewohl sagten, «wenn Sie glauben, Sie hätten auch nur die leiseste Aussicht, weshalb klammern Sie sich dann an solche Spitzfindigkeiten, über die Sie anscheinend nachbrüten? Soweit ich es verstehe, ist das der einzige schwache Punkt in Ihrem Vorgehen. Sie haben sich von unserm Apotheker eine Art Don-Quichotte-Gewissen einimpfen lassen und ein so heldenhaftes Benehmen gezeigt, dass es vierundzwanzig Brutussen zur Ehre gereichen würde. Und jetzt, wo Sie Gelegenheit haben, etwas Schlichtes und Menschliches zu tun, zittern Sie und schaudern davor zurück. Was sorgen *Sie* sich denn...»

«Still!» sagte Honoré. «Meinen Sie nicht, ich sei bereits oft genug in Versuchung geraten?»

Er wollte sich zum Gehen wenden.

«Honoré», sagte der Doktor und folgte ihm einen Schritt, «ich kann mich doch nicht getäuscht haben: es ist der kleine Mönch - es ist Aurora, nicht wahr?»

Honoré nickte, dann blickte er seinen Freund ernst an, weil ihm ein neuer Gedanke gekommen war.

«Aber Doktor, warum befolgen Sie den Rat nicht selber? Ich wüsste nicht, was Sie hindern könnte! Sie haben genausoviel Recht wie Frowenfeld.»

«Es wäre nicht anständig», erwiderte der Doktor. «Es wäre nicht männlich und aufrichtig.»

«Warum nicht?»

Der Doktor stieg in sein Wägelchen.

«Nicht, bevor ich *hier* ganz in Ordnung bin» (er klopfte sich auf die kranke Brust).

53

Frowenfeld im Hause der Grandissimes

Eines Nachmittags - es muss irgendwann im Juni gewesen sein, also vor Doktor Keenes Rückkehr - wurden die Grandissimes in die grösste Aufregung versetzt, weil sie entdeckt hatten, dass einer der Ihren (um Agricolas Ausdruck zu benutzen) «zum Feind übergegangen war», ein Ausdruck, den er zuerst in bezug auf Honoré angewandt hatte.

«Was wollen Sie damit sagen?» hatte Frowenfeld damals gefragt.

«Zum Feind übergegangen, mein Sohn, das heisst, zum Feind übergegangen!» hatte Agricola erwidert. «Es bedeutet den Anschluss an die Amerikaner, soweit es das Geschäft und die Regierung betrifft, aber auch den gesellschaftlichen Verkehr mit dieser Rasse von Emporkömmlingen! Es bedeutet das feige Einverständnis, sich mitsamt den heiligsten Vorurteilen unsrer Väter den neumodischen Massstäben unverschämter, importierter Theorien über moralischen und politischen Fortschritt zu beugen! Es bedeutet auch, den Verächtern unsrer längst bewährten und hochachtbaren Methoden zuzuhören und mit ihnen zu diskutieren! Was sage ich da - diskutieren? Honoré hat es sogar fertiggebracht, sich zu ihnen zu setzen und mit ihnen zu speisen, wie? Und sich Arm in Arm mit ihnen auf der Strasse zu zeigen. Was in diesem Falle eine, nein, zwei so niedrige Handlungen einschliesst, dass ich... dass ich... es einfach nicht begreife! Sie wissen doch, was er getan hat, Professor Frowenfeld! Sie wissen, wie schmählich er den Schlüssel zu unsrer moralischen Position ausgeliefert hat, die wir zu Ehren der Grandissime-Fusiliers unsern Erbfeinden gegenüber innezuhalten für nötig erachteten! Und Sie wissen doch...», hier liess Agricola alle Geschraubtheit beiseite und sprach aus der Tiefe seines Gefühls, «dass er sich geschäftlich mit einem Mann mit Negerblut zusammengetan hat! Was können wir tun? Was können wir sagen? Es ist Honoré Grandissime. Wir können nur sagen: ‹Leb wohl! Er ist zum Feind übergegangen!›»

Die Ursache der neuen Erbitterung war der Abfall Raoul Innerraritys. Raoul hatte, soweit er ihn verstand, eine ständig wachsende Verehrung für Frowenfelds Charakter empfunden. Er widmete sich den Interessen und dem Ruhm der «Apotheke Frowenfeld». Im April hatte er geheiratet. Um sein weites Herz nicht teilen zu müssen, mietete er eine Wohnung gegenüber von Frowenfelds neuem Geschäft und fasste den festen Vorsatz, dass von allen Apotheken in New Orleans die von Frowenfeld nicht nur am spätesten geschlossen, sondern auch am frühesten geöffnet werden sollte.

Das war soweit ganz zulässig. Aber wenige Wochen darauf erkrankte plötzlich seine junge Frau. Aurora und Clotilde, die mitleidigen Seelen, wohnten natürlich nahe genug, um von dem Kummer zu erfahren, und ehe sich Raoul kaum von dem Schreck erholt hatte, in welcher Gefahr er als ein Grandissime schwebte, waren die beiden letzten De Grapions schon über die Strasse und in das kleine, weissgetünchte Krankenzimmer geeilt, um es so zum Überfliessen mit menschlicher Liebe anzufüllen, wie ein Kelch der Magnolie voller Duft ist. Madame Innerarity erholte sich. Für so freundliche Dienste konnten sie und ihr Mann nur mit der herzlichsten Zuneigung danken, und sie taten es reichlich: die vier wurden Freunde. Die kleine Dame fühlte sich am meisten zu Clotilde hingezogen: ihr öffnete sie ihr Herz und ihren Kleiderschrank und zeigte ihr all ihre wunderhübsche neue Leibwäsche. Raoul dagegen fand Clotilde etwas wirklichkeitsfremd und schwer zugänglich. Doch Aurora war eine Frau nach seinem Herzen: von Aurora war er entzückt. Er erzählte ihr im Vertrauen, Professor Frowenfeld sei der beste Mann von der Welt, und sie war kühn genug, um mit anderthalb Tränen echter Dankbarkeit zu erwidern: «Ausgenommen Monsieur Honoré Grandissime!» Er bestätigte es - zuerst zaudernd und dann mit Inbrunst. Die vier bildeten eine Gruppe für sich, und es ist nicht sicher, ob das nicht der Anfang der später als «Uptown-Kreolen» berühmt gewordenen Gruppe des gesellschaftlichen Lebens von New Orleans war.

Fast das erste, was Raoul sich im Lager des «Feindes» aneignete, war Auroras Kühnheit, denn am Nachmittag, von dem wir eingangs sprachen, hatte er Frowenfeld eine gewaltige Lüge aufgebunden: dass nämlich die zahlreichen Bewohner des Grandissime-Stammhauses darauf bestanden hätten, auf ihrer Vorderveranda seine junge Frau und seinen verehrten Arbeitgeber zu empfangen.

Der wackere Frowenfeld freute sich sehr auf diesen Empfang. Ein aufrichtiger Mann wie er konnte nicht den stillen Ärger erraten, mit dem seine Anwesenheit betrachtet wurde. New Orleans, das müssen wir noch einmal betonen, war eine kleine Stadt, und der Apotheker der Rue Royale war in seinem Bezirk berühmt; dazu kamen die Neugier und die angeborene Höflichkeit des Kreolen, die er nie verleugnen kann. Deshalb war die Veranda über der grossen Freitreppe mit Grandissimes beiderlei Geschlechts angefüllt. Es wäre verlockend, nochmals innezuhalten und diese Versammlung von Adel und Schönheit zu schildern, von der Lieblichkeit der Kreolinnen zu berichten und im besonderen von dem einen oder andern augenbetörenden Gesicht und den Formen, den Manieren und dem Geist zu sprechen oder auf die Feinheiten der kreolischen Luft und des kreolischen Himmels und seiner Landschaft hinzuweisen oder der noch feineren Anmut zu gedenken, welche die kreolische Stimme und Sprache und das Leuchten kreolischer Augen auszeichnen, oder die vornehm zurückhaltende Würde der älteren Damen sowie die bezaubernde Schelmerei ihrer Töchter hervorzuheben. Für Frowenfeld war alles ein ganz unwirkliches Erlebnis. Und auch Gespräche mit ernsteren Themen konnten diese Traumwelt nicht beeinträchtigen, denn die meisten der reiferen und der jüngeren Schönen lauschten der fremden Sprache des Apothekers wie überirdische Fremdlinge in den alten Märchen. Doch kamen sie im Verlauf der Unterhaltung auch auf das Thema Liebe und Ehe. Es ist nicht sicher, ob sie auf dieses wichtige Problem interessierter als auf den Vergleich anglo-amerikanischer und franko-amerikanischer Sitten eingingen, sicher ist nur, dass jede der überirdischen Fremdlinge auf der Veranda es fertigbrachte, Frowenfelds Englisch zu verstehen. Plötzlich ging das Gespräch auf die Heirat zwischen verfeindeten Familien über. Wie sie da lauschten, und wie die Augen glühten! Ein gewisser Verdacht hatte sich bereits in den Herzen der Grandissimes eingenistet, und jeder wusste sofort, dass man jetzt den Fall Aurora und Honoré vornehmen würde.

Die Unterhaltung wurde zur Diskussion: Frowenfeld, Raoul und Raouls kleiner Seraph gegen eine ganze Heerschar mitsamt Streitwagen, Pferden und Bogenschützen! Oh, was der Apotheker für Hiebe austeilte! Und wenn Raoul und Madame Raoul Rollen spielten, die dem Hörnerblasen noch am ähnlichsten waren, schlugen sie sich doch tapfer. Das Scharmützel war kurz; unnötig zu sagen, dass keine Partei nachgab - niemand gibt je bei einer Salon- oder Veranda-Debatte nach -, und doch, Wahrheit und Gerechtigkeit brachen sich Bahn (wenn es auch nicht zugegeben wurde). Falls jemand verwundet daraus hervorging, dann hatte der Leidende das heldenhaft gute Benehmen, es sich nicht anmerken zu lassen, und das muss man den Kreolen zugute halten. Doch die Erfolge waren grösser. In mehr als einem aufrichtigen jungen Herzen und leicht beeinflussbaren Gemüt wurden Recht und Unrecht der wahrhaft grossen Liebe freigebiger gebilligt und bewilligt. Honoré hatte einmal zu Frowenfeld gesagt (und damit gemeint, dass man in einer Debatte den schwankenden Gegner nie verfolgen solle), «man muss das Ei anschlagen, aber nicht zerschlagen». Und als Joseph sich erhob, um sich zu verabschieden, konnte er die Lauheit, mit der er zu einer Wiederholung seines Besuchs aufgefordert wurde, liebenswürdig ignorieren, da er wusste, dass «das Ei angeschlagen war» (Honoré zuliebe).

Agricola lag krank in seinem Zimmer, wie ihm die Grandissimes erzählten, und Madame de Grandissime, seine Schwester (Honorés Mutter), hatte sich ebenfalls entschuldigen lassen. Die Fusiliers hielten fest zusammen; man kann auch sagen, sie hielten die Zitadelle.

Doch Joseph hatte sich nicht sofort nach dem Abschluss der Diskussion verabschieden können. Die höflichen Grandissimes wollten selbst einen unwillkommenen Gast nicht mit einem leisen Gefühl der Abneigung gehen lassen. Sie zerbrachen sich den Kopf nach einer kleinen Zerstreuung, um etwas zur Unterhaltung ihres Gastes beizutragen, als auf dem grossen Gartenweg Clémence auftauchte und rasch von herumtollenden Kindern umgeben war, die ein Lied von ihr erbaten oder ungestüm verlangten. Selbst viele der jüngeren Familienmitglieder erinnerten sich noch der Zeit, als Clémence im Dienste der Grandissimes gestanden hatte und den afrikanischen Tänzen leidenschaftlich ergeben war. Sofort schlugen ein halbes Dutzend Stimmen vor, dass Clémence ihre Kuchen abstellen, zu Josephs Unterhaltung auf die Veranda kommen und ein paar ihrer schönsten Tanzschritte vorführen sollte.

«Aber wer soll singen?»

«Raoul!»

«Gut! Was soll's denn sein?»

«Madame Gaba!»

Nein, da weigerte sich Clémence.

«Also gut – macht Platz! Etwas Besseres als *Madame Gaba!*»

Raoul begann zu singen, und Clémence ging mit Schritten und Drehungen und Knicksen auf das Lied ein, sprang hoch und schwenkte herum, streckte sich und stampfte auf, kreiselte, hob die Hände, duckte sich und drehte sich, ging und wirbelte, stand mit gekreuzten Knöcheln auf den Zehenspitzen, klatschte in die Hände, marschierte, lief im Kreis herum und hüpfte in unzähligen Improvisationen rhythmischer Bewegungen zu dem Auf und Ab des temperamentvollen Gesanges:

Raoul: *«Mo pas l'aimein ça!»*
Clémence: *«Miché Igenne, oap! oap! oap!»*
Er: *«Yé donné vingt cinq sous pou' manzé poulé.»*
Sie: *«Miché Igenne, dit – dit – dit –»*
Er: *«Mo pas l'aimein ça!»*
Sie: *«Miché Igenne, oap! oap! oap!»*
Er: *«Mo pas l'aimein ça!»*
Sie: *«Miché Igenne, oap! oap! oap!»*

Frowenfeld fand es nicht so unterhaltsam, wie die Damen angenommen hatten, deshalb wurde ihm gesagt, es sei im Vergleich zu einem Gruppentanz, wenn zehn Tänzer auftreten, nichts als eine Andeutung.

Und es war erst recht keine Andeutung von dem, was er am nächsten Morgen im Herrenhaus hätte sehen können. Da fand man nämlich vor Agricolas Schlafzimmertür ein frisches Ei, und es war nicht (entsprechend Honorés Grundsatz) angeschlagen, sondern regelrecht zerschlagen – entsprechend der Vaudou-Lehre.

Wer konnte bei Nacht ins Haus gekommen sein? Und war der Eindringling durch einen Zauber oder mit einem Nachschlüssel oder dank eines abgekarteten Spiels mit jemand von den Dienern ins Haus gekommen? Im Verlauf des Vormittags fanden die Kinder, die im Erdgeschoss spielten, einen scheinbar zufällig dort hingeworfenen Beutel (denn eigentlich war der Inhalt dazu bestimmt, auf den Weg einer gewissen Person gestreut zu werden). Er enthielt eine Menge Katzen- und Hundehaare, fein zerschnitten und mit Pfeffer und Salz vermischt.

«War es Clémence?»

«Pah, Clémence! Nein! Aber so sicher, wie sich die Erde um die Sonne dreht, war es Palmyre Philosophe!»

54

«Der Kessel brodelt»

Die kreolische Energielosigkeit war genau das Gegenteil von der Aufregung und Unruhe, welche Agricolas Bedrohung durch den Vaudou-Zauber verursacht hatte, und als man drei Tage später an den vier Ecken von Agricolas Kopfkissen ein ganzes Quartett von Vaudou-Zaubermitteln fand, vermochte wieder niemand von der grossen Grandissime-Familie zu sagen, wie sie dort hingekommen. Was für schreckliche Werkzeuge des Bösen waren es! In der einen Ecke war eine an zwei Seiten und im rechten Winkel zueinander angebohrte Eichel, in der eine Feder steckte; in der zweiten Ecke war ein Stück von einem Maisstengel, von der Mitte her ausgehöhlt: das Mark an den Enden war unversehrt geblieben, der Zwischenraum mit abgeschabten Schnitzeln von Pferdehufen ausgefüllt; in der dritten Ecke war ein bunter Federbusch, und die vierte Ecke wies etwas ebenso Sinnloses auf. Fäden hatte man nicht benutzt, die Sachen waren mit Baumharz befestigt. Es war keine leichte Aufgabe für die andern Familienmitglieder, Agricola, der vor Wut und Entsetzen ausser sich war, daran zu hindern, dass er geradenwegs zu Palmyres Haus ging und sie am hellichten Tag niederschoss.

«Wir müssen unser Haus auch nachts bewachen lassen», sagte einer von den Herren, als sie Agricola soweit beruhigt hatten, dass er auf seinem Stuhl sitzen blieb.

«Das Haus bewachen?» riefen sie im Chor. «Du glaubst doch wohl nicht, dass sie überhaupt in die Nähe kommt? Das macht sie alles aus der Entfernung. Nein, *ihr* Haus muss man bewachen!»

Ob Agricola an die übernatürlichen Kräfte dieser Kinkerlitzchen glaubte? Nein und ja! Um nicht alles aufs Spiel zu setzen, ging er täglich zum Deich, liess sich von einem Sklavenjungen in einem Kahn über den Fluss fahren, landete drüben, stiess wieder ab und warf in der Mitte des Stroms verstohlen ein kleines Geldstück über die Schulter ins Wasser. Monsieur d'Embarras hiess das so verwöhnte Totenteufelchen (muss wohl eine Art billiger Jakob bei den Geistern sein).

Während mehrerer Nächte geschah nichts. Das Haus Palmyres wurde aufmerksam bewacht, verriet aber seine Geheimnisse nicht. Keiner trat heraus, keiner ging hinein, ein Licht war nicht zu sehen. Man hätte es am hellichten Tage bewachen müssen. Schliesslich pirschte sich 'Polyte Grandissime um Mitternacht mit einem Bohrer zu einer der morschen Türen vor, und es gelang ihm auch, ein Loch zu machen, ohne jemanden zu wecken. Im Zimmer sah er eine brennende Kerze, die in einem Glas Wasser stand.

«Bloss ein Nachtlicht», meinte einer.

«Unsinn», flüsterte ein andrer. «Dadurch wirkt der Zauber noch stärker.»

«Wir wollen es nicht Agricola zuerst sagen; lieber Honoré», schlug Sylvestre vor.

«Du vergisst», sagte 'Polyte, «dass ich nicht mehr mit Monsieur Honoré Grandissime verkehre!»

Sie erzählten es Agamemnon, und es wäre der *milatraisse* schlecht ergangen, wenn man nicht gemeint hätte, man müsse noch eine andre Person in Betracht ziehen. Doch nun musste diese Person ihrerseits identifiziert werden. Man beschloss, Agricola nichts mitzuteilen, sondern die weitere Entwicklung abzuwarten. Der Alte, der im grossen Herrenhaus keine Nachtruhe fand, zog in eine Hütte nahe beim Wald. Doch am nächsten Morgen erstarrte er vor Schreck, als er auf seiner Türschwelle in einem schwarzen Sarg eine kleine Puppe fand; Nadeln waren ihr durchs Herz gestochen, und am Fussende sowie am Kopfende stand eine heruntergebrannte Kerze.

«Weisst du denn, ob es Palmyre ist?» fragte Agamemnon und hielt den alten Mann fest, der in grosser Eile durch den Garten stürmte. «Wenn ich dir nun sagte, dass du den wahren Urheber der Schändlichkeiten sehen könntest, wenn du heut um Mitternacht den Negertanzplatz beobachtest?»

«Weshalb um Mitternacht?»

«Weil um Mitternacht der Mond aufgeht.»

In der Nacht kam es auf dem Negertanzplatz vor den Ruinen des Fort St. Joseph zu einer Schiesserei. Drei Pistolen wurden abgefeuert: von Agricola, von 'Polyte und von einer Gestalt, die sich zurückzog und nicht erkannt wurde, aber der Beschreibung nach die gleiche Person zu sein schien, die im Februar das Attentat auf Agricola begangen hatte. «Und doch hätte ich schwören können», sagte 'Polyte, «dass Palmyre die Hand im Spiel hat!»

Durch Raoul kamen die Ereignisse auch Frowenfeld zu Ohren. Es war ungefähr zu der Zeit, als Raoul mit seinen Anglerfreunden nach ein paar glücklosen Tagen wieder zurückgekehrt war. Palmyre hatte Joseph um weitere Zusammenkünfte gebeten und noch andre Briefe des sich verborgen haltenden Honoré f. m. c. vorgewiesen. Sie hatte sich den Inhalt gelassen angehört und war weiterhin ablehnend. Doch Frowenfelds Aufmerksamkeit entging es nicht, dass sie nichts gegen das Absenden von noch mehr Briefen einzuwenden hatte. Er konnte leicht erraten, dass Clémence die Botengängerin war, und als er jetzt über Raouls Bericht nachdachte, fiel es ihm auf, dass der alte Agricola stets innerhalb von vierundzwanzig Stunden nach Clémence' Besuch bei Palmyre von einem Vaudou-Zauber heimgesucht wurde.

55

Erwischt!

Manchmal verliert der Feigenbaum in Louisiana seine Blätter schon im Sommer. Hinter dem Haus der Grandissimes, etwa zweihundert Meter nordwestlich und fünfzig Meter nordöstlich von der Hütte, in der Agricola neuerdings übernachtete, stand am Rande des bereits erwähnten Wäldchens einer dieser Bäume, und der Boden unter ihm war dicht mit abgefallenen Blättern bedeckt. Eine uralte, prachtvolle Hecke weisser Cherokee-Rosen begann gleich hinter dem Baum und zog sich in nordwestlicher Richtung über das ebene Land, bis sie sich im grünen Wirrwarr der Gärten am Bayou St. Jean oder - bei Nacht - im allgemeinen Dunkel unter einem sternhellen Himmelsgewölbe verlor. Wurde sie aber von einem wolkenlosen Mond angestrahlt, dann warf sie einen samtschwarzen Schatten.

Etwa drei Stunden nachdem Honoré dem Apotheker «Gute Nacht» gewünscht hatte, bückte sich ein Mann dort unter dem Feigenbaum, um etwas mit den grossen, abgefallenen Blättern zuzudecken.

«Der Mond wird ungefähr um drei Uhr aufgehen», dachte er. «Das ist die Stunde, wenn jedermann schläft, und sie wird uns sehr wahrscheinlich weiterbringen.»

Es war der gleiche Mann, der den grössten Teil des Tages in einer Schmiede an der Rue St. Louis zugebracht und eine Arbeit des

Schmieds überwacht hatte. Nachdem er das Ding gut versteckt hatte, trat er an den Fuss des Baums und prüfte, was er daran befestigt hatte. Ja, die Kette hielt. Ein Dieb war er nicht, auch kein Mörder. Er war ein Polizei-Offizier; seltsamerweise war er, obwohl Louisianer, weder Soldat noch Ex-Soldat. Und doch war er von Kopf bis Fuss mit einem Panzer bedeckt. Aus Stahl? Nein. Aus Eisen? Nein. Der Panzer war aus einem Stück - eine weisse Haut -, und der unsichtbare Helm auf seinem Kopf war der Name Grandissime. Als er sich aufrichtete und sich ins Wäldchen zurückzog, hätte man ihn sofort erkennen können: mit seinem gedrungenen, baumstarken Körper, allem Anschein nach in Schwarz gekleidet (es war aber blaues Baumwollzeug), mit seinem schwarzen Bart und dem Aussehen eines Seefahrers war er ein häufiger Gast im Herrenhaus der Grandissimes, er selbst ein auf dem Lande wohnendes Mitglied der grossen Familie - und jedenfalls war er auch bei der *fête de grand-père* dabeigewesen.

Kapitän Jean-Baptiste Grandissime war ein Mann von wenig Worten; er war nicht sentimental, sondern machte stets kurzen Prozess. Man könnte sagen, er sei ein Materialist von glimmender Leidenschaftlichkeit. Jedes Mittel war ihm recht, wenn er nur sein Ziel erreichte; überdies war er von rascher Auffassungsgabe, erfahren im Gebrauch von Schiesspulver, ein Fremdling im Zollhaus und, alles in allem genommen, auf seine Art ein rechter Gentleman. Er war einen ganzen Tag von dem Gedanken geplagt worden, dass die einzige Methode, einen Vaudou zu entdecken, darin bestehe, ihn abzufangen, und da er auf beiden Seiten des tropischen und des subtropischen Atlantik unzählige Vaudous erwischt hatte, beschloss er, sein Geschick einmal in aller Heimlichkeit an einem Vaudou zu erproben, der, wie es ihn seine Erfahrung gelehrt hatte, Agricolas Schwelle wahrscheinlich in dieser Nacht heimsuchen würde. Da er alles vorbereitet hatte, setzte er sich an den Fuss eines Baumstamms im Wäldchen, wo die Schatten sehr dicht waren, und schien ganz zufrieden. Er schlug nicht mit der Hand nach den Moskitos: sie schienen zu begreifen, dass mit ihm nicht zu spassen war. Aber auch überflüssige Gedanken und Gefühle plagten ihn nicht: er sass einfach da und wetzte sein Taschenmesser am Stiefel.

Sein Gemüt war bei einem gelegentlichen flüchtigen Nachsinnen um so zufriedener, weil er einer von den wenigen war, die es kühl und unsentimental zugelassen hatten, dass Honoré die Grandissime-Landtitel verkaufte. Es wurde von Tag zu Tag klarer, dass die Landschenkungen, zu denen auch die ihren gehörten - Schenkungen alter französischer und spanischer Beamter -, nichts taugten. Ihr weiser Vetter schien den richtigen Ausweg gefunden zu haben, und während die Papiere, die er noch hatte, unangefochten blieben, konnte man die andern, die er verkauft hatte (so auch die des Kapitäns Jean-Baptiste Grandissime), jetzt für die Hälfte des Preises zurückerstehen, den er dafür erhalten hatte. Daher konnte sich der Kapitän bestimmt in aller Zufriedenheit einer stillen Beschäftigung wie dem Wetzen seines Taschenmessers oder dem Schneiden seiner Fingernägel überlassen.

Nach einiger Zeit steckte er das Messer weg und betrachtete die Gegend. Die Stunde, die er für die wahrscheinlichste hielt, war noch nicht da, aber der Vaudou zog es vielleicht vor, nicht so lange zu warten, und deshalb hielt er Wache. Eine tiefe Stille umgab ihn. Die Hähne hatten ausgekräht und schwiegen. Kein Hund bellte. Ein paar winzige Grillen liessen das Land um so verlassener erscheinen. Er übersah die Schönheit des Landes nicht: die unzählbare Sternenschar über ihm und das Flimmern der Myriaden von Glühwürmchen auf der dunklen Erde. Etwa eine viertel Meile weiter weg, und fast in einer Reihe mit der Rosenhecke, war eine kleine Anhöhe, über die sich eine immergrüne Eiche wölbte. Dort blieben die scharfen Seemannsaugen des Kapitäns an einer Stelle haften, die er vorher nicht bemerkt hatte. Er wandte den Blick nicht ab und wartete auf das hellere Licht des Mondes. Da erhob er sich auch schon über dem Wäldchen hinter seinem Rücken, und fast der erste Strahl, der über die Baumwipfel strich, traf die Stelle, die der Kapitän beobachtete. Was war es? Das Land dort kannte er, den Baum ebenfalls. Er wusste, dass ein weisser Lattenzaun den Baum umgab, denn dort waren Gräber und dort - ach, er hätte sich beinah selbst ausgelacht -, dort hatte der Apotheker von der Rue Royale vor kurzem zwei marmorne Grabsteine aufstellen lassen, und...

«Oh, mein Gott!»

Während Kapitän Jean-Baptiste versucht hatte, die Grabsteine zu erkennen, war im Schatten der Hecke eine Frau auf ihn zu geschlichen. Sie war nicht darauf gefasst, ihn hier anzutreffen, sie wusste nicht, dass er hier war;

sie wusste, dass ihr Gefahren drohten, aber sie ahnte nicht, welcher Art sie waren; sie wusste nicht, dass etwas unter dem Feigenbaum war, dem sie sich so geräuschlos näherte. In einer Sekunde hob sie den Fuss über der Stelle, wo das unbekannte Ding mit klaffenden Kiefern unter dem Laub lag, und in der nächsten Sekunde stiess sie einen wilden, entsetzten Angstschrei aus. Sie steckte in einer starken Stahlfalle - gefangen!

Kapitän Jean-Baptiste Grandissime verhielt sich vollkommen ruhig. Sie stürzte rasend vor Schreck und Schmerz zu Boden und machte sich an die hoffnungslose Aufgabe, die Backen der Falle mit den Fingern auseinanderzuzerren.

«*O bon Dieu! Bon Dieu!* Beiss mich doch nicht mehr! O allmächtiger Gott, oh, lass mich los! Sie fangen mich und hängen mich! Oh, und ich hab' doch niemand was getan. *O bon Dieu,* ein armer alter Nigger! Ojemine! Ich kann's nicht aufmachen, das Ding! Und jetzt werden sie sagen, dass ich den Vaudou für Miché Agricole gemacht habe! Nix hab' ich damit zu tun! O Gott, o Gott, sei doch gut und mach mich frei! Ich bin ein armer Nigger! Oh, sie hätten's nicht so stark machen sollen!»

Hände, Zähne und der freie Fuss, der sich windende Körper und all ihre Kraft reichten nicht aus, die grausamen Backen zu öffnen, obwohl sie sich anstrengte, bis Hände und Mund bluteten.

Plötzlich wurde sie ruhig. Die Vorsicht zwang sie zu überlegen. Sie hob ein Bündel vom Boden auf, das sie fallen gelassen hatte, zappelte sich in eine halb stehende Stellung und versuchte - den Fuss immer noch in der

Falle –, den Anfang der nahen Hecke zu erreichen, um das Bündel hinunterzuschieben. Doch in sprachlosem Entsetzen riss sie den Mund auf, weil der Fänger sie beim Arm gepackt hatte.

«O Gott! O Gott!» keuchte sie mit wilder, heiserer Flüsterstimme und sank in die Knie, «*oh, Miché, pou l'amou' du bon Dieu! Pou l'amou' du bon Dieu ayez pitié d'ein pov' négresse! Pov' négresse, Miché,* armes Negerweib, das nie was Böses getan hat, bloss ihre *calas* verkauft! Bin hier entlanggekommen und ganz zufällig in die schreckliche Falle getreten. Oh, Miché, Miché, erbarmen Sie sich! *Ah, mon Dieu,* und Gott wird Sie belohnen, ganz bestimmt!»

«Qui ci ça?» fragte der Kapitän streng, bückte sich und ergriff ihr Bündel, das sie unter sich verstecken wollte.

«Oh, Miché, kümmern Sie sich nicht drum! Bitte, machen Sie mir bloss die Falle ab. Oh, nicht, Miché, bitte nicht, verstreuen Sie nicht meine ganze Wäsche! 's ist bloss ein altes Kleid drin eingewickelt! Sehen Sie wohl! Nichts als das alte Kleid von einem armen Niggerweib! Oh, Monsieur Jean-Baptiste, machen Sie nicht die Schachtel auf! Da ist überhaupt nix drin, Monsieur Jean-Baptiste, nix, gar nix! O mein Gott, Miché, machen Sie mir bloss das Ding vom Fuss ab, bitte, bitte, es beisst mich wie'n Hund! Bitte, Miché! Oh, wenn Sie die Schachtel aufmachen, fallen Sie tot um, Master Jean-Baptiste! *Mo' parole d'honneur la plus sacrée* – beim lieben Herrn Jesus! O lieber Miché Jean, lassen Sie mich laufen! Hab' nix als schmutziges Zeug drin!» Sie wiederholte es immer wieder und wieder, selbst nachdem der Kapitän einen kleinen schwarzen Sarg hervorgeholt hatte, um den das alte Kleid gewickelt war. *«Rien du tout, Miché,* bloss ein bisschen Wäsche für die Boys.»

Er hob den Deckel ab und sah auf dem gepolsterten Boden das in Wachs modellierte und mit primitivem Geschick bemalte Abbild eines blutigen, an der Schulter abgeschnittenen Negerarms - einen *bras-coupé* –, der einen Dolch in der Hand hielt.

Die alte Frau hob die Augen zum Himmel auf, die Zähne schlugen ihr aufeinander, und ächzend setzte sie zweimal zum Sprechen an. «O Miché Jean-Baptiste, ich hab' das nicht gemacht! *Mo té pas fé ça!* Ich schwör's bei Gott! O nein, nein, nein! Ist ja bloss ein kleines Spielzeug, Miché! O lieber Miché Jean, Sie werden mich doch nicht umbringen? Ich hab's nicht gemacht. Es war - wenn Sie mich losmachen, sag' ich Ihnen, wer's war! So wahr ich lebe, Miché Jean - wenn Sie mich losmachen! O barmherziger Gott, Miché Jean, so wahr Gott mir beisteht!»

Sie begann zu faseln.

Zum erstenmal äusserte sich der Kapitän ausführlicher.

«Siehst du das hier?» fragte er und sprach das Französisch der Atchafalaya. Er hielt ihr seine lange Pistole dicht vors Gesicht. «Ich werde die Falle aufmachen, und du darfst drei Schritte vor mir hergehen. Wenn du vier Schritte machst, bekommst du eine Kugel in den Kopf. Wir gehen jetzt zu Agricole. Aber vorher, hier auf der Stelle, und ehe ich bis zehn gezählt habe, sagst du mir, wer dich hergeschickt hat. Bei zehn schiesse ich. Eins - zwei - drei –»

«O Miché, wenn ich das verrate, schickt sie mir ihr schlimmstes Teufels-Vaudou! O grosser Gott!»

Aber er hielt nicht inne.

«Vier - fünf - sechs - sieben - acht -»

«Palmyre!» keuchte Clémence und wand sich auf dem Boden.

Ihr blutender Fuss wurde von der Falle befreit, das Bündel wurde ihr auf den Arm gelegt, und so verschwanden sie in der Richtung des Herrenhauses.

Eine schwarze Gestalt, ein Junge, der gleiche Bursche, der dem Apotheker das Basilienkraut gebracht hatte, erhob sich dicht hinter der Hekke, wo er die ganze Zeit gelegen hatte, und schlüpfte im Schutz ihres tiefen Schattens davon, um Palmyre zu warnen.

Als Clémence durchsucht wurde, fand man auf ihr ein altes Tischmesser, dessen Klinge zu einer scharfen Spitze geschliffen war.

56

Ein blutig gerächter Schlag

Es scheint eine sich selbst bestrafende Eigenart der Tyrannei zu sein - ob der Tyrann nun ein Mann, eine Gemeinschaft oder eine Kaste ist -, vor dem Opfer feige Furcht zu hegen. Noch ist es kaum so - und war's bestimmt nicht, als Clémence gefesselt lag -, dass unser Süden einen gewissen furchtsamen, meistens verheimlichten, aber bei der leisesten Provokation erwachenden und dann und wann heftigen Schauder vor unsern Schwarzen verloren hat. Dieser Furcht ist man, wie andern, ähnlichen in der Welt, stets mit dem gleichen Gegengift, einer schrecklichen Grausamkeit, begegnet. Bald werden wir sehen, für wie mitleidig sich die Grandissime-Damen hielten, als sie ihre männlichen Verwandten baten, «der armen Clémence die Peitsche zu geben und sie laufen zu lassen». Ach, was für Scheusslichkeiten begehen wir, der Norden und der Süden, unbewusst im Namen der Barmherzigkeit oder der Selbstverteidigung, Scheusslichkeiten, die erst das zunehmende Licht fortschrittlichen Denkens in ihrer ganzen Ungeheuerlichkeit aufdecken wird!

Agricola schlief lange. Am Abend vorher war er reichlich aufgebracht über die Unverschämtheit einiger jüngerer Grandissimes, die das Thema angeschnitten und zur Verteidigung ihres Vetters Honoré gesprochen hatten, in sein Zimmer gegangen. Er hatte sich allerdings nicht zurückgezogen, um zu schlafen, sondern um an einer Offensivwaffe zu arbeiten, die ihn hundertfältig an der elenden Schule importierter Gedanken rächen würde, deren aufrührerische Einflüsse sich selbst am Herd der Grandissimes bemerkbar machten, das heisst, er schrieb eine *Philippique Générale contre la Conduite du Gouvernement de la Louisiane* und auf englisch ein kurzes, aber streitbares Kapitel über den «Wahnwitz der Volkserziehung». Nachdem er es beendet hatte, war er in gehobener, friedlicher Stimmung zu Bett gegangen und freute sich auf den folgenden Tag, an dem er seine bedeutsame Schöpfung zu Joseph Frowenfeld bringen und sie ihm zwecks Einbau in des Apothekers Chronik zum Geschenk machen wollte.

Jean-Baptiste hatte Agricolas Ratschläge nicht nötig und weckte ihn daher nicht. Lange bevor der alte Mann erwachte, regten sich bereits ganz ungewohnterweise seine jüngeren Verwandten und kamen und gingen durch die Halle und über die Veranden und die Freitreppe hinauf und hinab. Tore wurden geöffnet und geschlossen, auf ungesattelten Pferden wurden von Negerjungen Botschaften überbracht, Charlie Mandarin vom Pfarramt St. Bernard und Armand Fusilier vom Faubourg Ste. Marie waren erschienen, um, wie sie den Damen erzählten, ein frühes Morgenessen einzunehmen, und die nichtsahnenden Damen wunderten sich vergnügt über all das Getrampel und Getuschel und waren auch ein wenig früher auf den Beinen. Damals glich die kreolische Gesellschaft einem Schiff, auf welchem die Damen, die Fahrgäste und das derbere Geschlecht die

Mannschaft darstellten. Die Damen des Hauses Grandissime stellten an jenem Morgen Passagier-Fragen und erhielten Seemanns-Antworten, entgegneten witzig, vielleicht sogar spöttisch, und lachten im Bewusstsein ihrer erzwungenen Bedeutungslosigkeit. Jedoch in einem Hause mit soviel helläugigen Kindern und mit Müttern und Schwestern jeder Altersstufe als ihren Verbündeten war das Geheimnis bald heraus, und noch ehe Agricola seine kleine Hütte am Wäldchen verlassen hatte, war die abgründige Treulosigkeit und *ingratitude* aller Negersklaven das Thema des Morgens. Der ganze Clan der Grandissimes glaubte an die Lehre von der völligen Verworfenheit - des Negers.

Und trotz dieses Glaubens flehten die Damen nun grossmütig um Gnade. Es wurde ihnen geantwortet, dass sie keine Ahnung hätten, was für schreckliche Gefahren sie damit heraufbeschworen.

Die männlichen Grandissimes waren nicht erstaunt über die milde Bitte um Nachsicht von seiten ihrer schönen Frauen; sie waren stolz darauf; es bewies die Grosszügigkeit, die dem Grandissime-Herzen im allgemeinen ganz natürlich war, falls sie nicht durch das strenge Gebot der Stunde eingeschränkt und unterdrückt werden musste. Aber Agricola enttäuschte sie. Warum musste *er* weich werden und zaudern und zu Aufschub und Mittelweg raten und ihre vorgeschlagenen Massnahmen als übertrieben bezeichnen? Es schien ja beinah, als habe der faselnde, weibische Deutsch-Amerikaner in der Apotheke den Agricola ebenso behext wie ihren Vetter Honoré! Tatsächlich verhielt es sich so, dass Agricola das Gespräch noch nicht vergessen hatte, das Sylvestre das Leben gerettet hatte.

«Hör mal, Agricole», sagten seine Angehörigen schliesslich, «du bist für solche Sachen wirklich zu alt; ausserdem sähe es schlecht aus, wenn du hier ein Wörtchen mitreden wolltest, da man dir leicht Rachegelüste unterschieben könnte.» Und unter sich beschlossen sie: «Wir wollen auf 'Polytes Bericht warten, ob sie Palmyre geschnappt haben. Davon hängt vieles ab!»

Der solchermassen ausgeschlossene Agricola unternahm daraufhin etwas, was er selbst nicht ganz verstand: er rollte die *Philippique Générale* und den «Wahnwitz der Volkserziehung» zusammen und machte sich mit diesen in der einen und seinem Stock in der andern Hand auf den Weg zu Frowenfeld, nicht nur verletzt, sondern wütend über die Demütigung, die ihn zum erstenmal in seinem Leben als Nichtkämpfer in die Nachhut verwies.

Er fand den Apotheker im Kreise seiner Gehilfen, wo er eigenhändig das eisenhaltige Mittel zubereitete, das der freie Farbige abholen sollte. Raoul Innerarity stand dicht neben ihm und blickte mit der freundlichen Miene eines Mannes drein, der im Augenblick durch seinen Herrn abgelöst wird.

«Hah! Professor Frowenfeld!»

Der alte Mann schwenkte seine Schriftenrolle.

Frowenfeld sagte «Guten Morgen», und sie reichten sich über den Ladentisch die Hand. Doch der Händedruck des alten Mannes war so zitterig, dass der Apotheker ihn ein zweites Mal anschaute.

«Meine Hand zittert wohl, was, Joseph? Das ist nicht weiter seltsam, ich habe heute morgen allerlei Aufregendes erlebt.»

«Was ist passiert?» fragte Raoul rasch.

«Mein Leben, das zwar, ich gebe es zu, verglichen mit dem Ihren, Professor Frowenfeld, von geringem Wert ist, wurde, wenn auch nicht direkt angegriffen, so doch zum mindesten bedroht!»

«Wie denn?» fragte Raoul.

«Wirklich, Professor, wir müssen zugeben, dass eine solche Kleinigkeit den alten Agricola Fusilier nicht nervös machen sollte. Aber ich finde es bedauerlich, Sir, sehr bedauerlich! Ich kann meine Rechte aufheben und beschwören, dass ich keinem Sklaven, ob Mann oder Frau, je einen Schlag versetzt habe, es sei denn dort, wo mein Gerechtigkeitssinn es geboten hat. Und jetzt muss ich mein Leben von ehemaligen Sklaven meines Haushalts bedroht und mich wegen der gerechten Bestrafung eines gefährlichen Ausbrechers verhöhnt sehen! Aber man hat die Übeltäter gefasst: einer ist gefangen, und die Gerechtigkeit kann ihren Lauf nehmen, da kann man den Grandissimes trauen – obwohl ich tatsächlich zu Milde geraten habe, Joseph!»

«Sagten Sie, dass man sie gefangen hat?» stiess Frowenfeld aufgeregt hervor; aber im nächsten Augenblick hatte er sich wieder in der Hand.

«Ich habe gar nicht von einer ‹sie› gesprochen, mein Sohn!»

«War es denn nicht Clémence? Hat man sie gefangen?»

«Hm – ja.»

Der Apotheker wandte sich an Raoul.

«Melden Sie es sofort Monsieur Honoré Grandissime!»

«Aber Professor Frowenfeld...», begann der Alte.

Der Apotheker wollte seine Aufforderung wiederholen, Raoul verliess jedoch schon den Laden.

Agricola richtete sich ärgerlich auf.

«Professor Frowenfeld, mit welchem Recht mischen Sie sich ein?»

«Lassen Sie nur», sagte der Apotheker und goss das Tonikum in eine Flasche.

«Sir», donnerte der alte Löwe los, «ich verlange eine Antwort von Ihnen! Wie dürfen Sie unterstellen, dass meine Angehörigen anders als gerecht handeln?»

«Werden sie Clémence genauso behandeln, als wäre sie eine Weisse, die das Leben eines Sklaven bedroht hätte?» fragte Frowenfeld vom andern Ende der Theke her.

Der alte Mann presste die ganze Wut seines Temperaments in seine Erwiderung: «O nein, Sir!»

Während er sprach, veranlasste ihn ein Schatten, der von der Tür zu kommen schien, sich umzudrehen. Die hochgewachsene, dunkle, vornehm gekleidete Gestalt des freien Farbigen ging in all seiner stillen Würde und traurigen Abgezehrtheit dorthin, wo sich Agricola befand.

Frowenfeld sah es und eilte von jenseits der Theke herbei, die Medizin in der Hand.

«Professor Frowenfeld», sagte Agricola und deutete mit seinem hässlichen Stock auf Honoré f. m. c., «ich verlange von Ihnen als dem weissen Besitzer der Apotheke, diesen Neger rauszuwerfen!»

Gleichzeitig erklärte der Apotheker: «Citizen Fusilier, Mister Grandis...»

Keine Summe erschien ihm in diesem Augenblick zu hoch, könnte er dadurch den andern Honoré herbeischaffen. Er musste bis ans Ende der Theke zurückgehen und aussen herumeilen, ehe er die beiden Männer erreichen konnte. Sie warteten nicht auf ihn. Agricola schnauzte den f. m. c. an: «Hut ab!»

Eine jähe Erregung packte jeden der im Laden Beschäftigten, als der Quarterone seine schmale Hand langsam in seinen Rock steckte und mit seiner sanften, leisen Stimme auf französisch antwortete: «Ich behalte meinen Hut auf dem Kopf!»

Frowenfeld eilte auf sie zu; andre traten vor, und ein paar stiessen einen schwachen Protestruf aus, aber unglücklicherweise wurde nichts gesagt oder getan, was jemanden hätte veranlassen können, sich zwischen die beiden zu stellen. Agricola trat plötzlich einen Schritt vor und schlug dem freien Farbigen mit seinem Stock über den Kopf. Der allgemeine Aufschrei und das Herbeigerenne kam zu spät: die beiden prallten zusammen und fielen zu Boden, Agricola oben, der Quarterone unten, und ein langes Messer zuckte von unten her in die Höhe und fuhr einmal, zweimal und ein drittes Mal bis ans Heft in den Rücken des alten Mannes.

Dann erhoben sich beide, der eine gestützt von seinen Freunden, der andre aus eigener Kraft. Während sich aller Aufmerksamkeit auf den Verletzten richtete, steckte sein Gegner den Dolch in die Scheide, hob seinen Hut auf und ging unbehindert von dannen. Als sich Frowenfeld, der Agricola noch in den Armen hielt, nach dem Quarteronen umsah, war er bereits verschwunden.

Doktor Keene, den man sofort geholt hatte, bemühte sich um den Verwundeten.

«Tragt ihn nach oben! Weiter darf er nicht transportiert werden!»

Frowenfeld begann jemandem zuzurufen, er solle rasch hinaufspringen und um Erlaubnis bitten, aber der kleine Doktor unterbrach ihn: «Schäm dich, Joe! Du solltest die Damen doch besser kennen! Tragt den alten Mann gleich nach oben!»

57

Dem Vaudou abgeholfen

«Honoré?» bat Agricola matt. «Wo ist Honoré?»

«Er wird geholt», sagten Doktor Keene und die beiden Damen gleichzeitig.

Raoul, der die Nachricht wegen Clémence überbrachte, und der danach abgesandte Bote, der Honoré an Agricolas Lager rief, erreichten ihn beide innerhalb von einer Minute. Honoré gab Raoul schnell die nötigen Anweisungen, nämlich sein Pferd zu nehmen und zum Haus der Grandissimes zu reiten, seiner Mutter die Nachricht von Agricolas Unfall schonend beizubringen und seine andern Verwandten strikt und energisch anzuweisen, sie sollten die Kuchenverkäuferin nicht anrühren, bevor er selbst käme. Dann eilte er in die Rue Royale.

Doch als Raoul vor dem Herrenhaus ankam, sah er auf den ersten Blick, dass die Trauerbotschaft ihn überholt hatte. Die Familienkutsche, für die drei Damen Grandissime und Madame Martinez bestimmt, fuhr soeben am Fuss der Freitreppe vor. Die Kinder hatten zu spielen aufgehört; sie standen überall still herum und schauten mit grossen Augen zu. Die Diener bewegten sich ruhig und rasch. In der Halle wurde Raoul von zwei jungen Mädchen aufgehalten.

«Raoul! O Raoul, wie geht es ihm jetzt? O Raoul, wenn du sie bloss zurückhalten könntest! Sie haben die alte Clémence in den Sumpf geschleppt, sowie sie das von Agricole hörten. O Raoul, das ist doch zu grausam! Sie hat uns gepflegt, als wir klein waren!»

«Wo ist Agamemnon?»

«In die Stadt gegangen.»

«Was hat er dazu gesagt?»

«Dass es unrecht ist, was sie tun, und dass er nicht einverstanden wäre. Sie hätten nur Verdruss davon, und er wolle nichts damit zu tun haben!»

«So?» rief Raoul. «Will er nichts damit zu tun haben? So, so! Und wenn wir nun alle nichts damit zu tun haben wollen? Aber wo ist Valentine? Und wo ist Charlie Mandarin?»

«Valentine hat Agamemnon begleitet, er hat das gleiche gesagt, und Charlie Mandarin ist unten im Sumpf und der schlimmste von allen!»

«Aber warum habt ihr denn Agamemnon und Valentine weggehen lassen?»

«Wie du redest, Raoul! Was kann eine Frau denn gross tun?»

«Was eine Frau tun kann? Wenn ich eine Frau wäre, würde ich wenigstens *etwas* tun!»

Er lief hastig aus dem Haus, sprang in den Sattel und galoppierte querfeldein zum Wald.

Knapp hundert Meter vom Rand des Sumpfs, der zu dieser Jahreszeit an vielen Stellen ganz trocken war, auf einem Fleck, wo gestürzte tote Bäume übereinanderlagen und ein Dickicht aus Weiden und Lianen und Zwergpalmettos das Licht aussperrte, sassen oder standen die jüngeren und ein paar von den älteren, rauheren Grandissimes in einem unregelmässigen Kreis, dessen Mittelpunkt eine grosse und seltsam hässlich gewachsene Wasserweide war. Am Fuss dieses Baumes lehnte Clémence - reglos und still, mit blasser und kränklicher Gesichtsfarbe und jenem stumpfen Ausdruck in den grossen Augen mit den weissen, bräunlich geaderten Augäpfeln, den Feiglinge an sich haben, wenn sie ohne jede Hoffnung den Tod erwarten. Etwas abseits von den übrigen sassen Jean-Baptiste Grandissime und Charlie Mandarin auf einem alten Zypressenstumpf und berieten sich flüsternd.

«Eh bien, Alte», schnauzte Charlie Mandarin, ohne aufzustehen, die alte Frau in Negerfranzösisch an, «hast du was zu deiner Entschuldigung vorzubringen, damit wir dich nicht an dem Ast über dir aufhängen?»

Langsam hob sie die Augen zu ihm auf und machte eine matte, abfällige Geste.

«Mo te pas fé ce bras, Master Charlie - ich hab' den Arm nicht gemacht, ganz bestimmt nicht, Master Charlie! Ich bin's Hängen nicht wert, Gentlemen, gebt mir lieber vierzig hinten drauf und lasst mich laufen! Hab' Master Agricole nix zuleide getan, hab' keinem Menschen in der weiten Welt wehtun wollen, bestimmt nicht! Hab' das alte Messer schon zwanzig Jahr bei mir rumgetragen. Bin eine arme alte *marchande des calas,* lauf' zu den Soldaten und verkauf' ihnen meine Kuchen, das ist der einzige Grund, weshalb ich das dumme alte Messer bei mir habe!» Sie schien aus der Ruhe, mit der sie ihr zuhörten, Hoffnung zu schöpfen. Ihr Blick wurde lebhafter und ihre Stimme aufgeregter. «Sie sollten mich ins Kittchen stecken, Masters, dann geht's nach dem Gesetz zu. Sie sind allesamt so feine Herren, sehr feine Herren, und Sie

sind sich's selber schuldig, nicht so dreckige Arbeit zu machen und ein armes altes Niggerweib aufzuhängen. Hat keinen Sinn, mich aufhängen. Sie müssen noch Palmyre fangen, die ist hier im Sumpf, irgendwo. Mir sollten Sie lieber bloss vierzig hintendrauf geben und mich laufen lassen! Sie müssen nicht alle den Unsinn wegen Verschwörung glauben, das ist dummes Nigger-Gerede! Was sollen wir mit Verschwörung? Sind die glücklichsten Leute von der Welt!» Sie zuckte zusammen und warf einen verstohlenen, ängstlichen Blick hinter sich. «Ja, das sind wir! Sie sollten mir vierzig geben und mich laufen lassen! Bitte, Gentlemen! Gott wird Sie segnen, liebe, gute Gentlemen!»

Charlie Mandarin gab dem, der hinter ihr stand, ein Zeichen, und eine Lederschlinge fiel ihr über den Kopf. Mit entsetztem Schrei sprang sie auf. Vielleicht hatte sie die ganze Zeit gehofft, dass sie ihr nur Angst machen wollten. Sie packte die Schlinge mit beiden Händen und versuchte, sie über den Kopf zu heben.

«Ach nein, Masters, das können Sie nicht tun. 's ist gegen das Gesetz! Ich will mein Verhör haben! O guter Gott, nein! Auch wenn ich bloss ein Nigger bin! Sie können mich nicht einfach hier im Wald umbringen! *Mo dis la zize!* Ich erzähl's dem Richter! Sie dürfen es mir nicht antun, so wenig wie einer weissen Frau! Sie dürfen auch keine weisse Frau aus dem Gefängnis holen und so was mit ihr machen! O liebe Masters, o Master Charlie, *pou' l'amou du bon Dieu n'fé pas ça!* Tun Sie's nicht! O Master 'Polyte, lassen Sie's zu, dass sie die alte Clémence umbringen? Oh, um Christi willen, Master 'Polyte, *Sie* werden doch nicht helfen, mich zu hängen? *Sie* doch nicht! Sie am allerwenigsten! Sie wissen schon, warum! O Gott, erbarmt euch meiner sündigen Seele! Ich darf nicht sterben! Gentlemen, ich kann dem lieben Gott nicht ins Gesicht sehen! *Oh, Michés, ayez pitié de moin!* Wenn Sie so was machen, wird's eines Tages auf Sie zurückfallen! *Solé levé là, li couché là!* Sie kommen auch mal an die Reihe! O Gott, Allmächtiger, Gott von armem Niggerweib! Schau her, o Gott, und lass sie aufhören mit dem Unsinn! O Gott, um Jesu willen! *Oh, Michés, y'en a ein zizement!* Ein Tag kommt, das ist der Jüngste Tag. Dann nützt es Ihnen kein bisschen, dass Sie Weisse sind! Oh, oh, oh! Oh, oh, um Gottes willen! Oh!»

Sie zogen sie hoch.

Raoul war nicht mehr weit. Er hörte den letzten Schrei der alten Frau und preschte zu Fuss durchs Gebüsch. Er sah, wie Sylvestre, der ihn nicht kommen hörte, vorsprang, die Hände beiseite schleuderte, die den Strang über den Ast gezogen hatten, und die röchelnde Frau herunterliess, um die Schlinge zu lösen. Ihre Augen starrten ihn entsetzt an; sie fiel auf die Knie und rang die Hände. Tränen liefen Sylvestre übers Gesicht.

«Wir dürfen es nicht tun! Ihr *sollt* es nicht tun!»

Einen, der die Hand wieder ausstreckte, stiess er mit übernatürlicher Kraft beiseite.

«Nein! Nein!» rief jetzt auch Raoul. «Ihr sollt es nicht tun! Ich komme von Honoré! Untersteht euch, sie anzurühren!»

Er zog seine Pistole.

«Wer ist Honoré, bitte?» fragte 'Polyte. «Bekanntlich gibt es zwei des gleichen Namens! Partner und Brüder! Welcher von beiden – ach was, das hat nichts zu sagen. Ehe einer von beiden die Mörderin sieht, ist sie erledigt!»

Das nächste Wort setzte alle in Erstaunen. Es kam von Charlie Mandarin.

«Lasst sie laufen!»

«Lasst sie laufen», sagte auch Jean-Baptiste Grandissime. «Lasst sie ums liebe Leben laufen! Steh auf, Alte! Wir wollen dich laufen lassen. Kannst du laufen? Wir werden's ja sehen! Achille, stell sie auf die Füsse! So, jetzt lauf, Alte!»

Sie ging schnell, aber mit unsicheren Schritten auf die Felder zu.

«Lauf! Wenn du nicht läufst, wirst du in der nächsten Minute erschossen!»

Sie rannte.

«Schneller!»

Sie rannte schneller!

«Lauf!»

«Lauf!»

«Lauf, Clémence! Hahaha!» Es war so komisch mit anzusehen, wie sie rannte und strauchelte und stolperte. *«Courri! Courri, Clémence! C'est pour ta vie!* Hahaha...»

Ein Schuss peitschte dicht an Raouls Ohr vorbei. Es wurde nie darüber gesprochen, wer es war. Die Negerin sprang in die Luft und schlug in voller Länge zu Boden – tot.

58

Worte eines Sterbenden

In der Rue Royale mussten Fuhrleute und Kutscher vor zwei leichten Schranken abbiegen, die an der unteren und an der oberen Kreuzung die Durchfahrt vor einem Haus versperrten, in dem der greise Hohepriester einer dem Untergang geweihten Zivilisation sich zu Tode blutete. Der Fussboden im Geschäft unten und das Pflaster im Torweg, in welchem die leere Kutsche stand, waren mit Stroh bedeckt, und Boten kamen und gingen eilfertig hin und her.

«Hier entlang!» flüsterte ein Diener, der die vier Damen aus dem Grandissime-Haus hinaufführte. Als Honorés Mutter auf dem Absatz der teppichbelegten Treppe um die Ecke bog, sah sie oben einen Herrn und eine Dame stehen, die im Begriff schienen, auseinanderzugehen, aber noch ernst zusammen sprachen, und selbst in diesem Moment äussersten Kummers wusste sie, dass sie noch nie eine Frau von solcher Schönheit gesehen hatte. Der Herr hatte schon den Fuss auf der obersten Treppenstufe, doch beim Anblick der Heraufkommenden trat er wieder zurück und sagte: «Es ist meine Mutter!»

Er ging ihr entgegen und ergriff ihre Hand. Seit Monaten hatte eine Entfremdung zwischen ihnen bestanden. Doch jetzt küssten sie sich schweigend.

«Er schläft», sagte Honoré. «Maman, das ist Madame Nancanou!»

Die Damen verneigten sich – die eine sah

sehr gross und stattlich aus, die andre war sehr liebreizend und klein. Einen Augenblick waren sie stumm, dann brach Aurora in Tränen aus.

Madame Grandissime setzte eine strenge Miene auf, die beinah an ihren Bruder erinnerte, und dann brach der Stolz der Fusiliers zusammen. Mit einem leisen Seufzer zog sie die Weinende an ihre Brust, und mit überströmenden Augen und erstickter Stimme, aber doch mit Hoheit, legte sie Aurora die Hand auf den Kopf und flüsterte: «Nicht doch, mein Kind! Nicht doch!»

Und als Honorés Schwester vorgestellt wurde, küsste sie Aurora und flüsterte: «Gott segne Sie! Er hat uns zusammengeführt!»

«Wer ist jetzt bei ihm?» flüsterten die beiden andern Damen, während Honoré und seine Mutter beiseite traten, um sich hastig zu besprechen.

«Meine Tochter», sagte Aurora, «und...»

«Agamemnon?» half Madame Martinez.

«Ich glaube», sagte Aurora.

Valentine kam aus dem Krankenzimmer und winkte Honoré zu. Doktor Keene winkte ebenfalls und trat näher.

«Ist er wach?» fragte Honoré.

«Ja.»

«Oh, mein Bruder!» rief Madame Grandissime und ging weiter, gefolgt von den übrigen Damen.

«Wartet noch!» sagte Honoré, und sie blieben stehen. «Charlie?» fragte er, als der kleine Doktor sich hartnäckig an ihnen vorbeidrängte und zur Treppe ging.

«Leider ist nichts mehr zu retten, Honoré. Sie können ebensogut alle hineingehen.»

Dann standen sie alle im Krankenzimmer um das Bett. Madame Grandissime beugte sich über den Sterbenden.

«Ach, Schwester», sagte er, «bist du's? Ich hatte gerade so wunderbar geträumt, gerade eben.» Er seufzte. «Ich fühle mich so matt. Wo ist Charlie Keene?»

Er hatte französisch gesprochen. Dann wiederholte er die Frage auf englisch. Er meinte den Doktor zu sehen.

«Charlie, wenn ich mich aufs Schlimmste gefasst machen muss, sagen Sie's mir hoffentlich. Ich bin bereit. Oh, entschuldige, ich dachte, es wäre... Meine Augen sind heute abend so trübe. *Est-ce vous,* Honoré? Ach je, Honoré, du bist zum Feind übergelaufen, wie? Ja, ja, das Blut der Fusiliers tut im-mer, was - ihm passt. Hier, nimm die Hand deines Onkels, Honoré! Ich vergebe dir, Honoré, mein hochherziger, törichter Junge!» Er sprach leise und sehr erregt.

«Wasser.»

Aurora reichte ihm das Glas. Er sah ihr ins Gesicht. Sie wussten nicht genau, ob er sie erkannte. Er sank zurück, schloss die Augen und sagte noch leiser und träumerischer und wie zu sich selbst: «Ich vergebe allen. Der Mensch muss sterben. Ich vergebe - sogar - den Feinden - Louisianas.»

Ein paar Sekunden lag er still, dann wurde er sehr erregt. «Honoré, sag Professor Frowenfeld, er soll sich um die *Philippique Générale* kümmern! Es ist eine grossartige Arbeit, Honoré, über ein grossartiges Thema! Ich habe sie an einem einzigen Abend geschrieben. Deine Yankee-Regierung ist ein Versager, Honoré, ein elender Versager. Vielleicht hält sie sich ein, zwei Jahre, aber nicht länger. Die Wahrheit wird siegen. Das alte Louisiana wird sich wieder erheben. Es wird seine niedergetrampelten Rechte zurückerhalten. Und wenn es soweit ist, denke dran...» Die Stimme versagte, aber er hielt bedeutungsvoll den Zeigefinger hoch.

Unter den Anwesenden entstand eine Bewegung. Das war doch wohl eine Wendung zum Besseren? Der Arzt musste zurückgeholt werden! Vor kurzem noch war er nicht halb so kräftig. «Fragt Honoré, ob der Doktor nicht kommen soll!» Aber Honoré schüttelte den Kopf. Der alte Mann begann wieder zu sprechen.

«Honoré? Wo ist Honoré? Bleib bei mir, Honoré, hier, und du, Schwester? Ja, du bist auf der andern Seite. Meine Augen sind heute sehr schwach. Woher kommt all der Schweiss? Gebt mir zu trinken! Seht ihr, es geht mir jetzt besser. Ich muss kein Blut mehr erbrechen. Doch, lasst mich sprechen!» Er seufzte, schloss die Augen und riss sie dann plötzlich auf. «Oh, Honoré, du und die Yankees - du und alle - alle täuschen sich. Erziehung der Massen - schwächt die Kaste - unerhörte Streitigkeiten - durch Eid beilegen... Oh, Honoré!»

«Wenn er doch seine *Philippique Générale* vergessen wollte!» sagte mit gedämpfter Stimme einer von ihnen bekümmert.

Aurora flüsterte eindringlich und betrübt mit Madame Grandissime. Sie würden ihn doch nicht in dieser Verfassung scheiden lassen? Wenigstens könnte ein Priester keinen Schaden anrichten. Doch als seine Schwester ihm den Vorschlag machte, erwiderte er: «Nein, keinen Priester! Du hast mein Testament, Honoré, in deinem Tresor. Professor Frowenfeld...» Er begann englisch zu sprechen. «Ich habe Ihnen einen Artikel geschrie...» Die Worte erstarben ihm auf den Lippen.

«Joseph, mein Sohn, dich sehe ich nicht! Hüte dich, mein Sohn, vor der Lehre von der Gleichberechtigung! Das ist eine bodenlose Gemeinheit! Herr und Knecht - wie Bogen und Brückenpfeiler - Bogen oben, Pfeiler unten...» Er versuchte seine Worte durch Gesten zu erläutern, aber die Hände gehorchten ihm nicht mehr.

«Die Gesellschaft, Professor», sagte er zu einem weinenden Mädchen, «muss Pyramiden errichten, und das macht die Knechte zu einer Notwendigkeit. Die Natur liefert uns die Knechte alle in dunkler Uniform. Sie... Ich kann's nicht sagen. Sie finden alles in der *Philippique Générale.* Ach, Honoré, es ist ein...» Plötzlich brach er ab.

«Ich habe meine Brille verloren!»

Schweisstropfen standen ihm im Gesicht. Er wurde erschreckend bleich. Alle waren bestürzt und hilfsbereit. Er erhielt ein Stärkungsmittel.

«Bruder!» sagte die Schwester zärtlich.

Er bemerkte sie nicht.

«Agamemnon! Geh und sage Jean-Baptiste...» Die Augen sanken und flackerten wieder aufgeregt.

«Ich bin hier, Agricole!» sagte Jean-Baptiste dicht neben seinem Bett.

«Ich habe euch gesagt - ihr sollt die Negerin - laufen...»

«Ja, wir haben sie laufen lassen. Wir haben alle laufen lassen!»

«Alle», wiederholte der Sterbende matt und mit irren Augen. Plötzlich wurde er lebhaft und warf die Arme auf. «Das war nicht recht von euch, Jean-Baptiste! Unsre Gesellschaft muss beschützt werden.» Seine Stimme sank zu einem Flüstern herab. «Er wollte nicht den Hut ab... du musst bedenken... es sind keine Weissen.» Er schwieg einen Augenblick. «Wohin gehe ich?» Offensichtlich suchte er jemanden, aber sie konnten seinen Wunsch nicht erraten, bis er jämmerlich schwach rief: «Aurore De Grapion!»

Er hatte sie also von Anfang an gekannt.

Honorés Mutter war neben dem Bett in die Knie gesunken und hatte Aurora neben sich gezogen. Jetzt standen beide auf.

Der alte Mann tastete verzweifelt mit seiner Hand umher. Sie legte ihre Hand darüber.

«Honoré!»

«Was kann er nur wollen?» wunderten sich die traurigen Angehörigen. Jetzt tastete auch seine andre Hand. «Hon... Honoré.» Sein schwacher Zugriff konnte kaum die Hand seines Neffen packen.

«Legt sie... legt... legt sie...»

Was konnte er meinen? Die vier Hände umklammerten sich.

«Oh!» rief jemand und begann wieder zu weinen, «er versucht zu sprechen und kann nicht!»

Aber er konnte es.

«Aurore De Grapion - ich habe deinem Vater - diesen Bund - vor zwanzig Jahren versprochen.»

Die Familie blickte sich betroffen an. Das hatten sie nie geahnt.

«Er stirbt!» flüsterte Agamemnon, und es schien auch so. Aber er sammelte noch einmal alle Kraft.

«Agamemnon! Valentine! Honoré! Patrioten! Schützt die Rasse! Hütet euch vor...» Der Schluss fehlte. Er schien zu glauben, dass er eine Ansprache an eine grosse Menschenmenge hielt, rang noch einmal um Kraft, sich verständlich zu machen, und setzte ein-, zweimal zum Sprechen an. Beim dritten Mal gelang es ihm: «Lou... Louisiana – immer und ewig!»

Dann lag er still.

Seine letzten Worte setzten sie auf seinen Grabstein.

59

Wohin geht das Kreolen-Geld?

Doch der Familienrat, der die Inschrift anbringen liess, und der Steinmetz, der sie in den Marmor meisselte (selber halb ein Grandissime, halb ein Niemand), und sogar die schönen Damen, die jeden Abend vor Allerheiligen in Begleitung von blumenbeladenen Sklavinnen kamen, um Kränze auf das Grab des alten Mannes zu legen, auch sie dachten - anfangs nur ungewiss, aber von Jahr zu Jahr überzeugter -, dass «immer und ewig» für einen Einzelnen, der seine Vaterlandsliebe auf einen Bruchteil eines grossen Landes beschränkte, reichlich lange war.

«Und Ihre Familie lehnt den Beistand und die Bemühungen der Polizei ab, um den Mörder Ihres Onkels vor Gericht zu stellen?» wurde 'Polyte Grandissime dann und wann von einem *Américain* gefragt.

«Sir, meine Familie will ihn nicht vor Gericht stellen! Auch Palmyre nicht! Wir wollen selbst Justiz üben, und wenn wir das nicht können, Sir, dann - jedenfalls keine Polizei!»

Daher war Clémence also das einzige Opfer des Grandissime-Zorns, denn die beiden andern wurden nie gestellt, und die Grandissimes werden uns noch sympathischer, wenn wir erfahren, dass in späteren Zeiten und unter dem friedlichen Einfluss einer höheren Zivilisation die Wildheit der alten spanischen Kolonisten allmählich besseren Charaktereigenschaften

Platz machte. An all den Grausamkeiten, die man Louisiana mit Recht zur Last legen konnte, ist heutzutage – wie seltsam – der *Américain* schuld! Der Charakter der Kreolen hat sich allmählich gemildert und besänftigt.

Eines Morgens zu Anfang September kreuzte etwa zwei Wochen nach dem Tode Agricolas die gleiche Brigg, die vor knapp einem Jahr die Frowenfelds nach New Orleans gebracht hatte, auf ihrer Ausreise die scharfe Trennungslinie, welche die manchmal lehmfarbenen Wasser der Mobile Bay vom tiefblauen Golf trennt, und steuerte nach Europa.

Sie hatte zwei Passagiere an Bord, einen grossen, dunklen, schmächtigen und doch schönen Mann von siebenunddreissig oder achtunddreissig Jahren und eine etwa drei Jahre jüngere Dame mit wunderschönen, aber sehr strengen Gesichtszügen. «Sehr vornehme und offenbar reiche Leute», so beschrieb sie der Kapitän der Brigg, «dem Augenschein nach Aristokraten vom unteren Mississippi.» Ihr Aussehen war um so interessanter, weil jeder von ihnen einen Ausdruck seelischen Grams im Gesicht aufwies. Sie nannten sich Bruder und Schwester; wenn das stimmte, war sie die strengste und unnachgiebig zurückhaltendste Schwester, die der Kapitän je im Leben gesehen hatte.

Sie gingen, falls wir recht berichtet sind, in Bordeaux an Land. Der Kapitän, ein neugieriger Mensch, verlor sie nicht aus den Augen, nachdem sie sich seiner Obhut entzogen hatten. Sie gingen in zwei verschiedene Hotels.

Das Schiff wurde ein paar Wochen im Hafen festgehalten, und der Kapitän frönte seinem Zeitvertreib und beobachtete sie. Er sah, dass sich seine ehemaligen Fahrgäste oft auf einem ruhigen Pfad unter den Bäumen der Quinconce trafen. Ihre Unterhaltung führten sie mit leiser Stimme - bei dem Patois, das sie benutzten, hätten sie ebensogut lauter sprechen dürfen. Ihre Gesichter waren stets ernst und fast immer sorgenvoll. Die Gespräche schienen keinem von beiden Freude zu bereiten. Der Herr wurde immer magerer und betrüblich schwach.

«Er will sie chartern», schloss der Seemann daraus, «aber ihr passen die Zahlungsbedingungen nicht.»

Eines Tages, als er sie das letztemal beieinander sah, schienen sie, jeder auf seine Art, seelisch völlig überanstrengt zu sein. Er war hager, elend und nervös; sie war gereizt und entschlossen - mit Augen, die wie Lichter glühten, sagte der Beobachter.

«Sie gibt ihm den Laufpass», dachte er bei sich. Schliesslich überreichte ihr der Herr - oder vielmehr, er legte auf die Bank, neben der sie stand - ein zusammengefaltetes und versiegeltes Dokument, das sie nicht hatte annehmen wollen. Dann ergriff er ihre Hand, küsste sie und eilte fort.

Sie sank matt und blass auf die Bank und liess das Dokument liegen, als sie sich dann zum Gehen anschickte. Der Seemann hob es auf - es war an *Monsieur Honoré Grandissime, Nouvelle Orléans, Etats Unis, Amérique* gerichtet. Plötzlich drehte sie sich um, als erinnere sie sich daran, oder vielleicht hatte sie sich's anders überlegt - und nahm es ihm aus der Hand.

«Es sah wie ein Letzter Wille und wie ein Testament aus», sagte der Seemann, wenn er die Geschichte erzählte.

Als er am nächsten Morgen eine Menschenmenge um irgend etwas am Ufer versammelt sah, schlenderte er hinunter, um festzustellen, wie wenig dazugehörte, eine Anzahl Franzosen anzulocken. Es war die aus dem Wasser geborgene Leiche des freien Farbigen.

«Und sah der Kapitän die Dame niemals wieder?» Er wartete schon immer auf die Frage, um dann desto eindrücklicher darauf zu antworten. Seine Brigg versah bald den regulären Postdampfer-Verkehr von und nach Bordeaux, und er sah die Dame zwei- oder dreimal. Anscheinend lebte sie in sehr guten Verhältnissen, jedoch immer allein, in der Rue ***. Er schämte sich nicht, zu gestehen, dass er versucht hatte, ihre Bekanntschaft zu machen, aber es war ihm schmählich misslungen.

Die Einkünfte von der Rue Bienville Nr. 19 und von zahlreichen andern Häusern, einschliesslich der neuen Apotheke in der Rue Royale, wurden regelmässig von Honoré Grandissime, dem Nachfolger von *Grandissime Frères,* eingezogen. Die Fama behauptete, und die Überlieferung wiederholte es, dass nicht ein einziger Dollar davon in New Orleans blieb – weder als Unterstützung für eine notleidende Rasse noch für den Unterhalt der Häuser –, sondern dass Honoré einmal jährlich laut Anordnung der Dame in Bordeaux – sagen wir, Madame Inconnue – den Gegenwert von fünfzigtausend Dollar in Francs schickte. Es ist erwiesen, dass er es ohne Unterbrechung zwanzig Jahre lang tat. «Sehen wir einmal zu: fünfzig mal zwanzig macht eine Million Dollar. Und das ist nur ein *Teil* der finanziellen Verluste Louisianas.» Aber wir schweifen ab.

60

Es war alles in Ordnung

Wieder einmal geht die Sonne über der Place d'Armes unter. Wieder einmal fallen die Schatten der Kathedrale und des Rathauses auf die lieblichen Anlagen, wo die schöne und distinguierte Welt der Stadt in spanischer Grandezza sitzt oder steht oder unter den alten Weiden und auf den weiss beschotterten Wegen langsam auf und ab wandelt. Kinder spielen wieder auf dem Rasen – einige sind Agricolas wegen in Trauer. Der ruhiger fliessende Strom und das näher und grüner erscheinende jenseitige Ufer zeugen neben vielen andern Einzelheiten vom Widerstreben des müden Sommers, das verführerische Land aus seiner Umarmung zu entlassen; auch das verträumte Schweigen der Vögel; das Entfalten und Schliessen, das Öffnen und leise Pulsieren des alles beherrschenden Fächers (wie gleicht es doch oft dem Entfalten eines Engelsflügels!); das häufig hervorgeholte Taschentuch; die blassen, kühlen Farben der sommerlichen Kleidung; die in Lüften kreisenden und zwitschernden oder durchs Blickfeld schnellenden Schwalben; die trägen Bewegungen von Hand und Fuss; die dampfenden Flanken und die schäumenden Gebisse der Pferde; das ohrenzerreissende Schrillen der Zikaden; der flatternde Schmetterling; der Hund, der sich aufs Gras wirft und mit geiferndem Maul und hängender Zunge zu seinem Herrchen aufblickt; die von den Körben der Blumenverkäuferinnen süss durchduftete Luft!

Auf dem Uferdamm: Zügel und Sättel, Peitschen, Einspänner und Kutschen - was für ein munteres Kommen und Gehen! Wir können nicht anders, wir müssen zu der Bank blicken, auf der vor einem halben Jahr Joseph Frowenfeld sass. Auch jetzt sitzt jemand da - ein kleiner, magerer, müde aussehender Mann, der seinen entblössten Kopf leicht an den Baum hinter sich lehnt, die feinen Finger im Schoss verschränkt und den Hut unter den Arm klemmt. Die peinliche Sauberkeit seines Anzugs fällt uns auf, das ungesund glänzende, rastlose Auge und - als ein Sonnenstrahl ihn trifft - die Zartheit seiner kurzen roten Locken. Es ist Doktor Keene.

Er hebt den Kopf und blickt nach vorn. Honoré und Frowenfeld schlendern Arm in Arm unter der entferntesten Weidenreihe entlang. Honoré spricht. Wie anmutig sich sein freier Arm oder die Hand, manchmal auch der Kopf und die ganze schlanke Gestalt in ruhigem Einklang mit seinen Worten bewegt, während der ernste, stets aufhorchende Apotheker mit nachdenklichem Sinn die Worte seines Freundes in sich aufnimmt! Sie sind nahe genug, um vom kleinen Doktor gerufen zu werden, aber er tut es nicht. Die Unglücklichen fühlen sich den Glücklichen so fern! Und doch - «Obacht!», so drängt sich's ihm plötzlich auf die Lippen, und er ruft es auch beinah, denn die beiden, die im Begriff waren, die Place d'Armes genau an der Stelle zu überqueren, wo Aurora beinah einen Unfall erlitten hätte, schrecken plötzlich vor einem Wagen zurück, während der schwarze Kutscher das Pferd, auf dem er sitzt, zügelt und zum Stehen bringt.

Die beiden Freunde, obwohl sie zuerst auseinandergeschreckt sind, eilen mit gezogenem Hut an die Seite des Wagens, fest überzeugt, dass mindestens die eine der beiden Insassinnen des Wagens es herzlich bedauert, dass sie nicht in den Staub geworfen wurden. Oh, mit was für einer schelmischen, schlecht unterdrückten Freude sich die beiden Damen in den leicht parfümierten Wolken ihrer bezaubernden Sommerabendkleider vorbeugen, um ihre gemeinsame Beschämung und ihr Bedauern auszusprechen!

«Oh, es tut mir so leid! Oh, beinah überfahren, hahaha!»

Aurora konnte das Lachen nicht länger zurückhalten.

«Und ausgerechnet hier vor allen Leuten! Hahaha, 'Sieur Grandissime, ich weiss genau, wie scheusslich das ist! Oh, meine Herren, es ist furchtbar!»

Und so weiter.

Honoré schien sie schliesslich zu überreden, etwas zu tun, worüber sie lachen mussten, es jedoch nicht als gänzlich abwegig von der Hand wiesen. Dann schienen sie einzuwilligen: sie stiegen aus dem Wagen, schickten ihn weg und gingen, jede an der Seite ihres Partners, den grasbewachsenen Uferdamm entlang. Als Clotilde mit einer Hand ihre leichten Gewänder für den Spaziergang zusammenraffte und sich anschickte, neben Frowenfeld einherzugehen, streifte ihn ihr flüchtiger Blick und schien das Herz des kleinen Doktors zu versengen.

«Jetzt ist alles in Ordnung», sagte er bitter vor sich hin, als sie, ohne ihn gesehen zu haben, den Arm des Apothekers nahm und weiterging.

Ja, wenn seine Ironie für das junge Paar bestimmt war, dann hatte er richtig geraten. Ihre Herzen hatten sich über die Sprache der Lippen hinweg gefunden, und die Zukunft stand da und erwartete sie auf der Schwelle eines neuen Lebens, um sie auf eine andauernde Partnerschaft mit all ihren Freuden und Leiden, ihren Enttäuschungen und unzerstörbaren Hoffnungen, ihren Zielen und Konflikten und Belohnungen zu führen; und der wahre – der grosse – der ewige Gott der Liebe war mit ihnen. Ja, es war alles in Ordnung und seit nunmehr fast vierundzwanzig Stunden eine einzige Glückseligkeit. Und als sie jetzt unter den Weiden spazierengingen, wo schon so viele Liebespärchen vor ihnen gewandelt waren, hatten sie sich lange Geschichten von dem Zittern und Erschrecken, den Missdeutungen und der Sehnsucht zu erzählen, durch die ihr Herz bis zu dieser äussersten Seligkeit vorgedrungen war, und wie damals das und das gewesen war, und wie es nach jener Begegnung so und so war. Kein Wörtchen drang an ein fremdes Ohr, ausgenommen ein paar Wortfetzen von Clotildes Bericht, die ein kleiner Junge zufällig aufschnappte.

«Seit deiner ersten Fiebernacht, als ich dich zu pflegen begann...» Sie erzählte ihm mit der neuen, schönen Offenheit, die einem erst kürzlich erhörten Liebhaber so wunderbar vorkommt, wie lange sie ihn schon geliebt hatte.

Später trennten sie sich am Torweg. Honoré und Aurora waren vor ihnen dort eingetroffen und gingen die Treppe hinauf. Clotilde, die gerade noch einen Blick auf Auroras Gesicht erhascht hatte, war überzeugt, dass nicht alles stimmte. Sie sah eine Tränenflut kommen. Eine leise Besorgnis verdunkelte einen Moment ihr Gesicht. Frowenfeld konnte nicht hinaufgehen. Sie blieben ein Weilchen im Dunkel der Durchfahrt stehen, und wie um sich zu vergewissern, dass zwischen ihnen alles in Ordnung war, küssten sie sich.

Als das glückliche Mädchen allein die Treppe hinaufschlüpfte, rief ihr fein beschuhter Fuss kein Geräusch hervor. Auf dem Treppenabsatz fiel ihr Aurora wieder ein. Sie konnte die Ursache ihres Kummers sehr gut erraten: Honoré versuchte, den Händedruck an Agricolas Bett als bindenden Vertrag zu behandeln, «was natürlich nicht fair war». Sie vermutete, dass sie im vorderen Wohnzimmer waren, und wollte in das andre Zimmer gehen. Aber sie hatte sich getäuscht. Als sie leise über die Schwelle trat, sah sie Aurora mit niedergeschlagenen Augen dicht vor Honoré stehen, und ihr Fächer hing wie ein gebrochener Flügel von ihren zitternden Händen nieder. Honoré schien zärtlich eine Frage zu wiederholen, die sie zu einem Entschluss bringen sollte. Mit einem stummen, furchtsamen Blick hob sie die Augen zu ihm auf.

Der kleine Eindringling murmelte unwillkürlich eine Entschuldigung und zog sich zurück. Als sie sich umwandte, sah sie zu ihrem unaussprechlichen Kummer, dass Aurora den Blick senkte und mit feierlichem Ernst, dessen Bedeutung unmissverständlich war, schweigend den Kopf schüttelte.

«O weh!» seufzte Clotildes zärtliches Herz. «O weh! Armer Monsieur Grandissime!»

61

«Nein!»

Wenn Monsieur Grandissime geglaubt hatte, dass er für die tiefe Bitternis dieses Augenblicks gewappnet war, dann befand er sich in einem traurigen Irrtum. Er konnte nicht sprechen. Er streckte in schweigendem Lebwohl die Hand aus, als ihm ganz gegen seinen Willen ein leises, verzweifeltes Ächzen entschlüpfte. Im gleichen Moment kam ein feines Klingen näher, und das abendlich dunkle Zimmer begann sich nun dank des sanft zunehmenden Lichtscheins einer Lampe zu erhellen, die eine Dienerin in das vordere Wohnzimmer stellte.

Aurora reichte ihm die Hand und zog sie wieder zurück. Beide hatten die Stellung etwas gewechselt, und das Licht der Lampe fiel, als die Dienerin an der Tür vorbeiging, auf Auroras Gesicht und zeigte ihre aufgeschlagenen Augen.

«'Sieur Grandissime...»

Sie senkte die Lider.

Honoré blieb stehen.

«Sie halten mich für grausam!»

Sie war ein Bild sanfter Güte.

«Die Hoffnung ist grausam zu mir gewesen», erwiderte Honoré, «aber nicht Sie! Nein, nicht Sie! Leben Sie wohl!»

Er wandte sich zum Gehen.

«'Sieur Grandissime...»

Sie schien zu zittern.

Er stand still.

«'Sieur Grandissime» - ihre Stimme klang sehr zärtlich -, «warum beeilen Sie sich so?»

Die Stille vertiefte sich.

«'Sieur Grandissime - wollen Sie nicht bitte Platz nehmen?»

Er zauderte einen Augenblick, dann setzten sich beide hin. Die Dienerin ging wieder an der Tür vorbei. Als Aurora das Schweigen brach, sprach sie englisch - sie musste so riskante Dinge sagen, und ihr Englisch würde ein Stammeln verbergen.

«'Sieur Grandissime, der Grund, warum ich nicht...»

Sie öffnete ihren Fächer ein wenig, blickte darauf hinunter und schwieg.

«Ich habe kein Recht, nach dem Grund zu fragen», sagte Monsieur Grandissime. «Es ist Ihr Grund - nicht der meine.»

Ihr Kopf sank tiefer.

«Ach, verstehen Sie» - sie legte den Kopf nachdenklich auf die Seite -, «es ist bloss, weil ich glaube - weil ich glaube, dass ich in ein paar Tagen sterben muss.»

Monsieur Grandissime sagte kein Wort. Er war nicht beunruhigt.

Aber plötzlich blickte sie auf und schöpfte Atem, wie um fortzufahren, doch vor seinem Blick senkte sie die Lider und sagte halb zu sich selbst: «Ich mache mir Sorgen um mein Herz.»

Sie legte die kleine Hand müde auf ihr Herz und seufzte leise und sterbensmatt.

Monsieur Grandissime gab keine Antwort. Unten auf der Strasse rasselte ein Wagen vorüber. Am andern Ende des Zimmers, wo ein vergoldeter Mars zum Kampf anspornte, schlug es mit sanftem Klang die halbe Stunde. Die Dame sprach weiter.

Sie seufzte wieder. «Es tut so seltsam – und manchmal denke ich, dass ich verrückt werde.»

Doch er, für den die furchtbaren Enthüllungen berechnet waren, blieb so stumm und reglos wie ein indianischer Kriegsgefangener, und nach einer weiteren Pause, in der sie schmerzlich seufzte, fuhr die schöne Frau mit grösserer Energie fort, wie sich das ja auch für einen unglaublichen Höhepunkt gehört: «Manchmal vergesse ich darüber sogar mein Alter, 'Sieur Grandissime! Dann glaube ich, dass ich noch jung wäre.»

Sie hob die Augen mit dem eindeutigen Entschluss, den seinen offen zu begegnen, aber es war zuviel für sie. Sie senkte die Lider, fuhr jedoch zu sprechen fort: «Und wenn man es satt hat, allein zu leben, und anfängt, sich alt zu fühlen, und jemand haben möchte, der für einen sorgt, und möchte, dass er einen heiratet, dann glaube ich, dass er mich liebt.» Ihre Finger spielten dauernd mit dem Fächer. «Ich glaube, dass ich verrückt bin. Ich glaube, dass ich auf der Stelle sterben muss!» Ihre grossen Augen blickten zur Decke auf und dann wieder auf den Fächer hinunter, der sich dauernd öffnete und schloss. «Und das ist der Grund, 'Sieur Grandissime!» Sie wartete, bis es sicher schien, dass er antworten würde, und dann unterbrach sie ihn aufgeregt: «Verstehen Sie mich, 'Sieur Grandissime, es wäre nicht recht! Es wäre nicht billig Ihnen gegenüber. Und Sie sind doch der beste Mensch, der mir je im Leben begegnet ist, 'Sieur Grandissime!» Ihre Hände zitterten. «Ein Mann, der nie im Leben hat heiraten wollen und jetzt zu heiraten versucht, nur wegen der Seelenruhe seines Onkels...»

Monsieur Grandissime stiess einen Protestruf aus, und sie schwieg.

«Ich habe Sie», erklärte er leise und nachdrücklich, «aus keinem andern Grund gefragt, als dass ich Sie zur Frau haben möchte.»

«Ja», erwiderte sie rasch, «und das ist alles! Das habe ich mir gedacht! Und ich glaube, dass es richtig ist, das zu sagen, 'Sieur Grandissime. Weil Sie und ich nämlich zu alt sind, um von Liebe zu sprechen. Und Sie haben so einen grossen Respekt vor mir, und ich habe den grössten Respekt vor Ihnen, aber...», sie umklammerte den Fächer, und ihr Kopf sank noch tiefer, «aber...», sie schluckte und schüttelte den Kopf, «aber...» Sie biss sich auf die Lippen. Sie konnte nicht weitersprechen.

«Aurore», sagte Honoré, beugte sich vor und ergriff ihre Hand, «ich liebe Sie von ganzem Herzen, wirklich!»

Sie machte einen schwachen Versuch, ihm ihre Hand zu entziehen, blickte verzweifelt aus überströmenden Augen zu ihm auf und fragte: «*Mais*... warum wollten Sie mir das nicht sagen?»

Monsieur Grandissime lächelte überlegen.

«Ich habe es schon hundertmal gesagt, nur noch nie mit Worten.»

Sie hob stolz den Kopf und verneigte sich wie eine Königin vor ihm.

«Damit haben Sie einen Fehler gemacht, 'Sieur Grandissime!»

«Der aber wiedergutgemacht wurde!» rief er mit unterdrückter, wilder Freude.

«'Sieur Grandissime», sagte sie mit ungeheurem Ernst, «es tut mir leid, aber Sie haben zu spät gesprochen!»

«Nein, nein!» rief er. «Es ist noch Zeit! Sagen Sie es, Madame, sagen Sie es!»

Abermals bezwang sein feuriger Blick den ihren, doch sie schüttelte den Kopf. Er ignorierte es.

«Sie müssen Ihre Antwort berichtigen, doch, tun Sie es!» drängte er, bedeckte ihre Hand mit seinen beiden Händen und beugte sich vor.

«Mais, 'Sieur Grandissime, es ist so furchtbar unerwartet!»

«Was? Unerwartet?»

«Ich dachte die ganze Zeit, es wäre Clotilde, die Sie...»

Sie wandte den Kopf ab und versteckte ihren Mund im Taschentuch.

«Oh», rief er, «verspotte mich nicht mehr, Aurore Nancanou!»

Er richtete sich auf und hielt die Hand fest, die sie ihm entziehen wollte.

«Sagen Sie das Wort, Aurore! Sagen Sie es!»

Sie drehte sich plötzlich um und stand auf, sah ihn einen Augenblick stumm und mit flammenden Augen an und rief: «Nein!»

Sie brach in Tränen aus, lachte unter Tränen und liess sich an seine Brust ziehen.

Nachwort

Wer einen Blick auf Titel und Daten der rund zwanzig Bücher wirft, die George Washington Cable (1844–1925) im Laufe seines achtzigjährigen Lebens auf den Markt gebracht hat, muss das Jahr 1879 für einen Anfang halten und nicht viel mehr. Damals erschien sein erstes Buch, *Old Creole Days,* eine Sammlung von Kurzgeschichten nach Motiven aus seiner Heimatstadt New Orleans, und erst 1918 kamen Cables letzte Werke heraus. 1879 war Cable fünfunddreissig Jahre alt; ein später Beginn für einen Autor. Doch war Cable nicht nur schon «mitten auf seinem Lebensweg», sondern zugleich, wie im Rückblick des Nachlebenden erkennbar, schon inmitten seiner zentralen und produktivsten Periode. Sie war so eng mit einem bestimmten Milieu und historischen Moment verknüpft, dass seine Übersiedlung nach Northampton in Massachusetts im Jahr 1885, so gut sie gesundheitlich und familiär begründet sein mochte, wie ein Exil, wenn auch ein frei gewähltes, wirkte. Die Folgen für das literarische Werk waren einschneidend, und die Aufmerksamkeit, die Cable seitens der Kritik in verstärktem Masse findet, ist auf das Frühwerk konzentriert.

New Orleans, eine der geographisch und historisch interessantesten, folkloristisch buntesten Städte Nordamerikas, war Cables Milieu, der historische Moment die Jahre der «Reconstruction» des 1865 besiegten Südens, die man bis 1877 rechnet, sowie die Jahre danach, in denen der Süden als fester Bestandteil der Union, aber in der Rassenfrage wieder sich selbst überlassen, ausser einer bedrängenden Gegenwart eine Vergangenheit zu bewältigen hatte. Cable fand wenig Dank in seiner engeren Heimat für seine Bemühungen. Er galt als Abtrünniger, als der Vogel, der das eigene Nest beschmutzte, als Autor, der um schnöden Mammons willen dem Norden nach dem Munde redete.

Die seit 1873 in Zeitschriften des marktbeherrschenden Nordens erschienenen Kurzgeschichten Cables waren im Mai 1879 vom New Yorker Verlagshaus Scribner und Söhne in einer Sammlung vorgelegt worden und hatten viel Zustimmung gefunden. Vom November 1879 bis zum Oktober 1880 erschien sein erster Roman in Fortsetzungen in der Hauszeitschrift des Verlags, *Scribner's Monthly.* Auch als Buch wurde *The Grandissimes* sogleich ein nationaler Erfolg. Derweil war der Autor Mitarbeiter an Projekten, die mit der zehnten Volkszählung in den USA zusammenhingen. Sein reiches Wissen ging in einen Bericht über Geschichte und gegenwärtige Situation von New Orleans ein. 1884 erschien die 9. Auflage der *Encyclopedia Britannica* mit einem Artikel von Cable über seine Heimatstadt, im gleichen Jahr, sehr zum Ärger des angesehensten Historikers von Louisiana, Charles Gayarré, ein Buch über *The Creoles of Louisiana,* das ohne seine, Gayarrés, Forschungen kaum möglich gewesen wäre. Zwischen Historie und Erzählkunst angesiedelt (und insofern von aktuellem Interesse für Zeitgenossen Norman Mailers) waren die *Strange*

True Stories of Louisiana (1889), die auf von Cable selbst aufgefundenen oder erworbenen alten Manuskripten beruhten. Nennen wir noch seine Sammlungen politischer Aufsätze, *The Silent South* (1885) und *The Negro Question* (1890), dann haben wir, vielleicht noch unter Hinzufügung des zweiten Romans, *Dr. Sevier* (1885), das Werk Cables vor uns, das die moderne Kritik bewegt und ob seiner Konsequenz erstaunt.

Konsequent war die Art, in der ein Mann, der selbst für den Süden in den Krieg gezogen war, zu dem Ergebnis kam, dass die Konföderation nicht für das Recht auf Sezession, sondern für die Fortführung der Sklaverei gekämpft hatte. Konsequent setzte er an die Spitze des Sündenregisters seiner Heimat den Vorwurf des Kastenunwesens in Vergangenheit und Gegenwart und damit der Absonderung von den besten – und das heisst demokratischen – Strömungen des 19. Jahrhunderts. Diese Einstellung Cables war um so ärgerlicher im Süden, als die literarische Richtung, der man ihn nach *Old Creole Days* zurechnen musste, eine ganz andere Funktion hatte. «Local Color» – Lokalkolorit – war eine ältere Tendenz der amerikanischen Literatur, keine Erfindung von Bret Harte in seinem kalifornischen Goldgräbermilieu. Aber die auf den kometenhaften Aufstieg Hartes in den 1870er und 1880er Jahren folgenden Geschichten über pittoreske Bevölkerungsgruppen und absonderliche Dialekte und eigenwillige Käuze in ihrem meist ländlichen, oft abgelegenen und nicht selten exotisch anmutenden Milieu dienten dem nationalen Auftrag, die Regionen der USA miteinander bekannt zu machen, füreinander zu interessieren und ungelöste Probleme über dem liebenswert Kuriosen vergessen zu lassen. Cables «Entdecker», der Journalist Edward King, der ihm den Weg zum mächtigen Verlagshaus Scribner geebnet hatte, recherchierte in New Orleans für eine Artikelserie *The Great South* (1875 auch als Buch), die ganz offen die Aussöhnung zwischen Nord und Süd und damit auch Apologie des Südens betrieb.

Ein wohlmeinender, aber törichter Ratgeber hatte Cable nach Kalifornien schicken wollen. Cable wusste, wie überflüssig und gefährlich eine solche Reise war. Im Februar 1872, damals Journalist, schrieb er in der Zeitung *Picayune* über «Material für Gedichte» in dem Sinne, dass die beiden kurzen Jahrhunderte der Geschichte von Louisiana eine jungfräuliche und profitierliche Mine seien. Er verglich sie insofern mit den Diamantenfeldern Südafrikas, als die Edelsteine sogar auf der Oberfläche lägen. Indianer, Spanier, Franzosen, Neger, später die «Américains», die den älteren Einwandererschichten so viel Kummer machten – sie waren Cables Material; dazu eine Stadt wie New Orleans, ein «Bagdad des Wundersamen», wie ein Literarhistoriker sie nannte.

Nach dem Titel des Artikels zu urteilen, hatte sich Cable 1872 noch nicht für sein späteres Medium entschieden. Die Kurzgeschichte war das bevorzugte Genre der Lokalkoloristen, weil sie dem Stoff ebenso angemessen war wie den gut zahlenden Monatsschriften. Den Ehrgeiz, auch einen Roman zu schreiben, hatten viele, Erfolg aber fast keiner, auch nicht Bret Harte. Gründe sind nicht weit zu suchen: eine

Gegend an sich macht so wenig einen Roman wie Dialekt eine romantragende Konversation. Cable war Meister der Beschreibung und (immer ein Problem, da dem Leser kein phonetisches Alphabet zugemutet werden kann) der Dialektwiedergabe, aber anders als Lafcadio Hearn, der ihm in der Aufarbeitung von New Orleans für die Literatur folgte, nicht nur Impressionist. Durch die Sprachen eröffneten sich Cable Mentalitäten, durch die Mentalitäten Interessen und Schicksale, wie sie von den Betroffenen selbst aus naheliegenden Gründen so nicht gesehen wurden. Schon Cables Kurzgeschichten, wie wir einer Tagebuchnotiz entnehmen können, entsprangen einem Bekenntnisdrang: Schreiben, weil öffentliches Sprechen in den Jahren der «Reconstruction» so peinvoll war. Und schon die Kurzgeschichten schonten nicht den wundesten Punkt einer jeden kolonialen und nachkolonialen Gesellschaft, das Rassenproblem.

In einem nachgelassenen Aufsatz über *My Politics* hat Cable selbst eine klare Filiation aufgestellt, von der Historie über die Kurzgeschichte zum Roman. Er las «the old Black Code», die koloniale Rassengesetzgebung, in heller Empörung, schrieb eine Geschichte *Bibi,* die keine Zeitschrift drucken wollte, und machte sie dann, als Lebensgeschichte des Negers Bras-Coupé, zu einem thematischen Zentrum seines ersten Romans, *The Grandissimes.* Die Versklavung der Schwarzen war gemeinsames schuldhaftes Erbe der europäischen Kolonisatoren. *The Grandissimes* ist aber, spezifischer, ein Roman über das New Orleans des Jahres 1803, was wiederum einen Fingerzeig enthielt für das New Orleans zu Cables eigener Zeit. Ein historischer Roman mit Gegenwartsbezug.

Louisiana, eine französische Kolonie des frühen 18. Jahrhunderts, war 1762 an Spanien gefallen, 1801 von Frankreich an den nationalen Busen gedrückt, aber von Napoleon sogleich wieder an die Amerikaner verscherbelt worden. Was beim ersten Mal zu einer Rebellion geführt hatte, brachte beim zweiten nur ungläubiges Staunen, Ärger, verwundeten Stolz, Hass und Angst hervor. Sechzig Jahre später, im Bürgerkrieg, wurde New Orleans von General Butler besetzt und endgültig Teil der angelsächsischen Zivilisation – mit den spanischen und französischen Elementen als Lokalkolorit!

Historische «Parallelen» sind misslich, wenn nicht eine Vergleichsbasis nachweisbar ist. Es bedurfte eines Autors mit soziologischem und psychologischem Blick, in den «Kreolen» Louisianas die Konstante zu sehen, die für die Situation von 1803 ebenso charakteristisch war wie für die der Jahre nach 1862. Wer aber waren denn diese «Kreolen», die in Cables Werken direkt oder indirekt so insistierend in die Titel rücken? Das Wort ist selbst für gelernte Lexikographen ein Problem in seiner Mehrdeutigkeit und Hauptquelle der Feindschaft, die sich Cable speziell in New Orleans zugezogen hat; eine Feindschaft, die wir von der späteren, durch seine Liberalität im gesamten Süden hervorgerufenen, unterscheiden müssen.

Die Etymologie gibt uns die Auskunft, dass spanisch «Criollo» den bezeichnet, der im Lande, in Amerika, geboren wurde, im Unterschied zum Zugereisten. Mit der Anwendung begann der Ärger. Ein in Louisiana geborener Spanier oder Franzose ist Kreole, aber was ist ein dort geborener Schwarzer, ob frei oder unfrei, im Unterschied zum importierten Negersklaven? Und die Bewohner westindischer Inseln, auf denen Rassenmischung weit fortgeschritten ist, waren das keine «Kreolen», wenn sie auf ihren Inseln geboren worden waren? Auch ohne dass man den Sonderfall des «kreolischen» Dialekts, ein von Negersklaven gesprochenes Französisch, berücksichtigt, wird deutlich, dass der Ausdruck wegen unterschiedlicher Verhältnisse in Nord-, Mittel- und Südamerika notwendig unscharf ist und nicht zusammenfällt mit der Selbstdefinition der weissen Oberschicht Louisianas, die sich als «Kreolen» gleichzeitig von Ureinwohnern, von Farbigen, von Angelsachsen und von den Franzosen und Spaniern des Mutterlands abgrenzen wollten. In *The Creoles of Louisiana,* einem Buch mit gelegentlich beschwichtigenden Tendenzen, hat Cable den Begriff so gefasst, dass die Betroffenen nicht zu bös sein konnten: die Kreolen seien die Französisch sprechenden, eingeborenen Teile der herrschenden Klasse. Aber im Artikel der *Encyclopedia Britannica* des gleichen Jahres hat er gewissenhafter und wissenschaftlicher definiert:

«Die Kreolen von New Orleans und des die Stadt umgebenden Deltas sind ein ansehnlicher, graziöser, intelligenter Schlag von entschieden gallischem Typ; wiewohl in Zügen, Sprache und Haltung weicher und durch die enervierenden Einflüsse, die von den westindischen Inseln und dem Meer her blasen, in ihren physischen und geistigen Energien etwas erschlafft. Den unangenehmen Nachweis gröblicher Rassenmischung bietet ihre bessere Klasse dem Auge nicht, wie die lateinamerikanischen Gemeinschaften an den Ufern der angrenzenden Meere, und der Name, den sie aus jenen Regionen geborgt haben, schliesst ein Abweichen von einer reinen Abkunft auf beiden Seiten (des Stammbaums) nicht notwendig ein, ohne es indes auszuschliessen.»

Die Bitterkeit, mit der Cable nach *The Grandissimes* in seiner Heimatstadt angefeindet, fast verfemt wurde, beruht auf dem Vorwurf historisch falscher und abträglicher Darstellung, mit ihrer Insinuation von Unkeuschheit und Rassenmischung. Bis in die neueste wissenschaftliche Literatur lässt sich eine gewisse Schärfe verfolgen, so wenn ein angesehener Forscher aus dem Süden Cable der Lüge bezichtigt, weil dieser sich einmal als «selbst ein Kreole» bezeichnet hatte. Dabei haben wir es wohl nur mit einer für amerikanische Verhältnisse charakteristischen, neuerlichen Erweiterung des Begriffs zu tun. Spitznamen für alle Einwohner eines Staats leiten sich ab von einzelnen Gruppen. So werden New Yorker, gleich ob holländischer Abstammung oder nicht, zu «Knickerbockers», Pennsylvanier, auch wenn sie nicht zur «Society of Friends» gehören, zu Quäkern und Leute aus Louisiana zu «Kreolen»: jedem Amerikaner sein Lokalkolorit.

Instruktiv ist ein Vergleich der Schicksale Cables und Washington Irvings, der mit seiner komisch-parodistischen Geschichte der Kolonie Neu-Amsterdam (New York) gegen die alten holländischen Familien gesündigt, aber sein Werk von Auflage zu Auflage entschärft hatte und 1848 triumphierend berichten konnte, die

Mitbürger holländischer Linie hätten ihm verziehen und seien mittlerweile sogar stolz darauf, «Knickerbockers» zu sein. Cable, von Gewissen Puritaner und weniger Opportunist als Irving, nahm nichts zurück. Während Irving in seinen berühmtesten Kurzgeschichten *Rip Van Winkle* und *The Legend of Sleepy Hollow* die gute alte Zeit lobte und die Yankees (im engeren Sinn: Neu-Engländer) satirisch behandelte, was in New York gern gesehen wurde, lud Cable nach den «Kreolen» schliesslich den ganzen Süden vor sein historisch-literarisches Tribunal. Er zerstörte nicht nur das romantische Louisiana von Chateaubriand und Longfellow, sondern bekannte sich 1882 anlässlich des Geburtstages von Harriet Beecher Stowe zur Verfasserin von *Uncle Tom's Cabin* und zu Neu-England, in das seine Vorfahren mütterlicherseits im 17. Jahrhundert eingewandert waren; sein Vater war in Virginia geboren worden.

Schon der junge Cable, vor dem Bürgerkrieg, war getreu seiner nord-südlich gemischten Abkunft Unionist gewesen, obwohl er dann mit den Sezessionstruppen kämpfte; nach der Niederlage, wenngleich immer betonend, er schriebe als «Southerner», wollte er von Sektionalismus erst recht nichts wissen. Eine solche Haltung hätte ihm nach 1877 an sich nicht zu schaden brauchen, hätte er nur die Rassenfrage und überhaupt das Erforschen und Darstellen kolonialer Ursprünge im analytischen (statt im romantisch-verklärenden) Sinn gemieden. Dabei fehlt es nicht einmal an Passagen romantischer Verklärung, etwa der kreolischen Damen. Der bittere Soziologe des Südens, W. J. Cash, spricht sogar von «vorwiegend sentimentaler Glorifizierung»; er fügt allerdings gleich hinzu, der Roman enthalte so viele grelle Einsichten, dass er als Verleumdung der Kreolen hingestellt werden konnte.

Das Bestechende an der Kunst Cables (der allerdings gerade für die ersten Kapitel viele dringliche Ratschläge auf Umstellung und Abänderung seitens seines Lektorats bekam) ist die Kongruenz von Thema und Technik. Wir erleben New Orleans im Jahr 1803, in den Monaten nach Bekanntwerden des Verkaufs und der Ankunft des amerikanischen Gouverneurs, aus der Perspektive des Neuankömmlings und Aussenseiters Joseph Frowenfeld, eines «Américain» deutscher Abstammung, eines Mannes also, der noch fast alles über Louisiana zu lernen hat, zum Beispiel die verwirrende Tatsache, dass es zwei Honoré Grandissime gibt – den hochgeachteten Weissen, Chef seines Clans, und seinen in der Stadt, aber nicht in der Gesellschaft gelittenen, wiewohl reichen älteren Bruder, der auch ein Grandissime ist, aber einer mit dem Zusatz f. m. c. (= free man of color; freier Farbiger). So ist denn die Exposition, die die ersten drei Kapitel füllt (aber noch viel länger fortgeführt werden muss, so viel gibt es zu lernen!), eine Folge von Maskierungen (die Eröffnungsszene ist ein Maskenball), Mystifikationen, Vermutungen, Verwechslungen und Irrtümern. Edmund Wilson, einer der für die Wiederentdeckung Cables verantwortlichen Kritiker, hat darauf aufmerksam gemacht, dass bei Cable wie später bei Faulkner familiäre Verwicklungen, die mit Rassenmischung zu tun haben, behandelt werden wie in der südlichen Gesellschaft selber: auf Vertuschungen folgen

Insinuationen und Andeutungen, bis dann nach unvermeidlicher Schlussfolgerung die Katze aus dem Sack gelassen ist.

Alle Ereignisse haben eine lange Vorgeschichte in diesem Roman, so dass die Kapitel 4-6 hierfür nicht ausreichen, so lang ist sie. Dabei eröffnet sich ein Panorama Louisianas, ein verwickeltes Ineinander der Rassen, Völker und Klassen, mit Verhältnissen, die auch Charles Gayarré nicht leugnen konnte, aber nicht genüsslich-belletristisch ausmalte. Im Jahr 1803 jedoch mussten selbst die Grandissimes (nach Cables ausdrücklicher Vorschrift dreisilbig zu sprechen: Gran-dis-simes), der Clan, der sich in mehreren Generationen durchgesetzt hatte, um seine Landtitel wie um sein Handelsvolumen und sogar um seine gesellschaftliche Stellung bangen, weil die Amerikaner von Louisiana Besitz ergriffen hatten. Die Grandissimes werden mit offener Namenssymbolik als Kaste dargestellt: es sind Granden (im Superlativ), Mandarine, Brahmanen, Pflanzer und Offiziere (Agricola Fusilier als Inbegriff einerseits grossherziger, anderseits intellektuell beschränkter Herrschaft), sofern nicht blosse Schmarotzer am Erfolg der tüchtigen Familienmitglieder. Frowenfeld, ein keuscher Joseph, bestaunt, bewundert und verurteilt sie, und da perspektivisch die Leser seinen Beobachtungen und Urteilen folgen, wirkt er leicht als Sprachrohr seines Autors. Doch hat Donald Ringe auf den doppelten Fokus des Romans hingewiesen: ein weiteres Zentrum der Rechtschaffenheit neben dem sehr jungen Frowenfeld, der das welsche Treiben mit puritanischer Unduldsamkeit betrachtet, ist der ältere und reifere Honoré

Grandissime, der nicht weniger gewissenhaft, aber weniger selbstsicher ist und zudem in einer ungleich schwierigeren Situation. Er ist Junggeselle, aber keineswegs frei; an ihm hängt sein Clan mit seinen nützlichen und noch mehr unnützen Existenzen. Sein junger amerikanischer Freund dagegen ist durch das Fieber um seine Familie gekommen und hat keine Rücksichten zu nehmen. Verdeckte Symbolik liegt in diesem Fieber: New Orleans ist ungesund für die Neuen, aber der überlebende Frowenfeld wird dafür Apotheker, hat Heilsames zu bieten – wenn die abergläubischen Kreolen es nur nicht als Zauber missverstehen wollten!

Ist Frowenfeld zu tugendhaft? Cable selbst hat das gemeint, aber wenn wir ihn als Charakterporträt nehmen und nicht als Moraltrompeter, werden wir ihn besser leiden können. Ausser Zweifel steht, dass er viel von seinem Schöpfer hat. Mark Twain, der 1884/85 mit Cable auf Tournee ging, um in zahllosen Städten das Publikum mit Vortragskunst zu unterhalten, bewunderte und verabscheute seinen Partner zugleich. Cable war ein für Mark Twain unmöglicher Gesellschafter; er trank nicht, fluchte nicht, spielte nicht Billard, reiste nicht sonntags. An W. D. Howells schrieb Twain, dieser würde nie, niemals, nimmer wissen, ahnen, raten, sich vorstellen können, zu einer wie scheusslichen Sache die christliche Religion sich machen liesse, bis er die Gelegenheit bekäme, Cable täglich und stündlich kennenzulernen und zu studieren. «Er hat mich gelehrt, den Sabbat zu verachten und zu verabscheuen und neue und mühevolle Weisen aufzuspüren, ihn zu entheiligen.» Aber Mark Twain hat von

Cable auch Besseres gelernt, denn dieser hatte einen logischen Verstand, der Mark Twain eher abging. Wir wissen nicht im Detail, was wir Cable auf dem Umweg über Mark Twain verdanken, aber man darf annehmen, dass die Klarheit, mit der Mark Twain seit *Adventures of Huckleberry Finn* die moralischen Probleme der Negersklaverei sah, nicht zuletzt auf die mit Cable schon seit 1881 geführten Gespräche zurückging, so wie der Stolz, mit dem er auf seine Fähigkeit der Unterscheidung und Transkription von Dialekten in der Vorbemerkung zu seinem Meisterwerk hinwies, auf einem Konkurrenzanspruch gegenüber dem linguistisch begabten Partner der gemeinsamen Lesungen beruhen mochte.

Cable hat seinen ersten Roman, der sein bester bleiben sollte, später als einen politischen bezeichnet. Als er ihn schrieb, sei er immer noch dabeigewesen, langsam und mühselig das Rätsel der südlichen Frage zu lösen. Das dürfte eine Anspielung sein – entweder auf Henry Adams' Roman *Democracy,* der gleichzeitig mit *The Grandissimes* entstand und im selben Jahr 1880 veröffentlicht wurde, und dessen Heldin das Rätsel zu lösen versuchte, das ihr vom demokratischen, aber korrupten Amerika der Nachbürgerkriegsepoche aufgegeben war. Oder es ist eine Anspielung auf den dritten Band der «Jung-England»-Romantrilogie Benjamin Disraelis, *Tancred, or the New Crusade* (1847), dessen Held das «asiatische Geheimnis» aufklären möchte, aber seine schöne Jüdin nicht heimführen darf, vielmehr von seinen eigenen Eltern – so muss man wohl das abrupte Romanende interpretieren – nach Hause und in

Sicherheit gebracht werden muss. Joseph Frowenfeld ist nicht so unreif wie Tancred und nicht so frivol wie Adams' Heldin, aber es besteht Anlass zur Vermutung, dass die Ironie seines Autors ihn nicht völlig ausspart. Er ist aufrecht und rechtschaffen, aber bringt keine Vergangenheit mit; er wird verfolgt, aber es geht ihm gut; er darf seine Geliebte heimführen. Louis D. Rubin hat hier einen Ansatzpunkt gesehen, den Roman zu kritisieren: wie erstaunlich reüssiert doch dieser so selbstlose Mann in seinem neuen, von ihm so streng verurteilten Milieu! Aber derselbe Kritiker hat gerechterweise zugegeben, dass in einer wichtigen Hinsicht *The Grandissimes* der erste «moderne» Roman des amerikanischen Südens genannt zu werden verdient. Er machte den Versuch, ehrlich mit der Rassenfrage umzugehen.

Cable hat sich nicht gescheut, eine altbewährte Verwicklung als Fabel zu verwenden: die Fehde zwischen zwei Familien, die den Lauf der Liebe bedroht; er hat auch nicht den glücklichen Ausgang mit Doppelhochzeit vermeiden wollen. Er hat dafür in Nebenfiguren tragische Schicksale gezeichnet. Die Mischlinge Palmyre Philosophe und Honoré Grandissime, freier Farbiger, finden kein Glück in Liebe und Leben. Die Negerin Clémence wird Opfer in einer sadistischen Lynchszene. Der edle Bras-Coupé geht unter, weil er sich mit Knechtschaft nicht abfinden mag. Vor allem hat Cable das Kastenunwesen als ein asiatisches Relikt dargestellt und nicht nur verurteilt – dagegen lässt sich so oder so immer argumentieren –, sondern der Lächerlichkeit preisgegeben. Die Kreolen des Romans sind, mit wichtigen Ausnahmen, letzten Endes komisch, weil sie als Aristokratie abgewirtschaftet haben; sie sind nicht praktisch genug, nicht eigentlich lebenstüchtig mehr. 1768 hatten sie gegen die spanische Herrschaft revoltiert; New Orleans war die erste koloniale Stadt Amerikas, die gegen Europa aufbegehrte. Aber selbst in dieser heroischen Stunde waren die Kreolen mehr temperamentvoll als überlegt gewesen, hatten mehr nach Impuls und nicht genug nach Prinzipien gehandelt. So brachten sie - immerhin - ein paar Märtyrer hervor, aber keine Gründerväter. Letztlich deshalb, weil ihr Gemeinwesen auf falschen Prinzipien beruhte. Obwohl die Plantage in Cables Werk keine grosse Rolle spielt, wird sie in seiner Soziologie zum negativen Symbol; ihr positives Gegenbild ist die neuenglische Dorfgemeinschaft.

All das war für den geschlagenen Süden bitter anzuhören. So mischten sich in der Ablehnung Cables die mehr lokalpatriotischen Ressentiments der alten Familien mit der Abneigung des offiziellen Südens gegen einen Mann, der zwar stets beteuerte, Rassenmischung abzulehnen (Frowenfeld war hier radikaler), aber für die Schwarzen alle Bürgerrechte forderte, einschliesslich integrierter Schulen. Der Schulraum, so lehrte Cable (und man muss wohl hinzufügen: irrtümlich), setzt soziale Gleichheit weder voraus, noch führt er zu ihr.

Wer seine Massstäbe unhistorisch setzen will, kann Cable, was schon aus dem Zitat aus der *Encyclopedia Britannica* hervorgeht, als Mann mit Rassenvorurteilen bezeichnen. Er zweifelte nicht an der zivilisatorischen Überlegenheit der weissen Rasse, so wenig wie an der Vorzüglichkeit angelsächsischer Demokratie im Vergleich zur kreolischen Gesellschaft, deren Liebenswürdigkeit eben nur fast so gross ist wie ihre Liederlichkeit. Um so bewundernswerter wirkt noch heute sein Kampf vieler Jahre (so lange, wie die Frage offen war; in den 1890er Jahren wurde die Sache der Bürgerrechte der Schwarzen verloren) für die Unterlegenen und Benachteiligten. Dieser Kampf blieb zunächst vergeblich, sofern man je die Stimme des Gewissens vergeblich nennen darf. Ein anderer, von Cable ebenfalls ganz bewusst geführter Kampf hat jedoch schon zu seinen Lebzeiten zu ersten Erfolgen geführt und im Jahrzehnt nach seinem Tode zu Triumphen: «Ich sehnte mich danach», schrieb er gegen Ende der 1880er Jahre, «die Emanzipation der Literatur im Süden zu sehen.» Seine eigenen besten Werke sind der Anfang dieser Emanzipation gewesen.

Hans-Joachim Lang

Bibliographische Notiz

Von George Washington Cables Werken gibt es weder eine Gesamtausgabe noch kritische Einzeleditionen. Seine politischen Aufsätze aus *The Silent South* und *The Negro Question,* nebst nachgelassenem Material, sind gesammelt in *The Negro Question. A Selection of Writings on Civil Rights in the South by George Washington Cable,* ed. Arlin Turner (Garden City, N. Y.: Doubleday, 1958). Ebenfalls von Turner herausgegeben ist *Creoles and Cajuns: Stories of Old Louisiana by George W. Cable* (Garden City, N. Y.: Doubleday, 1959; repr. Gloucester, Mass.: Peter Smith, 1965).

Die Standardmonographien sind die von Cables Tochter Lucy L. C. Biklé, *George W. Cable. His Life in Letters* (New York; Scribner's, 1928; repr. N. Y.: Russel and Russell, 1967); Kjell Ekström, *George Washington Cable: A Study of His Early Life and Work* (Cambridge, Mass.: Harvard University Press, 1950); Arlin Turner, *George W. Cable. A Biography* (Durham, N. C.: Duke University Press, 1956); Philip Butcher, *George W. Cable. The Northampton Years* (New York: Columbia University Press, 1959); Louis D. Rubin, jr., *George W. Cable. The Life and Times of a Southern Heretic* (New York: Pegasus American Authors, 1969). Kürzere Einführungen liegen vor von Philip Butcher, *George Washington Cable* (New York: Twayne's United States Authors Series, 1962); Arlin Turner, *George W. Cable* (Austin, Texas: Southern Writers Series, 1969).

Cables Beziehungen zu Mark Twain sind behandelt von Guy A. Cardwell in *Twins of Genius* (East Lansing, Mich.: Michigan State College Press, 1953; London, 1962) und von Arlin Turner in *Mark Twain and George W. Cable. The Record of a Literary Friendship* (East Lansing, Mich.: Michigan State University Press, 1960).

Inhalt